NADIE CONTARÁ LA VERDAD

LA TRAMA

Nadie contará la verdad

Pedro Feijoo

Primera edición: noviembre de 2023

© 2023, Pedro Feijoo
© 2023, Penguin Random House Grupo Editorial, S. A. U.
Travessera de Gràcia, 47-49. 08021 Barcelona

Printed in Spain — Impreso en España

ISBN: 978-84-666-7578-9
Depósito legal: B-15.734-2023

Compuesto en Llibresimes

Impreso en Black Print CPI Ibérica
Sant Andreu de la Barca (Barcelona)

BS 7 5 7 8 9

Para Domingo Villar,
mi hermano mayor

Y para Marta.
Esta vez habría sido imposible sin ti...
21

Tienen las armas, tienen los teléfonos,
las drogas y la información.
Si escuchas esta canción,
ya estaré muerto o fuera de circulación.
Saben que yo nací en el dique seco,
en tumbas de la gloria.
Tienen un plan y tienen el dinero.
Ya no hay escapatoria.
Reúne a la tripulación,
la furia y la memoria.
Reúne a la tripulación,
verás que solamente es una parte de la historia,
un lugar donde te gusta estar a veces.

QUIQUE GONZÁLEZ,
La tripulación

Así es como empiezan las desgracias. Con el dolor oculto allí donde nadie se lo espera. En las sombras de una escena cotidiana, en los pliegues de la rutina. Es ahí donde al dolor le gusta emboscarse, en los puntos ciegos de todos y cada uno de esos momentos que creemos tener bajo control.

Un hombre atraviesa la noche como un rayo que rompe el cielo. Apremiado por las circunstancias, conduce a muchos más kilómetros por hora de lo que sería aconsejable. Pero ese no es el problema... Porque el dolor no está en el exceso de velocidad, sino en una serie de elementos con los que se encontrará en apenas un par de curvas, a saber: en el coche que, sin dejarle tiempo para reaccionar, le hará perder el control de su motocicleta; en el impacto contra el asfalto del puente, en el que se romperá hasta los huesos del alma; y, por supuesto, en el encuentro fatal con el soporte del guardarraíl que, sin remedio, le partirá el cuello con la mayor de las brutalidades, provocando que todo acabe sin que este hombre pueda siquiera empezar a comprender qué está sucediendo.

Una mujer camina por la calle que lleva a su casa. Se trata de una mujer valiente, capaz como pocas. Pero es de noche ya y, aunque a estas horas no suele cruzarse con nadie, le parece haber sentido algo. Algún tipo de movimiento a su espalda. Sin llegar a detenerse, echa la vista atrás. Pero no encuentra nada extraño. Aun así, escoge apurar el paso, llegar lo antes posible a casa. Lo cual tal vez no sea la mejor idea... Porque es precisamente ahí donde el dolor la espera: ella todavía no lo sabe, pero esta noche recibirá la visita de tres hombres. La acorralarán, la golpearán y la violarán hasta dejarla medio muerta. Por desgracia para ella, todavía tardará un tiempo en perder la consciencia. Y, aun así, cuando por fin lo haga, esta mujer apenas habrá empezado a comprender qué está sucediendo.

Un hombre y una mujer están a punto de sentarse a la mesa. Una cena incómoda en la que a ninguno de los dos le apetece encontrarse. Ambos tienen tantos reproches que arrojarse mutuamente que ella lee la tensión en la fuerza con la que su marido aprieta los dientes, y a él no le pasa inadvertido el paso acelerado de su esposa. Y, sin embargo, no es ahí donde está el problema... Porque, aunque ellos todavía no lo saben, su dolor aguarda escondido en otro lugar: en el sótano, húmedo y oscuro, de una casa que no es la suya. Allí, la hija de ambos, poco más que una chiquilla, ha venido a despertarse para descubrir varias cosas. La primera de todas, que sus pantalones están empapados. La segunda, que las cuerdas le impiden levantarse de la silla metálica a la que está amarrada. Y, la tercera, que la penumbra del espacio en que se encuentra apenas le permite ver más allá de tres metros a su alrededor. Poco, es verdad. Pero sí lo suficiente para comprender que esa luz roja que parpadea intermitente es la de una cámara de vídeo. Y que ese bulto que permanece inmóvil al otro lado es una persona. Alguien grande, fuerte. Un hombre. O no, espera, espera. Un poco más atrás, en la oscuridad, se enciende la brasa de un cigarro. Dos hombres. Uno junto a la cámara y, en silencio, otro que fuma e, impasible, observa el cuadro. Aterrorizada, esta niña ni siquiera se plantea comprender qué está sucediendo.

De modo que sí, el dolor que ahora mismo todavía permanece al acecho saldrá de su madriguera para hacer que todo esto suceda. Todavía no, es verdad. Pero llegará, todo este dolor hará acto de presencia. Y será un gesto tan sencillo como absurdo el que desate la desgracia. Un aplauso. O, mejor dicho, el aplauso de una multitud. Hombres y mujeres puestos en pie, el ambiente cargado de los perfumes densos y los sudores rancios. Trajes, corbatas, acreditaciones agitadas… Dicen que si aquellas personas que roban cien no roban cien mil es solo por un motivo: porque no están en el lugar oportuno. Bien, pues viva la suerte, porque esta es esa gente, y este, ese lugar.

Y sí, por supuesto, será aquí donde el dolor se pondrá en marcha.

PRIMERA PARTE

La rabia de Caín

(Hay una mujer)

La habitación se ha llenado de derrota. Frágil, vencida, la mano de la anciana tiembla entre las de la mujer más joven, que se esfuerza por mantener una expresión serena en su rostro. Una mirada atenta, firme, una mirada en la que no haya ni rastro del dolor que ha tomado al asalto la pequeña estancia con paredes de tela. Pero es inútil. Ambas mujeres han comprendido ya la gravedad de la situación. El tiempo se acaba, las dos lo saben, y la más joven recoge la mano de la anciana entre las suyas. Con delicadeza, con amor. Pero también con determinación. Queda el tiempo justo para decirnos lo mucho, lo muchísimo que nos hemos querido. Y sin embargo ninguna de las dos mujeres habla. Una ya apenas puede, y a la otra un nudo le ata la garganta, de modo que ambas se miran en silencio, y tan solo es el ruido de las máquinas, de los aparatos, de los sensores todo lo que se escucha. Pantallas, luces, números y pitidos que, poco a poco, se van espaciando entre sí. Son los ojos los que se han llenado de palabras. «Tranquila, estoy aquí, no te dejaré…». La más joven de las dos mujeres sujeta y acaricia los dedos de la anciana. Es entonces, al rozarlas con las yemas de los dedos, cuando cae en la cuenta de las heridas en los nudillos de la anciana. No las había visto hasta entonces. Heridas frescas en los nudillos de una mujer tan mayor… Heridas de haberse defendido. La más joven siente cómo la rabia golpea en el estómago. Y por un instante querría llorar. Dejar que un torrente de lágrimas amargas, feroces y furiosas lo inunde todo. Pero no, no puede hacerlo, no debe hacerlo. La más joven de las dos mujeres traga saliva y, en silencio, acaricia las manos de la anciana. Con cariño, pero también con tensión, con la desesperación de quien haría lo que fuera por atrapar el viento que se va. Con la impotencia de quien querría proteger a un animal indefenso. Un pájaro, un gorrión que, exhausto, ya no puede volar, así guarda entre sus manos la mano de la anciana. Piel joven, firme, protegiendo, sujetando con la más delicada fiereza la piel curtida, fina ya como la de un tambor que no soporta ni un golpe más. Las dos mujeres se observan en silencio. No hablan, no se dicen nada. Sencillamente se observan. Ya nada más es a los ojos a donde se asoman las palabras. «No tengas miedo, cariño…».

En el fondo, la mayor no puede esconder su tristeza. ¿Quién querría irse así?

En el fondo, la más joven apenas puede reprimir las lágrimas. ¿Qué sentido tenía esto ahora?

Pero tiene que hacerlo. Firme, determinada, la mujer joven se pasa una mano rápida por la cara, borrando con ella una lágrima furtiva. Prefiere disimular, hacer todo lo posible porque no se le note el dolor. La pena, el arrebato, la frustración de quien sabe que se ha de despedir. Y la rabia. En silencio, las dos mujeres se observan, sin apenas fuerzas ya. Ha sido duro, han sido valientes, y el descanso ya estaba más que ganado. Pero no así, maldita sea. No así… La más joven, la que permanece sentada junto a la camilla, aprieta los dientes mientras cierra los ojos con rabia, aunque nada más sea para que el gorrión no la vea llorar. «No así, maldita sea».

Cada una a su manera, ambas mujeres están a punto de convertirse en polvo en el viento que se acerca. En el mismo humo en el que hace apenas unas horas aún estaban envueltas. En derrota, en silencio. En furia. En fuego. Y, cuando todo acabe, cuando los pitidos cesen y las pantallas se apaguen, cuando una de las dos mujeres haya muerto, la otra saldrá al frío de la noche. Y, como un fantasma, también ella se diluirá en su propia oscuridad.

1

Nacer a la luz

Otoño de 2023

Son los últimos días de septiembre y el otoño lo ha disfrazado todo de una tranquilidad extraña. Como si, agotadas todas las celebraciones del verano más esperado, ahora la vida hubiera decidido serenarse, sin mayores metas que comenzar el regreso a la calma de la rutina. Una nueva temporada, un nuevo curso en el que esa misma vida parece no tener más objetivo que transcurrir, deslizarse sobre sí misma hasta la llegada de la siguiente primavera. El problema está en que todo esto no es más que apariencia, claro. Porque, a pesar de que casi nadie esté al tanto, lo cierto es que la realidad no es sino una calma tensa. Por ahora no es más que algo sutil, apenas perceptible. Pero está ahí, es electricidad lo que vibra en el aire. La tormenta ya se ha puesto en marcha y, sin remedio, las cosas pronto comenzarán a suceder a un ritmo vertiginoso.

Y feroz.

Pero no todavía. Por el momento, un hombre acaba de terminar su discurso. Nada de gran valor, en realidad. Un mensaje plano, casi vacío de contenido. Unos cuantos tópicos, un par de frases recurrentes y poco más. Pero en este negocio el fondo del discurso pocas veces es lo más importante. Él lo sabe, sabe que la posición en la que ahora se encuentra no depende de lo que diga.

No depende de su oratoria y, si le apuran, a estas alturas del juego, en las que el partido no ha hecho más que empezar, ni tan siquiera depende de sí mismo.

Depende, primero, de estar ahí. Y, una vez ahí, depende de permanecer ahí.

El hombre lo sabe y por eso mantiene una mano aferrada a la tribuna. Es un gesto sutil, algo que nadie más percibe. Pero, como el niño que no se suelta del borde en la piscina, él mantiene la mano izquierda agarrada al atril. Porque si ha aprendido algo es precisamente eso: en este negocio, la apariencia lo es todo y lo importante es seguir transmitiendo serenidad, confianza. No importa que en ningún momento haya sentido como propias ninguna de esas cualidades, la apariencia lo sigue siendo todo. Y por eso se mantiene aferrado al atril. Porque ese es el punto que le sirve de ancla para intentar camuflar la maraña de nervios que todavía le atenazan la garganta. Los siente, siente la presión en el pecho, el vacío en el estómago, el vértigo en la cabeza. Pero ahora que ha terminado su discurso, por completo falto de contenido, tan solo lleno del vacío habitual, comienza a asimilarlo.

Observa la penumbra a su alrededor…

Desde luego, la ovación es innegable. Los aplausos resuenan con fuerza, y eso le tranquiliza, aunque nada más sea un poco. Sonríe y, aún sin soltar la tribuna, alza la mano derecha para saludar al público. Ha sido complicado, es la primera vez que se tiene que enfrentar a algo así lejos de su zona de confort. Pero, ahora que lo ha hecho, ahora que recibe la respuesta, piensa que las cosas tal vez no hayan ido tan mal.

Sí, es verdad, Ernesto…

Siente el estruendo de los aplausos, el rumor de la ovación. Y, casi sin darse cuenta, se le escapa una sonrisa. Espontánea, relajada. Casi ingenua. Y, casi del mismo modo inconsciente, la mano izquierda también se relaja, soltando por fin el atril.

Ahí está, el hombre con los brazos alzados en el aire, saludando al auditorio, ahora por completo puesto en pie. Ha llegado.

Casi sin darse cuenta…

Porque llegar no ha sido fácil, eso desde luego. Ha costado y, aunque es mucho el camino que todavía queda por delante, esta prueba, el reconocimiento por parte de sus compañeros, es de una importancia mayúscula. Ha costado, pero aquí está.

Ya un poco más relajado, el candidato saluda de un lado a otro. Y por un instante se olvida de las sombras al final del auditorio.

Es precisamente desde el fondo de la sala, en una zona elevada sobre el patio de butacas, donde dos hombres contemplan la situación. El de la izquierda, un anciano en silla de ruedas asiente satisfecho al ver la reacción de los asistentes. Alza la mano en el aire y con su dedo índice, tan huesudo como trémulo, señala a toda esa gente ahí abajo, ocupada ahora en asegurarse de que el aplauso no deje de sonar mientras siga habiendo una sola cámara a la vista.

—Reunión de pastores…

Su voz es apenas un murmullo, un hilo fino y agudo.

—Mírelos —continúa—. ¿Sabe usted qué es lo que tenemos aquí?

—Por supuesto, Lobo —asiente el otro, de pie junto al anciano, y también con gesto complacido—. Puro entusiasmo.

—Exacto, Cortés, exacto… Entusiasmo. Puro, sincero y, lo que es más interesante aún, convencido. Entusiasmo —repite, sin dejar de contemplar la escena a su alrededor—, el combustible más valioso en este momento…

Los dos vuelven a quedar en silencio por un instante, ambos sin dejar de observar a la gente puesta en pie.

—De acuerdo —resuelve el viejo—, vamos allá. Asegúrese de que no les falte de nada, Cortés. Empezando por el dinero. Esta vez tiene que salir todo bien. Desde el principio —murmura—. *Da capo…*

2

La cacería de don Álvaro

Es evidente que todo ha comenzado ya. Los movimientos de las dos últimas semanas pondrían sobre aviso incluso al más despistado de los becarios. Imparable, la maquinaria se ha puesto en marcha, y don Álvaro ha venido a recogerse en el salón de los trofeos. ¿Y qué hacer, si no? Setenta y cuatro años, nada necesita demostrar. La suya siempre ha sido la trayectoria de un hombre respetable. Un señor, un caballero de los pies a la cabeza. Trabajador tan infatigable como fiable, de carrera inmaculada, y dispuesto hasta el día de su jubilación, más que merecida. E incluso después también, allá donde haya sido necesario... Leal, comprometido, tan elegante en las primeras filas como capaz para agacharse, remangarse y, si fuera necesario, desatascar cualquier tubería con sus propias manos. A don Álvaro nunca se le han caído los anillos por nada. General y soldado, ejecutivo y fontanero. Jefe y amigo. Y, sin embargo, si alguien le preguntara cómo se definiría él con una sola palabra, el señor Novoa no emplearía ninguno de esos términos para presentarse a sí mismo, sino uno bien distinto: don Álvaro ha sido, ante todo, un cazador. Un cazador paciente...

No hay nadie más en casa. Su hermana ha salido. Es viernes y hoy, como todos los viernes, Chon tiene partida de continental con sus amigas en el casino de Sabarís. Don Álvaro busca la hora en su reloj y por un instante su mirada se pierde en la fecha. Viernes 13. Sonríe al pensar que su hermana podrá echarle la culpa de su pésimo juego a la mala suerte. Sonríe, sí. Pero al momento comprende que no procede y, casi con vergüenza —casi—, borra la sonrisa de su cara. No procede, por supuesto que no. Delante de su hermana hace todo lo posible por disimular, pero de sobra sabe que desde hace unos días la sonrisa no procede, y a la vez que retoma el paso lento a través del salón de los trofeos, Álvaro piensa en los demás. En su hijo. Él tampoco está en casa. Claro que no… Ni su hijo ni su nuera vienen mucho por aquí. Su hijo es un tipo muy ocupado. Un trabajo señalado, un puesto de responsabilidad, un hombre importante… Un imbécil como tantos otros. Pero es su hijo, hay que quererlo. Por difícil que Caitán se lo ponga, lo cierto es que Álvaro lo quiere. Por descontado, esta no es una de esas familias que se pasan todo el día diciéndose unos a otros este tipo de memeces. Pero… Bueno, mira, esa es la verdad. Y, al fin y al cabo, seguro que Dios ama incluso a sus fracasos, ¿no es así? Seguro que la Biblia dice algo así. O, no sé, quizá sea la clerigalla la que lo diga, o vaya usted a saber quién… El caso es que a los hijos se les quiere. Mal que nos pese a los padres. Ahora, otro cantar es su nuera. Esa mujer es exasperante, por Dios. Insoportable, pura estupidez. Incluso en un momento como este, Álvaro no puede evitar apretar los puños al pensar en ella. Pero es la madre de su nieta. Y a ella sí que la echa de menos…

Aunque, de todos modos, ahora eso da igual. Ahora lo importante es que la casa está vacía, toda para él y sus fantasmas. Álvaro, don Álvaro, el señor Novoa, avanza sin rumbo por el salón de los trofeos. Sin prisa, pasea con calma, buscando cruzar su mirada con la de todos esos ojos sin vida. Animales muertos. Aves, pequeños mamíferos expuestos en las vitrinas, cabezas colgadas en las paredes. Presas… A pesar de tantos años pasados, muchos, incluso desde la última de las capturas, Álvaro todavía recuerda todos y cada uno de los momentos en los que se hizo con ellas. Todos los tiene anotados, todos los tiene guardados. Es lo mínimo que les debe, piensa, porque a todas y cada una de esas piezas fue don Álvaro quien les dio caza.

Cazar…

La caza es un asunto familiar. A él le enseñó su padre, del mismo modo que a su padre le enseñó el suyo, y al de aquel… Es algo que siempre ha estado en la familia. Por supuesto, no como un entretenimiento, mucho menos como un deporte. No, la caza es algo más. Es una cuestión de carácter, de actitud. De poder. La caza es una muestra de determinación. «Los Novoa somos cazadores», piensa, «siempre lo hemos sido. Los Novoa cazamos».

«O, por lo menos, eso era lo que hacíamos…».

Porque ahora todo parece haber cambiado. Su hermana sonreía cada vez que él llegaba con alguna nueva pieza lista para ser expuesta. Pero, a pesar de la insistencia en las felicitaciones, en el fondo Álvaro siempre supo que Chon lo hacía desde la condescendencia. Sí, su hermana siempre ha sentido lástima por cada una de esas presas, y en ocasiones Álvaro incluso ha llegado a preguntarse si en esa manera de apartar la vista, de mirar en otra dirección, no habría tal vez algo de vergüenza. De no querer reconocerse en esas formas… Por lo menos, Candela, su nieta, siempre ha sido mucho más clara: a la niña nunca le ha gustado entrar en el salón de los trofeos. «Los animalitos me ponen triste, abu…». Y sin embargo, mira tú qué curiosas pueden ser las cosas, porque para su nuera, esa estúpida remilgada, los «animalitos» nunca han sido más que unos bichos asquerosos. A pesar de lo mucho que incluso ella les debe.

Y luego… Bueno, Álvaro lamenta en silencio, negando con la cabeza y la mirada en el suelo: luego está su hijo. Él sí que no lo ha entendido nunca. No ha sabido verlo…

Por un instante, don Álvaro vuelve a sentir ese viejo acceso, el de la frustración por no haber sido capaz de transmitir el impulso cazador en Caitán. Se reprocha algo a sí mismo. A estas alturas ya debería haberlo superado. Pero esa es la verdad, Caitán Novoa nunca ha sentido el menor interés por la caza. No, interés no. Respeto. Caitán no ha sentido ningún respeto por esa relación. Como tampoco lo ha hecho por tantas otras cosas… Y ahora ya es tarde. Por más que a su padre le vuelva a doler, ahora ya no hay nada que hacerle.

Avanzando a través del salón en penumbra, don Álvaro va a sentarse en uno de los sillones que hay al fondo de la estancia, junto a la chimenea. El que siempre utiliza su hermana es de tela, sin mayor historia. Pero el suyo es un viejo sillón inglés de piel curtida. Una verdadera joya, casi otra captura por la que cualquier anticuario estaría dispuesto a pagar lo que fuera. Sentado ahí, en su sillón favorito, como un animal agazapado en su madriguera, Álvaro Novoa contempla el espacio frente a él. Sus trofeos, todas esas miradas muertas. Y asiente en silencio.

Porque, aunque nadie más lo sepa, la caza es mucho más. Significa mucho más, representa mucho más. Esconde mucho más que lo que muestra… Cada pieza expuesta, cada cabeza colgada, es la prueba de un instante que existió. Es el momento, es la compañía. Si todas esas piezas están ahí es porque señalan algo. Todos esos animales… Zorros, liebres, zorzales, faisanes. Pero también la caza mayor. Corzos, cabezas de ciervo, un soberbio jabalí y hasta un oso pardo, alzado en la más amenazadora de las poses. Todos, absolutamente todos, animales del país.

Y todos, absolutamente todos, recuerdan algo.

Porque cada uno de esos animales fue cazado el mismo día que se alcanzaba algún acuerdo, que se cerraba un trato, que se daba un apretón de manos con el que sellar un contrato importante. Porque cada una de esas piezas es la firma no escrita de algún gran negocio. Y porque, tras toda una vida de caza, es una buena parte de la historia última del país lo que se esconde detrás de cada una de esas piezas que ahora contemplan a don Álvaro con sus ojos de cristal. Toda una vida de cazador, siempre atento, siempre al acecho, y, sin embargo… Es cierto: por más que ahora le estrangule el orgullo reconocerlo, la verdad es que esto no lo vio venir.

Sabía que el momento llegaría, eso por supuesto. Pero no que lo haría tan rápido. Y, desde luego, no con semejantes implicaciones…

Con la mirada perdida en el expositor de madera y cristal que se levanta junto a su sillón, el señor Novoa recuerda su última conversación, apenas unos días atrás, con Toto Cortés, los dos caminando como dos buenos amigos que recorren el paseo sobre el enorme arenal de Praia América.

—Es el final de una época, Álvaro. El final de una manera de hacer las cosas.

—Te recuerdo que estás hablando de mi manera de hacer las cosas, Cortés.

El otro deja correr una sonrisa cargada de suficiencia.

—No sé cuántas veces te he dicho ya que los amigos me llaman Toto.

—Pues, ahora que lo dices… siempre he pensado que Toto es nombre de perro.

A Toto Cortés, tan poco acostumbrado a que nadie le lleve la contraria, la respuesta no le hace ninguna gracia.

—Permíteme señalarte que tu actitud no es la más conveniente, Álvaro. Puede que te haya servido a lo largo de todos estos años. De hecho, tú y yo sabemos que le has sacado mucho partido. Incluso… Bueno, incluso a costa de los amigos, ¿verdad?

Novoa apenas se inmuta.

—Me atrevería a decir que todos lo hemos hecho, Cortés.

—Por supuesto, Álvaro, por supuesto. Pero tú has sabido sacarle ese extra de beneficio—responde sin dejar de contemplar el mar junto a ellos—. Te has hecho un traje con esa actitud tuya. Uno a la medida de tu reputación. Y sí, no dudo de que te sientas muy respetable. Como cada vez que haces ese teatrillo tuyo por el que ahora te ha dado. Ya sabes a qué me refiero, ¿verdad?

—¿Debería?

—Por supuesto. Te estoy hablando de esa manía estúpida que tienes, la de ir a la caja cada primero de mes, como si tú fueras un pensionista más, y que el director de la sucursal te pida que pases a su despacho, aunque nada más sea para preguntarte qué tal va todo por casa.

Novoa observa a Cortés de reojo, desde ese espacio en el que la sorpresa se mezcla con el desprecio.

—Oh, por favor, no me mires así, Álvaro… ¿Acaso pensabas que no estaba al tanto? Venga, hombre, no me subestimes. Claro que lo sé. Como también sé que tú no eres un pensionista más.

Silencio incómodo, tenso. A pesar de los años que lleva en España, Novoa sigue identificando en el fondo de su voz ese poso en el acento de Cortés, ese deje venezolano que tanto le irrita. A nadie le gusta que le intimide un tipo con acento de actor de culebrones.

—Por supuesto que sí —continúa Cortés, ajeno a las incomodidades de Novoa—, claro que te gusta… ¿Y a quién no? A todo el mundo le agrada agarrarse a lo que sea que le haga sentirse respetable. De hecho, por mí puedes seguir manteniendo el personaje todo cuanto quieras. Como con tu abnegada hermana, que nunca hace preguntas. Pero no conmigo. No, conmigo no cuela. Sé que fuiste tú, Álvaro.

Más silencio, más incómodo, más tenso.

—No sé de qué me estás hablando.

Toto mantiene la mirada de Novoa, ajeno a la evasiva.

—Del olor que queda en el aire cuando desaparecen cuatro millones de euros.

Novoa sonríe con la mirada perdida en el horizonte.

—Vaya… ¿Eso es lo que os preocupa?

—Bueno, digamos que entre otras cosas…

—Pues… Hazme caso, Cortés: esté donde esté, ese dinero no debería ser vuestra mayor preocupación. Es más, si me apuras, incluso te diría que podríais considerarlo una inversión.

—¿Una inversión? ¿Y en qué clase de activos, si se puede saber?

Álvaro Novoa levanta una ceja.

—En trasteros.

—En… ¿trasteros? Álvaro, perdona, pero… ¿de qué me estás hablando?

—De seguridad —responde Novoa—. ¿O acaso pensabais que nadie se había preocupado de guardar vuestras cosas?

Toto Cortés se detiene y clava sus ojos en los de Álvaro Novoa, intentando calibrar la profundidad, la gravedad de sus palabras.

—Mira, Álvaro, no es un buen momento para andarse con juegos. Las cosas están cambiando. Tú lo sabes perfectamente, llevamos años esperando una oportunidad como esta, y ahora por fin lo tenemos al alcance de las manos. Ya casi podemos tocarlo.

—Pues muy bien por vosotros.

—¿«Por vosotros», dices?

El venezolano esboza una media sonrisa, una de esas que tan bien manejan aquellos que saben cómo encajar un golpe sin perder el porte.

—Mira, Álvaro, es hora de que tomes una decisión. Todo el mundo tiene que caer. De algún lado, quiero decir…

Flemático, en ese momento Álvaro Novoa hace todo lo posible por que el otro no perciba su malestar. Porque en realidad sabe que sí. Tanto en ese momento, los dos paseando por Panxón…

… Como sobre todo ahora, ya en la soledad de su casa, Novoa sabe que sí, que las cosas han cambiado, que los tiempos han cambiado, y que toca tomar una decisión. Posicionarse y jugar de una vez sus cartas. Al fin y al cabo, no es que sea una mala mano la que lleva… Pero Álvaro también sabe que, aunque tenga nombre de perro faldero, Toto Cortés es un dóberman. Y, sobre todo, porque sabe que Toto tiene razón: todo está a punto de cambiar. Y todo lo que no sea cambio es pasado. Las partidas de caza, las firmas no escritas, los apretones de manos en silencio. Las viejas formas. Él mismo… Álvaro sabe que todo está a punto de cambiar. Y que sí, que lo quiera o no, el cambio también le afectará a él. Esta vez se trata de algo serio, grande. Por más que hubiera intentado protegerse, por más que haya maniobrado con ese fin, de un modo u otro todo esto acabará afectándole a él. Y no, no lleva una mala mano. De hecho, cualquiera mataría por jugar con esas cartas. Y, sin embargo…

En la penumbra del salón de los trofeos, Álvaro Novoa hace memoria en silencio. Y, a estas alturas, todo lo que concluye es que está muy cansado. Se siente agotado, todo él es puro cansancio. Como una piedra, vieja como las montañas, que lentamente y sin remedio se hunde en el frío del océano más profundo y oscuro. Los últimos han sido días de tomar decisiones. Algunas rápidas, otras no tanto. Algunas sencillas, otras más complejas. Y ninguna fácil… Incluso es posible que alguna de ellas se pierda en el olvido. El mensaje en una botella arrojada al mar que, quién sabe, tal vez nunca llegue a ningún puerto… Pero ahora ya está, así lo ha decidido. Lo hecho hecho está, y él tiene sus razones para hacer las cosas como las ha hecho. Ahora, Álvaro está agotado, y el cansancio de toda una vida ya nada más le permite retener las fuerzas justas para un último movimiento.

Con lo que le queda de determinación, don Álvaro Novoa vuelve a ponerse de pie. Camina los dos pasos que le separan del mueble, abre las puertas del expositor de madera y cristal que se levanta junto a su sillón y toma su escopeta de caza preferida. La que siempre está cargada.

3

Plata, palo y plomo

Sábado, 14 de octubre

El extraño encanto de los lugares de vacaciones fuera de temporada. Como escenarios abandonados de antiguas películas... El mar de otoño, de gris y verde, se revuelve a lo lejos y las olas entran en la bahía para ir a morir en la playa de Silgar, frente a los hoteles, vacíos sin los turistas madrileños. Frente a las terrazas y los ventanales de las cafeterías, de los bares, de los restaurantes, vacíos sin los ruidos del verano. Desde el océano llega un viento frío que no deja de soplar con fuerza. Entra por la bocana del puerto deportivo y atraviesa los pantalanes, donde anima el insistente coro de cabos y poleas que, monótonos, repiquetean contra los mástiles de los veleros amarrados para envolver a toda la bahía en una extraña sinfonía de tintineos monocordes que se cuelan a través de las ventanas del club.

La sala de lectura no acostumbra a ser un lugar concurrido. De hecho, fuera de la temporada estival, apenas son unos pocos los socios que se dejan ver por las instalaciones del Real Club Náutico. Empresarios los más de ellos. Pero no de cualquier tipo, eso sí. Presidentes, directores de consejos de administración, empresas con siglas de tres letras, de esas que desfilan con flechas luminosas hacia arriba o hacia abajo en el parquet del IBEX 35. Algún que otro industrial, unos cuantos inversores y promotores inmobiliarios, varias caras y voces conocidas de la opinión pública y dos o tres altos directivos de banca que, con la excusa de acercarse a revisar el estado de las embarcaciones que mantienen amarradas durante todo el año en el puerto de Sanxenxo, tienen un pretexto para dejarse caer por el club. Por supuesto, y aunque son los que menos, también están aquellos que residen de forma permanente en la comarca del Salnés. Como don Román Lobato, uno de los más antiguos industriales gallegos, retirado hace años ya, y a quien solo sus más allegados tienen la venia para dirigirse a él como «Lobo». Y, por descontado, aquellos otros que, a pesar de no tener barco ni residencia cercana, acuden cuando se les convoca. Sobre todo, si es el Lobo quien convoca. En el más nutrido de los casos, rara es la ocasión en la que pasan de veinte los asistentes que se reúnen en la casa sobre el mar. Pero, precisamente por ser ellos quienes son, don Pablo, el director del club, sabe que, cuando hay cónclave, no hay interrupción posible, y lo único que puede entrar en la sala de lectura es el servicio. No importa lo rico, célebre o caprichoso que sea el cliente ávido de lectura. Si no se es miembro del cónclave, nadie, absolutamente nadie, tiene permiso para entrar.

Mientras la camarera termina de preparar la infusión del señor Lobato, los asistentes, a la espera de los que aún faltan por llegar, forman corrillos aquí y allá.

—Pero, entonces... ¿muerto?

—Bastante —responde Rozas—. Su hermana se lo encontró anoche, al regresar a casa.

—Cojones... ¿y se sabe cómo ha sido?

Federico Rozas, vicepresidente de NorBanca, esboza una mueca con los labios apretados, el gesto justo para hacerle saber a Goyanes que su pregunta no es de las que tiene respuesta cómoda.

—Bueno, todo apunta a que...

—Ha sido un accidente —lo ataja Toto Cortés, justo al tiempo que cierra la puerta tras de sí—. Un accidente limpiando una escopeta de caza. Por favor —es a la camarera a quien se dirige

— 33 —

ahora, interceptándola justo antes de que salga de la habitación—, ¿serías tan amable de traerme un café? Solo.

—Sí, claro, ¡que ahora va a ser que las escopetas se limpian apuntándose al pecho! Vamos, hombre, no jodas, Toto...

El que habla con tan poca discreción como consideración es Fernando Muros, el naviero.

—Y tú, guapita, ya que estás... —Muros repara en el aspecto de la camarera—. Coño, tú eres nueva, ¿no?

—Sí, señor.

—¿Y cómo te llamas, bombón?

No, ni el tono que Muros ha empleado para formular la pregunta ni mucho menos el modo en que la observa, revisándola sin discreción alguna de arriba abajo, son los más amables.

—¿Yo?—responde ella, intentando disimular su incomodidad—. Dora.

—Dora, ¿eh? —Nueva mirada—. Pues muy bien, Dorita, sé buena y tráeme a mí un Macallan, anda, corazón.

La chica abandona la sala sintiendo sobre ella la mirada lasciva del naviero, un líquido viscoso y repugnante que la empapa y la recorre entera.

—Coño con Pablito, tiene buen gusto para escoger a las nuevas, eh...

Nadie más comparte el comentario de Muros.

—Pero, entonces... ¿estamos hablando de un suicidio?

Es Lucas Marco, uno de los más famosos constructores coruñeses, quien pregunta con expresión preocupada.

Al ver que nadie responde nada, Muros tuerce el labio en un ademán cargado de soberbia.

—Bueno, o eso o lo han suicidado, sí... ¿Alguno de vosotros, tal vez? —pregunta con gesto divertido—. Porque yo hasta he oído algo de una nota de suicidio o no sé qué mierda.

Hay un murmullo general, un rumor entre incómodo y molesto. Antes de decir nada, Toto Cortés busca la reacción del hombre que permanece arrimado a uno de los ventanales, sentado en una silla de ruedas. Un anciano. Pero el hombre apenas se inmuta. Continúa con la expresión perdida, como si estuviera observando algo más allá de los cristales, algo en el medio de la ría.

—Sí, ha sido un suicidio —confirma Cortés—, pero no es necesario que lo vayamos pregonando por ahí, mucho menos delante del servicio, ¿no les parece, caballeros?

—Pues… qué queréis que os diga —murmura Goyanes—, haya sido como haya sido, a mí me parece una cabronada, coño. Morir así, después de toda una vida como la suya… Es una putada, hombre.

—Me cago en la virgen, Goyanitos, espero que eso lo digas por nosotros, coño. Porque te recuerdo que ese cabrón se ha largado dejándonos una buena cuenta pendiente.

—Bueno —le responde a Muros el constructor—, tal vez si en su momento tú no hubieras hecho las cosas tan mal como las hiciste…

La respuesta enerva aún más al naviero, que mantiene la mirada de Gonzalo Goyanes. A punto está de responderle algo, con toda seguridad no amable, cuando alguien se le adelanta.

—Plata, palo y plomo…

Es tan solo un hilo de voz, fino y agudo, débil. Pero todos lo reconocen. Es el señor Lobato.

El Lobo.

Cuando Toto Cortés se vuelve hacia él, se lo encuentra igual que hace un instante, con la mirada perdida en algún punto de la ría. Pero aquí todo el mundo sabe que, cuando el patriarca habla, lo que hay que hacer es callarse. Y escuchar.

—Anastasio Somoza. —La voz del viejo suena como un fuelle que pierde aire—. ¿Lo recuerdan, caballeros? El señor Somoza dirigió Nicaragua con arreglo a una máxima a la que siempre se mantuvo fiel y que no era otra sino gobernar con las tres pes: plata para los amigos, palo para el indiferente y plomo para los enemigos.

El dedo índice, flaco y huesudo, del señor Lobato todavía se mantiene trémulo en el aire.

—Plata —repite—, palo y plomo, señores. Los mismos números a los que llevamos jugando toda la vida… Nuestro antiguo amigo el señor Novoa también lo sabía. Dios, repartió, y sí, como todos sabemos, se quedó con mucho de eso mismo. Por supuesto, más de lo primero que de todo lo demás, si bien eso ahora da igual.

—¡Y un huevo *igual*, Lobo! Que te recuerdo que el muy cabrón nos hizo un hijo de cuatro kilos…

—Le repito que eso ahora no importa, señor Muros. —Lobato ha endurecido un poco la voz—. Si el señor Novoa ha optado por… echarse a un lado, lo que nosotros debemos hacer en este momento es ocuparnos de lo que debemos ocuparnos, caballeros. Porque sí, lo que ha oído es cierto: junto al cuerpo del señor Novoa han encontrado una nota de su puño y letra: «Al final, todo llega. Incluso el final».

—Eso es lo que yo he oído, sí —admite Muros.

Extrañado, Marco estrecha los ojos.

—Una reflexión cuando menos rara, ¿no?

—Si es que realmente se trata de una reflexión —advierte Lobato.

—¿Y qué otra cosa podría ser?

Todos se miran unos a otros sin saber muy bien qué decir. Hasta que es Toto Cortés quien rompe el silencio.

—Una amenaza —murmura.

—Exacto —asiente el patriarca—, esa también es una posibilidad…

Ahora sí, Román Lobato, el Lobo, cruza una mirada y un ademán con Toto Cortés. No es más que un gesto casi imperceptible, una señal con la mano que cualquier otro confundiría con algún tipo de temblor nervioso. Algo propio de la edad. Pero Cortés reconoce el aviso. Se acerca y empuja la silla de ruedas hasta el centro de la sala.

—De modo que ahora, y mientras no estemos en condiciones de esclarecer la verdad de la situación, lo único que realmente importa, caballeros, es que seamos capaces de manejar este nuevo escenario con la mayor inteligencia posible. Comprendan que, al contrario de lo que le pueda parecer a nuestro amigo el señor Muros, la pérdida de Álvaro Novoa podría habernos dejado en una situación delicada.

El naviero tuerce el gesto.

—Vaya, pues… perdona que te lo diga, Lobo, pero no entiendo cuál es el problema. Aparte de que se haya ido sin pagar, claro. ¿Acaso no se trataba de que escogiese? O colaborar, o no estorbar… Pues, coño, yo creo que ha dado una respuesta bastante clara. ¿O es que hay una manera mejor de no estorbar que metiéndose bajo tierra?

Cortés adivina el enojo en la mirada de Lobato.

—Las cosas pueden ser mucho más complejas, caballeros.

—¿Cómo?

Es Marco quien pregunta.

—En más términos de los que podríamos imaginar. Es cierto que ya hemos despejado la duda sobre la continuidad del señor Novoa, sí. Pero también lo es que no lo sabemos todo sobre su entorno…

—El… ¿partido? —pregunta Goyanes.

—No solo eso —responde el anciano—. Ahora mismo son muchas las variables que la muerte de nuestro amigo, el señor Novoa, ha puesto sobre la mesa. Comenzando por su reemplazo. Una cuestión que, como ya se imaginarán, tiene argumentos más que contundentes para no tomarse a la ligera. Sobre todo mientras no estemos seguros de conocer cuál era la mano que llevaba nuestro hombre…

—Pues yo diría que está claro, ¿no? La del hombre muerto —responde Muros con desprecio—, ases y ochos.

—¿Eso creemos? —le responde Lobato, ahora con gesto severo evidente—. ¿De verdad podemos estar seguros de que lo tenemos todo bajo control?

El patriarca del grupo se responde a sí mismo, negando en silencio.

—No… De modo que su reemplazo tampoco debe tomarse a la ligera —concluye.

—¿Tienes a alguien en mente, Lobo?

Lobato asiente despacio, casi con dificultad.

—Lo tengo —responde, todavía en un hilo de voz—. El hijo.

Desconcertado, Toto Cortés arruga el entrecejo.

—¿Caitán Novoa? —Es evidente que la respuesta lo ha cogido por sorpresa—. No sé, Lobo. Con el debido respeto, tengo mis dudas. Y, honestamente, no creo que sea yo el único... Al fin y al cabo, está el asunto del dinero de su padre.

—Al heredar, con un ojo reír y con el otro llorar, Toto.

Cortés tuerce el gesto.

—Te ruego que me disculpes, Lobo, pero... No sé qué decir. No lo conocemos bien, y, sinceramente, tampoco me parece que sea la opción más aconsejable.

Pero el patriarca vuelve a alzar la mano para, a pesar del temblor evidente, atajar con seguridad la opinión del hombre más poderoso de la banca gallega.

—Precisamente por eso. Porque no lo conocemos bien es por lo que debemos tenerlo cerca. Aunque...

El Lobo sonríe con convicción.

—Si el muchacho es un Novoa, tampoco sabrá de más padre que una avaricia desmedida. Para aprender, atender y entender —sentencia Lobato—. Háganme caso, caballeros: es con el joven Novoa con quien debemos hablar.

Aún sin apartar la mirada de don Román, que espera una respuesta, Toto Cortés asiente en silencio.

—Sí —se confirma a sí mismo el anciano, satisfecho—, Caitán será nuestro hombre.

4

Mis amigos y yo

Domingo, 15 de octubre

Apenas reacciona. Desde el viernes por la noche, Concepción, Chon, permanece casi en el mismo estado. Esta perplejidad ausente, esta suspensión de credulidad que le hace envolver todo en una especie de irrealidad extraña. El cuerpo de su hermano inmóvil, derramado en su sillón favorito sobre un charco de sangre. El cuerpo de su hermano inmóvil, en un ataúd que no recuerda haber elegido. El cuerpo de su hermano, inmóvil. Y, ahora, toda esta gente alrededor. Hombres y mujeres, sobre todo hombres, que no dejan de decirle cosas.

«Don Álvaro era un ser humano maravilloso, me ayudó cuando más lo necesit…».

«Su hermano era una gran pers…».

«No se imagina lo mucho que vamos a extrañar a su herm…».

Un rosario de hombres, mujeres, ropa cara.

«La acompaño en el sent…».

Todo se difumina ante la mirada extraviada de Chon, perdiéndose en una neblina densa y confusa.

«Don Álvaro siempre fue un grand…».

Una cara.

«Este país le debe muchísimo a su herman…».

Otra.

«Ya sabe usted dónde nos tiene a mi esposa y a...».

Un par más.

«El señor Novoa era...».

«Su hermano fue...».

Hombres y mujeres, sobre todo hombres, desfilan ante Chon, inmóvil junto a la puerta del panteón familiar, sin que la anciana alcance tan siquiera a identificar uno solo de los rostros que se presentan ante ella. En el fondo de su consciencia, de lo poco que aún no ha sido arrasado por el dolor y los calmantes, sabe que esto no es verdad. Sabe, intuye, que debería conocerlos, sabe que los conoce. Es toda una vida la que ahora está desfilando ante ella. Si no a todos, Chon conoce, tiene que conocer, a la mayoría de estas personas. Pero, ahora mismo, siente que no puede. De hecho, ahora mismo, a Chon Novoa incluso le costaría pronunciar los nombres de las dos personas que la acompañan.

A un lado, su sobrino permanece de pie junto a ella, apenas a unos centímetros de distancia. Con gesto serio, adusto, Caitán Novoa estrecha la mano de cada uno de los asistentes al entierro, y que ahora se acercan para darle el pésame por el fallecimiento de su padre. Y, al otro lado, Malena, la esposa de Caitán, empeñada en pasar un brazo alrededor de los hombros de Chon. En otras condiciones esta se lo habría apartado. Que de sobra sabe lo que busca esta estúpida con ese gesto. Aprovecharse de la situación, claro, hacer ver que, además de un alto cargo del Gobierno autonómico, Malena Bastián también es una especie de nuera, o sobrina nuera, o lo que demonios sea esa mujer, atenta y cariñosa. Al igual que su hermano, Chon tampoco es que haya sentido nunca un especial afecto por Malena, a la que siempre ha tenido por poco más que un desperdicio de oxígeno. Mira, no sabría explicarlo, pero es que esa mujer tiene algo. Algo que le provoca dentera. Es... *algo*. Y sí, en otras condiciones se desharía del abrazo, le diría dónde se puede meter la pose y la mandaría al cuerno. En otras condiciones... Pero es que ahora mismo Concepción Novoa no está en otras condiciones. Ahora, en el fondo, Chon siente que si Malena no la mantuviera sujeta toda ella se vendría abajo. Desaparecería a través de la tierra. Y no le importaría. Ahora mismo Chon no tiene fuerzas más que para dejarse hacer, y siente que lo único que desea es que toda esta procesión de desconocidos acabe cuanto antes. La hermana de Álvaro agacha la cabeza, y tan solo alcanza a pensar en desaparecer, dejar que la tierra la trague, cuando de pronto siente algo diferente. Alguien ha venido a cogerla con cariño. Desconcertada, Chon vuelve levantar la vista y, para su sorpresa, reconoce al hombre que la contempla.

—Gael…

—Chon. —El hombre, un tipo alto y fuerte, en la medianera de los cuarenta, también tiene los ojos enrojecidos, aún humedecidos por las lágrimas—. Lo siento mucho, tía Chon, lo siento muchísimo.

Chon rompe a llorar.

—Él te quería —solloza—. Álvaro te quería muchísimo…

—Lo sé, Chon, lo sé —responde el hombre, al tiempo que se hunde en un abrazo con la anciana, separándola casi inconscientemente del abrazo de Malena—. Yo también lo quería a él.

—Como un hijo —lamenta—, Álvaro te quería como a un hijo, Gael.

Sin saber muy bien cómo reaccionar, Malena busca la mirada de su marido. Y lo que encuentra es una mueca incómoda.

—Venga —interviene, a la vez que vuelve a coger a la mujer bajo su brazo—, ya está, Chon, ya está.

Comprendiendo que su presencia allí no resulta del agrado de todos, el hombre deshace el abrazo y deja ir a la mujer.

—No te preocupes —le dice con gesto cariñoso—, no pasa nada. Ya hablaremos, tía Chon.

El hombre deja que la sonrisa se consuma mientras aún contempla a la anciana, y, a continuación, se despide de los otros dos.

—Malena, Caitán.

—Gael.

Ninguna de las partes pone nada en el saludo. Frialdad, distancia. Nada más. La misma indiferencia que hay entre quien pide la hora y quien la da.

Cuando por fin el hombre, este tal Gael, se aleja del grupo, Caitán Novoa hace lo posible por mantener la compostura. Pero apenas lo consigue. Clava su mirada en la espalda del tipo, y es su propio dolor el que le advierte de la fuerza con la que se está mordiendo los labios. Es evidente que el encuentro no ha sido de su agrado. Incómodo, se inclina hacia Malena y le murmura algo al oído.

—Claro —responde ella, también en un murmullo—, no te preocupes.

Al momento, Malena le susurra algo a Chon, que asiente en silencio, y ambas mujeres echan a andar, por fin en dirección a la salida del pequeño cementerio de Panxón, uniéndose al río de gente que abandona el camposanto. Tan solo Caitán permanece inmóvil junto la tumba de su padre. Pero ahora ya nadie se le acerca. Cualquiera entendería que quiera tener cinco minutos de intimidad para despedirse. Aunque no sea cierto.

Caitán continúa intentando recuperar la calma, o por lo menos aplacar el enojo que este último encuentro le ha provocado, cuando nota que alguien se le acerca por detrás. Maldita sea… Aprieta los dientes, siente el impulso de decir algo. *Algo* como, por ejemplo, mandar al carajo a quien sea que haya venido a molestarlo. ¿Es que no lo pueden dejar en paz un momento, coño?

—Buenas tardes, Caitán.

Pero no lo hace. Algo en la voz a sus espaldas le ha puesto sobre aviso. Advertido, Caitán Novoa se da la vuelta y todo su malestar desaparece al instante.

—Señor Cortés… disculpe, no sabía que estaba usted aquí.

—Es que no lo estaba. De hecho, soy yo quien te pide disculpas, pero me ha sido a todo punto imposible llegar antes. Acabo de cruzarme con tu mujer, ha sido ella quien me ha dicho que podría encontrarte aquí. Espero no importunarte.

—Oh, no, por favor, no. Ya sabe usted cómo son estas cosas. Tanta gente…

—Por supuesto. Por favor, permíteme que te dé mi más sentido pésame —señala al tiempo que le ofrece su mano tendida—.

Tu padre era una persona excelente. Yo mismo me he encargado de que el banco enviase una corona en su nombre.

—Sí, sí —asiente Caitán a la vez que aprieta la mano de Cortés—, la hemos visto. Muchas gracias.

—Qué menos… Como ya sabrás, él y yo manteníamos una muy buena amistad.

Caitán entrecierra los ojos y al momento intenta disimular el gesto. Porque eso sí que no se lo esperaba…

La verdad es que Caitán Novoa ni se había enterado de que el banco que preside Cortés hubiera enviado ninguna corona. Él no está para fijarse en esas cosas. Pero bueno, al fin y al cabo, su padre es —era— una persona relevante, eso es innegable. Un hombre acostumbrado a tratar a lo largo de su trayectoria profesional con empresas, instituciones, otros partidos políticos… No, dada la historia de su padre, recibir coronas desde ciertos estamentos no tiene nada de extraño, de manera que las de uno u otro banco tampoco sorprenderían a nadie. Pero, esto otro… ¿Su padre y Toto Cortés, una muy buena amistad? Caitán intenta disimular, pero no, la verdad es que eso no lo sabía. Aunque no deja de ser una buena noticia, claro…

—Claro —responde al fin—. Gracias, muchas gracias, señor Cortés. Le agradezco mucho el detalle.

—No hay de qué, es la verdad. Pero, por favor —Toto da un paso más hacia Caitán Novoa—, llámame Toto. Es como lo hacen mis amigos.

Es en la distancia corta de la familiaridad donde Toto Cortés deja entrever ese rasgo más personal, un ligero deje en el acento, el eco de un aire venezolano que se cuela entre los pliegues de una sonrisa amable, cercana, perfectamente medida, y Caitán Novoa tiene que hacer un esfuerzo por seguir disimulando, esta vez, el entusiasmo que tal familiaridad le produce.

—De acuerdo… Toto.

Cortés asiente, complacido.

—Escucha, ¿te importa si te acompaño un momento? Hay algo que me gustaría comentar contigo.

—Por supuesto.

—Bien. Verás…

Con naturalidad, como si se tratase de un movimiento casual, no pensado, Toto coge a Caitán del brazo e, interpretando el gesto como una invitación, ambos comienzan a caminar, alejándose del panteón, pero también de la gente. El cementerio de Panxón es pequeño, apenas hay por dónde perderse. Cortés y Caitán caminan despacio, avanzando por entre las columnas de nichos hacia el interior del camposanto.

—Cuánta gente ha venido, ¿verdad?

—Desde luego. Sinceramente, estamos un poco desbordados por la reacción. No me imaginé que sería de esta manera…

—Bueno —responde Cortés—, es lo normal, Caitán. Tu padre siempre fue un hombre bueno y generoso.

Toto habla mientras con la mirada repasa los nombres en las lápidas. Aballe, Sanromán, Costas, Iglesias, Chamorro…

—Generoso —repite— y muy razonable.

El matiz no le pasa inadvertido a Caitán. Comprende que ese comentario conlleva algo más. Algo por lo que prefiere esperar. Callar, y que sea Toto Cortés quien se explique un poco mejor.

—Escucha, Caitán. Como sin duda sabrás, tu padre era un hombre de, digamos, inquietudes. Inquietudes que compartía con la gente que me ha pedido que, en su nombre, hable contigo.

Esta vez sí, Caitán Novoa no llega a tiempo de disimular su extrañeza.

—La gente que le ha pedido… Disculpe, Cortés, pero creo que no le sigo. ¿De qué gente me está hablando?

Toto vuelve a apartar la mirada, esta vez en dirección al mar, visible en la distancia, más allá de los muros del cementerio. Y deja correr una nueva sonrisa. Una que a Caitán le parece distinta. Afilada…

—Amigos, Caitán. Buenos amigos míos. Gente con la capacidad de hacerte muy feliz. Personas, en definitiva, muy generosas a las que, por supuesto, también les gustaría considerarte un amigo más…

Despacio, como si no hubiera dicho nada, Toto se vuelve de nuevo hacia Caitán, que siente cómo la mirada de Cortés se clava en la suya.

—¿Qué me dices, me sigues ahora?

Lentamente, Caitán comienza a asentir en silencio. Y a sonreír. Al fin y al cabo, Toto Cortés es el presidente del consejo de administración del principal banco de operaciones gallego, y a Caitán Novoa no le parece mala idea la posibilidad de que los amigos de Toto sean sus amigos.

—Por supuesto…

—Bien —celebra Cortés, satisfecho—, porque ahora lo importante no es el quién, sino el qué.

—Soy todo oídos.

—Como me imagino que sabrás, estamos dando pasos hacia algo muy importante. Algo que, si sale como todos queremos, puede ser más que muy beneficioso. Para todos, por supuesto. Pero, para algunos… Bien, digamos que para algunos podría serlo un poco más. ¿Me comprendes?

—Claro. Se refiere al movimiento del jefe, ¿verdad?

Toto arquea una ceja en un gesto que, de nuevo, Novoa no sabe cómo interpretar. ¿Desprecio? ¿Arrogancia?

—Sí, al de *tu* jefe —matiza Cortés—. Lo importante es que, si todo continúa como esperamos, tendremos que empezar a pedir presupuestos a empresas de transportes. Ya sabes, nos tocará mudarnos a la capital. Y, sinceramente…

Toto vuelve a apartar la mirada, de nuevo hacia el mar. Pero a estas alturas ya no engaña a Caitán. De sobra ha comprendido que lo único que el otro está buscando es una pausa dramática, algo con lo que tensar la curiosidad de Caitán, que ya tiene el cebo más que mordido.

—¿Sinceramente…?

Toto sonríe.

—Estamos considerando muy en serio la opción de llevarte con nosotros, Caitán.

No importa que estén en un cementerio.

No importa que sea el entierro de su padre.

No importa nada.

Esto podría significarlo todo.

Caitán tiene que hacer un esfuerzo considerable, esta vez sí, para disimular el entusiasmo, la satisfacción tan intensa que la respuesta de Toto Cortés le produce. De hecho, no está seguro de haberlo conseguido.

—Vaya —responde, intentando esconder todo lo anterior—, no sé qué decir...

Pero la sonrisa le delata. Y Toto lo sabe.

—Un sí sería una buena opción.

A estas alturas, la satisfacción de Caitán es más que evidente.

—Para mí sería un orgullo, desde luego.

—Para nosotros también —le devuelve Toto—. Tan solo...

Nueva pausa. Vaya. Siempre hay algo...

—¿Qué?

Toto ladea ligeramente la cabeza a la vez que aprieta los labios.

—Tan solo hay un pequeño detalle.

—Tú dirás.

—Mis amigos y yo estamos al tanto de ciertos detalles, Caitán. Detalles... ¿cómo te diría? Incómodos.

—No sé a qué te refieres.

—Verás...

Como si estuviera a punto de decir cualquier cosa sin importancia, el banquero dibuja con el pie alguna forma en la gravilla del suelo.

—Sabemos que en tu entorno hay gente que se relaciona con ciertas personas, Caitán.

—¿Ciertas personas? Toto, mi entorno es muy grande. Soy el director de Galsanaria, dependemos de Sanidad. Yo mismo me relaciono con más de...

Cortés niega con la cabeza a la vez que sonríe, condescendiente, haciéndole ver a Caitán que no siga, que la cosa no va por ahí.

—Ni el entorno al que me refiero es el del departamento de Sanidad, ni las personas de las que te hablo son las que mencionarías en un lugar como este, Caitán. Y mucho menos en voz alta.

A Caitán le parece que el tono de Toto Cortés se ha vuelto seco, severo incluso, y siente que las cosas ya no van todo lo bien que parecía hace un instante.

—Las personas de las que te hablo —continúa Cortés— son esas que no saben respetar los cauces de negocio habituales. Gente con prisa, personas impacientes. Sabes a qué me refiero, ¿verdad? Adjudicaciones a dedo, regalos, mordidas... Bueno, ya me entiendes. Al fin y al cabo estamos hablando de gente a la que vosotros mismos, tú y tu padre, invitasteis a entrar aquí, ¿verdad?

Un momento, un momento. Esto... ¿es una acusación? De pronto incómodo, a Caitán se le congela el gesto.

—Bueno, perdona que te contradiga, Toto, pero en realidad creo que te equivocas. Eso fue más cosa de mi padre...

—¿Ah, sí?

—Sí. Fue con él con quien hicieron negocios por primera vez...

—Oh, sí, claro —admite Toto, con gesto de acabar de comprender su propio error—. Las elecciones de 2012, ¿verdad? Fue con ellos con quien negoció la gestión de todos los actos de campaña del partido...

Novoa mira a uno y otro lado.

—Así es.

—Claro, claro, qué despiste. Pero, ahora que lo pienso...

Lentamente, los ojos de Toto Cortés vuelven a clavarse en los de Caitán.

—¿Acaso no siguieron haciendo negocios con el partido desde entonces? Incluso después de... la jubilación de tu padre, ¿no es así?

Caitán ha percibido tanto la pausa como el matiz extraño en la forma de pronunciar la palabra «jubilación».

—Sí, sí, así es.

—Sí, eso es lo que tenía entendido. Es más, puestos a hablar con exactitud, juraría que es tu nombre el que más veces aparece en su lista de contactos habituales... Dime, Caitán, ¿me equivoco también en esto?

Ahora ya a todas luces incómodo, Caitán prefiere no responder nada esta vez. ¿Para qué hacerlo? Resulta evidente que ambos conocen la verdad del asunto.

—¿Qué me dices entonces, muchacho? ¿Crees que nos entendemos mejor ahora?

—Sí, creo que sí...

—Bien. Porque, como es obvio, esas relaciones no afectan solo a tu departamento.

Caitán aprieta los labios, como si de pronto se hubiera dado cuenta de que lo han descubierto en algún tipo de situación comprometedora.

—Yo...

—Oh, no, no —lo ataja Cortés—. No se trata de eso, Caitán. No estoy aquí para afearte nada. Nosotros sabemos cosas, tú sabes cosas... Bueno, ya sabes lo que dicen, el que esté libre de pecado que tire la primera piedra, ¿verdad? De hecho, a nosotros, a mis amigos y a mí, todo eso nos da igual. Siempre y cuando las salpicaduras vayan hacia abajo. Porque, claro, otra cosa...

Silencio. Y, esta vez sí, Caitán puede completar la frase.

—Es cuando las salpicaduras van hacia arriba.

Toto le mantiene la mirada.

—Exacto. Al fin y al cabo, todos dependemos de alguien, ¿no es así? Tú mismo lo señalabas hace un momento. El tuyo, el mío... Todos tenemos un jefe en algún lugar, ¿no?

—Claro...

—Bien, pues me alegro de que hayamos llegado a este punto, porque ahora... —Cortés deja correr una sonrisa rápida, evidente—. Bueno, supongo que ahora ya sabrás qué es lo que mis amigos y yo queremos de ti, ¿verdad?

Caitán Novoa también asiente en silencio. Desde luego, es muy cierto eso de que nada es gratis en la vida.

—Queréis que me encargue de limpiar la casa.

—Chico listo... Caitán, nos encantaría trabajar contigo, del mismo modo que lo hacíamos con tu padre. Y tú sabes cómo funciona el negocio. Queremos contar contigo. Pero antes, y como te decía, necesitamos que nos hagas ese pequeño favor. Por el bien de todos. ¿Me comprendes?

—Por el bien de todos —repite Caitán—. Por supuesto.

—Eso es —resuelve Toto, de nuevo con aire satisfecho—. Sabemos que ahora ya están bien relacionados. Ya sabes, toda esta gente de la que te hablo. Y, a falta de tu padre, tú eres quien mejor los conoce. De modo que no creemos que haya nadie mejor que tú para atajar el problema.

—Puede ser…

—Es —le corrige Cortés—. Soluciona eso, Caitán, deshazte de todo lo que sea susceptible de convertirse en un problema.

—De acuerdo.

—Por supuesto, no es necesario indicarte que deberás actuar con la mayor discreción. Entiende que en apenas unos días tu jefe será el centro de todas las miradas. Cualquier movimiento extraño en su entorno, por amplio que este sea, podría llamar atenciones indeseadas. Y nosotros no queremos eso, ¿verdad?

—Ni mucho menos.

—Bien…

Toto Cortés tiende la mano, y Caitán la estrecha con fuerza.

—Haz que todo quede limpio como el culito de un bebé, y yo mismo te entregaré las llaves de vuestro nuevo piso. Dime, ¿crees que a Malena le gustará el paseo de la Castellana?

5

Los despachos del cielo

Galsanaria es una empresa pública. Depende del Sergas, el Servicio Gallego de Salud, y según la página de la Xunta de Galicia, su principal función es la facilitación y prestación de servicios de alta tecnología al sistema de Sanidad Pública. Es cierto que ese es su cometido más vistoso, el que a su director general le reporta los titulares más llamativos. Al fin y al cabo es bueno que la gente sepa que, gracias a las gestiones de su departamento, un hospital público es pionero en radioterapia pulmonar, o que ha sido uno de sus equipos el que ha gestionado la adquisición de un nuevo acelerador lineal con el que ayudar a combatir el cáncer.

Pero además de estas funciones, Galsanaria también es la empresa encargada de desarrollar, ejecutar y, en determinadas ocasiones, explotar las infraestructuras sanitarias dependientes de la comunidad. Es cierto que esa parte del trabajo, desde la contratación de servicios auxiliares, cocinas, limpieza, hasta la concesión de las exclusivas para instalar las máquinas del café, no ofrece titulares tan llamativos como los anteriores. Pero a su director general ya le va bien así. Al fin y al cabo, la gente tampoco tiene por qué saberlo todo...

La empresa se gestiona desde la última planta del Hospital

do Meixoeiro, una imponente mole blanca de ocho pisos de altura, levantada sobre una de las colinas más altas de las que rodean la ciudad de Vigo. Pegados al cielo, pocos despachos hay en toda la ciudad con mejores panorámicas que las que se contemplan desde la mesa del director general. Con solo levantar la vista, Caitán Novoa tiene Vigo a sus pies, toda ella tendida frente al mar. El director general de Galsanaria contempla la ría casi de un extremo a otro, desde el estrecho de Rande hasta su salida al Atlántico. Y es precisamente por ahí, con la mirada perdida en las islas Cíes, allá a lo lejos, por donde Caitán intenta encontrar la paciencia que necesita para no colgar el móvil y dejar a su mujer con la palabra en la boca.

—Escucha, Malena, te estoy diciendo que sí, que lo tengo todo controlado. Ahora, y las dieciséis veces que ya me lo has preguntado en esta misma conversación…

—Pero es que no acabo de verlo claro, Caitán. Por el amor de Dios, ¡estamos hablando de una investigación judicial! ¿Tú eres consciente de todo lo que pueden encontrar?

—Sí, claro que lo sé. Pero te repito que lo tengo todo contr… ¡Coño, Malena! ¡Que no sé cuántas veces te lo he dicho ya, joder!

El exabrupto hace que esta vez su mujer se decante por el silencio, aunque nada más sea momentáneamente. Caitán nota el nerviosismo de Malena al otro lado de la línea. Y comprende la necesidad de tranquilizarla.

—A ver, Malena. —Su marido intenta un tono más amable, más conciliador—. Escúchame, ¿sí? Te digo que no te preocupes, que sí, que habrá una investigación. Pero no nos va a pasar nada, ¿me entiendes? Sé hasta dónde va a llegar la cosa.

Más silencio.

—Venga, cariño… ¿Qué pasa, que ahora ya no confías en mí?

Pero Malena no está para las zalamerías de Caitán.

—No me hagas responderte a eso…

Novoa sonríe, percibe que por fin ha logrado calmar a su esposa.

—Todo saldrá bien, ya lo verás.

—¿Y qué hay de López? Porque no creo que él lo vea tan claro como tú...

—A López déjamelo a mí. De él ya me encargo yo. Y de los otros también.

A Caitán Novoa no le cuesta nada visualizar a su mujer, mordiéndose las uñas al otro lado del aparato.

—No sé, Caitán...

Por fortuna para el director general de Galsanaria, las dudas que vuelven a asomar en la voz de su esposa lo hacen al mismo tiempo que otra señal, el aviso sonoro de que le está entrando otra llamada. Echa un vistazo rápido a la pantalla de su móvil. Es ella.

—Pues yo sí lo sé —ataja a Malena, zanjando la cuestión—. Escucha, luego hablamos con más calma. Te dejo, que es la llamada que estaba esperando.

Sin aguardar respuesta ni despedida alguna, Caitán da por finalizada la conversación con Malena y desliza el icono verde para aceptar la nueva llamada entrante.

—Hola, Carla. Oye, muchas gracias por llamarme tan rápido.

—No hay de qué. Toto me dijo que tenías algo importante que explicarme.

—Sí. Verás, necesito pedirte un favor...

—Tú dirás.

Caitán toma aire antes de hablar.

—¿Quién crees que podría echarnos una mano con ciertos trapos sucios?

—Bueno... Eso depende. ¿Qué es lo que queremos? ¿Lavarlos o airearlos?

Satisfecho, Caitán deja correr una sonrisa casi aliviada. Tan solo la persona correcta podría responderle con semejante pregunta.

6

La burocracia del infierno

La del Servicio de Control Financiero Permanente es una de esas puertas en las que nadie repara. Uno más en la interminable lista de departamentos que dependen de la Consellería de Hacienda, en su caso, el de Control Financiero —o, como se lo conoce entre sus miembros, el CoFi— pertenece a la división de Intervención General de la Comunidad Autónoma, y, en el laberinto de competencias de las que ha de hacerse cargo, tiene un papel muy especial la de vigilar las finanzas de aquellos organismos y entidades dependientes de la Administración de la comunidad autónoma. O, dicho de una manera más sencilla, el equipo del CoFi es el encargado de vigilar el buen uso del calcetín bajo el colchón de decenas de estamentos administrativos.

Algunos de ellos son tan pequeños que a veces ni los propios gestores del CoFi ni los empleados de esos mismos estamentos sabrían decir con demasiada seguridad para quién trabajan. Otros, por el contrario, son de estructura bastante más compleja. Como, por ejemplo, el Sergas: en lo tocante al Servicio Gallego de Salud, el CoFi es el responsable de la elaboración de sus informes financieros, así como de la propuesta y seguimiento de medidas correctoras allí donde fuera necesario. Algo que no siempre es del gusto de los administrados, pero... ¿qué se le va a hacer? Es un trabajo desagradable, una especie de fiscales internos. Pero, como cualquiera de los funcionarios asignados al

CoFi explicaría a cualquier compañero que le preguntase, su función es de las más relevantes de la Administración pública. A fin de cuentas, alguien debe vigilar a los vigilantes. Y sí, eso es lo que repiten una y otra vez sus funcionarios. Aunque nadie se lo pregunte… Como una especie de mantra, ellos se lo repiten a sí mismos una y otra vez. «Es un trabajo importante, alguien debe hacerlo. Es un trabajo importante, alguien debe…». Porque, a pesar de tamaña importancia, lo cierto es que en la mayoría de las ocasiones su actividad es tan aburrida como parece.

Por fortuna, la jornada laboral ha concluido ya. Incluso los más rezagados del equipo han debido de llegar a sus casas. Es tarde, fuera ha oscurecido hace horas, y en las oficinas de la tercera planta de San Caetano, el complejo administrativo de la Xunta en Santiago de Compostela, ya no queda nadie. Tan solo una luz permanece encendida. La del despacho de Gael Velarde, el director del departamento, que, como tantas otras veces, esta tarde también sigue trabajando. Y eso que al principio nadie daba un duro por él. Pero, para sorpresa de todos, ahí está…

Porque resulta que Gael es un buen jefe. Llegó al CoFi como tantos otros directores y subdirectores generales en tantos otros departamentos, no por oposición, sino por nombramiento. *Cargos de libre designación*, esa vía intermedia que discurre sinuosamente entre los altos cargos, de perfil más político, más «de partido», y el cuerpo de funcionarios. Cargos con una vida sin demasiadas complicaciones, ni más oficio que el de ser jefes, con la única preocupación de estropear el paisaje lo menos posible, aunque nada más sea por mantener sus expedientes limpios y pulidos, de cara a posibles promociones posteriores. Una vida, en principio, fácil. Y, sin embargo, Gael…

Gael sabía que él también le debía el despacho a alguien. Alguien que, en su momento, al comienzo de la legislatura anterior, lo puso ahí, *y luego ya veremos*. Pero él se lo tomó de otra manera. «De acuerdo, este es mi trabajo», pensó. «Hagámoslo lo mejor posible». Y a pesar de la falta de entusiasmo inicial por parte del equipo a su cargo —a fin de cuentas, los funcionarios del CoFi, como todos los de cualquier administración pública, ya estaban más que acostumbrados al rosario de trepas sin otra preocupación que el siguiente ascenso—, el buen hacer de Gael no tardó en ganarse el respeto de sus subalternos. No en vano es la primera vez que alguien se mantiene en ese mismo cargo más de una legislatura. Desde luego, el director del CoFi no es que sea el primero en llegar a la oficina, que en el departamento todos saben que la de Gael no es la más ordenada de las vidas. Pero siempre, y sin excepción, es el último en irse. A veces, incluso, el *muy* último.

Por eso hoy, como todos los días, al último en salir no le ha extrañado que Gael permaneciera con la mirada puesta en la pantalla de su ordenador, la expresión grave, el gesto concentrado. Acostumbrado a seguir el dinero, tirar del hilo no es nada nuevo para el jefe del departamento. Intervenir cuentas, pedir explicaciones, desenmarañar ovillos y sí, de vez en cuando, descubrir lo que otros no quieren que sea descubierto. Ya lo ha visto en otras ocasiones. Pagos extraños, partidas tapadas. Comisiones al final del hilo. Pero esto… Esto es distinto. Esto es serio. Es grande, es preocupante.

Y, sobre todo, no es legal.

Lo ha revisado una y otra vez. No ha salido de esta cuenta, ni de esta otra. No tiene nada que ver con este departamento ni con ningún otro departamento relacionado. De hecho, no hay movimientos semejantes en ninguno de los departamentos posibles. Ni en los imposibles. Y, sin embargo… Es innegable, por extraño que parezca, ahí está. Sencillamente, ahí está. Una cuenta. Un titular. Un beneficiario. Y una cantidad. La misma que esta mañana ha hecho saltar la alarma.

51.111,75 euros.

Una cantidad extraña. No es redonda, pero tampoco coincide con el porcentaje de ninguna partida conocida. Una cifra disfrazada de aleatoriedad. O sea: una comisión de manual. Así que la pregunta ya no es cuánto, ni dónde. No, la pregunta es otra. ¿Qué hace todo este dinero aquí?

O, dicho de otra manera: ¿por qué?

7

El cuarto poder

Martes, 17 de octubre

—Dime.

—¿Dónde estás?

—Aquí, en redacción. ¿Por?

—Ven.

—Dame un segundo, que estoy en Local, estamos viendo lo de…

—No, no —la ataja—. Déjalo y ven. Ahora.

Perpleja por la manera en que Guzmán la ha cortado, en absoluto las formas habituales de su director, Nuria comprende que ocurre algo.

—Esto… ¿Va todo bien?

Al otro lado de la línea, Rodrigo Guzmán resopla contra su teléfono.

—Guerra está aquí.

La sorpresa hace que Nuria tarde un par de segundos en responder.

—¿Guerra? Joder, ¿así, de repente? Pero… ¿Por qué?

—Pues no lo sé. ¡Hola! —Nuria comprende que su director ya no se dirige a ella—. Sí, por favor, pasa, siéntate. Nuria, ven. Ya.

Es evidente que en ese «ya» hay tanto apremio como necesidad.

—De acuerdo —murmura—, voy ahora mismo.

Nuria Galdón, la subdirectora del periódico, atraviesa la redacción aún dándole vueltas a su móvil en la mano, y sin dejar de morderse el labio, incómoda.

«Mal asunto», piensa. «Malo, malo…».

Tiene que tratarse de algo serio para que Pérez Guerra se les plante así, en el despacho del director, y sin avisar. Algo serio y, con toda seguridad, problemático.

A medida que avanza por el pasillo de Dirección, Nuria reconoce la voz de Guerra en el despacho de Rodrigo. Esa voz tan característica. Floja, lánguida. Como de mosquita muerta. Esa voz tan característica, y que tanto la irrita.

—Gracias por recibirme, Rodrigo. Por favor, disculpa que me haya presentado así, sin avisar. Espero no haberte importunado mucho…

Aún desde el pasillo, de manera que solo Rodrigo la pueda ver, Nuria replica en una mueca, silenciosa y burlona, la última frase de Pérez Guerra, la secretaria general de Comunicación.

—Oh, no, por favor, no te preocupes —le responde el director, todavía sin apartar la mirada de la puerta—. Mira, de hecho, aquí está Nuria. Pasa, pasa. Te estábamos esperando, Nuria.

Hay algo sutil en la manera en la que Rodrigo se le ha dirigido. Es apenas nada, una mirada rápida, discreta, algo que solo perciben entre ellos. Algo que tanto podría significar «Ya era hora, joder» como «Ni se te ocurra liarla…».

—Creo que ya os conocéis, ¿verdad? Nuria Galdón, subdirectora del periódico…

Nuria le tiende la mano a Guerra desde una sonrisa serena, muchísimo más relajada que toda la expresión corporal del director del periódico.

—Por supuesto que nos conocemos —responde la secretaria general desde otra sonrisa amabilísima, al tiempo que toma la mano de la subdirectora—. ¿Qué tal, Nuria, cómo estás? Por cierto, creo que nunca llegué a preguntártelo, ¿os gustó la cesta que os enviamos por Navidad? Que sepas que me encargué personalmente de advertir que no llevara nada que contuviera frutos secos. Porque tus hijos son alérgicos, ¿verdad?

Galdón no puede evitar el gesto. Es una sonrisa, sí, pero diferente a la anterior. Porque lo que Rodrigo acaba de contemplar no solo es la confirmación de que Nuria y la secretaria general de Comunicación se conocen, sino una demostración: a Carla Pérez Guerra le gusta dejar claro que conoce, trata y recuerda a todos los periodistas de su área de trabajo. Para bien, y para mal.

—Vaya, pues la verdad es que ya casi ni me acordaba —responde la subdirectora—. Tantos meses ya… Pero sí, claro, nos gustó mucho. Gracias.

—Nada, nada —desecha Guerra con un gesto rápido de la mano—, un detallito sin importancia.

—Bueno —interviene Rodrigo—, ¿y a qué debemos el placer de tu visita, pues?

—Oh, a nada excesivamente serio, en realidad. Tan solo…

Pérez Guerra alza la mirada, como si estuviera escogiendo las palabras. Y, entre tanto, el silencio que deja colgado en el aire del despacho podría parecer inocente. Necesario incluso para que la mujer organice su respuesta. Pero tanto Rodrigo como Nuria saben que no se trata de eso. Es el suspense justo, la pausa necesaria para crear esa pequeña dosis de tensión incómoda que a Guerra le viene tan bien, tanto para marcar el tono que de ahora en adelante va a tener la conversación, como para dejar claro que aquí quien lleva la batuta es ella. Por supuesto, ni Rodrigo Guzmán ni Nuria Galdón hablarán antes de que lo haga la secretaria general de Comunicación.

—A ver, como ya sabréis, en poco más de un mes, comienza la campaña…

Lo deja caer así, como si tal cosa. «Comienza la campaña…». Pero Nuria sonríe para sus adentros. «Y… ¡ahí vamos!», piensa. Ahí vamos…

A estas alturas, los no pocos años en el cargo han hecho que la secretaria general de Comunicación goce de una reputación conocida por todo el gremio. A pesar de su aspecto frágil, de sus pañuelitos al cuello, de sus eternos pendientes de perlitas, sus maneras de chica bien y de muchachita buena recién salida del colegio de monjas no engañan a nadie: Carla Pérez Guerra es una mujer implacable. Para sorpresa de todos, su nombramiento coincidió con la concesión de la mayor partida presupuestaria con la que el departamento de Comunicación pudo contar hasta la fecha. No es que tuviera una dotación mayor que la suma de las partidas establecidas por todos los mandatos anteriores, es que ni siquiera sumando los presupuestos de los departamentos homónimos en los demás gobiernos autonómicos se igualaba el presupuesto del departamento dirigido por Pérez Guerra. Algo que, por supuesto, no pasó desapercibido para nadie. Hubo quien se sorprendió. Pero, sobre todo, fueron muchos más los que se preocuparon. Al fin y al cabo, que el departamento encargado de establecer el vínculo entre un Gobierno autonómico y los medios de comunicación tuviese tanto dinero solo podía apuntar en una dirección.

Control.

A lo largo de los años, Pérez Guerra ha dirigido su departamento con mano de hierro. Ha levantado y ha hundido carreras. Ha dado voz a quien le convenía y se la ha quitado a quien le molestaba. Ha premiado y ha castigado, pero siempre desde la discreción, desde el segundo plano. Casi como si ella nunca hubiera estado allí. Y siempre con un único fin: construir una imagen, levantarla. Por supuesto, no la suya, sino la del hombre que en poco más de un mes aparecerá en carteles, pancartas, panfletos y hasta chapitas para los niños. No solo se trata de vencer. También de convencer.

De manera que no, a estas alturas no hay un solo periodista en Galicia que no conozca a la secretaria general de Comunicación. Para algunos, ella es la verdadera vicepresidenta en la sombra. Para otros, la mosquita muerta más peligrosa del mundo. Y, con un traje o con otro, todos en la profesión la conocen. Incluidos aquellos que habrían preferido no conocerla jamás, que no son pocos los cadáveres profesionales que duermen el sueño eterno en el armario de Carla Pérez Guerra. Así que sí, si algo saben Rodrigo Guzmán y Nuria Galdón es que a esta mujer no se le dice que no. Y que si ahora está en el periódico no es precisamente para charlar sobre la cobertura del inminente inicio de la campaña electoral. No, ni mucho menos. Es cierto que ha mencionado la campaña, sí. Pero tanto a Rodrigo como a Nuria les sobran tablas para saber que eso nada más es porque algo quiere al respecto.

—Sí —confirma Rodrigo—, arranca el veinticuatro del mes que viene.

—Bueno, por ponerle una fecha oficial —matiza Nuria—, porque en realidad se podría decir que llevamos en precampaña ya ni se sabe desde cuándo…

—Sí, claro —le responde Rodrigo, de nuevo con esa advertencia incómoda en el gesto, la de «Córtate un poco…»—. Pero, vamos, parece que todo pinta muy bien para vosotros, ¿verdad? Todas las encuestas dan unos resultados más que positivos. Nosotros mismos hemos encargado una y tampoco difiere mucho de las que maneja vuestra gente…

—Sí, sí —admite Guerra con gesto de agrado—, las encuestas tienen muy buena pinta, es cierto. Y sí, parece que todo va muy bien. Pero…

De nuevo esa pausa. Tensa, incómoda. Afilada. «Ahí vamos…».

—Ya sabes cómo son estas cosas, Rodrigo.

Y ahí está.

Es algo muy sutil, casi imperceptible.

Pero ahí está.

Algo ha cambiado en la expresión de Guerra. Se trata de ese pequeño matiz, algo minúsculo, pero que Nuria siempre reconoce. Aunque nunca sabe decir qué es. Tal vez una ligerísima caída en la mirada, o ese movimiento casi imperceptible, la frente apenas unos milímetros echada hacia delante. Quizá nada más sea un pliegue en la intención, una sombra que le afila el gesto. No, Nuria nunca sabe decir de qué se trata exactamente. Pero es algo que ya ha visto más veces. Y sí, lo reconoce. Como la gacela reconoce al león. Y no, Nuria nunca se equivoca: de pronto, algo cambia, al alma se le acentúa una arruga en la que antes no habíamos reparado, y Pérez Guerra deja de parecer una mosquita muerta.

—Necesitamos asegurarnos de que todo vaya mejor.

Nuria vuelve a reprimir una sonrisa desganada al comprender lo que significa ese «mejor». Es poco más que un suspiro, pero Rodrigo lo percibe. Y le basta para volver a ponerse en alerta.

—Comprendo —responde el director del periódico—. Aunque no veo de qué manera nosotros…

—¿Podéis ayudar? —completa la respuesta Guerra—. ¡Oh, por favor! —Sonrisa al cielo—. No, no es eso… ¿Por quién me tomas, Rodrigo? Por favor, ¡no! —responde con gesto divertido, como el que se acaba de descubrir en el más inocente de los malentendidos—. Lo último que se me pasaría por la cabeza sería interferir en vuestro trabajo…

Aunque de un modo diferente, Nuria también sonríe, a la vez que niega en silencio. «Claro, claro…», piensa maravillándose una vez más ante el cinismo de Pérez Guerra.

—Pero es cierto que, ahora que lo mencionas… Verás, hay algo que sí que me gustaría comentar con vosotros.

Guzmán y Galdón cruzan una mirada rápida. De sobra saben ambos que Rodrigo no ha «mencionado» nada. Pero no importa. Del mismo modo, saben que tampoco es que tengan muchas más opciones que escuchar.

—Por supuesto. Tú dirás.

—Bien…

Y así es como sucede, con algo que le gustaría comentar a una mujer a la que nunca se le dice que no.

—La verdad es que ya ha pasado un tiempo, pero… ¿Recordáis el asunto aquel de Blue and Green?

«Uf».

Una mueca incómoda, reprimida a tiempo, y por un segundo nadie dice nada. Rodrigo se limita a parpadear, intentando disimular el malestar que le produce esto, el saber por dónde está a punto de ir la conversación. Para su desgracia, Nuria es mucho menos comedida que él.

—¿Recuerda Nixon el Watergate?

Casi enojado por el descaro en la respuesta de la subdirectora, Rodrigo no puede evitar apretar los labios.

—No creo que sean escenarios comparables, Nuria. Para empezar, Nixon ya lleva unos años muerto.

—Es verdad —responde la subdirectora—, Álvaro Novoa solo lleva unos días.

—Nuria, por favor…

Galdón cruza una mirada rápida con el director.

—Perdona, Carla. Sí —responde con gesto evidente—, claro que nos suena. El escándalo por todas aquellas concesiones otorgadas a dedo, siempre a la misma gente, ¿no?

De sobra sabe que se trata de eso, pero Nuria comprende que ahora lo que toca es seguir los tempos del juego marcados por Guerra.

—Sí, es verdad que ya han pasado unos cuantos años, pero… —A Nuria se le escapa una sonrisa mordaz—. Aquello estuvo a punto de llevarse por delante a unos cuantos de vuestro partido.

—Bueno, eran otros tiempos, otro partido, ¿verdad? En confianza, Nuria —la voz de la secretaria de Comunicación se ha convertido en la de una amiga, una confidente—, yo no recuerdo haber coincidido en mi vida con ninguno de todos aquellos… señores.

—Comprendo —asiente la subdirectora—. Pero, vaya, uno de aquellos «señores», como tú les llamas, aún ha sido noticia estos días, ¿no?

Guerra toma aire, como si Nuria acabara de mencionar algo importante.

—Pues, mira —responde—, precisamente de eso venía a hablaros. Hay un expediente…

La secretaria vuelve a hacer ver que intenta escoger las palabras adecuadas.

—¿Un expediente? —pregunta Rodrigo.

Guerra niega para sí, como si fuera absurdo seguir demorándolo más.

—Mirad, la cuestión es que, al parecer, alguien ha decidido que este era el momento adecuado para revolver ciertos asuntos. Ya sabéis —lamenta—, como los muertos no pueden defenderse…

Nueva mirada entre Rodrigo y Nuria, que empiezan a comprender lo que se les viene encima.

—El caso es que todo apunta a que el asunto acabará llegando a instrucción.

—¿Instrucción? —repite Rodrigo—. Entonces ¿la cosa es seria?

Guerra mueve la cabeza de un lado a otro, en un ademán indeciso.

—Yo no diría tanto… A ver, he visto los papeles, y no parece que sea nada de mucho recorrido. Yo diría que, más que serio, es incómodo. Pero, vamos, de lo que no hay duda es que acabará saliendo.

—¿Tú crees? —le pregunta Nuria, que de sobra comprende lo que ya está sucediendo: claro que acabará saliendo. De hecho, está empezando a hacerlo ahora mismo, delante de sus narices.

Guerra, que también comprende lo retórico en la pregunta de la subdirectora, le devuelve una de esas sonrisas suyas, tan inocentes como peligrosas.

—Por supuesto que lo creo, Nuria. Es más, estoy segura de que lo hará. Y si es así…

Nuria también sonríe. «Aquí viene…».

—Prefiero que seáis vosotros quienes lo tengáis.

«… Y aquí está».

Así es como se filtra una noticia.

Ajena a los pensamientos de la subdirectora —o tal vez simplemente ignorándolos—, Pérez Guerra se agacha para abrir el maletín que ha dejado apoyado en el suelo, junto a su asiento.

Extrae una carpeta y, sin decir nada, la desliza sobre la mesa del director. Al abrirla, a Rodrigo le basta un vistazo rápido para comprender que, en efecto, no se trata de nada realmente serio, complicado. Pero sí incómodo. Y, sobre todo, sucio. Un asunto feo, más en este momento. Definitivamente, la política y la elegancia no frecuentan las mismas plazas.

—Pero —murmura, aún sin levantar la vista del papel—, esto salpicará a…

—A quien sea —lo ataja Guerra, ahora ya sin el más breve rastro de inocencia en su mirada—. No importa a quién, Rodrigo. Nuestro deber es ir siempre con la verdad por delante. Ya lo sabes —de nuevo esa sonrisa—, somos el partido de la transparencia.

Incómodo, Rodrigo Guzmán mantiene la mirada de la secretaria general de Comunicación, que no cede ni un milímetro.

—Esto ha aparecido ahora. Saldrá —remarca, como si se tratase de algo totalmente ajeno a su control—. Y creedme, no será lo único. Sinceramente, ¿qué queréis que os diga? Si tiene que salir, yo prefiero que lo tengáis vosotros, que siempre habéis sido una cabecera… amiga —señala al tiempo que Nuria coge la carpeta y comienza a ojear la documentación—. Pero, vamos, que si esto os supone algún problema…

Silencio. Breve, tenso. Incómodo.

—¿Qué ocurre, Rodrigo? ¿Es que vender periódicos ya no es vuestro negocio?

—Por supuesto que sí —le responde el director—. Pero esto… Esto va a manchar.

Pérez Guerra se encoge de hombros.

—¿Qué le vamos a hacer? —contesta—. Si es la verdad es la verdad. Y para eso estáis vosotros aquí.

—¿Para qué concretamente? —pregunta Nuria al tiempo que vuelve a dejar los papeles sobre la mesa de su director, ahora ya sin ocultar el desprecio que todo esto le supone.

—Para contar la verdad.

La respuesta de la secretaria es dura, seca. Sin el más mínimo subterfugio para el malentendido.

—¿O no estoy en lo cierto? Decidme —insiste—, ¿acaso estoy equivocada con respecto a la finalidad de este periódico?

Rodrigo y Nuria comprenden que no se trata de una pregunta, sino de una advertencia. Y cruzan una última mirada en silencio. Una mirada abrumada, incómoda, por parte de él. Prisionera, tensa, asqueada, por parte de ella. Frustrada.

—No —claudica por fin Rodrigo Guzmán, sin ningún atisbo de entusiasmo—. Tú nunca te equivocas, Carla.

8

Ver el relámpago, buscar el trueno

Viernes, 20 de octubre

El comedor bajo la parra del Dezaséis es uno de sus rincones favoritos en toda la ciudad. No importa cómo estén yendo las cosas en la oficina. El paseo desde el palacio de San Caetano hasta la calle San Pedro es su primera vía de escape. El menú del día en el Dezaséis es la segunda. Paz, tranquilidad. Calma. Gael Velarde no es el único miembro del personal de la Xunta que escoge a diario este restaurante para comer. De hecho, son muchas las caras conocidas que cada día se cruzan en el mismo comedor. Tanto del Gobierno autonómico como del local. Jefes de departamento, directores, secretarios generales, concejales… A veces, el comedor del Dezaséis se convierte en un pequeño *¿Quién es quién?* de la vida política compostelana. Pero a Gael no le importa. El reconocimiento apenas pasa del saludo, muchas veces ni siquiera eso. Un ademán rápido, un gesto sutil con el mentón, el movimiento rápido de una ceja, y ya está. Y no, no es ningún desprecio. Tan solo es eso, un «Te he visto, me has visto, pues ya está, pues muy bien». Un descanso, una especie de tregua pactada. La desconexión justa. Y, sin embargo, hoy…

Primero fue lo del dinero, al principio de la semana, y ahora esto. A estas alturas, Gael sabe reconocer la diferencia entre una noticia casual y una campaña. Y no, esto no es lo primero… De un modo u otro, el asunto lleva ya tres días en el periódico. La primera vez que apareció no fue más que una sugerencia. Al día siguiente ya se insinuaba una posible conexión. Hoy ya no queda espacio para las medias tintas. El ventilador empieza a salpicar.

Todavía con el periódico en la mano, el plato se enfría en la mesa mientras el director del CoFi continúa negando en silencio, la mirada perdida en la noticia. Es verdad que el titular es cuando menos poco discreto, por no decir agresivo. «Las posibles razones tras el suicidio de Álvaro Novoa». Desde luego, la elegancia es un recurso escaso en los libros de estilo de algunos medios de comunicación.

La foto principal tampoco es casual. Se trata de una imagen de archivo, una fotografía de Álvaro Novoa saliendo hace años de los juzgados, oportunamente recuperada para la ocasión. La expresión afilada, entre incómoda y feroz del antiguo secretario de Organización.

Y, sin embargo, no es ahí donde ha ido a detenerse la mirada de Gael Velarde, sino un poco más abajo, en otra imagen mucho más reciente. Una fotografía tomada en el cementerio.

La noticia habla de la muerte de Álvaro Novoa. Y sí, la relaciona con ciertos asuntos de un pasado al parecer no tan lejano como a algunos les hubiera gustado afirmar. Pero, aun así, Gael sabe que ahí debajo hay algo más. ¿A quién le interesa esto realmente? Y, una vez más, la misma pregunta: ¿por qué?

«¿Qué estás haciendo?», piensa.

Es cierto que, desde el pasado lunes, cuando descubrió la partida, el dinero no ha vuelto a moverse. De pronto, como un conejito asustado, deslumbrado por los faros de un coche con el que no contaba, el dinero se ha quedado inmóvil, detenido en medio de la carretera. Ahí estaba, y ahí permanece. Hoy mismo ha vuelto a comprobarlo antes de salir del despacho. El dinero no se mueve. Pero sí todo esto otro. La información a su alrededor. El asunto de Blue and Green…

Gael lo conoce bien. Lo trató en su momento. Un asunto complicado para Álvaro Novoa, es cierto. Pero estaba convencido de que se trataba de algo pasado, terminado. Un asunto complicado… Muy complicado. ¿Cuánto tiempo hace ya? Ocho años… No, nueve. Claro, todo eso fue en el 2014, justo antes de que Novoa se jubilase. En aquella época, Álvaro Novoa era el secretario de Organización, y el escándalo estuvo a punto de salirle caro. No le costó el cargo, pero porque desde el partido lo disfrazaron de jubilación. De modo que… ¿Qué sentido tiene resucitarlo ahora?

Tan solo cabe una posibilidad. Una opción, la misma que le lleva rondando todo este tiempo. ¿A quién le interesaría volver a levantar ese asunto? Y, lo que es más importante, ¿por qué? La misma duda, la misma posibilidad. Y, lo que es peor, la misma preocupación que, ahora que ha comenzado a tomar cuerpo, no le deja darse cuenta de que alguien se ha detenido ante él.

—¿No están buenos?

—¿El qué?

Sorprendido, Gael levanta la vista del periódico para descubrir que no se ha percatado de la presencia de Suso, el dueño del Dezaséis, que se ha acercado a su mesa.

—Los callos —señala, casi en una reprimenda—. Que ni los has probado, Gael, y eso ya tiene que estar más que helado, hombre…

—Ah, sí —contesta—. No, qué va, no te preocupes. Están buenísimos —farfulla al tiempo que intenta cerrar la página del periódico por encima del plato—. Lo que pasa es que queman mucho, y por eso estaba dejándolos, para que se enfríen un poco.

Sorprendido, Suso arquea una ceja al tiempo que se queda mirando al plato. No es necesario ser muy observador para comprender que la comida está fría.

—Ya, claro —murmura—, ardiendo estaban. Anda, trae, que te los caliento…

Suso se lleva el plato, y Gael vuelve a abrir el periódico sobre la mesa, de nuevo por la misma página. El mismo titular, el mismo texto. Y la misma fotografía. Una imagen del entierro de Álvaro Novoa. Y es sobre el grupo que permanece junto a la tumba donde Gael vuelve a clavar la mirada. Tan solo cabe una posibilidad. Primero, todo ese dinero descubierto, y ahora esto. Gael Velarde clava los ojos sobre la imagen del mismo modo en que lo haría sobre la posibilidad, sobre la duda. E, incómoda, la misma pregunta vuelve a sonar en su cabeza.

«¿Qué coño estás haciendo, Caitán?».

Aún sin borrar la incomodidad de su expresión, Gael saca su teléfono móvil y marca un número rápido.

—Hola, María. Escucha, ¿a quién tenemos en la cuenta del Sergas?

Al otro lado de la línea, su secretaria apenas tarda un segundo en responder.

—De acuerdo, pues pásame con él.

Otro segundo de espera. Dos, tres. Gael le echa una mirada de reojo al reloj. Claro, es la hora de comer. Cinco, seis…

—Ramón. Hola, soy yo. Oye, perdona que te llame ahora, pero es que es importante. Mira una cosa, ¿tú sabes si en Sanidad ha habido algún ajuste de presupuesto en los últimos días? No sé, tal vez algún desvío de fondos…

El director del CoFi escucha con atención.

—No, no. A lo que yo me refiero es algo más grande. Pues, no sé, Ramón. Como de unos cincuenta mil euros, más o menos…

Gael sigue esperando con la misma atención. Aunque por la perplejidad de su interlocutor ya sabe cuál va a ser la respuesta.

—No, claro, claro… Sí, lo habríamos visto, claro… Bueno, escucha, vamos a hacer una cosa. Tú vuelve a mirar una vez más. Pero, Ramón —pausa—, esta vez empieza por las cuentas de Galsanaria.

9

Pequeños tornados

Domingo, 22 de octubre

De pronto, las cosas han empezado a ir extrañamente rápido. Como oscurecer, por ejemplo. Sin saber ni cómo, fuera ya se ha hecho de noche, y ahora la oscuridad cae sobre el jardín, siempre tan abandonado, mientras la luna se asoma de rojo. Corre algo parecido a una brisa que lleva y trae las hojas secas, caídas por todas partes, y las hace bailar en un remolino de aire sobre las baldosas sucias del exterior cuando, de pronto, el teléfono suena en la mano.

—Dime.

—Vaya, no has dejado que suene. ¿Qué pasa, que me echabas de menos, cariño?

—Sí, una barbaridad… Venga, dime qué es lo que tienes.

—Lo que me pediste.

—Bien. ¿Y?

—Bueno, yo no lo describiría así. Esto parece cualquier cosa menos «bien».

—¿Qué has averiguado?

—Que hacías bien preocupándote.

—¿Quién te ha dicho que estuviera preocupado?

—Tú, por supuesto. ¿O qué pasa, que te crees que me he vuelto gilipollas? Cuando alguien marca mi número es porque algo le aprieta en el culo. Y tú lo aprendiste del viejo…

—No te puedo engañar, ¿eh?

—La policía no es parva, campeón.

—Ya, claro. Pues venga, no perdamos más tiempo. Al tema. ¿Qué es lo que hay?

—Yo diría que la cosa es seria.

—¿De qué clase de seriedad estamos hablando?

—De la que come y caga. Alguien de vuestro lado está metiendo las narices en asuntos que ya habíamos dado por cerrados. Y ya sabes lo que dicen: el aleteo de una mariposa en la China…

—No me jodas, Plácido, que no estoy para metáforas. Habla claro.

—Por aquí se habla de una operación nueva.

—¿Una operación policial?

—No, una a corazón abierto… ¡Pues claro que una operación policial, coño! Creo que le han puesto un nombre de mujer. Ana, Diana, o no sé qué.

—¿Diana? ¿Y eso por qué?

—Pues como no lo sepas tú…

—Pues no, a mí ese nombre no me suena de nada.

—¿Ah, no?

—En absoluto…

—Vaya. Pues a ver si te suena este otro.

—¿Cuál?

—El tuyo.

—Mierda…

—¿No te lo esperabas?

—De alguna manera, sí… Sí, sí, tenía que ser. Lo que quiero saber es cuánto.

—Pues si fuera para después de unas elecciones, desde luego a estas alturas ya serías ministro, chaval.

—El problema es que no estamos después de unas elecciones. Aún no…

—No, aún no. Pero lo que sí está claro es que tienes a alguien detrás. No sé a quién coño le has tocado los huevos, pero si tuviera que apostar, yo diría que van a por ti. De hecho…

Silencio.

—De hecho, qué.

—No sé, chaval, pero… Esto es extraño.

—¿El qué?

—Mira, si el encargo no me lo hubieras hecho tú, tal vez ni me habría dado cuenta.

—¿A qué te refieres?

—A que en un principio no se nota. De hecho, si no te fijas, incluso podría parecer que la cosa nada más tiene que ver con los cuatro catetos que aparecen en primera fila. Pero…

—Pero hay algo más, ¿verdad?

—Sí. La oportunidad.

—¿La oportunidad?

—Sí, la oportunidad. Es como si tu nombre apareciera ahí casi de casualidad. Pero, ya sabes, una de esas casualidades tan convenientes para quien quiera ir más allá…

—Ya, comprendo. Muy «oportunamente», ¿verdad?

—Eso mismo, chaval.

—Ya veo, ya. Justamente ahora…

—Pues sí, justamente ahora.

—¿Has averiguado quién lo lleva?

—Aquí Anticorrupción, claro. Pero las órdenes vienen de la sala 7.

—Siro Iglesias…

—El mismo. Un hueso duro de roer.

—Desde luego… ¿Y cómo pinta la cosa? ¿Has visto si tienen mucho?

—A ver, de momento no. Yo diría que es un poco lo mismo de siempre. Los mismos nombres, los mismos contactos. Pero… no sé.

Más silencio.

—Coño, Salgueiro, para lo mucho que siempre sabes, esta vez no paras de decir que no sabes. ¿Qué pasa ahora?

—¡Pues que no lo sé, chaval! No sabría decirte qué cojones es exactamente, pero… algo pasa.

—¿Y qué coño es?

—Tiene pinta de que haya algo más.

—¿Como qué? ¿Alguna cantidad?

—Sí, el dinero está ahí, eso es evidente. Y lo han visto, claro.

—¿Saben de dónde ha salido?

—Eso todavía no lo he podido comprobar. Ten en cuenta que apenas me has dado tiempo. Y que cierto funcionariado no es que sea precisamente partidario del trabajo en fin de semana. Pero…

—¡Pero qué, Plácido! ¿Quieres hablar de una puta vez?

—Si quieres que te diga la verdad, yo los veo seguros.

De nuevo el silencio, esta vez uno extrañado.

—¿Seguros?

—Eso he dicho.

—Pero… ¿por qué?

—Pues ni puta idea. Pero eso es así: la gente a la que he sondeado dice que esta vez las cosas pueden ser diferentes.

—¿Es por el dinero?

—No lo creo. A ver, en estas historias siempre hay dinero… Pero no, yo no creo que la cosa vaya por ahí. Joder, si me apuras, hasta te diría que eso tampoco es para tanto. Cincuenta mil pavos… Más nos han ofrecido en otras ocasiones por mucho menos.

—Ya… ¿Información nueva, tal vez?

—Eso no me lo han dicho.

—Pero lo que es evidente es que algo tienen, claro. O que lo tendrán, desde luego. De manera que…

—De manera que solo puede significar una cosa.

—Tienen a alguien dentro.

—Exacto.

Silencio.

—Joder, Salgueiro…

—Mira, yo no sé qué decirte, campeón. No tengo ni puta idea de en qué líos andas metido ni qué coño habrás hecho últimamente. Pero lo que sí te puedo asegurar es que tienes cola. No sé con quién te mueves, o a quién coño le has tocado los huevos. Pero lo que está claro es que van a por ti.

10

La importancia de parecer honesto

Lunes, 23 de octubre

El acto anterior ha durado demasiado. ¿Cómo imaginar que le iba a costar tanto ordeñar una simple vaca? El caso es que han tardado más de la cuenta y ahora el tiempo se les ha echado encima. Al llegar, las cámaras ya estaban ahí, y desde luego Ernesto no podía presentarse así, con el traje manchado de leche, apestando a bestia y, sobre todo, tan nervioso. De modo que ha tocado improvisar. Por suerte, Pérez Guerra ha visto la oportunidad y ha sabido reaccionar.

Nada más entrar en el complejo se han detenido frente a las casetas que durante los dos últimos años han hecho las funciones de oficinas de obra y, ya en su interior, no han tardado en adaptar una mesa de trabajo en un rincón cualquiera. Carla se ha encargado de enviar un aviso, una nota para advertir a los medios de comunicación que tan solo sería un instante. Que el señor Armengol quería tener un encuentro aparte con el arquitecto y el equipo de construcción para agradecerles el trabajo realizado. Y por eso la comitiva se había detenido ahí, con todos los coches parados a unos cien metros del edificio principal, ante los contenedores en los que, hasta hace apenas unos días, ha estado instalada la dirección de obra.

Pero nada de lo que Pérez Guerra ha dicho es cierto.

La parada en la caseta no tiene nada que ver con eso. El arquitecto, los aparejadores, los jefes de obra... a todos los han despachado ya, y ahora en el interior de la oficina tan solo quedan dos personas. Ernesto Vázquez Armengol y Lola.

Y Ernesto está demasiado nervioso como para dejarlo ir así.

Rubia, menuda, Lola siempre ha sido una de las mujeres de confianza de Carla para este tipo de trabajos. La secretaria general de Comunicación no conoce a nadie que lo haga tan rápido y tan bien como Lola. Y, sin embargo, esta vez...

La pobre Lola no sabría decir qué es lo que le está provocando tanto desagrado a Ernesto Armengol, que se ha quitado la chaqueta y permanece sentado ante ella, a apenas treinta centímetros de su rostro. Si el hecho de que Lola lo esté maquillando o lo que sea que Ernesto esté leyendo en el periódico. Y, oye, Lola ya lo siente si es lo primero, pero desde luego ahí fuera hay muchas cámaras, y Carla siempre lo ha dejado muy claro: ni un solo plano incorrecto, ni una sola imagen comprometedora. A Carla Pérez Guerra todavía se le tuerce el gesto al recordar lo mucho que costó convencer a los medios de que Ernesto, que por entonces era *conselleiro*, no estaba al tanto de las actividades ilícitas de aquellos señores.

Lola, la maquilladora, siente la incomodidad del candidato, la mueca de desagrado cada vez que le roza la cara con el algodón. Pero ahí fuera hay toda una marea de periodistas, micrófonos y sobre todo cámaras. Aun así, el hombre resopla, aprieta los labios, intenta esquivar cada retoque. Pero todo sin apartar en ningún momento la mirada del periódico.

—¡Bueno, ya está bien! —protesta al tiempo que aparta de su rostro el algodón de la maquilladora.

—Pero, señor —se excusa ella—, ahí fuera...

—¡Que no, coño! Que no soy una puñetera puerta, joder...

—Señor, yo solo...

—¿Qué ocurre aquí?

Por fortuna para Lola, Carla Guerra acaba de entrar en el camerino improvisado.

—El señor Armengol, Carla, que hoy no quiere salir guapo...

Pérez Guerra responde con una mueca escéptica.

—¿Es eso cierto, Ernesto?

Pero el otro se limita a torcer el gesto.

—Ni guapo ni historias, Carla, no me jodas… ¿Tú has visto esto? —pregunta aún desde su asiento, señalando el periódico.

La secretaria general de Comunicación le indica a Lola que salga de la oficina y toma una de las sillas para sentarse junto a Armengol.

—A ver, Ernesto, ¿cuál es el problema?

—Joder, Carla, ¿cómo que cuál es el problema? ¡Álvaro, coño, Álvaro! Que desde que le dio por llenarse el pecho de perdigones, tenemos a todos los putos periódicos del país hablando de lo mismo…

—¿Y?

Perplejo ante la flema de su jefa de Comunicación, Vázquez Armengol encoge los hombros.

—¿Cómo que «y», Carla?

Guerra niega ligeramente con la cabeza.

—Es que no veo dónde está el problema, Ernesto.

Armengol no está por la labor de tranquilizarse.

—¡Pero vamos a ver, Carla, me cago en la puta! Que primero está el asunto del suicidio, coño. Que, por si no fuera ya bastante feo, te recuerdo que incluso hay quien ha insinuado si tal vez no habrá sido otra cosa…

Pérez Guerra pone los ojos en blanco.

—Eso es una estupidez, Ernesto.

—¡Claro que lo es! —responde Armengol—, claro que lo es.

Silencio.

—Porque lo es, ¿verdad? Quiero decir…

Ernesto deja la cuestión en el aire con la intención de que sea Carla quien concluya la insinuación. Pero Pérez Guerra no está dispuesta a entrar en el juego de su jefe.

—¿Me lo estás diciendo en serio, Ernesto?

Confundido, Armengol le mantiene la mirada por unos segundos hasta que, por fin, comienza a negar en silencio.

—No lo sé… —niega, dubitativo—. No lo sé, coño, no lo sé.

Incómodo, agobiado, Vázquez Armengol se afloja el nudo de la corbata, se pone de pie y comienza a caminar por el interior de la caseta con los brazos en jarras.

—Si es que ya no sé qué pensar, Carla…

De pronto se detiene.

—Pero…

Guerra lo observa de reojo.

—¿Qué?

Armengol vuelve a clavar sus ojos, dos pequeñísimos alfileres azules amplificados al fondo de los cristales de sus gafas de miope, en los de su directora de Comunicación.

—¿Qué ocurre si a alguien más le da por tener dudas?

—¿Te refieres a la policía?

Ernesto vuelve a encoger los hombros, y Carla comprende que, a pesar del silencio, lo que le está preguntando es «¿Y por qué no?».

Percibiendo el estrés de su jefe, Carla Pérez Guerra se esfuerza por componer su sonrisa más tranquilizadora. La misma con la que una madre asegura a su hijo que debajo de la cama no hay nada.

—A ver, Ernesto, te repito que no es el caso. Álvaro no pudo con la presión. Se suicidó. Él, Ernesto, lo hizo él, él solito. Y ya está. Se trata de un suicidio, claro y evidente. Y, como sabes, la policía no investiga ese tipo de situaciones.

Aún incómodo, Armengol opta por aceptar la respuesta de Carla.

—Ya, claro…

—Así que, ¿qué? —vuelve a preguntar la secretaria de Comunicación—, ¿qué te sigue preocupando?

Ernesto vuelve a apretar los labios, todavía en una mueca agobiada.

—Eso.

Señala con el mentón en dirección a la mesa, donde el periódico descansa junto a la caja del maquillaje.

—El asunto ese de la operación judicial, Carla… Joder, ¿tú sabes de qué va eso?

—Algo he leído, sí.

—¿Y?

Esta vez es Guerra la que encoge los hombros, como si no acertara a ver la importancia de la situación.

—Joder, Carla, que son los contratos de Novoa, carajo, que toda esa historia… ¡Coño —de pronto Armengol se crispa y aprieta los dientes en una especie de grito susurrado—, que es Blue and Green! ¡Otra vez esa historia de mierda! Joder, ¿es que no se va a acabar nunca?

Guerra intenta no reírse del esfuerzo que Armengol está haciendo por gritar en voz baja. Y se arma de paciencia.

—A ver, Ernesto, que ya lo hemos hablado. Te lo he explicado, todo eso da igual. Te digo que no hay de qué preocuparse. Por lo que me han dicho, se trata de una voladura controlada.

Extrañado, el candidato entrecierra los ojos.

—Una… ¿voladura controlada? ¿De qué coño me estás hablando?

Guerra arquea las cejas, componiendo una mueca de algo parecido a la inocencia.

—Tenemos que soltar lastre, Ernesto…

Armengol sigue sin tenerlas todas consigo.

—¿Y no se podía soltar de otra parte? ¡Joder, Carla, será por opciones! Que lo de Blue and Green es un asunto peligroso… Que cuando López y Novoa empezaron a hacer negocios yo ya estaba en el Gobierno. ¡Que era *conselleiro*, Carla!

Guerra vuelve a negar con la cabeza.

—¿Y qué más da eso, Ernesto?

—¿Cómo que qué más da? ¡Que todo eso puede complicarse muchísimo! ¡Que nos puede salpicar!

—Eso no ocurrirá…

—¿Ah, no? —replica Armengol—. ¿Y qué pasa si alguien tira del hilo?

—Te refieres a…

—¡Sí, joder, sí! Me refiero a Sorna, Carla. Y tú lo sabes, ¡lo de Blue and Green no es nada comparado con lo de Sorna, joder!

Pérez Guerra niega con gesto firme.

—No —asegura, rotunda—, te repito que lo tengo todo bajo control. Nunca llegarán tan lejos. Esto, Ernesto, no es más que un lavado de cara.

La convicción de Guerra hace que ambos vuelvan a quedar en silencio. Sin dejar de observar a su jefe, la secretaria general de Comunicación permanece sentada junto a la mesa de maquillaje, mientras Armengol, aún de pie, se vuelve hacia una de las ventanas de la caseta. Abriendo un hueco entre las lamas de la persiana veneciana, contempla la maraña de periodistas que se ha congregado allá abajo, ante el edificio principal.

—¿Y si alguien encuentra algo? Al fin y al cabo, Álvaro…

Pero tampoco esta vez Armengol concluye su frase. La deja en suspenso y deja correr el aire que retenía en su interior. Un suspiro largo, cansado.

—Eran muchas las cosas que pasaban por las manos del viejo, Carla. Muchas…

Guerra puede verlo con claridad: algo ha cambiado en el tono de Armengol. Y comprende que es el momento. Se pone de pie y camina los dos pasos que la separan de la ventana.

—No lo harán —responde al tiempo que se sitúa entre su jefe y la ventana.

Armengol apenas se inmuta. Como si ni siquiera hubiera caído en la cuenta de que Carla le está recomponiendo el nudo de la corbata, Ernesto permanece con la mirada puesta en el exterior.

—Hay mucha gente ahí fuera…

—Por supuesto que la hay, Ernesto. ¿O qué esperabas? —pregunta a la vez que coge la chaqueta del traje—. No todos los días tiene uno la oportunidad de asistir a la inauguración del hospital más avanzado del país…

—¿Y si sale algo, Carla?

Guerra vuelve a sonreír, esta vez casi desde la condescendencia ante la tenacidad del político.

—Escúchame —le responde al tiempo que le acomoda la chaqueta—, y escúchame bien. No saldrá nada, porque así lo he organizado yo.

La sorpresa hace que Armengol eche la cabeza ligeramente hacia atrás.

—¿Tú?

Pero Guerra no permite la distancia. Con las manos en las solapas de la chaqueta, Carla tira de Ernesto para que el rostro del político vuelva a quedar a muy poca distancia de su boca.

—No me interrumpas —le advierte, con los labios casi pegados a los de Ernesto—. Te estoy diciendo que no saldrá nada.

Carla ha continuado acercándose, y ahora roza con su boca la oreja de Ernesto.

—Pero, en el hipotético caso de que saliera algo… —hace una pausa para que Ernesto pueda sentir su aliento en su lóbulo—, has de saber que todo está dispuesto para que toda la responsabilidad recaiga sobre el viejo y su entorno.

Desconcertado, Ernesto niega en silencio.

—Sobre… ¿Álvaro?

—Exacto. Desde la primera firma, hasta el último céntimo malversado.

Pérez Guerra libera el abrazo, y Armengol, todavía perplejo por lo que acaba de suceder, vuelve a echarse hacia atrás, lo justo para observar, desconcertado, a su jefa de Comunicación.

—Pero…

—Pero qué —lo ataja con determinación—. ¿Me vas a venir con escrúpulos ahora? ¿O acaso crees que al viejo le va a importar? —Nuevo silencio—. ¿Es que ya has olvidado para qué están los muertos en política, Ernesto?

Incómodo, el hombre vuelve a apartar la vista hacia la ventana.

—Para cargar con las culpas de los vivos.

Esta vez, la sonrisa de Pérez Guerra se carga de satisfacción.

—Bien…

Por unos segundos ambos vuelven a permanecer en silencio.

—Hay mucha gente ahí fuera —repite Ernesto.

—Toda —le confirma Carla—. Y todos han venido por ti. Relájate… El hospital es nuestro gran proyecto. Pase lo que pase de ahora en adelante, esto ya está hecho, y tú pasarás a la historia como el hombre que logró para su comunidad el hospital más avanzado, el mejor dotado. Justo cuando sus paisanos más lo necesitaban.

Ernesto Armengol esboza una sonrisa descreída, cansada.

—Así dicho suena muy bien. Pero la historia es voluble…

—¿Qué quieres decir?

El político tarda en responder.

—Carla… —Ernesto se vuelve hacia ella—. ¿Tú estás convencida de esto? Quiero decir… Renunciar a la presidencia de la comunidad, dejar todo esto… ¿No crees que nos habría ido mejor quedándonos aquí?

No responde. Carla Pérez Guerra se limita a mantener la mirada de Armengol. Y a disimular. Porque lo cierto es que ahora le partiría la cara. Ahí mismo, en ese preciso instante. Maldito pusilánime de mierda… Pero no. Guerra sabe que debe ocultar su enojo. Al fin y al cabo, ella también ha trabajado duro para llegar hasta aquí.

—Por supuesto que no, Ernesto. Estás haciendo lo correcto. —Lo dice sin apenas pestañear—. O lo estabas haciendo, porque a este paso… —Carla echa una mirada evidente a su reloj y perfila algo parecido a una sonrisa cargada de urgencia—. A este paso el hospital ya será viejo cuando por fin lo inaugures. De manera que, venga —apremia, dando por zanjada la conversación—, sal y disfruta. Este es tu momento, Ernesto.

Hasta hace apenas un par de meses, Ernesto Vázquez Armengol era el presidente del Gobierno autonómico. Pero, «llamado por el deber», renunció a su cargo para presentarse como candidato para una responsabilidad mayor. Apenas unos días antes de su renuncia al cargo, fue aclamado como presidente del partido en un congreso nacional extraordinario, y desde entonces todo es expectación a su alrededor. Tanta que, cuando por fin aparece con lo que él cree que es su mejor sonrisa en el acto de inauguración del nuevo hospital, todos los objetivos y flashes apuntan en su dirección. Todos. Como si allí no hubiera nadie más. De hecho, así es como él se siente. Como si allí no hubiera nadie más. Completamente solo.

Aunque, en realidad, no lo está. Aunque eso sea algo que tampoco ve nadie más.

Porque desde el primer momento, muchos años atrás ya, Carla Pérez Guerra ha sabido muy bien cómo hacer para nunca estar ahí. No importa que siempre esté a su lado, siempre un par de pasos por detrás de Ernesto, siempre un centímetro más allá de donde termina la foto. Ella, simplemente, no está ahí. Carla Pérez Guerra es un fantasma, una sombra en la que nadie repara. Una presencia que nada más se materializa cuando y ante quien ella quiere y desea. Y eso le da poder, mucho poder... Porque, de hecho, si esta vez alguien se fijase en ella, quizá percibiría ese pequeño detalle incómodo en la forma de observar al candidato. La mancha de una duda en su mirada.

11

El perro de Olivia

Martes, 24 de octubre

Es un perro, un perro enorme. Tan grande como… ¿feo? Bueno, bonito desde luego no es. Los ojos de Gael han ido a encontrarse con los suyos nada más entrar en el salón, y aunque ha hecho todo lo posible por disimular delante de Olivia, no puede dejar de lanzarle alguna que otra mirada de vez en cuando. Alguna que otra mirada nerviosa, claro. ¿De verdad era necesario? O, vaya, ahora que lo piensa, tal vez no sea suyo. A lo mejor Olivia no tiene nada que ver con el perro. Pero, sin embargo, el caso es que ahí está. Un enorme dálmata. Y, a pesar de todo, el bicho no le quita los ojos de encima. ¿Cómo puede ser? Gael no lo comprende, pero no por ello deja de sentirse observado. Porque, si por lo menos fuese real, aún tendría sentido. «Aquí está, este es el perro de Olivia». Pero no. Se trata de una pieza de porcelana, más o menos mejor representada, la figura de un dálmata a tamaño real. Brillante, impertérrito, como si alguien le hubiera ordenado que permaneciera sentado para siempre entre el sofá en el que Olivia le ha indicado a Gael que se ponga cómodo y el sillón a juego con el que hace esquina. Gael es un tipo educado, de los que hacen lo que se les dice. Y si Olivia le indica que se ponga ahí, ahí es donde se pone. Aunque lo de acomodarse ya sea un poco más complicado… ¿Cómo hacerlo, al lado de ese bicho tan feo, de mirada tan vacía como boba? De manera que ahora, mientras espera a que su antigua amiga regrese con el café de cortesía, Gael intenta comprender qué demonios se le habrá pasado por la cabeza para decidir que algo tan horroroso sería una buena idea decorativa. No puede evitarlo: incómodo, necesita tocarlo. Ponerle una mano encima para asegurarse de que algo tan feo es real. O no… Lentamente, el director del CoFi estira el brazo, dispuesto a poner una mano sobre la cabeza de la figura.

—Veo que has descubierto a Sultán.

Hipnotizado por la presencia del perro, Gael apenas ha reparado en la presencia de Olivia, que ha regresado al salón con una bandeja en las manos.

—¿Eh? Ah, sí, esto —responde al tiempo que recoge el brazo, incómodo—. Muy curioso, sí. Oye, muy bonita tu casa, por cierto. Muy… amplia.

—¿Te gusta? —le pregunta Olivia al tiempo que posa la bandeja con el juego de café en la mesa de cristal ante el sofá.

—Sí, claro —le confirma Gael, apartando una vez más la mirada del perro—. No… No está mal.

Olivia sonríe sin demasiada convicción.

—Pero…

—¿Pero? —repite Gael, como si no comprendiera—. ¿Qué?

—Vamos, Gael, que soy yo. A mí no me engañas. «No está mal», pero…

El director del CoFi también sonríe. No, es absurdo intentar engañar a su antigua compañera.

—Bueno… A mí me gustaba más el apartamento de la ciudad vieja.

Esta vez sí, Olivia sonríe a la vez que sirve el café.

—Ya decía yo… Bueno, aquello tampoco estaba mal, es verdad.

—Tenía su encanto.

—Lo tenía —admite al tiempo que deja la jarra de café sobre la bandeja—. Por lo menos para nosotros. ¿No?

Tan solo es un segundo, el tiempo justo para que las miradas de ambos se crucen. El espacio justo para confirmar que, por ese segundo, ambos están pensando en lo mismo. En una vida que, entre otras cosas, ya no es esta en la que ahora han vuelto a coincidir.

—Éramos jóvenes —murmura Gael—, eran otros tiempos.

—Bueno, no sé tú, pero a mí me gusta pensar que lo seguimos siendo…

Olivia deja la frase en el aire.

—Pero venga —continúa cambiando de tono, a la vez que ahora es ella la que también toma asiento en el sillón junto al sofá—, que tú no has venido hasta aquí para hablar de mi antiguo apartamento, ¿me equivoco?

Gael aprieta los labios y ladea ligeramente la cabeza.

—No —responde—, no te equivocas. Verás, te he llamado porque…

Esta vez es él quien se detiene. Porque, en efecto, sabe que no, que no es para rememorar el pasado para lo que ha llamado a Olivia después de tanto tiempo. Y porque si *después de tanto tiempo* Gael ha vuelto a marcar el número de Olivia es por un asunto delicado… Porque, en realidad, lo que viene al final de la frase que Gael ha dejado colgada en el aire es una cuestión incómoda. Una que tiene que ver, directamente, con el jefe de Olivia y que, probablemente, dejará a su antigua compañera en una situación difícil.

—He encontrado algo, Olivia. Algo que… no debería estar ahí.

La mujer le mantiene la mirada sin comprender a qué se refiere.

—Bueno —responde—, aquí vendría bien una explicación más detallada…

De pronto, el director del CoFi ha comenzado a sentirse un poco más incómodo en el sofá de Olivia. Y no, sabe que esta vez la culpa no es del puñetero perro, por más que este siga sin apartarle la mirada.

—Se trata de Caitán.

—¿Caitán?

Olivia tampoco hace demasiado por disimular su incomodidad. Como si ese fuera el último nombre que esperase escuchar sonando entre ellos.

—Joder, Gael. Caitán, siempre Caitán... ¿Qué pasa ahora con él?

Gael tuerce el gesto en un ademán incómodo antes de responder.

—Todavía no lo sé, Olivia. No sé qué es lo que ocurre con exactitud. Pero...

Tampoco esta vez acaba la frase.

—Qué —le apremia la mujer.

—Mira, la cosa no pinta bien. Todo apunta a que Caitán está metido en algo feo.

En silencio, Olivia contempla a Gael, y el director del CoFi no sabría decir si lo que asoma en la mirada de la mujer es más desconcierto o recelo.

—Pero, a ver, vamos a ver si nos entendemos... ¿De cuánta fealdad estamos hablando?

—De unos cincuenta mil euros. Un pico más, en realidad.

Olivia aprieta los labios.

—Bastante feo, sí...

—Pero eso no es lo peor, Olivia. Hay más.

—¿Más dinero?

Gael niega en silencio.

—No es la cantidad. Es de dónde viene.

—¿A qué te refieres?

El director del CoFi traga saliva.

—Al principio me costó relacionarlo. Pero, tirando del hilo...

—¿Qué?

—Es dinero de la época de Blue and Green.

Esta vez sí, es el desconcierto lo que viene a acompañar la sorpresa en el rostro de Olivia.

—¿Cómo has dicho?

—Lo has oído perfectamente.

Olivia arruga el entrecejo.

—Pero… —niega con la cabeza, extrañada—. No lo entiendo, Gael, yo pensaba que eso ya estaba…

—Muerto y enterrado —completa Gael—. Como Álvaro. Pero ya ves que no. Ha vuelto.

—De entre los muertos…

—De entre los muertos.

Ambos quedan en silencio. Un silencio largo, incómodo. Confundido.

—Pero… A ver, Gael —retoma Olivia—, es que no lo entiendo. ¿Qué sentido tiene remover eso ahora? Quiero decir, tanto tiempo después…

—No lo sé. A ver, se me ocurre una posibilidad, pero es demasiado pronto para aventurar nada. Ahora, lo que sí tengo claro es que, de un modo u otro, esto pasa por Caitán. Y, sobre todo, que salpicará a otras personas. Me comprendes, ¿verdad?

Poco a poco, y aún en silencio, Olivia comienza a asentir con la cabeza.

—Sí —responde al fin—, creo que sí. Pero… ¿Por qué? O sea, ¿por qué ahora? Es que… No —se responde a sí misma—, no tiene sentido.

Tampoco esta vez Gael contesta nada. Porque sabe que Olivia tiene razón…

… De no ser por ese pequeño detalle. Esa duda incómoda que desde hace unos días se ha instalado en su cabeza.

«¿Qué coño estás haciendo, Caitán?».

12

Blue and Green

Unos años atrás

Antonio López nunca ha sido un hombre de imaginación desbordante. De hecho, sus talentos tampoco es que sean muchos. Pero no por ello iba a tener Antonio problemas de sueño. Porque si algo ha sabido siempre es que lo importante nunca está en la cantidad, sino en la calidad de lo poco que tengas. Excepto si de lo que se habla es de dinero, claro. Ahí sí, ahí cuanto más mejor. Pero, no siendo que la conversación gire alrededor de esta última circunstancia, ¿quién necesita otros talentos cuando el que se tiene es el más importante? Por supuesto, ese no es otro que el de saber contactar siempre con las personas adecuadas para cada ocasión. Una capacidad que, a fuer de ser honestos, a Antonio López nunca le ha faltado y que, además, combinada con la astucia para detectar a quién y cómo adular en el momento adecuado, abrirá más puertas que la mejor llave maestra. Ahora, lo de la imaginación… Mediada la primera década del nuevo siglo, López necesita ponerle un nombre a su nueva empresa. Y, a falta de uno mejor, Blue and Green servirá más que de sobra para completar el registro. Al fin y al cabo, se trata de hacer dinero, coño, no de ganar ningún puñetero premio literario.

Al principio nadie reparó demasiado ni en el empresario ni mucho menos en la empresa. Pero apenas cinco años después, las cosas ya no eran iguales. A pesar de mantenerse en un plano más o menos semejante al de la discreción, bastaba un vistazo rápido a las letras pequeñas de buena parte de los contratos firmados por la administración gallega para encontrarse con esos dos colores. Blue and Green intermediando en la concesión de aparcamientos, Blue and Green gestionando lo comedores escolares de toda una provincia, Blue and Green encargándose de la limpieza en varias residencias de la tercera edad… Blue and Green una y otra vez. Demasiadas concesiones derivadas a terceros siempre a través de una única empresa. O, mejor dicho, de una única persona. Porque, de haber conservado algún registro fotográfico de todos aquellos acuerdos, enseguida se encontraría con la imagen de Antonio López en uno de los laterales.

Y, en el otro, Álvaro Novoa.

Por desgracia para este último, quien llamó la atención sobre este detalle no fue nadie de la oposición. Tampoco fue nadie de Anticorrupción. No, no fue ninguno de estos… Sino un compañero de partido. Al fin y al cabo, Konrad Adenauer tenía toda la razón cuando dijo aquello de que, ordenados de menor a mayor peligrosidad, en esta vida hay tres tipos de enemigos: los enemigos a secas, los enemigos mortales y los compañeros de partido. Es verdad que Novoa llevaba media vida política gestionando este tipo de acuerdos dentro del partido, incluso antes de la llegada de Antonio López. Pero claro, de pronto, el asunto de Blue and Green se convirtió en un negocio bastante más suculento que cualquiera de los anteriores. Así pues, lo que llevó a aquel compañero de partido a señalar lo incorrecto de la situación no fue ningún golpe de honestidad brutal, sino más bien un desacuerdo en el reparto de las comisiones obtenidas a cambio de tan suculentas concesiones. Probablemente, alguien consideró que su sobre no venía lo suficientemente abultado, y las cosas se torcieron. Por supuesto, en aquel momento nadie denunció nada de manera formal. A ver, después de tantos años en el negocio, después de tanto tiempo haciendo las cosas de esta manera, ¿a quién en la granja de las gallinas de los huevos de oro se le ocurriría prenderle fuego al más rentable de los gallineros? No, más allá de un comentario aquí, una noticia breve allá, nadie denunció nada, mucho menos por la vía jurídica. Pero de puertas para adentro sí se tomaron medidas con respecto a la gestión de los granjeros. Como, por ejemplo, colgar una diana sobre el pecho de Álvaro Novoa.

Con toda seguridad, la segunda década del siglo no fue tan espectacular como la primera. Aquellos años dorados, los previos a la gran crisis de 2007, fueron los días felices. Pero, sinceramente, los que vinieron después tampoco es que estuvieran nada mal. O, dicho de una manera más pragmática, tampoco es que faltasen las oportunidades para llenarse los bolsillos a manos llenas. Puede que ya no se celebrasen bodas en El Escorial, ni que hubiese tantos paseos en yate ni vacaciones pagadas. Pero, desde luego, al erario público aún le quedaban unos cuantos billetes, y tanto López como todos sus amigos a uno y otro lado de la Administración estaban dispuestos a hacerse hasta con el último céntimo. No faltaban concesiones, contratas, comisiones e incluso subvenciones europeas a las que meterle una buena mordida, por lo que, entre otros campos de trabajo, López supo ampliar horizontes. Así fue como nació Sorna International.

La cosa consistía en que el aparato del partido sirviese de puente para que, valiéndose de sus contactos en otros países, López y sus nuevos socios, Climent y Nevís, pudiesen cerrar todo tipo de acuerdos de importación y exportación a cambio de unas más que generosas comisiones. Por supuesto, aunque de un modo más discreto que hasta entonces, Álvaro también formaba parte del entramado. Al fin y al cabo, luego de tantos años en política, su agenda de contactos estaba llena de prefijos internacionales. El problema estaba en que, en efecto, su nombre había quedado marcado a raíz de las desavenencias levantadas por los repartos de Blue and Green, de modo que a estas alturas ya no eran pocas las voces del partido que, preocupadas porque se volviera a dar el mismo caso, habían comenzado a hablar de él a sus espaldas. En concreto, a hablar de lo oportuno que sería separar su cabeza de esas mismas espaldas. Por supuesto, ya nada más era cuestión de tiempo... A fin de cuentas, Álvaro Novoa era el secretario de Organización. Y, *por aquel entonces*, ya eran muchas las voces de los que, cada vez más abiertamente, se mostraban en desacuerdo con la forma en la que Álvaro había ido organizando los repartos de beneficios dentro del partido, sobre todo con respecto a los más nuevos, aquellos cargos que pretendían imponer su nueva manera de hacer las cosas. Así que, como en todas las buenas historias de la mafia, alguien tendría que pagar por algo.

Así fue como, de repente, alguien decidió que aquel asunto de las concesiones de Blue and Green no había quedado bien cerrado. Hubo filtraciones, apareció toda una serie de «nuevas informaciones reveladoras», y aquella vieja empresa pasó de ser una china ya casi olvidada en el zapato de Álvaro Novoa a la medida de presión con la que deshacerse del viejo. Por supuesto, ese no fue el discurso oficial: tal como él mismo explicaría a los medios de comunicación, Novoa consideraba que había llegado el momento de echarse a un lado para dejar que los más jóvenes tomaran el relevo mientras él pasaba a disfrutar de una más que merecida jubilación. Pero siempre permaneciendo en la más leal de las reservas, a disposición de aquello para lo que su partido le considerase oportuno e indicado. O, por lo menos, eso fue lo que se le contó a la galería, porque, en realidad, la historia fue mucho más compleja...

—Porque, por más que ahora ya nadie se acuerde de todo aquello, Álvaro no estaba solo en aquel asunto. Había mucha más gente allí.

—Lo sé —admite Olivia con gesto incómodo—. Por lo menos, media familia...

Tampoco le falta razón a la preocupación de la mujer.

Porque Olivia Noalla, una de las empleadas de Administración y Contabilidad en Novoa y Asociados, sabe que precisamente ellos, los «Asociados» que aparecen en la placa de la entrada junto al apellido del fundador del bufete abierto por don Álvaro a mediados de los años ochenta no son otros que casi toda la parte de la *familia* que nunca tuvo implicación en la vida política. O, por lo menos, no de manera directa. O, dicho de un modo más realista: todos aquellos que supieron seguir actuando desde la discreción del segundo plano. Como, sin ir más lejos…

—Caitán —comprende Olivia.

—Exacto. Es cierto que desde que Álvaro lo colocó al frente de Galsanaria, años antes de que perdiera su poder, Caitán siempre se esforzó por aparentar que no mantenía ninguna relación con el bufete.

—Sería ilegal —señala Olivia.

Gael sonríe.

—Lo es —matiza, no sin intención—. Y por eso te he llamado, Olivia. No sé qué es lo que está haciendo, pero lo que está claro es que se trata de algo feo. Blue and Green… Todo apunta a él.

—¿Lo has descubierto en el CoFi?

Gael aprieta los labios.

—En Intervención. Pero…

Silencio.

—¿Hay más?

Gael mantiene la mirada de Olivia.

—Anticorrupción está empezando a moverlo.

—Uf, ¿tan grave es?

—Sí. Me consta que hay una operación en marcha. Ariana, la han llamado. Por eso me he puesto en contacto contigo, Oli. Por ahora no puedo darte más detalles, pero sé que Caitán está haciendo algo. Y necesito averiguar de qué se trata.

—Ya, pero… ¿Y cómo te puedo ayudar yo?

—Sea lo que sea, tiene que estar moviéndolo desde algún sitio. Y Galsanaria no puede ser.

Olivia asiente en silencio.

—Crees que lo está haciendo desde el bufete…

—Es una posibilidad. Al fin y al cabo, también era el despacho de Álvaro.

—Comprendo —murmura Noalla—, quieres… Quieres que espíe a Caitán.

Gael ladea la cabeza, incómodo. «Espiar» es una palabra muy gruesa.

—Bueno, quizá no tanto —matiza—. Pero sí me ayudaría saber qué es lo que ha estado haciendo últimamente. Con quién se ha visto, cómo se mueve su agenda, cuáles han sido sus últimas consultas en el archivo… Y, sobre todo, si ha estado revisando expedientes antiguos. Me entiendes, ¿verdad?

—Espiarlo —repite Olivia.

Nuevo silencio incómodo.

—Entendería que me dijeras que no, Oli. Sé que ya no eres la chica que recibía a los clientes cuando todos entramos a trabajar en el bufete.

—No —admite—. Ahora trabajo en Administración y Contabilidad. Pasar de llevar el café a pelearme con los papeles del bufete es un cambio considerable, sí.

—Lo sé. Lo sé.

Esta vez es Olivia la que mantiene la mirada de Gael.

—Esto es importante, ¿verdad?

—Jamás te lo pediría si no lo fuera.

Una vez más, ambos vuelven a permanecer en silencio.

—De acuerdo —responde al fin—, veré qué puedo hacer. Pero…

—¿Qué?

Olivia baja la cabeza a la vez que esconde algo parecido a una media sonrisa.

—Es una lástima.

Confundido, Gael niega en silencio.

—¿Una lástima? No comprendo…

La mirada que Olivia le devuelve cuando levanta de nuevo la cabeza despeja todas las dudas de Gael.

—Por un momento, cuando vi tu llamada, pensé que…

—Que…

Esta vez Olivia no hace nada por disimular la sonrisa. Una de esas sonrisas que se escapan cuando uno piensa que tal vez podría haber algo más.

—No lo sé. Por un momento pensé que quizá estuvieras padeciendo algún ataque de nostalgia…

Ahora es Gael quien baja la mirada. ¿Cómo era aquella canción? *It was just that the time was wrong...* Y sí, también esboza algo semejante a una sonrisa discreta.

—Eran otros tiempos, Oli. Éramos... Éramos jóvenes.

—Vaya, ¿tanto hemos cambiado?

—No, yo...

Se calla de repente. Como si la prudencia le acabara de advertir al oído que una sola palabra más sería ir demasiado lejos.

—No lo sé, Olivia. Supongo que fueron las circunstancias las que cambiaron.

—Ah, eso. Las circunstancias —repite ella, no sin intención—. Bueno, a ti no parece que te hayan ido mal las cosas, ¿no? Director del CoFi...

—No —Gael encaja el comentario en una concesión con forma de sonrisa—, no me han ido mal. Ni a ti, ¿verdad? O, bueno —intenta un contraataque—, quizá debería decir «a vosotros».

Olivia entrecierra los ojos, sorprendida.

—¿A vosotros? ¿De qué vosotros me hablas?

—Bueno, mira esta casa. Urbanización familiar, adosados con jardín, vistas a la ría... Desde luego, no es el apartamentito que tenías en el casco viejo. Más bien parece un proyecto de familia.

—Ah, te refieres a ese «vosotros»... Ya, comprendo. Pero no.

—¿No?

—No —repite Olivia, casi en una evasiva incómoda—. Digamos que en algún momento sí hubo esa idea. Pero, en el último instante...

Olivia encoge los hombros.

—¿Él se echó atrás?

Olivia vuelve a sonreír, esta vez desde una mirada dura.

—¿Por qué das por sentado que fue él?

—Lo siento, no pretendía...

Olivia ablanda su sonrisa.

—No te preocupes, no tiene importancia. Pero no, no fue él. Fui yo quien comprendió que esa no era la vida que quería. O, por lo menos, no con él.

Silencio.

—Vaya, lo siento.

—No tienes por qué. Al fin y al cabo, se trató de un reparto justo: yo me quedé con mi casa y él, con su secretaria. Todo en orden, ¿no?

Y ahí está. Por un instante, Gael siente el impulso. La saliva en la boca, la fuerza en los labios apretados.

—Y… ¿has continuado sola desde entonces?

—¿Sola? Bueno, supongo que sí. Si no fuera por Sultán, claro.

—¿Sultán?

Olivia señala con un gesto divertido al perro de porcelana que descansa entre ambos, en la esquina formada por el sofá y el sillón.

—No hace falta que sigas disimulando, Gael. He visto que te lo mirabas con ojitos golosos, ¿eh?

Gael vuelve a observarlo de medio lado.

—Pues, ahora que lo dices… Caramba, Oli, la verdad es que me parece horrible.

Olivia se lleva las manos al pecho, en un ademán de fingida afectación. Como si Gael acabara de romperle el corazón.

—Oh, no, por favor… Pero si es adorable.

—¿Adorable? No sé, si a ti te lo parece…

Divertida, Olivia posa una mano sobre la cabeza de la figura.

—Sultán siempre está aquí, conmigo. Nunca se va a ninguna parte. Nunca se cansa cuando le cuento mis cosas. No me engaña con ninguna secretaria y, por más que vea, sabe guardar como nadie todos mis secretos.

Una vez más, ahí está. El impulso. Tal vez no debería. Han pasado muchos años. Pero es Olivia. Olivia… Gael vuelve a sentir la saliva en su boca.

—Vea… ¿lo que vea?

Olivia le mantiene la mirada. Y no, esta vez, entre los ojos de Olivia y los de Gael no queda ningún espacio para la duda. Esa sensación antigua, conocida. No importan los años que hayan podido pasar, ahí está, ahí sigue estando: la electricidad entre ambos. Esa vieja fuerza…

Y no, por supuesto. De aquí en adelante, ya no hay vuelta atrás.

Es Olivia quien da el primer paso. Es ella quien se levanta para sentarse sobre el regazo de Gael. Y es ella quien ofrece el primer beso. El primero después de tanto tiempo separados. El primero de muchos.

Fuera, al otro lado de las puertas abiertas al jardín, la noche se convertirá en madrugada. Y, para cuando alguien vuelva a pensar en ella, la madrugada también se habrá convertido en amanecer.

13

Que yo lo entienda

Miércoles, 25 de octubre

Le habría gustado llegar antes. Las cenas de Ximo Climent siempre son las mejores. Más aún si el ágape es en su propio restaurante. Pero no ha podido. Antonio López ha venido tan pronto como le ha sido posible. Para ser exactos, tan pronto como ha concluido su reunión con Caitán Novoa. Y ahora ya es tarde para ninguna cena. La Malvarrosa lleva un buen rato cerrado al público. En el comedor, los manteles usados de esa noche se amontonan en el carro de la lavandería, y los camareros recomponen las mesas para el servicio de mañana.

Y el caso es que Antonio tiene hambre…

Tal vez si pidiera algo, no sé, quizá por ser él quien es…

Pero ni eso.

En uno de los laterales del comedor, una enorme cristalera permite contemplar la cocina casi en su totalidad. Una idea del propio Climent, para que los clientes se deleiten observando el buen hacer del chef y sus cocineros. Por desgracia esta vez lo único que puede contemplar López al pasar junto al ventanal es el buen hacer de los pinches, a estas horas afanados ya nada más que en acabar de dejarlo todo limpio y recogido. Eso, y que los fogones, por supuesto, ya están apagados. Entre dientes, Antonio maldice su suerte, y continúa avanzando por el camino ya conocido. Hasta el lugar de siempre.

Al fondo del comedor tres hombres permanecen sentados a la única mesa que queda por recoger. Las camisas arremangadas, el puro, las copas... Cualquiera podría pensar en una sobremesa que, relajada, se ha dilatado un poco más de la cuenta. Pero no. Una mirada más atenta advierte otros detalles. Labios mordidos, pies nerviosos, miradas incómodas...

Y, sobre todo, el silencio.

Ninguno de los tres hombres dice nada. De hecho, vistos ya un poco más de cerca, lo único que transmite el trío es tensión. El hombre del centro, el que mantiene una visión completa del comedor, es Ximo Climent, el propietario. Un tipo elegante, que ronda los sesenta. Canoso, de piel curtida y corte de pelo tan casual como caro. Exactamente igual que su barba de unos cuantos días perfectamente descuidada. Y un gesto serio que, para mayor incomodidad de Antonio, tampoco se altera al verlo llegar. Un ademán rápido de Climent avisa a los otros dos de que López ya está ahí.

El primero en girarse hacia Antonio es Pablo Nevís. Tal vez algo más joven que Climent, pero no demasiado. La dificultad para catalogarlo está en que Pablo Nevís es, sencillamente, gris. Seco, sin tanta preocupación por ningún tipo de elegancia explícita, Nevís es de los que prefieren ser tan solo correctos. Sí, López sabe que Pablo Nevís es de una pasta diferente a la de Climent. Y que es un tipo jodido, un carácter complicado. Una de esas personas en las que no repararías en un principio, de las que apenas abren la boca. Una de esas que solo observan, sin que los demás lleguen a saber muy bien qué es lo que están pensando en realidad. Pero también es uno de esos fulanos que, una vez que los has visto, ya no dejarás de fijarte en él. Uno de esos fulanos que, incómodos, saben cómo poner nervioso al más templado. Y, con todo, Nevís no es quien más preocupa a López.

No, la presencia que más inquieta siempre a Antonio López es la otra. La del animal que permanece a la izquierda de Ximo: Damián Garmendia, el abogado de ambos. Un tipo alto, flaco, fibroso. Uno que, al contrario que los otros dos, ni siquiera ha levantado la mirada de su copa. Mierda… ¿Qué coño pinta este aquí? Maldita sea, joder, maldita sea.

El abogado tiene la extraña capacidad de lograr que López siempre comience cualquier conversación tragando saliva. Porque, para empezar, Antonio sabe que lo de «abogado» no es más que un eufemismo técnico. Tampoco es que se le pueda llamar «fontanero». Porque sí, claro, en el mundo en el que López y Climent se mueven, fontaneros hay muchos. Gente especializada en garantizar el buen fluir de los negocios a través de un laberinto de tuberías por las que, ocultas a la vista del público —y muy especialmente de los posibles curiosos—, los fontaneros llevan y traen todo lo que haya que llevar y traer. Contactos, acuerdos y sí, muchas veces, dinero. Claro que, así las cosas, sucede que en determinadas ocasiones lo que se necesita no es sencillamente un fontanero, sino algo un poco más específico… Un buen desatascador. Alguien que no le haga ascos a ensuciarse el traje. A meterse en el interior de la tubería y, si es necesario, hundir las manos en la mierda. Y no, no es que López lo haya visto nunca en acción. Pero tampoco lo necesita. Le basta con permanecer atento. Porque, si uno se fija bien, el peligro está ahí, encendido como dos fuegos en el fondo de sus ojos: Damián Garmendia es el desatascador de Ximo Climent.

Y no, maldita sea, Antonio no tenía ni idea de que esa mala bestia también iba a estar presente. De pronto, se le ha ido el hambre.

—Oye, buenas noches, figuras. —López saluda desde una sonrisa nerviosa que quiere pasar por casual, intentando ante todo disimular su incomodidad—. Siento llegar tarde, eh, pero es que la reunión se nos ha alargado un poco más de lo previsto, y…

—No pasa nada —le responde Climent a la vez que le ofrece una silla—, solo llevamos un rato esperando.

—Dos horas —puntualiza Garmendia, sin hacer nada por ocultar su malestar.

—A ver, Antonio, explícanos eso que me has dicho por teléfono, porque aquí nosotros no acabamos de entender un carajo. ¿Qué coño es lo que pasa con Novoa?

—Sí, bueno, eso mismo es lo que le he preguntado yo, a ver, coño, qué coño pasa contigo, y… ¡Chico! —Antonio se vuelve sobre su asiento, buscando a alguno de los camareros—. Sí, oye, ponme a mí lo mismo que están tomando aquí mis amigos.

—Antonio…

—Hace calor, ¿verdad?

—Antonio.

Pero Antonio no responde. En lugar de hacerlo, López también se quita la americana, intentando sentirse un poco mejor. O tal vez un poco menos incómodo. Como si allí nadie llevara dos horas esperando por él. Como si él mismo no supiera que lo que está a punto de contar no será precisamente del gusto de nadie. Y vuelve a sonreír.

Esa sonrisa desenfadada de siempre. Como si nunca pasara nada. Como si todo le hiciera gracia. Esa misma sonrisa que a Pablo Nevís le hace preguntarse si López no será gilipollas.

—¡López, cojones!

El manotazo de Garmendia sobre la mesa pone a López en alerta.

—¡Que te estamos preguntando qué coño te ha dicho el puto Novoa, hostia!

—Ah, sí, eso…

El camarero que se acerca a la mesa con el whisky le da a López el tiempo que necesita para componer su relato.

—A ver —masculla, con la mirada fija en el vaso para que no se le noten los nervios—. Así a grandes rasgos, lo que me ha dicho es que no nos preocupemos, que lo tiene todo bajo control…

—¿Bajo control? —repite Ximo, sin apenas alterar su posición.

—Una forma curiosa de referirse a una investigación judicial en marcha…

Es una voz baja. Una especie de sonido plano, átono, casi maquinal. Nevís siempre habla del mismo modo. O por lo menos así es como siempre lo ha visto López. Casi en un murmullo, sin apenas mover los labios. Pero lo que más inquieta a Antonio no es eso, sino su mirada. O, mejor dicho, su ausencia. Ocultos tras unas gafas permanentemente oscuras, los ojos del segundo de Climent apenas llegan a ser visibles. Y eso es algo que López no soporta de Nevís. Esa carencia de expresividad. De vida… Por lo menos con Garmendia lo tienes claro: los ojos del abogado, dos pequeñas centellas siempre encendidas, te advierten del peligro constante. Pero con Nevís… Nada bueno se puede esperar de una mirada como la suya, como tampoco de su voz, el murmullo de un motor grave saliendo de una boca que apenas se mueve al hablar. López siempre ha tenido la sensación de que Pablo Nevís bien podría ser en realidad algún tipo de depredador. O, peor aún, una máquina. Una bestia sin alma ni corazón. Ni piedad.

Todavía con la mirada puesta de soslayo en las gafas de Nevís, intentando adivinar dónde mantiene Pablo la mirada, López hace un esfuerzo por recuperar el control de su posición.

—Oye, pues qué queréis que os diga, hombre… A mí eso es lo que me ha dicho —insiste, de nuevo desde esa sonrisa nerviosa—, que no nos preocupemos por nada. Que lo de Blue and Green no va a ninguna parte.

—¡Coño que no! —vuelve a intervenir Garmendia, de nuevo sin demasiados miramientos—. Por lo pronto ya ha ido a Fiscalía, no te jode…

—Bueno, sí, eso mismo le he dicho yo. Que, por si lo había olvidado, Blue and Green era mi empresa. Y el negocio que yo tenía con su padre… Pero no, me ha insistido en que por ahí no sale nada. Que él y su gente lo tienen todo controlado.

—Ya —murmura Ximo, todavía impertérrito al otro extremo de la mesa—, todo controlado. Esa canción ya me la conozco yo… Pero lo que sigo queriendo saber es cómo.

López afecta ahora su gesto, cambiándolo por uno algo más serio, más preocupado, aunque solo sea para acercarlo un poco más al de sus compañeros de mesa. Al otro lado de sus gafas, Pablo Nevís no le quita el ojo de encima.

—A ver, a mí lo que me ha explicado es que se trata de una pantalla. ¿Cómo ha dicho…? Ah, sí: una voladura controlada.

En silencio, Garmendia cruza con Climent una mirada incómoda.

—Oye, eso es lo que me ha contado —insiste López, que ahora vuelve a sonreír. ¿Pero qué coño le hace tanta gracia a este gilipollas? Nevís no logra entenderlo—. Que con todo lo de Armengol metido en la precampaña, las elecciones y toda la pesca necesitan dar imagen de transparencia, limpieza y no sé qué más mierdas, y que por eso ha salido esto ahora.

—O sea —murmura Garmendia, acodándose sobre la mesa—, que lo han sacado ellos, ¿no? Lo sabía. Qué hijos de puta…

De pronto, a López se le congela la sonrisa en la cara. ¿Una filtración? Mierda, eso no lo había pensado…

—Pero, a ver, Antoñito, vamos a ver si nos entendemos, porque yo sigo sin aclararme… Si sale Blue and Green, cabe la posibilidad de que tarde o temprano también acabe saliendo Sorna. Y eso no solo te puede perjudicar a ti —señala Ximo—, sino, por extensión…

—A todos nosotros —completa Nevís, de nuevo sin el más breve atisbo de emoción en su voz.

—Sí, bueno, yo también lo he pensado —asiente López—. Pero, joder, Ximo, Caitán me ha asegurado que no, que no tenemos de qué preocuparnos. Que se trata de una nueva línea de investigación. De una causa separada, o no sé qué historia, y… Bueno, mira, ¡que en realidad todo esto no es más que un lavado de cara!

Sonrisa. Y sí, López lo intenta, intenta hacer ver que la situación sí está tan controlada como para no preocuparse. Pero lo cierto es que no logra contagiarle su sonrisa a nadie. Más bien al contrario…

—Ya, claro —responde Garmendia—. Pero si no es más que un lavado de cara, entonces… ¡Coño, alguien tendrá que caer, digo yo! —El abogado busca alguna respuesta en las miradas a su alrededor—. ¿O qué mierda de teatro va a ser si no le cargan el muerto a nadie?

Antonio López vuelve a intentarlo por la vía del gesto serio.

—Bueno, sí —admite—, alguien caerá, eso está claro. Pero desde luego no seremos nosotros.

—¿Quién, entonces?

—Pues, a ver, exactamente no lo sé, Ximo. Por lo que me ha dicho Caitán, entiendo que algún segundón… Que, oye, eso también es verdad, eh. Que al fin y al cabo ahora ya nos da la risa con todo aquello. Pero, en su momento… Coño, ¡que la teta de Blue and Green dio de mamar a mucha gente!

—Comenzando por el viejo —sugiere Nevís, que sigue sin ver la gracia del comentario de López. Ni de nada en general.

Esta vez es Ximo Climent quien se le queda mirando.

—¿Crees que sería capaz de algo así?

—¿De qué? ¿De aprovecharse de que su padre acaba de morir para descargarle todo eso encima? —A López le parece ver que Nevís ha encogido ligeramente los hombros—. Por supuesto.

—Sí —murmura Garmendia—, yo también lo creo. Hasta donde yo sé, Caitán Novoa es un hijo de puta sin escrúpulos. Con tal de medrar, ese cabrón sería capaz de desenterrar a su padre, aunque nada más fuera para llenarle los bolsillos de pruebas incriminatorias…

López, que ha permanecido en silencio escuchando a Nevís y a Garmendia, aprieta los labios y ladea la cabeza en un gesto dubitativo.

—Bueno —murmura al tiempo que se acerca el vaso de whisky hasta dejarlo casi pegado a los labios—, yo desde luego os puedo asegurar que lo vi bastante seguro de todo. Ahora, eso sí…

Antonio da un trago largo a su copa. De hecho, uno demasiado largo para el gusto y la paciencia de Nevís.

—¿Eso sí qué? —le apremia—. ¿Qué ocurre?

«Venga, aquí vamos…».

—En lo que me ha insistido —responde, intentando evitar la mirada de Nevís— es en que debemos ser discretos…

Ximo Climent observa a López con la expresión en la mirada de quien no alcanza a comprender algo.

—Define «discretos».

Un nuevo silencio incómodo, tenso.

—Caitán me ha dicho que debemos cerrar el quiosco.

Esta vez sí, en la respuesta de López no hay margen para la sonrisa. Desconcertado, Climent echa el cuerpo sobre la mesa.

—¿Cómo has dicho, Antoñito?

López traga saliva. Porque sí, Garmendia es una mala bestia, y la existencia del alma de Nevís puede que aún esté por demostrar. Pero aquí el que manda es Ximo Climent. Y todo el mundo sabe que a un capo no se le tocan los cojones…

—Bueno, esto, a ver —farfulla, nervioso—, yo creo que la cosa tampoco es tan seria como parece, Ximo. O, vamos, que no hay por qué tomárselo tan a la tremenda…

—¿Que no es tan seria? —repite Nevís—. ¿Pero a ti qué coño te pasa, tienes un coágulo en el cerebro, o qué?

—Bueno, Pablo, yo…

Pero Nevís no le deja continuar.

—¿Acaso has olvidado todo lo que ahora mismo tenemos en marcha?

—Blue Circus —advierte Garmendia.

—Pilgrim Events —añade Nevís.

—Y eso por no hablar del nuevo hospital —comenta Climent.

—Lo sé, lo sé —responde López, de nuevo forzando una sonrisa nerviosa al tiempo que levanta las manos sobre la mesa, como si intentara detener cada una de las respuestas de sus socios.

—Pues si lo sabes, entonces dime: ¿cómo coño pretende ese cretino que cerremos ningún quiosco, Antonio? ¿Me lo puedes explicar?

Resulta evidente que Climent ha dejado de lado toda pose de tranquilidad.

—A ver, es que se trata precisamente de eso, Ximo. Lo que Caitán nos pide es que bajemos el ritmo, aunque nada más sea un poco, y de manera temporal. Vamos, que por lo menos parezca que no estamos en nada.

La mesa se convierte en un baile de miradas que se cruzan. Incómodas, contenidas, dubitativas, desconfiadas...

—¿Y te ha dicho hasta cuándo sería esto?

López traga saliva.

—Hasta que él nos avise.

—Cuánta concreción... —responde Ximo, a la vez que vuelve a recostarse contra el respaldo, cruzando los brazos por detrás de la cabeza.

—Como mínimo hasta después de las elecciones —murmura Garmendia.

—No —comprende Nevís—. Sería hasta bastante después. Hasta que lo tengan bien amarrado.

—Puto cabronazo...

—¿Y después?

—Pues... Seguimos como siempre —responde López—. Supongo.

—¿Supones?

—¡Joder, Ximo, no lo sé! Eso es lo que me ha dicho Caitán. Yo...

Pero Antonio ya no dice nada más. Porque, en realidad, tampoco tiene nada más que decir. Nada que no sea repetir lo mismo que Caitán Novoa le ha dicho a él. Y, de todos modos, aunque lo tuviera, no serviría de nada.

Porque Antonio López tan solo es uno de los socios del entramado. Uno conveniente. Porque ya estaba allí cuando Ximo Climent y sus hombres llegaron. Porque ya tenía los contactos hechos, los puentes tendidos. Pero poco más. Para cualquier otro efecto, Antonio López no es mucho más que un payaso. O, mejor dicho, un títere. Justamente, todo lo contrario que Ximo Climent.

Ximo Climent es el dueño de La Malvarrosa. Un respetado empresario que, en algún momento de los últimos quince años al que nadie es capaz de ponerle fecha concreta, llegó desde el Levante español dispuesto a hacer negocios en Galicia. Hostelero, emprendedor, eventual promotor inmobiliario...

... Pero también uno de los principales beneficiarios en un

complejo entramado financiero, compuesto por varias sociedades unipersonales registradas a nombre de diferentes testaferros, hombres de paja que del mismo modo que no saben en qué documentos figuran sus nombres, tampoco saben en qué portales dormirán esta noche. Mendigos administradores de negocios con nombres como Pilgrim Events o Blue Circus, empresas cuyos únicos pero también generosos beneficios provienen siempre del mismo sitio: la Administración pública. Y son tantos los relojes, tantos los abrigos de piel, tantos los coches de lujo que Ximo ha ido regalando en tantos despachos, casas y picaderos de esa misma administración que, sinceramente, ahora mismo detenerse no es ni tan siquiera una opción para tener en cuenta…

—Precisamente ahora —murmura—, con todo lo que hemos invertido… No, no me fío.

—Yo tampoco —señala Nevís.

—Ni yo —concluye Garmendia—. De hecho, parar ahora sería una locura.

Viendo que el mensaje enviado no está cuajando entre sus socios, López vuelve a inquietarse.

—Pero, Ximo, Caitán ha insistido en que…

Pero tampoco esta vez López llega a concluir la frase. Lo intimidatorio en la mirada de Climent es lo bastante explícito como para comprender que la insistencia no es una buena idea. Y que las sonrisas, desde luego, no son el camino.

—De acuerdo —resuelve Ximo, obviando ya a Antonio en la conversación—, esto es lo que haremos. Paradlo todo por un par de días, que ese imbécil crea que nos ha convencido. Pero no le quitéis el ojo de encima. Llamadlo, decidle que queréis hablar con él.

—¿En Galsanaria?

Ximo parece dudar.

—¿Dónde os habéis reunido vosotros?

—En Vigo —responde López—, pero abajo, en La Alameda.

—¿En el bufete?

—Sí.

—De acuerdo, pues haced lo mismo. Caitán sabe que con

vosotros no será tan fácil como con este, de modo que dejadle que se sienta más seguro. Si el encuentro se produce en su terreno, también estará más cómodo para hablar.

—De acuerdo.

—A ver qué sensación os da a vosotros todo esto —concluye Ximo al tiempo que se pone de pie—. Veamos si es cierto que ese gilipollas tiene las cosas tan controladas como dice...

—¿Crees que nos la está jugando?

—No lo sé, Damián, no lo sé —responde a la vez que coge la chaqueta del traje, que hasta ese momento descansaba en el respaldo de la silla—. Lo único que tengo claro es que en esa casa el que sabía hacer negocios era el padre. Y Caitán...

—Caitán es hijo de su madre —murmura Nevís.

Ximo Climent tuerce los labios en una mueca incómoda.

—Eso es lo que tenéis que averiguar —advierte—. Eso mismo...

14

Dejad que os enseñe algo

Viernes, 27 de octubre

Es el propio Caitán quien los recibe en la entrada del antiguo despacho de su padre, en Novoa y Asociados. Se hace a un lado para invitarlos a pasar, señalándoles el par de sillas ante el escritorio y, al tiempo que los visitantes toman asiento, cierra la puerta y regresa a la mesa, donde se deja caer sobre el mismo sillón de piel que utilizaba don Álvaro. Se reclina cómodamente y, antes de decir nada, Caitán Novoa se guarda unos segundos para observar a los dos hombres que han venido a reunirse con él. Para cuando se quiere dar cuenta, una sonrisa satisfecha se le ha hecho grande en el rostro. Una amplia, como la del espectador que, al final de la película, comprueba que el asesino sí era la persona en la que siempre había pensado. «Lo sabía…».

—Lo sabía.

—Mira qué bien —comenta Garmendia—. ¿Y qué es lo que sabías?

—Que Ximo os enviaría a vosotros.

—Bueno, las cosas importantes mejor comprobarlas por uno mismo, ¿verdad? Y, mira, si lo que pretendes es deshacerte de nosotros…

—Eso no es una opción —resuelve Nevís.

Caitán entrecorta un suspiro a medio camino entre lo perplejo y lo divertido.

—Vaya por Dios… ¿Qué pasa, que ya no os fiais del bueno de Antonio?

—No creo que López sea la más centrada de las personas —murmura Nevís—. ¿O es que a ti sí te lo parece?

Novoa echa los labios hacia delante a la vez que ladea ligeramente la cabeza.

—No —admite—, la verdad es que no. Y por eso habéis venido vosotros, para aseguraros de que lo que le he dicho a vuestro amigo es cierto. ¿Me equivoco?

—Sí —vuelve a responder Nevís—, te equivocas.

—¿Perdón?

—López es nuestro socio, no nuestro amigo. Pero sí, también tienes razón: venimos a asegurarnos.

Caitán se limita a asentir en silencio con los ojos entornados. Esa carencia de humanidad por parte de Nevís siempre le ha resultado ciertamente desconcertante.

—Escucha, Caitán —es Garmendia quien toma la palabra—, vamos a ver si nos entendemos, hombre. Podemos comprender todo el asunto este del lavado de imagen del que nos ha hablado el imbécil de Antonio. El teatrillo ese de cara a la galería y todo lo que tú quieras. Oye, muy bien, de puta madre. Si yo estuviera en vuestra posición, probablemente haría lo mismo. Pero, lo de Blue and Green… A ver, campeón, ¿se puede saber de qué coño va la cosa? Quiero decir, ¿cómo cojones puedes estar tan seguro de que no te va a explotar en las narices? Porque, antes de que digas nada, te recuerdo que si a alguien le da por tirar del hilo y el nombre de Antonio vuelve a salir en los medios…

—O peor aún —advierte Nevís—, el de Sorna…

—Exacto —señala el abogado—, peor aún. Vamos, que de pronto aquí podemos vernos todos en un marrón de tres pares.

—Pero es que eso no sucederá.

El hijo de Álvaro Novoa responde sin dejar de sonreír en ningún momento. Esa sonrisa suya, tan pagada de sí misma, tan encantada de haberse conocido. Coño, esa sonrisa, con lo mucho que a Nevís le gustan las sonrisas…

—¿Cómo puedes estar tan seguro?

Aún sin dejar de sonreír, Caitán aparta la mirada hacia el techo. Como si la respuesta estuviera ahí, flotando en cualquier otro rincón del despacho.

—Porque tengo un plan —responde.

—Un plan…

Definitivamente, Nevís sigue sin parecer convencido en absoluto.

—Sí, eso he dicho. Un plan.

—¡Ah, bueno! —contesta de pronto Garmendia, a la vez que se da una palmada entusiasta en los muslos—. ¡Pues entonces nada, hombre! Si tienes un plan te dejamos en paz, ¡que sin duda tendrás cosas mejores que hacer, campeón! —El abogado interpreta la más sobreactuada de las convicciones, a la vez que hace ver que se incorpora—. Venga, Nevís, nos vamos. Claro que…

Se detiene.

—Ya que estamos aquí…

Garmendia endurece su expresión hasta convertirla en algo más afilado.

—Escucha, Caitán, ¿qué tal si mejor nos explicas con un poco más de detalle en qué consiste tu plan, eh, fenómeno? Porque te recuerdo que aquí todos tenemos mucho que perder. Mírame a mí, que estoy empezando a perder la paciencia.

Garmendia muerde las palabras de la misma manera que el perro enseña los dientes antes de atacar. No, el abogado no parece especialmente amable. Lo malo es que Caitán Novoa tampoco es de esos a los que les gusta sentirse amenazados. Los dos se mantienen una mirada desafiante, sin que el silencio de Nevís ayude a suavizar la tensión.

Por fortuna para ambas partes, Caitán sabe que Garmendia tiene razón en algo de lo que ha dicho: aquí todos tenemos mucho que perder. Y, a falta de que se materialice lo que sea que pueda estar por llegar, Novoa es muy consciente de que hoy por hoy él necesita tanto a estas personas como ellas lo necesitan a él. Por supuesto, a Caitán le encantaría mandarlos a tomar por culo. Que los dos, Garmendia y Nevís, el bulldog y el psicópata, se fueran a montarle escenitas baratas de gángsteres de medio pelo a su puta madre. Pero también sabe que no es buena idea quemar las naves antes de llegar a puerto, de modo que, en lugar de sacarlos a patadas de su despacho, Caitán Novoa decide dar un paso adelante.

—Veréis… Aquí lo más importante es la información. Tener o no tener información, esa es la cuestión. Y yo, amigos, la tengo. Tengo información y, además, tengo escuela. Así que…

—¿Información y escuela? —Garmendia arruga la expresión—. ¿Se puede saber de qué coño estás hablando, campeón?

Joder, otra vez… Garmendia tiene esa extraña capacidad, la de provocar en Caitán unas ganas inmensas de mandarlo a la mierda siempre que pasa más de cinco minutos con él. A él y a sus puñeteros modales de matón de tres al cuarto. De hecho, siente que esta vez a puntito está de hacerlo… Pero no. Toma aire.

—De acuerdo —responde, intentando disimular el esfuerzo que está haciendo por armarse de paciencia—. Seguidme.

Caitán se pone de pie y sale del despacho sin esperar a los otros dos. No es necesario, sabe que no tardarán en seguirlo.

Apenas a un par de metros de distancia entre ellos, los tres hombres atraviesan la planta principal de Novoa y Asociados. Situado en el número 19 de la viguesa plaza de Compostela, en uno de los edificios más nobles de la ciudad, el bufete es todo él un ejercicio de estilo clásico y elegancia que lo envuelve todo, desde los despachos a las zonas comunes. Como el pasillo que ahora atraviesan como si los tres estuviesen llegando tarde a la conquista de algún continente. Techos altos, suelos de madera cubiertos por alfombras tupidas y puertas de caoba a ambos lados. Despachos cerrados, salas de reuniones. Y una escalera al final del corredor. Caitán continúa avanzando sin esperar a Nevís ni Garmendia hasta llegar al piso superior, donde de nuevo salen a un pasillo, esta vez más breve que el anterior, pero igual de elegante. Lo recorren hasta llegar a una puerta al fondo. Caitán la abre con su tarjeta personal para que, al otro lado, Garmendia y Nevís se encuentren en una especie de biblioteca. Mesas de roble en el centro, sillas de diseño y, alrededor, varios pasillos formados por estanterías sobre las que se apilan volúmenes, tomos, carpetas…

—¿Qué es esto?

—El archivo —responde Caitán—. Aquí es donde se guarda la documentación de todos los casos que se han llevado desde el bufete.

—Información —comprende Nevís.

—Eso es. Y algo más.

Garmendia está a punto de preguntar a qué se refiere Caitán con eso de «algo más». Pero no lo hace. Se detiene al darse cuenta de que no están solos. Es un carraspeo que llega desde uno de los corredores lo que los pone en guardia.

—¿Hola?

—Hola, Caitán. Soy yo.

Los tres hombres se asoman en la dirección desde la que ha llegado la voz. Al fondo del corredor, alguien coloca algo en una de las estanterías.

—Ah. Hola, Olivia. ¿Todo bien?

—Sí —responde la mujer, a la vez que avanza en su dirección con un par de carpetas apretadas contra el pecho—. Bueno, todo lo bien que se puede estar cuadrando facturas.

Garmendia la observa sin demasiado disimulo. Vaya, es guapa, la tal Olivia esta…

—Si le podemos ayudar en algo, señorita…

Olivia sonríe.

—No, gracias. Ya me voy, les dejo solos.

La administrativa dobla la esquina del corredor y se marcha tranquilamente.

—Adiós, señorita.

Pero Olivia no responde. Bastante tiene con morderse la lengua ante el tipo que la está repasando de arriba abajo.

—Seguidme —señala Caitán una vez que está seguro de que Olivia ha salido del archivo, avanzando ahora hasta meterse también él en otro de los corredores—. Mirad, aquí es donde se guardan los papeles de mi padre.

—¿Blue and Green? —pregunta Nevís.

—Entre otras cosas.

Nevís observa la estantería ante la que se ha detenido Caitán. Sinceramente, tampoco le parece que tenga nada de especial.

—¿Está todo aquí?

Novoa permanece en silencio un segundo o dos.

—No sé si todo. Pero desde luego sí lo bastante.

—Lo bastante… ¿para qué?

Caitán arquea una ceja.

—Bueno —responde—, lo suficiente para hacernos una idea del volumen de gente que estaba relacionada con el negocio. Más allá de nuestro amigo López, claro.

Esta vez es Garmendia el que sonríe.

—Gente a la que se podría comprometer…

Caitán también muerde una sonrisa.

—Así es.

—Ya veo… Pero ¿y qué es lo otro? Eso que has dicho de tener escuela. ¿A qué te referías?

Novoa encoge los hombros, como si la respuesta fuese de lo más evidente.

—Bueno, yo también soy hijo de mi padre, ¿no?

«Hijo de mi padre». Nevís recuerda el comentario que él mismo le había hecho a Ximo apenas un par de días atrás. «Caitán es hijo de su madre». Y comprende. «López, chivato de mierda…».

—Digamos —continúa— que algo he aprendido en todo este tiempo. ¿O qué os creíais, que vosotros sois los únicos que sabéis mover el dinero de un lado a otro?

Aún en silencio, poco a poco Garmendia comienza a asentir con la cabeza, al mismo tiempo que una sonrisa satisfecha se va adueñando de su expresión.

—Pero qué cabrón, Caitán, qué pedazo de cabrón eres. Así que una voladura controlada, ¿eh? Qué hijo de puta. Tú lo que estás haciendo es…

—Inventarte un caso —comprende Nevís—. Un caso totalmente nuevo.

Caitán tarda en responder. Tampoco es necesario. Es su sonrisa, orgullosa, la que confirma todo.

—Una verdadera maraña —asiente—, un laberinto sin apenas salidas…

—¿Cabezas de turco?

Caitán asiente.

—Ya están escogidas.

Por un instante, ninguno de los tres hombres dice nada. Hasta que Nevís cae en la cuenta de algo.

—Pero, con todo, aunque el caso no exista, la información sí está aquí.

—En parte sí. ¿Por?

Pablo Nevís se vuelve hacia el otro extremo del pasillo. La parte abierta a las mesas.

—¿Cuánta gente tiene acceso a este lugar?

15

Pérdida de presión en cabina

Jueves, 2 de noviembre

En realidad es ahí donde está el peligro. Lo dicen en cada campaña de tráfico, ojo con bajar la guardia, porque es en las carreteras secundarias donde se concentra la mayoría de los accidentes. Es cerca de casa donde está el peligro... Y sin embargo también es ahí donde Olivia se siente más cómoda. Porque antes, en la autopista, no hay manos libres que valgan. La última hora de la tarde es como una de esas pistas de patinaje de pueblo que salen en las películas. Da igual que sea un tramo conocido, da igual que apenas sean unos kilómetros. Hora punta al final de la jornada, y en la salida de Vigo los coches vienen y van en todas direcciones. Los camiones, las motos, las furgonetas que regresan de los repartos. Y tú, que nunca sabes por dónde te van a adelantar. No, a Olivia no le gusta apartar la atención mientras todavía está en la autopista. Y, con todo, hoy... Olivia ha encontrado algo, algo que le urge compartir. Por Dios, ¿cuánto falta para el desvío?

Por fin, tan pronto como el coche entra en el vial que baja al Val Miñor, desliza el dedo sobre la pantalla táctil del salpicadero y busca el contacto. Aquí está. En RECIENTES, claro. Sonríe al verlo. Después de tantos años, de nuevo ese nombre vuelve a estar en la lista de recientes.. Icono verde. Tono de llamada.

—Olivia.

—Hola, Gael.

—Vaya, qué casualidad. Estaba pensando en ti ahora mismo.

—¿Ah, sí?

—Sí. ¿Qué haces?

Olivia sonríe.

—Pues darte una alegría, creo.

—¿Y eso?

—He estado haciendo los deberes…

Siente cómo Gael también sonríe al otro lado de la línea.

—¿Y?

Se muerde el labio inferior mientras mira por el espejo retro-visor.

—Creo que he encontrado algo.

—No me digas…

—Sí te digo.

—¿En dónde?

—Pues… Digamos que estabas en lo cierto.

—Lo sabía —responde Gael—. Es el bufete, ¿verdad?

—Pues sí. Caitán tiene mucha más actividad que la que le supone la dirección de Galsanaria. De hecho, parece que últimamente pasa más tiempo aquí que en el despacho del hospital.

Olivia reduce la velocidad al llegar a la rotonda al final de la circunvalación, justo antes de entrar en Nigrán, de un tiempo a esta parte casi otra ciudad dormitorio a las afueras de Vigo.

—Si es que lo sabía. —El tono de Gael oscila entre la satis-facción y el malestar, incómodo por lo que los descubrimientos de Olivia puedan suponer—. Esa visita de Nevís y Garmendia de la semana pasada no podía ser casual.

Olivia asiente con una sonrisa en los labios.

—De hecho —comenta—, esta semana me los he vuelto a cruzar un par de veces en el bufete.

—¿En serio?

—Y espera —continúa ella—, porque hay más… ¡Mierda!

Olivia se detiene bruscamente en un paso de peatones. El

frenazo en seco ha hecho que el coche de atrás casi se le eche encima.

—¿Hay más mierda?

La mujer vuelve a mirar por el retrovisor, improvisando una disculpa.

—No, perdona, es que casi me llevo puesto a uno que estaba cruzando.

—¿Qué?

—Nada, nada —responde, aún con la mirada puesta en el retrovisor. Curiosamente, desde el coche de atrás apenas recibe respuesta alguna—. Es la emoción, que ha hecho que me distraiga un momento. Lo que te decía es que hay más. No sé si es mierda o no, pero desde luego se parece mucho al dinero.

—Venga ya… ¿Lo has encontrado?

—Sí. Y desde luego te puedo asegurar que es bastante más de lo que tú me habías dicho.

Vuelve a detenerse ante un semáforo en rojo. Esta vez lo ha hecho con tiempo y el coche de atrás se detiene a distancia. Claro, como para fiarse de su conducción después del frenazo anterior.

—¿Mucho más?

—¡Y tanto! Gael, aquí se está moviendo mucho dinero…

El director del CoFi se queda callado un buen rato.

—Lo sabía, Oli, lo sabía —responde al cabo—. Aquí está pasando algo… ¿Has encontrado los cincuenta mil de los que te había hablado?

Con la mirada todavía puesta en el semáforo en rojo, Olivia reprime la carcajada.

—Oh, sí —responde, casi burlona—. De hecho, he encontrado tus cincuenta mil, y… Bueno, digamos que lo que se ha estado moviendo da para unos cuantos caprichos, amigo. Y de los caros.

—¿De cuánto estamos hablando?

El semáforo se pone en verde.

—De mucho —responde a la vez que vuelve a poner el coche en marcha—. No son cincuenta mil euros, Gael. Son millones. Y no pocos, precisamente.

—Joder…

—Mira —continúa al tiempo que gira en dirección a la playa—, he estado revisando los últimos años de facturación del bufete. En concreto desde que Álvaro se jubiló, y centrándome solamente en los contratos relacionados con Caitán. Y no falla, Gael. Ahí se ha movido muchísimo dinero. Facturas y facturas desorbitadas por conceptos absurdos.

—Comprendo. Pero… ¿Y a quién se lo habéis estado facturando?

Olivia vuelve a sonreír al tiempo que toma el último desvío, ya hacia la urbanización.

—Eso también es bastante raro. Resulta que todo ese dinero se les ha facturado a personas a las que no he podido seguir el rastro más allá de las propias facturas.

—Te refieres a…

—A fantasmas. Es como si Novoa y Asociados les hubiera estado cobrando una barbaridad de dinero a fantasmas. Personas que no existen en ningún otro lado que no sea en esas facturas.

—Testaferros —comprende Gael.

—Otra explicación no tiene. Y, de ahí, rápidamente fuera, claro.

—¿Paraísos fiscales?

—Pues unos cuantos, sí. A ver, ya que no podía localizar de dónde había llegado el dinero más allá de todos esos hombres de paja, he empezado a revisar a dónde había ido. Porque en las cuentas del bufete a las que yo puedo acceder, esas cantidades apenas duraban uno o dos minutos.

—Lo hacían volar hacia otras cuentas —comprende Gael.

—Por supuesto. Por lo que he podido ver, tan pronto como se ingresaba el dinero, alguien, supongo que el propio Caitán, ponía en marcha…

—El helicóptero —murmura Gael—. Qué cabrón.

La del helicóptero es una técnica de evasión de capitales de sobra conocida por el director de Control de Finanzas de la Xunta. Consiste en mover el dinero de una cuenta a otra tan rápido como sea posible, haciendo que en apenas veinticuatro o cuarenta y ocho horas como mucho el dinero haya dado por lo menos una o dos vueltas al mundo, dificultando así enormemente su seguimiento.

A no ser que alguien sepa dónde mirar, claro.

—Vigo, Madrid, Ginebra, Panamá, las Bermudas…

—Déjame adivinar: las Bermudas, Frankfurt, Madrid —enumera Gael— y, de nuevo, Vigo. ¿Me equivoco?

—Casi —le responde Olivia—. Cambia Frankfurt por Londres y lo tienes. El mismo dinero, pero fraccionado, y de vuelta.

—Y limpio…

—Bueno, o por lo menos pareciéndolo. Blanquito, y listo para que esta vez sea el bufete el que vuelva a repartirlo a través de una serie de pagos a las cuentas de otras tantas causas que ¿a que no adivinas con quién hemos contratado?

Gael sonríe sin demasiado entusiasmo.

—Con las empresas detrás de las empresas de Nevís, Garmendia… Climent.

—Por citar a unos cuantos, sí.

—Panda de chorizos…

—Pero espera, que ahora es cuando la cosa se pone interesante: resulta que, en una de las cuentas que se habían utilizado para repartir los beneficios, me encontré con una serie de movimientos aún más extraños, a favor de todo un grupo de beneficiarios que no había visto nunca antes. Al principio no caía en quiénes eran todas esas personas, ni por qué estaban ahí, pero entonces vi un movimiento con una cantidad que me resultaba familiar…

—Déjame adivinar: los cincuenta mil.

—Exacto. Y comprendí. Me costó identificarlos, pero poco a poco fui dando con todos ellos. Y todos responden a un mismo patrón: se trata de gente, en su mayor parte segundones, que en su momento han tenido algo que ver con los negocios menos públicos de Álvaro.

Por supuesto, «menos públicos» no es más que un eufemismo.

—Comprendo.

—Bueno, todos excepto uno, claro.

Gael suspira con desgana contra el micrófono del teléfono.

—Qué hijo de puta...

—Bueno, o eso —comenta Olivia—, o aquí alguien tiene muy engañada a alguien, amiguito...

—Por supuesto —responde Gael, sin el menor entusiasmo—. Será eso...

Esta vez es Olivia la que escoge el silencio. Prefiere dejarle tiempo a Gael para que asimile la noticia mientras ella aparca en la calle, ya a pocos metros de su casa. Algún día se deshará de todas esas cajas de mudanza que le abarrotan el garaje.

—Gael, ¿sigues ahí?

—Sí, sí —responde el director del CoFi—, aquí estoy. Tan solo estaba pensando...

—Ah, vale. Es que me bajo del coche, se va a desconectar el manos libres.

—Sí, no te preocupes, te oigo igual.

—Vale. Pues venga, anímate. Porque, como ya sabes, tu amiga y vecina Olivia es una chica muy eficiente.

Gael vuelve a sonreír.

—¿Hay algo más?

Ella también sonríe al tiempo que recoge su bolso y unas carpetas del asiento de atrás y echa a andar por la acera.

—Por supuesto —responde sin hacer demasiado por ocultar un cierto orgullo—. Porque no llega con cargar todo ese dinero, Gael. Es necesario...

Se detiene. Por un instante le ha parecido oír algo a sus espaldas. Pasos. Es la discreción lo que le hace volverse y echar la vista atrás. Tampoco es necesario que nadie más oiga la conversación. Pero no, ahí no hay nadie.

—¿Ocurre algo?

—¿Eh? No, perdona. Es que me había parecido... —Entonces se le ocurre algo, una posibilidad. Y sonríe—. Oye, ¿seguro que estás en el despacho?

Gael vuelve a tardar en responder.

—Sí, yo diría que sí. ¿Por qué, no me crees?

Olivia sigue mirando hacia atrás. Pero no, en la calle no hay nadie.

—No, por nada. Bueno, te estaba diciendo que se necesita algo más. Algo, por ejemplo, con lo que armar la historia.

—El asunto de Blue and Green —comprende Gael.

—O por lo menos algo que se le parezca, que haga pensar a todos que se trata del mismo asunto. Aunque en realidad...

—¿Qué?

—Bueno... ¿Y si fuera otra cosa?

Gael no comprende.

—Creo que no te sigo, Oli.

—Verás, buscando información sobre algunos de esos nombres de los que te hablaba antes, he encontrado los expedientes de algunos casos. Nada limpio, desde luego, pero no directamente vinculados con Blue and Green. Es más, yo diría que son asuntos personales.

—¿Te refieres a Álvaro?

—Eso es. Pero con un *modus operandi* tan parecido al empleado con Blue and Green que, de hecho, cualquiera podría confundirlos. ¿Me sigues ahora?

Y sí, ahora sí, Gael comprende qué es lo que Olivia ha descubierto.

—Los están utilizando para construir un caso.

—¡Exacto! Es todo mentira, Gael. Pero tan bien levantada sobre un escándalo anterior que parece perfectamente real. Y los implicados no pueden decir nada, porque en efecto no se trata de acuerdos legales...

—O porque están muertos —completa Gael.

—Eso es. Pero desde luego, para cualquiera que lo vea desde fuera, pasará por algo relacionado con todo aquel escándalo. Y, por supuesto, de ahí todo ese movimiento en el archivo. Bueno, al fin al cabo, ¿cómo era aquella frase? *Se non è vero...*

—*È ben trovato* —completa Gael—. Qué hijos de puta...

—Pues sí —le confirma la mujer—, esos mismos.

Por fin a la altura de su casa, Olivia abre el pequeño portal que separa la acera del jardín y, antes de subir los escalones que la llevan a la puerta principal, vuelve a echar un último vistazo a la calle, incómoda. Nadie. Qué raro. Porque ella habría jurado que…

—Por eso Caitán se ha pasado tanto tiempo últimamente en el bufete, ¿no?

—¿Qué?

—Caitán —repite Gael—, que por eso ha subido tanto al archivo.

—Ah, sí. Sí, claro. No puede ser por otra razón —le confirma Olivia—. El muy sinvergüenza ha estado revisando toda la documentación de su padre para recomponer el caso y montar esta…

—Farsa —se anticipa Gael—. Lo sabía, Oli, todo esto no es más que una pantalla.

—Eso parece, desde luego —admite Olivia, a la vez que entra en su casa. Deja las llaves en la mesa del recibidor, al pie de las escaleras, y avanza hasta el salón.

—¿Crees que los tenemos, entonces?

Esta vez es Olivia la que tarda en responder.

Antes se descalza, inmóvil ante el mismo perro de porcelana que tanto había desagradado a Gael en su primera visita, y apoya una mano sobre la cabeza del dálmata.

—No lo sé —responde—. Yo tan solo he ido siguiendo sus pasos, recomponiendo la historia. Y sí, lo que me he encontrado da para hacerse una buena composición de lugar. Sobre todo cuando lo combinamos con lo que tú sabes. Pero…

—¿Qué?

Olivia acaricia la cabeza del perro. Y sonríe al moverla. Tal vez ahora Sultán le caiga un poco mejor.

—No sé hasta qué punto es verdaderamente concluyente lo que tenemos.

—Vaya…

—O por lo menos de momento. Creo que lo mejor es que lo veas tú. Eso, y…

Esta vez es Olivia quien deja la frase en el aire.

—¿Sí?

Aprieta los labios, dubitativa.

—¿Hay algo más?

—No sé, Gael. A ver, tal vez esto sí que no sea nada.

—Prueba.

—Verás, es que es algo… diferente.

—¿De qué se trata?

—Es por algo que me dijiste el otro día, lo del nombre que han escogido para la operación judicial.

—Ariana. Sí, lo recuerdo. ¿Qué le pasa?

Olivia vuelve a morderse el labio.

—¿Tú sabes por qué le han puesto ese nombre?

—Pues… La verdad es que no, no lo sé. ¿Lo sabes tú?

Pero Olivia no responde al momento.

—Bueno, mira, no sé. Es algo que me he encontrado en el archivo, pero… No sé, quizá no sea nada.

—¿Algo en los documentos?

—No —contesta Olivia—, en los documentos no…

—Oli, perdona, pero… Creo que no te sigo.

Olivia vuelve a quedar en silencio, como si estuviera considerando algún tipo de posibilidad, hasta que, finalmente, chasquea la lengua en un ademán inseguro, dubitativo. Como si ni ella misma estuviera convencida de lo que acaba de decir.

—Bueno, mira, ya te digo que lo más probable es que no sea nada. Tan solo se trata de un nombre anotado en una esquina. Quizá ni siquiera fue Novoa quien lo anotó.

—Oli, no te entiendo.

—Nada, déjalo —desecha Olivia a la vez que coge un mando a distancia que descansa sobre el sofá—, si eso ya te lo enseño luego. Porque me dijiste que hoy vendrías, ¿no?

—¿Ah, sí? —Gael ha cambiado su tono por uno más distendido—. ¿De verdad he dicho yo semejante cosa?

—Por supuesto —responde ella en el mismo tono que Gael, a la vez que enciende el televisor—. De hecho, que sepas que lo que me parece mal es que no estés ya aquí. Porque, a todo esto… ¿Dónde estás?

—Ya te lo he dicho —responde—, todavía estoy en el despacho.

—¿Aún? —Olivia echa un vistazo rápido a su reloj. Las nueve y media ya—. Vaya, pensé que ya estarías llegando.

En la televisión están con las noticias. Ernesto Armengol, el candidato, aparece vestido con un mono de trabajo, limpio como recién sacado de la tienda. Obviamente, se trata de algún acto de precampaña.

—Ya —responde Gael—, yo también lo pensaba. Pero el día se nos ha complicado un poco más de lo que nos gustaría.

—Vaya... Pues nada, que sepas que yo voy a hacer la cena, puede que para dos, y a ponerme cómoda.

Olivia hace un hincapié especial en la palabra «cómoda». Uno cargado de intención.

—Así que tú verás qué haces, amiguito.

—Vale, ¿sabes qué? Me has convencido. Apago el ordenador ya mismo y me voy para allí. Tengo muchísimas ganas de verte.

Olivia sonríe.

—Y yo. Tenemos mucho tiempo que recuperar.

—Oye, yo...

Gael deja la palabra en el aire.

—¿Sí?

Pero no contesta. Tan solo sonríe. Después de tantos años, una conversación telefónica no es el mejor marco para volver a decir «Te quiero».

—Nada —resuelve—. Prefiero decírtelo cuando te tenga delante. Salgo ahora mismo.

Gael cuelga el teléfono y Olivia sonríe a la vez que sube el volumen del televisor. En el informativo, Armengol hace declaraciones delante de un enjambre de micrófonos.

«... este es el momento para dar un paso adelante hacia el bienestar de todos los españoles de bien».

—Sí —murmura Olivia, respondiéndole al televisor—. Sobre todo de los españoles que sean tus amigos.

La mujer está a punto de subir las escaleras hacia el dormitorio cuando oye el timbre de la puerta. Y una sonrisa enorme le toma la expresión.

—¡Lo sabía! —exclama—. Así que todavía en el despacho, ¿eh? Pero qué cara más dura…

Su sonrisa se hace mayor y mayor a medida que se acerca a la puerta.

—¡Pues sí que has corrido! —exclama justo antes de abrir—. Debes de tener muchas ganas de verm…

Pero no, Olivia no termina la frase. En lugar de hacerlo, sus ojos van a clavarse en el perfil que se recorta bajo la luz de su porche. Una sonrisa enorme.

—Todas, amorcito.

Por desgracia para Olivia, no se trata del mismo tipo de sonrisa.

Por desgracia para Olivia, no se trata de Gael.

Y, por desgracia para Olivia, no se trata de un hombre.

Sino de tres.

Todo pasa como en un sueño. Como en un mal sueño…

Antes de que Olivia pueda tan siquiera empezar a comprender la violencia de la situación que sin duda está a punto de vivir, el primero de los tres hombres da un paso hacia ella. Uno rápido, decidido. Uno que, por desgracia para Olivia, al hombre, un animal enorme, corpulento y musculado, le sirve para convertir la inercia en ataque. Una fuerza inmensa, concentrada toda ella en un único punto.

Su puño derecho, firme y contundente.

Abróchense el cinturón de seguridad, mantengan su consciencia en posición vertical y su resistencia plegada…

Antes siquiera de que Olivia tenga tiempo de considerar cuánto dolor puede caber en el impacto que sin duda está a punto de recibir, el primer hombre descarga toda su energía en un puñetazo violentísimo contra el pómulo izquierdo de Olivia, que se fractura al momento. Y es ahí, en ese preciso instante, en las décimas de segundo que dura el vuelo de Olivia desde la verticalidad hasta el suelo, cuando comienza a tomar conciencia de la catástrofe que, sin duda, está por venir.

Este vuelo no dispone de ninguna salida de emergencia…

En un instante, todo ha cambiado. Lo que antes estaba arriba ahora está delante. Lo que antes estaba quieto ahora se mueve. Todo pasa muy rápido, y Olivia comprende: su cuerpo atraviesa el aire mientras un dolor feroz explota bajo su ojo izquierdo y se irradia por toda su cara.

En caso de una pérdida de presión en cabina, intente respirar con normalidad a través de su pánico...

Y, cuando todavía está intentando comprender lo que sucede a su alrededor, arriba, abajo, a los lados, cuando Olivia apenas ha comenzado a tomar consciencia del estallido de dolor que revienta en su cara, en su cabeza, su cuerpo aterriza de la manera más violenta contra el suelo, al pie de las escaleras que llevan al piso superior. Y es entonces cuando llega el primer balance de los daños. El dolor del pómulo, por completo hundido en el interior de su rostro, va al encuentro de uno nuevo, el provocado por el impacto de la nuca contra el perfil del primer escalón. Y, como dos ondas expansivas que corren al abrazo la una de la otra, la explosión de dolor es devastadora. Olivia siente que está a punto de perder la consciencia. Pero, por desgracia para ella, eso todavía tardará en suceder.

Desde el suelo, y a pesar del inmenso terror que ya se derrama por todo su cuerpo, Olivia, Oli, aún mantiene la fuerza justa para ver cómo el segundo de los hombres también ha entrado en la casa. Por fortuna para ella, Olivia cree comprender que el objetivo de este otro no es la violencia contra su cuerpo, sino algo diferente. Ajeno a la agresión, esta otra persona, otro animal enorme, adelanta al primero y pasa junto al cuerpo caído de la mujer sin apenas prestarle atención. Como si una mujer en el suelo, aterrorizada en un charco de sangre y con media cara hundida contra su propio cerebro fuese lo más normal del mundo. En lugar de reparar en ella, el otro animal avanza con paso decidido hacia el interior de la casa. Como si la paliza no fuese con él. Como si algo en la casa le importase más que el dolor de la mujer.

Olivia intenta seguirlo con la mirada. O eso cree ella. En realidad, tan solo es la respuesta de su cerebro en shock. Lo más que su sistema nervioso alcanza a hacer es transmitir la orden de que el ojo que todavía no se le ha empezado a inflamar, el que aún no le han reventado, siga el recorrido de la segunda persona. Pero apenas tiene tiempo de hacerlo. Porque, antes de que pueda sacar ninguna conclusión, el primero de los tres asaltantes, el mismo que la ha hecho volar, ya se le ha echado encima. A horcajadas, se ha sentado sobre su abdomen y, por si acaso no le hubiera quedado claro el mensaje con el primer golpe, le regala una serie interminable de puñetazos contundentes sobre el rostro. Ahora con la mano izquierda, ahora con la mano derecha. Ahora con la izquierda. Ahora con la derecha... El primero de esos golpes ha convertido la fractura del pómulo en un socavón en la cara de la mujer. Con el segundo, Olivia ha sentido como le saltaban varios dientes de la boca. El tercero ha acabado con su nariz. El cuarto... Olivia ya no sabe. Tan solo sabe que el dolor arrasa con ella, que ahora lucha por no ahogarse. Pero no lo tiene fácil... La sangre inundando la boca, sus propios dientes, atragantándose en la garganta, la total desaparición de su nariz... Olivia siente que no puede respirar. Intenta ladear la cabeza, liberarse. Pero ya todo es dolor. El mismo rostro que hace apenas un segundo se iluminaba de sonrisas ante la supuesta llegada de Gael ahora es un amasijo indescifrable. Ya no hay nariz, los labios están destrozados, y todo es hueso descubierto, carne desgarrada, y sangre, mucha sangre.

Y dolor.

E impotencia.

Y pena.

En algún rincón perdido entre la maraña de impulsos que la mantienen en estado de shock absoluto, Olivia siente la necesidad de gritar. De pedir ayuda, de revolverse. O quizá tan solo de llorar. Pero no puede hacerlo. No sabe dónde están sus ojos.

Y entonces, cuando el animal que ha venido a arrojársele encima comprende que el dolor ya ha sometido a Olivia, hace algo más.

Lentamente, el hombre que permanece montado sobre ella comienza a inclinarse hacia delante. Baja la cabeza, acercando la cara hasta dejarla a muy poca distancia de donde hasta ese momento había estado el rostro de la mujer, y abre la boca.

La lengua del hombre, enorme, empapada, recorre lo que aún queda de la mejilla de Olivia. Ella apenas lo puede ver ya, pero lo nota. Su cuerpo echado sobre ella, su aliento, su calor.

—Quietecita…

Ojalá hubiera perdido la consciencia ya. Pero, por desgracia, esto aún tardará en suceder.

Antes, Olivia notará cómo las manos del hombre que se ha echado sobre ella comenzarán a recorrer su cuerpo. Pero ya no como antes. Ahora ya no hay golpes. Ahora es algo diferente. No hay golpes, sino algo más lento. Pero, por supuesto, no por ello delicado. El cuello, los pechos, su cintura. Las manos del hombre recorren el cuerpo de Olivia como la serpiente se desliza alrededor de su presa. No hay violencia, pero tampoco hay debilidad. Las manos del hombre siguen bajando. Las caderas, las piernas, las rodillas.

Y, entonces, el giro.

El hombre vuelve a separarse. Se incorpora, lo justo para volver a contemplar el cuerpo rendido de Olivia. Aún sin dejar de montarla a horcajadas, se desliza hacia abajo, sobre sus piernas. Agarra con fuerza la falda que aún llevaba puesta y se la rompe con rabia. Y sí, claro: cambia de posición.

Primero una, después la otra, el hombre ha pasado de sentarse sobre ella a acomodarse entre las piernas de Olivia. Y, ahora, sus manos comienzan a desandar el viaje. Pero esta vez buscando una ruta diferente. La que va del exterior al interior. La cara interior del muslo. Las ingles. La goma de sus bragas… Y, de golpe, su vientre.

Olivia siente ese otro dolor, sus labios apretados con determinación salvaje entre la garra animal en que se ha convertido la mano del hombre.

Y hasta aquí.

De aquí en adelante ya todo es demasiado terrible como para no suplicar que Olivia, Oli, pierda la consciencia. Para siempre, si es necesario. Pero por favor, ya no más. Por favor… Por fav…!

Olivia nota el primer asalto. La embestida feroz, desgarradora. Animal. Una vez, otra vez, otra vez. El gruñido gutural, la baba. Otra vez. El dolor, la impotencia, la soledad. Otra vez. Otra sacudida más, otra más. El dolor. Otra más. La desatención. Y el estertor final.

Inmovilidad.

Olivia está perpleja. Asombrada.

Arrasada, desbordada.

Olivia está sola.

Por completo hundida, Olivia ya apenas siente nada de lo que sucede a su alrededor. Ruido, golpes, puertas que se abren y se cierran con estruendo, pasos, carreras, cristales rotos y maldiciones. Olivia ya no siente nada. Por eso ya apenas nota algo como un roce, el movimiento del animal que se incorpora. A Olivia le parece intuir una sonrisa satisfecha. O tal vez no. Tal vez los ojos de Olivia ya han dejado de funcionar. Por eso no acaba de sentirse muy segura de qué es lo que está haciendo el hombre. Tan solo sabe que se ha incorporado. A ella también le gustaría hacerlo, pero, por alguna razón que ya no alcanza a comprender, no puede. Olivia quiere, lo siente, lo desea con todas sus fuerzas. Levantarse, gritar, salir corriendo. Pero su cuerpo no responde a ninguna de sus órdenes, deseos o intenciones. Por alguna razón, la caída, el golpe en la nuca, los puñetazos en la cabeza, por lo que sea, el cuerpo de Olivia ya no responde. Ya está acabado, ya está terminado. Ya no sirve. El hombre también lo sabe. Lo ve, sabe que lo ha hecho bien. Aquí ya no hay más que hacer. Olivia siente los pasos del hombre. Se ha incorporado, se ha vuelto a cerrar la cremallera de los pantalones y, de entre las piernas de Olivia, ha dado un par de pasos hasta situarse, de pie, junto a su cabeza.

Y, como quien acaba de descubrir un balón viejo en medio del campo, el hombre sabe lo que tiene que hacer.

Sonríe, satisfecho, y carga la pierna derecha, echándola hacia atrás.

—Quietecita…

Ya por completo rota, Olivia observa (o eso cree) cómo el hombre echa la pierna lentamente hacia atrás. Y comprende lo que va a suceder. Está cargando la patada. El golpe que acabará con ella.

—Espera.

Es la voz del segundo hombre, el que había pasado directamente al interior de la vivienda.

Se acerca hasta ella y se agacha, hasta dejar su cara casi pegada a la de Olivia.

—Habla.

Olivia ya apenas es capaz de mantener la consciencia.

—¡Habla! —insiste.

El último esfuerzo en el que Olivia concentrará hasta la última de las energías que pueda reunir será para intentar mover lo que queda de sus labios. Es apenas nada, un temblor, una vibración sutil. Y, por extraño que resulte, al hombre que la observa tan de cerca le parecerá identificar... ¿una sonrisa?

—¿Sonríe? —pregunta el gorila a sus espaldas—. ¿De qué coño te ríes, puta?

Y, ahora sí, Olivia se deja ir. En ese limbo extraño, denso y oscuro, en el que se siente ir, Olivia se desintegra sintiendo que sí, está sonriendo. Porque es cierto, ya apenas podría articular una sola palabra. Pero, aunque pudiera, jamás lo haría.

«De eso me río...».

El hombre arrodillado junto a ella lo ha visto, ha visto cómo Olivia se desvanecía.

—Despierta —ordena a la vez que la abofetea—, ¡despierta!

Pero no, ya no hay nada que hacer.

El hombre agacha la cabeza y maldice entre dientes.

—Eres un animal, Arón... Eres un puto animal.

Y sin tan siquiera mirar a su compañero de asalto, vuelve a incorporarse y se pierde escaleras arriba, dispuesto a continuar con su trabajo.

Molesto, Arón el Moro se queda mirando en dirección al pasillo en lo alto de las escaleras, por donde el hombre que lo ha insultado acaba de desaparecer. Y siente cómo la furia se apodera de él.

—¿Animal, yo? —murmura, mordiendo cada palabra—. Ahora verás lo que es ser animal.

Y sí, ahora sí.

Arón retoma el baile justo donde lo había dejado. Con la pierna cargada, a un metro de la cabeza de Olivia.

Y sí. Arón es un animal.

Será esta, la patada salvaje en la sien izquierda de Olivia, la que le reventará el cráneo.

Este será el golpe que hará que la mujer, Olivia, Oli, pierda por fin la consciencia para, aún sin comprender cómo ha podido suceder todo esto, no volver a despertarse nunca más.

Mientras todo esto sucede, el tercero de los hombres que esta noche han venido a la casa de Olivia permanece inmóvil junto a la puerta, vigilando el exterior. Impasible, se limita a observar a través de la mirilla, asegurándose de que en la calle no hay nadie. Nadie ha venido, nadie ha pasado. Mientras Olivia se convertía en un cuerpo sin apenas vida, ninguno de los vecinos ha visto alteradas sus rutinas. Nadie ha oído nada, nadie ha visto nada. Nadie ha sentido nada especial, nadie ha tenido ningún mal presentimiento. Nadie se ha asomado a ninguna ventana, ni nadie ha llegado en su coche. Nadie que no hayan sido ellos mismos, claro.

Y ese otro coche.

El mismo que permanece aparcado unos cuantos metros más abajo, y el mismo al que han venido siguiendo. El mismo que les ha guiado hasta la casa de la mujer. El mismo, en definitiva, que casi embiste al de Olivia en aquel paso de peatones.

En su interior, un hombre fuma un cigarro con la mirada puesta en la casa de Olivia. Un hombre que, por supuesto, jamás habrá estado ahí.

16

Demora

Gael está en el coche. Pero todavía tardará un poco más en llegar. Tampoco demasiado, pero sí un poco más. De hecho, en algún momento incluso llegó a pensar que Olivia lo había descubierto, ya que, cuando recibió su llamada, y al contrario de lo que le ha dicho, en realidad él no estaba en el despacho, sino ya en el coche. Y sí, es verdad que ya habían decidido verse antes de que hablasen por teléfono. Tan solo quería darle una sorpresa, que ella pensase que tardaría mucho más en llegar. Claro que, para qué negarlo, la conversación lo ha espoleado considerablemente. Ha conducido atravesando la noche que separa la burocracia de Santiago de las playas de Nigrán a bastante más velocidad de la permitida y, como considera que incluso ha ganado algo de tiempo, se ha desviado para entrar en Vigo. Se le ha ocurrido que sería buena idea parar a comprar algo con lo que brindar. Ha tardado más tiempo, sí. Pero ha pensado que la ocasión lo merecía. Al fin y al cabo, Olivia y él empiezan a sumar ya unos cuantos motivos de celebración. Por el trabajo, por los avances en la investigación, por la sagacidad de Olivia... El problema es lo reducido de la oferta, que no es tan fácil encontrar dónde comprar un buen vino a estas horas. Los supermercados acaban de cerrar, y desde luego no vamos a brindar con cualquier cosa por las buenas noticias. El director del CoFi sonríe al salir del 24 horas mejor surtido de los tres en los que se ha detenido. Y, de nuevo en el coche, vuelve a pensar en lo mucho que tienen por lo que brindar. Por la eficacia de Olivia. Por la propia Olivia. Por el reencuentro… Por ellos.

Gael toma la carretera que lleva a Nigrán y vuelve a sonreír al pensar en lo cerca que ha estado de llegar tarde también a esto. Por evitarle problemas con Caitán, en su momento optó por dejar correr la historia entre ambos. Era evidente que el hijo de Álvaro Novoa también sentía algo, y en aquella época Olivia no gozaba de una posición demasiado segura dentro del bufete. La chica de recepción. Saludos, cafés y poco más. Pero aun así era un trabajo en una buena empresa, bien pagado incluso. Y Gael sabía que, en caso de frustración, Caitán no habría dudado en maniobrar para ponerla en la calle. Al fin y al cabo, Novoa y Asociados era el bufete de su padre. Esa fue la razón de que en aquel momento Gael se hubiera dejado convencer a sí mismo. Un capricho de juventud, nada más. Y adiós. Aun sabiendo que no era cierto… Y Gael recuerda perfectamente la canción: *Tan solo es que el momento no era el adecuado…* Hasta ahora.

Gael ha tardado un poco más en llegar. A Nigrán, a la casa de la urbanización, a Olivia. Pero ahora, por fortuna, ya está aquí. Gael ha tardado en llegar, pero, ahora, todo irá bien. O eso cree.

Aparca en la calle y recorre con paso rápido la distancia que le separa de la casa. Abre el portal y sube los escalones en un par de zancadas. Llama al timbre y una vez más vuelve a sonreír con satisfacción, la mirada puesta en la botella de vino. Gael ha tardado un poco más en llegar. Pero no pasa nada. Está seguro de que esa demora habrá valido la pena.

El problema es que, por lo que sea, Olivia no parece haber oído el timbre.

Insiste. Vuelve a pulsarlo, ahora un par de veces seguidas.

Pero nada. De hecho, del interior de la casa no parece llegar más ruido que el de la tele. Que, por cierto, ¿acaso no está muy alta? No sé, tal vez esté en el baño. Había dicho algo de ponerse cómoda. ¿Una ducha?

Sin saber muy bien qué otra cosa hacer, Gael saca su teléfono móvil. Y sí, claro, el número de Olivia está en RECIENTES. No puede evitar pensar en la gracia que esto le provoca. Después de tanto tiempo…

Tono.

Llamada.

Nada.

Gael acerca la oreja a la puerta, intentando identificar alguna melodía al otro lado. Pero sin éxito. Del interior solo llega el sonido del televisor. Que sí, definitivamente está muy alto…

—¿Olivia?

Gael le habla a la puerta cerrada. Pero la puerta cerrada no devuelve ninguna respuesta.

—¡Olivia! —insiste.

El resultado es el mismo. En el teléfono ha saltado el contestador, y Gael lo intenta una vez más. Rellamada, tono, timbre de la puerta, un par de golpes incluso, ya con la palma de la mano sobre la madera.

Pero Olivia no responde, ni a una cosa ni a la otra.

Inquieto ya, Gael decide intentarlo de alguna otra forma. Retrocede un par de metros, buscando una perspectiva más amplia de la casa. Y observa que hay luz. De hecho, lo que ve le llama la atención. Porque… ¿acaso no hay demasiada luz? Allá donde puede ver, allá hay luz. No se dio cuenta al llegar, pero, ahora que se fija, comprueba que todas, todas las ventanas de la casa mantienen alguna luz encendida en su interior. Es como si Olivia se hubiera asegurado de no dejar ni una sola habitación a oscuras.

¿Qué está pasando?

Es posible que… ¿algo no vaya bien?

Recuerda la vista desde el sofá del salón. Las puertas correderas abiertas al jardín posterior. Gael bordea la casa y busca ese otro acceso posterior.

Cerrado.

Pero por lo menos son de cristal…

Gael acerca la cara, intentando ver algo que le ayude a comprender qué es lo que sucede. Las luces del salón también están encendidas. Como el televisor, que en efecto está tan alto que lo puede oír con toda claridad a través del vidrio. El sofá, el sillón, la cabeza horrorosa del chucho de porcelana asomando entre ambos, la cocina al fondo… Nada en esa dirección. Busca al otro lado, en dirección al recibidor. Tampoco ahí parece haber nada extraño. Tan solo un zapato en el suelo. Un zapato caído de lado, justo en la esquina que dobla hacia las escaleras que llevan al piso superior. Nada.

Gael vuelve a barrer el salón con la mirada. Pero algo no va bien.

Es su cerebro el que le está diciendo algo.

«Fíjate bien…».

Y lo intenta. Pero no se ve nada.

«Fíjate bien, Gael…».

Los sofás, la cocina, el puñetero perro, quizá más bajo.

«¡Fíjate bien!».

¡El zapato!

Gael vuelve al punto anterior, la esquina ciega en el acceso al recibidor. Y entonces comprende, antes incluso de verlo.

Pega las manos al cristal y asoma la cara al hueco, intentando concentrar mejor la mirada. Y, ahora sí, lo ve.

—Joder…

Aunque apenas puede ver cómo continúa la sección, lo que antes le ha parecido un zapato caído no es solo eso. Apenas se puede ver desde donde ha ido a apoyarse. Pero entonces cambia de posición. Avanza un par de pasos hacia su izquierda, abriendo el ángulo de visión. Y las dudas se quedan sin espacio… No es que pueda ver con claridad, la esquina de la pared apenas permite ver mucho más allá. Pero sí lo suficiente para comprender. Desde la posición anterior apenas alcanzaba a ver la suela. Pero ahora tiene más margen. Y no, el zapato del suelo no está vacío. Es un pie caído. Es el pie de Olivia.

Olivia está caída en el suelo.

—¡Oli!

Pero no, Oli no reacciona.

Gael golpea el cristal con todas sus fuerzas. Pero la respuesta es la misma.

Ninguna.

Olivia no se mueve.

Angustiado, Gael se aparta de la puerta de cristal y busca a su alrededor, urgiéndose a encontrar alguna solución. Una llave discreta, una piedra, un autobús, lo que sea. Es la escasez de opciones mezclada con la urgencia la que le ayuda a identificar su única opción: el estruendo que esa misma noche declararán haber oído los vecinos es el ruido provocado por Gael al arrojar la mesa de jardín contra el cristal de la puerta corredera.

—¡Olivia! —vuelve a exclamar al lanzarse sobre el cuerpo de la mujer, por completo inmóvil.

Por completo golpeado, por completo ensangrentado. Por completo ausente.

Por desgracia, Olivia no podrá ofrecerle ninguna respuesta…

Porque, por desgracia, Gael ha tardado en llegar.

Desde este momento en adelante, la cabeza de Gael será un campo de batalla, un océano enfurecido en el que cada pensamiento golpeará como una ola brutal y despiadada, mar levantado en armas contra sí mismo.

Reacción, teléfono, ambulancia. Y de nuevo el enjambre. Una lista interminable de argumentos, de razonamientos, de preguntas sin respuesta que convertirán la capacidad de Gael para razonar en puro alambre de espino. ¿Qué ha ocurrido? ¿Cómo ha acabado Olivia de esta manera? Cuando llega la policía («¿quién la ha llamado?»), Gael apenas acierta a responder. Tampoco hay tiempo que perder, no es ningún familiar directo...

«¿Es usted su pareja?».

«¿Eh? ¿Yo? Sí, sí... Claro. Bueno, somos amigos, estamos...».

... pero a Gael ni se le pasa por la cabeza la opción de no subirse con ella en la ambulancia.

Será ahí, en el trayecto hasta el hospital, cuando de entre todas, una pregunta comience a levantarse con fuerza.

¿Por qué?

Gael no lo sabe, pero han sido los vecinos de al lado los que han llamado a la policía, alarmados por el estruendo de los cristales reventados. Más allá de eso, nadie ha visto nada, pero para los agentes no tarda en resultar evidente que Gael no ha tenido nada que ver con la agresión. Y si no lo es ahora, lo será más tarde. No serán pocas las cámaras de seguridad que habrán grabado a Gael entrando y saliendo de dos o tres tiendas de 24 horas a primera hora de esa noche. Y, bueno, luego estarán las otras pruebas… Cuando más adelante le pidan una muestra, comprobarán que el ADN del semen encontrado en la vagina de Olivia no coincidirá con el de Gael. Y la casa, el estado en que los agentes se han encontrado todas y cada una de las habitaciones… Todo revuelto, todo patas arriba. Y ni un solo euro ni una sola joya. Han entrado, se lo han llevado todo y, ya que estaban, se han divertido con la chica hasta dejarla medio muerta. A ver, es evidente que se trata de un asalto de manual. Gael juraría haber escuchado comentar algunas de estas cosas entre los agentes, «un asalto de manual», mientras los sanitarios trataban de reanimar a Olivia, todavía tendida al pie de las escaleras. Otras las irá escuchando en los días posteriores. ¿Y qué otra cosa podría ser? Nadie se lo plantea siquiera.

Un asalto de manual.

Pero ahora lo que importa es que no parece que la policía vaya a cambiar de orientación su interpretación de lo que ha sucedido. Nada más Gael, solo en la madrugada del hospital, comenzará a hacerse estas otras preguntas. ¿Seguro que no ha sido otra cosa? O, lo que es aún peor, ¿seguro que no ha sido por otra razón?

«Claro que sí, Gael, por supuesto que ha sido por otra razón…».

Poco a poco, en el frío de los pasillos de Urgencias, las imágenes anteriores comienzan a ordenarse en el pensamiento de Gael. La llamada de Olivia, todo lo que le ha contado. El bufete, las visitas al archivo. El helicóptero del dinero… Sentado en uno de los bancos de plástico, las luces de neón resaltan las manchas de sangre en la camisa blanca de Gael. La sangre de Olivia…

«¿Qué has hecho, Gael? Dime, ¿qué has hecho para que la travesía haya derivado por semejante derrota?».

En algún momento de la madrugada Gael ha visto a un par de policías en el hospital. Pero, curiosamente, no han sido ellos

los que se han acercado a él. Ha sido al revés. Los ha visto preguntando primero en el puesto de enfermeras y hablando al cabo con uno de los doctores que han atendido a Olivia. El médico hablaba, señalaba algo en unos papeles y negaba en silencio. Cuando Gael se ha acercado a ellos, el doctor se ha ido, y los dos agentes se han limitado a darle un par de respuestas vagas sobre los asaltantes. Algo sobre una banda de exmilitares llegados del Este, o no sé qué cosa, y poco más. Perplejo, Gael no ha sabido qué decir y ha regresado a su asiento de plástico en el pasillo, junto al acceso a la UCI.

Gael ha tenido toda la noche para intentar asimilar lo que acababa de suceder.

Gael ha tenido toda la madrugada para intentar comprender, para encajar opciones, posibilidades. Nombres.

Para despistar al dolor.

Pero ahora ya ha amanecido…

Hace un rato ha vuelto a ver al mismo médico de antes y Gael ha optado por abordarlo. «No puedo hablar con usted, no es un familiar directo, no es su pareja…». Pero Gael ha suplicado, y el médico se ha apiadado de él.

Y no, las noticias no han sido buenas.

Discretamente, el médico de Urgencias se ha llevado a Gael a un lado y le ha dicho que no hay nada que hacer. Las lesiones son brutales. El daño en el cuerpo de Olivia es salvaje. Tiene el útero destrozado, varios órganos vitales casi por completo inutilizados, y si ahora sigue con vida es por obra y gracia de las máquinas a las que permanece conectada, que respiran y laten por ella.

Y, con todo, eso no es lo peor…

Porque el cerebro de Olivia ha quedado completamente fulminado. Los puñetazos, los golpes, la patada… El daño en la cabeza es irreversible, a tal punto que, si alguna vez saliera del coma, la persona que regresaría de su propia ausencia sería una completamente indefensa, desvalida, incapaz. Tanto que, de hecho, el único consuelo es que, en realidad, el despertar de Olivia ya ni siquiera es una opción que considerar en ninguna fracción de ningún porcentaje…

Ya nada queda de Olivia que no sea un cuerpo tendido en una cama de la UCI. Un cuerpo hinchado, deformado, irreconocible. Arrasado. Olivia ya no es más que carne y huesos envueltos en piel magullada, amoratada. Oxígeno y carbono conectados a tubos, cables, máquinas, en una sala de hospital.

En silencio, el médico le ha hecho saber a Gael que en los próximos minutos no se fijaría en qué familiares o no familiares atravesaban las puertas de la Unidad de Cuidados Intensivos, y se ha ido en dirección contraria.

Por eso ahora Gael está aquí, apoyado en la pared junto a la cama de Olivia, de Oli, intentando conjugar el dolor. Las máquinas hacen ruido, aire que entra y que sale, líquidos que se inoculan y se drenan con la lentitud de una agonía oscura y pesada, y todo él es una derrota, el llanto silencioso de quien sabe que ya lo ha perdido todo.

«Mírala… ¿Qué es lo que le has hecho, Gael?».

En silencio, Gael aparta un mechón de pelo que ha venido a acompañar la frente de Olivia, y no siente nada. Vacío, el abismo que ahora mismo es todo él.

De acuerdo, comprende, de acuerdo.

En la oscuridad de lo profundo, algo ha comenzado a moverse. Algo que, lentamente, asciende hacia la superficie, escalando desde lo más hondo. Es el dolor, que regresa convertido en algo diferente. Es la ira desatada de Gael. Es la furia, es la cólera. Y, poco a poco, como una bestia que no conoce más fin que su determinación, asciende desde la oscuridad hasta la luz de la mañana. Y nada más quiere saber de una única cuestión: la culpa. ¿Quién es el culpable de todo esto? El Gael de ayer por la tarde lo habría tenido claro: «Yo mismo». Pero el Gael de este amanecer ya es otro. Otra persona, otro dolor. Otro animal.

Y ese animal tiene un nombre en la cabeza.

«Tú…».

Gael acerca sus labios a la frente de Olivia. Y, lentamente, la besa. Cuando por fin se separa, lo hace lo justo para observarla. Con cariño, vuelve a colocarle el pelo, y se seca las lágrimas.

Este beso ha sido el último.

Ya no habrá más.

Gael recompone el gesto y, dándose la vuelta, abandona la sala de la UCI sin mirar atrás. Ya nunca volverá a verla, como, en realidad, ya nunca nadie volverá a ver a Gael tal y como lo habían visto hasta entonces. De ahora en adelante, todo será diferente.

Gael no es nada. No es un familiar directo, no es la pareja de Olivia, no es nada. De manera que a nadie tiene que dar explicaciones. El director del CoFi atraviesa los pasillos de Urgencias y abandona el hospital como si nunca jamás hubiera estado allí.

Y así habría sido, de no ser por un pequeño detalle...

Él no lo ha visto, pero hay quien sí ha reparado en su presencia.

Ha sido en el momento de salir del pasillo que lleva a la Unidad de Cuidados Intensivos. Cuando Gael empujaba una de las puertas de cristal hacia el exterior, un hombre empujaba la otra hoja hacia el interior. Y sí, lo ha reconocido. De hecho, cualquier otro quizá no le hubiera dado importancia. Pero él no. A él, su instinto lo ha puesto en alerta. Y, por si acaso, ha sacado su cuaderno para apuntar su nombre en él.

«Gael Velarde, director del CoFi».

Así, con lápiz y papel. Tal como aún hacen los viejos periodistas...

17

¿Por qué no reír?

Viernes, 3 de noviembre

Fascinada, Malena se lleva la mano a la boca, abierta de puro asombro, al descubrir la inscripción del fabricante en la tapa del estuche.

—Pero…

Levanta la vista de la bolsa en la que venía la caja, buscando la mirada de López, que se limita a sonreír, como si lo que acaba de hacer no tuviera la menor importancia.

—¡Estás loco! ¿Un Cartier? —Malena no es capaz de retener el entusiasmo—. Santo Dios, López, esto es…

—Nada —la ataja, como si realmente semejante joya no fuera *nada*—. Una tontería…

—¡Pero qué dices! ¿Una tontería? Esto es un Baignoire, ¡un reloj carísimo! Te debe de haber costado al menos unos…

López también sonríe, satisfecho, mientras coloca el reloj alrededor de la muñeca de Malena.

—Bueno, oye, ¿y qué son veinte mil euros de nada al lado de lo que tú me has hecho ganar a mí, eh? Nada —repite—, ¡una fruslería!

Sí, es cierto que López es un poco payaso. Lo malo es que muchas veces lo es en el buen sentido de la palabra. Un tipo extrovertido, a todas luces nada discreto. Excesivo y, cuando se siente a gusto, incluso escandaloso. Lo cual, en este negocio, está más cerca de ser un inconveniente que una virtud. Pero, como los payasos, a Malena le hace reír. No han sido pocas las circunstancias que López y la directora de la Oficina del Xacobeo han vivido juntos. Y en ningún momento ha faltado la diversión. Sí, López sabe cómo hacer que los demás lo pasen bien, y Malena siempre se ríe con él. Por supuesto, la mujer de Caitán no es idiota, de sobra sabe que López, como los payasos, también tiene un guion, una escaleta, una pauta con la que guiarse hasta alcanzar su propio objetivo. *Do ut des...* Y, las cosas como son, a lo largo de su historia de transacciones en común, Malena también ha salido más que bien parada. Y pagada. De modo que... ¿Por qué no reír?

—Te pasas, López, ¡te pasas!

Antonio López, el empresario, hace un gesto rápido con las manos, como si rechazara el reproche.

—No seas boba, Malena. ¿O de qué otra manera íbamos a celebrarlo, eh?

—Bueno —responde la mujer con gesto evidente, como si la respuesta fuera de dominio público—, pues por ejemplo con alguna de las dos botellas de Dom Pérignon que sueles traer, ¿no te parece?

—Bah —vuelve a despreciar—, el Dom Pérignon es para las ocasiones clase A.

—Oh, vaya —responde ella desde cierto desencanto—, ¿y qué es lo que pasa? ¿Qué yo ya no soy una clase A, o qué?

—¡Por supuesto que no! —repone exultante López—. Malena, ¡permíteme que te diga que lo nuestro ya es A Plus! Sobre todo ahora que tenemos una primera propuesta presupuestaria para la siguiente campaña... No, querida, ¡esto ya es otra cosa!

Malena Bastián, la directora de la Oficina del Xacobeo, se recuesta contra el respaldo de su sillón, al otro lado del escritorio, y aparta la mirada, también con expresión satisfecha.

—Bueno —asiente—, supongo que era de esperar, ¿no? Al fin y al cabo, es innegable que la jugada del año pasado nos salió bien.

—¿Bien? ¡Pero qué dices! ¡Ha salido cojonudamente bien, mujer! Y mira que al principio lo teníamos jodido, eh.

—Bueno, oye, tampoco es fácil organizar un Año Xacobeo en plena pandemia mundial. —Sonríe—. Y, desde luego, una cosa está clara: si a alguien se le podía ocurrir promocionar un Camino de Santiago sin peregrinos… ¡ese solo podías ser tú, Antoñito!

—Pues sí —reconoce López—, la verdad es que no lo teníamos ni fácil ni leches. Pero mira, luego hasta se comieron la propuesta de compensarlo prorrogándolo un año más. ¿Que no quieres Xacobeo? Pues venga, ¡toma dos tazas!

—Bueno, bueno, tampoco te pases —le advierte Malena—, que eso fue una licencia vaticana.

López encoge los hombros.

—¿Y? Lo importante es que se lo tragaron, ¿verdad? Pues oye, ¡por nosotros cojonudo! ¿No?

El empresario se ríe a carcajadas mientras Malena asiente, sin borrar en ningún momento la expresión complacida de su cara, acentuada a la vez que contempla el reloj, radiante en su muñeca. La directora se levanta y, en silencio, se acerca a la ventana de su despacho para contemplar el paisaje. Da igual cuántos años lleve trabajando en ese lugar, a Malena siempre le ha gustado la vista de Santiago desde el palacio de San Caetano.

—Sí, es cierto —admite—, al final acabamos batiendo incluso unos cuantos récords de asistencia.

—¡Desde luego, coño, desde luego! Y, oye, si eso ha sido así, es porque tu gestión ha sido inmejorable, Malena. Y, bueno… —López encoge los hombros y abre las manos en el aire, como si en realidad no hiciese falta seguir hablando—, yo creo que nosotros también hemos estado a la altura, ¿no?

Aún desde la ventana, Malena se vuelve lo justo para dedicarle a López una mirada socarrona por encima del hombro.

—¿Vosotros, dices?

Comprendiendo que se trata de una broma, López le sigue el juego.

—¡Bueno, pues sí, nosotros, sí! A ver si ahora me vas a decir que os arrepentís de haber contratado siempre los servicios de Pilgrim Events. Que si móntame una exposición aquí, que si organízame un congreso allá… ¡Coño, Malena, que un poco más, y hasta el santo padre viene a felicitarme por lo bien que lo tratamos cuando lo trajimos!

—Bueno, bueno, tampoco te pases, Toñito, que quienes lo trajimos fuimos nosotros. Pero sí —admite—, no te diré que no. La verdad es que no hay queja. Claro que —se le acerca, apuntándole con el dedo—, ya que estamos en confianza, también te digo que, con lo que nos cobrasteis… ¡Como para que se viniera abajo el escenario del papa, cabronazo!

López finge escandalizarse.

—¿Con lo que os cobramos? ¡Oye, mira, el que algo quiere algo le cuesta, guapa!

—Bueno, a ver, no te me pongas ahora tan flamenco tú, que aquí los dos sabemos que, costar, costaba mucho menos… Que para esto teníamos otros presupuestos, Toñín. ¡Y todos más económicos que los tuyos!

—Puede ser —concede López—. ¡Pero seguro que esos otros presupuestos no eran de gente tan simpática como yo! Y, además, ya que estamos en confianza, como tú dices, igual con esos otros presupuestos vosotros tampoco salíais tan bien parados… ¿No?

La directora del Xacobeo vuelve a sonreír, esta vez al tiempo que le echa un nuevo vistazo al reloj en su pulso.

—No lo mires tanto, coño, ¡que lo vas a gastar!

—Te pasas —repite, de nuevo con la misma expresión satisfecha de antes—, te pasas mucho…

—Ya te digo yo que no —responde con la seguridad del que sabe cuánto cuesta abrir la boca—, esto no es nada. Pero, oye, ahora que lo comentas… Por donde sí que deberíamos ir pensando en pasarnos es por los planes para el siguiente año santo.

Malena arquea una ceja.

—Coño, López, si todavía faltan cuatro años…

—Bueno, mira, como con las Olimpiadas. Y no por eso las dejan para el último día, ¿no? Pues con esto igual, Malena, con esto igual. De hecho, y como ya hay presupuestos, tengo un par de ideas que me gustaría comentarte.

Se detiene al oír que, justo en ese momento, el teléfono móvil de Malena comienza a vibrar sobre su escritorio. Al ver el nombre en la pantalla, la directora le hace un gesto a López para que espere.

—Es Caitán —comenta con la familiaridad de quienes se conocen.

—¡Hombre! —celebra López, poniéndose de pie—, estuve con él la semana pasada... ¡Dale un saludo de mi parte a ese cabronazo!

López se aparta hacia la ventana para ofrecer una mínima intimidad, y Malena asiente con una sonrisa al coger el teléfono.

—Hola, cariño. Antoñito te manda saludos...

Apenas dura un segundo la sonrisa en la cara de la directora. Al instante, Malena comprende que esta no será una llamada agradable.

—Caitán, un poco más despacio, yo no...

Algo en el tono de Malena ha llamado la atención de López, que se vuelve sobre sí mismo para descubrir al instante cómo poco a poco la sonrisa de la mujer se va convirtiendo en un gesto grave, preocupado. Algo sucede.

—No...

En silencio, Malena cruza una mirada con el empresario. De pronto, todo es gravedad, silencio. Y ya no hay ni rastro de la satisfacción que apenas unos minutos antes campaba por el despacho. López comprende que lo que sucede es que algo va mal.

—¿Qué ocurre? —murmura, casi sin levantar la voz.

Pero Malena ya no le devuelve la mirada. En su lugar, la directora del Xacobeo contempla algún punto indefinido sobre su mesa de trabajo. De pronto, su expresión grave se convierte en una mueca de horror.

—Por Dios, Caitán, pero qué me estás contando...

Se lleva la mano a la boca, y López ya no puede dejar de observarla. No es que algo vaya mal: es que algo, sea lo que sea, va rematadamente mal.

—Jesús —murmura Malena—, Jesús, Caitán, por el amor de Dios, Jesús… Pero… Sí, te escucho. ¡Que sí, joder, Caitán, que te estoy diciendo que sí!

—¿Qué pasa, Malena? ¿Le ha pasado algo a Caitán?

Pero Malena no oye las preguntas de López.

—Sí, vale, de acuerdo, con nadie. ¡Que no, Caitán, que no hablo con nadie! Pero, me estás… ¿Cómo dices?

De pronto Malena parece congelada. Apenas mueve los ojos. Y si lo hace es para dirigir su mirada hacia el hombre que la acompaña en el despacho.

—Sí, está aquí conmigo —murmura—. Por eso te decía que te enviaba saludos.

López se encoge de hombros, haciéndole notar a Malena que no entiende qué demonios está pasando.

—De acuerdo. Sí, de acuerdo. Vale. No, nada. Vale. Sí. Pero, oye… Ten cuidado.

La conversación ha terminado. Lentamente, Malena vuelve a dejar el teléfono móvil sobre la mesa. No habla, no dice nada, y por un instante se queda con la mirada perdida en él, ahora ya con la pantalla de nuevo en negro.

—Malena…

Poco a poco, la directora de la Oficina del Xacobeo comienza a levantar la vista, hasta que sus ojos se encuentran con los de López, que la sigue observando sin entender qué coño está pasando.

—Malena, ¿qué coño está pasando?

Aturdida, Malena arquea las cejas y aparta la mirada sin dejar de negar con la cabeza. Como si ella misma tampoco supiera qué está pasando.

—Es… Es Olivia —responde al fin.

López se queda como estaba.

—¿Quién?

—Olivia —repite Malena—, una mujer que trabaja en el bufete de la familia. Bueno, que…

—Ah. ¿Y qué le ocurre?

Malena encoge los hombros, perpleja.

—Bueno, pues… Se ve que ayer entraron en su casa, tres hombres…

—No…

—Sí. Al parecer le dieron una paliza terrible, y…

Se detiene.

—Dios mío, pobre mujer… ¿Está muy grave?

Malena hace el ademán de responder. Coge aire y a punto está de decir algo más. De contar, de explicar. Pero entonces recuerda lo que le ha dicho Caitán. Y, preocupada, vuelve a cruzar su mirada con la de López.

—Malena…

—¿Sí?

—Que si está muy grave.

De pronto, a Malena le incomoda la forma en que López la observa. Despacio, vuelve a apartar la mirada en otra dirección. Cualquiera, la que sea. Pero no en la de López. Malena baja la cabeza y sus ojos van a detenerse en su regazo. En sus manos cruzadas sobre él. En…

En el reloj alrededor de su muñeca.

—Está muerta —responde al fin—. Acaba de morir.

18

Lobos con piel de lobo

Uno, otro, otro más. Caitán conduce con el pie hundido en el acelerador hasta el fondo, adelantando un coche tras otro a muchísima más velocidad de la que sería no solo aconsejable sino incluso sensato. Sobre todo teniendo en cuenta que el suyo es un vehículo oficial. Una multa a uno de los coches de la Xunta por circular a más de doscientos kilómetros por hora... Ese sí que sería un titular. Pero, ahora mismo, esto es algo que a Caitán le da absolutamente igual. Ahora mismo, el Audi del director de Galsanaria devora la autopista, y lo único en lo que su conductor es capaz de pensar es en llegar a Santiago cuanto antes.

Tan pronto como le han avisado desde el bufete («Hola, Caitán, soy Rebeca». «Hola, Rebeca, dime». «Escucha, creo que tengo malas noticias... ¿Te has enterado de lo de Olivia?». «¿Lo de Olivia? Pues... no, creo que no. ¿Qué es lo de Olivia?».), ha empezado a pensar que algo no iba bien. Y lo primero que ha hecho ha sido intentar comprender qué demonios era lo que estaba pasando. ¿Un asalto? ¿Así, de repente? ¿Y justamente en la casa de una de sus administrativas?

¿Ahora?

No, demasiado casual, demasiado caprichoso, demasiado desafortunado. Demasiado inoportuno. No, ni asalto ni nada por el estilo. Aquí hay algo más.

O, mejor dicho, aquí hay alguien más...

… Pero ¿quién?

Es verdad que a continuación ha llamado a Malena, pero no porque la muerte de Olivia le hubiera hecho pensar en su esposa. Aquí el amor no pinta nada, ni tan siquiera el afecto. No, no se trata de empatía, se trata de seguridad: Caitán ha llamado a Malena para dejarle muy claro que ahora mismo lo mejor que podía hacer era no hablar con nadie. Con nadie. Si él ya lo sabía, tan solo era cuestión de tiempo que los demás también lo hicieran. Y Malena no es que sea la persona más astuta del mundo. No, mientras no esté claro qué es lo que ha pasado realmente, mejor no hablar con nadie. Y, a continuación, ha cogido el coche.

Volando sobre la ría de Vigo, Caitán cruza el puente de Rande considerando por enésima vez las diferentes opciones posibles, a saber: la muerte de Olivia ha sido cosa de sus viejos amigos; la muerte de Olivia ha sido cosa de sus nuevos amigos; la muerte de Olivia ha sido cosa de tres asaltantes anónimos. Sí, claro. Y él se chupa el dedo.

Mientras descarta la última opción, su móvil vuelve a sonar. No ha parado de hacerlo en toda la mañana, y desde hace un buen rato Caitán no ha hecho más que desviar una llamada tras otra al buzón de voz. Ahora mismo, Caitán Novoa no está para historias. Con el dedo ya en la pantalla, a punto está de despachar esta llamada del mismo modo que las anteriores, cuando un vistazo rápido de la carretera al móvil lo pone en guardia. Y maldice.

«Mierda…».

No, esta llamada no es de las que se puedan rechazar. Por incómodo que le resulte hacerlo, sabe que debe responder. Aprieta los labios y desliza el dedo sobre el icono verde.

—Hola, Toto.

—Hola, Caitán. Escucha, ¿crees que podemos hablar un segundo?

El tono de Cortés es plano, sereno, casi casual. Y, por supuesto, en absoluto tranquilizador.

—Verás, Toto, es que ahora mismo me pillas un poco liado…

(No, Caitán Novoa no es idiota. De sobra sabe que la pregunta de Toto Cortés no tiene nada de pregunta. Pero por lo menos tenía que intentarlo…).

—¿Un poco liado, has dicho? Oh, vaya… ¿Acaso ha ocurrido algo? —Silencio—. No sé, ¿algún fallecimiento, tal vez?

(No, Caitán Novoa no es idiota. Pero a veces se siente como si lo fuera. Como ahora mismo, de hecho. ¿De verdad pensaba que Cortés no iba a estar ya más que al tanto de todo? Aprieta los dientes con rabia, maldiciendo en silencio para que Toto no detecte su frustración a través del manos libres).

—Porque yo diría —continúa Cortés— que la muerte de una empleada molida a palos es algo más que estar «un poco liado». ¿No te parece, amigo?

Silencio.

—¿Caitán?

El director de Galsanaria vuelve a maldecir para sus adentros.

—Sí —admite—, es cierto que se trata de un día triste para el bufete…

—¿Un día triste? —repite Cortés sin ocultar su sorpresa—. Mira, Caitán, no sé cómo serán ahora los días normales en Novoa y Asociados, pero, desde luego, te aseguro que en la época de tu padre las cosas se hacían de un modo mucho más… discreto. ¿Cabe pensar que tal vez no tengas la situación tan controlada como creíamos?

Caitán vuelve a apretar los labios.

—Ha sido un accidente, Toto.

Cortés tarda en responder. Y esto no hace más que tensar a Novoa. ¿Qué coño está pasando? De pronto, a Caitán le parece percibir algo entre el silencio. Un hilo de voz fino, frágil. Anciano. ¿Acaso hay alguien más ahí?

—Los dos sabemos que eso no es así, Caitán. En nuestro mundo no existen las casualidades, mucho menos los accidentes.

—Comprendo…

—No sé si creerte, Caitán. Pero lo que sí sé es que esto no nos gusta.

—Sí, claro, lo comprendo, Toto, lo comprendo. Pero es que ahora mismo no te puedo decir mucho más… Estoy en ello. Tan pronto como sepa algo…

—Tan pronto como sepas algo —repite Cortés—. ¿Y qué se supone que significa eso?

Caitán no entiende la pregunta.

—Disculpa, Toto, pero ahora creo que no te sigo.

—Sí, lo veo. Y eso es precisamente lo que me preocupa, que no me sigas…

Un nuevo silencio, aún más incómodo que los anteriores.

—Dime una cosa, Caitán.

—Tú dirás.

—¿Acaso nos hemos equivocado contigo?

Mierda… Caitán duda. Es apenas nada, un segundo, ni tan siquiera eso. Pero duda. Incómodo, furioso, Novoa no sabe qué responder. Y, en ese espacio de tiempo, Toto Cortés resuelve la llamada.

—Ya veo —murmura antes de colgar.

Es entonces cuando Novoa, frustrado, explota.

—¡Joder!

Caitán desata toda la rabia reprimida durante la conversación golpeando una y otra vez el volante con todas sus fuerzas.

—¡Joder! ¡Joder! ¡Joder!

«De acuerdo, de acuerdo», se dice. «Vamos a calmarnos, ¿eh? Sí, vamos a calmarnos un poco, y a ver las cosas con perspectiva».

Caitán se pasa una mano por la cabeza, echándose el pelo hacia atrás.

«Vamos a calmarnos, veamos las cosas con perspectiva…».

Esta llamada ha sido una mierda.

«En eso estamos de acuerdo. Pero ¿qué hemos sacado en claro de ella?».

Pues que de las tres opciones que teníamos al principio, ya solo nos queda una posible.

«Porque…».

No ha sido un asalto.

«Por favor… Por supuesto que no».

No han sido los amigos de Toto.

«Bueno, está claro que no. ¿O a qué ha venido esta llamada, si no?».

De manera que…

«Joder…».

Han sido ellos.

La rabia se echa a un lado y es la determinación la que vuelve a ponerse al volante. Y sí, puede que también sea la furia la que pisa el acelerador, de nuevo empujándolo hasta el fondo.

Apenas media hora después, Caitán entra en La Malvarrosa.

—Habéis sido vosotros, ¿verdad?

Desde la barra, donde está comentando algo con los cocineros del restaurante, Ximo Climent se vuelve hacia Caitán, que avanza en su dirección con paso determinado.

—¡Habéis sido vosotros! —repite al llegar a su altura, visiblemente nervioso.

Incómodo, Climent despacha lo que fuera que estuviese hablando con sus empleados y coge a Novoa por el brazo para llevárselo al interior del comedor.

—¿Se puede saber qué cojones crees que estás haciendo?

—¿Que qué estoy haciendo yo? ¡Qué coño estáis haciendo vosotros, panda de gilipollas! —Caitán habla mordiendo cada palabra que pronuncia—. ¡¿Acaso esto es lo que entendéis por ser discretos?! Que está muerta, coño, muerta, ¡que os la habéis cargado!

Hay rabia en el tono de Caitán. Tal vez incluso algo de… ¿frustración? Y por qué no. Al fin y al cabo, cualquiera lo entendería. Una mujer ha muerto. Cualquiera comprendería, incluso, que toda esa rabia escondiese algo más. El dolor de una relación personal, que a fin de cuentas son más de veinte años de trabajo compartido. Quizá incluso de algo más íntimo…

Pero no, Ximo Climent sabe que el problema de Caitán no es ese.

—Me cago en la puta, Ximo. ¿Pero es que vosotros no sois conscientes de la magnitud de lo que estamos a punto de conseguir? —Por un instante, a Ximo casi se le escapa una sonrisa desganada. Cómo le jode conocer tan bien a las personas—. ¡Que lo podemos perder todo, coño!

A pesar de lo agresivo del tono empleado por Caitán, Climent no se arredra. Bien al contrario, en lugar de amedrentarse mantiene firme la mirada sobre Novoa.

—Sí —responde al fin—, nosotros sí somos conscientes. De eso, y de todo lo que me quieras decir. El problema, amigo, es que tal vez tú… no.

Caitán arruga la frente, extrañado.

—¡Pero qué coño dices! ¿Es que te has olvidado de quién es aquí vuestro contacto? ¡Que soy yo, coño, que estás hablando conmigo! ¿O quién cojones te crees que os ha metido en esto, eh? ¡Yo soy vuestro puente con los que mandan, joder! ¿Y ahora me la liais de esta manera? —Caitán se desespera—. Me cago en la puta, Climent, ¡me cago en la puta! ¡Que os habéis cargado a una de las empleadas del bufete de mi padre, Ximo! ¡¿Pero vosotros sois gilipollas o qué coño os pasa?! ¿Quién ha sido? —pregunta, de nuevo con los dientes apretados—. ¿De quién coño ha sido la idea?

Incómodo al ver cómo Caitán sigue sin bajar el tono, Ximo Climent disimula una mirada por encima del hombro de Novoa. Y sí, sea lo que sea lo que ha provocado la entrada tan airada de este hombre en el restaurante, sus voces han llamado la atención del personal. Ximo vuelve a agarrar a Caitán por el codo, esta vez ya sin ningún miramiento, y lo empuja hasta el almacén.

—A ver, imbécil —lo apunta con el dedo al cerrar la puerta tras de sí—, aquí el que no está siendo nada discreto eres tú, soplagaitas, que no te enteras de nada.

—¿Que yo no…

Pero el empresario no le deja continuar.

—¡De nada! —lo ataja—. ¡No te estás enterando de nada, gilipollas! Te dijimos que no estábamos dispuestos a perder la oportunidad. ¡¿Te lo dijimos o no te lo dijimos?!

—¡Y yo os dije que eso no iba suceder!

—¡Pero es que sí iba a suceder, imbécil! ¡Sí iba a suceder!

Por un segundo, viendo que Ximo Climent también sabe enseñar los dientes, Caitán comienza a considerar la posibilidad de que tal vez sea él quien no tenga todos los datos.

—¿De qué me estás hablando?

El empresario aparta la mirada hacia la puerta del almacén, intentando relajar un poco la tensión que invade la conversación.

—Te estoy hablando —responde al fin— de que no tenías la situación tan controlada como pensabas.

—No te sigo…

Caitán cae en la cuenta de que es la segunda vez que responde de esa manera en la misma mañana. Y no, no le gusta. Esa sensación incómoda de no comprender, de no tener las cosas bajo control.

—Mira, chaval, en todo este tiempo no has hecho más que hablar de tu plan. Que si se trataba de diseño perfecto, que tu voladura controlada era infalible, que nadie se percataría de nada y no sé cuántas gilipolleces más. Pero esa chica…

—Olivia.

—Como se llame, esa puta chica estaba a punto de descubrirte el juego. ¿Y qué quieres que te diga, Caitán? De nada sirve montar un espectáculo de magia si dejas que un solo espectador vea el truco. ¿Me comprendes ahora?

—Pero… —Por un instante, Caitán duda—. ¿Cómo?

—Pues siguiendo tus pasos, campeón. Resulta que esa chica estaba recopilando todo tipo de información. Sobre todo relacionada con el asunto de Blue and Green. Bueno, o mejor dicho, con tu nueva versión de Blue and Green. Nevís la vio en el archivo, buscando supuestas facturas en las mismas carpetas que habías estado manejando tú. Y, la verdad, Caitán, no has sido muy cuidadoso… Cuando Pablo fue a ver de qué se trataba, no le costó deducir ni cómo se relacionaban esos documentos ni cuál era su importancia una vez juntos. Y, si Nevís pudo verlo, tu querida Olivia…

—O sea, que fue cosa de Nevís.

Climent se encoge de hombros.

—¿Pero tú no ves que ahora mismo eso es lo de menos? De hecho, a mí se me ocurren por lo menos un par de preguntas mucho más interesantes.

En silencio, Caitán mantiene la mirada de Climent. Y comprende.

—Por qué…

—Exacto. O, mejor dicho, ¿para quién?

Ahora sí, Novoa toma conciencia de la verdadera gravedad de la situación. Y se aparta de Climent. Si Olivia había empezado a espiarlo, precisamente ahora, ¿por qué lo hacía? ¿Acaso trabajaba para alguien? Caitán da un par de pasos por el almacén, una mano en la cintura y la otra estirándose el pelo hacia atrás.

—¿Dijo algo? Ya sabes, cuando…

Climent niega con la cabeza.

—No. Nevís se lo dijo, pero los chicos de Garmendia no es que sean especialmente conocidos por su delicadeza. Mucho músculo, poco cerebro… Una mala combinación. Al parecer, cuando se lo fueron a preguntar, la pobre mujer ya no servía para mucho.

—Joder, joder, joder…

Caitán comienza a caminar en círculos.

—Pero hay algo.

—¿El qué?

—Tenemos su teléfono.

—¿Y?

Ximo sonríe.

—¿A que no adivinas con quién estaba hablando poco antes de que recibiera nuestra visita?

Caitán encoge los hombros, con gesto de estar pensando «¿Y cómo coño quieres que lo sepa?».

—Te va a hacer gracia…

—Seguro. Y si me lo dices de una puta vez, más todavía.

—Gael Velarde.

Silencio.

No, a Caitán no le ha hecho ninguna gracia escuchar ese nombre. Es cierto que Gael forma parte del plan. Pero no de esa manera. No después de tanto tiempo.

—¿Qué pasa, deberíamos preocuparnos?

—No —muerde Caitán—. Gael es… cosa mía.

A Ximo Climent no le pasa inadvertida la rabia que de pronto ha venido a asomarse a los ojos de Caitán. Y, desconcertado, vuelve a negar con la cabeza.

—Mira, campeón, tú sabrás en qué andas, no te digo que no. Pero… —Climent abre las manos en el aire, como si lo que está a punto de decir fuera lo más evidente del mundo—. Si ayer no hubiéramos estado nosotros ahí, cortando por lo sano, tal vez el que ahora estaría a punto de caer serías tú.

El empresario se acerca un poco más al director de Galsanaria.

—Tal vez, ahora, el que lo habría echado todo a perder habrías sido tú. ¿No te parece, *xiquet*?

Pero Caitán no está dispuesto a dejarse intimidar.

—Anda y que te jodan, Ximo.

—No —le responde Climent, con su cara casi pegada a la de Caitán—, que te jodan a ti. Porque puedes estar tranquilo, ¿sabes? Ya me he encargado yo de que la policía no haga demasiadas preguntas. Lo que sí han hecho bien los hombres de Garmendia ha sido dejarlo todo hecho una mierda. Se lo han llevado todo. Joyas, dinero… Un robo de manual, nadie hará demasiadas preguntas más allá de ese escenario. Pero claro, ya que estaban, por el mismo precio también se han llevado el ordenador, el móvil, algunas fotocopias… Y, ¿sabes qué, Caitancito? —Climent le da un par de cachetes suaves en la mejilla—. No te imaginas la cantidad de cosas que tu chica estaba acumulando…

Incómodo, furioso, Caitán se limita a tragar saliva, intentando mantener la pose mientras siente cómo la sangre le hierve en las venas.

—De manera que sí —continúa Ximo—, mejor te quedas así, calladito. Pero que sepas que, de ahora en adelante, igual te conviene aumentar tu nivel de humildad, y sobre todo hacer las cosas con un poquito más de cuidado. ¿No te parece? Ya sabes lo que dicen, «Sin amigos no puedes, con amigos sí». De manera que, si en algún momento se te había pasado por la cabeza la absurda idea de dejarnos a un lado...

—Ya os he dicho cien veces que no, joder. Yo también gano mucho dinero con vosotros, eso no tiene por qué cambiar.

Ximo ladea la cabeza.

—Claro, claro —concede, teatral—. Por supuesto que no. Sobre todo ahora que ya no tienes que preocuparte por nada. Porque, como te decía, toda esa documentación que hemos encontrado, y que podría ser tan comprometedora en según qué manos pudiera caer, está ahora a buen recaudo.

Caitán le mantiene la mirada, desafiante.

—En tu poder, claro.

Ximo encoge los hombros.

—Bueno, ¿y dónde iba a estar mejor?

—Ya —admite sin ningún entusiasmo—, ya...

—De modo que así están las cosas, amigo. Tú conoces mis secretos, yo conozco tus secretos. Yo te necesito, tú me necesitas. Ahora...

Novoa también asiente, incomodo.

—Ahora ya no hay vuelta atrás.

Ximo sonríe, con aire incrédulo.

—¿Acaso crees que alguna vez la hubo? Por favor, Caitán, no seas ridículo... Y, de todos modos, no, no era eso lo que iba a decir.

—Ah, vaya. Y entonces ¿qué era?

Ximo Climent vuelve a sonreír.

—Ahora, Caitán —responde, a la vez que le da un par de palmadas en la cara—, vete a tomar por culo...

19

Empatía

—¿Cómo estás?

En realidad a Caitán le importa un bledo cómo esté Malena. Si la ha llamado, si se ha puesto el disfraz de marido considerado, tan solo es para asegurarse de que por lo menos esa parte del terreno sí está bajo control.

—Bueno, impresionada —le contesta ella—, pero bien, bien. ¿Y tú? Ay, cariño, cuánto lo siento…

—Sí, bueno, qué le vamos a hacer.

—Olivia —lamenta, quizá incluso con cierta sinceridad—, pobre chica…

—Sí, sí, una desgracia… Oye, ¿has hecho lo que te he dicho?

—¿El qué?

—Lo de que no hablaras con nadie, Malena. ¿Lo has hecho?

—Ah, eso. No, claro. Bueno, tampoco ha venido nadie a preguntarme nada, de modo que…

—¿Y López?

—¿Qué le ocurre?

—Que estaba contigo, Malena. ¿No me dijiste eso?

—Ah, sí, es cierto, estaba aquí conmigo cuando tú llamaste…

—¿Y?

—Ay, Caitán, no te entiendo… ¿Y qué?

—¡Joder, Malena, que si te dijo algo él!

Silencio.

—Perdona, perdóname. Es que estoy un poco tenso... Perdona, cariño, no quería levantarte la voz. Es que está siendo un día bastante complicado, perdóname.

—Ya lo veo, ya —murmura la mujer—. Porque ¿dónde estás, a todo esto?

—He regresado a Vigo. Estoy en el bufete, creo que... Bueno, ya sabes, creo que es lo correcto.

—Ah —responde Malena sin hacer demasiado por ocultar su desencanto—, creía que comeríamos juntos. Ya que has venido antes...

—Lo sé, lo sé. Pero he pensado que hoy debería estar aquí. La gente... Bueno, ya te lo imaginarás, aquí todos están muy compungidos.

Mentira. Es cierto que en Novoa y Asociados el aire es denso y pesado, cargado de algo que todavía oscila entre la incredulidad y la tristeza. Pero si Caitán se ha quedado en el despacho del bufete es porque lo único que le preocupa es asegurar la posición, recuperar el control. Con todo, su mujer asiente.

—Ya, claro, comprendo...

—¿Te ha dicho algo, entonces?

—¿Quién?

«Calma. Calma». Caitán vuelve a respirar. «Calma...».

—López, Malena, López. ¿Te dijo algo cuando le contaste lo de Olivia?

—Ah, eso. No, casi nada. La verdad es que se quedó bastante impresionado. Y eso que, por lo que me contó, casi ni la conocía.

«¿Ah, no?».

—¿Eso te dijo?

—Sí. Me explicó que sabía quién era por las veces que había coincidido con ella ahí, cuando Olivia todavía trabajaba en la recepción. Ya sabes, cuando López y tu padre quedaban en el bufete. Pero que en realidad apenas le ponía cara...

—¿Y qué más?

—Pues no mucho, la verdad. Me preguntó si sabía cómo había sido. Pero claro, entre lo poco que me dijiste, y eso de que no hablara con nadie, apenas le pude responder. Que habían sido unos ladrones, que la asaltaron en su casa, y poco más. Pero…

—¿Qué?

—La verdad es que el pobre también se quedó muy impresionado.

«Vaya…».

—¿Lo viste muy afectado?

—Sí —admite Malena—, la verdad es que sí. Pero, oye, ¿por qué me preguntas todo esto? ¿Qué pasa? —En el aire queda el silencio justo para que Malena saque sus propias conclusiones—. Oye, no creerás que… Joder, Caitán, ¿crees que López tenía algo que ver con Olivia?

Ajeno a los razonamientos de su esposa, Novoa intenta comprender. «De ser cierto esto…».

—Caitán.

«… entonces tal vez López no estuviera al tanto de la decisión de sus socios…».

—¡Caitán!

—Sí —reacciona—, disculpa. ¿Qué me decías?

—Que si no me estarás ocultando algo —le reprocha—. Oye, a ver, ¿de qué va todo esto, Caitán? ¿Es que López tenía algo con esa chica?

¿López y Olivia? A Novoa casi se le escapa la carcajada.

—No, Malena, por supuesto que no. Es que no sé por qué, pero pensaba que López sí conocía a Olivia. Por eso te lo preguntaba.

—Ah, vale —asiente ella sin demasiada convicción—. Pues ya ves, parece ser que no.

—Ya veo…

—Bueno, y qué, ¿cómo está la cosa? ¿Se sabe algo más?

—Pues no, no mucho. Al parecer lo que ha pasado es que tres desgraciados entraron a robar al poco de que ella llegara de trabajar. Se ve que le dieron una paliza, algún golpe de más, y…

De pronto, Caitán se siente incómodo.

—Bueno, mira, mala suerte.

A Malena le sorprende la facilidad, casi diría la frialdad, con la que su marido resuelve la situación.

—Bueno, a ver… Yo diría que esto es algo más que mala suerte, ¿no te parece? Por más que la chica fuera como fuera, tampoco creo que se mereciera acabar así.

—¿Fuera como fuera? Disculpa, Malena, pero creo que no…

—Ligera —explica ella con incomodidad, como si le desagradara tener que ser tan explícita en un momento como este—. Ya sabes, todo lo que pasó con Gael en su momento, luego todo lo que me contaste, lo de las insinuaciones que te hacía, ahora lo de López…

Esta vez sí, si las cosas fueran de otra manera, y él no estuviera tan preocupado, Caitán tendría que hacer un esfuerzo considerable por reprimir la risa. De verdad, a veces no logra comprender cómo su mujer puede ser tan crédula.

—Ah, sí. Sí, sí, claro, por supuesto. Perdona, no pretendía parecer frívolo. Y no, claro que no se merecía acabar así. Es que soy yo, que ya te digo que no…

Y entonces Malena cae en la cuenta del detalle.

—¿Has dicho que fueron tres hombres los que entraron en su casa?

—Eso parece, sí.

—Pero… ¿y tú cómo lo sabes? O sea, ¿cómo te has enterado de esto?

«Mierda…».

—Por Rebeca —improvisa Caitán—, la gerente del bufete. Fue ella la que me llamó esta mañana para avisarme de que la policía había estado aquí, preguntando por Olivia.

La respuesta tensa a Malena.

—¿La policía?

—Sí. Cuando Rebeca les dijo que Olivia no se había presentado a trabajar, los dos agentes le dijeron que sí, que ya lo sabían. Fueron ellos los que le explicaron lo sucedido.

Incómoda, la mujer baja la voz.

—Joder, Caitán, ¿ahora también la policía?

—A ver, Malena, se trata de un asesinato. ¿Qué esperabas, que apareciera el Ratoncito Pérez?

—No, claro que no. Pero… —Silencio—. ¿Y si…?

—No —la interrumpe antes de que pueda decir algo más—, te digo que no. Si han venido es porque Olivia trabajaba aquí, y punto. Tenían que hacer unas cuantas preguntas. Pero ya está. Y no, antes de que me lo preguntes, esto no tiene nada que ver con lo que te había explicado.

Caitán vuelve a mentir. De sobra sabe que sí tiene que ver, y mucho. Pero eso es algo que, ahora mismo, Malena no tiene por qué saber.

—Ufff, Caitán… ¿Crees que sospechan algo?

Caitán resopla, cansado.

—Malena, por favor… ¿Qué tiene que ver una cosa con la otra? No, te lo estoy diciendo, no. Esto es un asalto, Malena. Solo es un caso aislado. Ni tiene nada que ver con nosotros, ni hay por qué preocuparse.

La mujer se escandaliza.

—¡Pero cómo que no, Caitán! Olivia muerta, la policía merodeando… ¡Y nosotros con lo nuestro, Caitán!

Esta vez, la reacción de su mujer, de pronto tan afectada, casi histriónica, lo ha cogido tan por sorpresa, que a Novoa le vuelve a costar reprimir la risa.

—Pero por el amor de Dios, Malena. ¿Se puede saber de qué estás hablando? ¿Qué es eso de «lo nuestro»?

Por un segundo, la respuesta de Caitán desconcierta a Malena, que ahora duda.

—Bueno, ya sabes… Lo nuestro —repite—. El paso a Madrid, la Castellana… Joder, Caitán, ya sabes, ¡lo que tú mismo me explicaste!

Caitán sonríe. Eso son valores, y lo demás perder el tiempo…

—No, Malena —responde en un tono tranquilizador—, yo no sé nada. Y tú tampoco. Y ahora cálmate, hazme el favor. Mira, por si te sirve de ayuda, me han hecho saber que la unidad al cargo tiene bastante claro que lo de Olivia nada más ha sido un asalto. Un robo que se les ha ido de las manos. Y ya está.

Caitán no disimula el hincapié hecho en el «Y ya está».

—Quieres decir que…

—Que algo me dice que no irán mucho más allá.

Malena recela en silencio.

—Pareces muy tranquilo…

—Porque lo estoy —miente por tercera vez.

—¿Y qué te hace estar tan seguro?

—Bueno, yo también tengo mis contactos en la policía.

Malena baja todavía más la voz.

—¿Te refieres a…

—Me refiero a que me hagas caso. Tranquilízate, y sobre todo no hables con nadie de esto. Oye, te tengo que dejar. Estoy esperando a alguien que creo que nos puede venir muy bien. Ya sabes, para «lo nuestro»…

20

Salvador

Por el sofoco que lleva encima, cualquiera que lo viese pensaría que viene de correr la maratón. Pero no, ni mucho menos. Salvador Lamas camina con dificultad por la hernia. Bueno, y porque le duelen las rodillas. Y por la barriga, cada vez más descuidada, por la edad, por los casi tres paquetes diarios, y por... Vamos, porque, por más que esté a punto de jubilarse, Salva Lamas sigue sin cuidarse un carajo. Pero, oye, el ritmo de la calle es así, no deja mucho margen para el gimnasio, el *mindfulness* y la madre que lo parió. Aquí hay que estar a lo que hay que estar, allá donde salta la noticia. Aunque de un tiempo a esta parte, a la noticia no le dé por saltar más que donde un gato se suba a un árbol, donde un conductor borracho atropelle a un abuelo o, mejor aún, donde un gato borracho se suba con su coche al árbol del abuelo. Y pensar que esto es en lo que se ha convertido el periodismo...

Pero esta vez podría ser distinto. Esta vez la noticia ha ido a saltar de otra manera. Y ha sido su olfato de viejo periodista el que lo ha puesto en alerta. Una llamada de la policía, una visita al hospital... y un encuentro casual. Bueno, *casual* para quien no sepa ver las relaciones, claro. Porque las hay, coño, siempre las hay. Por más que ya nadie le haga caso, por más que se rían de él todos esos niñatos recién salidos de la facultad que ahora campan por la redacción pensando que la *Wikipedia* es una fuente fiable, Salva sabe que nada es casual en esta vida y que todo está relacionado. Si uno sabe dónde mirar, claro.

Como el concurso con el que nos enganchan antes de las noticias. Como las personas que entran o salen de un hospital. O como las páginas de su propio periódico, sin ir más lejos. Al margen de que él sea uno de los cronistas de sucesos en una ciudad en la que siempre parece ser Navidad, Salvador tiene ojos en la cara para ver que, de un tiempo a esta parte, el periódico está haciendo un esfuerzo nada discreto por sacar, noticia tras noticia, un montón de mierda relacionada con el asunto de Blue and Green. Es cierto que aquella historia ya estaba más que muerta y enterrada, pero ahora, por el motivo que sea —siempre lo hay—, vuelve a salir a la luz. Incluso se ha empezado a hablar ya de una posible operación judicial. A ver, tampoco es que Lamas tenga toda la información al respecto, que ese asunto lo llevan otros. La cosa está entre los de Política y Dirección, con los jefes de redacción y la subdirectora bailando como monas de un departamento a otro, de un despacho a otro. ¿Dirección, Subdirección y altos cargos visitando el periódico? Eso son palabras mayores, muchacho...

Y, desde luego, Salva Lamas no es idiota. No, amigo... Puede que lo suyo nada más sea la crónica de sucesos. Y, oye, puede incluso que el hecho de que su campo de trabajo sea una ciudad en la que nunca sucede nada pues también tenga sus ventajas. Una vida tranquila, a muy poca distancia de una más que merecida, aburrida y solitaria jubilación. Nada complicado. Gatos, abuelos... Y hospitales. Pero Salvador no es idiota. Por eso esta mañana, cuando ha ido a husmear en la UCI del Álvaro Cunqueiro, a ver de qué coño iba lo del asalto a esa chica de Nigrán, su olfato de viejo gacetillero le ha susurrado algo al oído tan pronto como ha llegado a la puerta. «Ojo, chaval, que aquí hay movida...». Porque tal vez el pájaro aquel pensase que nadie había reparado en su presencia. De hecho, por la expresión que encendía su rostro, pura rabia, lo más probable es que el tipo no viera a nadie más. Pero Salvador sí lo vio a él. Y lo reconoció. El hombre que salía de la UCI cuando él entraba era Gael Velarde,

fuente fiable, Salva sabe que nada es casual en esta vida y que todo está relacionado. Si uno sabe dónde mirar, claro.

el director de la Oficina de Control de Finanzas de San Caetano. Y sí, claro, Salva sabe que cruzarse con uno de los jefes de Intervención de la Xunta tampoco es que sea de lo más llamativo, ni para un cronista de sucesos ni para nadie, en realidad. A no ser que ese jefe en particular sea uno de los principales actores de esa historia que, de un tiempo a esta parte, tanto resuena en el periódico. Así que no, es evidente que el tipo no es un cualquiera, por lo que ya solo eso habría llamado la atención de cualquier periodista atento. Pero es que lo bueno vino después.

Porque luego de tantos años en la profesión, Salvador tiene muy claro que el mejor periodista no es el que sabe, sino el que sabe quién sabe. Y Salva Lamas sabe a quién preguntar y, sobre todo, cómo preguntar en la UCI. Así es como ha descubierto la identidad de la chica apaleada: Olivia Noalla. Y ahí es cuando la cosa ha empezado a ponerse interesante...

Apenas ha tenido que hacer un par de preguntas más para descubrir que la mujer trabajaba en Novoa y Asociados. Como poco, un lugar caliente, que por algo se trata del bufete del difunto Álvaro Novoa, recientemente fallecido en circunstancias cuando menos curiosas; el mismo bufete al que, por mucho que intente disimular, sigue más que vinculado su hijo, Caitán Novoa, el actual director de Galsanaria; y en el que, además, comenzó su carrera laboral... ¿adivinas quién? Pues claro, muchacho: Gael Velarde. De manera que no, periodísticamente hablando, ni hay género con más futuro que el de las necrológicas, ni las cosas suceden porque sí. Y, por supuesto, tantas alarmas saltando como ranas en una charca alrededor de Novoa y Asociados no pueden ser algo casual.

De modo que así es como llegamos a estas prisas que ahora tanto apuran a Salva. Para ser honestos, tampoco es menos cierto que nadie le ha dicho que lo haga. Es más, si Rodrigo, su director, se entera no solo de lo que ha hecho sino, además, de lo que está a punto de hacer, lo mínimo que le espera a Salva Lamas son unas cuantas explicaciones que dar y bastantes más voces que recibir en el despacho de Dirección. Pero el instinto es el instinto, y Salva sabe que en situaciones como esta un buen periodista ni puede ni debe acallar esa voz en su interior. Además, qué coño, cuando Rodrigo le pida cuentas, siempre podrá decir que marcó el número convencido de que lo enviarían al carajo.

El problema es que, para su sorpresa (de hecho, para su grandísima sorpresa), Caitán Novoa sí ha accedido a reunirse con él. (Lo cual, seamos inteligentes, ya es una noticia en sí misma, porque, como ya se ha dicho, nada es casual). Y, ¿a ver…? Maldita sea, ya llega tarde. Coño, igual es verdad lo que le dicen sus compañeros y Salva Lamas debería dejar de fumar. Por lo menos uno de los tres paquetes.

—Pues usted dirá, señor…

—Lamas —repite el periodista a la vez que deja su abrigo y su bolsa de cuero, vieja y gastada, sobre uno de los dos asientos que hay frente a la mesa de Novoa—, Salva Lamas. Como Bond, James Bond —bromea mientras se deja caer sobre el otro asiento—, pero sin pistolas ni martinis.

—Lamas —repite Caitán a la vez que también él se acomoda en su asiento—. Trabaja usted con Rodrigo Guzmán, ¿verdad?

—Bueno, en realidad trabajo a las órdenes del señor Guzmán —matiza Lamas—. Es mi director.

—Comprendo. Yo no he tenido el gusto de tratarlo personalmente. Pero juraría que tenemos alguna amistad en común…

El periodista sonríe mientras saca su cuaderno y su lápiz. «Alguna amistad». Por supuesto, Salva comprende el comentario. «Primer aviso».

—Pues nada, usted dirá en qué puedo ayudarle.

—Bueno, como ya le he dicho por teléfono, se trata del fallecimiento de Olivia Noalla. Tengo entendido que era una de sus empleadas aquí, en el bufete, ¿verdad? Mi más sentido pésame, por cierto.

—Muchas gracias —acepta Caitán—. Aunque, en realidad…

Caitán deja caer la cabeza ligeramente hacia un lado, como en un ademán dubitativo.

—¿Sí?

—Verá, siento corregirlo, pero lo cierto es que, técnicamente hablando, no se puede decir que Olivia fuese una de mis empleadas.

—¿Ah, no? Oh, vaya, le pido disculpas si me he equivocado. Yo había entendido que trabajaba aquí, en el departamento de…

Salva hace ver que busca el dato en las notas en su cuaderno.

—Sí, aquí está —señala—. Administración y Contabilidad. —Levanta la cabeza y vuelve a buscar la mirada de Caitán—. ¿No es correcto, entonces?

—Correctísimo —le confirma Caitán desde una sonrisa displicente—. Pero no como mi empleada.

—Oh —Lamas hace ver que no comprende—, ¿quiere decir que ya no es usted dueño de este bufete?

—Sí de una parte de la empresa —admite Novoa—, que, como estoy seguro de que sabrá, es una sociedad familiar. Al fin y al cabo, este despacho lo fundó mi padre. Pero el ejercicio de mi cargo como director de una empresa pública no es compatible con mi actividad privada. Aunque —pausa—, esto es algo que sin duda usted ya sabe.

—Ah, sí, bueno —farfulla el periodista—, sí, sí, puede ser.

Caitán vuelve a sonreír, pero sus ojos mantienen la mirada de Salvador, y el periodista capta ese otro mensaje en el filo de su mirada: el consejo (no, mejor aún), la advertencia de que no intente jugar con él. Y sigue comprendiendo: «Segundo aviso».

—Nada más lo comento para que no haya errores. Ya sabe, no vaya usted a publicar algo incorrecto. Sin querer, claro.

—Sí, por supuesto, no se preocupe. Pero, entonces, para que a mí me quede claro: usted ya no guarda ninguna relación con este bufete que no sea…

—Familiar —responde Caitán.

Salva, como todos en el mundillo, sabe que eso no es verdad. Es cierto que al principio, en sus primeros años de actividad pública, en unos y otros puestos dentro del inmenso entramado político de la Xunta de Galicia, Caitán Novoa hizo por guardar las formas, aparentar una cierta distancia entre su actividad como cargo público y la privada. Pero, como tantos otros antes que él, no tardó en percibir esa sensación tan curiosa en el aire:

la de que en este país todo era posible. Sin apenas oposición política ni verdadera intención crítica por parte de los medios, Caitán comprendió que tampoco era necesario tanto disimulo. De modo que sí, cada vez son más conocidas, más comentadas incluso, las relaciones laborales y las amistades de Caitán Novoa. Aunque nada más sea en voz baja.

Y Salvador, como todos, también lo sabe. Tan solo ha forzado la respuesta de Caitán por experimentar de cerca esa experiencia, la de sentir, sabiéndolo, que te están mintiendo a la cara. A conciencia. De hecho, a Salva le parece algo casi sexual, un político mintiendo solo para ti…

—Familiar —repite Lamas a la vez que lo apunta en su cuaderno—. Pero que la señora Noalla…

—Señorita.

—¿Perdón?

—Señorita —repite Caitán—. Olivia no estaba casada.

—¿Ah, no? Vaya, qué interesante… Le decía, pues, que lo que sí es correcto es que la señorita Noalla sí trabajaba aquí, ¿verdad?

—Así es.

—Y, dígame, ¿sabe usted si Olivia tenía algún problema con alguien? Quiero decir, algún motivo por el que pudiera ser agredida…

Caitán arquea una ceja, sorprendido.

—¿Algún motivo… para que alguien le hiciera eso? —Lentamente, comienza a negar con la cabeza—. Oh, no, por Dios, no. Vamos, yo creo que no.

—Comprendo. ¿Y diría que le iban bien las cosas?

—A ver, como ya le he dicho, tampoco es que yo esté a la última de la actividad del bufete. Pero hasta donde yo sé, sí, le iban bien. Aquí, desde luego, me consta que todo el mundo estaba muy contento con ella.

—¿Alguna relación complicada?

Y es entonces cuando sucede.

No ha sido nada, tan solo un destello, un brillo fugaz. Pero Salva juraría que algo ha cambiado en la expresión de Caitán

Novoa. Algo parecido al gesto de quien, de repente, escucha algo que le suscita interés.

—¿Alguna relación complicada? —repite Caitán a la vez que entorna los ojos, aparentando que esa no era la pregunta por la que, en realidad, lleva todo el tiempo esperando.

—Sí, ya sabe —se explica Salva—, algo que pudiera justificar el móvil sexual de la agresión.

Caitán arruga la frente.

—Pues… No —disimula—, no que yo sepa.

—Ya veo. Y, ya que estamos con este tema… ¿Podría usted confirmar si la señora Noalla mantenía algún tipo de relación con Gael Velarde?

Y ahí está otra vez, el fogonazo en la mirada de Caitán. Lamas aún no sabe el porqué, pero sin embargo sí comienza a tener la sensación de saber por quién está ahí. Consciente de que ha dado en la diana, el periodista no deja de observar a Caitán, que, en silencio, sonríe para sus adentros. Sí, aquí está, esto era lo que estaba esperando.

—¿Algún tipo de relación con el señor Velarde, dice usted?

—Sí —le confirma Salva—, puede que sentimental incluso. Es que, como le comenté cuando hablamos por teléfono…

—Sí —le ataja Caitán—, creo que me dijo algo de que se había cruzado con Gael en el hospital, ¿verdad?

«Creo», dice Caitán. «Creo…». Como si no fuera ese el único motivo por el que ha accedido a reunirse con el periodista.

—Pues, la verdad, no sabría decirle… Sinceramente, no estoy en absoluto al tanto de la vida sentimental de los empleados del bufete.

—Oh, vaya —lamenta Lamas—, yo tenía entendido… No sé, tal vez en algún momento apunté algo, vaya usted a saber dónde ahora, pero, juraría que…

Lamas pasa las páginas de su cuaderno arriba y abajo, como si estuviera a la búsqueda de un dato que, en realidad, sabe que no tiene apuntado en ningún sitio. Simplemente, es una de esas historias conocidas en la crónica de la ciudad.

—Pues nada, que no lo encuentro. Pero vaya, en algún sitio

tenía yo apuntado que el señor Velarde y usted eran amigos. O que lo fueron, vaya.

Caitán se encoge de hombros en un ademán ambiguo.

—Bueno, sí, lo fuimos, es cierto. Pero de eso hace mucho tiempo.

—Caramba, ¿debo entender que no lo son, ya?

Novoa ladea la cabeza y aparta la mirada.

—Yo no diría tanto. Somos dos personas a las que la vida ha ido llevando por caminos distintos. Pero desde luego, lo que sí le puedo asegurar es que el señor Velarde y yo seguimos manteniendo una relación cordial.

Salva sabe que Novoa sigue mintiéndole. Lo huele, se lo advierte su instinto. «¿El señor Velarde y yo?». Anda ya… Lo que no sabe es por qué, por qué se ha interesado tanto por el tema como para ahora mentirle así. Decide ir un poco más allá, a ver qué pasa.

—Pero lo que sí es cierto es que ustedes dos se conocieron aquí, en el bufete, ¿verdad? Ambos trabajando para su padre.

Y lo que pasa es que Caitán sonríe. Y Salva lee la señal: por la razón que sea, Novoa quiere hablarle de Velarde.

—No, qué va. De hecho… —Caitán convierte su sonrisa en un gesto melancólico, como si lo que está a punto de contar le conectara con algún recuerdo tan lejano como agradable—. Verá, Gael y yo nos conocimos en la universidad.

—No me diga…

—Desde luego —asiente—. Nos hicimos amigos en Santiago, en la facultad de Derecho. Bueno, para qué andarnos con miramientos a estas alturas, ¿verdad? Lo correcto sería decir que nos conocimos en las fiestas de la facultad…

De pronto ambos sonríen. Pero Lamas opta por no abrir la boca. Prefiere que sea Caitán quien siga hablando. Tal vez así averigüe por qué…

—Gael y yo veníamos de ambientes y posiciones distintas, pero lo cierto es que nos entendimos muy bien. Y nos hicimos inseparables, es verdad. De hecho —continúa—, al terminar la carrera Gael lo tenía un poco más complicado para encontrar trabajo. Pero para entonces mi padre ya se había fijado en él. Sabía que era bueno, que tenía potencial para hacer muchas cosas —Salva percibe la intención en ese «muchas cosas»—, y le ofreció un trabajo aquí, con nosotros.

—Vaya… ¿Y ya estaba entonces la señora Noalla, también?

—Eso no lo recuerdo con exactitud —sigue mintiendo Caitán—. No sé si ya estaba, o si entró unos años más tarde. Olivia es… Bueno, era más joven, tenía unos seis o siete años menos que nosotros. Por eso creo que llegó más tarde. Pero ya se puede usted imaginar… En aquel momento, Olivia era una chiquilla y, aunque después demostraría ser una magnífica administrativa, por entonces nada más se encargaba de la recepción y organización de las agendas de algunos de los socios. Recibía a los clientes, los atendía, llevaba y traía cafés… Bueno, ya sabe, esas cosas. Pero nos tenía el corazón robado a todos.

—No me diga.

—Y tanto que le digo. De hecho, ella y Gael…

Como si de pronto se diera cuenta de que estaba a punto de ser indiscreto, Caitán se calla. Muy oportunamente, desde luego.

—¿Qué ocurre? ¿Acaso sucedió algo entre ellos?

—Bueno —Novoa vuelve a encoger los hombros—, éramos todos muy jóvenes, ya sabe. Yo qué sé —resuelve—, romances intermitentes, sexo sin compromiso… Cosas de muchachos, ¿no?

—Ya, comprendo… Y, dígame, ¿por qué dejó el señor Velarde el bufete?

Esta vez es una mueca incómoda lo que Caitán esboza en su expresión. Como si le desagradase tener que enfrentar esa parte del recuerdo.

—Bueno, a ver…

Vuelve a apartar la mirada, ahora en dirección al techo.

—Mire, como sin duda sabrá usted, aunque la de mi padre fue una carrera repleta de éxitos, en su camino también tomó alguna que otra decisión equivocada. Ya me entiende, con determinados negocios… Digamos que no siempre acertó con las compañías. Estoy seguro de que sabe usted de qué le hablo.

—El asunto de Blue and Green.

—Exacto. De hecho, estos días sin ir más lejos, su periódico…

—Sí, sí, lo sé —admite Salva—. Si me permite la franqueza, parece que haya alguien muy interesado en airear la mierda de su padre, perdóneme usted la expresión.

Sorprendido, Caitán tuerce los labios en una mueca extraña, una que el periodista no sabe cómo interpretar. Tanto podría ser de resignación como de aprobación.

—Bueno —concede Novoa—, yo no lo diría así, pero… Sí, supongo que es lo que hay. Y así fue, ese fue el detonante.

Salva niega en un ademán confuso.

—Disculpe, pero… A ver si lo he entendido bien. ¿Está usted insinuando que el señor Velarde también estaba envuelto en el asunto de Blue and Green, y que eso fue lo que motivó su salida del bufete?

De pronto, Caitán parece incómodo. Si hasta ese momento se había mostrado relajado, sonriente y acodado sobre su escritorio, ahora se echa hacia atrás, contra el respaldo de la sillón, y sin dejar de negar con la cabeza y con las manos. Como si la pregunta del periodista le hubiera provocado el mayor de los rechazos.

—No, no, no —responde—, yo ni insinúo nada ni voy a decir nada a ese respecto. Y menos en estos momentos, que, como usted mismo dice, parece que tanto interés hay en que se vuelva a hablar del tema. Bastante se está ensuciando el buen nombre de mi padre como para ahora, además, comprometer a un excelente profesional como sin duda es el señor Velarde. No, no, no —repite—, como comprenderá, yo no voy a hacer ninguna declaración sobre ese particular.

Y entonces, en efecto, Salva comprende.

Ahí está, en la rotundidad, en el elogio, en la negativa a hacer ninguna declaración, ahí es donde Salvador Lamas lo ve con claridad.

«De modo que eso era…».

—Dice que no quiere usted comprometer al señor Velarde.

—En absoluto —rechaza tajante Novoa—. De hecho, y si me lo permite, lo único que le diré, en confianza, es que no sé quién ni por qué se ha esforzado tanto por remover esto precisamente ahora, pero lo que sí le puedo asegurar es que estoy tan absolutamente convencido de que ahí no hay nada que creo que lo correcto sería ¿sabe usted qué?

—Ilumíneme.

—Que nadie hiciese ningún tipo de declaración —resuelve Caitán—. Ninguna. Creo que lo que todos deberíamos hacer es dejar morir de una vez el asunto este de Blue and Green.

—Comprendo.

Lamas y Caitán permanecen en silencio por un par de segundos, observándose el uno al otro.

—Dejarlo morir —repite—. Claro que, qué sabré yo, ¿verdad? En fin… Si no tiene usted más preguntas, a mí todavía me queda un día complicado por delante, de manera que, si me disculpa…

—Oh, claro, claro —responde Lamas, aún perplejo por lo que acaba de ver—. Claro, sí. Disculpe, no le robo más tiempo. Muchísimas gracias por atenderme.

—No, por favor, gracias a usted. Si hay algo más en lo que le pueda ayudar, ya sabe dónde me tiene.

—Sí, claro —asiente Salva—, lo mismo le digo.

El periodista se pone de pie, recoge sus cosas del asiento contiguo y comienza a desandar el camino hacia la puerta, a la vez que echa un vistazo a su alrededor.

—Este era el despacho de su padre, ¿verdad?

—Lo era —le confirma Caitán con cierto orgullo—. ¿Acaso lo conoció usted en aquella época?

—No —responde Salva—, nunca llegué a visitar a su padre aquí. Pero me ha parecido reconocerlo por las fotos.

—¿Por las fotos? —pregunta Novoa, extrañado—. ¿Qué fotos?

—Ya sabe, las que salieron en los periódicos cuando… —Salva rectifica a tiempo—. Bueno, cuando lo de la jubilación de su padre.

—Ya, comprendo —contesta Caitán, despachando el orgullo anterior con un ademán tan resolutivo como incómodo—. Pues, como verá, de aquellas fotos ya no queda nada. Con mi padre se acabó también una manera de entender la política. De modo que ya sabe, dígale a Rodrigo que dejen de inflar el asunto de Blue and Green. Hace muchos años de todo aquello —concluye—, es absurdo seguir con eso.

Se despiden con un apretón de manos y, antes de que Salva pueda tan siquiera girar sobre sí mismo, Caitán ya le ha cerrado la puerta en las narices.

Y así, con la madera a tan poca distancia de su cara, Salva no puede reprimir una sonrisa complacida.

«Así que era esto, ¿eh, cabronazo?».

Claro que sí... Por eso Caitán había aceptado la entrevista. Para eso le había hecho ir a su despacho. Por eso se habían reunido precisamente ahí.

Para no hacer declaraciones...

Porque Caitán es muy listo, y puede que ante cualquier otro que no se las conozca todas ahora mismo hubiera quedado como un señor, leal y discreto. Todo dignidad... Pero Salva es perro viejo, y a él no se la dan con tanta facilidad. Porque, por desgracia para Novoa, Salvador sí es de los que se las saben todas. O, si no todas, desde luego sí unas cuantas...

Y, de entre esas muchas, una de las que el viejo periodista se sabe al dedillo es precisamente la táctica que acaba de presenciar, tan bien desplegada con todo lujo de exhibición ante sus narices: cuando un político quiere avivar el fuego de cualquier polémica o escándalo, tan solo tiene que hacer dos cosas. La primera, filtrar la noticia. Y, la segunda, echar mano del recurso más valioso en este tipo de situaciones.

El silencio.

Porque algo que saben bien en el oficio de la política es que no hay como quedarse uno callado para que, a su alrededor, surja todo un entramado de hipótesis, conjeturas y rumores. Nada como guardar silencio para que brote el ruido. De hecho, Salva sabe que se trata de una maniobra tan eficaz que ni siquiera importa la veracidad de la cuestión. Sea cierto o no, el resultado será siempre el mismo: una cantidad enorme de tiempo consumido en desmentir el rumor. Y, en muchos casos, un desgaste irreparable por parte de quien se vea en el centro de ese rumor. Se trata de una de las lecciones más básicas del manual de primero de política, el manejo de los medios de comunicación, la gestión de la opinión pública. Aunque Salva todavía desconoce el motivo que mueve a Caitán, ha identificado la maniobra sin ninguna dificultad. E incluso el momento… Hasta ese instante, Salva no entendía por qué el director de Galsanaria había accedido a reunirse con él, un simple periodista de sucesos. De hecho, ahora que lo piensa, recuerda que durante la llamada previa, Caitán Novoa no mostró ningún interés hasta que Salva le explicó que si había pensado en él había sido al identificar no a Olivia, sino a Gael en el hospital. Sí, joder, ahí fue donde cambió todo: de pronto, Novoa sí tenía tiempo para una entrevista. Y, ahora, una entrevista después, ahí estaba: el nombre de Velarde, relacionado tanto con la mujer asesinada a golpes como con la vieja trama de Álvaro Novoa. ¿Cómo era lo que había dicho Caitán? ¿«Dejarlo morir»? Sí, ya, y una mierda…

Salvador sale a la calle con prisa por encontrar un taxi que lo devuelva a la redacción. Porque ahora ya sabe muchas más cosas. Tal y como intuía al principio, en la muerte de Olivia había mucha más noticia que una simple nota en la crónica de sucesos. Pero ahora también sabe algo más: sea lo que sea, algo ocurre con Gael Velarde.

Y, por supuesto, con Caitán Novoa.

21

Dejar de ser uno mismo

Como un animal herido, Gael lleva todo el día dando vueltas, haciendo pequeña la jaula en que se ha convertido el salón de su casa. Ahora él también lo sabe. De un modo u otro, con una u otra versión, la noticia ya ha corrido. Olivia ha muerto, y son las mismas imágenes las que una y otra vez sacuden el pensamiento de Gael. Su cuerpo, reventado en el suelo. El olor de la sangre, encharcada en su cabello. Y el dolor. Y son las mismas preguntas las que, una y otra vez, fustigan la conciencia de Gael. La más persistente ha sido la que le ha venido golpeando desde la madrugada anterior.

«Por qué».

Pero despacio, al ritmo en el que el día ha ido convirtiéndose en noche oscura, como un fuego que lentamente se va abriendo camino a través de la sangre, ponzoña que lo inunda todo hasta empapar cualquier posibilidad, ha sido otra la pregunta que, poco a poco, ha envenenado el pensamiento de Gael:

«Quién...».

Hasta ayer por la noche, cuando las preguntas nada más tenían que ver con un caso de malversación de fondos públicos, todos los indicios señalaban a Caitán. Fuese lo que fuese lo que estuviera sucediendo, Gael no tenía ninguna duda acerca de la implicación de Novoa. Pero entonces todo cambió. Fuese lo que fuese lo que estuviera sucediendo, ahora Olivia estaba muerta. Y Gael necesitaba saber quién, quién era el responsable, los responsables, directos, indirectos, qué era lo que estaba sucediendo realmente, hasta dónde llegaba todo.

Hace horas ya que la oscuridad se ha llevado al día por delante. Gael no sabe cuánto tiempo se ha pasado así, con la cabeza apoyada contra el cristal de la ventana que da al jardín, pero sabe que la noche cerrada se ha convertido en madrugada. De acuerdo, hagámoslo. Vayamos.

Cuando sale de su casa, el viento juega con las hojas secas que se amontonan contra el cristal. Arranca el coche, y en el jardín, siempre tan desordenado, el aire forma pequeños tornados de hojas secas.

Un día cualquiera, en condiciones normales, ir desde Sigüeiro, al norte de Santiago, hasta Nigrán llevaría algo menos de una hora y media. Esta noche, Gael ha hecho el recorrido en apenas cincuenta minutos. Y ni siquiera se ha dado cuenta. Cuando detiene el coche al final de la calle de Olivia tan solo piensa en entrar. En hacerle frente a la oscuridad de la casa vacía, a su silencio. En lograr que el dolor le diga algo, lo que sea. Algo que le ayude a comprender.

Como el ladrón con el que cualquiera lo confundiría, Gael se asegura de que no hay nadie en ninguna ventana, de que nadie merodea por ninguna sombra ni tan siquiera ningún perro mea en ninguna farola. Y, cuando tiene la certeza de que nadie observa, salta el pequeño portal y, del mismo modo que hizo la noche anterior, bordea la casa para dirigirse directamente al jardín posterior, donde sabe que no tendrá problemas para entrar.

En efecto, el marco de aluminio sigue en su sitio. Pero en el lugar del cristal que él mismo voló con la mesa de jardín no hay más que un par de cintas plásticas, dejadas ahí por la policía. Gael las aparta sin ninguna contemplación y entra en la casa.

De pronto la oscuridad puede con él. A punto está de derrumbarse. De dejarse caer. La casa, ahora tan negra… Pero no. Aprieta los dientes. Y comienza a caminar. Un recorrido lento, ausente. La visita no guiada por el museo, el deambular perplejo, casi atónito, de los turistas que en realidad no comprenden lo que están viendo. Cajones abiertos, ropa por el suelo, platos rotos. Y enorme, abrumadora, una mancha en el suelo. Un dolor negro al pie de las escaleras, allí donde ayer se derramaba la cabeza de Olivia. Aún en la penumbra, Gael se descubre a sí mismo sorprendiéndose ante lo rápido que se oscurece la sangre, aún brillante a la luz de la luna. Y, esta vez sí, la situación puede con él. Gael siente que le tiemblan las piernas. ¿Cómo es posible? ¿Cómo puede tardar tan poco en convertirse en agua una esperanza? ¿Cómo se le puede haber escurrido así entre los dedos, sin apenas tener tiempo ni para darse cuenta?

No es una sensación, sino un hecho: todavía al pie de las escaleras, inmóvil ante la mancha del suelo, las piernas de Gael tiemblan como los cables de un puente a punto de derrumbarse. Necesita sentarse, ya.

Regresa al salón y, una vez más, una última vez, va a sentarse en el sofá. El mismo lugar en el que Olivia le invitó a acomodarse el primer día. El mismo sofá en el que volvieron a encontrarse. Aquel día acabaron riéndose. Ahora lloraría si fuera capaz. Pero no, Gael no es capaz de desahogarse. En lugar de ello, contempla en silencio el espacio a su alrededor. De izquierda a derecha, las puertas de cristal roto, la chimenea en la esquina, el televisor al fondo, el acceso a la cocina, el otro sillón… Y el perro. Aquel perro tan feo.

Casi sonríe al verlo, caído en el hueco entre el sofá y el sillón. Y recuerda. Claro, por eso le había parecido más bajo la noche anterior, cuando lo vio desde fuera. Porque se había caído. Y ahora, apoyado en una posición imposible, Gael comprende que la devastación también ha pasado por él. En ese momento, al verlo así, derrotado, recuerda que, por la razón que fuese, aquella cosa tan fea era importante para Olivia. «Sultán siempre está aquí, conmigo», había dicho.

A punto está de esbozar algo parecido a una sonrisa. Pero no, claro. Gael tan solo vuelve a incorporarse para acercarse al perro. Se agacha, e intenta devolver a Sultán a su posición natural, sentado entre el sofá y el sillón. El problema es que en realidad nunca había llegado a tocar la pieza. No tiene ninguna referencia de su consistencia, de su peso. Y, la verdad, ahora que lo mueve comprueba que pesa más de lo que hubiera imaginado. La figura le resbala entre las manos, y se le escurre hacia la izquierda, de nuevo con la cabeza golpeando contra el sillón. Y entonces cae en la cuenta.

Sorprendentemente, la cabeza de Sultán ha ido a… ¿dislocarse? No es que haya llegado a separarse, pero sí ha girado sobre sí misma para quedar en una posición complicada, absurda. Un cuello con un giro imposible, y un perro mirando su propio lomo. No, Gael no sabía que eso fuera posible. Pensaba que se trataba de una única pieza, compacta. Pero no.

«Nunca se cansa cuando le cuento mis cosas».

Intenta recomponer la figura, devolver la cabeza a su posición natural. Y es entonces, al intentar girarla, cuando lo siente. En el interior de Sultán algo estorba el movimiento.

—¿Qué…

«Y, por más que vea…».

—… qué tienes aquí?

Gael hace un poco más de fuerza. Sea lo que sea lo que impide el giro, no parece que se trate de nada especialmente resistente. Insiste un poco más hasta que, por fin, el cuello cede, liberando la cabeza del perro.

Y sí.

«… sabe guardar como nadie todos mis secretos».

La cabeza de Sultán resulta ser el acceso a un compartimento hueco. Y, en su interior, Gael descubre qué es lo que impedía el giro.

Se trata de una carpeta de cartón. ¿A ver? No, espera, no es una, sino dos. Un par de carpetas de esas finas, como las que se utilizan para clasificar y almacenar los documentos dentro de un archivador.

Sorprendido, Gael regresa a su asiento con ellas, y las deja sobre la mesa de cristal que hay ante el sofá. A punto está de encender la luz, pero comprende a tiempo que esa no es una buena idea. Echa mano de su teléfono móvil, y enciende la linterna.

En efecto, se trata de dos carpetas de cartón fino. Una verde y otra de color carne, ambas carpetas de archivador, todavía con los bordes plásticos para colgarlas de las estructuras del cajón. Claro, eso era lo que impedía el movimiento... Abre la primera, la verde, y ve que en su interior contiene apenas tres o cuatro hojas, folios ajados por el tiempo en los que alguien utilizó una impresora sin apenas tinta para guardar copia de algo.

Gael se acerca un poco más las hojas para intentar verlas mejor, y lee con la ayuda de la linterna.

Parece ser una especie de contrato comercial, algún tipo de concesión firmada por Álvaro Novoa y alguien más que ahora mismo no sabría identificar. Le suena, el nombre de la empresa beneficiaria le resulta familiar, es verdad. Egea Motor. Egea... Sí, eso es. Egea Motor es una de las empresas de las que últimamente se ha vuelto a hablar, de algún modo relacionada con todo el asunto de Blue and Green. Tal vez por eso formaran parte de la documentación consultada por Caitán para componer su dosier.

La otra, la de color carne, contiene algo semejante. Una fotocopia, a juzgar por las sombras de tinta. Pero no se trata de un contrato, parece más bien un... ¿recibo? Sí, eso es... El justificante de una entrega de dinero. A ver...

He recibido la cantidad de sesenta mil euros en concepto de donación al partido por parte de Areses Gaspar. E. Caneiro. Pontevedra, a 23 de mayo de 2005.

Gael no sabe quién es el donante, ni tampoco el tal E. Caneiro que asegura haber recibido el dinero. Pero sí quién ha redactado el recibí de su puño y letra: el trazo es inconfundiblemente el de Álvaro Novoa, de eso no hay duda. En según qué circunstancias (o mejor dicho, en según qué manos) esta información podría ser un problema, es verdad. Al fin y al cabo, se trata de la implicación de Novoa en la recepción de una cantidad elevada... Pero, para ser sinceros, tampoco es ni de lejos la mayor donación que se ha visto en estas circunstancias. Ni mucho menos, a decir verdad. De modo que... ¿Qué es lo que ha hecho que Olivia decidiese ocultar estas dos carpetas?

Desconcertado, Gael vuelve a asomarse al interior de la figura, que todavía permanece decapitada, con la cabeza descansando grotescamente sobre el sillón a su lado. Pero no, dentro no hay nada más.

«¿Por qué...?».

Y entonces Gael recuerda algo más. ¿Qué fue lo que dijo Olivia? Algo sobre...

Lo recuerda.

«Es algo que me he encontrado en el archivo, pero...».

«¿En los documentos?», le había preguntado él.

«No, en los documentos no...».

Gael clava sus ojos en la carpeta abierta sobre la mesa.

«Tan solo se trata de un nombre...».

Eso era...

«... anotado en una esquina».

Un nombre en una esquina.

«Es por algo que me dijiste el otro día, lo del nombre que han escogido para la operación judicial...».

En una esquina de alguna de esas carpetas, claro.

Deja caer los folios sobre el sofá para volver a coger la carpeta de donde los ha sacado, aún abierta sobre la mesa. Le da la vuelta y, en efecto, ahí está.

Tal como la noche anterior le había explicado Olivia, en el reverso de la carpeta, entre otras anotaciones, hay algo. Subrayado, alguien ha escrito a lápiz un nombre de mujer. Comprendiendo que esa es la razón, Gael se echa sobre la mesa y, aún sin soltar la carpeta de color carne, vuelve a coger la verde con la mano que le queda libre. Le da la vuelta y busca en el mismo sitio, en el reverso. Y sí, ahí está. Maldita sea... Entorna la mirada, concentra el gesto y recuerda la última pregunta que en su momento le hizo Olivia.

«¿Tú sabes por qué le han puesto ese nombre?».

Por esa misma razón: porque ese es el nombre que ambas carpetas tienen escrito a mano en su reverso.

«Ariana».

SEGUNDA PARTE

La cólera de Abel

(Hay una mujer)

Inmóvil, no hace más que guardar silencio ante la tumba. En esta parte del cementerio no hay grandes panteones. No hay monumentos, no hay estatuas de ángeles abatidos por el dolor. La mujer mira a uno y otro lado, columnas y columnas de nichos empotrados corriendo hacia puntos de fuga inalcanzable, y se pregunta si tan siquiera Dios se habrá dejado caer por aquí alguna vez. No, Dios no tiene nada que ganar entre tantos muertos de hambre... Quizá el escenario pueda llevar a confusión, todo este decorado de ramos y coronas a medio caer. Pero que nadie se engañe: si esto está así, tan solo es porque ayer fue Día de Difuntos. Fuera de una fecha tan extraña, aquí solo hay flores de plástico y velas podridas. Y ni rastro de Dios. Pero sí del diablo...

La mujer que permanece de pie ante la tumba no dice nada. No reza, no murmura, ni siquiera le habla a la ausencia. Y por supuesto no llora. Tan solo permanece en silencio, con los ojos clavados sobre el nombre grabado en el mármol. Se acaricia el antebrazo derecho, todavía dolorido bajo el plástico, y nadie, nadie podría identificar ningún tipo de emoción en su rostro, a tal punto que cualquiera que la viese pensaría que sencillamente es alguien que pasaba por ahí. Alguien que, por lo que sea, se ha detenido ante una tumba cualquiera, de camino a cualquier otra tumba. Como si, de casualidad, hubiera descubierto algo que le ha llamado la atención. Y sí, es mejor así. Al fin y al cabo, la gente no tiene por qué saberlo todo. Sobre todo los vivos…

Hay una mujer que, en silencio, permanece de pie, inmóvil con los brazos cruzados ante una tumba. Y así continuará por un buen rato. El tiempo necesario para, una vez más, volver a hacer memoria. El tiempo necesario para asegurarse de que no ha olvidado cómo han acabado aquí.

Antes de que todo sucediese, la más joven de las dos mujeres hizo cuanto estuvo en sus manos. Lo intentó con el banco. Pero, extrañamente, en la sucursal de toda la vida ya no quedaba ningún rostro familiar, y el nuevo director dedicó los cinco minutos mal contados que tuvo para ella a observarla intentando hacer ver que la escuchaba. Lo intentó en el Ayuntamiento, también. ¿Acaso no había ningún tipo de ayuda para situaciones como la que, sin remedio aparente, parecía venírsele encima a la anciana? Lo intentó en el periódico, incluso. Pero, al parecer, situaciones como la suya no eran noticia ya…

Después de que todo sucediese, la única de las dos mujeres que seguía con vida aún intentó pelear a través de los cauces habituales. Quiso denunciar la actuación policial. Pero, más allá de un par de miradas condescendientes, no consiguió nada. Porque la policía se protege a sí misma, que perro no come perro… Investigó qué intereses había tras la expropiación, quiénes eran los responsables. Quiénes los promotores, quiénes los constructores… Y sí, claro, lo habría denunciado en el Ayuntamiento, pero ¿para qué hacerlo? ¿Quién sino el propio Ayuntamiento habría posibilitado la recalificación del terreno? Volvió a intentarlo a través del periódico, y es verdad que al principio hubo quien cubrió la noticia del desalojo. De la excesiva brutalidad empleada para sacar a una mujer tan mayor de su casa. Pero cuando quiso hablar con el director para hacerle ver que allí había mucho más, ya nadie le hizo caso. Buenas palabras, sí, pero… Porque, claro, ¿a quién pertenece realmente el periódico? Y el Ayuntamiento, y la policía, y el aire, y…

¿Cómo era aquella teoría? La de los seis grados… Sí, esa que dice que todos en el mundo estamos conectados por una cadena de no más de cinco personas. ¿Cuántos grados separan a los dueños de todos los periódicos de los dueños de todas las constructoras? ¿Cinco? ¿Cuatro? Sobran varios... No, el cauce habitual, sea lo que sea eso, tan solo es un camino que no lleva a ninguna parte. Una vía muerta. Como tantos de nosotros...

Sola, en silencio, una mujer asiente ante una lápida reciente.

ESPERANZA CASTRO
1941-2023

1

Cambiar de caballo en mitad del río

Sábado, 4 de noviembre

Muros es un animal. Aquí todos saben que sus formas nunca han sido las mejores. Ni tampoco su habilidad a la hora de hacer negocios, sobre todo de un tiempo a esta parte, si bien ese en particular es un detalle que no todos conocen. Toto Cortés sí, y el Lobo también, eso por supuesto. Pero los demás miembros del cónclave… Quizá alguien, puede que alguno de sus más allegados esté al tanto, pero no todos, eso seguro. Lo único que los habituales en las reuniones del Club Náutico sí saben más que de sobra es que Muros es un animal. Por eso cuando entra de esa manera, abriendo de golpe las dos puertas del salón, en realidad a casi nadie sorprende. Nada más a la camarera, que ha tenido la mala suerte de estar al otro lado justo cuando el naviero hacía su gran entrada. La pobre es poco más que una chiquilla, una recién llegada que apenas ha tenido tiempo de ponerse al día de los gustos y flaquezas de cada uno de los miembros. Aunque, la verdad, no es necesario ser demasiado despierta para ver que Muros es una mala bestia, de modo que cuando la chica recibe el impacto de las puertas sabe que, en el fondo, ha tenido suerte. Que el golpe nada más haya provocado una bandeja caída y unas cuantas copas rotas en el suelo es el menos lamentable de los balances. Sorprendentemente, lo primero que se le pasa por la cabeza a la camarera es la advertencia del señor Prados, el gerente del Club. «Aquí dentro, discreción, no molestar jamás y, sobre todo, no llamar la atención». Y no, un montón de botellas derramadas y cristales rotos no es la mejor manera de pasar desapercibida. Todavía impresionada por el encontronazo, la muchacha se apresura a agacharse, para intentar recoger el estropicio.

Pero, por desgracia para ella, Muros no está por la labor de dejarlo pasar. Ni mucho menos... Lo que él interpreta como torpeza por parte de la mujer acaba de brindarle la excusa perfecta para liberar la furia que, en realidad, ya traía de casa, ansiosa por desatarse contra alguien más débil.

—¡Cojones, payasa! ¡Mira cómo me has puesto! Desde luego —aprieta los dientes con rabia—, está claro que si el idiota de Prados te ha contratado es porque tienes un culo de puta madre, guapita, ¡porque lo que es llevando la bandeja eres una puta inútil!

—Fernando.

—Perdón, señor —responde la camarera al tiempo que recoge los cristales que han ido a parar bajo uno de los sillones, aún arrodillada y sin levantar la cabeza.

—Ni señor ni hostias —muerde al tiempo que se echa las manos a la chaqueta—, ¡que me has jodido el traje, puta imbécil!

—¡Fernando!

El hecho de que Toto Cortés no suela levantar la voz es lo que pone a Muros sobre aviso. Eso, y la forma en la que mantiene clavados sus ojos en los del naviero.

—¡Qué!

—Que te comportes —advierte con gesto severo—. Has sido tú el que ha entrado como un animal. Si no te vas a disculpar con esta chica, por lo menos haznos un favor a todos, y no nos avergüences más.

—¿Que me disculpe, yo? ¡Pero me cago en la puta, Cortés, que las puertas son de cristal traslúcido! ¿Acaso esta inútil no ha visto que iba a entrar?

—Le digo que lo siento mucho, señor, yo no...

Aún de rodillas, la muchacha parece tan vulnerable como aterrorizada.

—No te preocupes, Dora, déjalo estar —le indica Toto a la camarera, en un tono apenas un poco más amable que el empleado con Muros—, ya se recogerá después.

—De verdad que lo siento, señor, lo recojo en un momento, yo…

Pero Cortés no la deja continuar.

—No. Déjalo. Ya se hará más tarde.

La camarera siente la rotundidad y comprende que no se trata de una sugerencia, sino de una orden.

—Pero, el señor Prados…

—No te preocupes por eso, ya le diré yo a Pablo que ha sido cosa mía. Ahora, por favor, déjanos solos.

Aun dubitativa, la mujer acaba por asentir en silencio. Se levanta y, discretamente, sale del salón, cerrando la puerta tras de sí.

—¿Se puede saber qué demonios crees que estás haciendo? —le pregunta Cortés a Muros, ahora sí en un tono mucho más duro.

—¿Que qué estoy haciendo yo? Qué pasa, ¿que ahora te parezco demasiado escandaloso para tu manera de hacer las cosas? ¡Me cago en la puta, Cortés! No vengas a tocarme los huevos con tus remilgos… Que yo solo le he dado un portazo a una camarera de mierda, ¡pero vuestro campeón puede acabar metiéndonos en un marrón de tres pares de cojones! Porque, claro, supongo que para eso es para lo que nos habéis convocado hoy, ¿me equivoco? Para ver cómo encaja esta historia de ayer en nuestro fabuloso plan, ¿verdad? —Cortés percibe el desprecio en la voz del naviero—. Joder, Totito, menuda cagada, macho…

—Es verdad —comenta Marco, el constructor coruñés—. Tú sabes que no comparto las formas de Fernando, Toto. Pero, al margen de eso, yo diría que el muchacho no está funcionando como sería de esperar.

—No —admite Goyanes—, yo tampoco lo creo. Una empleada molida a palos es una cuestión ciertamente incómoda.

—Bueno, y eso por no hablar de lo escandaloso que todo esto podría resultar. Porque os recuerdo que la chica está muerta.

—Por ahí no hay de qué preocuparse —apunta alguien desde uno de los sillones—, ya he dado orden de que ninguno de nuestros medios dé luz a ninguna otra versión que la del asalto que se complicó.

—Gracias, Breixo.

Breixo Galindo, consejero de administración de uno de los principales grupos de comunicación del país, devuelve el agradecimiento con un gesto de su copa dirigido a Cortés.

—Pues menos mal que esa parte la tenemos controlada —acepta Marco—. Pero… Joder, Toto, que se trataba de hacerse cargo de la limpieza. ¿Qué pasa con este tipo? ¿Qué ni siquiera es capaz de comprender que la discreción va implícita en el trabajo?

Pero Toto Cortés no responde esta vez. En lugar de hacerlo, se limita a revolver el azúcar en el café que le acababan de servir justo antes de que Muros mandase la bandeja de la camarera por los aires. Prefiere dejar que sean los demás quienes hablen. Ver qué es lo que piensan. Constatar hasta qué punto llegan las dudas.

—Toto, Lobo, vosotros sabéis que yo siempre acato vuestras decisiones. Pero, todo este asunto… —Rozas, el vicepresidente de NorBanca, tuerce los labios en una mueca dubitativa—. Yo diría que esto no contribuye a afianzar la imagen de estabilidad que pretendemos transmitir fuera. Por no hablar de que tampoco es que sea el escenario más recomendable para convencer a otros inversores…

—Y no solo eso —comenta alguien desde el fondo de la sala—. Gonzalo, diles lo que nos has contado antes. Al parecer, en lugar de romper con ese atajo de ratas, Novoa ha seguido tratando con ellas.

—Es verdad —señala Goyanes, el constructor pontevedrés—. Sabemos de buena tinta que durante estas semanas Novoa ha estado viéndose con todos ellos. Por el amor de Dios,

Toto, ya no es que su mujer estuviese reunida con ese fantoche de López, ¡es que ayer mismo Caitán estuvo comiendo con Ximo Climent! Maldita sea, Cortés, eso es justamente lo contrario de lo que se le había ordenado.

Marco asiente con la cabeza, adelantando que comparte el parecer de su colega.

—A eso nos referimos, Toto. Recuerda que yo te lo dije desde el primer momento, Caitán Novoa nunca me ha parecido una opción fiable.

—¡Porque es un inútil! —vuelve a bramar Muros, de nuevo sin ningún miramiento—. Ese tipo siempre ha sido un imbécil que, de no ser por su padre, no habría sido capaz ni de abrirse la bragueta antes de ir a mear. ¿Por qué coño tenemos que seguir contando con él? ¡Es un puto payaso!

Viendo que no hay respuesta, el exabrupto de Muros deja el camino franco para el murmullo extendido, una colección de rumores y gestos de mayor o menor conformidad.

—De acuerdo —contesta por fin Cortés, aún sin levantar la mirada del café—. Caitán no os gusta, eso me ha quedado claro. Pues muy bien. Pero decidme entonces, ¿qué proponéis, eh? —Toto habla sin apenas pronunciar una palabra más alta que la anterior, pero todos perciben el desafío en su voz.

Levanta la vista y busca la mirada de aquellos que tiene más cerca. Pero nadie responde.

—Iluminadme —insiste—, ¿cuál es vuestra propuesta? ¿Qué haríais vosotros?

Silencio. De pronto, el rumor que hasta hace un instante lo inundaba todo ha desaparecido. Tan solo Goyanes, incómodo, intenta reconducir el diálogo.

—A ver, yo entiendo que Novoa es vuestra primera opción. Pero, no sé, no veo por qué deberíamos seguir insistiendo en esa posibilidad cuando es evidente que ni ha hecho el trabajo que se le había encomendado, ni tampoco parece que lo vaya a hacer.

—¿Y si buscásemos una alternativa?

Es Rozas quien hace la propuesta.

—Sí, esa podría ser una opción —se entusiasma Goyanes—.

Al fin y al cabo, si algo sabemos es que la escena política actual está llena de perros ansiosos como el hijo de Álvaro, aspirantes a lo que sea, dispuestos a hacer el mismo trabajo, pero sin las malas formas de vuestro muchacho.

—¿Y cambiar de caballo en mitad del río?

Ahí está, esa es la voz que todos en la sala estaban esperando escuchar.

—No, señores, de ninguna manera.

Cuando dirigen sus miradas hacia el lugar del que ha venido el hilo de voz, descubren que, desde su silla de ruedas, Lobato todavía mantiene su dedo huesudo negando en el aire, oscilando lentamente como el péndulo de un metrónomo, mientras sus ojos, acuosos, de un verde casi blanco, barren el espacio de un lado a otro, dejando claro que el mensaje va para todos.

—No vamos a reemplazar al joven Novoa —advierte el Lobo—, ni a buscarle un compañero. Deben confiar, caballeros. Las cosas están yendo bien así, tal como se planearon en un principio.

—Pero, patrón —insiste Goyanes—, yo no pongo en duda la validez de su propuesta. Pero con ese tipo…

—Novoa no es de fiar —interviene Marco, más resolutivo que el constructor pontevedrés—. Lo que se ha dicho aquí es cierto. Yo nunca he confiado en él, y por eso encargué que no se le quitase ojo de encima. Y no, es verdad, no parece que Novoa haya tenido nada que ver con la muerte de esa mujer. Pero desde luego lo que tampoco es falso es que, al contrario de lo que se le ordenó, ha continuado tratando con la gente de Climent.

Sorprendido, Toto arquea las cejas.

—¿Que tú has encargado qué?

Todos lo perciben. A pesar de su eterno temple, a nadie le pasa inadvertido un cierto acceso de algo semejante al enojo, tanto en el tono de la voz como en la mirada de Cortés.

—Ni se te ocurra mirarme de esa manera, Toto. Lo único que he hecho ha sido asegurar nuestra posición.

Cortés parece no dar crédito a lo que escucha.

—¿Operando a mis espaldas?

—¡Coño, Toto, aquí nadie opera a las espaldas de nadie! Tan solo se trataba de vigilar a Novoa.

—¡Y qué crees que habría sucedido si te hubiera descubierto! ¡Habrías comprometido mi relación con él!

—Por el amor de Dios, Toto —desprecia Lucas Marco—, no seas dramático…

—Caballeros, por favor, caballeros… —De nuevo el hilo de voz de Lobato—. Lo que ha hecho el señor Marco no está bien. Es cierto que podría haber supuesto un conflicto en nuestra relación de confianza con el joven Novoa. Pero también estoy seguro, Toto, de que a nuestro compañero le ha quedado claro que bajo ningún concepto volverá a correr el riesgo de trabajar a nuestras espaldas. ¿Verdad, Lucas?

Comprendiendo que lo de Lobato no es una pregunta sino una advertencia, una amenaza, Marco asiente en silencio. Y Lobato sonríe con gesto complacido.

Viéndolo así, sentado en su silla de ruedas, las piernas cubiertas por la manta de cuadros, y ese aire de satisfacción complacida en el rostro, cualquiera podría confundir a Román Lobato con una persona inofensiva.

—Caballeros, nadie dijo que fuera a ser fácil…

—Pero patrón —insiste Goyanes—, Novoa es avaricioso.

El Lobo vuelve a sonreír a la vez que se encoge de hombros.

—¿Acaso ustedes no? ¿Qué opinan, caballeros? —El dedo de Lobato vuelve a barrer una panorámica de la sala al completo—, ¿acaso van a decirme ahora que todos sus millones son ya los suficientes?

Nadie responde nada. Y Lobato matiza el carácter de su sonrisa, convirtiéndola en la del que sabe lo que ocurrirá.

—Claro que no… De hecho, ustedes tan solo conocen una cifra: «Más».

—Sabe que no se trata de eso, patrón. Novoa no es como nosotros, no tiene nuestra experiencia, no tiene nuestra mesura.

—¿Mesura? —De pronto, y como si la respuesta le hubiese provocado algún tipo de atraganto, una tos silenciosa agita el pecho de Lobato bajo su chaqueta—. Por favor… ¡No me hagan reír, caballeros! ¿De verdad me van a hacer recordarles cómo hasta el último de nosotros se hizo todavía más rico gracias a la enfermedad? Medio mundo paralizado, el otro medio muriéndose, y nosotros sacamos tajada de la situación. ¿Mesura? Por favor, Gonzalo, no me haga reír, que es malo para mi asma…

Con Goyanes en silencio, sin atreverse a responder nada, es Marco quien toma el relevo.

—Pero lo de Novoa es diferente, Lobo, y tú lo sabes. Su avaricia le hace ser impetuoso. Toda esa ansia podría ser perjudicial para…

—No —le interrumpe el viejo, cansado ya de tanta explicación—. Es verdad que el muchacho conlleva un cierto peligro, lo sé. Pero no se dejen arrastrar por el miedo, que en la vida no hay peores decisiones que las que tomamos asustados… Miren, mientras Novoa siga creyendo que trabaja con nosotros, todo irá bien. Por mal que lo haga.

A pesar de que la voz del anciano no es más que un susurro, un hilo de voz que se escapa por tuberías rotas, la rotundidad de su mensaje hace que esta vez nadie intente ninguna respuesta. Lobato vuelve a observar a su alrededor.

—Díganme, caballeros… ¿De verdad han pensado en algún momento que la elección del señor Novoa nada más respondía a un capricho personal por mi parte? ¿Acaso han olvidado de qué palo viene esta astilla?

Silencio.

—Escuchen, les recuerdo que aquí todos hicimos negocios con el viejo Novoa, de modo que se lo preguntaré de otra manera: ¿Se han parado ustedes a pensar en el activo más valioso que poseía el padre del joven Novoa?

Marco es el primero en comprender.

—Álvaro sabía muchas cosas…

Lentamente, Lobato vuelve a apuntar con el dedo en el aire.

—Exacto, caballeros, exacto. De hecho, yo aún diría más: Álvaro Novoa lo sabía todo. Todo —remarca—. Y es probable que alguno de ustedes pueda sentirse fascinado por su propio reflejo en el agua, a tal punto que incluso llegue a pensar que nosotros somos el poder. Pero dejen que les recuerde algo. No es el dinero lo que nos hace poderosos, sino otra cosa.

—La información —responde Galindo, rotundo.

—Exacto —asiente el anciano—. Ese es el verdadero poder, caballeros. La información.

—Pero, Lobo —Marco entorna los ojos—, ¿quieres decir que Caitán…?

—Eso todavía no lo sabemos. Podría ser que sí, podría ser que no… No lo sé, señor Marco. El joven Novoa podría ser un libro en blanco, o…

—Una amenaza —comprende esta vez Rozas.

Desde su silla de ruedas, Lobato se encoge de hombros, ahora con una expresión divertida en el rostro, como si la posibilidad del peligro fuera una opción de lo más graciosa.

—De modo que ya saben por qué lo hemos escogido a él y no a ningún otro. Para asegurarnos de que, sea lo que sea que el joven Novoa pueda saber, nosotros tengamos la situación bajo control. Quién sabe, si manejamos bien nuestras piezas, tal vez incluso logremos matar unos cuantos animalillos con un solo tiro. Esas ratas tan incómodas, y… Una bestia negra. Y para eso tan solo hemos de hacer una cosa, caballeros: mantenerle encendido ese faro, el de la convicción de un futuro mejor, y todo estará hecho. Toto.

—¿Sí, Lobo?

—No estaría de más que le hicieras una visita a nuestro amigo. Ya sabes, para asegurarnos un poco más…

—Por supuesto, cuente con ello.

Dubitativo, Lucas Marco sigue sin tenerlas todas consigo.

—No deja de ser una maniobra muy arriesgada, Lobo. Peligrosa, diría. ¿Cómo saber si estamos tomando la decisión correcta?

Lobato mantiene la mirada del constructor. Y, por un instante, a pesar de la edad interminable del anciano, a Marco le parece percibir la dureza, la determinación en sus ojos de agua.

—Nosotros somos halcones, amigo mío. Y un halcón no

toma decisiones correctas o incorrectas. Simplemente decide cómo golpear. Cómo atacar y, si es necesario, cómo destruir a sus víctimas. Esa es la única decisión que nos debe importar.

De pronto ya no hay ninguna sonrisa, y todos en la sala comprenden que Lobato habla completamente en serio.

—Pero, patrón, también es cierto que lo importante ahora es asegurarnos de que nada pueda estropear el avance. El tiempo se nos echa encima, y las ratas no parecen estar muy dispuestas a echarse a un lado…

Cada vez más fatigado, Lobato, anciano, no puede evitar el temblor de su cabeza al asentir. Pero ello no le hace flaquear.

—Tranquilos —responde, ya casi en un murmullo—. Es cierto que no nos sobra el tiempo, pero a esta partida aún le quedan unos cuantos movimientos. Y sí, las ratas son las que son, y desde luego no parecen muy dispuestas a entrar en razón. Pero esa era una opción con la que ya contábamos, ¿no es así, Toto?

—Así es, Lobo.

—Sí, claro que sí… Y todos sabemos que nosotros tenemos unas cuantas piezas más que ellos en el tablero, ¿verdad? Hasta el momento hemos estado jugando con torres y caballos. Pero ahora debemos poner otras figuras en movimiento. Toto…

—¿Sí, patrón?

—Haz qué nuestro alfil dé un paso al frente.

—Sí, señor.

—Y dile de mi parte que ni se le ocurra protestar. Al fin y al cabo, si ahora le van tan bien las cosas es porque nosotros le hemos quitado el tapón que tenía encima, ¿no te parece?

Toto Cortés también sonríe.

—Desde luego, señor.

—Claro que sí —asiente Lobato, satisfecho—. Claro que sí…

2

Tu nombre es una fosa oscura y profunda

El tiempo duele. Sobre todo cuando se llena de imposibilidad. Lo ha intentado, Gael se ha pasado la mañana primero y después la tarde peleando por comprender. Pero lo cierto es que no ha logrado nada, y la incomprensión ya se ha convertido en frustración.

Permanecer por más horas en la casa de Olivia no era, desde luego, la opción más razonable. Tenía que salir de allí, y tenía que hacerlo cuanto antes. Desanduvo el camino, salió por la puerta de cristal roto, atravesó el jardín y volvió a recorrer la calle hasta su coche, sabiendo que, con toda seguridad, nunca volvería a ese lugar. Ya en el coche, Gael se envolvió de autopista y condujo a través de la madrugada, intentando encajar la perplejidad, el dolor que le había producido el recorrido por la casa de Olivia, con la extrañeza, el desconcierto que le provocaban las carpetas de colores, en aquel momento acomodadas en el asiento del copiloto. De vez en cuando les echaba alguna mirada, casi de reojo. Como si no confiara en ellas. Como si se tratase de algún tipo de animales extraños, inesperados. ¿Qué es esto? ¿Quiénes sois?

Con el amanecer a las puertas, Gael volvió a entrar en su casa, y al momento se puso a buscar algún sentido para lo que estaba sucediendo. Alguno, el que fuera, lo que fuera. Aunque nada más fuese para empezar a comprender un escenario en el que la ausencia de Olivia no resultase por completo absurda. Aun sabiendo que, por descontado, tal escenario nunca dejaría de ser imposible... Pero no, ahora no debía pensar así.

De acuerdo, ¿qué era lo que tenía entre las manos? A simple vista, muy poca cosa. Una cartulina verde y otra de color marrón carne, las carpetas separadas de algún archivador perdido. ¿Y qué más? Pues en su interior no mucho, la verdad. Gael se ha pasado buena parte del tiempo intentándolo, y el día se le ha derramado entre los dedos revisando ambos documentos, primero por separado, y después buscando encontrarles algún vínculo común.

El documento de la carpeta marrón no tenía mucho más recorrido. En efecto, se trataba de la fotocopia de un recibí firmado por un tal E. Caneiro a la recepción de sesenta mil euros entregados a su vez por Areses Gaspar en concepto de «donación para la campaña». Buscando información al respecto, Gael se había encontrado con que, en el momento de la firma, el secretario regional del partido en Pontevedra era un tal Evaristo Caneiro, por lo que Areses Gaspar no podía ser otro que un pequeño constructor del sur de la provincia cuyo nombre aparece previamente en la concesión de varios trabajos realizados para distintos ayuntamientos gobernados por gente del partido. Lo que enreda un poco más la situación es la fecha. 23 de mayo de 2005.

Por un lado, es cierto que soluciona el problema de la cantidad: por supuesto, hoy la entrega de semejante cifra sería ilegal, ya que la ley no autoriza donaciones de más de cincuenta mil euros. Pero el recibo lleva fecha de 2005 y la ley orgánica sobre financiación de los partidos políticos que limita el techo de donaciones es de julio de 2007.

Pero, por otro lado, vuelve a estar la fecha. Porque el 23 de mayo es justo un par de semanas antes del inicio de una campaña electoral, la de las autonómicas de 2005. Teniendo en cuenta un momento como ese, hasta el más despistado vería que se trata de una compra de favores, pagados justo antes de unas elecciones... Una búsqueda rápida le ha servido a Gael para confirmar que, en efecto, el donativo debió de llegar a las manos correctas, porque, justo a continuación, las concesiones a Areses Gaspar SA crecen de manera tan considerable como aparentemente casual. Hasta la muerte del constructor, al parecer fallecido un par de años más tarde.

Y luego está el contrato de la carpeta verde, claro. Pero es que ahí tampoco parece haber nada de gran relevancia. O, desde luego, nada que no haya visto mil veces antes. Juan y Luis Egea, responsables de Egea Motor, son los principales beneficiarios de una concesión para el mantenimiento y reparación de todo el parque móvil oficial de la Xunta en la provincia, «durante un plazo diez años a partir de la firma del presente contrato». ¿Y cuándo se ha firmado el presente contrato? En diciembre de 2012.

«Diciembre de 2012…».

Más allá del fin del mundo según los mayas, Gael no recuerda ningún significado especial de esta fecha. Pero, comprendiendo ya que aquí nada es casual, utiliza la misma página en la que buscó la fecha de la carpeta marrón. Diciembre de 2012. Nada significativo esta vez. No puede ser, tiene que haber algo… Amplía un poco más el margen y entonces lo encuentra. «Eso es…». Noviembre de 2012. Justo después de la primera victoria de Ernesto Armengol en las elecciones autonómicas.

Una nueva búsqueda, ya centrada en esa clave, no tarda en arrojar un par de resultados más. Juan y Luis, los hermanos Egea, sonrientes en una foto de un acto de campaña, apenas un mes antes. «El candidato, Ernesto Armengol, aspirante a la presidencia del Gobierno autonómico, en un encuentro con empresarios locales y colaboradores de campaña». Y Gael comprende. Claro… «Colaboradores». O, dicho de otra manera, empresarios de todo tipo, gremio y nivel que, como Areses Gaspar años atrás, ofrecían donaciones a cambio de contratos como este. Es cierto, así es como se hacían las cosas entonces, una disciplina en la que no había más maestro que Álvaro Novoa. No, esto no es nada nuevo, de modo que…

—¿A quién coño le importa esto ahora?

Gael ha intentado conectar ambas carpetas, pero sin éxito en absoluto más allá de un único elemento común: por más que lo ha buscado, no ha encontrado la publicación de ningún concurso público en el que se ofertasen dichas concesiones, lo cual, junto con todo lo anterior, convierte todo lo contratado a raíz de ambos documentos en acuerdos definitivamente sospechosos.

Y, sí, claro que sí, el director del CoFi comprende, lo ve con la misma claridad con la que un marinero ve el agua en medio del océano: a la luz de lo que se ha venido agitando en los últimos días desde ciertos medios de comunicación, bien sacudidos, unos cuantos casos como estos, tan ilegales como, en realidad, intrascendentes, podrían acabar revelándose, para sorpresa de nadie e indignación de muchos, como un inexcusable entramado de corrupción al más alto nivel. Sea cual sea, convenientemente elegido, ese «más alto nivel», en este caso, un constructor de segunda división ya desaparecido, un par de empresarios de la automoción local… Y un político muerto.

Miren dónde está la pelotita, no dejen de mirar dónde está la pelotita…

Sí, Gael sabe que, convenientemente agitada, hasta la noticia más estúpida puede acabar convertida en cuestión de Estado.

Porque, a veces, cuando publicas, generas una presión mediática que al final hace que cosas que no se hubieran tomado interés al final se lo toman.

Pero en esta ocasión en concreto, al final del recorrido —en realidad tampoco tan largo— hasta el más tonto se daría cuenta de que ahí no había nada. Por el amor de Dios, aun si fuera otra cosa, otro negocio, otro volumen. Pero… ¿Un par de obras menores concedidas a un constructor de medio pelo? ¿El mantenimiento de unos cuantos coches concedido a dedo? No, ahora mismo eso no le iba a importar a nadie…

… O, por lo menos, a nadie que no estuviese interesado en aglutinar piezas con las que construir algún tipo de entramado que pudiese funcionar como cortina de humo, claro.

«Caitán…».

Pero, con todo, eso no importa ahora. Porque, al margen de cualquier interés oscuro, lo cierto es que en esos casos en particular no había más que dos o tres empresarios sin demasiados miramientos consiguiendo unos cuantos negocios fáciles a cambio, con toda seguridad, de las comisiones habituales. Nada nuevo bajo el sol ni, desde luego, nada que fuese a provocar un cambio de dirección en el giro del mundo. Acuerdos como aquel se firmaban entonces, como se siguen firmando hoy en día. Si lo sabría él...

De modo que no, si Olivia escogió proteger esas carpetas, desde luego no fue por nada de lo que pusiera ni en el recibo ni en ese contrato en particular. No, fue por otra razón.

Por las carpetas en sí.

Por más vueltas que le ha dado a todo, una y otra vez, Gael siempre ha acabado en el mismo punto. El nombre escrito en los reversos.

Ariana.

Eso, el nombre escrito y subrayado en la parte posterior de la carpeta, es lo que había llamado la atención de Olivia. De hecho, eso era en lo que estaba pensando cuando apenas un par de noches atrás ella misma le hizo la pregunta.

«¿Tú sabes por qué le han puesto ese nombre?».

No podía ser otro motivo: de ahí lo habían sacado, esa era la razón por la que le habían puesto ese nombre. Operación Ariana. Porque ese era el nombre que, presumiblemente, aparecería en todas las carpetas de las que se hubieran servido para componer el dosier.

«¿Qué coño estás haciendo, Caitán?».

El problema es la incertidumbre... Porque, a lo largo del día, Gael también ha recordado algo más: en el fondo, Olivia tampoco estaba demasiado convencida de la relevancia de su pregunta. Tanto es así que, en algún momento de la conversación telefónica, incluso había sugerido la opción de descartarla como algo por completo irrelevante. «Tan solo se trata de un nombre anotado en una esquina», había dicho. «Quizá ni siquiera fue Novoa quien lo anotó».

El problema es la certidumbre... Es verdad que Olivia trabajó muchos más años que él en el bufete. Pero también es cierto que la relación de Gael con Álvaro era mucho más estrecha, mucho más cercana, lo suficiente como para reconocer el trazo. Más allá de cualquier duda posible, y a pesar de estar escrito solo en mayúsculas, aquella letra era, inequívocamente, la del señor Novoa.

De modo que sí, el nombre de Ariana no solo lo había escrito él en ambas carpetas, sino que, además, por el trazo sabía que también había sido el propio Álvaro quien lo había subrayado.

Y así, ahora, desde que la certeza ha desalojado a las dudas, el día tan solo ha dejado espacio para dos preguntas. ¿Por qué? Y, sobre todo, ¿quién?

Quién...

Esa es la pregunta que ha estado golpeando el pensamiento de Gael durante toda la tarde. *Quién...* Gael no conoce a ninguna Ariana. En San Caetano no hay nadie con ese nombre, tampoco en el partido y, ya puestos, ni conoce ni ha conocido a nadie que se llame así.

Quién...

Pero es que no es él quien tiene que conocerla, sino Álvaro. Pero por ahí tampoco parece haber opciones: durante todo el tiempo que trató a Álvaro Novoa, en ninguna ocasión le habló directamente ni tan siquiera le escuchó referirse a nadie que se llamase así.

Quién...

Gael ha estado haciéndose esa pregunta toda la tarde. De hecho, lleva ya un buen rato considerando una nueva posibilidad, una diferente. ¿Y si Ariana no fuese una persona? ¿Y si hiciese alusión a otra... cosa?

Qué.

¿Qué más puede ser Ariana?

Esa es la duda que, como una amante despiadada, ha comenzado a obsesionar a Gael. Un pozo al que el director del CoFi sigue asomado cuando cae en la cuenta de que su teléfono móvil lleva ya un buen rato sonando.

Con un gesto incómodo, como si se deshiciera de algo que le molesta, Gael saca el teléfono de su bolsillo y lo arroja a un lado del sofá sin tan siquiera mirarlo. ¿Para qué? No tiene ganas de hablar con nadie, no ahora. No hoy. Que lo dejen en paz, que lo dejen. Pero el móvil no sabe de las cosas de las que Gael tiene o no tiene ganas, y no deja de sonar. Sea quien sea, es insistente. Una llamada más, otra, otra más.

Y silencio.

Vale, parece que, sea quien sea, por fin ha captado el mensaje.

Pero entonces es el teléfono de casa el que empieza a sonar. Y esto cambia las cosas. Porque, *sea quien sea*, conoce a Gael tanto como para tener el número de su casa. Esa casa que para nadie es familiar. ¿Quién es?

Gael vuelve a dejar la carpeta sobre el sofá del salón y avanza hasta la mesita supletoria junto a la esquina, donde el teléfono fijo insiste en sonar. Y entonces llega la sorpresa. Vaya… Al ver el nombre en la pantalla, comprende que tiene que responder. A ella sí.

—Hola, Chon.

—¡Hijo, por fin! Oye, pensé que ya no lograría hablar contigo… Escucha, ¿te pillo en mal momento?

Gael esboza una media sonrisa.

—Para ti no tengo malos momentos, Chon. Dime, ¿va todo bien?

—Sí, sí —le responde la anciana con voz fatigada—. Escucha, es que estaba aquí…

La hermana de Álvaro Novoa deja la frase en el aire.

—¿Chon?

—Sí, sí, perdona, hijo. Es que me cuesta, todo esto me cuesta mucho.

—¿A qué te refieres?

—A Álvaro. Bueno, qué te voy a contar…

Pero lo cierto es que Gael no logra comprender.

—Chon, perdona, pero no sé si…

—Que me he puesto a ordenar sus cosas, hijo. Bueno, mira,

ya lo he evitado todo este tiempo, pero no sé, supongo que no puedo seguir dilatándolo más. La de su dormitorio, la de su despacho. La del salón de caza… No puedo, Gael, no puedo seguir viviendo en una casa con tantas puertas cerradas.

Ahora sí, Gael comprende la desazón en la voz de la mujer.

—Claro, Chon, te entiendo perfectamente. Tiene que ser muy duro para ti.

—Durísimo, hijo, durísimo…

—Escucha, si puedo ayudarte en algo, ya sabes que yo…

—Lo sé, lo sé. Pero no te preocupes, esto es algo que tengo que hacer yo.

—De acuerdo, yo solo…

Pero Chon no le deja continuar.

—Escucha, si te he llamado es por otra cosa.

—Cuéntame.

—Mira, es que, como te decía, hoy me he atrevido a entrar en su despacho.

—No ha debido de ser fácil.

—No —admite la anciana—, desde luego que no lo ha sido, no… Pero bueno, había que hacerlo. El caso es que me he puesto a ordenar sus cosas, por lo menos las que estaban más a mano. Ya sabes, en su escritorio, en los cajones… Nada más que eso. Que a saber la de papeles que no habrá ahí…

—Desde luego —responde Gael, sin atreverse a comentar que en realidad lo importante no es la cantidad, sino todo lo que los papeles de Novoa podrían contener.

—Pero el caso es que he encontrado algo, hijo.

—¿Que has encontrado algo? —repite Gael, sin atreverse a aventurar nada—. ¿A qué te refieres, Chon?

—Un sobre.

—Un… ¿sobre?

—Eso he dicho, sí.

—Chon, no entiendo. ¿Qué tipo de sobre?

—Ay, hijo, qué pregunta… Pues yo qué sé. Un sobre del tipo de los que llevan tu nombre escrito en él.

—¿Mi nombre?

—Caramba, Gael, estás un poco raro, ¿no crees? Sí, hijo, sí, un sobre con tu nombre escrito. Al parecer, Álvaro te dejó una carta, o algo, no sé. ¿Tan raro se te hace?

—No, no —se apura a responder Gael—. Es que no comprendía, Chon. Perdona, tienes razón, hoy no sé qué me pasa —se excusa, mirando a su alrededor, hacia la carpeta en el sofá— que estoy un poco espeso…

—Ay, hijo, lo siento mucho. Eso es que tienes que cuidarte más, Gael. Que eres muy buen muchacho, pero todos sabemos que tú, lo que se dice cuidarte, nunca has sido de cuidarte mucho.

—Sí, claro, eso debe de ser, Chon…

—Bueno, pero ahora sí que lo has entendido, ¿no?

—¿Qué?

—¡El sobre, Gael! —se impacienta la anciana—. Te estoy diciendo que mi hermano te dejó un sobre…

—Ah, sí, claro, perdona. Sí, lo comprendo.

Pero no. En realidad, Gael no comprende. ¿Un sobre para él?

A pesar de que, después de abandonar el bufete, ambos habían seguido manteniendo una buena relación y un aprecio mutuo, hacía mucho tiempo que Álvaro y Gael apenas se hablaban. No es que hubiese ningún problema entre ellos, tampoco un malestar. Tan solo era… Sí, un sentimiento incómodo. Una especie de vergüenza compartida. Fuese lo que fuese lo que hubiera en el sobre, Gael no acertaba a imaginar qué podría ser lo que Álvaro Novoa habría querido transmitirle.

—Mira, Gael, yo hoy ya no puedo, que ya sabes que me recojo temprano. Y mañana tengo un par de compromisos, pero… ¿Qué te parece si este lunes te invito a cenar, eh? Así te doy el sobre y, con la misma, nos ponemos al día.

En silencio, Gael tuerce los labios en una mueca incómoda.

—No sé qué decirte, Chon. No creo que a Caitán…

—Oh, déjate de tonterías —lo ataja la mujer, expeditiva—. Caitán ni aparece ya nunca por aquí, ni tiene nada que ver en esto. Anda, deja de hacerte de rogar, y dime que vendrás. Que ya no recuerdo la última vez que viniste a visitarnos, Gael. Y tú sabes que en esta casa siempre te hemos querido como a uno más de la familia. Como a un hijo…

Al otro lado, Gael asiente en silencio, todavía intentando comprender.

—Claro que sí, tía Chon. No te preocupes, ahí estaré.

3

El hombre invisible

Domingo, 5 de noviembre

Es un barco impresionante, un velero de veinte metros. Propiedad de Toto Cortés, el Felicity no es precisamente una embarcación que pase desapercibida. Y con todo, lo cierto es que apenas sale del puerto deportivo de Sanxenxo, donde permanece amarrado casi todo el año. Por eso llama tanto la atención verlo atravesando la ría de Pontevedra. Cae la tarde, y el perfil del Felicity lleva ya un buen rato recortándose frente a los acantilados del cabo Udra. En su popa, dos hombres beben y conversan tranquilamente, acomodados en los sofás de la bañera posterior, junto a la rueda del timón, mientras en el horizonte, sin prisa, el sol se pone más allá de la isla de Ons.

—Pues debes de caerle muy bien…

—¿A quién?

—A Cortés, digo. Para que te haya prestado semejante barcaza, ¿no?

El otro apenas altera la expresión.

—Bueno, Toto ya apenas lo saca. Y sabe que a mí me gusta navegar.

—Y te lo presta…

El comentario se queda como el barco, fondeado a medio camino entre una pregunta y la afirmación asombrada de quien no acaba de creerse lo que ve. Algo a lo que, sea lo que sea, el otro no ofrece ninguna respuesta. ¿Para qué hacerlo? Resulta evidente que sí.

—Joder, qué bien te lo montas, cabronazo... Pues nada, nada, vamos a brindar por eso. ¡Venga, arriba esa copa... presidente!

El que ofrece el brindis es Antonio López, que, tan pronto como la ha recibido, esta misma mañana, no ha dudado ni un segundo en aceptar la invitación para el paseo. Y el otro hombre... Bueno, ya lo ha dicho López: el otro es, en efecto, el presidente.

La de Vidal Aguiar, Alfredo para los amigos, siempre fue la carrera de un secundario. Un hombre a la sombra permanente de alguien más grande que él. Lo cual nunca le supuso un problema en realidad. Con un ego tan inexistente como su carisma, hasta la fecha Vidal Aguiar siempre se había sentido mucho más a gusto en ese segundo plano, tan cómodo como idóneo para que la mano izquierda no tenga que darle ninguna explicación a la mano derecha. Ni la derecha a la izquierda tampoco, por supuesto, que aquí todos tenemos algo que contar. Fue ahí, en las aulas de esa vieja escuela, donde Aguiar coincidió con López por primera vez, cuando este comenzaba a hacer negocios con Álvaro Novoa, y Vidal no era más que un inofensivo secretario municipal designado por el partido en algún pueblo perdido de la montaña lucense del que ya tan solo él se acuerda.

Pero si algo caracteriza a la figura del segundón es su habilidad para pasar siempre inadvertido sin estropear demasiado el paisaje. Y sí, Vidal Aguiar tenía esa capacidad, hasta el punto de que cualquiera a su alrededor habría detectado antes la presencia del hombre invisible que la de Alfredo. Así, gracias a esa destreza innata para la discreción, combinada con la falta de escrúpulos habitual en el gremio, Vidal comenzó a medrar. Un ascenso progresivo a la vez tan discreto como incomprensible para sus rivales. Nunca se trató de ningún asalto al cielo, sino del paso callado del *sherpa* que, en silencio, asciende pisando en las huellas del escalador al que acompaña. Por supuesto, en ese ascenso, la penúltima estación era la que, después de todo, resultaba más evidente: a pesar de que nadie pareciera reparar nunca en él, lo cierto es que Vidal llevaba ya nueve años instalado en el cómodo segundo plano que le ofrecía la vicepresidencia del Gobierno autonómico. El número dos de Ernesto Armengol. Desde ahí, Vidal Aguiar ya no aspiraba a más que una última estación, la de un merecido retiro después de toda una vida dedicada al difícil equilibrio entre pasar por el mundo sin hacer absolutamente nada de valor y cobrar por ello lo máximo posible. Al fin y al cabo, ¿acaso alguien espera algo de un vicepresidente?

Pero entonces llegó el momento de dar el salto...

Que Armengol se postulase como candidato podría ser una noticia maravillosa, todo el mundo parecía coincidir en lo estupendo de la decisión, y no sería Aguiar quien dijese lo contrario. Tan solo había un problema: hasta ese momento, Armengol había sido su jefe, el número uno. El presidente. Y su nuevo rol como candidato resultaba incompatible con su continuidad al frente del Gobierno autonómico. Esa fue la razón de que, tras la dimisión de Ernesto Armengol, Vidal Aguiar se viera convertido de la noche a la mañana en el nuevo presidente.

Y maldita sea la gracia que le hace...

—Pues mira —insiste López en su brindis—, si ahora todos estos buitres están dispuestos a hacerte favores es porque algo quieren, Alfredo. ¡Y yo que me alegro, coño!

El otro se limita a devolverle el brindis en silencio, sin ir más allá de una media sonrisa. Pero a López no le importa. Él no está dispuesto a bajarse tan rápido de este entusiasmo tan placentero.

—Quién nos lo iba a decir, ¿eh? —El empresario mantiene la mirada en el horizonte, y su expresión es la viva imagen de la satisfacción—. Joder, *presidente*... Oye —se vuelve hacia Aguiar—, que no sé si te lo han dicho, pero que sepas que yo te llamé tan pronto como me enteré, eh. Pero, claro, me imagino que has debido de estar hasta arriba...

—Sí —murmura apenas Aguiar—, han sido días de mucho trajín. Disculpa que no te devolviera la llamada entonces.

—Nada, ¡nada! —responde López, borrando cualquier importancia con un gesto de la mano—, no te preocupes, hombre. ¡Lo importante es que ahí estás, Alfredito! Me cago en la puta, coño, con todo lo que hemos hecho tú y yo juntos... ¡Y quién nos lo iba decir! Bueno —baja la voz, como si de pronto le importara la discreción—, y lo que nos queda por delante, eh. La de cosas que podremos hacer ahora, amigo...

Si alguien estuviera observando la situación, vería con claridad que este es el momento. El instante en el que, de estar en la misma sintonía, Aguiar debería decir algo. Afirmar, asentir con la cabeza, sonreír. Algo. Justamente lo que López está esperando. Lo que sea, pero algo. Y sin embargo, Vidal Aguiar no lo hace. No hay ninguna respuesta. Y López se da cuenta.

—Pero sonríe un poco, ¡que estás más serio que un perro cagando!

Nada. Y López, inquieto ya, comprende que algo no va bien.

—Alfredo, cojones... ¿Qué pasa, ocurre algo?

Pero no, Aguiar sigue sin responder, y López, a quien la sonrisa ha empezado a congelársele en la cara, haciéndole parecer todavía más bobo que de costumbre, lo observa de medio lado ahora, intentando disimular la preocupación que, con incómoda insistencia, ha comenzado a luchar por asomársele al gesto.

—Presidente, coño...

—Verás, Antonio, si te he llamado ha sido precisamente por eso.

—¿Por eso? ¿De qué me estás hablando, Alfredo? ¿Qué pasa? —pregunta López, ahora ya desde una sonrisilla nerviosa—. Venga, no me jodas, ¡que me estás asustando, cabronazo! O... ¿acaso hay algo de que preocuparse?

La sonrisa de López ya es justamente esa que a todos se nos dibuja cuando, sabiendo que en efecto hay problemas, preferimos seguir comportándonos como si no los hubiéramos visto, avanzando con determinación hacia nosotros. Bueno, por lo menos Aguiar también sonríe. Lo malo es que la sonrisa del presidente es otra. La sonrisa de Vidal Aguiar es la del zorro que, como una amenaza, avanza hacia la gallina.

—No —le responde, aún sin dejar de sonreír—. No hay nada de que preocuparse.

Y sí, puede que esa hubiera sido una buena respuesta. O por lo menos una tranquilizadora. De no ser por el detalle incómodo de que, además del carisma de un poste de teléfonos, Aguiar también tiene la credibilidad de un epitafio.

—A ver, Alfredo, no me jodas… Aquí ya somos todos mayorcitos para saber que si alguien te dice que no hay nada de que preocuparse es justo cuando hay que empezar a preocuparse. ¿Qué coño pasa?

—No pasa nada, Antonio. Tranquilízate, anda.

Pero el gesto de López ya se ha vuelto serio.

—Bueno —insiste—, tú dime de qué coño va esto, y ya veré yo luego si me tranquilizo, ¿eh? ¿Qué pasa, Alfredo? ¿Para qué me has llamado?

Aguiar coge aire y, sin apenas alterar el gesto, marea el vino en su copa.

—Verás… Es verdad, ha sido un camino largo, y hemos hecho muchas cosas juntos. Pero…

«Mierda». Muy a su pesar, López comienza a comprender. No, las cosas no van tan bien como le parecía hace tres o cuatro minutos.

—Pero qué.

A pesar del apremio en la voz del empresario, Aguiar apenas levanta la voz. Maldita sea, esa puñetera falta de sangre…

—Creo que ya te lo han dicho, Antonio.

López entorna los ojos.

—¿Me estás hablando de…?

—Te estoy hablando de que ahora toca echarse a un lado.

Tan sorprendido como incómodo, Antonio arquea las cejas.

—No me jodas… ¿Tú también? No me jodas, Alfredo, no puedes estar hablándome en serio.

Pero Vidal Aguiar no le responde. Tan solo se limita a mantenerle la mirada. Y no, no parece estar hablando en broma.

—Joder, Alfredo. —Cualquiera tendría problemas para decir si la voz de López viene más cargada de decepción o de angustia—. No puedes estar hablando en serio, coño… ¡Que esta es nuestra gran oportunidad, hombre!

Aguiar aparta la mirada, de nuevo hacia el horizonte. Ya sin rastro del sol, las islas Ons son un trazo grueso recortado en el mar, tinta derramada sobre el Atlántico.

—A ver, vamos a ver. Oye, escucha, Alfredo, vamos a tranquilizarnos, ¿sí? Vale que ahora eres el presidente. Pero tú sabes que yo llevo mucho tiempo metido en esto. ¡Coño, que te he llenado los bolsillos, cabrón!

Stop.

No, espera, mejor no, por ahí no.

López siente que a punto ha estado de perder el control. De dejar correr la angustia, el enfado. La frustración de sentir que lo están traicionando. Y no, eso no es lo más conveniente ahora mismo. Opta por volver a echar mano de la misma sonrisa nerviosa de antes. El problema está en que, aunque él no se da cuenta, desde fuera se ve con claridad que el gesto ahora también viene cargado de algo más. Algo inoportunamente parecido a la desesperación.

—Vamos, Alfredito, joder…

—¿Alfredito?

—Venga, hombre, no te enfades, coño, que no es más que una manera de hablar… ¿Qué pasa, que todo lo que hicimos ya no cuenta para ti? Que soy yo, joder, el bueno de López…

—Por supuesto que cuenta, Antonio. Tanto para mí… como para ti.

Silencio, lo justo para asegurarse de que López capta la advertencia.

—Y desde luego —continúa—, tampoco creo que sea necesario hacer un drama de esto. Tan solo te estoy transmitiendo un mensaje.

López mira a su alrededor. De pronto siente que ni todo el

aire del mar es suficiente ni el océano un lugar tan abierto. López se ahoga, y se pasa una mano por el cuello.

—Joder, Alfredo. Hablas como si se te hubiera olvidado que *esto*, como tú lo llamas, es mucho dinero. Las concesiones del nuevo hospital, Pilgrim Events... Te recuerdo que estamos hablando de negocios de más de tres millones de euros solo en el último año. ¿Qué pasa con *esto* ahora, eh?

Indolente, casi con la misma expresión cansada de quien no comprendiese la necesidad de tener que volver a explicar algo obvio, el presidente vuelve a coger aire.

—A ver, Antonio... Lo que pasa es que ahora jugamos a otro nivel. ¿Me entiendes? Tú me hablas de negocios de tres millones. Y eso está muy bien, sí. Pero la gente que me ha pedido que te haga llegar este mensaje maneja otros números.

—Ya, multiplicando por diez, ¿no?

—Y por cien también.

López asiente en silencio.

—Claro... Y todos sabemos que el tres por ciento de cien millones es mucho mejor que el de un millón, ¿no es eso?

Aguiar prefiere no responder a esa acusación.

—Antonio, te lo estoy diciendo. Estamos hablando de una liga diferente. Aquí hay mucha gente, mucho volumen de mercado. Muchos intereses... En esta otra liga no cabe la posibilidad de andarse con gilipolleces. Y sin embargo, vosotros...

Esta vez López no se atreve a decir nada.

—Mira —Aguiar se asegura de que el empresario capta el gesto, la expresión de quien habla haciendo valer toda la paciencia de la que es capaz—, el problema es que tenéis demasiados frentes abiertos, y encima no sois nada discretos.

—¿A qué te refieres?

Aguiar vuelve a mantener la mirada de López.

—¿De verdad te lo tengo que decir?

—¿Es por lo de esa chica a la que han matado?

Al presidente le sorprende el modo de decirlo.

—«¿A la que han matado?». Por favor, Antonio... Sé que han sido tus amigos. Un par de preguntas me han bastado para saberlo. Dime, ¿qué crees que pasará si es otro al que le da por hacerse esas mismas preguntas?

—Pero ¿quién? Quiero decir, ayer mismo hablé con Colmenar, y me aseguró que por la parte de la policía está todo controlado. Y si lo sé yo, estoy seguro de que vosotros también lo sabéis, no me jodas.

—Sí —admite el presidente—, a mí también me lo ha dicho. Pero tú sabes que eso no es lo único. También está eso otro, lo de la Operación Ariana.

Esta vez sí que López no comprende.

—¿La operación? Bueno, ¿y cuál es el problema con eso? Quiero decir, Caitán nos explicó que se trataba... ¿Cómo dijo? Ah, sí, de una voladura controlada, sea lo que coño sea eso. Unos cuantos casos de poca monta, mucho ruido y poco más. Y que desde luego por ahí no había nada de lo que preocuparse.

—Sí, lo sé —asiente Aguiar—, es lo mismo que me han contado a mí. Pero, al fin y al cabo, todo ese asunto no deja de estar en más manos...

—¿Te refieres a lo que puedan estar manejando en el juzgado? —López encoge los hombros—. Pensaba que eso también estaba controlado. ¿Qué pasa, que ahora Fiscalía ya no nos puede afinar las cosas?

El presidente ladea la cabeza.

—Hasta cierto punto.

—Bueno, pues vale, hasta cierto punto. Pero, coño, pues con eso ya estaría, ¿no? Porque Caitán me aseguró que por la parte de la prensa no tendríamos problemas. ¿O qué pasa, que eso tampoco es así? Porque, joder, sería la primera vez...

—Sí —vuelve a admitir Vidal—, es verdad que Pérez Guerra ya ha puesto a trabajar a sus muchachos, y que entre ella y Galindo se están encargando de dirigir la parte pública. Pero...

López levanta las manos en el aire a la vez que niega con la cabeza.

—¡¿Pero qué?! Si esa parte la tenemos controlada, entonces ya lo tenemos todo. Tú sabes mejor que nadie que la prensa es la única verdad. Y esa mujer es un dóberman, coño. A ver quién tiene narices para no hacerle caso…

—Lo es —asiente Aguiar—. Pero tú y yo también sabemos que eso no es más que humo. Si al final alguien encuentra algo, entonces sí que tendremos problemas. Y ahora mismo es mucho lo que tenemos en juego…

Es en ese momento, al percibir por primera vez algo semejante a una preocupación real en la voz de Vidal Aguiar, cuando a López se le pasa una idea por la cabeza. Una idea incómoda.

—Joder, Alfredo. Cuando dices «tenemos»… ¿a quién te refieres? A nosotros dos… ¿o a ti y a tus amigos de Sanxenxo?

Por desgracia para López, Aguiar se limita a mantenerle la mirada. Y el empresario comprende.

Aún en silencio, Antonio vuelve a observar el espacio a su alrededor. Pero, esta vez, contemplándolo como si estuviera viéndolo todo por primera vez. Las botellas de vino, abiertas sobre la mesa, junto a su teléfono móvil. La piel de los asientos, finísima, ribeteada en oro… La rueda del timón, metal brillante, cromado.

—Este barco… —murmura—. No, un barco como este no se lo dejan a cualquiera.

—Te aconsejo que no vayas por ahí, Antonio.

Pero Antonio ya no escucha.

—¿Qué está pasando, presidente?

Pero tampoco esta vez responde nada Vidal. En lugar de hacerlo, permanece inmóvil, observando a López en silencio. Y Antonio sigue comprendiendo.

—Claro —mascula—, claro… Todos tenemos un dueño, ¿verdad? Por favor, te ruego que me perdones. Tan solo es que pensé que tú y yo éramos amigos.

—Y lo somos, Antonio. Amigos a muerte.

López sonríe resignado, intentando disimular su completa falta de convicción.

—Por supuesto…

—Venga, Antonio, no me lo pongas más difícil de lo que ya

es… Escucha, puede que ahora no me creas, pero te aseguro que te estoy diciendo la verdad. ¿O por qué crees que me he reunido hoy contigo, si no?

—¿Conmigo? Perdona, pero no veo qué tiene eso que ver…

—Esa gente a la que tú te has referido como mis amigos os quiere fuera del negocio, Antonio. A ti y a todos tus socios. Pero si yo he preferido hablar contigo primero es porque tú y yo somos diferentes.

—¿Ah, sí? ¿En qué sentido?

—Climent.

—¿Ximo? ¿Qué pasa con él?

—Climent llegó porque alguien lo invitó.

—Estás hablando de Caitán.

—Estoy hablando de pirañas, Antonio. Cuando los tiburones empezaron a tener problemas en sus aguas, nuestras pirañas vieron la oportunidad de hacer negocios con ellos, y los invitaron a venir. Pero este caladero era nuestro, Antonio. De Álvaro, del viejo partido, de los emprendedores del país. Tuyo, mío. Nuestro.

—Nuestro —repite López, ahora ya sin que en su voz quede rastro del entusiasmo anterior—. ¿Y de quién más, presidente? Porque tú me hablas de pirañas, de tiburones… Pero mira a tu alrededor… —López hace un gesto con las manos, y Aguiar no llega a comprender si el empresario se refiere al barco, o tal vez al mar en su totalidad—. En el fondo, estamos hablando de otra cosa, ¿verdad?

—Disculpa, pero creo que no…

—Ballenas —explica—. Estamos hablando de peces pequeños en un mar de ballenas. Los dos lo sabemos…

—Pues sí, Antonio, lo sabemos. Y eso es porque tú y yo somos distintos. Tú y yo entendemos que aquí las cosas se hacen de otra manera. Y por eso te estoy avisando. A ti —silencio—, y no a ellos.

Ninguno de los dos hombres dice nada. Ambos se limitan a mantenerse las miradas. Y López comprende.

Ese silencio…

Por supuesto. El silencio previo al «y no a ellos» tenía un espacio, una longitud. La duración exacta para encajar algo en ella. *Algo...* como una traición. *Espacio disponible para que usted traicione a alguien.* Ahora, la pregunta es: «¿A quién?».

—Te pido que me disculpes, presidente, pero es que no sé muy bien qué decirte.

—¿Por qué?

Esta vez es López el que ladea la cabeza.

—Me hablas de otra manera de hacer las cosas, pero...

Antonio encoge los hombros, y vuelve a negar en silencio, perdido.

—Sinceramente, no parece quedar mucho de esa otra manera de la que tú me hablas. ¿Recuerdas cómo hacía las cosas Álvaro? Nuestra palabra bastaba, un apretón de manos bastaba... Eso era lo que importaba. Me hablas de antes, pero antes todo era mucho más cercano, más real. Acuerdos entre personas.

Vidal Aguiar, el presidente, sonríe, escéptico.

—Ya —admite—, pero es que precisamente eso es lo que estoy intentando explicarte, Antonio. Esto no es nada personal. Esto, amigo, son negocios.

Como piezas de dominó que han comenzado a caer en cascada, empujándose una a otra a cámara lenta, López ve cómo todas las puertas se le cierran ante las narices en una sucesión imparable. E intenta meter el pie antes de que la última le dé un portazo.

—Pues negociemos —propone—. Si todo esto no son más que negocios, entonces negociemos. Al fin y al cabo, aquí todos somos hombres de negocios, ¿no? ¿O qué pasa, que con esta gente de la que me hablas no se puede negociar?

Vidal se le queda mirando desde un gesto curioso. Como si no acabase de entender algo. Con la perplejidad del púgil que observa cómo su rival insiste en levantarse una y otra vez desde la lona, Aguiar vuelve a sonreír. Y decide que ha llegado el momento de resolver la situación. Deja su copa sobre la mesa junto al timón, se pone de pie y, con tranquilidad, va a sentarse al lado de López.

—He intentado explicártelo, pero tú, amigo, pareces no querer entenderlo. De acuerdo —asiente—, deja que te responda entonces…

Aguiar pasa un brazo sobre la espalda de López y, con un empujón suave pero firme, innegociable, acerca la cara del empresario a la suya.

—Verás, no es que con esta gente no se negocie —advierte, sin dejar de mirarle a los ojos—. Es otra cosa lo que no se hace con ellos.

López también le mantiene la mirada.

—¿El qué?

Aguiar apenas altera la expresión.

—Antonio —responde al fin—, con esta gente no se juega.

Nada. Ni en la voz ni en el gesto de Aguiar hay absolutamente nada que sugiera algún margen para la maniobrabilidad. Ninguna opción, nada siquiera que delate algún tipo de disconformidad con el mensaje. Todo es rotundidad, frío, impenetrabilidad. Asepsia. Y, como el ratón que ha descubierto que al fondo del callejón no hay salida, Antonio López termina de comprender. De acuerdo: a partir de este momento, aquí y ahora, las cosas van así.

4

El rey lagarto

Lunes, 6 de noviembre

No ha pegado ojo en toda la noche. ¿Y si no fuese más que una maniobra? El movimiento de algún engranaje dentro de una maquinaria mayor… Es verdad que Aguiar parecía estar ofreciéndole algo. Esa ambigüedad en forma de silencio, el espacio justo para encajar una traición. Echarse a un lado, dejar que sean otros los que caigan. «Porque tú y yo somos distintos…». Pero ¿y después qué? Si todo esto no es más que un plan para deshacerse de Climent, de Nevís, de Garmendia… ¿Qué ocurrirá cuando el camino quede despejado? ¿Qué ocurrirá cuando en el jardín nada más quede López? El bueno de López, viejo amigo… El bueno de López, perrito sarnoso.

No, claro que no. ¿O qué sentido tendría mantener en el escenario a un vestigio del pasado como él mismo?

López no ha pegado ojo en toda la noche, y ahora, en silencio, con los labios apretados, el empresario observa el teléfono móvil sobre la mesa de su despacho. La pantalla aún sigue encendida. Pulsa el icono triangular y la grabación vuelve a reproducirse desde el mismo punto.

«… Y lo somos, Antonio. Amigos a muerte».

La voz del presidente autonómico se escucha con absoluta claridad.

—Amigos a muerte —repite en voz alta López.

Sí, «amigos a muerte», dijo el presidente. López asiente al recordarlo. Y lo dijo así, con toda la naturalidad del mundo, casi con facilidad, con ligereza. Como si no le hubiera costado nada. Aguiar, cabrón…

No, López ya no es capaz de verlo de otra manera. El problema con Vidal Aguiar no es que no tenga sangre en las venas. El problema con él es que es un animal de sangre fría. Como uno de esos reptiles, uno de esos lagartos gigantes. Dragones de Komodo. Sí, esos mismos. Animales lentos, pesados. De hecho, apenas parecen un peligro, porque, vistos en la distancia sus movimientos, crees que siempre tendrás tiempo a reaccionar. ¿Y cómo no hacerlo? Todavía están lejos, son lentos, torpes. No son una amenaza. No hay de qué preocuparse.

Y sin embargo, ahí está su poder. En el hecho de que nadie los considera una amenaza real. Y miras hacia otro lado.

Pero entonces sucede. No sabes cómo ha ocurrido, pero, cuando te das cuenta, ya lo tienes encima. No sabes cómo ha pasado, de hecho ni siquiera sientes el dolor. Pero, cuando quieres comprender qué está sucediendo, el animal ya te ha mordido. Te ha mordido… Y, sin embargo, te deja ir. Claro, ¿y por qué no hacerlo? Tú no lo sabes, pero él sí. Una vez que el lagarto te ha mordido, tú ya no tienes nada que hacer. Tan solo apartarte, y morir. Él no tiene prisa, porque sabe que el veneno de sus dientes ya ha empezado a emponzoñar tu herida. Y ya desde el suelo, caído y sin remedio, no dejas de observar su cara, lentamente acercándose a la tuya.

Y ahí está.

Esa mirada, casi hipnótica de puro vacío. Los ojos de Aguiar, clavados en los de López mientras le indica que no se trata de nada personal. Y, a su alrededor, el rostro inexpresivo, plano, apenas móvil. Aguiar es un gran lagarto, y esta vez, a tan poca distancia, López le ha visto las intenciones. Sabe que lo han enviado desde la distancia para que el rey lagarto acabe con él. Han empezado a matarlo.

Todavía inmóvil ante su mesa, López vuelve a reproducir la grabación.

«… Y lo somos, Antonio. Amigos a muerte».

De acuerdo, pues si eso es lo que pretenden, tal vez haya llegado el momento de responder.

5

La duda del diablo

La puerta está abierta, pero Salva prefiere advertir la llegada.

—Toc toc —murmura al tiempo que golpea con los nudillos en el marco—. A ver, jefa, ¿tenemos un segundo? Es que acabo de tener un conversación que, tal vez...

Nuria todavía tarda en apartar la mirada de su ordenador. Cuando por fin lo hace, se encuentra a Lamas, inmóvil ante su puerta.

—Sí, claro. Pasa —le indica, señalándole una de las sillas que hay frente a su escritorio—. ¿De qué se trata? ¿Alguna novedad en Local?

Salva se acerca con ese caminar suyo tan característico, casi balanceándose de una pierna a la otra, como si todavía cargase con el cansancio acumulado desde la resaca de los años ochenta, y tuerce el gesto en una mueca extraña que, aunque Nuria no acaba de identificar, desde luego sí le hace ponerse en alerta.

—¿Qué ocurre?

—Pues a ver, para empezar, la cosa igual nos va un poco más allá del ámbito de Local, jefa... He ido a consultarlo con Rodrigo, pero no está en su despacho.

—No —le confirma la subdirectora—, creo que hoy tenía una cita en no sé dónde con no sé quién... O qué se yo.

—Vaya —murmura Salvador—, no hay como ser director de un periódico para tener una agenda de lo más interesante, ¿eh?

—Desde luego. Pero dime, ¿de qué se trata?

Salva coge aire a la vez que arquea las cejas en un ademán dubitativo, como si no las tuviera todas consigo ante lo que está a punto de decir.

—A ver… Acabo de recibir una llamada.

Lo deja ahí. Definitivamente, no parece cómodo con la situación.

—Bien —le responde Nuria—, eso significa que tu teléfono funciona. ¿Y quién te lo ha hecho saber?

—¿Te acuerdas de Antonio López?

Esta vez es la subdirectora del periódico la que levanta las cejas.

—¿El de Blue and Green? No me jodas…

Salva asiente en silencio.

—El mismo.

—Pues sí que es una sorpresa, sí. ¿Y qué quiere? ¿Es serio?

—Bueno… —Lamas ladea la cabeza, como en un gesto de evidencia—. Yo diría que sí. Desde luego, no habría venido hasta aquí de no creerlo. Que el pasillo de Dirección es muy largo, jefa.

A pesar de su cinismo, Salvador sabe de sobra que, en efecto, la llamada ha sido más que importante. Quizá incluso la más importante en todo lo que le pueda quedar de carrera. Que, la verdad, para qué engañarse, tampoco es que sea mucho…

… Porque tal vez sea cierto eso de que sabe más el diablo por viejo que por diablo. Pero el problema de Salvador Lamas es que, más que en diablo viejo, siente que se está convirtiendo en perro viejo. En concreto, en perro pachón, uno de esos chuchos que, poco a poco, ha ido dando por buenas las sobras que le arrojaban desde la mesa y, acomodado, se ha conformado con engordar y envejecer junto al confortable fuego de la información local, lo cual no dejaría de ser emocionante en el París del 68, en el Berlín de la caída del Muro o en el Boston de los abusos a menores por parte de los obispos. Pero… ¿aquí? No, en una ciudad en la que nunca pasa nada, la de Local no es precisamente la más trepidante de las secciones.

Hasta que, de repente, alguien mata a palos a una chica que, aunque de manera lejana, podría guardar alguna relación con cierto escándalo político.

O hasta que, apenas unos días después, llega una llamada de un viejo conocido, también relacionado con la trama de ese mismo escándalo.

En ese momento, justo en ese preciso momento, Salvador Lamas cuelga el teléfono sintiendo que quizá sí tenga algo, y que, quizá, la sección de Local de una ciudad en la que nunca pasa nada sí sea el lugar en el que estar. Primero, el suicidio de Álvaro Novoa. Luego, la muerte de Olivia Noalla, quien, además de trabajar para el hijo de Novoa en el bufete familiar, parece ser que también mantenía algún tipo de relación con Gael Velarde, el director de la Oficina de Control Financiero. ¿Y ahora esto? Maldita sea la cáscara amarga, aquí hay algo. No, *algo* no, aquí hay más, mucho más. Esto es importante.

—Bueno, ¿y qué te ha dicho? —pregunta Nuria—. ¿Qué es lo que quiere?

Salva se toma su tiempo. Saca su libreta, donde ha ido tomando nota a vuelapluma de cada cosa que López ha ido comentando, y resopla, como si no supiera por dónde comenzar. La subdirectora no deja de observarlo, e intenta disimular su sonrisa. Ella nunca se lo dirá, pero lo cierto es que, cada vez que Salva hace ese gesto tan característico suyo, a ella siempre le recuerda a un caballo. De hecho, hasta sabe qué nombre le pondría a ese caballo: Desconcierto Resoplante.

—Pues… No estoy muy seguro, jefa.

—Vaya.

Lamas encoge los hombros.

—A ver, yo diría que quiere hablar.

—Que quiere hablar —repite Nuria—. Mira qué bien, un chico sociable… Pero supongo que querrá hablar de algo en concreto, ¿no?

—De pájaros —responde Salva sin apenas levantar la vista de sus notas.

La respuesta coge por sorpresa a Nuria.

—Perdona —contesta la subdirectora, perpleja—. ¿Has dicho… pájaros?

—Sí, he dicho pájaros —le confirma Salva—, pero esto te lo explico luego. Ahora lo que me preocupa es la mezcla.

—¿La mezcla? Por el amor de Dios, Salva, no entiendo nada. ¿Se puede saber de qué leches me estás hablando?

—López está muy cabreado, jefa. Se ve que le han tocado las… Bueno, las narices.

—Ya, claro, las narices. En concreto las que tiene al lado de las pelotas, ¿no?

—Justo —admite Lamas—. El caso es que el tipo tiene toda la pinta de estar muy jodido con la situación. Y sí, dice que está convencido, que quiere hablar. Pero el problema es que no sé cuánto de convicción y cuánto de resentimiento hay en esa decisión. Y esto me preocupa, porque si en la proporción hay más rabia que cabeza, no creo que tengamos demasiado tiempo. Que el champán sin burbujas solo es vino barato, jefa.

—Ya veo, lo que te preocupa es que cambie de opinión…

—Exacto. El tipo está caliente, yo creo que deberíamos prestarle atención ahora.

—Joder… ¿Tan serio es?

—Yo diría que sí.

—Pero, entonces, ¿qué quiere? ¿Es para dar su versión de lo de Blue and Green?

Salva niega al tiempo que comienza a perfilar una sonrisa maliciosa.

—Para mí que se trata de algo más gordo…

—¿A qué te refieres?

—Creo que quiere tirar de la manta.

Comprendiendo al fin la gravedad de la situación, Nuria Galdón se echa hacia delante, apoyando los codos sobre la mesa.

—No me jodas… ¿En serio? ¿De verdad crees que quiere destapar el pastel?

Salva vuelve a encoger los hombros, esta vez al tiempo que arquea las cejas.

—Pues no lo sé, Nuria, no tengo idea de si es todo el pastel o quizá solo una puntita. A ver, hace mucho que no lo trato, pero...

—Espera, espera, ¿me estás diciendo que López y tú os conocíais?

—Sí, los dos somos del mismo pueblo —contesta Lamas como si tal cosa—, de Bueu. Y sé que el tipo tonto no es. Un poco extravagante, payaso tal vez. Pero tonto, no. Él también sabe que es desde aquí, desde el periódico, desde donde hemos estado dándole bola a todo el asunto este, el «Blue and Green 2.0», de manera que tal vez solo quiera utilizar el mismo canal para enviar un mensaje de vuelta. Podría ser cualquier cosa, porque desde luego el tipo tiene para disparar munición de la gorda.

—¿Esto es lo de los pájaros que me decías antes?

—Más o menos... Una de las cosas que me ha dicho es que estamos enfocando mal la historia. Que estamos haciendo montañas con granos de arena.

Nuria aparta una mueca incómoda.

—No te imaginas la de veces que le he dicho yo eso mismo a Rodrigo.

—Bueno, pues él también me lo ha hecho saber. Me ha dicho que lo que estamos haciendo es centrarnos en un montón de pelagatos, empresarios de medio pelo con negocios y chanchullos de tres al cuarto. Y que sí, claro que puede que no fuesen legales.

—Nos ha jodido —responde la subdirectora—. Por pequeños que fueran, lo único que sí está claro es que todos esos chanchullos eran de todo menos legales...

—Pues ahí está el problema —señala Salvador—, en que, según López, hemos estado centrándonos en chorradas, asuntos de gorriones cuando en realidad aquí los que cortan el bacalao son los halcones...

—Halcones —repite Nuria.

—Sí, halcones. Gente que vuela muy alto, jefa.

—Carajo, Salva. Gorriones, halcones, y ahora hasta bacalao.

Más que con López, parece que hayas estado hablando con Félix Rodríguez de la Fuente. ¿Y qué más te ha dicho? ¿Te ha dado nombres?

—Todavía no. Pero sí me ha dado cifras.

—No sé qué me da más miedo…

—Y no me extraña. Me ha dicho que estamos publicando negocios de decenas de miles de euros, o a veces incluso ni siquiera eso, cuando en realidad deberíamos estar hablando de intereses de cientos de millones.

La subdirectora se muerde el labio, en un ademán de rabia.

—Lo sabía —murmura Galdón—, lo sabía… ¿Y qué más te ha dicho? Porque eso de hablar está muy bien, pero como también se conoce gente es aportando pruebas, documentos… ¿Te ha dicho si tiene algo?

Salva sonríe.

—Yo diría que sí —responde, sin ocultar cierto aire misterioso—, algo tiene…

—Bien, ¿y de qué se trata?

Lamas hace aún más grande su sonrisa, a la vez que, con su mirada, señala el móvil de Nuria.

—No me jodas… ¿Otra más?

—A ver, eso me ha dicho.

—Joder, Salva, desde luego, si las grabaciones secretas cotizasen en bolsa, seríamos una potencia mundial…

—Bueno, lo triste es que en cierto modo sí que cotizan, sí…

—¿Y te ha dicho a quién ha cazado este cabrón? ¿Alguien de algún partido, algún cargo político?

Salva vuelve a inclinar la cabeza hacia un lado, a la vez que hace un gesto con el dedo pulgar, apuntando hacia arriba.

—¿Alguien del Ayuntamiento? Si te ha llamado a ti debe de ser porque se trata de alguien de Local…

—No —la corrige Salva, de pronto casi molesto—. Si me ha llamado a mí es porque, como ya te he dicho, nos conocemos. Que somos del mismo pueblo, coño.

—Pero qué pasa, ¿que ahora va a resultar que López y tú sois amigos?

—Joder, jefa, me encanta cuando no me hacéis ni puñetero caso.

—Perdona, pero es que no sé a qué te refieres cuando dices que sois del mismo pueblo, Lamas... ¿Qué significa eso?

—¡Coño, pues a que somos del mismo pueblo, jefa! Que los pueblos son así, que la gente se conoce, y López y yo, pues eso, que nos conocemos de críos, de ir a cocernos a los mismos bares, de pasar los veranos rascándonos los huevos en las mismas playas. Pero no por eso es que seamos tanto como amigos, coño. Nos conocemos, y punto.

Nuria Galdón levanta la mirada al cielo.

—Ya, ya, que en los pueblos os conocéis, vale. ¿Y por eso ahora te llama a ti?

—Mira, aunque vosotros os empeñáis en creer que no, panda de pipiolos, ya había gente en el mundo antes de que vosotros, listillos, vinierais a explicarnos cómo se les pone el rabo a las cerezas. Y sí, coño, en una situación como esta, pues el tipo ha preferido ponerse en contacto con alguien que por lo menos le resulte conocido... Y sí, ya te lo he dicho, López y yo nos conocemos —insiste—. Del pueblo.

—Joder, Salva, ¿y se puede saber por qué no lo has dicho hasta ahora?

—¡Pero si te lo acabo de decir!

—¡Antes de ahora, Salva! Que hay que decírtelo todo, carajo...

—Bueno, pues porque vosotros nunca os parasteis a preguntarlo, panda de niñatos engreídos... Así que no, te estás equivocando, no es nadie del Ayuntamiento, sino de más arriba. ¿Quieres que te dé una pista?

—Me cago en la puta, Lamas, ¡lo que quiero es que me digas de quién coño estamos hablando de una santa vez!

Satisfecho, sabiendo que en esta ocasión es él quien tiene la sartén por el mango, Salva vuelve a hacer grande su sonrisa.

—Pues a ver si eres capaz de adivinar de quién se trata si te lo digo así: A Punto Aguiar.

Lentamente, Nuria Galdón comienza a abrir la boca en una expresión de sorpresa máxima.

Silencio.

—Perdona... ¿Cómo dices que has dicho?

—A Punto Aguiar —repite Lamas.

Poco a poco, la estupefacción va tomando el rostro de la subdirectora.

—No puede ser... ¿En serio, me estás diciendo que Antonio López tiene una grabación en la que caza al puñetero presidente del Gobierno autonómico?

Lamas abre los ojos como platos, fingiendo la más exagerada de las sorpresas.

—Caramba, jefa, no entiendo cómo coño has podido averiguar tan rápido de quién se trataba. Si yo solo te he dado una inicial y un apellido...

—Sí, claro —sonríe la subdirectora, ahora ya sin ocultar también ella su satisfacción—, porque soy listísima, ya ves... ¿Y qué pretende, entonces? ¿Nos va a pasar esa grabación, o qué?

—Eso aún no lo sé. De momento solo me ha dicho que por teléfono no, que prefiere que nos veamos.

—Claro, no es listo el tipo ni nada... ¿Y cuándo va a ser eso?

—Mañana —responde Lamas—, hemos quedado para cenar.

La subdirectora del periódico asiente en silencio, considerando el posible calado de la situación.

—¿Qué, cómo lo ves?

Nuria sonríe.

—A Rodrigo no le va a gustar...

Salva también sonríe.

—No, ¿verdad?

Ambos sonríen.

—De acuerdo, esto es lo que haremos. De momento no comentes esto con nadie más. De Rodrigo ya me encargo yo. Pero tú asegúrate de mantener ahí a López. Tienes razón, no nos interesa darle tiempo para que se le vayan las burbujas... Vete a esa reunión, y a ver qué te cuenta. Pero eso sí —advierte la subdirectora—, no tardes ni medio segundo en decirme qué es lo que quiere.

—Por supuesto, jefa. A sus órdenes, jefa.

Salva se levanta y, al incorporarse, su silla hace ruido. Tampoco demasiado, nada más lo normal. El ruido justo para, más allá de los límites del despacho de la subdirectora, poner sobre aviso a alguien más.

Porque, en silencio al otro lado de la puerta, alguien ha estado escuchando buena parte de la conversación. Alguien que también quería hablar con Nuria pero que, justo antes de asomarse a la puerta abierta, se ha encontrado con tres o cuatro palabras interesantes. Palabras como «López», «presidente» o, sobre todo, «grabación». Palabras que, en según qué espacios, podrían resultar aún más valiosas que en un periódico.

Pero ahora, en el interior del despacho de la subdirectora, los ruidos de fondo advierten de que la reunión ha terminado. Y, desde luego, lo más interesante sería perderse en la oscuridad, escaleras abajo. Rápido, antes de que nadie te vea. Antes de que el diablo sepa que has estado ahí.

6

Acuérdate de mí

—Hola, Carla, soy Maica.

Silencio, el espacio dubitativo de quien no acaba de reconocer al otro.

—¿Maica?

—Brañas —le aclara—, la jefa de redacción del…

—¡Ah, sí! —la ataja la secretaria general de Comunicación, ablandando de pronto la voz hasta recuperar ese tono de mosquita muerta que todos conocen. Y temen—. Perdona, Maica. Es que me has pillado un poco despistada, y he contestado sin mirar la pantalla. Qué sorpresa recibir tu llamada… Dime, ¿qué tal todo por el periódico? ¿Rodrigo te trata como te mereces?

—Sí, sí, todo muy bien.

—Me alegro de que así sea, Maica. Oye, es que recuerdo que se lo dije, eh, le dije «Rodrigo, esta chica debería ser jefa de redacción…».

Cualquiera que no conozca a Carla Pérez Guerra interpretaría este último comentario como una simple opinión personal que en su momento se le transmitió al director del periódico. Así, sin más. Sí, cualquiera pensaría esto.

Y se equivocaría.

Porque, por supuesto, las cosas no sucedieron así. Maica Brañas, que durante su época universitaria militó en las juventudes del partido, es una de las redactoras jefe del periódico porque en su momento la secretaria general de Comunicación así se lo indicó a Rodrigo Guzmán, el director del rotativo. Y no, no se trataba de una opinión, sino de una recomendación. Una de esas que tanto se parecen a una orden. Tal es el poder de Carla Pérez Guerra. Algo que, como cualquier otro periodista en el país, Maica Brañas también sabe.

—Pues dime, querida, ¿a qué debo el placer de tu llamada?

—Verás, es por el tema de Blue and Green. Ya sabes, toda la historia que estamos cubriendo desde el periódico.

—Ah, sí —asiente Guerra, casi como sin querer, como si la campaña que ella misma puso en marcha le sonase de algo, sí—. Un asunto feo, es verdad… Menos mal que lo estáis cubriendo vosotros, que sois gente de confianza.

—Bueno, pues… Mira, precisamente de eso quería hablarte.

Carla advierte la tensión en la respuesta.

—¿Qué pasa? —de pronto, su voz vuelve a no sonar tan blanda—. ¿Ocurre algo?

—Parece ser que Nuria está dispuesta a abrir una nueva vía de investigación.

Silencio.

—¿Una nueva vía? —definitivamente, Maica detecta cómo la voz de Carla se ha endurecido al otro lado de la línea. La mosquita muerta se ha echado a un lado y ahora es el puño de hierro el que toma el mando de la conversación—. A ver, ¿de qué vía me estás hablando, Maica?

—Antonio López.

Más silencio, y Brañas casi puede sentir el proceso al otro lado de la línea, la manera en la que Guerra está calibrando el calado de la información.

—López —repite—, vaya… De acuerdo, dime, ¿qué ocurre con Antonio?

Guerra ha vuelto a suavizar ligeramente el tono de su voz, tal vez para no intimidar a Maica y asegurarse así de que siga hablando.

—Se ha puesto en contacto con nosotros. Y dice que quiere hablar. Al parecer se ha reunido con el presidente.

—¿Con Aguiar?

—Sí. Y se ve que no ha salido especialmente satisfecho del encuentro.

—Vaya por Dios —murmura Guerra—, qué mala suerte... ¿Y sabes si es de eso de lo que quiere hablar?

—Eso no lo sé. Podría ser de eso, o podría ser otra cosa. Incluso cabe la posibilidad de que no sea él quien hable.

—¿A qué te refieres?

Esta vez es Maica la que guarda el silencio justo, consciente de la seriedad de lo que está a punto de decir.

—Tiene una grabación.

Por un instante, Maica Brañas casi puede sentir la rabia, la intensidad con la que al otro lado del teléfono Carla Guerra aprieta los dientes y maldice en silencio.

Calma. Calma.

—Vaya —responde al fin la secretaria, haciendo un esfuerzo por seguir pareciendo flemática—, esa sí que es una noticia incómoda... Y me decías algo de Nuria, ¿verdad? ¿Sabes si es ella quien está llevando esto?

—No lo sé. Con quien se ha puesto en contacto López ha sido con Salvador Lamas.

—¿Lamas? No me suena... ¿Es de Política?

—No, de Local. Es uno de los veteranos, lo tengo en mi equipo.

—Claro —comprende Guerra—, López no sería tan tonto como para hablar con uno de los nuestros... ¿Y sabes si este... cómo era?

—Lamas.

—Ese. ¿Sabes si tiene algo ya?

—En principio diría que no. López ha hablado con él porque al parecer se conocen de atrás. Del pueblo, o no sé qué historia, esto no lo he entendido muy bien. Pero por lo que he podido escuchar, diría que si López se ha puesto en contacto ha sido más bien para tantear el terreno y ver si se podía concretar un encuentro.

—Comprendo. ¿Y sabes cuándo se producirá ese encuentro?

—Mañana.

—Mañana —repite Guerra, pensativa—. Eso nos deja muy poco margen, ¿verdad? Para intentar hablar con él, quiero decir.

Maica no responde. En realidad ni siquiera cree que el comentario de la secretaria vaya dirigido a ella, sino a sí misma.

—De acuerdo —resuelve al fin Carla—, esto es lo que haremos. Me decías que este hombre, Lamas, estaba bajo tu supervisión, ¿verdad?

—En general sí. En esto en particular…

—Me vale. Tú asegúrate de que mañana lo tienes bien ocupado. Todo el día.

—¿En Local? No sé con qué hacerlo, estos días apenas hay noticias…

—Por eso no te preocupes. Si es necesario, yo misma voy a pelearme con vuestro alcalde para que tengáis algo que cubrir. Pero asegúrate de que Lamas está ocupado. Y de lo otro ya me encargo yo.

—¿De lo otro?

Brañas siente cómo Guerra improvisa una sonrisa al otro lado.

—De consultar con López, a ver qué le ha causado tanto disgusto, por supuesto.

—Claro, por supuesto… Carla, una última cosa.

—Dime.

—Sobre esto que me comentabas al principio, lo de cuando me recomendaste para este puesto…

—¿Sí?

—Como ves, estoy más que preparada. Para seguir ascendiendo, quiero decir. O, no sé, tal vez en breve necesitéis a alguien en Madrid…

Carla Pérez Guerra vuelve a sonreír. Nadie mejor que ella sabe que nada es gratis en la vida, claro.

—Es innegable que te has convertido en alguien muy capaz, es cierto.

—Te agradezco que lo veas, porque, de hecho, me preguntaba si, llegado el momento…

Maica Brañas no necesita completar la frase.

—Caramba, Maica, ¿te has dado cuenta? Diría que se te está poniendo voz de subdirectora…

Maica también sonríe.

—¿Tú crees?

—Desde luego. Tú sigue así, y tal vez incluso empieces a sonar como toda una directora…

7

Habitaciones cerradas, tumbas abiertas

Del mar sube una brisa helada, pero no importa. A pesar del frío, la anciana ha salido al jardín tan pronto como ha visto que el coche entraba en la finca. La tía Chon llevaba mucho tiempo queriendo dar ese abrazo, y esperar en el interior de la casa era esperar demasiado.

—Gael, hijo…

Por supuesto, en realidad ni Gael es su hijo, ni ella es su tía. Una vez, hace muchos años, ella se le presentó así, «Soy la tía de Caitán, la tía Chon», y así le quedó. A ver, también es cierto que las circunstancias ayudaron. Al fin y al cabo, en aquellos años Gael pasaba más tiempo en casa de Caitán que en la suya propia, y Chon supo ver enseguida que al amigo de Caitán, aquel chaval flaco, alto y desgarbado, de pelo siempre revuelto y mirada franca, tampoco le vendrían mal unas cuantas sopas calientes y algo de cariño. De modo que Concepción Novoa, la hermana de Álvaro Novoa, es la tía Chon, y, más allá del brevísimo encuentro en el cementerio, el día del entierro de Álvaro, hacía mucho tiempo que ella y Gael no se veían.

Por eso este ha sido un abrazo largo, sentido, seguido de una breve charla emocionada. «Cómo estás, Qué alegría verte de nuevo, Sabes que esta siempre será tu casa, hijo…». Uf, no, eso no. Como era de esperar, Gael ha sentido ahí una cierta punzada.

A pesar de entender que Chon lo dice desde el cariño sincero, él recuerda que apenas un puñado de años más tarde, tan solo unas cuantas viñetas más abajo en la historia de Gael y Caitán, su amigo aparece dibujado dejándole un mensaje muy claro. «Los cobardes como tú no son bienvenidos en esta casa». Bueno, ni en esta casa, ni en ninguna en la que estuviera Caitán… De manera que no, Gael sabe que, si alguna vez lo fue, desde luego ahora esta ya no es su casa. Pero no, eso no importa ahora. Esta noche, Gael no está dispuesto a dejarse arrastrar por memorias incómodas. Para eso ya está la actualidad. Si Gael está aquí ahora es porque hace un par de días la tía Chon lo invitó a cenar. Todo lo demás es ruido, y Gael se concentra en deshacerse del recuerdo incómodo.

—¿Cómo estás tú, Chon?

Aún en el jardín, los dos inmóviles junto al coche de Gael, la mujer aparta la mirada, de vuelta en dirección a la casa.

—Todavía me parece increíble, hijo…

Deshecho por fin el abrazo, Chon se engancha del brazo de Gael, y ambos pasan al interior. Pero, a pesar de tratarse de una invitación para cenar, una vez atravesado el recibidor no es hacia el comedor hacia donde la mujer avanza, sino en una dirección diferente. Y Gael comprende. No es necesario que la tía Chon le diga nada para adivinar a dónde se dirigen. La dirección que ha tomado la anciana solo puede significar un destino. Al fin y al cabo, y a pesar del tiempo, esta sigue siendo una casa que Gael conoce bien.

Asomada al arenal de Playa América, la casa de la tía Chon —la casa de Álvaro Novoa— era uno de los lugares favoritos a los que escapar cuando los dos, Gael y Caitán, aún eran jóvenes. Y, sobre todo, amigos. En aquella época, Álvaro, el señor Novoa, todavía trabajaba y vivía entre Vigo y Santiago, entre el despacho del bufete y el de la secretaría de Organización del partido, de modo que la casa de la playa casi siempre estaba libre. Y, francamente, esa era una tentación demasiado grande de la cual no había mejor manera de librarse que cayendo en ella.

Fue en aquella misma casa donde don Álvaro y Caitán le propusieron entrar en el bufete. Y, sí, también fue allí donde años más tarde, cuando ya contaba con la confianza y el reconocimiento de Álvaro, Gael le transmitió su intención de dejar el bufete, incómodo por la situación en la que entonces se encontraba con Caitán. No le importaba empezar desde cero, le había dicho, incluso en otro oficio si fuera necesario. Pero no así. Siempre le estaría agradecido a don Álvaro por haberle dado aquella oportunidad, pero la relación con su hijo había llegado a un punto en el que la continuidad de Gael en Novoa y Asociados era insostenible. «Los cobardes como tú». Y, para su sorpresa, había sido allí mismo, en aquel despacho en el que ahora estaban a punto de entrar, donde luego de escucharle con atención Álvaro Novoa le había respondido con la pregunta que menos habría esperado en un momento como aquel.

—¿Qué te parecería trabajar para la máquina? No para una pequeña, como el bufete, sino para una grande. Ya sabes, para la de verdad…

«Para la de verdad», había dicho. Trabajar para la Administración… Gael todavía recuerda la sonrisa divertida de don Álvaro al otro lado del escritorio cuando la tía Chon enciende las luces del despacho, ahora vacío en silencio.

—A veces aún creo oírlo aquí —murmura a sus espaldas—, trasteando en sus papeles. Como siempre…

Pero en el despacho no hay nadie. Las ventanas están cerradas a cal y canto, y tan solo las lámparas del techo, dos arañas de bronce, llenan la estancia de una luz amarillenta que hace brillar las maderas nobles de la mesa, las sillas, las estanterías… Sí, a pesar de todo, de errores y distancias, de silencios y vergüenzas, Gael también percibe la ausencia inmensa de Álvaro Novoa.

—Te entiendo bien, Chon. Debe de ser durísimo vivir aquí sin él.

La hermana de Álvaro no responde. Tan solo se limita a barrer con la mirada el despacho, tan grande sin su hermano.

—Lo tienes ahí —indica al fin—, encima de la mesa.

Gael lo ve. En efecto, en el centro del escritorio descansa un sobre, un envoltorio de color carne.

—¿Lo dejó él ahí?

—No. Ya te lo dije, Gael —le reprende, casi como lo haría una madre cansada de repetir las mismas cosas a un hijo despistado—. Me lo encontré hace unos días, mientras hacía un poco de orden. Estaba en uno de los cajones. A saber qué más habrá todavía por ahí…

Gael vuelve a observar la mesa. A excepción del sobre, puesto ahí por la hermana de Álvaro, el resto parece que está dispuesto de un modo más o menos semejante a como sin duda lo habría dejado el señor Novoa. Y sí, Chon está en lo cierto. A ambos lados de la mesa se amontonan pilas de papeles, carpetas, documentos… Gael rodea el escritorio hasta situarse junto al sillón de don Álvaro y, con cuidado, abre ligeramente uno de los cajones. Artículos de escritura, una caja de puros, más papel, los estuches de un par de plumas, sobres en blanco… Toda una vida.

—Seguro que tú sabrías hacerlo —comenta la mujer.

—¿El qué?

—¿Pues qué va a ser? Poner orden en todo esto, hombre. Yo no sé ni por dónde comenzar y, además… No me veo capaz. No puedo —resuelve, compungida—, no puedo.

Gael vuelve a observar las pilas de documentos.

—Podría tratarse de papeles importantes —sugiere la tía Chon.

—Podría. Pero, sinceramente, no creo que me corresponda a mí hacerlo, Chon. Y…

—¡Oh! —lo ataja ella con un ademán incómodo—. ¿Y quién se debería encargar entonces, eh? ¿Caitán, acaso? Por favor, Gael… ¿Es que ya has olvidado cómo es ese muchacho? Es mi sobrino, y solo por eso tengo que quererlo. Pero…

La mujer se calla, con el gesto torcido en una arruga incómoda.

—Tú lo sabes, Gael. Hace años que Caitán... No —resuelve—, con él ya no se puede contar para nada. Tú lo sabías, su padre lo sabía y yo también lo sé.

Sí, Gael lo sabía. Eso, y unas cuantas cosas más. Como que el hijo de Álvaro Novoa dejó de ser una buena compañía muchos años atrás. Gael lo sabe, pero desconoce cuánto es lo que sabe Chon, y comprende que lo mejor es no seguir por ese camino.

Decidido a zanjar la cuestión, coge el sobre con su nombre y se dispone a dirigirse hacia la salida del despacho. Pero sin prisa. Gael se toma su tiempo, sabiendo que tal vez sea la última vez que está en esa habitación. Se acerca al mueble que cubre toda la pared a su derecha, una enorme librería de nogal, y, a la vez que desliza los dedos por el canto de los estantes, pasea la mirada sobre las decenas de objetos, piezas, placas, figuras que abarrotan cada anaquel. Y ahí está de nuevo Álvaro, devolviéndole la mirada desde las decenas de fotografías que se asoman a cada rincón.

Imágenes recogidas en todo tipo de marcos, salpicados por todo el mueble, en las que Gael reconoce a Álvaro en distintos momentos de su vida. Algunas son escenas familiares. Álvaro con su mujer, muchos años atrás. Álvaro con un jovencísimo Caitán, ambos sonrientes. En otras, Álvaro es más el señor Novoa, fotografiado en compañía de otras autoridades, políticos, celebridades...

—Nunca me había fijado en esta —sonríe—. Es... ¿Julio Iglesias?

Chon también sonríe.

—Todo él. No se le reconoce bien porque está de medio lado, más preocupado por una chica guapa que no sale en la foto que por mi hermano...

La sonrisa pícara delata a la tía Chon.

—No me digas más. ¿Por ti?

Chon se recoge en un cierto acceso de coquetería.

—Por supuesto —le confirma—. Aquí donde me ves, a punto estuve de robarle el corazón a Julio. Al final me ganó la Preysler, pero... ¡le fue por un pelo!

Gael también sonríe.

—No lo dudo.

Continúa el paseo por la memoria fotográfica, y ahí vuelve a aparecer. Don Álvaro con el anterior monarca, con el papa en una de sus visitas a Santiago, con varios presidentes del Gobierno… Hombres, mujeres…

Hombres…

… Y mujeres.

Es entonces cuando Gael recuerda algo.

—Chon…

—¿Sí, hijo?

—Álvaro enviudó muy pronto, ¿verdad?

—Desde luego. Fue en el año ochenta y dos. Mira, aquí está…

La anciana también se acerca al mueble y coge una de las fotos, aquella en la que Gael también se había fijado antes. En ella, un Álvaro aún joven aparece junto a una mujer, probablemente de su misma edad, los dos sentados a los postres de alguna comida o cena, riéndose con la atención puesta en algo que permanece fuera del cuadro.

—Mírala —murmura Chon a la vez que roza con el dedo la imagen de la mujer—, la pobre Ángela…

Silencio. Y cariño. Gael observa a la anciana, y comprende que para ella se trata de un recuerdo cargado de cariño.

—Fue un cáncer fulminante, hijo, la pobre Ángela no tuvo ni la más pequeña oportunidad. En aquel momento Caitán apenas era un niño, criatura… Alguien tenía que hacerse cargo, así que fue entonces cuando decidimos que yo me vendría a vivir con ellos, claro. Y… hasta hoy.

—Comprendo… ¿Y nunca más volvió a tener ninguna relación? Quiero decir, algo serio, estable.

—¿Mi hermano?

Sorprendida por la pregunta, Chon aprieta los labios en un gesto de concentración.

—Pues… No, yo diría que no.

—¿Ninguna?

—Caramba, hijo, no sé qué decirte… A ver, yo me imagino que sí, que algo habrá tenido. Al fin y al cabo, mi hermano aún era joven cuando Ángela falleció, de manera que sí, claro, supongo que sí, que sus cosas habrá tenido. Pero vamos, que, estable, como tú dices, así, algo serio, no, eso seguro. ¿Por?

Pero Gael no responde a la pregunta de Chon.

—Qué curioso, ¿no?

—Bueno —la anciana encoge los hombros—, yo tampoco diría tanto. Ten en cuenta que, como él mismo decía, después de Ángela, Álvaro no se casó con nada más que no fuese la política. Y el compromiso con el país, claro.

Gael sonríe con amargura. Puede que eso fuera cierto, pero él sabe que Novoa también se había comprometido con unas cuantas cosas más. Y, desde luego, ninguna de ellas tan nobles ni elevadas como esas que ahora evoca su hermana.

—Y, de entre esas posibles relaciones… ¿sabes si conocía a alguien que se llamase Ariana?

Chon entorna los ojos.

—¿Ariana, dices?

—Sí, ¿te suena de algo ese nombre? ¿Sabes si Álvaro conocía a alguien que se llamase así?

La mujer vuelve a concentrar la expresión y permanece por un buen rato en silencio, haciendo memoria.

—Pues…

Más silencio.

—No —responde al fin—, yo diría que no. O, vaya, no sé si mi hermano conocía a ninguna Ariana, pero, si lo hizo, desde luego a mí nunca me habló de ella, de modo que…

Gael también aprieta los labios, pensando que tenía que intentarlo.

—No, diría que yo no sé de ninguna Ariana —concluye la mujer—. Si no es la del laberinto, claro…

Apenas unos minutos después, ambos se sentarán a la mesa del comedor y harán que la cena se convierta en un paseo por la memoria, un recorrido por la ausencia del hermano perdido que Chon necesita hacer junto a alguien que la escuche. Un desahogo. Acompañándose el uno al otro, recordarán, reirán, llorarán. Serán incluso permisivos con ciertas lagunas en la intachable honradez de una biografía que, a decir verdad, no encaja con la realidad que Chon intuía y Gael conocía. Esta noche la necesidad será otra. Rememorar al hermano y al mentor. Pero, entre recuerdo y recuerdo, una pregunta incómoda comenzará a abrirse camino en el pensamiento de Gael.

¿Qué hay en el sobre?

¿Qué es lo que Álvaro ha dejado para él?

El viaje de regreso a Santiago es largo, demasiado como para esperar. Por fin en el coche, Gael lo abre.

En el fondo, Gael, nunca se trató más que de una sola cuestión. Poder, poder absoluto. Hacíamos y deshacíamos, establecíamos acuerdos con unos y acabábamos con otros. Levantábamos negocios, hundíamos los que no nos interesaban, y vuelta a empezar… Por supuesto, no voy a pedirte que no me juzgues. ¿Cómo no hacerlo, si sé que más temprano que tarde todo esto saldrá a la luz? Por supuesto que me juzgarás. Al fin y al cabo, yo mismo lo he hecho, y tú también lo harás, claro que sí. Tan solo te pido que, cuando llegue el momento, lo hagas de la manera correcta. A mí, y a todo lo que hicimos. Porque estos días oirás, si no lo has hecho ya, muchas cosas sobre mí, sobre nosotros. Leerás que éramos unos ladrones sin escrúpulos, unos sinvergüenzas arrogantes… Unos «chorizos», como tanto se jalea ahora. Pero no es verdad. O, si lo es, no es eso lo más importante. No te dejes engañar, Gael. Porque una cosa es el dinero y otra muy distinta, mucho más compleja, es el poder. Y, para este poder del que te hablo, el dinero tan solo era un elemento más del escenario…

Supongo que sabes a qué me refiero, ¿verdad? De esto es de lo que se trataba. De hacer, de lograr, de continuar. De ser nosotros, de estar, de mantenernos en el poder. Y, sobre todo, de ganar. Ganar dinero, sí. Pero también ganar poder, capacidad, presencia. Había que ganar, hasta llegar a la única cantidad que realmente importa, que, ¿sabes cuál es, Gael? Todo. Todo, Gael, de eso se trató siempre. De alcanzarlo todo, de cubrirlo todo, de controlarlo todo. De tenerlo todo.

Pero también todo acaba… Y desde hace un tiempo observo que es nuestra carrera la que llega a su fin. El mundo está cambiando, amigo. En nuestra época, sencillamente hacíamos, y parte de nuestro poder también estaba ahí, en decidir cómo permanecer. En nuestro caso, la decisión siempre estuvo clara: pasar lo más desapercibidos posible. Éramos invisibles, nadie tenía por qué saber que estábamos ahí. Pero ahora las cosas ya no son así. Nos han descubierto, la mediocridad de las nuevas generaciones aupadas a la dirección ha provocado que los demás hayan reparado en nuestra presencia. Y toca justificarse… De ahí el miedo. Pero, ojo, que no te hablo del nuestro, sino del de los demás: no hay como generar un problema que nos produzca miedo para necesitar una solución que nos alivie. Y, si aspiras a presentarte como esa solución, ¿quién mejor que tú para fabricar el problema? De manera que sí, vienen días de miedo, de alarma. Eso es lo que le dicen a la gente. Lo que le venden… Vamos a asustar al mundo, a aterrorizarlo con el caos inminente. Aun cuando ambos, tú y yo, sabemos que no es verdad. Este mundo, viejo y asqueroso, no se va a ir al garete mañana. Ellos no se lo podrían permitir… Pero, asustada, la gente no lo sabe, y siempre habrá imbéciles dispuestos a comprarles todo este pánico. Vienen tiempos en los que todo vale, Gael… Y ahora es cuando debemos empezar a afinar el juicio. Sobre todo, tú.

Porque tampoco querría que pensaras que tu viejo amigo Álvaro era estúpido, muchacho. No, yo lo vi venir, lo vi venir, Gael. Todas estas voces nuevas, todos estos nuevos objetivos. Aunque al final fingí mirar en otra dirección, al instante supe que ya no habría nada que hacer. El partido, sin ir más lejos, ya nunca volvería a ser el mismo. De pronto, aquel partido, el mismo que yo había ayudado a levantar con mis propias manos, se había convertido en «el viejo partido». Ya habíamos empezado a morir… Y sé que lo comprendes, porque tú también lo viste. ¿O por qué otra razón, si no, decidiste irte? Tenías problemas con Caitán, lo sé. Pero en el fondo, esos problemas no eran sino otro síntoma de esto que te digo. Una enfermedad nueva dentro de otra enfermedad, vieja y prolongada.

¿Y ahora debo echarme a un lado?

No…

Mira, Gael, esto que te voy a contar no lo sabe nadie, ni siquiera mi hermana. Y no habrá ninguna necesidad de que nadie lo sepa una vez que lo descubras. Pero lo cierto es que estoy enfermo. No hagamos un drama de esto, que ni mi enfermedad es lo importante, ni esto es un culebrón de tres al cuarto sobre reflexiones baratas al final de una vida. Tan solo te lo digo para que me comprendas, porque de no haber tomado esta decisión tampoco me quedaría demasiado tiempo. Lo único que importa a este respecto es que yo lo sé y ahora tú también. De modo que, así las cosas, dime, ¿acaso crees que alguien como yo estaría dispuesto a pasar sus últimos días de semejante manera? Callado, apartado, relegado... ¡Amenazado, incluso, por ese imbécil de Cortés! No... Yo no he vivido como he vivido, Gael, siendo una autoridad, un capitán, para acabar ahora arrinconado como un armario viejo, a merced de las voluntades de gente a la que ni respeto ni sé a quiénes respetan.

Así que, como a estas alturas ya sabrás, he tomado una decisión, de tal manera que para cuando leas estas líneas yo ya no estaré aquí. Sí, me voy. Pero lo hago de la manera correcta, sin ceder a ningún chantaje, a ninguna amenaza. Y, aunque nada más sea por última vez, sin renunciar a ese mismo poder.

Gael, yo quiero pensar que a lo largo del camino he aprendido algo, que he adquirido algún tipo de sabiduría. Y por eso, como cualquier otro hombre sabio, incluso al final me queda espacio para la duda... ¿Qué hacer con todo lo que no soy yo? Como ya habrás deducido, aquí es donde entras tú, en este hilo que estoy a punto de dejar en tus manos. Siempre he confiado en ti, en tu criterio. Y, aunque yo tengo una decisión tomada, los dos sabemos que en esta vida no todo es o blanco o negro. La cuestión está más bien entre el gris oscuro y el negro, ¿verdad? Pues bien, Gael, este es el último ejercicio de ese poder del que te hablaba. Siempre he pensado que eres una persona capaz e inteligente. Creo que serías un digno sucesor... ¿O tal vez no? Dejemos que sean, pues, las circunstancias quienes decidan. Dejemos que sea el viento el que decida si esta carta acaba en tus manos o no. Dejemos que sea tu sagacidad la que se manifieste. Y, sobre todo, permite que te haga una última pregunta: ¿estás listo para tomar una decisión?

Gael, prenderle fuego al mundo o no hacerlo, eso no tiene ningún mérito. Lo puede hacer cualquier dios caprichoso. Lo verdaderamente generoso es poner ese mismo fuego en manos de un hombre, y observar qué hace el mortal con este nuevo poder. Y sí, puedo comprender que tal vez a ti no te parezca justa esta intromisión en tu propio viaje. Pero dime, muchacho, ¿qué clase de héroes seríamos si nadie nos pusiese a prueba?

Divirtámonos un poco, hijo. Que empiece el circo…

Gael ha leído el texto entero nada más subirse al coche, y lo ha vuelto a hacer apenas unas horas más tarde, después de pensar en él durante todo el trayecto de regreso a Santiago. Desconcertado, tanto por el mensaje en sí mismo como por las preguntas que Álvaro le plantea, no deja de darle vueltas. A la luz de su salón, tanto más generosa que la del coche, analiza la carta con más detalle. El texto está escrito en un folio de color hueso. Gael recuerda la resma de hojas que encontró en el interior del escritorio, al abrir el cajón. Sí, es el mismo tipo de papel. Escrito a mano, la letra de Álvaro Novoa es inconfundible. Pequeña, apretada y, sobre todo, antigua. Nada en el trazo delata algún tipo de estrés, de nerviosismo por parte del redactor. Bien al contrario, el trazo es fino, casi delicado. La letra pausada de un hombre que sabe lo que quiere decir… Y a Gael no deja de sorprenderle. La fecha… Al fin y al cabo, se trata de la letra de un hombre que está a punto de reventarse el pecho con el disparo de una escopeta de caza. Un hombre que, en los últimos instantes de su vida, se detiene para arrojarle a Gael una serie de preguntas. Así, de manera directa, casi grosera. Como quien lanza un desafío. Pero… ¿A qué se refiere Novoa cuando le pregunta si está listo para tomar una decisión? ¿Una decisión… sobre qué? Gael vuelve a releer el final de la carta una vez más. «¿Qué clase de héroes seríamos si nadie nos pusiese a prueba?». ¿Héroes? ¿Pruebas? Por favor, ¿pero qué tipo de locura es esta? Y, sobre todo, ¿esto es lo que Novoa entendía por divertirse? ¿A qué clase de circo se refiere?

8

Dios ahoga

Martes, 7 de noviembre

Cuando Julia, la secretaria de Malena, regresa al despacho con la bandeja del café, nada en el escenario hace presagiar la tensión que está a punto de vivirse entre esas cuatro paredes. Mientras despliega el servicio sobre la mesa baja de cristal, entre el sofá y los sillones de piel, todo son caras amables, sonrisas y charla intrascendente sobre la bonanza del tiempo. Por lo menos entre la directora de la Oficina del Xacobeo y el señor Cortés. Quien, por cierto, ayer por la mañana ni siquiera aparecía en la agenda de la directora. Y sin embargo ahí está: desde uno de los extremos del sofá, Juan Antonio Cortés, el presidente de NorBanca, recibe su taza con una sonrisa agradecida, amable. Distinguida. Julia reconoce el aire enseguida, y no, a ella no la engaña. Al fin y al cabo, ha visto muchas más veces esa misma elegancia, la de la superioridad que tan bien sabe disfrazarse de cercanía.

Desde el otro extremo del sofá, su jefa, que desde luego jamás ha tenido esa capacidad, también toma el platillo con la taza de café a la vez que le indica que ya se puede retirar. Gracias, Julia. Ah, y no me pases ninguna llamada, por favor. Señal inequívoca de que Malena Bastián tiene mucho interés en hacer que su visita se sienta halagada.

Tan solo al dejar la última taza ante el marido de la directora, a Julia le parece detectar algo extraño en el rostro del señor Novoa, sentado en uno de los sillones laterales. Parece… ¿incómodo? A ver, tampoco es que haya nada en su expresión que no haya visto otras veces. Al fin y al cabo, ese hombre siempre anda con cara de que el mundo le haya molestado solo por existir. Pero hoy… Hoy, no sé, Julia, hoy parece otra cosa. Tal vez no sea nada, es verdad, pero por un instante la secretaria ha tenido la sensación de que el señor Novoa estaba especialmente incómodo. Al salir, ha aprovechado para lanzarle una mirada rápida justo antes de cerrar la puerta. Y juraría haberle visto tragar saliva…

—Deja que te dé las gracias una vez más por recibirme tan rápido, Malena.

—No, por favor, ya le he dicho que no hay de qué, señor Cortés.

—Toto, por favor —ofrece el banquero desde una sonrisa amable a la vez que se acerca el pocillo a los labios.

Malena sonríe, halagada por la oferta de confianza.

—De acuerdo —acepta—, Toto. Le… Te confieso que me sorprendió un poco saber que tenías tanto interés en que Caitán nos presentase. Pero, bueno, supongo que, teniendo en cuenta todo lo que tenemos por delante…

Malena pronuncia ese «todo lo que tenemos por delante» asegurándose de que su interpretación sea lo más amplia posible.

—Pues nada, tú dirás entonces, Toto. ¿Qué podemos hacer desde esta oficina por vosotros?

Malena formula su pregunta con una sonrisa en los labios, y, al escucharla, Cortés arquea una ceja en un ademán ambiguo mientras apura el último trago de su café.

Pero no responde.

Extrañada, la mujer mantiene la sonrisa a través de un silencio que, francamente, empieza a hacerse un pelín largo, quizá ya incluso incómodo.

Y se esfuerza por seguir manteniéndola cuando Cortés, que definitivamente parece no tener ninguna prisa por responder, deja el platillo con la taza de café sobre la mesa.

Aún sin dejar de sonreír, Malena ha empezado a pensar en lo extraña que le resulta la situación cuando, por fin, Toto le devuelve la mirada.

Es justo en ese preciso momento cuando una idea cruza la cabeza de la directora a toda velocidad. Es nada más un pensamiento fugaz, como un aviso, la luz roja que, por apenas un segundo, ha parpadeado en el cuadro de mandos para advertirle que, quizá, la presencia de Cortés en su despacho tal vez sea más peligrosa de lo que en un primer momento había imaginado. Incómodamente, también es en ese momento cuando Malena Bastián cae en la cuenta de que todavía sigue esforzándose por mantener esa sonrisita estúpida en la cara. La misma sonrisa que, ahora lo va comprendiendo, quizá tampoco sea el mejor vestuario para la escena que está a punto de desatarse.

—Verás, Malena…

Toto habla despacio, sin prisa. Pero Malena no ve nada. En lugar de continuar hablando, Toto Cortés se toma ahora su tiempo para limpiarse los restos inexistentes del café, apenas rozándose los labios con la tela de la servilleta.

—Te agradezco muchísimo el ofrecimiento. Y sí, claro, estoy seguro de que tu oficina y mi banco seguirán haciendo negocios juntos. Pero, la verdad, esta vez no he venido para hablar de eso.

Incómoda, quizá incluso algo preocupada, Malena intenta mantener la compostura. Sin demasiado éxito, todo hay que decirlo. Porque, de poder verse en un espejo, ahora mismo la directora de la Oficina del Xacobeo comprobaría que la sonrisa congelada ha demarcado en una mueca ridícula.

—Ah… ¿no?

—No —le confirma el banquero—. Verás, querida, si te he pedido esta reunión así, con estas urgencias y en presencia de tu marido, no era tan solo para que él nos presentara, sino más bien para ver si tú me puedes echar una mano con él.

Maldita sea… En el fondo lo sabía, Caitán sabía que esa reunión, tan precipitada como ineludible, no podía significar nada bueno. Pero, claro, no podía decírselo a su esposa, tan emocionada ante la insistencia de Toto Cortés por conocerla. Lo sabía, maldita sea, no podía tratarse de nada bueno...

Y ahora ya es tarde.

Malena cruza una mirada rápida con él y, a pesar de la fugacidad, a la mujer le basta un segundo para percibir la gravedad en la expresión de su marido. No, Malena, definitivamente las cosas no parecen marchar bien. Pero espera, porque están a punto de ir mucho peor...

—Sucede que, a pesar de nuestras inmejorables intenciones de trabajar juntos y, por qué no decirlo también, de los maravillosos planes de futuro que tenemos para vosotros, aquí nuestro amigo Caitán parece empeñado en no querer hacernos caso, Malena. Y, lo que es peor —añade, como si tal cosa—, en tratarnos como si fuésemos imbéciles.

Malena pestañea un par de veces.

—Perdona, ¿cómo has dicho?

—Lo que has oído —responde Cortés, aún desde la más preocupante de las tranquilidades.

Al otro lado del sofá, Malena Bastián, tensa, no deja de mirar a ambos hombres. Ahora a Caitán, ahora a Cortés. Ahora a uno, ahora al otro. Pero ninguno dice nada, y a estas alturas la expresión de Malena ya se ha convertido en una mueca absurda, un cruce de incomprensión y preocupación.

—Caitán —lo interpela al fin—, ¿qué es lo que ocurre?

Pero Caitán sigue sin responder. Incomodísimo, intenta recobrar algo parecido al control de la situación. Un control que, a decir verdad, en ningún momento ha tenido.

—Toto, de verdad, no creo que esto sea necesario...

Cortés niega en silencio, dejando claro que no está dispuesto a atender el ruego de Caitán.

—Lo que ocurre, Malena, es que tu marido tenía unas órdenes muy claras. Pero, por la razón que fuese, parece no habernos tomado muy en serio.

Silencio, tenso y cargado.

—Dime, Caitán —prosigue Cortés—, ¿acaso te he causado una impresión errónea? ¿Te he confundido, tal vez? No sé, quizá no me expliqué con la suficiente claridad el día que nos conocimos…

El lenguaje corporal de los dos hombres no puede ser más diferente. Mientras Toto Cortés permanece cómodamente sentado en el sofá, recostado contra el respaldo y con las piernas cruzadas, Caitán Novoa se mantiene en tensión, las manos aferradas al extremo del reposabrazos y un movimiento nervioso en el talón derecho, arriba y abajo, arriba y abajo.

—Toto, ya te lo he dicho, tengo la situación controlada. Estoy haciendo todo lo que me pedisteis. Pero tienes, tenéis que comprender que no es tan sencillo. Después de tantos años esta gente ha hecho contactos de todo tipo. Es un entramado complejo, y por eso atacarlo me está resultando un poco más costoso de lo que me gustaría. Pero te digo que lo tengo controlado. Tan solo es un problema de ratas en las bodegas…

Impasible, es a Caitán a quien Toto le mantiene ahora la mirada.

—¿«Ratas», has dicho?

—Sí.

Cortés asiente en silencio.

—Claro. Y entiendo que por «ratas» te refieres, por ejemplo, a todo ese enjambre de pequeños empresarios dispuestos a pagar con regalos y comisiones cualquier pequeña concesión…

—Por ejemplo, sí.

—Ya… Como toda esa historia que has montado en la prensa, ¿verdad? Todo ese asunto alrededor del fantasma de Blue and Green, ¿me equivoco?

—No, claro que no te equivocas.

—Ya veo… Pero entiendo que el concepto de «ratas» abarca un catálogo más amplio de posibilidades, ¿verdad? Me imagino, sin ir más lejos, que ratas también serían todos esos comisionistas de los que, por otro lado, tanto he oído hablar últimamente… Doy por sentado que vosotros también sabéis a qué me refiero, ¿verdad? —Toto no espera respuesta—. Historias como la de aquellos dos tipos que, al parecer, se llevaron hace unos años una tajada verdaderamente descomunal gracias al gol que les metieron a los del Ayuntamiento con la venta de material sanitario de primerísima necesidad justo en los días más duros de la pandemia…

Nadie dice nada.

—¿Qué ocurre? ¿De verdad me vais a decir que no sabéis de qué os hablo? Vaya, pues me sorprende, porque, sinceramente, en aquella operación a mí me pareció ver la mano de Nevís y Climent.

Tensa, más nerviosa cada vez, Malena busca la mirada de Caitán. Una torpeza, claro, que no pasa inadvertida a Cortés.

—Oh, vaya —comenta—, veo que tal vez sí sepáis de qué os hablo…

—Mira, Toto —se revuelve Caitán—, yo lo que no sé es a qué viene esto ahora. Ni mi mujer ni yo tenemos nada que ver con el Ayuntamiento.

Cortés sonríe, sinceramente divertido ante la respuesta de Caitán.

—Oh, no —le responde—, claro que no… Si no es por un pequeño detalle. Porque, tal como ayer mismo me confirmó el alcalde, justo después de que yo le explicara que estoy considerando muy seriamente la posibilidad de recalcular al alza los intereses de ciertos créditos que el Ayuntamiento mantiene con el banco, parece ser que si en su momento accedió a negociar en aquellas condiciones, aceptando el pago de unas comisiones tan desproporcionadas, fue porque así se lo había indicado la persona que había servido de puente entre el alcalde y los señores Nevís y Climent. O sea, tú.

Más silencio.

—Y, por cierto, ahora que lo recuerdo: el alcalde… ¿no es uno de tus antiguos compañeros de facultad, Malena? Por favor, corrígeme si me equivoco.

Pero Malena no se atreve a responder nada. Por supuesto, hace ya un buen rato que ha comprendido que en la habitación es Toto Cortés el dueño de todo el control.

—Vale, de acuerdo —concede Caitán—, es cierto. Yo fui quien facilitó ese encuentro. Pero es que me estás hablando de

Ximo Climent y Pablo Nevís, Toto. Y esas no son ratas, Cortés. O, sí —se corrige—, vale, lo son. Pero desde luego no unas ratas cualquiera. Me estás hablando de gente que lleva mucho tiempo aquí. Y, joder, Toto, ellos también han hecho mucho por nosotros. De hecho, nadie en el partido entendería que nos deshiciésemos de ellos así, sin más. No podemos darles una patada así como así.

De pronto, la expresión de Cortés se ha vuelto dubitativa. Exageradamente dubitativa.

—Vaya… He de reconocer que, por un momento, cuando has dicho eso de «nosotros», no he tenido muy claro a quién te referías. Si al partido… o a vosotros dos.

—Sabes que te estoy hablando del partido.

—¿Estás seguro? Porque, puestos a decir la verdad, yo siempre he pensado que vuestro interés estaba más bien en lo personal. O, hablando en plata, que es el idioma en el que todos nos entendemos, en las enormes comisiones que os habéis estado llevando de cada acuerdo, de cada concesión y hasta de cada contacto.

—Toto —vuelve a intentarlo Caitán—, no podemos hacer las cosas de cualquier manera, esta gente…

Pero Cortés no le deja continuar.

—¿Qué es lo que me vas a decir? ¿Que son peligrosos? Claro, porque luego está todo ese asunto tan incómodo de tu amiguita, ¿verdad, muchacho?

Malena vuelve a ponerse en alerta. ¿A qué se ha referido Cortés?

—¿De qué amiguita…?

Toto la observa, con aire casi divertido.

—Pero, bueno, ¿qué clase de pareja sois vosotros, que nos os contáis nada? ¿Qué pasa, Caitán, que tampoco le has dicho a tu mujer que lo de la paliza a Olivia Noalla fue cosa suya?

Esta vez, Malena se lleva las dos manos a la boca, como si necesitara ahogar algún grito que, por supuesto, no habría dado. ¿Y a santo de qué lo iba a hacer? En el fondo, Malena siempre lo sospechó: en la muerte de Olivia había algo más.

—De modo que ahora te preocupa eso, ¿eh? Lo violentos que puedan ser tus amigos… Pues sinceramente, Caitán, quizá deberías haberlo pensado antes. No sé, tal vez cuando, por ejemplo, dejabas que te llenasen los bolsillos a cambio de entregarles la concesión de todos y cada uno de los actos de campaña que organizaban desde una empresa llamada Blue Circus. Que, por si no lo sabías, Malena, es otra de las empresas de Pablo Nevís. ¿O qué me vais a decir ahora, que tampoco sabéis de qué os estoy hablando? Vaya, pues igual resulta que sí, que los dos sois igual de tontos, y habrá sido otro el que se ha estado llevando las comisiones millonarias de esa gestión. Pues nada, ya me encargaré de ajustar cuentas con quien quiera que haya sido esa otra rata. Porque, ¿sabéis qué? Os recuerdo que estamos hablando de la gestión de la anterior campaña de Ernesto Armengol. Quien, por si lo habéis olvidado, es ahora nuestro candidato. El mismo, Caitán, para el que se supone que ibas a hacer cierto trabajo de limpieza.

Caitán aparta la mirada, más y más incómodo cada vez.

—Pero no pasa nada —continúa Cortés—, si tú me dices que no has sido tú, no has sido tú. Es cierto que se parece mucho a aquel negocio que había iniciado tu propio padre, como también lo es que en el momento del que te hablo el viejo Novoa ya llevaba unos años jubilado. Pero no se hable más, si tú me dices que no has tenido nada que ver, yo te creo. Como sin duda supongo que tampoco habrás tenido nada que ver en el asunto de Sanitex.

Mierda… No, esto sí que no se lo esperaba. Caitán Novoa no se imaginaba que Toto Cortés supiera nada de esto.

—¿Qué ocurre, muchacho? Que no te imaginabas que tu amigo Toto supiera nada de esto, ¿verdad? —Cortés sonríe con desgana—. Mira, qué casualidad, una vez más vuelves a coincidir con las formas de tu padre…

—No veo que tiene que ver mi padre en esto…

De pronto, Toto endurece su expresión.

—Tiene que ver, Caitán, porque, al igual que tú, él también hacía y deshacía a su antojo, pensando que nadie podía ver lo que hacía en la oscuridad. Pero, como él, tú también has olvidado un detalle sin duda importante: nosotros somos la oscuridad.

Molesto, Caitán vuelve a apartar la mirada, intentando disimular una maldición entre dientes. Pero nada de esto afecta a la determinación de Cortés.

—Por si tu maridito tampoco te ha hablado de esto, no te preocupes, Malena, que yo te lo explico. Resulta que Sanitex es otra empresa, en este caso propiedad del señor Ximo Climent, a la que Galsanaria ha adjudicado la explotación de todos los servicios de hostelería, lavandería y hasta de las máquinas expendedoras del nuevo hospital. Y todo a través de un concurso cuando menos poco transparente, apenas publicitado, por decirlo de una manera elegante. ¿Qué nos vas a decir, Caitán? ¿Que en esta ocasión tampoco sabías nada al respecto? Porque juraría que aquí el único gerente de Galsanaria eres tú, muchacho, ¡tú!

—¡Vale, sí! —contesta Caitán—. Sí, de acuerdo, lo admito, es cierto, hemos hecho negocios con ellos. Pero ¿qué más os da a vosotros? A ti y a toda la gente que representas. Constructores, inversores, banqueros… Sabes de sobra que la tajada más grande os la llevasteis vosotros. Y en este caso, en el del nuevo hospital, estamos hablando de un negocio de casi ciento cincuenta millones de euros. Ciento cincuenta millones, Toto, cuando el presupuesto inicial era de poco más de cuarenta. ¿De verdad es necesario decir quiénes se han repartido esos más de cien millones?

—Muy bien —responde Cortés—, muy digno por tu parte. Por un momento casi me convences y todo, tú y tu acceso de dignidad. Pero te lo puedes ahorrar, Caitán. Porque tú sabes tan bien como yo que aquí nadie saldrá del baile con la ropa limpia.

—Toto, señor Cortés —titubea Malena—, yo no…

Malena se detiene, pero no porque haya cambiado de opinión, sino porque, de repente, Toto Cortés se vuelve hacia ella. Y no, su expresión no es ni de lejos la más amable. Bien al contrario, podría haberla fulminado con la mirada allí mismo.

—¿Qué es lo que me vas a decir ahora? ¿Que acaso tú sí estás limpia de cualquier pecado? ¿Que eras la única en todo este sainete que realmente no sabía nada?

Toto asiente en silencio, sin dejar de observar a Malena.

—De acuerdo —continúa—, imaginemos que es así. De hecho, aceptemos que eres tan estúpida como aparentas.

—¡Cortés, por favor!

Apenas una mirada de reojo por parte del banquero es suficiente para que Caitán entienda que como más guapo está es calladito. De acuerdo, entendido el mensaje, Cortés vuelve a clavar sus ojos en los de Malena.

—Deja pues que te hable de algo que, en teoría, deberías conocer un poco mejor. Tu propio negociado, ¿te parece bien?

—Mi, mi propio...

—Hablemos de la gestión del pasado Año Xacobeo. Malena, por favor, ¿serías tan amable de aclararme algo?

—Si está en mis manos...

Toto afila algo parecido a una sonrisa.

—¿Acaso podría estar en otras?

Ella prefiere no responder esta vez.

—Me gustaría saber qué ocurre con cierta empresa con la que, según me han informado, lleváis ya varios años contratando con una fidelidad que ya quisieran para sí muchas parejas, querida. Pilgrim Events, se llama. Te suena, ¿verdad? Por lo que he podido ver revisando vuestras cuentas, que, como sabes, también son las de nuestros bancos, lleváis mucho tiempo encargándoles a ellos casi de manera exclusiva el montaje y gestión de la mayoría de los actos relacionados con el Xacobeo. ¿Me dirás cuál es la razón para ello?

—¿Pilgrim Events? Bueno... La verdad es que trabajan muy bien —responde Malena, intentando resultar lo más neutra posible, casi aséptica.

—No lo dudo —asiente Cortés, de pronto con gesto convencido—. De hecho, por lo que cobran estoy seguro de que deben de hacerlo mejor que muy bien. Porque tú, como directora de esta oficina, tienes que saber mejor que nadie que estamos hablando de precios desorbitadísimos, querida, por servicios que, en realidad, apenas deberían tener coste. Y, sin embargo, tú misma has concedido adjudicaciones muy por encima del precio de mercado. Lo cual resulta un poco difícil de entender. A no ser que alguien se esté enriqueciendo con esto, claro.

Ha sido un gesto sutil, de hecho un movimiento tan discreto que nadie más se habría dado cuenta. Pero sí ellos dos: cuando Cortés ha pronunciado ese «alguien», su dedo índice los ha señalado a ambos.

—Resulta que, buscando información al respecto, me he encontrado con que el único administrador de Pilgrim Events es Antonio López, casualmente otra de esas ratas de las que te ordené que te deshicieras, Caitán. Pero tú no lo has hecho porque, en este caso, gracias a su empresa, tu mujer y tú habéis estado llevándoos una serie de comisiones descomunales. No hace falta que intentéis negarlo. Esto es algo que sabéis vosotros, que sé yo, y que, de hecho, no tendría por qué saber nadie más. El problema está en un pequeño detalle…

Toto hace una breve pausa, escrutando las posibles reacciones de Malena y Caitán. Por supuesto, a estas alturas el matrimonio ya tiene más que claro que su única opción es permanecer en silencio. Callar, escuchar… Y rezar por que el temporal no se los lleve por delante.

—El problema —retoma Cortés— está en que sois tan rematadamente estúpidos que lo habéis estado haciendo sacándolo incluso de partidas relacionadas con la promoción del Camino de Santiago previo al Año Xacobeo, en pleno 2020. ¿Queréis explicarme, por favor, cómo se entiende eso?

Evidentemente, y como es de esperar, ni Malena ni Caitán están en condiciones de explicar nada. A veces es mejor quedar callado y parecer corrupto que abrir la boca y confirmarlo.

—¡Por el amor de Dios! —exclama Cortés, ya sin hacer nada por ocultar su enojo—, ¡pero si estábamos confinados! ¿Acaso pensabais que nadie más se iba a sorprender por tantísima facturación alrededor de un año en el que los peregrinos, como media población mundial, no iban a poder viajar? ¿¡En qué cojones estabais pensando?!

Caitán nada más baja la cabeza. Y, desde luego, no será Malena quien se atreva a decir esta boca es mía…

—Pero no, claro, como vosotros sois más listos que nadie, pensasteis que lo mejor era seguir haciendo negocios con vuestro amigo López, ¿verdad? ¡Me cago en la madre que os parió! ¡¿Cómo coño podéis ser tan imbéciles?! ¡¿Acaso tengo que recordaros que la Oficina del Xacobeo depende directamente del Departamento de Presidencia, par de gilipollas?! ¿A qué nombre creéis que vais a salpicar si a algún chupatintas le da por hacerse estas mismas preguntas, par de estúpidos? ¿Acaso habéis olvidado quién era el presidente en el momento en el que vosotros dos negociabais todos estos acuerdos? ¡La misma persona a la que te encargué que protegieras, imbécil de mierda!

Todo en Toto Cortés es furia. Su piel enrojecida, las venas del cuello hinchadas, la rabia en sus ojos. Todo en él es furia, y ni Caitán ni Malena se atreven a decir ni media palabra.

—Escúchame, Caitán —advierte, intentando recuperar algo semejante a la calma—, por lo que ayer me contó Pérez Guerra, se diría que tu brillante idea de la voladura controlada parece no ser tan brillante ni estar tan controlada. De hecho, y gracias precisamente a López, a punto ha estado de salpicar a más gente.

—Toto, yo mismo me encargué de asegurarle a López que no se preocupara, que nunca llegaría a él.

—Pues mira, parece ser que él no lo ve como tú.

—Pero…

—Déjalo —lo ataja Cortés, intentando recuperar la compostura—, déjalo. De eso ya nos encargamos nosotros. Pero, de todo lo demás…

Toto se recoloca el nudo de la corbata y se echa el pelo hacia atrás.

—Escúchame, Caitán, te recuerdo que nosotros teníamos un trato. Pero, como te dije la semana pasada, empiezo a pensar que tal vez nos hayamos equivocado contigo.

Despacio, Toto echa el cuerpo hacia delante, y pasa a clavar sus ojos en los de Caitán.

—Como ves, es mucho lo que nosotros sabemos de ti. Ahora, dime, muchacho, ¿es posible que en realidad tú no tengas nada que ofrecernos?

Caitán mantiene la mirada de Cortés. Pero no responde nada. Y, aunque él todavía no lo sepa, es una lástima. Porque, en realidad, la pregunta de Toto Cortés encerraba muchas más posibilidades que la única que Caitán ha interpretado.

—De acuerdo… Tal vez tu respuesta sea un no, o tal vez sea un sí. Ya lo averiguaremos. Por el momento, consideraos avisados. Si esto se repite, si algo de lo que os he hablado aquí sale a la luz, la próxima vez no habrá palabras.

Toto aún se toma su tiempo para asegurarse de que la amenaza toma peso sobre Malena y Caitán y, por fin, se pone de pie. Sin apenas pronunciar una palabra más, se abotona la chaqueta del traje, se alisa una arruga del pantalón que nadie más ha visto y, de nuevo con la misma calma con la que entró, se dirige hacia la salida del despacho. No es hasta llegar a la puerta, ya con la mano en el pomo pero aún sin abrir, que se vuelve a girar hacia la pareja.

—Creo que a veces se os olvida para quién trabajáis realmente…

Abre la puerta y, sabiendo que al otro lado ya lo observan, de pronto, casi como por arte de magia, tanto la sonrisa como el porte elegante regresan a la expresión de Toto Cortés.

—Ha sido un placer charlar con ustedes. Y no se preocupen, nosotros nos encargamos de liquidar esas cuentas pendientes. —Su sonrisa se hace todavía más grande, más complaciente—. Que por algo somos su banco amigo…

9

Ascensor

Caitán ha tardado en salir del despacho, pero no ha sido por estar ocupado tranquilizando a su mujer. Es cierto que Malena se ha quedado hecha un manojo de nervios, agobiándose a sí misma con una pregunta tras otra. Qué es lo que ocurre, Caitán. En qué lío nos has metido, Caitán. Estamos en peligro, Caitán. Pero no, Caitán no ha ofrecido ni una sola de las respuestas que su mujer habría agradecido escuchar. No ocurre nada, Malena. Ahora no es el momento, Malena. Cállate de una puta vez, Malena. De modo que no, lo más tranquilizador que Caitán le ha ofrecido a Malena ha sido un lorazepam, un vaso de agua y la advertencia de que no se le ocurriese abrir la boca ni para coger aire. Y ni una sola respuesta amable. No, si Caitán se ha quedado en el despacho de Malena unos cuantos minutos más tan solo ha sido para asegurarse de que no volvía a coincidir con Toto Cortés ni el ascensor, ni en el vestíbulo ni en el aparcamiento de San Caetano. Ni tan siquiera en el pensamiento. Caitán ha contado hasta cien y, cuando ha considerado que a estas alturas el banquero ya habría salido hasta de cuentas, él también ha dejado el despacho de Malena, dispuesto a regresar a Vigo y, sobre todo, a no volver a cruzarse con nadie en mucho tiempo.

Ha atravesado las dependencias de la Oficina del Xacobeo, ha cruzado el vestíbulo de la cuarta planta y se ha metido en el ascensor, deseando no tener que cruzar ni media palabra con nadie, así se le apareciera la Virgen en la cabina.

Por eso ha blasfemado cuando apenas unos segundos después las puertas del ascensor han vuelto a abrirse tan solo un piso más tarde. En la tercera planta.

—Hostia puta, no me jodas…

Porque de todas las personas del planeta, de toda la corte celestial y hasta del mismísimo infierno, la última persona con la que Caitán Novoa habría escogido cruzarse es precisamente la que ahora se le ha ido descubriendo delante, al tempo lento marcado por las puertas del ascensor.

—Hola, Caitán. Yo también me alegro de verte.

Si tal cosa fuera posible, ahora mismo Novoa agarraría al destino por el cuello y le daría dos hostias bien dadas.

—Gael…

Es cierto que ambas oficinas, la del Xacobeo y la del CoFi, comparten pabellón en San Caetano, el complejo de edificios administrativos de la Xunta de Galicia. Es cierto que una está en la cuarta planta y la otra en la tercera. Y sí, es cierto que el encuentro siempre es posible. Pero, sinceramente, en este momento tampoco es que Caitán estuviera para demasiadas consideraciones. Y sí, también *es cierto* que tal vez alguien podría pensar que, en el peor de los casos para Novoa, tan solo se trata de un viaje de tres plantas. Pero en San Caetano, como todo en el Gobierno del país, las cosas se mueven a su propio ritmo, mayormente lento.

—Tienes mala cara, Caitán —muy lento—. ¿Acaso te preocupa algo?

Demasiado lento.

Novoa aprieta los labios. Sabe que en realidad Gael apenas ha tenido tiempo de ver si Caitán tiene buena, mala o peor cara. Los dos hombres permanecen el uno al lado del otro, separados por la mayor distancia que les permite la exigua cabina. Y, por supuesto, ambos con la mirada fija en el frente, sobre las puertas del ascensor, un par de chapas de metal dorado que apenas devuelven un reflejo borroso de los ocupantes.

Segundo piso.

—Tú en cambio pareces muy tranquilo, Gael. Lo cual, permíteme que te lo diga, no deja de sorprenderme...

—No me digas... ¿Y por qué no habría de estar tranquilo?

—Bueno, ya sabes, todo ese asunto de Blue and Green, los periódicos... Creo que incluso se habla ya de una nueva operación judicial.

—Ah, eso. Sí, yo también he oído algo... Y, ¿sabes? A veces me pregunto quién podría tener tanto interés en sacudir el pasado de esta forma...

—No sabría qué decirte.

Primer piso.

—De todos modos, a mí lo que me preocuparía mucho más sería esa otra cuestión, Gael.

—¿A qué te refieres?

—A que sean quienes sean los que están, como tú dices, sacudiendo el pasado, lo importante es que parecen estar tomándoselo muy en serio.

—¿Tú crees?

—Desde luego. De hecho, no tienes más que leer el periódico para ver que cada día aparece un nuevo implicado. Y, fíjate qué curioso, los encuentran donde menos te lo imaginarías... Quién sabe, Gael, cualquier día lo mismo aparece un saco de dinero debajo de tu colchón.

Al tiempo que el ascensor comienza a detenerse, Gael se gira hacia su derecha. Y acerca su cara a la de Novoa.

—En ese caso, Caitán, ten por seguro que no pararé hasta averiguar quién coño lo ha puesto ahí.

Planta baja.

10

La fuente nunca es inocente

—Dirigir un periódico no es fácil, Rodrigo. Nunca lo ha sido, eso es cierto. Pero, en estos últimos años…

La voz de Galindo es grave, con ese tono, profundo y pausado, que —él lo sabe— tan bien le sienta a las grandes reflexiones.

—Su puta madre, muchacho. Saber con qué portada salir mañana, esa sí que es una cuestión de Estado.

En realidad no ha dicho nada que merezca ser grabado en mármol, pero Breixo Galindo deja la frase en el aire como si acabara de pronunciar una máxima existencial, aún con el pocillo de café suspendido ante su boca y la mirada extraviada en algún punto indefinido más allá de las vidrieras del restaurante.

En esta época del año, el sol comienza a recogerse con la sobremesa y, con el mar en calma, dibuja todo tipo de reflejos blancos y dorados sobre las olas que vienen, mansas, a morir en el arenal de Combarro. A Galindo le parece que se trata del contraluz perfecto para enmarcar todas esas reflexiones que, a decir verdad, nadie le ha pedido.

—Tú lo sabes —continúa—, estos últimos tiempos están siendo especialmente complicados… Pero también apasionantes para nuestro oficio, ¿verdad? ¿Quién nos iba a decir hace un puñado de años que emplearíamos con tanta cercanía términos como «golpistas», «comunistas» o «filoterroristas»?

—O «Falcon» —deja caer Rodrigo mientras revuelve su café.

Galindo arquea una ceja.

—Sí —admite—, ese también. ¿Te he contado alguna vez que yo volé en el Falcon?

—¿Ah, sí?

—Y tanto. A ver, fue hace años, cuando aún estaba…

—Me lo imaginaba.

Breixo hace grande una sonrisa satisfecha.

—Hombre, claro. El muy cabrón lo usaba hasta para ir a cagar. Anda que no habremos ido a ver unas cuantas finales de Champions con el puñetero avión… Me acuerdo de la de 2016, que al pobre casi le da un infarto con la puñetera tanda de penaltis… Pero sí —vuelve a sonreír, casi con algo parecido a la nostalgia—, eran otros tiempos. Que ya te digo, en realidad el puñetero cacharro es una mierda, eh. Que te subes a él y lo primero que piensas es «Coño, ¿pero esto vuela?». Pero bueno, ya sabes, por algún sitio tenemos que morder…

—Ya, claro…

Rodrigo sabe perfectamente a qué se refiere Breixo Galindo. Por algún sitio hay que morder, siempre. Y si no tenemos por dónde, nos lo inventamos. Que la gente no sabe, y nuestro trabajo es hacer que sepa. Aunque nada más sea lo que nosotros queramos. Pero esa es otra historia. De hecho, una que hoy en día sabe cualquier periodista que trabaje para un gran medio. Y Rodrigo puede ser joven, mucho más que todo un veterano como Galindo. Pero desde luego tampoco nació ayer. Todo esto ya lo sabe Rodrigo Guzmán, y lo sabe bien. Como también sabe que Breixo Galindo, uno de los más importantes e influyentes miembros del consejo de administración del grupo de comunicación al que pertenece el periódico, no ha viajado desde Madrid, ni mucho menos lo ha invitado a comer con tanta irrevocabilidad, para comentar lecciones tan evidentes. De manera que… ¿A qué estamos esperando? Porque, sí, la comida ha ido bien, si por «ir bien» se puede entender el paseo por todo un muestrario de conversaciones absolutamente intrascendentes que lo único que ha provocado es que Rodrigo se sintiese un poco más incómodo a cada minuto que pasaba. Pero todo esto ya está, y el director del periódico siente que se acerca el momento de la verdad.

—Al fin y al cabo —murmura Galindo, indiferente a la inquietud de su acompañante—, los políticos no son nuestros amigos. Eso lo sabes, ¿verdad, Rodrigo?

—Por supuesto, Breixo. Nosotros no debemos tener amigos.

El consejero tuerce el gesto en una media sonrisa, como si no acabara de estar de acuerdo con Guzmán.

—Bueno, en todo caso, si te ves en la necesidad de amigarte con alguien, mejor que sean empresarios. No olvides que los políticos vienen y van, pero los empresarios siempre estarán ahí. Y, seamos realistas, Rodrigo: todo periódico es una empresa, ¿no? Míranos a nosotros mismos, sin ir más lejos… En Madrid están muy contentos con el trabajo que estás haciendo aquí, muchacho.

—¿De verdad?

—De verdad. Y permíteme que insista, sé bien que el tuyo no es un trabajo sencillo. Como te decía, dirigir un periódico nunca es fácil. Pero este… Bueno, qué nos vamos a contar, ¿verdad? ¿Te acuerdas de cuando yo era vuestro director?

Esta vez es Guzmán el que sonríe.

—Por supuesto, Breixo. Y no solo yo. En el periódico aún somos muchos los que te recordamos.

Galindo también deja correr una sonrisa.

—Ya entonces no era fácil, eh. Políticos marrulleros, caciques, narcotraficantes…

—Y a veces todo eso en la misma persona —señala Rodrigo.

Galindo se le queda mirando, y de pronto estalla en una carcajada.

—¡Es verdad! —ríe con ganas—. ¡Qué panda de cabrones, Rodrigo! Qué país, manda carajo…

A pesar de los años que han pasado desde que Breixo Galindo se instaló en Madrid, en momentos como este aún se le nota el acento, ese deje tan característico del norte coruñés.

—Pues sí, hombre sí, en Madrid están muy contentos con cómo estás llevando las cosas. Quién sabe, si sigues trabajando así de bien es muy probable que más pronto que tarde acabes recibiendo una llamada como la que en su momento recibí yo, y tú también tengas que mudarte a la capital. Créeme, muchacho, nada me haría más feliz que verte triunfar...

Silencio. Rodrigo no es idiota, de sobra comprende lo que le están diciendo, y por eso se limita a responder con una sonrisa agradecida. Porque sabe que esto no ha hecho más que empezar.

—Lo que pasa es que en el consejo apenas hay periodistas de verdad, Rodrigo, gente como tú o como yo. Por eso yo me encargo de recordárselo. Creedme, les digo, Rodrigo es una buena apuesta. Porque sabe prestar atención a los pequeños detalles, sabe cómo manejar las circunstancias del día a día. Esas pequeñas cuestiones que en un principio podrían no parecer relevantes y que, de pronto, al día siguiente nos explotan en la cara, ¿verdad? —Galindo no espera respuesta—. Y, hablando de esto...

Pausa. Solo que aquí no debería ir ninguna pausa. A no ser que...

Rodrigo comprende. Claro, eso es.

Vale, aquí está. Por fin.

Sea cual sea la razón por la que Breixo Galindo ha hecho volar su puñetera barriga acomodada desde Madrid hasta el culo del mundo, el director comprende que, por fin, ha llegado el momento de oír cantar a la gorda.

—¿Hablando de qué?

—¿Perdona?

—Me estabas diciendo algo sobre cómo gestionar los problemas del día a día.

—Ah, sí —Galindo finge recuperar un hilo que, en realidad, ambos saben que nunca había perdido—, los problemas del día a día... ¿Sabes, Rodrigo? Uno de los periodistas que más recuerdo de mi época como director es Lamas.

Joder... Lo sabía.

Por un instante, Rodrigo Guzmán aparta la mirada en un

ademán incómodo. Si es que lo sabía, maldita sea, en el fondo sabía que se trataba de eso. Nuria se lo había dicho, se lo comentó ayer a última hora. «Escucha, Salva ha venido a hablar conmigo. Rodrigo, puede que la cosa sea gorda...». El director del periódico intenta recomponer el gesto, devolverle la mirada antes de que Galindo interprete el desvío como una muestra de debilidad.

—¿Lamas, dices?

—Sí, Rodrigo, Lamas. Dime, ¿qué ocurre con nuestro amigo Salvador? ¿Qué pasa, que ahora va a resultar que es el hijo secreto de Woodward y Bernstein? Porque, oye, la buena disposición para el trabajo siempre es encomiable. Pero, hombre, hasta donde yo lo recuerdo, Lamas era un vago sin remedio, más feliz que un perro con dos colas cuando no había ninguna noticia que cubrir. ¿Qué pasa, que ahora le ha dado por trabajar?

—Bueno, yo no creo que sea eso, Breixo... Lamas es un buen profesional. Lo que pasa es que su área tampoco es que sea la más agradecida, de ahí que su trabajo habitual no luzca tanto como merece.

—Pues ahí está el problema, Rodrigo. Según me han informado, su área de trabajo es la misma en la que yo lo dejé cuando me fui del periódico, la información local. Local, Rodrigo, no política...

De acuerdo, ese es el tema. Guzmán siente cómo la conversación comienza a ponerse seria.

—A ver, yo creo que sobre este asunto no debemos precipitarnos, Breixo. Hasta donde yo sé, Salva nada más está considerando una posible línea de investigación que...

—¿Línea de investigación? —le interrumpe el miembro del consejo—. Rodrigo, por favor, no me hagas explicarte lo evidente...

Rodrigo no acaba de comprender a qué se refiere.

—Perdona, pero no...

—El periodismo de investigación ya no existe, muchacho. Es caro, lento, requiere tiempo, dedicación exclusiva... Y sobre todo neutralidad. Dime, Rodrigo, ¿acaso crees que dispones de alguno de esos recursos? No, amigo, eso se acabó. Ahora, en el mejor de los casos, no hay más que periodismo de filtración.

—Lo sé —responde el director, aún sin ocultar del todo su incomodidad—, lo sé. No es lo que nos enseñaron en la escuela, pero lo sé. Y mira, precisamente eso es lo que tenemos, una posible filtración. Tal vez no sea nada, Breixo, pero tal vez…

—¿Qué me vas a decir? —lo vuelve a atajar—, ¿que tal vez sí sea algo? ¿Y qué ocurre con todo lo demás, Rodrigo?

—¿Todo lo…? Perdona, pero creo que no te entiendo, Breixo. ¿De qué me estás hablando?

—De que no todo es el resultado, Rodrigo. Ante un caso como este no hay que despistar los demás elementos en juego. La fuente, por ejemplo.

—Se trata de una fuente verificada, alguien cercano al conflicto.

—Eso no lo dudo. Pero ¿cuál es realmente su posición? Porque si algo hemos aprendido en todos estos años es que, en una filtración, la fuente nunca es inocente. Dime, muchacho, ¿de verdad quieres ser parte de ese aprovechamiento perverso?

—¿Aprovechamiento perverso? Breixo, no veo dónde está aquí lo perverso. Se trata del mensaje, no del mensajero. Lo importante es lo que nos tenga que contar.

—Sí, claro, lo de que tal vez sea algo. Pero dime, ¿te has parado a pensar en las posibles implicaciones de ese *algo*? ¿Qué crees que podría significar todo esto?

Rodrigo levanta las cejas y reprime un bufido incómodo.

—Pues eso todavía no lo sé, Breixo. Eso no podemos saberlo hasta que no hablemos con la fuente. Pero desde luego…

—Qué —le apremia el consejero.

Guzmán le mantiene la mirada.

—Estamos hablando de alguien importante, Breixo.

—Estamos hablando de todo un presidente autonómico —matiza Galindo, dejando claro que ha sido perfectamente informado antes de venir—. Sí, eso ya lo sé. Pero, si me lo permites, deja que te lo haga ver de otra manera: de lo que estamos hablando aquí no es de alguien importante, como tú dices, sino de una posible muerte civil. Del asalto a una posición civil. Dime, ¿de verdad es eso a lo que queremos jugar? Yo diría que no, Rodrigo…

De acuerdo, Guzmán siente que está llegando a un punto crítico. No, esto no tiene nada que ver con lo que aún percibe como su profesión.

—Nosotros no nos hemos planteado esto como un juego en ningún momento, Breixo, somos periodistas…

—¡Somos empleados! —brama de pronto Galindo—. Maldita sea, Rodrigo, somos empleados… Tú eres un empleado de mi empresa, como yo soy un empleado de una empresa aún mayor, ¿me entiendes? ¿O acaso has olvidado cómo coño se mantiene el periódico, eh? ¿Quién cojones crees que paga vuestras facturas, vuestros sueldos, la tinta y hasta el puñetero papel en el que imprimís cada madrugada?

Rodrigo opta por el silencio.

—Mira a tu alrededor, muchacho… ¿De verdad estarías dispuesto a jugarte el prestigio del periódico en una apuesta contra el Ayuntamiento, contra la Junta del Puerto, contra las empresas más poderosas del país? Contra… ¿el Gobierno de esta puñetera esquina del país? —Guzmán continúa en silencio—. No, ¿verdad?

Rodrigo aprieta los labios antes de responder.

—Los dos sabemos que no. O por lo menos no mientras no podamos contrastar las fuentes…

—Claro que no, coño, claro que no. Pero, con esto y con todo, ahora me dicen que pretendes publicar no sé qué grabaciones… ¿en las que aparece su presidente? ¡¿Pero a ti qué cojones te pasa, Rodrigo?! ¿Acaso has perdido la cabeza?

—Pero es la verdad —no puede evitar responder el director del periódico—, y nuestro deber…

Breixo Galindo responde con un puñetazo sobre la mesa.

—¡Vuestro deber es hacerme caso, panda de gilipollas! ¡O quién cojones te has creído que eres! ¡¿Eh, pedazo de mamón?! ¡¿El director del puto *Washington Post*?!

Guzmán no responde.

—¡Te estoy haciendo una pregunta, Rodrigo! —Nuevo puñetazo sobre la mesa—. ¡¿Qué cojones te pasa?! ¡¿Es que ahora tú también quieres ser presidente sin pasar por las urnas?!

Galindo todavía tiene el puño cerrado sobre el mantel, entre las dos tazas que han salido disparadas con el temblor de la mesa, cuando uno de los camareros se asoma al reservado para ver qué sucede. Una mirada rápida por parte de Guzmán le indica que se vaya por donde ha venido. Al fin y al cabo, en esa mesa ya no hay mucho más que decir...

—Corta eso de una puta vez —advierte Galindo, recuperando el tono grave—, si no quieres que la próxima carta que veas delante sea la de tu despido. ¿Me has entendido?

Rodrigo Guzmán ni siquiera responde —¿para qué hacerlo?—, y Breixo Galindo, uno de los señores de la comunicación en España, da por bueno el silencio del director, interpretándolo como un gesto inequívoco de asentimiento.

—Putos niñatos de los cojones —murmura al tiempo que se recompone el nudo de la corbata.

11

Asomarse a la oscuridad profunda

Incómodo, preocupado y ahora también agotado, Emilio siente que ya está muy mayor para estas cosas. El susto, la impresión, el cansancio... La derrota. Si es que eso es lo que pasa, hombre, que no somos más que fragilidad. Con las manos sobre el pequeño escritorio plegable que ocupa buena parte del habitáculo posterior de la furgoneta, su mirada no deja de buscar en el exterior. Fuera, apenas a unos cuantos metros del furgón de atestados, los sanitarios continúan atendiendo a Olga, su mujer, tumbada en la camilla de una de las ambulancias.

El guardia civil que le ha estado tomando declaración acaba de salir de esta especie de oficina móvil. Lo ha hecho tan pronto como ha visto llegar al otro tipo. No solo pareció haberlo reconocido al instante, diría incluso que su presencia lo ha puesto nervioso, tenso. Y Emilio también se ha fijado en él, claro. Aunque, la verdad, poco ha podido ver. Se trata de un fulano corpulento, probablemente en la ronda de los sesenta años, si no más. Un hombre de aspecto discreto, las manos todo el tiempo hundidas en los bolsillos de la gabardina, y una gorra calada que apenas permite adivinarle algo de pelo, blanco y corto, más allá de las gafas. Y poco más. No se ha identificado, de hecho ni siquiera ha abierto la boca, pero el modo en que el agente ha salido a su encuentro tan pronto como lo ha visto asomarse por el portón de la furgoneta le ha bastado al señor Mariño para comprender. Este tipo es un superior. Eso, o alguien con mucho mando.

De modo que ahora los dos hombres permanecen en medio del carril, y el recién llegado se limita a escuchar en silencio lo que sea que el guardia civil le esté detallando. El hombre de uniforme habla, y el hombre de paisano escucha. No responde, no dice nada. Ni siquiera se inmuta. El guardia civil habla, y el tipo de la gabardina se limita a escuchar en silencio, con la mirada puesta en algún punto que Emilio no alcanza a identificar. Nada más cambia la dirección de su atención cuando, sin apenas moverse demasiado, pasa a observar al anciano, que, más y más incómodo cada vez, permanece sentado en el interior del furgón. Maldita sea, ¿pero qué ocurre? Más y más inquieto cada vez, Emilio tampoco deja de mirar en su dirección. Pero no porque le importe lo que sea que los dos hombres se estén diciendo, presumiblemente algo sobre él, a juzgar por el modo en que el tipo de la gabardina lo observa ahora. No, a Emilio Mariño eso le da igual. Lo que le preocupa es su mujer. Y estos dos, el guardia civil de tráfico y quien quiera que sea el fulano este que acaba de llegar, han ido a ponerse justo en medio del campo visual del anciano, que ahora mismo no puede ver qué es lo que pasa con Olga.

—Oigan…

Aún desde el incomodísimo taburete plegable en el que el guardia civil le indicó que se sentase al entrar en el compartimento posterior del furgón, Emilio intenta llamar la atención de los hombres. Pero sin éxito alguno. Ajeno al requerimiento de Mariño, el guardia sigue hablando, ahora señalando algo en otra dirección, hacia el otro extremo del puente. Y el otro tipo sigue limitándose a escuchar con atención, con la mirada fija en el asfalto.

—Perdonen…

Al tiempo que concluye lo que fuera que estuviera diciendo, el agente vuelve a mirar hacia el furgón. Y, entonces sí, el otro, el tipo de pelo blanco, levanta la cabeza y clava sus ojos en los de Emilio. Mariño está preocupado, incómodo, cansado. Quiere levantarse, quiere salir del vehículo, quiere ir a ver cómo está su mujer. Pero, en ese preciso instante, en el momento de sentir la mirada de este hombre —quien quiera que este hombre sea— clavada en sus ojos, todo lo que Emilio quiere queda a un lado. Por un segundo, Emilio Mariño tiene la misma sensación que la oveja cuando, de pronto, cae en la cuenta de que los ojos que la están observando son los del lobo. Quien quiera que sea este tipo, también ha puesto nervioso a Emilio.

Todavía no sabe por qué, pero el anciano traga saliva cuando el hombre de la gabardina despacha al guarda civil con un saludo y se acerca al portón del vehículo de atestados.

—Buenas noches.

Voz ronca, grave.

—Buenas noches —responde el anciano—. Perdone que les interrumpa, pero, si no le importa, me gustaría ir a…

Emilio acompaña su petición con un gesto de la mano, señalando en dirección a la ambulancia en la que ahora por fin puede ver a Olga, todavía tumbada en la camilla interior, cubierta por las mantas térmicas. Pero no llega a concluir la frase.

—Lo sé —se le adelanta el hombre de pelo blanco y voz ronca—, le gustaría ir a ver a su mujer. Está preocupado por ella, ¿verdad? No me extraña. Tremendo susto han debido de llevarse… Pero no sufra. Por lo que me han explicado parece que ya se encuentra mucho mejor. Tan solo está un poco impresionada. Pero vaya, supongo que es lo normal, ¿no? Al fin y al cabo, lo que ustedes han visto tampoco es que sea plato del gusto de nadie…

Mariño asiente con la cabeza.

—Ha sido terrible —murmura—, terrible.

—Lo sé, lo sé. De hecho, ahora que lo comenta…

El tipo de la gabardina y la gorra vuelve a apartar la mirada, en dirección al grupo de gente que todavía permanece alrededor del bulto, junto al pilar.

—Verá, me gustaría asegurarme de haberlo comprendido bien, y me preguntaba si sería usted tan amable de aclararme un par de cosas…

Emilio lo observa sin comprender demasiado bien a qué se refiere.

—¿Un par de cosas? —Encoge los hombros—. ¿Como qué? Ya se lo he contado todo al… A su compañero.

—No es mi compañero —responde el otro, y al anciano la voz le parece más ronca, más cortante.

—Lo siento, perdóneme si le he molestado. En realidad no sé quién es él ni tampoco quién es usted. Yo lo único que sé es que ya se lo he contado todo al guardia civil que estaba aquí conmigo. El mismo que se ha ido para hablar con usted, y que ahora mismo no sé dónde se ha metido. A mí lo que me preocupa es mi mujer, que…

—Ya le he dicho que enseguida irá con ella —lo interrumpe el otro, quizá incluso con cierta brusquedad—. Pero ahora, por favor, acompáñeme.

A pesar del «por favor», Emilio comprende que lo que acaba de recibir no es un ruego, sino una orden. Cansado, todavía desconcertado, se incorpora en el estrecho habitáculo y, resignado, sale al exterior. Muy a su pesar, por más que Emilio busque a Olga con la mirada no es hacia la ambulancia hacia donde el otro tipo echa a andar, sino en dirección contraria. Hacia el centro del puente, envuelto en la niebla.

—Es un lugar impresionante, ¿verdad?

Emilio no responde. Es cierto que está cansado, nervioso y, sobre todo, preocupado por su mujer. Pero también lo es que esta persona con la que ahora camina, casi pasea sobre la pasarela, tiene razón. El puente de Rande es una construcción impresionante. Más ahora que se detienen justo en el centro del tramo principal, la estructura suspendida entre los dos altísimos arcos de tirantes.

—¿Había estado usted aquí antes? A pie, quiero decir…

—¿Aquí? No… No —titubea el anciano—. No, claro. Por este puente solo se puede pasar en coche —se explica a sí mismo—, no está permitido cruzar caminando.

—Pues mire —resuelve el otro a la vez que se apoya sobre la inmensa barandilla—, algo bueno tenía que tener este día, ¿verdad? Una experiencia que se lleva usted.

—Bueno, no le digo que no, es una manera de verlo, supongo. Yo, sin embargo…

—Es la manera de verlo —le corrige el otro—. Siempre hay que ver el lado bueno de las cosas, Emilio. Como aquí mismo. Mire —comenta al tiempo que se echa hacia delante, sacando la cabeza más allá de la protección de la baranda—, ¿se atreve usted a asomarse?

Emilio duda, cada vez más desconcertado por la situación.

—¿Asomarme? Perdone, creo que no le…

Pero el otro parece no escucharle, y se echa un poco más hacia delante, en efecto ya casi asomando la cabeza al vacío.

—En noches como esta cuesta verlo —murmura—, creerlo incluso. La bruma y la humedad apenas dejan intuirlo. Pero ahí abajo está el mar. A casi cincuenta metros… Una caída espantosa, desde luego.

Por favor, ¿pero quién es este fulano? ¿Y por qué demonios le dice estas cosas? Emilio, nervioso, intenta cambiar de tema.

—Oiga, perdone, pero, mi mujer… ¿Qué era lo que me quería preguntar?

—¿Qué ha pasado?

El anciano, perplejo, siente cómo se le arquean las cejas.

—¿Cómo dice?

—Explíqueme qué ha pasado. O, mejor dicho, lo que usted ha visto.

—Pero… —Emilio siente que se desespera por momentos—. No me lo puede estar diciendo en serio.

Pero el tipo de la gabardina y la gorra apenas altera su expresión.

—No se imagina usted la poca frecuencia con la que bromeo.

—Pero si ya se lo he contado todo a su compañero…

—Pues cuéntemelo ahora a mí. Y, si me lo permite, deje que le dé un consejo: cuanto antes empiece, antes podrá ir a ver cómo está su mujer.

—Pero, usted. —El anciano vuelve a titubear—. Usted me dijo que estaba bien…

—Bueno, con estas cosas del corazón nunca sabe uno, ¿verdad? Hable y podrá ir a comprobarlo.

Emilio, agotado, suspira.

—Ya se lo he dicho —murmura con resignación—, ya se lo he dicho todo… Conducíamos por este carril, veníamos de Pontevedra, de regreso a Vigo. Un poco antes de entrar en el puente…

—Sí, sí —le ataja el otro—, eso ya lo sé. Se sobresaltó al ver cómo le adelantaba la moto a toda velocidad. Porque debía de ir muy rápido, ¿verdad?

—Bueno, a ver, yo creo que sí, pero… No sé, tampoco es que yo conduzca como un loco. No lo sé, a lo mejor no era tanta la velocidad…

—Tenía que serlo.

—No lo sé. Ahora, lo que sí que le puedo asegurar es que nos adelantó pasando demasiado cerca de nuestro coche. Vamos, que no me arrancó el retrovisor de puro milagro.

—Vale, sí —le apremia—, una moto conduciendo sin demasiados miramientos. ¿Y qué más?

—Pues ya se lo he dicho —protesta—, justo ahí apareció el otro coche.

—El otro coche —repite el hombre de la gorra.

—Sí, sí, el otro coche. ¿Qué pasa, que eso no se lo han contado, o qué? Mi mujer y yo todavía estábamos observando al motorista, viendo cómo se alejaba de nosotros sin ni siquiera darse cuenta de lo cerca que había estado de darnos un golpe, cuando sentimos el estruendo a nuestro lado. La pobre Olga casi da un brinco en el asiento…

—¿A qué se refiere con eso del estruendo?

—Bueno, no sé si esa es la palabra correcta, pero es que sonó así, sí. Como un obús… Mire, no le puedo decir de dónde salió porque desde luego no lo vi venir. Era negro…

—¿Podría identificarlo?

Emilio vuelve a encoger los hombros.

—Y yo qué sé… Era un coche enorme, un todoterreno de esos enormes.

—No puede concretar más, entiendo.

—Pues no, ya se lo he dicho a su… Al otro agente. Era un coche negro, enorme. Alto, y con los cristales completamente ahumados, muy oscuros. Por eso, antes de que me lo pregunte usted también, ya le digo que no, no pude identificar a nadie en el interior. No sé si en ese coche iban dos, tres, una o cincuenta personas, no lo sé.

—Y tampoco vio usted la matrícula.

Esta vez Emilio no protesta. En lugar de ello baja la cabeza, casi avergonzado.

—No… Y sí, claro, ya lo sé, sé que debería haberlo hecho. Anotarla por lo menos. Sobre todo teniendo en cuenta que luego… Pero no, mire, nos asustamos tanto que en ese momento ni se me pasó por la cabeza.

—Ni en ese ni en ningún otro, por lo que veo.

A Emilio le parece volver a detectar cierta hostilidad en la voz del… Maldita sea, ¿pero quién demonios es este tipo?

—Para cuando lo quise hacer ya era demasiado tarde.

—Desde luego… De acuerdo, pues cuénteme qué pasó entonces.

Emilio coge aire. Es en ese momento, al sentir el frío de la noche entrando en sus pulmones, cuando toma conciencia de la magnitud de lugar en el que está. Suspendido sobre el centro de la ría, entre los dos colosales pilares centrales del puente de Rande, habitualmente iluminados de blanco y rojo, y, esta noche, también del azul intermitente de las ambulancias y los coches de policía que todavía permanecen bajo el arco meridional, difuminado en la niebla, Emilio, a sus setenta y siete años, se siente solo, pequeño. Indefenso.

—Es que aún ahora lo pienso y no me lo puedo creer… —responde, apenas en un hilo de voz, al tiempo que aparta la mirada hacia el pilar más cercano a Vigo—. El coche nos dejó atrás como un avión que adelanta a un pájaro, y continuó avanzando. De hecho, iba aún mucho más rápido que la moto que nos acababa de adelantar, porque antes de llegar al primer pilar ya la había alcanzado.

—¿Fue entonces cuando la quiso adelantar?

¿Cómo?, no, eso no fue lo que pasó. Emilio está seguro de habérselo contado al guardia que estaba redactando el atestado. ¿A qué viene ahora esta pregunta?

—No, no, las cosas no fueron así… El tipo del todoterreno nunca quiso adelantar a la moto.

—¿Está seguro?

—Segurísimo. Cuando el coche alcanzó a la moto redujo la velocidad. Y no es que no la quisiera adelantar, es que ni siquiera llegó a ponerse a su altura. Redujo la velocidad, y se quedó con el morro en línea con la rueda posterior de la moto.

—¿Está usted seguro de esto?

—Claro, porque fue ahí donde la golpeó.

Silencio.

—¿Quiere decir que el conductor del todoterreno perdió el control del coche?

—No, no, ¡no! —corrige con vehemencia Emilio, empezando a cansarse de esto—. Ya se lo he dicho, por el amor de Dios, el tipo, o la tipa o quien quiera que fuese conduciendo el puñetero coche no perdió ningún control en ningún momento, ya se lo he dicho. Fue una maniobra intencionada, ¿me entiende? Un golpe… decidido. Estoy seguro, ya se lo he dicho: quien lo hizo, lo hizo queriendo, eso es así.

—Le veo muy convencido…

—¡Porque lo estoy! ¿Cómo demonios quieren que se lo diga? Mi mujer y yo lo observamos todo con atención desde el principio. Primero la moto que casi nos arranca el espejo, luego el coche que nos adelanta haciendo un ruido tremendo, como si fuese un puñetero avión a reacción, el susto, la maniobra, el puente… ¡Maldita sea, si es que lo vimos todo, hombre! —Emilio se desespera—. Lo vimos todo…

—Lo vieron todo…

El hombre de pelo blanco repite las últimas palabras de Emilio, de nuevo sin quitarle los ojos de encima, y algo en su mirada vuelve a inquietar al anciano. Mariño no sabría decir de qué se trata, pero desde luego está ahí, hay algo en la mirada que se esconde bajo la visera de la gorra. Como si estuviera midiendo, calibrando algo en la situación. Algo que, sin duda, Emilio no alcanza a comprender.

—De acuerdo, ¿y qué sucedió a continuación?

Emilio suspira. Esto no se acabará jamás…

—Pues lo que ya les he dicho —responde levantando ligeramente los brazos, en ademán de cansancio evidente—. El coche pegó un volantazo a la derecha y golpeó la moto. Y claro, ahí ya…

—Se produjo el accidente.

Esta vez es el anciano el que opta por estirar el silencio antes de responder.

—La moto perdió por completo el control. Vimos cómo salía humo de la rueda de atrás, supongo que el pobre hombre estaría intentando frenar. Pero no tuvo nada que hacer. El asfalto estaba húmedo, y la moto empezó a derrapar, primero hacia un lado, luego hacia el otro, hasta que finalmente se fue al suelo. Y…

De nuevo el silencio. Emilio vuelve a visualizar la escena y se lleva la mano a la cara, pinzando los ojos entre el índice y el pulgar.

—Pobre hombre —musita—, pobre hombre…

—¿Qué ocurrió?

Mariño vuelve a encoger los hombros.

—Bueno, tan pronto como la moto se fue al suelo comenzó a dar vueltas de campana, acercándose cada vez más al segundo pilar. Y claro, Olga y yo lo vimos todo, vimos cómo el pobre hombre se iba golpeando contra el suelo con cada vuelta, aún enganchado a la moto.

Mariño vuelve a sentir el nudo en el estómago, la angustia.

—¿Quiere decir usted que el conductor seguía montado en la moto?

—Al principio sí. El pobre desgraciado se quedó enganchado por una pierna, y se iba destrozando golpe a golpe, ¿me entiende? Ese pobre hombre se estaba destrozando contra el asfalto… Hasta que salió despedido, claro. Yo qué sé, de pronto se soltó y salió disparado. Como un bólido, a toda velocidad…

Emilio niega con la cabeza y siente que está a punto de romper a llorar.

—Cálmese.

—Y entonces lo vimos.

—¿A qué se refiere?

—Pues al golpe —responde, con gesto resignado—. Ahí fue donde Olga empezó a chillar, al ver cómo ese pobre desgraciado se reventaba contra la barandilla lateral. Si es que fue un impacto terrible, hombre. La manera en la que se le retorció el cuello…

Definitivamente, Emilio tiene que hacer un esfuerzo enorme por no llorar.

—Yo —murmura—, yo nunca…

Mariño es incapaz de terminar la frase.

—Usted nunca había visto nada igual.

Es el hombre de la gabardina el que la concluye por él, y lo hace hablando desde el más neutro de los tonos. De hecho, Emilio no sería capaz de asegurar si lo que acaba de escuchar es una pregunta o una afirmación. Sea lo que sea, Mariño no responde. Se limita a apartar la mirada. Agachar la cabeza y negar en silencio.

—Comprendo —le responde el otro, impertérrito—. Un accidente terrible…

—No —contesta el anciano, aún con la mirada derrotada sobre el asfalto—, eso sí que no.

—¿Cómo dice?

—Que no —repite—. Que eso ya lo ha dicho usted antes, pero no es verdad. Se lo dije a su compañero, o, bueno, al otro agente, o lo que sea.

—¿El qué?

Emilio vuelve a levantar la cabeza.

—Eso —responde, señalando en dirección al pilar sobre el que aún se reflejan las luces de las ambulancias— no ha sido un accidente.

El tipo de la gorra le mantiene la mirada.

—¿Está usted seguro?

Y sí, hay algo extraño en su expresión. Algo… ¿desafiante?

—Pero ¿cómo que si…? Pues claro que lo estoy —asegura Mariño—, ¡segurísimo!

—Comprendo —le responde con sequedad el otro—. Aclá-reme por qué. Por favor.

Por supuesto, una vez más el «por favor» no es más que atrezo.

—Bueno, pues… Por lo que hizo a continuación el todote-rreno.

A pesar de la visera de la gorra, Emilio alcanza a adivinar el gesto del otro: la forma en la que el tipo del pelo blanco levanta una ceja no hace mucho por esconder su escepticismo.

—Claro —murmura—, eso… Ha declarado usted que, en vez de darse a la fuga instantáneamente, los ocupantes del ve-hículo detuvieron el coche justo después de producirse el im-pacto. Como si estuvieran viendo lo que sucedía.

—Sí, eso es lo que he dicho, porque eso es lo que pasó. El coche se detuvo, y nosotros hicimos lo mismo un poco más atrás, rezando por que no llegara otro coche y nos embistiese también a nosotros. Pero no solo por eso.

—Hay más.

De nuevo, la respuesta del tipo de pelo blanco podría pare-cer una pregunta. Pero, también esta vez, a Emilio se le parece mucho más a una afirmación.

—Claro que lo hay —responde—. Fueron a por él.

—Para provocar el accidente.

—¡Sí, eso ya se lo he dicho! —protesta el anciano—. ¡Pero después también!

—¿Ah, sí?

—¡Sí! El pobre hombre estaba ahí, con el cuello partido, ti-rado como un perro en la carretera. Estaba muerto, por el amor de Dios, estaba muerto… ¡Pero a esos malnacidos no les pareció suficiente! ¡Aceleraron, hombre! ¿Cómo quieren que se lo diga? ¡Aceleraron a fondo!

—¿Qué quiere decir?

—¡Lo que estoy diciendo, maldita sea! ¡Que fueron a por él! Cuando vieron que ya estaba todo hecho, volvieron a acelerar, ¡y le pasaron por encima!

—¿Está usted realmente seguro de eso?

—¡Pero qué demonios pasa con usted! ¿Acaso no hablo en su idioma o qué? ¡Le estoy diciendo que le pasaron por encima! ¡A propósito! Fueran quienes fueran los que iban dentro del coche ese, el conductor volvió a acelerar el motor. Ya se lo he descrito, ese coche sonaba como si fuese uno de esos aviones a reacción, una turbina, o no sé cómo explicárselo ya… El conductor aceleró el coche para lanzarlo a toda velocidad. Y sí, maldita sea, era para darse a la fuga, ¡pero pasándole antes por encima al pobre desgraciado!

Emilio sabe que está gritando, es consciente de que está perdiendo la compostura y las buenas maneras de las que siempre se ha sentido orgulloso. Pero, maldita sea, esta noche lo ha dicho un millón de veces ya, lo único que quiere es ver a su mujer, y sin embargo aquí sigue, parado en el medio del puñetero puente de Rande, tarde, cansado y, sobre todo, muy mayor para seguir guardando las formas con este imbécil que parece no querer entender nada.

—Por los clavos de Cristo —lamenta—, ¿es que no lo ha visto usted mismo? Está ahí —vuelve a señalar con el brazo extendido hacia el pilar sur—, ¡está ahí! Es ese revuelto de carne, huesos y tripas que han estado recogiendo bajo las mantas. ¡Y si se lo han encontrado así, triturado, es porque esos desgraciados se aseguraron de pasarle por encima de la cabeza! ¡Que explotó, maldita sea! ¡La cabeza de ese pobre hombre explotó cuando le pasaron con las ruedas a toda velocidad por encima! ¡Que ni casco ni gaitas, eso no hay casco que lo soporte! ¡A ese pobre hombre le hicieron explotar a cabeza! ¡Así que deje de decir de una puñetera vez que esto ha sido un accidente, porque no es verdad! ¿Me entiende? ¡Esto no ha sido ningún accidente, ha sido una ejecución!

—Oiga, creo que debería tranquilizarse…

—¡No me diga que me tranquilice! No fue ningún accidente, maldita sea. —Emilio rompe a llorar como un niño sin consuelo—. No fue ningún accidente… A ese pobre hombre lo mataron a propósito, fueron a por él. Y Olga y yo lo vimos todo, todo…

Emilio llora desbordado mientras el otro no deja de observarlo, casi con curiosidad. Un hombre hecho y derecho, y sin embargo ahí está, llorando como un niño. El hombre de la gabardina no deja de observarlo. Ni de negar con la cabeza.

—Por favor… Venga —murmura con su voz, grave y profunda, a la vez que le pasa un brazo por el hombro y lo recoge contra él—, venga aquí.

Intentando tranquilizarse, Emilio se deja hacer mientras el otro lo abraza contra su costado. Lo acerca, lo abraza contra él. Lo acerca, lo trae contra él… Y contra la barandilla.

—Venga…

Un paso adelante, allá donde ya casi parecía imposible. De hecho, Emilio tiene la sensación de estar demasiado cerca del borde. Peligrosamente cerca del borde. Es cierto que está la barandilla, pero, aun así…

—Oiga, yo…

Emilio, desconcertado, intenta deshacerse del abrazo. Pero solo para descubrir que no puede. El hombre del pelo blanco, en efecto corpulento bajo la gabardina, resulta ser mucho más fuerte de lo que el anciano hubiera imaginado.

—No —le contesta—, nada de «oiga». Lo mejor es que ahora me escuche a mí. Es usted un hombre mayor ya, sobre todo para estas cosas. De noche la carretera es traicionera… De hecho, me apostaría lo que quiera a que usted ya no ve bien, ¿me equivoco?

No hay ningún mérito en la apuesta. El tipo de la gorra, que en ningún momento ha dejado de agarrar con fuerza —de hecho, con demasiada fuerza— al anciano, sabe que, en efecto, Emilio usa gafas, aunque nada más sea porque una de las patillas asoma por encima del bolsillo superior de su chaqueta.

—Sí —murmura al tiempo que echa la mano que le queda libre a la montura—, aquí están…

Y entonces, para mayor asombro y desconcierto de Emilio, el hombre del pelo blanco toma las gafas para, justo a continuación, comenzar a apretarlas entre sus dedos. Como la garra de una prensa, su mano destroza la montura metálica, parte los cristales y, cuando las gafas no son más que un amasijo de aluminio y cristales rotos, lo arroja por encima de la barandilla, a la oscuridad de la noche.

—Se lo dije, ¿lo recuerda? Cincuenta metros de caída y, abajo, un mar que no perdona.

De nuevo el silencio. La oscuridad ha engullido las gafas, y ahora, aunque los dos hombres permanecen callados, ninguno de los dos llega a oír el impacto en el agua.

—¿Lo ve? —susurra el tipo de la gorra—. Silencio… Y nada más. Nadie las ha visto caer, nadie se ha enterado, pero sus gafas ya no están. Nunca han estado. De hecho, estoy seguro de que tampoco las llevaba puestas cuando creyó ver lo que sin duda no vio. Porque las cosas no han sucedido como a usted le pareció ver. ¿Me equivoco?

—Yo… Yo…

—Usted, Emilio Mariño Sanjuán, con dirección en la calle Teófilo Llorente número 23, pensionista y, por cierto, con una preciosa nieta llamada Olguita, que todos los días a las tres menos cuarto de la tarde sale del colegio Ángel de la Guarda, un lugar sorprendentemente con muy poca vigilancia…

—¡Oiga!

Emilio intenta una protesta, aunque nada más sea para comprender al instante lo inútil de su movimiento.

—Usted, le decía, tiene ahora mismo dos opciones. Por un lado, puede volver caminando por su propio pie hasta la ambulancia de su mujer y asegurarse de que la tranquiliza para que, juntos, puedan olvidar este accidente con fuga lo antes posible.

Nuevo silencio, esta vez uno denso, pesado. Peligroso.

—O, si lo prefiere —continúa el hombre de la gabardina y el abrazo—, si cree que no es capaz de encontrar el camino de vuelta, puedo ayudarle a bajar.

—A… ¿bajar? Pero ¿adónde?

—A buscar las gafas —le responde—. Dígame, ¿qué escoge?

Emilio también se queda mirando a la oscuridad. Y escoge, claro.

Esta noche escoge regresar junto a su mujer.

Mañana, escogerá buscar algo en los periódicos. Y así será cómo se enterará de que el motorista del puente era un extravagante empresario llamado Antonio López.

Ahora, lo que nunca nunca escogerá Emilio será hacer nada por averiguar que el hombre del pelo blanco que una noche lo asomó a la oscuridad más profunda se llama Ignacio Colmenar. Y que es inspector de policía.

12

Tú no quieres publicar esto

—De acuerdo. Sí, sí, vale, comprendo. Oye, te debo una, Diego. Sí, gracias. Adiós, adiós. Joder… ¡Rodrigo!

Lamas cuelga el teléfono y se pone de pie con tanta premura que la silla rueda disparada contra la mesa de al lado. Al rebotar cae al suelo, pero eso el periodista ya no lo ve. Porque ya no está ahí.

—Me cago en la puta… ¡Rodrigo!

Salvador Lamas atraviesa la redacción, corriendo a tanta velocidad como le es posible hacia el pasillo de Dirección.

—¡Rodrigo, no te lo vas a creer! —exclama al tiempo que abre la puerta—. ¡Es López!

Desconcertado, Rodrigo Guzmán aparta la vista del televisor en el que sigue el canal de noticias mientras cena algo en su escritorio, y le devuelve una mirada perpleja a Lamas.

—Oh, sí, claro —le responde flemático—, entra sin llamar. Total, este solo es el despacho de tu director…

Es cierto, Lamas no se ha detenido a llamar a la puerta antes de entrar. De hecho, la ha abierto con tanta fuerza que ha salido disparada contra la pared lateral, y ahora regresa lentamente.

—Sí, bueno, lo siento… Pero es que esto es importante, Rodrigo.

—¿El qué? —pregunta el director, al tiempo que deja sobre la mesa el bol con ensalada que aún mantenía en las manos.

—Te lo estoy diciendo. Lo de López.

—¿López? ¿Antonio López?

—No, coño: Súper López, que le van a hacer una película nueva, y por eso entro corriendo en tu despacho, porque soy muy fan... ¡Pues claro que Antonio López, Rodrigo!

—Vete a tomar por culo, Salva. ¿Qué pasa, qué ocurre ahora con López?

—Que lo acaban de matar.

Guzmán apenas reacciona. De acuerdo, esto sí que no se lo esperaba.

—Pero... ¿Pero de qué me estás hablando, Salva? ¿Cómo que lo han matado?

—Como lo oyes. Acaban de cargárselo, no hará ni una hora. Y no solo eso: han tenido los santos cojones de hacerlo aquí al lado, en el puente.

Más sorprendido a cada palabra que escucha, Guzmán no sabe qué responder.

—¿En el puente? ¿Te refieres al puente de Rande? Pero... ¿Cómo?

—A ver, aún no tengo todos los detalles, pero por lo que me acaban de contar, parece que ha sido una salvajada. Le han pasado por encima con un coche.

—¿Por... encima?

—Sí. Se ve que él venía en moto. Y, bueno, al aparecer primero le han metido un viaje que lo han mandado a Cuenca y luego se lo han llevado por delante. Lo han destrozado, Rodrigo, se lo han cargado.

—Pero... No me jodas, Salva, esto que dices es muy serio.

El director del periódico reacciona al fin. Se pone de pie, se sacude las migas de pan que se le habían quedado agarradas a la corbata y, todavía desconcertado, se acerca a las enormes ventanas que se abren tras la mesa de su despacho. Y lo busca.

Allá al fondo, detrás de la colina, está al puente. De hecho, a muy poca distancia del periódico. De día se ve con claridad la parte más alta de los enormes pilares centrales y el comienzo de los gigantescos tirantes. Pero ahora mismo, de noche, Rodrigo tan solo alcanza a identificar las luces de seguridad en lo alto de los arcos. Un par de luces rojas parpadeando silenciosas en medio de la oscuridad. Y nada más.

—De acuerdo, centrémonos. ¿Cómo te has enterado de esto?

—Por Diego Ervella, un amigo sanitario que trabaja en las ambulancias del 061. Ha sido de los primeros en llegar.

—Vale… ¿Y estamos seguros de que es él?

—Sí, sí, de eso no hay duda. Al parecer el tipo está destrozado por completo, pero…

—Espera, espera. ¿A qué te refieres con eso de que está destrozado por completo?

A Lamas se le escapa una mueca incómoda.

—Bueno, por lo que me ha dicho Diego, ha sido algo brutal. Al pobre no le ha quedado ni un hueso entero.

Rodrigo arquea las cejas.

—Santo Dios…

—Pero es que eso no es todo.

—¿Hay más?

—Sí. Según parece, quien fuera que le dio el golpe que le provocó la caída quiso asegurarse de que el tipo no sobrevivía bajo ningún concepto.

—¿Sobrevivir? —pregunta el director—. ¿Pero no dices que el golpe no le había dejado ni un hueso sano?

—No, no —puntualiza Lamas—, eso no es lo que he dicho. Al parecer, el golpe ya ha sido mortal de necesidad. Pero no ha sido eso lo que lo ha dejado machacado.

Rodrigo sacude la cabeza.

—No te entiendo…

—Bueno, se ve que antes de marcharse quisieron asegurarse de que no resucitaba.

—¿Cómo dices?

—Le pasaron por encima, Rodrigo. A propósito. Le han reventado la cabeza. Con casco y todo.

Guzmán aparta la vista, con una mueca de desagrado en la cara.

—Joder, Salva…

—Te lo he dicho, es una salvajada. Pero es él, Rodrigo, no hay duda.

—¿Cómo lo saben? Porque, si la cosa ha sido como dices, no creo que la cara…

Guzmán deja la frase inacabada.

—Por la documentación que llevaba encima. Diego, mi amigo, se la vio. Y también escuchó cómo la guardia civil confirmaba por la matrícula que la moto también estaba a su nombre. Te digo que es él, Rodrigo, no hay ninguna duda.

—Ya veo. Joder, pobre hombre…

El director niega con la cabeza y por un momento parece que esté a punto de decir algo. Pero no llega a hacerlo: en ese instante algo más se abre paso en su pensamiento. Es un recuerdo, el de la conversación que, apenas unas horas atrás, ha tenido con Breixo Galindo. En vez de decir nada, el director del periódico aprieta los labios.

—¿Podemos asegurar que no se ha tratado de un accidente?

Esta vez es Salva el que arquea las cejas.

—¿Que si podemos asegurar…? Venga, Rodrigo, ¿de qué me estás hablando? Por supuesto que podemos asegurarlo. Han ido a por él, de eso no hay duda.

—¿Cómo puedes estar tan seguro?

Salva se encoge de hombros, como si la respuesta fuese tan evidente que ni siquiera necesitara ser pronunciada.

—Joder, Rodrigo, pues por un montón de cosas… Para empezar, porque el tipo está incrustado en el asfalto, como una puta calcamonía humana. Pero por si semejante ensañamiento no te parece suficiente, se ve que también hay testigos.

—¿Quiénes?

—El matrimonio que venía conduciendo detrás. Diego me ha dicho que cuando llegaron también tuvieron que atenderlos a ellos.

—¿A ellos?

—Sí, no sé. Al parecer, la mujer estaba histérica, casi le da un infarto. Pero el tipo, nerviosísimo, no paraba de decir que lo había visto todo. Que te lo estoy diciendo, Rodrigo, que han ido a por él.

—¿Sabes si se puede hablar con ellos? Con los testigos, digo.

—Pues ahora mismo no. Se ve que se trata de dos personas mayores, alrededor de los ochenta, y que por eso tienen que ir muy despacio. La mujer sigue en shock, no abre la boca, y al hombre han tenido que llevárselo a que le dé el aire. Pero supongo que enviaremos a alguien, ¿no? O yo mismo, puedo ir y preguntar. Coño, al fin y al cabo es un accidente serio. Joder, Rodrigo, ¡que tienen el puñetero puente de Rande cortado al tráfico!

—Sí, sí, claro —responde el director al tiempo que regresa a su escritorio—. Ahora mismo lo hacemos.

Guzmán coge el teléfono que descansa sobre su mesa y marca un número directo.

—¿Ricardo?

Salva no entiende el movimiento.

—¿Qué haces?

Pero Rodrigo no le contesta. Por toda respuesta, el director se limita a devolverle un gesto con la mano, indicándole que espere.

—Sí, hola, Ricardo. Oye, que me dice Salva que ha habido un accidente en Rande.

—Escucha, Rodrigo, espera…

Pero el director no escucha a Salvador. En lugar de hacerlo, sigue centrado en la conversación telefónica.

—Sí, en el puente… Ah, vale. Sí, sí. Vale, de acuerdo. Pues avísame en cuanto sepas algo más. Vale, gracias.

—¿Se puede saber qué coño estás haciendo, Rodrigo? Te he dicho que iba yo…

—Acabo de encargárselo a Grobas —responde—. Y de hecho me ha dicho que ya estaba de camino, que él también se había enterado. Con la moto llegará en un momento.

Salva abre los brazos en el aire, en un ademán de no entender nada.

—¡Pero Ricardo es fotógrafo, Rodrigo!

—Redactor gráfico —le corrige—. Y me ha dicho que no te preocupes, que si hay algo más ya te lo pasará. Vamos, como siempre.

—¿Que si hay...? Venga, ¡no me jodas, Rodrigo! ¡Qué coño estás haciendo! Sabes de sobra que no se trata de eso. Esta es mi historia, joder, ¡mía!

—No si es un accidente.

Lamas vuelve a sacudir los brazos con desesperación.

—¿Un accidente? Me cago en la puta, Rodrigo, ¿cómo coño quieres que te diga que no lo es?

El director ya ha comenzado a negar con la cabeza antes siquiera de que Lamas acabe su pregunta.

—Pero es que eso no lo sabemos, Salva, no podemos asegurar tal cosa.

Lamas tampoco deja de negar con la cabeza, pero él con gesto incrédulo, como si no alcanzara a comprender la obstinación de su director. ¿Qué es lo que ocurre? ¿Por qué Rodrigo no ve lo que es tan evidente? Como una china en el zapato, una duda molesta comienza a incomodarle el pensamiento.

—Esto... Pero, a ver, Rodrigo, ¿qué está pasando aquí?

Guzmán detecta la desconfianza por parte del redactor.

—Ni se te ocurra mirarme de esa manera.

—¿Pues entonces? ¿Qué ocurre, por qué no me escuchas?

—No es eso, Salva, no es que no te escuche. Pero la verdad es la que es.

—¿La verdad? ¿De qué coño me estás hablando, Rodrigo?

Desbordado, el director también abre los brazos en el aire.

—¿Qué es lo que tenemos, eh? A ver, dime, ¿qué tenemos realmente, Salva? Un accidente en la carretera. Y sí, vale, la víctima es Antonio López. Pero todos lo conocíamos, Salva. Y sabíamos de sobra que López no es que fuera precisamente conocido por su buena cabeza.

—Ahora desde luego no...

—¡Vete a tomar por culo, Salva, que estoy hablando muy en serio! ¿Qué más tenemos, a qué más podemos agarrarnos?

—Te lo he dicho, ¡hay dos testigos!

—Vale, muy bien. ¿Pero quiénes son? Dos personas mayores. Una está en estado de shock y la otra, nerviosísima. ¿Esas son las fuentes en las que pretendes apoyarte? Porque como tu director que soy, aunque tú parezcas no recordarlo, me veo en la obligación de hacerte ver que lo que tú insinúas es una acusación muy grave para tan poco apoyo, Salva...

Lamas mira a uno y otro lado, cada vez más incómodo.

—¡Pero qué coño me estás contando, Rodrigo! ¿Es que ahora acaso vamos a despreciar a un testigo solo por su edad?

—Oh, venga, Salva, no me jodas. No me vengas a mí con demagogias baratas, que de sobra sabes que la cosa no va de eso...

—¡¿Pues entonces de qué cojones va, Rodrigo?!

—¡Pues va de que es de noche, Salva! De que ha llovido, de que hay niebla, de... ¡Qué coño quieres que te diga! La cosa va de que hay mil razones para darse una hostia en moto, ¡tantas más si eres Antonio López! Joder, Salva, ¡que antes del accidente ese tipo ya tenía menos cabeza que un pavo en Navidad!

Lamas vuelve a negar con desesperación.

—No, no, no... Te estoy diciendo que te equivocas, Rodrigo. Que esto no tiene nada de accidente casual. Aquí hay mucho más, muchísimo más... ¿Qué pasa, que ahora eres tú el que no recuerda las cosas? Pues oye, déjame que te refresque la memoria. Primero fue el asunto de Álvaro Novoa. Que se suicidó, claro. Luego lo de la chica aquella. Que sí, que solo fue mala suerte, que la pobre cometió el error de estar en casa cuando entraron a robar. Pero, vaya, también es casualidad, ¿eh? Porque te recuerdo que la chica trabajaba en el bufete de Caitán Novoa, el hijo de Álvaro, ambos habituales en los negocios con López... ¿Y ahora esto? Venga, Rodrigo, no me jodas. ¡Hasta un ciego vería que aquí hay alguien haciendo limpieza!

Guzmán clava sus ojos en los de Lamas.

—Lo que dices es muy grave...

—Lo sé. Pero también sé que es muy cierto. Mira, de acuerdo, no sé si tú estás al tanto de esto, porque Nuria me dijo que no lo comentara con nadie, pero López venía hacia aquí.

—¿Hacia aquí?

—Sí, eso es. López había quedado conmigo. Iba a hablar, Rodrigo, el tipo iba cantar. Me cago en la puta, ¿qué más fuentes necesitas? El tipo iba a largar, alguien se enteró, y decidió cargárselo. ¡No hay más vueltas que darle!

Por un momento, Guzmán vuelve a recordar su conversación con Breixo Galindo.

—Te repito que eso no lo sabes, Salva. ¡Y háblame bien de una puta vez, coño, que soy tu director!

—¡Pero es que lo sé, Rodrigo, claro que lo sé! O, si no, dime otra cosa: ¿por qué coño crees que lo han destrozado de esta manera, eh?

El director encoge los hombros, intentando disimular lo mucho que le está costando ocultar lo desbordado que se siente ante las evidencias expuestas con tanto ímpetu por Lamas.

—A ver, ilumíname…

—¿Qué coño iluminarte, Rodrigo? ¡Pero si está clarísimo! ¿No lo ves? Si se lo han cepillado así es porque esto es lo mejor que se les ha ocurrido para el poco tiempo que han tenido. Pero no deja de ser una chapuza, una guarrada…

—¿Poco tiempo? ¿De qué estás hablando?

Lamas suspira. E intenta calmarse.

—Mira, López tomó la decisión ayer, fue cuando se puso en contacto conmigo. Así que no han tenido tiempo de preparar nada mejor. Antes de que llegase a hablar, han decidido ir a lo seguro, y si han esperado al último momento es porque sabían que lo podrían cazar en la autopista…

De pronto, Salva cae en la cuenta de otro detalle. Uno bastante más incómodo.

—Maldita sea… Esta mañana lo intenté, intenté adelantar nuestra entrevista. Pero no pude, porque Maica me ha tenido todo el día yendo como un imbécil de un lado para otro. Si hubiera podido…

—Eso tampoco lo sabes.

—Puede —acepta Lamas—, pero lo que sí sé es que iba a cantar, Rodrigo, López iba a tirar de la manta. Tenía una grabación en la que aparecía el…

—Lo sé.

Sorprendido, esta vez es Lamas quien clava sus ojos en los del director.

—¿Lo sabías? Pero… ¿Cómo?

—Nuria me lo dijo ayer por la noche, antes del cierre.

—Lo sabías… Joder, pues tal vez sea ahí donde está el problema.

—¿Qué quieres decir?

Por primera vez, Salva tarda en responder. Una duda ha comenzado a perfilarse en su cabeza. Una posibilidad. Claro, eso es…

—¿Quién más lo sabía, Rodrigo?

El director del periódico le devuelve a Lamas una mirada incómoda, de medio lado.

—No estarás insinuando que…

—Yo no insinúo nada, director. Pero los dos sabemos que no puede haber otra razón. Alguien más lo sabía, de algún modo descubrieron que López iba a hablar. Y por eso…

Lamas señala en dirección a las ventanas del despacho. Hacia el puente.

—Tú lo sabes, Rodrigo, esa es la razón. Y esta es la noticia. Es la noticia, Rodrigo, y está ahí. Mira, no sé con quién más has hablado tú, o qué coño te habrán dicho. No quiero ni imaginarme la presión que debes de tener encima. Pero nosotros tenemos que ir con todo. Somos periodistas, Rodrigo, es nuestra puta obligación. Solo un fotógrafo no es suficiente, y lo sabes. Tenemos que hacerlo —insiste—, tenemos que ir con todo. De hecho, ya deberíamos estar parando la edición de mañana y preparar una nueva. Aún estamos a tiempo de componer una portada nueva…

Tenso, casi eléctrico, Salva habla, gesticula, señala. Pero Guzmán no le sigue. De hecho, y para su extrañeza, Lamas comprueba que su director ni siquiera le responde. Tanto es así que, en lugar de hacerlo, para cuando Salva se detiene comprueba que Rodrigo ha vuelto a quedarse contemplando la noche a través de la ventana, la mirada extraviada en dirección al puente.

—No podemos hacer eso —murmura.

De nuevo incómodo, Salva entrecierra los ojos y sacude la cabeza.

—Que no podemos... Maldita sea, Rodrigo, ¿qué quieres decir? ¿Qué es lo que no podemos hacer?

—No podemos cambiar la edición de mañana —responde, aún sin devolver la mirada de Lamas—. Ni tampoco ir por donde tú sugieres.

—Pero...

—No, Salva. No podemos arriesgarnos con algo tan serio si no tenemos fuentes fiables. La reputación del periódico...

—¡Pero qué cojones estás diciendo! ¿La reputación del periódico? ¡Vete a tomar por culo con ese cuento, Rodrigo! ¿De qué coño de reputación me estás hablando? Esta es la puta noticia, ¿me entiendes? ¡Esta —repite, ahora también él apuntando una y otra vez con el dedo hacia la ventana— es la puta noticia! ¡Y está ahí fuera! ¿La reputación, dices? Por el amor de Dios, Rodrigo, ¿qué coño de reputación crees que nos va a quedar si la dejamos pasar?

—Tenemos un prestigio, Salva.

Lamas abre los brazos en el aire, incapaz de encajar lo que oye.

—Un prest... Venga, Rodrigo, ¡no me jodas! No me vengas con mierdas, que aquí ya somos todos mayorcitos. Tú no quieres publicar esto, es eso, ¿verdad? Pues muy bien, si no quieres publicar, allá tú. Tú sabrás por qué. —Silencio—. O por quién...

Esta vez es Rodrigo el que vuelve a mantener la mirada de su redactor. Y, una vez más, parece estar a punto de decir algo, de responder. De explicarse, o incluso de despedirlo fulminantemente. Pero no, no lo hace.

—Sabes que no es eso.

—¿Pues entonces qué coño es, Rodrigo? —Lamas pregunta desde la desesperación, sin dejar de sacudir las manos en el aire—. ¿A qué cojones le tenemos tanto miedo?

—Salva, por favor, creo que deberías tranquilizarte un poco.

Pero Lamas rechaza el comentario, dejando claro que no está por esa labor.

—Oh, venga, no me jodas, Rodrigo… Ese tío venía a hablar con nosotros, y se lo han cargado. ¿Qué más necesitas saber? ¡Esa es la puta noticia y nosotros somos un puto periódico! Dime, Rodrigo, ¡¿acaso no ves la relación?!

—¡Si, maldita sea! ¡Sí que veo la puta relación! —explota por fin el director—. ¡Pero también veo que además de un puto periódico también somos una puta empresa! ¿Me entiendes tú también a mí, Salva? ¡Una puta empresa en la que trabaja mucha gente! Somos un puto periódico que se mantiene en pie, como todos los putos periódicos, de puto milagro. ¿O qué pasa, que eso sí que no te parece importante? Si mañana volvemos a salir a la calle es porque alguien habrá decidido que mañana sigamos saliendo a la calle. ¡Y no la podemos cagar! Esto es una empresa, Salva, y aunque ahora tú no veas más que los restos de ese pobre desgraciado esparcidos por el puente, yo tengo que velar por toda la gente que también trabaja aquí. ¿O qué coño te pasa a ti? ¿Acaso te has olvidado de todo eso? Dime, Salva, ¿es que quieres que nos cierren el negocio?

Es cierto que Lamas no se esperaba esa reacción. Porque también lo es que Guzmán es un hombre tranquilo, nada propenso a este tipo de reacciones. Pero, a pesar de la sorpresa inicial ante el estallido del director, ahora mismo ha sido otra cosa lo que ha llamado la atención del redactor.

—¿Has dicho «el negocio», Rodrigo? ¿Es de eso de lo que se trata?

El director hace ver que no ha captado el matiz, la intención de la pregunta hecha por Salva. En lugar de responder, se pasa una mano por la cabeza, intentando calmarse él también.

—Mira, Salva, no estoy diciendo que no quiera publicarlo. Sabes que no es eso. Yo también soy periodista, como tú. Así que no, no te estoy diciendo que no quiera publicarlo… Es más, no te estoy diciendo que no me ardan las entrañas por publicarlo.

Los dos hombres se mantienen la mirada en silencio, y a Salva Lamas le parece adivinar los dientes apretados en la expresión del director.

—Pero no así —continúa Guzmán—. No de cualquier manera. Si hoy decimos esto, mañana estamos cerrados.

—Oh, venga, por favor… No me jodas, Rodrigo. Si esperamos a mañana, para entonces ya lo habrán tapado. Esta es la noticia, Rodrigo, ¡esta, ahora!

—¡Basta! —vuelve a explotar el director—, ¡basta ya! ¿O es que aún no lo has entendido?

—¡Pero qué cojones es lo que quieres que entienda! Mira, si quieres despedirme, despídeme, adelante. ¡Pero te repito que esta es la puta noticia! ¡Y si algo necesita un periódico son noticias, me cago en la puta, Rodrigo!

—¡¿Y qué es lo que necesitas tú, Salva?! Dímelo, ¿qué más necesitas, eh? ¿Acaso no lo entiendes aún, eh? ¿Qué coño es lo que necesitas? ¿Qué es lo que quieres? ¡¿Acabar como él?! ¿Qué pasa, que tú también quieres tener uno de esos accidentes?

Desconcertado por la reacción de su director, Salva mantiene la mirada de Rodrigo.

—¿Pero, de qué coño…?

—¡¿De qué coño te estoy hablando?! ¿Es eso lo que ibas a preguntar? ¡Te estoy hablando de tener que enviar a alguien a que fotografíe cómo despegan tus tripas del asfalto, Salva! ¡O de que alguien vaya a tu casa a reventarte la cara a golpes hasta que no te reconozca ni tu dentista! ¿O qué pasa, que tal vez prefieres tener un accidente con una escopeta de caza? ¡Porque a esa gente no le importa que tú no tengas una puta escopeta de caza, Salva, ellos te la consiguen! Así que dime, Salvador, ¡¿sabes ya de qué coño te estoy hablando?!

Furiosos, con los dientes apretados, ambos permanecen con los ojos clavados el uno en el otro, tensos y en silencio, por unos cuantos segundos tan largos como violentamente incómodos, sin que ninguno de los dos diga nada.

—De acuerdo —responde Lamas al fin—, de acuerdo, comprendo. No te preocupes, se hará como tú dices. Lo compren-

do. No pasa nada, perdona. Supongo que me he obcecado, y…
Nada, te dejo. Si eso, avísame cuando Ricardo regrese con las
fotos…

—De acuerdo.

—Sí, de acuerdo…

Y sí, es verdad. Salvador Lamas sale del despacho del director comprendiendo. *Comprende* que el periodista que hay en
Rodrigo Guzmán quiere, como él, contar la historia. Pero también que el hombre de empresa que hay en el director no puede
hacerlo. Sí, Salva *comprende*. Comprende que por ahí no hay
nada que hacer, y atraviesa el pasillo de Dirección, desandando
el camino que le lleva de vuelta a la redacción sin dejar de maldecir entre dientes.

—Todos estáis metidos en esto —murmura.

Salva regresa a su mesa y, derrotado, recoge su silla, que continuaba tirada en el suelo, para dejarse caer sobre ella.

—Todos estamos metidos en esto…

Lamas mantiene la mirada perdida en el teléfono móvil. Con
la emoción del momento, se lo dejó encima de su escritorio tan
pronto como colgó la llamada del sanitario. Y ahí sigue ahora.
Inmóvil, en silencio. Como si el teléfono también hubiera estado esperando una respuesta.

Una respuesta…

Y entonces, de pronto, a Salvador Lamas se le ocurre algo.

Una respuesta.

13

La comisión de los mansos

Miércoles, 8 de noviembre

El teléfono móvil vibra con insistencia en el bolsillo del pantalón, pero no va a responder. Ahora mismo, Marosa tan solo quiere concentrarse en la respuesta que el director de la sucursal está a punto de darle.

—Pues… Es correcto, sí —le contesta—. Estos son los costes asociados a este tipo de cuenta.

—Espera, espera, ¿cómo lo has llamado? ¿«Costes asociados»? —sonríe con desprecio—. Claro, claro. Porque llamarlo directamente atraco era mucho descaro, ¿no?

El hombre al otro lado del escritorio se limita a abrir las manos en el aire, como si de algún modo se viera desbordado por la situación.

—Es que esto es lo que hay, Marosa, con esta cuenta las cosas van así.

—Pues será ahora que van así, porque antes desde luego no.

El director se encoge de hombros, como si de verdad lamentara la situación. Pero Marosa no puede deshacerse de esa otra sensación incómoda. La de que, en realidad, a él todo esto le trae sin cuidado.

—Lo sé —admite el hombre, a la vez que se alisa la corbata sobre el pecho de la camisa—, lo sé, Marosa. Pero desde que han cambiado las condiciones de los productos, esta cuenta conlleva estos... costes. Y lo siento mucho, créeme, pero es que no es algo que dependa de mí.

—Vamos, que es lo que hay, ¿no? ¿Ajo y agua, es eso lo que me estás diciendo?

—Bueno, siempre puedes considerar otras opciones...

—¿Ah, sí? ¿Como cuáles?

El tipo se acomoda en una sonrisa sin alma.

—Puedes contratar nuestra Cuenta Labor. Basta con que domicilies tu nómina con nosotros y ya tendrías otras condiciones mucho más...

Marosa Vega resopla, cada vez con más dificultades para contener su hastío.

—Yo no tengo nómina...

—Oh, vaya, no lo sabía. ¿Y a qué te dedicas?

—A lo mismo de siempre, pero por mi cuenta. Soy... *freelance*.

—*Freelance* —repite el director, intentando disimular la inconveniencia de tal circunstancia.

—Sí, bueno, las cosas en inglés parece que suenan mejor. Pero vamos, que soy autónoma. Que de nómina nada...

—Ya. —Es algo casi imperceptible, pero a Arturo Bravo, el director de la sucursal, se le ha escapado. Ese mohín delator, la nariz arrugada en un gesto de rechazo, casi compasivo—. Autónoma...

El director fuerza una nueva sonrisa. Pero ya es tarde. Ha pronunciado la palabra «autónoma» con la misma incomodidad con la que alguien repite el nombre de una enfermedad inesperada después de que el médico le haya dado una mala noticia, y Marosa siente que se le agota la paciencia.

—Mira, ¿sabes qué es lo que ocurre? Que creo que me está empezando a pasar lo mismo que a vosotros: que ya no doy crédito. ¿De verdad me estás diciendo que no hay nada que hacer?

—Bueno, siempre puedes contratar una Cuenta Junior.

Marosa no es consciente de cómo se le acaba de entreabrir la boca.

—¿Una cuenta… qué?

—Junior —repite el director—. Es un producto que tenemos para los más jóvenes. No tienes todos los servicios, claro, pero tampoco tienes comisiones. Y además creo que te ofrecen descuentos para ir a conciertos, en algunas tiendas de ropa…

La mujer arquea las cejas, incrédula.

—No me lo puedo creer… ¿De verdad me lo estás diciendo en serio?

—Por supuesto.

—Por el amor de Dios… Sinceramente, no creo que sea necesaria esta humillación.

—Oh, no, por favor, Marosa, no digas eso. Aquí nadie está humillando a nadie… Somos tu banco —afirma, desde el más corporativo de los tonos—. Estamos para ayudarte.

Arturo Bravo, el director de la oficina 314 de NorBanca, habla sin dejar de sonreír. Es un gesto aparente, una de esas expresiones que pretenden transmitir comprensión, empatía. Uno de esos gestos que, sinceramente, ahora mismo a Marosa Vega tanto le encantaría borrar a guantazos de la cara del tipo este. Porque a ella no la engaña. Ella sabe con precisión milimétrica cuánto es lo que a este desgraciado le importa realmente el problema que la ha llevado hasta allí: una mierda. Ese, justamente ninguno, cero, nada, es el valor exacto de lo que ella y su problema le importan a este imbécil relamido.

—Es que no me lo puedo creer, de verdad… Llevo toda la vida en este banco. ¿Y ahora, de repente, pretendéis cobrarme sesenta euros cada tres meses? Joder, ¡es que no me lo puedo creer! Después de todo lo que os habéis llevado… ¿De verdad me estás diciendo que os parece una comisión razonable? No sé, ¿proporcionada? —Silencio—. ¿Justa?

El tipo, que no parece sentir ni padecer más allá de su sonrisa estúpida, se limita a encogerse de hombros una vez más.

—Es la comisión de mantenimiento estándar, Marosa…

Y no, ya puestos, esto tampoco ayuda, la insistencia permanente por parte del director de la sucursal en tutearla, en dirigirse a ella empleando una y otra vez su nombre, como si fueran amigos de toda la vida… «¿Amigos de qué, pedazo de imbécil?». No, Marosa ya no está dispuesta a seguir encajando más respuestas absurdas.

—Pero vamos a ver, ¿de qué mantenimiento me estás hablando, tío? ¡Si yo no tengo más que una cuenta de ahorro y una tarjeta de débito! ¿Por qué demonios me cobráis tanto? A ver, dime, ¿qué puñetas es lo que os cuesta tanto mantenerme? Porque, perdona que te diga, pero con semejantes cobros más bien parece que sea yo la que os esté manteniendo a vosotros… Por favor, ¿me lo puedes explicar?

Pero no. Por toda explicación, el tipo se limita a devolver una mueca resignada, como si no pudiera hacer nada al respecto.

—Mira, Marosa, yo comprendo tu enojo. Y sí, es cierto que se trata de unas comisiones ligeramente elevadas…

—¿Ligeramente, dices? ¡Venga ya, hombre! Por si no fuera bastante con todo lo que nos robasteis con las preferentes, te recuerdo que tuvimos que rescataros con más de ocho mil millones de nuestro bolsillo. ¡Maldita sea, para comisiones las que este puñetero banco debería pagarnos a nosotros! ¡Y deja de llamarme por mi nombre, joder! Que no somos amigos, Arturo, ¡no somos amigos!

El director se muerde el labio inferior a la vez que parpadea ligeramente, dejando entrever que empieza a no estar demasiado a gusto con el talante de la mujer.

—De acuerdo, Maros… Esto, bueno, vamos a ver si nos tranquilizamos un poco. Mira, si por mí fuera, te aseguro que yo te cancelaría estas comisiones. Ya, ahora mismo —afirma, a la vez que vuelve a abrir las manos en el aire—. Pero es que no depende de mí… Esto viene de arriba. Y tú tienes que entender que nosotros también somos una empresa.

—¿Que vosotros también sois…? —Vega siente que cada nueva respuesta provoca en ella un desconcierto mayor que el anterior—. Oh, sí, claro, claro —responde con gesto exagerado—. Que ahora va a resultar que la supervivencia de vuestra empresa depende de las comisiones que les cobráis a los idiotas como nosotros, ¿no?

—Yo no he dicho eso.

—No, claro que no lo has dicho. Pero porque no te atreves. Porque tú sabes que eso es lo que hacéis. Parece que solo os comportéis como esa empresa de la que me hablas con los que tenemos menos, ¿no?

—No creo que...

Pero Marosa no le deja continuar. Harta, la mujer ya no está dispuesta a ceder.

—¿Qué me vas a decir, que no? De acuerdo, pues explícame entonces qué pasa con la mujer de antes.

—¿Con... quién?

—La mujer de antes —repite Marosa—, la mujer a la que estabas atendiendo mientras yo esperaba. Escuché perfectamente cómo le decías que no se preocupara por esto mismo, que a ella nunca le cobraríais ni un céntimo de comisión, ¡por nada! ¿Cómo va la cosa, que las reglas no son iguales para todos? ¿O es que con ella sí que puedes hacer una excepción?

El director echa la cabeza hacia atrás al tiempo que vuelve a sonreír, de nuevo con esa expresión estúpida, como si acabara de comprender la causa del más inocente malentendido.

—Ay, Dios... ¿Era por eso? Por favor...

El tipo sonríe y asiente en silencio como si la cosa no tuviera la más mínima importancia.

—Mira, lo que sucede es que con esa mujer la situación es completamente distinta... Me estás hablando de una clienta Premium.

Marosa arquea una ceja.

—Premium, dices...

—Claro. Esta mujer de la que tú me hablas tiene muchísimos productos contratados con nosotros.

—Oh, ya, claro. Vamos, que lo que pasa con ella es que os tiene mucha pasta metida en el chiringuito, ¿no es eso?

Esta vez es una ofensa lo que finge el director.

—Por favor, Marosa, yo no creo que sea justo reducir la manera en la que nos relacionamos con nuestros clientes por algo tan impersonal como cuánto dinero tengan en nuestro banco...

—No, yo tampoco creo que sea justo —responde—. Pero eso es justamente lo que hacéis.

Incómodo, el director prefiere no decir nada esta vez.

—Mira —resuelve la mujer—, ¿sabes qué? Si de mí dependiera, como tú dices, te diría que ahora mismo cancelases todos los… ¿Cómo era? Ah, sí, los «productos» que yo tengo contratados con vosotros. O sea, mi cuenta de toda la vida. La misma de cuando aún erais la caja de ahorros de la ciudad y no la sucursal bananera de un banco extranjero.

—Marosa, por favor…

La mujer sonríe con cansancio.

—No —lo ataja con un gesto de la mano—, no te preocupes, que no lo voy a hacer. Pero no por falta de ganas, eh, sino porque tendría que irme a otro banco. Y sé que allí las cosas serían más de lo mismo. No os importamos una mierda…

—Eso no es verdad.

—Por supuesto que lo es… Ahora, también te digo algo: la próxima vez que necesitéis un rescate, de mí no esperéis ni un flotador.

Y silencio. Ya ninguno de los dos dice más. ¿Para qué hacerlo? Marosa no es idiota. De sobra sabía antes de entrar en la sucursal de su calle que la batalla estaba perdida de antemano. Ha protestado, ha ejercido su derecho al pataleo y, ahora, ya no le queda más que hacer que levantarse y dejar el espacio libre para que haga uso de él el próximo desgraciado. O el siguiente Premium… Marosa Vega se pone de pie un segundo antes de que su teléfono móvil vuelva a vibrar en su bolsillo. Lo saca e, ignorando por completo al director, echa un vistazo rápido a la pantalla. Y, sorprendida, se sonríe.

—Vaya, y yo que pensaba que por hoy ya había cubierto mi cupo de sinvergüenzas… Dime, ¿en qué te puedo ayudar, Salva?

14

Lobo come lobo

Desde que la recibió, el sábado por la noche, Gael ha leído la carta un centenar de veces. A ver, quizá un centenar sea mucho decir, una manera de hablar. Pero la realidad tampoco es que le haya ido demasiado lejos... La leyó tan pronto como se subió al coche, nada más salir de la casa de la tía Chon. El texto le resultó extraño, y pensó que tal vez no era ni el momento ni las formas adecuadas. La volvió a leer al llegar a casa. Una vez, otra, otra más. A lo largo de la madrugada del sábado, Gael buscó en sus líneas la voz del que fuera lo más parecido que nunca tuvo a un mentor. Una despedida, quizá incluso una explicación, hasta una confesión si fuera necesario... Un mensaje claro, la voz de alguien importante expresándose de una forma nítida a través de la distancia. Algo.

Pero no.

Allí no había nada de eso.

En toda la madrugada, Gael no encontró en las líneas de Álvaro nada que no fuera la propia madrugada: dureza, frío, distancia. Lo más parecido a una confesión era el hecho de asumir que ni él ni los suyos, fueran quienes fueran esos *suyos*, habían tenido demasiados miramientos a la hora de conseguir lo que fuese que en cada momento se habían propuesto. Pero desde luego nada que se pareciese al arrepentimiento. Ni mucho menos. En todo caso, cualquiera podría decir que, por momentos, la voz de Álvaro no dejaba de sonar arrogante, soberbia. Tal vez hasta desafiante. Pero no arrepentida… Ni siquiera cuando se dirigía directamente a él. Novoa reconocía la capacidad e inteligencia de Gael, e incluso le hablaba de una cierta disposición para considerarlo como su digno sucesor. ¿Pero sucesor de qué? El cargo de Álvaro Novoa siempre había estado vinculado al partido, y Gael nunca había llegado ni a afiliarse. A ningún partido. Había también una llamada a su buen criterio para tomar una decisión. Pero… ¿Qué decisión? ¿Sobre qué cuestión? Maldita sea, Gael había cruzado la madrugada del domingo intentando comprender cuál era la pregunta. ¿Cómo responder si ni siquiera sabía qué era lo que se le estaba preguntando? ¿Acaso era ahí donde debía poner en práctica la sagacidad a la que también apelaba Álvaro en la carta? Vueltas y más vueltas que tan solo daban en un punto: frustración. Gael no entendía nada. Lo intentaba, intentaba encontrar algún foco de luz en todo aquello. Pero no lograba nada.

Agotado, decidió dejarlo para volver a intentarlo al día siguiente. Quién sabe si una mirada más descansada no le ayudaría a entender el mensaje de otra manera. Pero el éxito fue el mismo. ¿De qué diablos le estaba hablando el viejo Novoa? Poder absoluto, autoridad, ¿*Todo*? ¿Qué se debía suponer que era todo aquello? Tal vez por pura defensa personal, Gael intentó una nueva lectura de la carta, pero esta vez desde la distancia, dejando a un lado cualquier vínculo afectivo. Pero tampoco así mejoró la cosa… En cierto modo, para cualquiera que no conociera de cerca la trayectoria de Álvaro Novoa, aquella carta bien podría pasar por el delirio final de un político corrupto rayano en lo megalómano. Cansado, tal vez incluso dolido por no haber encontrado nada de lo que esperaba, Gael acabó el fin de semana abandonando la carta en un rincón de su escritorio. Le hubiera encantado encontrar algo diferente. La voz de un amigo, una despedida. Algo, lo que fuera, algo que le ayudara a entender la pérdida. Pero en la carta no había nada de eso, y allí se quedó, arrinconada en un cajón junto a otros papeles a lo largo de toda la semana.

Hasta esta misma mañana.

Hoy, varios medios de comunicación se han hecho eco del fallecimiento de Antonio López. Al parecer, el empresario ha sufrido un percance terrible, un accidente de tráfico fatal. De hecho, y para ser sinceros, a Gael le ha dado la sensación de que alguna de esas cabeceras se esforzaba en hacer todo lo posible por asegurarse de que eso quedaba claro. Que había sido un accidente y que nada se había podido hacer por la vida del empresario, que había fallecido en el acto.

Por supuesto, la memoria de López ha acabado trayendo una vez más el recuerdo de Álvaro. Todos aquellos negocios juntos… Hasta el asunto de Blue and Green, claro. Y de pronto algo ha regresado a su pensamiento. La carta, claro. Al fin y al cabo, el propio Álvaro mencionaba algo ya en el comienzo de esta. Gael, que se ha encontrado con la noticia mientras desayunaba antes de salir hacia San Caetano, ha dejado que el café se enfriase en la taza y ha ido a buscarla. Y sí, ahí estaba. «Hacíamos y deshacíamos, establecíamos acuerdos con unos y acabábamos con otros. Levantábamos negocios, hundíamos los que no nos interesaban, y vuelta a empezar…».

De pronto, las palabras de Álvaro han sonado de una manera diferente. «Establecíamos acuerdos con unos y acabábamos con otros». «Acabábamos con otros», ha murmurado para sí. ¿Acaso es de esto de lo que va todo? Dicen que perro no come perro. Pero, estos… No, estos parecen perros mucho más grandes. Lobos, son lobos. Lobos devorándose entre lobos. Un poco más abajo: «Pero también todo acaba… Y desde hace un tiempo observo que es nuestra carrera la que llega a su fin».

Mierda… ¿Es esto a lo que se refería Álvaro? Lobos devorándose entre lobos…

Gael ha llamado a la oficina para decir que no iba. Debería haber buscado alguna excusa, alguna que por lo menos ofreciese la posibilidad de ser creída. Pero no. Ha llamado a su secretaria y, sencillamente, le ha dicho que hoy no iría. María tan solo ha tenido tiempo de preguntar si ocurría algo. Y sí, de no haber colgado antes, casi de manera mecánica, Gael le habría respondido con la verdad: ocurre que, de un tiempo a esta parte, la gente se obstina en morir a su alrededor. Primero Álvaro, ahora López…

Y, entre ambos, Olivia.

Sí, María, ocurre algo. Algo que hace que las cosas no vayan bien. Y Gael ha vuelto a pensar en la carta. Porque, desde luego, si algo tiene claro Gael Velarde es que Álvaro nunca hizo nada porque sí. Álvaro Novoa siempre fue un tipo disciplinado. Atento a los detalles. Al trabajo bien organizado. De manera que, veámoslo una vez más, ¿qué es lo que le cuenta en la carta? Y, sobre todo, ¿por qué se lo cuenta?

Por una parte reconoce que las cosas no siempre se hicieron de la manera correcta. «Leerás que éramos unos ladrones sin escrúpulos, unos sinvergüenzas arrogantes… Unos "chorizos", como tanto se jalea ahora». O, desde luego, que no se hicieron dentro de los parámetros que la justicia reconocería como legales, si bien eso no es lo importante aquí. «O, si lo es, no es eso lo más importante». No, por supuesto que no. De sobra sabían todos los López y los Novoas del mundo que lo que hacían no era legal… Álvaro era consciente de que su mundo había entrado en crisis. «Pero también todo acaba… Y desde hace un tiempo observo que es nuestra carrera la que *llega a su fin*». Un cambio de paradigma, un nuevo orden de cosas en el que la continuidad de los actores como él ya no estaba tan clara. «El mundo está cambiando, amigo». De hecho, incluso llega a reconocer la existencia de algún tipo de amenaza. «Callado, apartado, relegado… ¡Amenazado, incluso, por ese imbécil de Cortés!». Es evidente que Novoa se refiere a Toto Cortés, el presidente de NorBanca. Pero… ¿Por qué? Toto Cortés… Todo un banco. Esto ya son palabras mayores. ¿Acaso ha sido esa la situación que también ha acabado con López? Maldita sea, ¿en qué estaba metida esta gente?

Piensa, Gael, piensa. ¿Qué es lo que no sabes? Todo, por supuesto… Álvaro Novoa solo era una inmensa ballena blanca en un mar de tiburones. Un anormal peligroso, es verdad. Aunque desde luego no el único. De acuerdo, pero… ¿y qué ocurre entonces con él? ¿Qué pasa con Gael, cuál es su lugar en toda esta historia? Porque en este caso también es Álvaro quien lo introduce en el juego. En todos los aspectos…

Tal como recuerda Novoa en la carta, es cierto que, en un determinado momento de su vida, Gael decidió abandonar Novoa y Asociados. Fue Álvaro, a recomendación de Caitán, quien le abrió las puertas del bufete. Y también fue el señor Novoa quien le facilitó una salida. Una, de hecho, mucho mejor que la que en aquel momento habría imaginado. Pero no por los motivos que le ha parecido entender en la carta. Gael no se fue porque hubiera empezado a reconocer la muerte de ningún partido, sino por un problema con Caitán.

(Por *el* problema con Caitán…).

De modo que no, Gael no compartía aquella percepción sobre «el viejo partido» de la que Álvaro le habla en la carta. Y sin embargo…

Y sin embargo ahí está. La carta, la puñetera carta, de nuevo en sus manos. ¿Por qué?

Y una vez más, Gael vuelve a maldecir. Joder, tiene que haber más, tiene que haber algo más. Algo que no ha visto. Álvaro Novoa siempre fue un hombre metódico. Corrupto hasta la médula, sí. Frío y despiadado en los negocios, también. Pero metódico. Ordenado, atento. Y, desde luego, poco dado a las casualidades. Maldita sea, la puñetera carta tiene que significar algo más. ¿Por qué es tan importante que afinemos el juicio? «Sobre todo tú, Gael…». ¿Y qué coño es todo ese asunto del digno sucesor? O lo de estar listo para tomar una decisión… ¿Una decisión? Pero ¿sobre qué? «Lo verdaderamente generoso es poner ese mismo fuego en manos de un hombre, y observar qué es lo que el mortal hace con este nuevo poder…». La madre que me parió, ¿pero de qué coño está hablando?

15

Modus Vivendi

Salva ha preferido quedar fuera de la ciudad. Al fin y al cabo, después de tantos años cubriendo la información local, la suya es una cara conocida en Vigo. No, mejor alejarse de posibles miradas suspicaces. Lo último que Lamas necesita en este momento es que alguien le vaya con historias a Rodrigo. «Hemos visto a Salva hablando con…». No, gracias, mejor no. O, al menos, no mientras la cosa siga caliente. Además, es él quien ha llamado, qué menos que ser él quien se mueva… Cuando a finales de 2020 ella se quedó en la calle, después de que una interesadísima *reorganización editorial* se llevara su puesto por delante (reorganización que, casualmente, supuso tanto la llegada como el ascenso de unas cuantas caras recomendadas por Pérez Guerra), Marosa decidió dejar Vigo y regresar a Santiago, de manera que aquí es a donde se ha venido Salva esta noche. Y sí, a él ya le va bien así… Ha cruzado un mar de lluvia para llegar. Pero no importa. Al fin y al cabo, las noches del Modus siempre son una buena idea.

Salva lleva ya un rato esperando por su antigua compañera —o, lo que es lo mismo, unas cuantas copas— cuando reconoce la sonrisa franca de Marosa doblando la rampa de piedra que desciende a la catacumba del pub.

—Mírala…—sonríe a la vez que se pone de pie, no sin cierta dificultad—. Sigues igual de guapa, lagarta.

Abre los brazos para recibir a Marosa en un abrazo empapado.

—Tú, que me ves con buenos ojos, viejo verde.

Y sí, Marosa tiene razón. Salva Lamas ve a Marosa con los mejores ojos. De hecho, a Lamas ella siempre le cayó bien. Desde el día en que se conocieron, hace ahora ya más de veinte años. Tan pronto como Marosa, que entonces era poco más que una mocosa recién salida de la facultad, entró por la puerta de la redacción, Lamas le reconoció el talento. Aquella mirada atenta, despierta, junto con una curiosidad insaciable y una determinación rayana en la obsesión no tardaron en hacer de Marosa una periodista insuperable. De no ser por aquel pequeño detalle… Porque, a ojos de Salva, Marosa Vega nada más tenía una debilidad: una obstinación innegociable por dar siempre con la verdad, por incómoda o incluso comprometedora que esta pudiera ser. Y, cuando trabajas para un medio que pertenece a un gran grupo que pertenece a una gran corporación que pertenece a… esa obcecación por llegar siempre al fondo de cualquier cuestión, por intrascendente que en un principio pudiera parecer, no siempre era la mejor característica personal que señalar en tu currículum. Un defecto que, con toda probabilidad, le costó el puesto. Un defecto que, ahora mismo, Salva espera que siga teniendo.

—Qué alegría verte, amigo.

—Yo también me alegro… De verdad.

Salva vuelve a sentarse en uno de los sofás pegados a la pared, y Marosa se acomoda frente a él, en un pequeño taburete.

—Hola, Marosa —saluda el camarero—, ¿qué te traigo?

—Hola, Manu. Pues, no sé… —Dubitativa, la periodista echa un vistazo a la mesa—. ¿Lo que está tomando aquí mi amigo es legal?

—Si tienes un estómago fuerte, sí.

—Bueno, mañana lo veremos… Venga, va, tráeme lo mismo.

—Chica valiente… —sonríe Salva, ofreciéndole su copa en alto.

—¿Y quién dijo miedo?

Vega le ha respondido acompañando la frase hecha con una sonrisa. Solo es eso, una frase hecha. «Quién dijo miedo…». Solo es una frase hecha, pero, por una milésima de segundo, a Salva se le pasa por la cabeza una respuesta bastante probable.

«Yo».

—Pero venga —la voz de Marosa lo rescata de sus propias inquietudes—, que tú no te has hecho cien kilómetros para tomarte una copa conmigo.

—Bueno, porque tú lo digas…

—Que te dejes de historias, canalla. Dime, ¿qué es eso de lo que me querías hablar?

Lamas aprieta los labios al tiempo que muda la expresión en un gesto grave, serio.

—¿Te has enterado de lo de López?

La mujer asiente en silencio a la vez que se echa ligeramente a un lado, para que el camarero deje sobre la mesa una cerveza con un chorro larguísimo de mezcal.

—Sí. He oído algo sobre un accidente horrible, ¿no?

Salva deja correr una sonrisa desganada.

—Sí, claro —responde—, un accidente…

Y Marosa comprende.

—Vamos, que no lo ha sido…

Lamas niega con la cabeza.

—En absoluto. A ese pobre desgraciado se lo han cargado.

Marosa permanece en silencio, sin dejar de observar a su antiguo compañero.

—¿De qué estamos hablando?

Salva desvía la mirada, perdiéndola en el fondo de su copa.

—De una ejecución, Marosa. Eso es lo que ha sido.

—¿Estás seguro?

—Completamente.

—¿Y eso por qué?

El periodista veterano deja ir un suspiro resignado.

—Mira, si yo fuera uno de aquellos personajes a los que tanto te gustaba entrevistar, ahora mismo te estaría advirtiendo que todo esto que te voy a decir es *off the record*, ¿estamos?

—Estamos.

Salva mueve la cabeza arriba y abajo, considerando el momento. Sabiendo que esta es la última oportunidad de echarse atrás. De acuerdo, vamos allá.

—Vale, escucha. No lo puedo asegurar, pero, si tuviera que apostar…

Marosa inclina la frente hacia delante.

—Qué.

—A Antonio López se lo cargaron porque iba a cantar. Y, antes de que me lo preguntes tú, ya te lo digo yo: lo sé, porque es conmigo con quien iba a hablar.

—No me jodas…

Lamas arquea una ceja.

—Los jóvenes siempre estáis pensando en lo mismo.

—Vete a tomar por culo.

—¿Lo ves? Pero sí, es cierto. Cuando tuvo el *terrible accidente*, como todos lo han vendido, López se dirigía a una cita conmigo.

—Uf… ¿Y quién crees que ha sido? ¿Alguno de sus socios, quizá?

—No.

Marosa esboza una mueca dubitativa.

—¿Estás seguro? Porque últimamente, la sensación que se transmitía era la de que López se estaba convirtiendo en un problema. El regreso del asunto de Blue and Green y toda esa historia…

—Sí, sí, lo sé. De hecho, se puede decir que en buena medida hemos sido nosotros mismos los que hemos puesto en marcha el ventilador de esa historia desde el periódico. Y no, no me preguntes por qué lo hemos hecho, porque no te lo puedo decir.

—¿Porque no puedes, o porque no lo sabes?

—Porque no lo sé. Aunque…

Lamas le da un trago largo a su cerveza con mezcal.

—Si te digo la verdad, me imagino que las últimas llamadas e incluso visitas de Pérez Guerra al despacho de Rodrigo habrán tenido algo que ver…

—¿La presidenta en la sombra? —Marosa no disimula una mueca despectiva—. Guau, eso son palabras mayores, compañero.

—Lo son.

—Pero, a ver, entonces... ¿de qué estamos hablando, Salva? ¿Crees que se trata de una decisión política? Porque eso...

Salva asiente, haciéndole ver a Marosa que no es necesario que siga, que comprende lo que quiere decir.

—Eso sería gravísimo, sí. Y posible también. De hecho, una de las cosas de las que López me habló cuando contactó conmigo era algo sobre una grabación que, de haber trascendido, habría complicado seriamente la continuidad en el cargo del presidente de la Xunta.

—Joder...

—Sí, joder —murmura Salva sin demasiado entusiasmo—. De manera que sí, la cuestión política está ahí. Pero, si te digo la verdad... —Niega con la cabeza—. No, yo no creo que la cosa vaya de eso. O no simplemente de eso.

—¿No?

—No. Aquí hay algo más.

—¿A qué te refieres?

Lamas chasquea la lengua.

—A ver, no lo sé, no te lo puedo decir con exactitud. Es solo que... —El periodista encoge los hombros—. No sé lo que es, Marosa, pero lo que sí tengo claro es que aquí están pasando cosas. Cosas raras —matiza—. Y no parece que sea poca la gente implicada.

—Ya veo... ¿Y en quién estaríamos pensando, entonces?

Lamas aprieta los labios, dubitativo.

—Pues en gente extraña —murmura—, caras poco habituales en este tipo de sainetes.

—¿Como por ejemplo?

Salvador chasquea la lengua.

—Como por ejemplo, Caitán Novoa. ¿Lo conoces?

Marosa arruga el entrecejo, extrañada.

—Sí. Creo que tiene algún cargo en la Xunta, ¿no?

—Sí —le aclara el periodista—, es el director de Galsanaria.

—Eso. Bueno, y el hijo de Álvaro Novoa, claro…

—Exacto —le confirma Lamas, haciéndole ver que eso es lo importante del personaje—. La semana pasada tuve ocasión de hablar con él. Casi por casualidad, en realidad.

—¿Por lo de la muerte de su padre?

Salva niega.

—No. Es cierto que últimamente la gente parece tener la fea manía de morirse a su alrededor. Primero su padre, ahora López… Y bueno, en medio la chica esta, ya sabes…

—Sí —recuerda Marosa—, Olivia Noalla, ¿no? La que trabajaba en el bufete de la familia. Leí algo sobre una paliza que le dieron unos que la asaltaron en su casa, o algo así…

Lamas perfila una sonrisa amarga.

—Ya, y algo más también. De hecho, y a la vista de lo de ayer con López…

—¿Crees que lo de ella tampoco fue casual?

Salva levanta la vista y clava sus ojos en los de Marosa.

—Yo ya no me creo nada.

Vega asiente en silencio.

—Ya veo…

En ese momento, Marosa cae en la cuenta de algo.

—Pero, entonces, hablando del tal Caitán… ¿Acaso me vas a decir que lo de su padre tampoco fue un suicidio?

—No, no —rechaza—. Con eso no parece que haya duda. Por lo que he estado preguntando se ve que sí, que el tipo sí se suicidó. Por muy poco que le pegue, eso también es verdad…

—Desde luego, no parece su estilo.

—La verdad es que no… El viejo era un tipo duro. Como sus amistades… Y ahí es donde se complica todo, claro.

—¿A qué te refieres?

—A que creo que no estamos poniendo el foco en el lugar correcto, Marosa. Caitán es un tipo oscuro, con amistades peligrosas. Ximo Climent, Pablo Nevís, el propio López… Pero nada comparado con la agenda de su padre. A saber, después de toda una vida cortando el bacalao, la clase de relaciones de las que estaríamos hablando. Y, en medio de toda esa jauría, esa pobre chica…

—¿Crees que su muerte está relacionada con la historia?

—¿Y por qué no? Una mujer a la que asaltan, violan y golpean en su casa, de acuerdo. Pero una mujer que, casualmente, trabajaba como administrativa en el bufete de los Novoa… No sé, pero yo diría que, como mínimo, para una investigación sí que daría, ¿no te parece?

—Desde luego…

—Bueno, pues ahí tienes otra rareza.

—¿Cuál?

—Lo poco que ha tardado la policía en explicar el caso. Un asalto fortuito, sin ningún otro vínculo ni relación. Cuando menos curioso, ¿no crees?

Poco a poco, Marosa comienza a observar a Salva de medio lado.

—¿Insinúas que…?

—No, amiguita. Tú eres una chica lista, no necesitas que un viejo como yo te insinúe nada para darte cuenta por ti misma de que aquí pasa algo.

Marosa reprime una sonrisa.

—Empiezo a verlo, sí. Pero, entonces… ¿De qué estamos hablando realmente, Salva? Quiero decir, ¿quién…?

—¿Quién tiene tanto poder para hacer algo así? —Lamas asiente en silencio, haciéndole ver a Marosa que esa es la pregunta a la que él también había llegado—. No lo sé, amiga, no te lo puedo decir. Pero lo que sí sé es que todo esto es muy extraño. Y supongo que esa es la razón, claro.

—¿La razón de qué?

Lamas vuelve a mantener la mirada de Marosa.

—La razón de que Rodrigo tenga tanto miedo.

Ella extraña la expresión.

—Eso es imposible —rechaza—. Guzmán es un periodista valiente.

—Sí, lo es. Y por eso mismo sé que la cosa es grave, Marosa. Porque está completamente bloqueado.

—Pero, no te entiendo, ¿por qué lo dices?

—Pues por la conversación que tuvimos ayer, por ejemplo. Tan pronto como me avisaron de la muerte de López, corrí a hablar con él, para decírselo y que nos pusiéramos de inmediato con la noticia. Con el enfoque correcto, claro. Pero fue imposible, Marosa. Lo vi, lo pude ver, el Rodrigo periodista estaba ahí, y quería contarlo. Pero…

—¿Qué?

—Había algo más, algo que imposibilitó por completo que pudiéramos hacer nada. Bueno —Lamas se corrige al momento—, nada que no fuera salir con lo que publicamos, lo que supongo que ya habrás visto…

—Lo del *terrible accidente* —comprende Marosa.

—Lo del *terrible accidente* —confirma Salva, a la vez que levanta su copa en el aire para hacerle ver al camarero lo vacía que está.

—¿Y por qué crees que está pasando esto?

—Por la presión, por supuesto. No puede ser otra cosa.

—¿Presión? ¿De quién?

—Pues para empezar, de nosotros mismos.

—De… ¿vosotros?

—De la empresa —matiza—. Mira, ayer, tan pronto como salí del despacho de Rodrigo, al ver que por ahí no iba a conseguir nada, hice un par de llamadas. Llevo días observándolo, y está muy callado. Apenas habla, sobre todo desde la última visita de Pérez Guerra, y necesitaba saber qué estaba ocurriendo. De modo que así fue como descubrí que ayer mismo estuvo comiendo con Breixo Galindo.

Marosa arquea una ceja, en un ademán que delata la seriedad de la situación.

—Joder, con el mismísimo Darth Vader del periodismo…

—Todo él —confirma Salva sin ningún entusiasmo—. Me imagino que el tipo vino a afianzar lo que fuera que Pérez Guerra había empezado, aunque esto no lo puedo asegurar. Ahora, lo que sí sé es que, desde luego, si antes lo teníamos crudo, desde esa comida ya no tenemos nada que hacer. Ayer mismo, ya en su despacho, Rodrigo se puso nerviosísimo recordándome cuál es nuestra posición dentro de la empresa.

—La última mierda —señala Marosa—. Y, como les lleves la contraria, un grano en el culo.

—Eso mismo —asiente sin darle tiempo al camarero a dejar la copa sobre la mesa—, eso mismo… Así que esa es la razón por la que sé que la cosa es seria. Si la mañana antes de que muera López el consejo de administración envía al mismísimo Galindo para asegurarse de que a Rodrigo le queda claro quién manda aquí, es que el relato de todo lo que suceda se dicta desde muy arriba, Marosa…

—¿Estás pensando en alguien en concreto?

—En lo que estoy pensando es en una altura en concreto.

—¿Cuál?

Lamas hunde sus ojos cansados en el fondo de su copa.

—Mucha, Marosa. Mucha…

Ella no deja de observarlo. Hay gravedad en la expresión de Lamas.

—Me estás asustando, amigo.

—Y haces bien en asustarte, amiga. Porque esta gente de la que estamos hablando es la que maneja… —Salvador encoge los hombros—. Bueno, ya sabes. La que lo maneja todo.

Lamas se refugia en un trago que a Marosa le parece largo de más.

—Escucha, antes me preguntabas si creía que lo de López podía haber sido cosa de alguno de sus socios habituales.

—Sí. Al fin y al cabo, el asunto ese de Blue and Green sigue estando ahí. Y, oye, estamos hablando de gente que mueve mucho dinero…

—Es verdad —admite el periodista—. De hecho, por lo que he podido averiguar, parece que solo el año pasado las empresas de Ximo Climent declararon unos beneficios de algo más de siete millones. Y, no nos engañemos, eso sale de una serie de contratos que en realidad todo el mundo sabe que fueron adjudicados a dedo. Porque, al margen de esos chanchullos, solo en comisiones por intermediar con empresas ajenas a su grupo habría que sumarle un par de millones más. Y eso hasta donde he podido meter las narices estos días.

—Pues, oye, qué quieres que te diga, Salva. Nueve millones… son muchos millones como para no ponerse nervioso.

—Lo sé —admite Lamas—. Pero ¿sabes qué pasa? Que un negocio de nueve millones no es nada comparado con varios negocios de noventa millones. O de novecientos, si me apuras.

Marosa sacude la cabeza, desconcertada ante el incremento de cifras.

—¿Novecientos millones? ¿De qué… de qué me estás hablando, Salva?

Lamas encoge los hombros.

—De que, o mucho me equivoco, o esa es la gente que de verdad se esconde tras esta historia, compañera… Alguien que toma medidas tan drásticas es alguien que se mueve en otro nivel. Uno donde los beneficios se cuentan así, de cientos en cientos de millones. Si no incluso de millares en millares…

—Joder… De ahí el miedo de Rodrigo, claro.

—Por supuesto. Porque puede que los Climent, los Nevís e incluso los pobres diablos como los López de esta historia fueran los beneficiarios de las plazas de garaje en las que aparcas tu coche, de las concesionarias de autobuses que llevan a los hijos de toda esta gente al colegio e incluso de las contratas que nos recogen la basura cada noche. Pero esta otra gente de la que te hablo…

Silencio. Salva niega con la cabeza, en un gesto de impotencia.

—Marosa, esta otra gente es la dueña del suelo que pisas y de la luz que te alumbra. De las casas en las que vivimos y de los bancos en los que guardamos el poco dinero que tenemos. De buena parte de lo que comemos y bebemos, de lo que pensamos y, si me apuras, hasta del aire que respiramos. Y ahora…

Pero salva no completa la frase.

—¿Qué? —le apremia Marosa—, ¿qué ocurre?

—No lo sé… No, no lo sé. Pero diría que ahora mismo están ocupados comprando algo más.

—¿Comprando algo más? —Esta vez es ella la que niega en silencio sin comprender—. ¿A qué te refieres?

—Todavía no lo puedo asegurar. A ver, tengo una sospecha, al fin y al cabo es un hecho que han movilizado a algunos de sus principales actores políticos. Gente como Pérez Guerra o el propio Vidal. Y en breve…

—Qué.

Lamas vuelve a encoger los hombros.

—Bueno, ya sabes —responde a la vez que levanta una ceja en un gesto evidente—, en breve hay elecciones.

Ese es el momento, el instante exacto en el que Marosa comprende la preocupación de Salvador.

—No puede ser —responde—. ¿En serio crees que…?

—¿Y por qué no? —la ataja Lamas—. ¿Qué me vas a decir ahora? ¿Que confías en el sistema? ¿Que algo así no podría suceder? Pues oye, ahí te va otra exclusiva: la democracia no existe, Marosa, son los padres.

Vega aparta la mirada y echa un vistazo a su alrededor. A toda esta gente, bebiendo y riendo tranquilamente.

—Por supuesto que no, Salva, eso ya lo sabemos todos. Pero, esto que insinúas… —La periodista vuelve a buscar la mirada de su antiguo compañero—. Joder, Lamas, es prácticamente un golpe de Estado de lo que me estás hablando.

—Puede. Pero, en todo caso, de un golpe legal.

—Permíteme que dude mucho de eso.

—De acuerdo, te lo permito. Total, eso tampoco importa un carajo…

—¿Perdona?

—Que da igual —contesta, casi desde una mezcla de cansancio y hastío—, que no importa, Marosa. Legal, ilegal… La cosa no va de eso, niña.

—¿Pero cómo que no?

Casi emocionado ante el escándalo de Marosa, Lamas vuelve a sonreír. Pero esta vez ya no hace nada por ocultar su desgana.

—Esta gente vuela a mucha más altura que ese tipo de cuestiones, amiga. Ellos son los verdaderos maestros de esta historia y están muy por encima de todos nosotros. Tanto que apenas alcanzan a ver todo eso de la legalidad o incluso la justicia como algo muy lejano, borroso. Pequeñas construcciones irreconocibles desde las ventanillas de un avión privado. Justicia, legalidad, empatía incluso… No —desecha el periodista—, para esta gente, todo eso no son más que palabras huecas. Legal o ilegal, todo eso da igual. Porque no, Marosa, esa no es la cuestión.

—¿Y cuál es, entonces?

Lamas vuelve a apartar la mirada. Está demasiado cansado para responder y busca su propio reflejo en el espejo que cuelga en la pared de enfrente. Y no, lo que le devuelve el cristal no le gusta. La imagen de un hombre visiblemente agotado y, a estas alturas de la noche, incluso evidentemente borracho. Y, lo que es peor, vitalmente harto. Salva está demasiado cansado para seguir soportando todo esto. Pero Marosa merece una respuesta. Al fin y al cabo, ha sido él quien la ha llamado.

—Escúchame, niña, porque para esta gente nada más existe una pregunta.

—¿Cuál?

Salvador mantiene la mirada de Marosa, y a ella le parece reconocer la mirada pesada de alguien que ha bebido demasiado. O quizá no sea eso. Quizá, en realidad, sea la mirada fatigada de alguien que está a punto de claudicar ante el hastío de toda una vida.

—¿Es posible o no es posible? Eso —señala Salva con su índice—, saber si lo que pretenden puede o no puede hacerse, si es realmente factible, es lo único que importa. Lo que para nosotros es una atrocidad, para ellos tan solo es una duda. Posible —resuelve— o imposible, esa es la cuestión.

Los dos permanecen en silencio por un buen rato hasta que, por fin, es Marosa quien pregunta.

—Y entonces ¿qué piensas hacer al respecto?

Salva deja escapar un suspiro, uno largo y cansado.

—Yo nada. El periódico es un animal grande y pesado, discreto como un elefante con tutú, y Rodrigo ya me ha dejado muy claro que mi margen de maniobra es ninguno.

—Pero... ¿Y entonces?

—Entonces —repite Salva, a la vez que vuelve a buscar la mirada de su antigua compañera—, para eso estás tú aquí, pequeño ratoncito, para eso estás... Para poner el foco en el lugar correcto.

Los dos sonríen.

—¿Qué me dices, muchacha? ¿Todavía te interesa contar la verdad?

16

Y si nos ofendéis,
¿acaso no deberíamos vengarnos?

Jueves, 9 de noviembre

La cucharilla da vueltas sin parar. Lenta, casi hipnóticamente. Pero al gesto ya no le queda ninguna utilidad. En la taza, el café del desayuno se enfría sin remedio a la vez que la mirada de Caitán escudriña la información en la pantalla del pequeño televisor, acomodado en un rincón de la cocina. Casi de manera automática, Novoa salta de un canal a otro, buscando algo que, en realidad, sabe que no encontrará. Tan solo la televisión autonómica comentó algo en las noticias de ayer. *«Tráxico accidente na ponte de Rande».* Una nota breve en el apartado de sucesos, con imágenes del puente cortado al tráfico, y poco más. Hoy, dos días después, ya nadie dice nada. Solo un par de periódicos han sacado algo, aunque nada más haya sido para asegurarse de que nadie olvida que el difunto había saltado a la palestra con el escándalo de Blue and Green. «Fallece en accidente de tráfico uno de los símbolos de la vieja política del país». Y Caitán reconoce ahí la mano, siempre atenta, de Pérez Guerra. Claro que sí, comprende, que la muerte no deje de ser una oportunidad… Asintiendo en silencio ante el televisor, donde una cara de labios operadísimos carga una vez más contra el enésimo error del Gobierno a batir, Caitán olvida su café mientras piensa en lo último que Toto Cortés le dijo antes de abandonar el despacho de su mujer el martes por la mañana. «Nosotros nos encargamos de liquidar esas cuentas pendientes...».

Esa misma noche, Antonio López estaba muerto, tirado como un perro sobre el asfalto del puente de Rande.

Como un autómata, Caitán Novoa le da un trago al café. Sin percibir siquiera lo helado que está.

«Nosotros nos encargamos de liquidar esas cuentas pendientes...».

Caitán, aún ausente, sacude la cabeza. Algo ha traído su atención de vuelta. El timbre de la puerta. Sí, alguien llama. El primer impulso es dar una voz, avisar de que alguien está llamando. Ordenar, en realidad, que alguien vaya a ver quién es, qué coño quieren. Pero entonces cae en la cuenta de ese otro pequeño detalle: son las ocho y media. Malena ya ha salido para Santiago, Candela se ha ido al instituto y Maritza, la mujer de la limpieza, no llega hasta las diez. No queda nadie en la casa. Excepto él, claro. Mierda, ¿quién coño llama con tanta insistencia? Quizá Candela, que se ha olvidado algo. ¿Las llaves, tal vez? O la cabeza... Caitán deja la taza sobre la barra y, con esa mezcla de incomodidad y enojo que siempre le acompaña, atraviesa la cocina, en dirección al recibidor.

—Ya va, ya va...

Caitán abre la puerta sin mirar y la primera sensación de la que toma conciencia es el desconcierto que la escena le provoca. Por alguna razón que no acaba de comprender, el porche de su casa se ha convertido en una extraña reunión de... ¿culturistas con traje? Sí, eso es: aunque Caitán no los conoce de nada, ahí están estos gorilas, tres energúmenos que lo mismo podrían ser porteros de discoteca que matones de esos que algunos envían a «negociar» el desalojo rápido de ocupaciones indeseadas.

—Buenos días, señor Novoa.

El que le habla desde una sonrisa extraña, casi estúpida, es el tipo que está más cerca de la puerta. Apenas han sido cuatro palabras, pero a Caitán le han bastado para notar lo extraño del acento. ¿Tal vez del norte de África?

—Buenos días —responde sin ocultar su incomodidad. De hecho, ahora mismo son dos las sensaciones que su cerebro le está transmitiendo. Una extraña y otra preocupante.

La sensación extraña es la de que a estos tres tipos los trajes le sientan como a un cerdo un monóculo.

La preocupante, que los tres están demasiado cerca de la puerta. Tanto, que Caitán incluso puede sentir el mal aliento, agrio e intenso, del tipo que le ha dado los buenos días. El mismo que ahora insiste en esa sonrisa absurda.

—Relájese —le dice—, será mejor.

Novoa extraña todavía más el gesto.

—¿Que me relaje? Discúlpenme, caballeros, pero…

Pero nada.

Antes de que Caitán comprenda siquiera por dónde le ha venido, el impacto de un fortísimo puñetazo en el estómago hace que se doble por la mitad. Caitán querría protestar. Preguntar, protegerse, algo, lo que sea. Pero no puede: se ha quedado sin respiración, y no puede hacer otra cosa que no sea llevarse las manos al estómago y encogerse sobre sí mismo.

—En la cara no, Arón.

—No te preocupes —responde el gorila de acento extraño a uno de los tipos de atrás, los mismos que, para mayor preocupación de Caitán, siguen haciendo de pantalla—, sé lo que hago.

Y sí, vaya si lo sabe. Con Novoa todavía doblado, el segundo puñetazo impacta a la altura del hígado. Casi de manera instantánea, la explosión de dolor resulta brutal y Caitán cae al suelo, haciendo lo posible por mantenerse a cuatro patas. Error, porque lo que ahora ha dejado expuesto es la región lumbar, una oferta que el gorila no está dispuesto a rechazar. El tercer y el cuarto puñetazo, cada uno con una mano, van derechos a los riñones. Mareado, Caitán no puede retener la náusea y vomita sobre el felpudo del recibidor.

—¿Qué…?

«¿Qué queréis de mí?», eso es lo que Caitán ha intentado decir. O tal vez «¿Qué os he hecho yo?». Pero no llega a terminar ninguna de las opciones. Ni el dolor intenso ni la falta de oxígeno se lo permiten. No pasa nada. Por suerte para Novoa, uno de los otros dos gorilas está ahí para resolverle todas las dudas.

—Queremos que nos acompañe. Arón, tráele un vaso de agua —ordena—. Beba, recupérese y salga con nosotros.

—¿Quién…? —Aún encorvado, Caitán intenta recuperar algo parecido a la respiración—. ¿Quién cojones sois vosotros?

—Amigos —le responde Arón a la vez que le ofrece el vaso con agua—. Amigos para siempre.

—Exacto —le confirma el otro, el que ha dado todas las órdenes—, amigos de los que te sacan de paseo. Así que venga, vaya dejándose de preguntitas y andando, que para mañana es tarde, y usted aún tiene que ver a otro amigo que también se muere por saludarlo…

Media hora más tarde, cuando por fin el coche al que le han hecho subir se detiene en lo que parece ser su destino final, Caitán comprende todavía menos. Pero no porque le hayan seguido golpeando ni nada por el estilo. De hecho, el recorrido en coche ha sido más un paseo relajado, casi una excursión, que ningún tipo de fuga acelerada. No, ni mucho menos… En lugar de prisas, carreras y goma quemada, los cuatro se han metido en un coche, un antiguo Mercedes medio destartalado y, sin urgencia, han atravesado el centro de la ciudad, respetando en todo momento los límites de velocidad, el ámbar de los semáforos y hasta a las abuelas menos hábiles a la hora de cruzar pasos de peatones. Sin prisa…

De manera que no, Caitán no comprende nada. Menos aún cuando llegan a su destino. Porque, para ir desde su casa, en el muelle de Canido, hasta este lugar no es necesario atravesar el centro de la ciudad. La ruta por la circunvalación y la autopista les habría supuesto menos tiempo y más discreción. Y sin embargo… ¿A qué ha venido esto?

«Es como si…».

Sí, a Caitán se le ocurre una idea: como si pretendieran asegurarse de que los vieran juntos.

Pero ahora, sea por lo que sea, están aquí. El conductor, el único de los tres orangutanes que en todo momento ha permanecido en silencio, ha detenido el coche en medio del paseo que bordea la playa de Arealonga, un pequeño arenal urbano en el corazón de Chapela, en el interior de la ría de Vigo. Y es entonces, al buscar una razón a su alrededor, cuando Caitán comprende. Cómodamente sentado en la terraza de uno de los bares que se asoman al paseo, un hombre los observa mientras remueve su café.

—¿Todo en orden? —pregunta desde su mesa.

—Todo en orden, señor. Lo hemos hecho tal como usted nos indicó.

—Bien…

El tipo apura el café y, después de dejar tranquilamente el pocillo sobre la mesa, se pone de pie y se acerca al coche para asomarse a la ventanilla de Novoa.

—Hola, amigo.

Y Caitán, furioso, aprieta los dientes con rabia.

—Garmendia… Hijo de puta, debí haber imaginado que esto era cosa tuya, mala bestia. Me cago en la madre que te parió.

Pero el abogado de Climent no se deja intimidar por la reacción de Novoa.

—Bueno, bueno… Tranquilo, tigre. Si yo estuviera en tu lugar, tendría más cuidado con ver en quién me voy cagando por ahí, hombre… Un poco más de respeto, campeón, que madre no hay más que una, y a ti… Veremos si al final del día no te encuentran en algún callejón. ¿Qué, damos un paseíllo?

Por supuesto, el abogado de Climent y Nevís no espera respuesta. Tan solo se limita a abrir la puerta y esperar a que Novoa salga del coche.

Por fin fuera, Damián Garmendia y Caitán Novoa echan a andar en la dirección indicada por el primero, hacia la parte más occidental de la playa urbana. A medida que avanzan, Damián se asegura de saludar a todas cuantas personas se cruzan en su camino, les hayan saludado ellas antes o no.

—Cuánta popularidad para un animal como tú —murmura Caitán—. ¿Qué pasa, que conoces a toda esta gente? ¿Eres de aquí o qué?

Garmendia sonríe.

—No.

Y entonces Caitán recuerda el trayecto hasta allí. La calma, la pausa. Y termina de comprender.

—Quieres que nos vean juntos…

El abogado se encoge de hombros.

—Bueno, tampoco veo por qué habríamos de ocultarnos, ¿verdad? Al fin y al cabo, ¿qué somos nosotros, Caitán? —Garmendia abre los brazos en el aire, como si la respuesta fuese tan evidente que no necesitase mayores explicaciones—. Dos buenos amigos paseando juntos una mañana de otoño… ¿O acaso no somos amigos, campeón? Sí —se responde a sí mismo a la vez que deja caer una palmada más que considerable en la espalda de Caitán—, claro que lo somos, coño. Claro que lo somos…

—Amigos, ya. Como estos animales que has enviado a mi casa, ¿no? —Caitán vuelve la vista hacia los tres gorilas que los siguen unos cuantos metros más atrás— ¿Qué pasa, que estos también son mis amigos? Porque gracias a ellos voy a estar meando sangre una buena temporada…

Garmendia encoge los hombros, quitándole importancia a la queja de Novoa.

—Considéralo una cortesía de la casa. Son gente de mi total confianza. Ya sabes, a los que les encargo los trabajos más delicados…

Caitán mantiene la mirada de Garmendia.

—No me jodas… ¿Debo entender entonces que se trata de los mismos que enviaste para que también masajearan hasta el último hueso de Olivia?

Damián le devuelve una mirada de reojo al tiempo que dejan atrás un pequeño restaurante, ya en uno de los extremos del arenal.

—Debiste entender muchas cosas mucho antes, campeón. Pero sí, es cierto, ese trabajo también fue cosa de estos tres.

—Qué hijos de puta que sois, Garmendia —responde Caitán, de nuevo sin ocultar su rabia.

—Es una manera de verlo.

Novoa niega en silencio.

—Pues nada, tú dirás para qué cojones me has traído aquí.

El grupo llega a un saliente sobre el mar, una especie de cabo minúsculo bordeado por la carretera, y el abogado se detiene.

—Te he traído aquí, Caitán, para que veamos juntos el paisaje. ¿Qué te parece, amigo? —pregunta, señalando la parte interior de la ría—. Bonito, ¿verdad?

—¿Para que veamos…? —Caitán maldice entre dientes—. Oye, mira, vete a tomar por culo. Dime lo que me quieras decir y acabemos con esto de una puta vez, que no estoy para hostias.

Aún sin apartar la mirada del mar, el abogado sonríe.

—¿De verdad me vas a decir que esta vista no te dice nada, Caitán?

De pronto, la voz de Garmendia se ha vuelto seria. Amenazante.

Por si acaso, Caitán, que todavía siente el dolor, sigue la mirada de Garmendia. Y vuelve a comprender. Eso es lo que el abogado está observando, allá, al fondo de la ría. El puente de Rande.

—¿Esto es por López? —pregunta—. ¿Eh, es eso? Mira, yo siento mucho lo que le ha pasado, pero no…

Pero no, Garmendia no deja que Caitán concluya lo que fuese que iba a decir.

—Lo que le ha pasado, como tú dices, es que lo han matado, gilipollas.

—Perdona, pero no te voy a tolerar que…

—¿El qué? —se le encara el abogado—. ¿Qué coño es lo que no me vas a tolerar, eh, pedazo de mierda?

Caitán no es de los que se amedrentan y no duda en mantener la mirada de Garmendia. Tan solo la presencia de los tres gorilas hace que Novoa rechace la idea de contestar con un cabezazo en la cara del abogado.

—Que me hables así, mamón. ¿O quién coño te has creído tú que eres, eh?

Garmendia se sorprende ante la reacción de Novoa.

—¿Que quién me creo que soy, dices? Joder, lo que hay que oír, la madre que me parió… Escúchame, gilipollas, yo soy el que te mantiene vivo, ¿te enteras?

Caitán arruga la nariz.

—¿De qué coño me estás hablando?

Damián sonríe con hastío.

—Te estoy hablando de que, si por tu amigo Climent fuera, ahora mismo estarías muerto. De hecho, si la decisión estuviera en manos de Nevís, los que estaríais muertos serías tú y toda tu puta familia. Así que ya estás dando gracias de que yo sea mucho más pragmático que mis clientes. Porque, para tu información, ayer, al enterarnos de lo que tus otros amiguitos, ya sabes, los más poderosos, le habían hecho a López, el único que se acordó de que muerto no nos vales para nada fui yo. Así que, como te decía, dame las gracias y, sobre todo, haznos un favor. A todos, a nosotros y a ti mismo.

—Un favor…

—Sí, un favor: cierra la puta boca de una vez y deja de tocarnos los cojones con tus mierdas.

Caitán niega en silencio, como si no comprendiera a qué se refiere el abogado.

—Te lo advertí —le explica Garmendia—, esa historia tuya de la voladura controlada, como tú te empeñabas en llamarla, era una puta mierda. No funcionaría, lo dije en su momento y te lo repito ahora. Y, por si todavía no lo tienes claro, mira —advierte Damián a la vez que agarra a Novoa por el brazo, obligándole a mirar hacia el puente—. Ahí lo tienes, cabrón, el cadáver de López, listo para recordártelo, como si fuese un puto pósit de carne y hueso estampado en el asfalto.

Por un instante, Caitán siente su propia debilidad.

—Yo no tuve nada que ver con eso —masculla.

—Oh. Ya, claro. Perdona —se burla Garmendia—, que tú no tuviste nada que ver con eso… Pues muy bien, campeón, respondiéndome esto solo me demuestras que eres todavía más tonto de lo que pensaba. Pero ¿sabes qué pasa? Que ahora «eso» ya da igual. Si fuiste tú, yo, nosotros o esas nuevas amistades que tanto te gustan… Da igual, ahora ya no importa. López está muerto, y lo único que tienes que comprender es que más te vale estar preparado, campeón, porque si nos tocas los cojones una sola vez más, ten por seguro que nosotros no vamos a quedarnos de brazos cruzados. ¿Me entiendes?

Silencio. Silencio y dientes apretados por ambas partes.

—Escucha, deja que te diga algo… Puede que López fuera un payaso y, si me apuras, hasta puede que nos hayan hecho un favor borrándolo del mapa. Pero, te lo advierto, nosotros no somos como él. Nosotros, Caitán, no somos el tipo de gente al que sea buena idea romperle las pelotas.

—Ya veo…

—Pues que se note que por fin ves algo, figura. Porque aquí es de mucho dinero de lo que estamos hablando. Es mucho todo lo que nosotros le hemos dado al partido, y desde luego no es poco lo que vosotros os habéis llevado gracias a nosotros. Así que ya te puedes enterar de una puta vez, Caitán: dejarnos fuera ahora, precisamente ahora, no es ni siquiera una opción.

—No sé cómo coño queréis que os lo diga ya, nadie pretende dejaros fuera de nada.

Garmendia sonríe. En el fondo casi le sorprende la obstinación de Caitán para aferrarse a la mentira.

—No —le responde—, por supuesto que no. Pero tú haznos un favor a todos y no te olvides de esto. Díselo a quien se lo tengas que decir: si nosotros caemos, tú y todos tus nuevos amigos caeréis con nosotros. Y, créeme, esa será una caída de la que nadie se podrá levantar sin más. Yo mismo estaré ahí para asegurarme de que vosotros también os partís hasta el último hueso contra ese asfalto…

17

Un pequeño ratón de campo

Lunes, 13 de noviembre

Por supuesto, Marosa ha aceptado el encargo de Lamas. Al fin y al cabo, ambos sabían que no había otra respuesta posible.

En el otoño de 2020, una vez superado el primer impacto de la pandemia, la de Marosa Vega fue una de las pocas voces que se atrevieron a cuestionar el discurso oficial por parte del Gobierno de Ernesto Vázquez Armengol. Al parecer, cabía la posibilidad de que el manejo de la situación no hubiera sido tan ejemplar como se había descrito desde Presidencia, y, lo que resultaba aún más incómodo, que Armengol tal vez no fuera tan buen gestor como desde su gabinete de comunicación se insistía en transmitir. O quizá, mejor dicho, *en vender*. Cuando en noviembre de aquel mismo año Marosa intentó publicar un reportaje en el que, entre otras cosas, denunciaba que el número de fallecidos durante las dos primeras olas de la pandemia habría sido considerablemente más elevado que el ofrecido por la Consellería de Política Social, desvelando así que la Xunta habría estado falseando las cifras ofrecidas y ocultando información con el fin de ensalzar la gestión de Armengol, Carla Pérez Guerra no dudó en maniobrar cuanto fuese necesario ya no para frenar la publicación del reportaje, sino, además, para hacer rodar la cabeza de la periodista.

Y lo logró.

Para sorpresa de la plantilla, de un día para otro el periódico se vio inmerso en una «reorganización editorial» de la que, en realidad, nadie había oído hablar previamente. En teoría, desde el grupo propietario de la cabecera se habló de un «proceso de actualización y modernización de la marca» que, a decir verdad, lo único que actualizó fue la vida laboral de Marosa: sin saber ni cómo había pasado, de pronto se encontró en el aparcamiento del periódico, metiendo la caja con todas sus cosas en el maletero del coche. Fue así, y no de otra manera, como Marosa Vega acabó reconvertida de la noche a la mañana en *freelance*. A la fuerza. Como aquellos a los que ahorcan...

Por descontado, el trabajo por cuenta propia tiene sus inconvenientes. Como, por ejemplo, el de no poder asegurar si este mes comerás caliente o no. Pero también tiene alguna que otra ventaja. Al contrario de lo que les sucede a los profesionales que trabajan para cabeceras pertenecientes a grandes empresas, sin el lastre que supone la servidumbre a ninguna línea editorial marcada, Marosa puede moverse con total libertad para asomarse a cualquier asunto y, como un ratoncillo de campo, colarse por las grietas de cualquier pregunta incómoda, sabiendo que al final podrá venderle el trabajo a alguno de los pocos periódicos independientes que todavía existen. Y, si no, a las malas siempre quedará internet.

Por eso Lamas le ha ofrecido el trabajo a ella. Primero, porque sabe bien lo mucho que lo necesita. Pero, sobre todo, porque sabe aún mejor que allá por donde ya no puede pasar el enorme culo de la empresa para la que él trabaja, la determinación de Marosa podrá seguir avanzando.

Así que no, en todos estos días, Marosa Vega no ha estado de brazos cruzados. Ni mucho menos...

Desde que Salvador se reunió con ella en el Modus Vivendi, la periodista ha aprovechado el tiempo para ponerse al día. Por descontado, es evidente que solo con ser cierto que lo de López se hubiera tratado de una ejecución, el asunto ya sería de la mayor gravedad por sí mismo. Pero a la luz de lo que Lamas le contó en el pub, la desaparición del empresario apenas es la punta de un iceberg mucho más complejo, un entramado de intereses económicos y corrupción a varios niveles en el que, al parecer, podría haber mucha más gente implicada. Y eso, además de un enorme escándalo mayúsculo, podría ser la historia, la gran historia que todo periodista aspira a contar alguna vez en su carrera. Por supuesto, una historia como esa no puede tener un entramado sencillo, de modo que Marosa ha decidido comenzar haciéndose una composición de lugar lo más precisa posible.

Para empezar, un repaso rápido a la hemeroteca vinculada con López le ha servido para ubicarlo en el escenario que, honestamente, era de esperar. Adjudicaciones sospechosas, concesiones a dedo, recalificaciones, comisiones… Vamos, lo de siempre. Sin embargo, una de las primeras cuestiones que Salvador le dejó claro es que no pensaba que en la muerte de López hubieran tenido nada que ver sus socios de negocio habituales.

Es cierto que también existe un entorno político con el cual Antonio López se había relacionado durante muchos años. Desde concejales de pequeños ayuntamientos, alcaldes, cargos provinciales, hasta contactos más altos. Al fin y al cabo se trataba del tipo que había protagonizado el caso Blue and Green, el escándalo que en su momento, y por más que entonces lo hubieran disfrazado de jubilación, había acabado llevándose por delante a todo un histórico de la política gallega como Álvaro Novoa. *Álvaro Novoa…* Otro de los nombres clave en todo el entramado, tanto en el panorama actual, aunque nada más fuese por su todavía reciente desaparición, como en los escenarios anteriores. Un nombre que, de un modo u otro, no dejaba de aparecer. Aquí, allá… En todas partes. De hecho, en determinado momento de la conversación en el Modus, Lamas había dicho algo especialmente llamativo, al recordar la agenda de contactos del viejo Novoa. Tal como le había recordado Salvador, Álvaro Novoa se relacionaba con gente lo bastante poderosa como para tener el control tanto sobre los medios de comunicación como, llegado el caso, incluso sobre una investigación policial.

Gente con mucho poder…

De modo que por ahí es por donde Marosa ha continuado investigando. Sin perder de vista la hemeroteca, Vega ha comenzado a repasar el álbum profesional de Álvaro Novoa para, con paciencia, recomponer el quién es quién del posible elenco. Y, desde luego, casi una semana de documentación más tarde, el resultado no puede ser más interesante.

Empresarios, banqueros, jueces, constructores, magnates de la comunicación, navieros, presidentes de grupos editoriales, industriales… En efecto, la foto de familia que Marosa ha ido componiendo alrededor de Álvaro Novoa no tiene desperdicio posible. Un círculo tan exclusivo… como cerrado. A diferencia del espacio habitual de Antonio López, ocupado en su mayoría por pequeños empresarios como él, más o menos avispados, arribistas trepadores y verdaderos malabaristas del pelotazo, a estos otros personajes la cosa les viene de cuna. Toda una panoplia de apellidos repetidos en el tiempo, con solera, tanto por parte de padre como de madre. Gente con estudios, con clase y, sobre todo, con dinero. Con dinero de siempre, con dinero de viejo, con dinero por castigo. Gente, en definitiva, tan poderosa como Lamas los había descrito. Exclusiva, el tipo de gente que no se mezcla con nadie más que con los suyos…

… O casi.

Porque tirando del hilo, con la paciencia y la determinación del ratón que quiere entrar en el granero, Marosa ha acabado encontrando algo. Una grieta. Pequeña, es verdad, pero al parecer lo suficientemente ancha como para que alguna rata haya podido asomar el hocico e, incluso, probar el pastel.

En este caso, la tarta de Fernando Muros, el constructor y naviero.

Es cierto que apenas existe información publicada, y que, de hecho, para cualquiera que no esté al tanto del funcionamiento de los grandes medios, lo que hay apenas llamaría la atención. Pero, muy a su pesar, este no es el caso de Marosa, y la periodista reconoce la maniobra al momento, la huella a la que seguirle el rastro: una serie de primeras noticias, apenas comentarios más o menos sutiles que, de pronto, desaparece. Es precisamente eso, la falta de continuidad en alguna noticia, lo que ha llamado su atención.

—Aquí estás —sonríe—, tú eres la historia…

Al parecer, en algún momento entre los años 2016 y 2018, Fernando Muros hizo negocios con Salta, una de las sociedades anónimas pertenecientes al entramado empresarial tras el que en aquel momento se sospechaba que podría estar el mismísimo Ximo Climent. Aunque, por lo visto, en su momento la cosa no debió de salir bien, porque la última noticia que Marosa ha logrado encontrar habla de una posible solicitud de concurso de acreedores en los juzgados de Vigo. Desde luego, un asunto serio del que, en los días siguientes… no se dijo nada.

De acuerdo, parece poca cosa, es verdad. Pero también es cierto que, en un entorno tan hermético como este, la más pequeña fisura ya es algo por lo que comenzar. Y ya se sabe lo que suele decirse, «si cabe la cabeza, cabe todo el cuerpo», de modo que esa es la razón de que Marosa esté ahora aquí, en el puerto de Vigo, intentando colarse en las oficinas de Muros y Muros Construcciones Navales.

Marosa no tiene cita concertada. Pero ella es mucho más astuta que ese pequeño inconveniente.

—Señor, acaba de llegar una periodista —avisa una de las secretarias a través de la línea interna—. No, señor, no se trata de una visita programada. Dice que ha venido por algo relacionado con el nombramiento de Empresario del Año. Eso es lo que me ha dicho, señor. Sí, señor, es… —la secretaria vuelve a observar a Marosa— atractiva. De acuerdo, señor. Muy bien —le indica ahora a Marosa—, el señor Muros la recibirá de inmediato.

La secretaria apenas ha acabado de pronunciar su respuesta, cuando las puertas del despacho al fondo de la sala se abren de par en par, y es el naviero quien aparece a un lado.

—¿Empresario del Año? —pregunta desde una extrañeza divertida—. Coño, eso sí que es una sorpresa… Pase, pase, por favor, y explíqueme qué demonios es eso.

—Bueno —se apresura a responder Marosa al tiempo que entra en el despacho, decidida a no perder la oportunidad—, ya sabe usted cómo son las redacciones de los periódicos…

—Pues no, no lo sé.

—Pues un hervidero de dimes y diretes, señor Muros. Y hoy precisamente nos ha llegado el soplo de que la Cámara de Comercio estaría considerando su nombramiento como Empresario del Año. Pero, vamos, supongo que de esto ya estará usted enterado…

Muros esboza una mueca escéptica y se rasca la calva con el dedo corazón a la vez que va a sentarse detrás de su escritorio.

—Pues no, la verdad es que no tenía ni idea.

—Vaya —Marosa se esfuerza en aparentar la mayor de las aflicciones—, no me diga que le estoy estropeando la sorpresa…

—Bueno, más bien me la está dando, así que no se preocupe. Que una chica tan bonita como usted no puede estropear nada…

Esta vez, el esfuerzo de Marosa es por disimular su desagrado.

—Vaya, pues… Me alegro.

—Y yo más.

Muros clava sus ojos en los de la periodista. Y, por un instante, ella no puede dejar de observarlo, pensando que, si los tiburones pudieran sonreír, sin duda lo harían con una expresión muy semejante a la que ahora se dibuja en el rostro del naviero.

—Pues usted dirá, ¿en qué la puedo ayudar, entonces?

—Bueno, me gustaría recoger un poco sus impresiones, charlar sobre su carrera…

—Mi impresión es fabulosa. Casi tanto como la que usted me produce.

De nuevo dientes apretados.

—Ya, claro… Entiendo que el reconocimiento es a una vida de éxitos empresariales.

—Bueno —responde Muros, sin ocultar en absoluto su orgullo—, es cierto que mal no me ha ido, no…

—¿Y qué me dice usted de los fracasos? ¿Cree que es verdad eso de que a veces se gana y otras se aprende?

El empresario deja correr una media sonrisa entre dientes. No, está claro que este es un tipo al que no le gusta transitar por sus derrotas.

—De los fracasos lo único que uno saca son muchos dolores de cabeza, señorita…

Muros le está preguntando su nombre, pero Marosa esquiva la pregunta.

—¿Y cuáles diría usted que han sido sus mayores dolores de cabeza, señor Muros? ¿Alguno que le haya marcado especialmente?

Desconcertado por la insistencia en el fracaso, el empresario observa a la periodista con los ojos entornados.

—No sabría decirle…

—Tengo entendido que hace algunos años, diría que en 2018…

—¿Sí?

—Creo recordar algo acerca de un concurso de acreedores…

Muros arruga el entrecejo en un ademán que no oculta la incomodidad que el comentario le provoca.

—¿Concurso de…?

—¿No es cierto que en aquel momento estuvo usted a punto de perder el control de su naviera?

El empresario aparta su mirada con una sonrisa incómoda, despectiva, y Marosa comprende que a Fernando Muros no le está haciendo gracia el rumbo que parece tomar la conversación.

—Pero, vamos a ver, señorita… ¿Me puede decir a qué carajo viene ahora este interés en el asunto de Salta? Pensaba que era de mis éxitos empresariales de lo que usted quería hablar.

—Por supuesto —le asegura Marosa—. Pero, bueno, he pensado que tal vez podríamos darle un enfoque más… humano.

—¿Humano, dice? —Muros niega a la vez que entorna los ojos—. Pero ¿de qué cojones me está hablando? Mire, aquello no fue ningún fracaso. Es más, si yo tuviera que definirlo de algún modo, diría que fue un robo. Una especie de asalto en el que unos bandoleros de tres al cuarto pretendieron hacerse con mi empresa y, ya puestos, con mi dinero, coño. Basura —muerde a la vez que señala con el dedo a Marosa—, ¿me entiende? Esa gente era basura. Y punto.

Durante dos o tres segundos, un silencio tenso se instala entre ambos. Muros se ha calentado, y Marosa, que no ha dejado de observarlo, comprende que es el momento de preguntar directamente.

—Se refiere usted a Ximo Climent, ¿verdad?

Y ahí está. La mención del nombre ha provocado un brevísimo gesto. Apenas un ademán, poco más que un cambio en la forma de mirar. Pero Vega ha identificado la reacción: la rabia, el enojo latente en la forma en la que Fernando Muros clava sus ojos sobre ella.

—De acuerdo —responde al fin el naviero—, de acuerdo. Dejémonos de tonterías… Los dos sabemos que el premio al Empresario del Año no existe, y que, de existir, esos hijos de puta de la Cámara de Comercio tendrían que estar más borrachos que de costumbre para dárselo a un cabrón como yo. De modo que, dígame, señorita Vega, ¿qué cojones es lo que quiere usted de mí?

Esta vez es Muros quien la ha cogido por sorpresa a ella. ¿La conoce?

—¿Me conoce?

El empresario sonríe con soberbia.

—¿Y qué se pensaba —responde con desprecio—, que además de ser tan estúpido como para engañarme con una patraña tan burda tampoco sé en qué mundo vivo? Por favor, señorita… Usted es Marosa Vega, la periodista aquella de los ancianitos muertos en sus residencias de mierda y toda aquella historia sobre la manipulación de los datos. De hecho, le gustará saber que tenemos unos cuantos amigos en común. Bueno, supongo que más amigos míos que suyos, a juzgar por cómo hablaban entonces de usted… Así que, insisto, dígame: ¿Qué cojones pinta aquí, señorita Vega? ¿Dónde coño quiere meter las narices ahora?

—De acuerdo —responde Marosa—, creo que lo mejor será que me vaya.

—Sí, yo también lo creo… Lárguese de una puta vez, y que no vuelva a ver su lindo culo aquí nunca más.

—Tu jefe es un gilipollas —murmura al pasar por delante de la mesa de la secretaria, que ahora la observa con gesto asombrado.

Antes de que Marosa llegue a la calle, el naviero ya tiene el teléfono en la mano.

—¿Galindo? Sí, soy yo, Muros. Escucha, creo que me ha salido un grano en el culo…

18

Madrugada y redención

Gael no puede dormir. Lleva noches soñando con Olivia, y cada madrugada es un nuevo asalto contra la angustia y la desesperación. No son pesadillas al uso, Gael no se despierta empapado en sudor, gritando su nombre fuera de sí. No, no es nada de eso. Son sueños en principio inofensivos, en los que el subconsciente de Gael se empeña en revisitar el pasado, en castigarse asomando su memoria al recuerdo de todo lo que entonces —ahora lo comprende— hizo mal. Todos los sueños de Gael empiezan en lo que podría haber sido su cotidianeidad. Un trabajo, una casa, y Olivia. Y todo está bien, y todo es tranquilo. Pero, poco a poco, esa normalidad comienza a resquebrajarse. Al principio es algo sutil. Un despiste en el trabajo, una gotera en el cuarto de baño, una bombilla que se ha fundido. Y, poco a poco, la situación empeora. La casa se llena de oscuridad, la gotera se vuelve caudal y el papel de las paredes, que antes ni siquiera estaba ahí, ahora se ha convertido en girones a medio arrancar, sucios y enmohecidos. Y ya no hay luz, y todo es frío y todo es humedad. La casa se complica, y la tranquilidad se convierte en angustia. Y, Olivia... De pronto, la casa —que, ahora la identifica, es la de Olivia, pero no como la conoció la primera vez, sino tal como se la encontró la noche que regresó a ella, tras el asalto, una casa arrasada en medio de la madrugada— se convierte en un lugar hostil. Una casa lóbrega, húmeda, con el viento frío de la noche atravesándola. Y ahí está él, en el sofá, aterido y empapado, y con esa sensación insoportable, asfixiante, de que Olivia acaba de marcharse. Sabiendo que si hubiera llegado cinco minutos antes...

Una madrugada tras otra, Gael se despierta pensando eso mismo. Si hubiera llegado cinco minutos antes...

Si hubiera salido antes de la oficina.

Si no se hubiera demorado buscando el vino.

Si hubiera corrido un poco más.

Si hubiera llegado cinco minutos antes...

Desde hace días, Gael se despierta cada madrugada soñando que todavía espera a Olivia en su sofá, junto a Sultán, aquel perro tan feo.

Y esta madrugada ha vuelto a hacerlo. Y ya no puede más. Gael no puede dormir. No hasta que no encuentre la manera de conciliar todo esto. Porque en el fondo, él lo sabe, no tiene ninguna duda al respecto, si Olivia está muerta es por su culpa. Un asalto justo cuando acababa de encontrar algo... No, las casualidades no existen. Ha sido por su culpa. Gael no puede dormir y, derrotado, se da por vencido. Al fin y al cabo, las madrugadas de Gael se han llenado de fantasmas. Álvaro, ella. La carta de Novoa... Y las carpetas de Olivia.

Gael deja el dormitorio y entra en el salón. No enciende la luz, no lo necesita. Avanza hasta el pequeño escritorio que hay ante la ventana que da al jardín, siempre revuelto y descuidado. Y de un cajón vuelve a sacar las carpetas que Olivia había escondido en el perro de porcelana.

Las observa a la luz de la luna que se cuela a través del cristal. Las observa, pero no las abre. ¿Para qué? Ya sabe lo que hay dentro. Egea y Areses. Un contrato y un recibí. Los ha revisado un montón de veces, incluso ha encontrado la manera de disimular una investigación al respecto desde los archivos del CoFi. Por eso sabe que ahí no hay nada. No, Gael no abre las carpetas. Simplemente las observa. Dos carpetas de cartulina, una verde y otra de color carne. Las coge, las roza con la yema de los dedos, las observa. ¿Por qué estáis aquí? Nada, no hay ninguna respuesta. Y entonces les da la vuelta. Y tampoco es demasiado lo que encuentra. Tan solo el nombre, ese nombre escrito a lápiz con el que ya se había encontrado el primer día. Ariana. Es en ese momento cuando se hace la pregunta. Esa que, curiosamente, aún no se había hecho hasta ahora.

¿Por qué ese nombre?

Gael comprendió desde el primer instante que ese nombre no era un detalle cualquiera. Ariana. Conocía la existencia de una operación judicial en marcha, una que tarde o temprano acabaría pasando por él. Y que, casualmente, llevaba ese mismo nombre. Bueno, *casualmente* no, claro. Con toda seguridad, si esas carpetas estaban ahí, y si la operación llevaba ese nombre, solo podía ser por la misma razón. Porque, fuera lo que fuese lo que Fiscalía tuviera en su poder, lo había sacado de unas carpetas como esas. Con lo cual ya estaba claro de dónde habían sacado las pruebas. Con lo cual, ya estaba claro quién estaba detrás de la operación. Y, de hecho, tan pronto como Gael descubrió el nombre, comprendió que esa era la misma razón por la que Olivia había decidido guardar esas carpetas: porque ella también supo ver que, por alguna razón, aquellas carpetas tenían que estar relacionadas con la operación de la que él le había hablado. Quizá no tanto por el contenido, pero desde luego sí por las carpetas. Porque ella también vio el nombre... Sí, a todo eso lleva Gael dándole vueltas desde que se las encontró dentro del perro y vio el nombre escrito en el reverso. Pero ahora, a la pregunta de por qué eran tan importantes esas carpetas, esta madrugada ha venido a sumársele otra.

¿Quién eres?

Ahora sí, Gael enciende la luz del pequeño flexo que hay en una de las esquinas de la mesa, abre su ordenador portátil e introduce el nombre en el buscador. Primero así, sin más. «Ariana». Buscar. Por supuesto, comprende al momento que esta no es la mejor idea. Cientos, miles, millones de páginas relacionadas con una tal Ariana Grande, al parecer una famosísima cantante de moda, en absoluto nada que tenga que ver con Álvaro Novoa. No, por aquí no vamos bien...

Gael prueba una nueva búsqueda. «Ariana Novoa». Pero el resultado es todavía más insatisfactorio. Perfiles en varias redes sociales. La cuenta en LinkedIn de una enfermera chilena, el canal de YouTube de una niña peruana, la cuenta de Twitter de una marine estadounidense… Nada, absolutamente nada de nada. Maldita sea, Ariana, ¿quién eres? ¿Qué relación hay entre Ariana y Álvaro Novoa?

En ese momento, al pensar en la familia, Gael recuerda a otra Novoa: cuando le preguntó a la tía Chon, la mujer le respondió algo diferente, algo a lo que entonces no prestó atención. «Yo no sé de ninguna Ariana», le había dicho. «Si no es la del laberinto, claro…».

La del laberinto.

Claro…

Gael introduce la nueva búsqueda. «Ariana laberinto». Y entonces la situación cambia por completo. Al instante, el navegador sugiere una modificación, cambiar «Ariana» por «Ariadna», y ahí está. Ariadna, por supuesto… Ariadna, la mujer que ayudó a Teseo. Ariadna, la mujer del hilo en el laberinto. Es entonces, justamente al encontrarse con esta última referencia, cuando, como un rayo, un recuerdo se abre paso en su memoria.

La carta.

Gael vuelve a abrir el cajón de antes, el mismo del que ha sacado las carpetas, y echa mano del otro objeto que en los últimos días había guardado en su interior. El sobre con la carta. Lo coge y, sin prisas, busca la referencia. Y sí, ahí está, en el penúltimo párrafo: «… aquí es donde entras tú, en este hilo que estoy a punto de dejar en tus manos».

—Joder —murmura en voz alta—, la madre que me parió…

Novoa se lo había dejado escrito. El hilo que dejo en tus manos… De modo que era eso, esa es la pista. El hilo… Y Ariadna.

—De acuerdo, de acuerdo, veamos de qué va la cosa exactamente…

Gael busca un poco más de información al respecto, pero en realidad, una vez descubierta la referencia, la historia da para lo que da. A grandes rasgos, se trata de uno de los grandes mitos griegos. Ariadna, la hija de Minos, la mujer que le dio a Teseo el hilo con el que guiarse a través del laberinto.

—Sí, eso es…

Es cierto que, dependiendo de uno u otro autor, existen variaciones de la historia, sobre todo en lo tocante al destino final de Ariadna. Pero en esencia, el núcleo siempre es el mismo. Ariadna y el hilo con el que guiarse a través del laberinto. Cuanto más lee al respecto, Gael más se convence de que esa es la referencia correcta. Y, poco a poco, todo comienza a cobrar sentido. No se trataba de ninguna cantante de moda, ni de ninguna enfermera chilena ni mucho menos una cría con pretensiones de *influencer* de tres al cuarto. No, se trataba de señalar un rastro. Un hilo, la guía gracias a la que orientarse para salir del laberinto. O, en su caso, tal vez para entrar. Pero sí, eso es… Cuanto más lee, más se convence. Y Gael cree, por fin, estar comprendiendo. Esa es la clave, esa es la referencia.

—El laberinto.

En silencio, el director del CoFi continúa observando la pantalla de su ordenador, ocupada ahora por una ilustración antigua, la representación de una mujer, Ariadna, sentada a la puerta de un laberinto en el centro del cual Teseo lucha contra el Minotauro. La observa, la observa fijamente y, a la vez que lo hace, a la vez que sus ojos recorren la escena, otra idea comienza a tomar cuerpo en un rincón de su pensamiento. «Si la clave está en las referencias mitológicas, entonces…».

No puede ser otra cosa. Gael lo recuerda, y al momento vuelve a buscar el último párrafo.

«Gael, prenderle fuego al mundo o no hacerlo, eso no tiene ningún mérito. Lo puede hacer cualquier dios caprichoso…».

«Cualquier dios caprichoso». De acuerdo, sigue leyendo.

«Lo verdaderamente generoso es poner ese mismo fuego en manos de un hombre, y observar qué es lo que el mortal hace con este nuevo poder. Y sí, puedo comprender que tal vez a ti no te parezca justa esta intromisión en tu propio viaje. Pero dime, muchacho, ¿qué clase de héroes seríamos si nadie nos pusiese a prueba?».

Eso tiene que ser. ¿O a qué otra cosa puede venir esto, si no? De acuerdo, hagamos una nueva búsqueda. «Dios fuego hombres». Y sí, claro, ahí está: de nuevo, un resultado.

Esta vez, Gael se encuentra con la historia de Prometeo, al parecer el más astuto de los titanes, capaz de robar el fuego de los caprichosos dioses y entregárselo a los hombres para que, con él, puedan seguir comiendo y calentándose. El fuego del progreso… Por descontado, Gael vuelve a comprender, aunque nada más sea en parte. Porque sí, entiende que Álvaro le está hablando de poner en manos de los hombres —o tal vez más concretamente en las suyas propias— algún tipo de opción, a la luz de la referencia posiblemente alguna forma de progreso, o quizá la capacidad para avanzar. Pero… ¿De qué manera? No, esa es la parte que Gael no alcanza a comprender.

¿Acaso tiene esto algo que ver con Ariadna? Lo intenta, una nueva búsqueda en el navegador. «Prometeo Ariadna». Pero no, por más que abre páginas y más páginas, por ahí no encuentra ninguna relación. ¿Qué se le escapa, qué es lo que no ve?

Agotado, Gael se reclina contra el respaldo de la silla y se frota la cara. ¿Qué hora es ya? Tarde. O temprano, según se mire. El jardín ha comenzado a iluminarse con la luz del amanecer, y Gael no puede reprimir el gesto. Niega en silencio, decepcionado. Lo ha sentido, por un instante ha sentido que esta vez sí, que había encontrado algo, que por fin estaba en el buen camino. Hasta que, de pronto, el hilo se le ha vuelto a escurrir de entre las manos. El hilo de Ariadna… Chasquea la lengua, incómodo, frustrado. ¿Qué se supone que tiene que hacer con ese hilo? ¿Salir, entrar? Y sobre todo, ¿dónde?

Aprieta los dientes con rabia. Porque no lo ve. Ahora comprende las señales, reconoce las marcas dejadas por Álvaro. Pero sigue sin saber cómo interpretarlas. Y se siente mal consigo mismo. Porque Álvaro no solo era un tipo listo, sino que, además, estaba convencido de que Gael también lo era. Al fin y al cabo, también está ahí, en la carta: «Siempre he pensado que eres una persona capaz e inteligente». Al final, va a resultar que esa hoja de papel, la misma de la que tantas veces había renegado, contenía mucha más información que la que en todo este tiempo había sido capaz de ver. Pero es que ese, precisamente ese, es el problema. Que quizá Gael no sea tan inteligente como Álvaro pensaba. Porque, desde luego, lo único que ahora está claro es que no es capaz de ver más allá…

Frustrado, Gael vuelve a dejar caer la mirada sobre la pantalla de su portátil, donde sigue abierta la página con la historia del tal Prometeo. Y, en uno de los laterales, una representación de este, tal como en su momento lo pintó un tipo llamado Heinrich Füger. Casi sin darse cuenta, Gael se distrae observando la pintura. En ella, el titán levanta en el aire la antorcha con la que está a punto de entregarles el fuego a los hombres. Y a Gael se le escapa una sonrisa resignada. «Ojalá yo también tuviera una antorcha que me iluminara el camino», piensa.

Piensa.

«Ojalá yo también tuviera…».

Piensa.

Y entonces…

—No me jodas.

Es en ese momento, a pesar del cansancio, a pesar del sueño, a pesar del amanecer, cuando algo vuelve a encenderse en el pensamiento de Gael. El fuego…

Está en la carta, una vez más está en la carta. Álvaro lo dejó escrito, ¿cómo era? Sí, aquí está: «… poner ese mismo fuego en manos de un hombre, y observar qué es lo que el mortal hace con este nuevo poder…».

Gael vuelve a observar el cuadro. La antorcha. El fuego que trae el progreso. El fuego que ilumina. El fuego puesto en las manos de un hombre. El fuego ante el que Novoa se preguntaba qué haría… ¿él? Y entonces, casi sin querer, otra idea es la que se enciende en la parte más oscura de su pensamiento.

—Venga —murmura—, no me jodas…

Pero ya es tarde. El «¿Y si…?» ya ha prendido en su interior. Claro que sí, eso tiene que ser. Sin dudarlo ni un instante, Gael se pone de pie y sale del salón. Hacia la cocina, claro. ¿Dónde coño hay un mechero?

19

Sin prisa

Miércoles, 15 de noviembre

Lo ha abordado junto a la máquina de café.

—¿Te invito?

El secretario judicial casi pega un salto al oír la voz sus espaldas.

—Marosa… —ha murmurado al reconocerla, extrañado—. Vaya, qué… sorpresa. ¿A ti no te habían despedido?

—Bastante. Pero ahora trabajo por libre. Y necesito que me eches un cable con un asunto incómodo…

Álex Alonso no puede evitar el ademán, la mirada nerviosa a uno y otro lado del pasillo.

—¿De cuánta incomodidad estamos hablando esta vez?

—Fernando Muros y Salta SA.

El funcionario deja escapar un silbido corto, el gesto preciso para que Marosa comprenda que, en efecto, el asunto puntúa alto en la escala de incomodidades.

—Bueno —comenta—, lo raro sería que vinieras para invitarme a cenar…

—No lo descartes, quizá la próxima vez. Ahora lo que necesito es información, Álex.

—¿Qué clase de información?

—De esa a la que yo no tengo acceso y tú sí.

El secretario judicial vuelve a mirar a uno y otro lado.

—Tú sabes que esto es ilegal, ¿verdad? Quiero decir, si alguna vez descubren que tu fuente soy yo…

—Venga, Álex, tú también sabes que eso no ha pasado nunca, así que esta vez no va a ser distinto. De verdad, necesito que me cuentes lo que sepas…

El funcionario mantiene la mirada de Marosa, y la periodista intenta algo parecido a una cara de niña buena.

—Es el último favor que te pido.

—Por favor… Vale que en este edificio se miente mucho, Marosa. Pero la mayoría de la gente espera a estar en presencia del juez para mentir como tú lo estás haciendo ante un humilde funcionario de nivel A2.

Y Marosa sonríe.

—Bueno, vale —concede—, este es el penúltimo favor que te pido, que nunca se sabe y la vida está muy cara. Pero en este asunto en particular necesito hablar contigo, Álex. Fue vuestra sección la que llevó el caso.

Álex Alonso asiente en silencio.

—De acuerdo, busquemos un lugar tranquilo.

—Eres el mejor.

Al secretario judicial también se le escapa una sonrisa entre dientes.

—Te repito que está muy feo mentir aquí, Marosa…

Dejan atrás la máquina de café y doblan la esquina sin cruzar ninguna palabra más hasta que los dos se encierran en una sala semicircular al final del pasillo, una de las muchas estancias que todavía permanecen vacías en la Ciudad de la Justicia, en realidad el edificio del antiguo Hospital Xeral de Vigo.

—Supongo que ya habrás hablado con la gente del gabinete de prensa, en Coruña.

—Sí, sí —le azuza Marosa—. Ya lo sabes, Álex, nunca vendría a molestarte sin antes haber perdido todo el día anterior intentando sacar algo en claro con ellos. Que, por supuesto, es lo que he hecho.

—Pues entonces ya sabrás que en realidad apenas hubo caso…

—Sí, eso es lo que me he encontrado en la versión oficial. Algo sobre el pacto de un arreglo entre las partes poco después de la solicitud de concurso de acreedores. Acuerdo, compensación, y caso archivado.

—Exacto. Pero eso a ti no te vale...

La periodista niega.

—Claro que no. Mira, la cosa está así: si estoy revisando todo esto es porque el lunes estuve con Muros. Y, créeme, el tipo se puso muy nervioso cuando le saqué este tema. De hecho, fue él quien mencionó lo de Salta SA. Y ya te digo yo que no, la manera en la que reaccionó conmigo no fue la de alguien a quien le preguntan por un problema menor, algo que se soluciona con un acuerdo entre las partes. De hecho...

—¿Qué?

—Estoy convencida de que ahí tuvo que haber algo más. El tipo está jodido, Álex, ahí hay mucho resentimiento, y no es precisamente cariño lo que le guarda ni a Ximo Climent ni a su entorno...

El secretario asiente desde una media sonrisa.

—Bueno, tampoco me extraña.

—¿Por qué? ¿De qué va todo esto? ¿Qué es lo que no sé?

Alonso se acerca a una de las enormes ventanas verticales que recorren la pared de arriba abajo y contempla el interminable laberinto de calles derramadas a sus pies. Desde la altura que ofrece la planta doce del pequeño rascacielos, la ciudad incluso parece un animal sereno, echado tranquilamente junto al mar.

—Yo qué sé —responde, todavía con la mirada puesta en el horizonte—, supongo que en el fondo tiene sus razones... Al fin y al cabo, estuvieron a punto de levantarle el negocio. Y delante de sus propias narices.

Marosa vuelve a recordar la conversación en el despacho del naviero.

—Sí, eso es lo que él mismo dijo, algo sobre una especie de asalto para hacerse con su empresa... Bandoleros de tres al cuarto, los llamó.

—Pues no te creas que iba muy descaminado —comenta, de

nuevo observando a la periodista—. Por supuesto, Muros no es trigo limpio, el tipo siempre ha estado ahí, en el borde de un montón de causas. Pero ya sabes cómo se mueve esta gente. Están demasiado bien relacionados como para preocuparse de según qué cosas. Aunque, esa vez...

—¿Qué?

—A ver, tendría que revisar las notas del caso, pero, por lo que recuerdo... Sí, el tipo se vio en problemas. Antes de que la historia se convirtiera en la causa por la que tú preguntas, pasaron muchas cosas...

—Soy todo oídos.

El secretario judicial vuelve a sonreír. De sobra sabe que Marosa no lo dejará en paz hasta que no se lo cuente todo.

—Vale —claudica—, tú ganas... A ver, hasta donde yo sé, su empresa había logrado cerrar un acuerdo con una empresa mexicana para que su naviera construyera un par de barcos de asistencia a plataformas petrolíferas.

—Parece un buen negocio.

—Y lo habría sido —responde Álex—, de no ser por las complicaciones.

—¿Qué complicaciones?

—Pues para empezar, la complejidad. Al parecer, los barcos debían tener una serie de requisitos técnicos que dificultaban su construcción más allá de lo que en un principio se había calculado. Y claro, los retrasos no tardaron en llegar...

—No entregaron a tiempo —comprende Marosa.

—En absoluto. Y ante cada nuevo plazo incumplido, a Muros no le quedaba más remedio que aportar desembolsos de fondos cada vez mayores con los que cubrir los imprevistos. Hasta que el agua le llegó al cuello.

—Se quedó sin dinero...

—Lo habría hecho de no ser por Salta.

—La empresa de Climent.

—Bueno, es una manera de verlo. Para Muros, en aquel momento era la empresa de un nuevo socio. Uno que le solucionaría la papeleta... O eso creyó entonces. Fue con él con quien negoció la inyección de capital en la forma que ambos consideraron más oportuna.

—¿De cuánto dinero estamos hablando?

Álex sonríe sin demasiado entusiasmo.

—En total, treinta millones.

—Treinta...

—Sí. Muros contabilizó los veinte iniciales que había puesto de su propio bolsillo, y a eso le añadió los diez que trajo Climent.

La periodista niega en silencio.

—Pero, esa cantidad... A ver, vale que es mucho dinero, pero diez millones no le dan el control de la naviera a Climent, ¿no?

—No, en principio no. Pero después...

—¿Hay más?

—Sí. Con el siguiente incumplimiento de plazo se vio que esa cantidad no era suficiente. Y Climent, que lo sabía desde el principio, sugirió la entrada en la sociedad de un grupo de inversión dispuesto a inyectar otros diez millones. Crespo Inversores, que, en realidad...

Marosa reconoce el nombre.

—Es una de las empresas de Pablo Nevís —comprende—, el socio de Climent.

—El mismo. Qué, ¿empiezas a ver la maniobra?

—Desde luego. Con esas cantidades ya tienen el control de la mitad de la naviera.

—Exacto. De hecho, si no alcanzan el cincuenta y uno por ciento es porque Muros, que está necesitado pero no es idiota, no lo permite. Y de ahí que Climent intente asegurarse la jugada, pactando con el naviero la firma de una serie de acuerdos en virtud de los cuales, llegado el momento, sí le garantizarían el control sobre posibles nuevos inversores. Con lo cual...

—Le arrebatarían definitivamente la mayoría necesaria. Pero eso no fue lo que sucedió, ¿no?

—No. O por lo menos no con el fin que Climent pretendía. Con esta última inyección sí pudieron cumplir con lo contratado. Finalmente sí entregaron los barcos y, aunque nada más fuese por los pelos, la empresa salió adelante. Y aquí es donde la historia se pone interesante.

—¿Cómo?

Álex encoge los hombros.

—Al parecer, la inversión inicial se había entregado en concepto de préstamo, y Climent amenaza con exigir su ejecución.

—La devolución de los diez millones…

—Los mismos. Y claro, en ese momento, cuando aún se está recuperando del batacazo inicial, Muros no puede hacerle frente al pago.

Marosa sonríe en silencio a la vez que niega con la cabeza.

—No me jodas… De modo que por ahí viene la historia del concurso de acreedores. Es eso, ¿verdad?

—Bueno, por llamarlo de alguna manera. Pero sí, así es. Más que entrar en el negocio de los barcos, la intención de Climent siempre fue la de, en caso de duda, sacar tajada de una situación de necesidad.

—Como un vulgar prestamista…

—Tal cual. Así que, al final de la historia, Ximo Climent prefirió apostar por la opción de ahogar a Muros con la ejecución de su propio préstamo.

—Comprendo. Y, si entonces el empresario no podía hacerle frente a la situación…

—Bueno, siempre podría echarse atrás y abandonar. O sea, entregar su empresa a cambio de nada. Justo cuando estaba no solo recuperándose, sino, de hecho, pensando en expandirse a otros países. Comenzando, no casualmente, por Venezuela.

—Qué panda de cabrones… Por eso se refería a ellos como un atajo de bandoleros.

—Bueno, por eso y por algo más, algún tipo de agujero que nunca se llegó a aclarar. Pero sí, claro. Al fin y al cabo era Climent quien tenía la sartén por el mango. En aquel momento, media naviera ya era o bien suya, o de sus empresas satélites, de modo que…

—Pero entonces llegan a un acuerdo.

Alonso vuelve a sonreír desde una expresión cansada.

—Pues eso es lo que parece, sí. Al final, y casi de repente, las partes pactan algún arreglo y, ya ves, tan pronto como apareció el caso, se archivó.

—Vamos, que alguien puso el dinero.

El secretario vuelve a encogerse de hombros, como si en realidad la respuesta fuese tan evidente que no necesitase respuesta.

—Bueno —contesta—, al final siempre hay alguien que paga la cuenta, ¿no?

—¿Sabes quién lo hizo?

Álex coge aire y balancea lentamente la cabeza, en un ademán dubitativo. Como si estuviera considerando alguna posible respuesta.

—No —contesta al fin—. O por lo menos no con seguridad. A ver, si sé todo esto es porque, en efecto, mi departamento fue el que llevó la secretaría judicial de aquel proceso, por lo que en su momento pude acceder a la documentación presentada por las partes. Y sí, por eso sé que entre la primera aportación de capital y la solicitud de concurso pasaron muchas cosas. Y, de hecho, si me permites que te dé mi opinión…

—Por favor.

—Yo creo que esa es la parte de la historia sobre la que se debería poner el foco. Porque, en este asunto, lo verdaderamente interesante está ahí, en todo lo que sucedió entre la amenaza por parte de Climent y la ejecución del préstamo. Pero, claro, una vez que se llega a un acuerdo… —Alonso levanta las manos en el aire, en un gesto de rendición—. Nosotros ahí ya no sabemos nada. En todo caso, son los abogados de las partes quienes saben lo que sucede realmente. O, bueno, mejor que ellos, incluso las propias partes, claro…

La periodista arruga la nariz en un ademán de desagrado.

—No sé, Álex, pero no tengo la sensación de que las partes estén muy dispuestas a hablar con nadie…

—No —le confirma el secretario—, yo tampoco la tendría.

—Pero lo que sí tienes es tu propia teoría, ¿verdad? Sobre lo que ocurrió, quién puso el dinero…

Alonso vuelve a sonreír.

—Puede ser.

—Es —le corrige la periodista—. Venga, cuéntasela a tu amiga Marosa…

El secretario judicial levanta una ceja, en señal de advertencia.

—Escucha… Si yo no te he dicho nada de todo lo anterior, esto menos todavía.

—Por supuesto, tú no me has dicho nada. Pero dímelo. ¿Qué fue lo que pasó entonces?

Álex coge aire, de nuevo con la mirada perdida sobre la ciudad.

—A ver, como ya imaginarás, en su momento todo este asunto generó una tensión financiera brutal. Y no solo en la empresa… Al fin y al cabo, se trataba de un nuevo contrato que Muros y sus nuevos socios acababan de firmar directamente con el Gobierno venezolano.

—¿Y? Quiero decir, ¿cuál es el problema?

Álex encoge los hombros, como si la respuesta fuese inevitable.

—Que en realidad Muros no está solo…

—Claro —comprende la periodista—. Nos estábamos olvidando de sus viejos socios, los de siempre…

—Exacto. Hasta este momento, y por alguna razón que desconozco, los viejos camaradas —Alonso guiña un ojo— se han mantenido al margen de esta historia. Pero no a partir de ahora. A fin de cuentas, el venezolano es un campo de negocio demasiado apetitoso como para que esos mismos socios estén dispuestos a dejarlo pasar. De modo que, una vez establecidos los primeros contactos…

—Allá van todos…

—Por supuesto.

—Pero entonces se tuercen las cosas.

Alonso asiente.

—Chica lista.

—Pero… ¿cómo? ¿Qué ocurrió?

El secretario vuelve a encoger los hombros, esta vez dándole a entender a Marosa que desconoce la respuesta.

—Eso ya no lo sé. Desde luego, tuvo que ser algo lo bastante serio como para que Climent y Nevís decidieran liquidar la relación con Muros y reclamar la ejecución del préstamo. Yo lo único que te puedo decir es que ahí es donde entramos nosotros.

—El concurso de acreedores…

—En efecto.

—¿Y no tienes ninguna idea de lo que pudo haber sido?

El secretario echa el mentón hacia delante, en un ademán dubitativo.

—No puedo asegurarlo. Pero, si tuviera que apostar…

—Hazlo.

—Apostaría por que fue un problema de dinero…

Marosa resopla.

—¿Y cuándo no lo es?

—Nunca. Y diría que en esta ocasión tampoco.

—¿Por?

—Pues por algo que ocurrió cuando ya estaban aquí, en el juzgado. Hubo un momento en el que Muros y Climent se enzarzaron en una discusión. No es que fuera mucho, tan solo un par de palabras más altas que otras ahí, en el pasillo, antes de entrar en el despacho. Pero les oí mencionar una cantidad…

—¿Una cantidad?

—Sí. Muros se encaró con Climent y le recriminó algo sobre la desaparición de cuatro millones.

—Joder, ¿cuatro millones? ¿De euros?

—Eso tampoco lo sé. Puede que fuesen de euros, dólares o bananas, Marosa. Esta gente hablaba de millones como quien habla de comer pipas…

—Ya… Entiendo que esos cuatro millones eran aparte de los diez del préstamo, ¿no?

Alonso asiente en silencio.

—Eso parecía, desde luego. Pero no te lo puedo asegurar, porque como te digo eso nada más fue un momento cuando coincidieron en el pasillo, antes de entrar en el despacho de la jueza Torres. Enseguida sus respectivos abogados les dijeron algo, y ya no se volvió a hablar más del tema.

—Comprendo que ese es el agujero del que me hablabas antes…

—Sí —le confirma.

—Ya… Pero sigo sin comprender —murmura Marosa—. Si el negocio con los venezolanos todavía no estaba cerrado, y Muros no podía hacerle frente a la ejecución del préstamo, entonces… ¿Quién pagó?

Álex vuelve a sonreír.

—Venga, Marosa, ¿de verdad no se te ocurre nadie?

—¿Debería?

Alonso señala con la mirada hacia el bolso de la periodista.

—¿Puedo?

—¿Que si puedes? ¿El qué?

Vega no comprende a qué se refiere el secretario, pero Álex ya le está abriendo el bolso. Apenas tiene que revolver nada para dar con lo que busca. Su cartera. La abre, y sonríe, justo antes de sacar algo para ponerlo delante de los ojos de Marosa. Una tarjeta bancaria.

—¿De verdad no sabes de nadie más que tenga relación económica, financiera e incluso personal con ambas partes?

La periodista siente como se le abre la boca.

—No me jodas, Álex. ¿En serio crees que…?

El secretario vuelve a encoger los hombros, esta vez en un gesto evidente. Y, de nuevo, sonríe.

—No puede haber sido otra persona.

—Qué hijo de puta…

Media hora más tarde, Marosa regresa al exterior y cruza la calle corriendo, sin apenas mirar. El conductor de una furgoneta de reparto que ha tenido que pegar un frenazo brusco para no llevársela por delante le pita al pasar a su altura y grita algo acerca de su madre, pero ella no hace caso. No hay tiempo para eso. Se mete en el acceso al aparcamiento subterráneo en el que ha dejado su coche y baja las escaleras a toda velocidad, saltando los escalones de dos en dos. No tiene un minuto que perder. Porque, por si todo lo del préstamo no fuera suficiente, Álex todavía la ha puesto sobre la pista de algo más. Algo que, de ser cierto, dejaría a Fernando Muros en una situación más que comprometedora con todas las partes implicadas. Y no, Marosa no tiene ni un segundo que perder. Necesita confirmar un dato, y quizá llegue a tiempo al Registro Mercantil. Tiene prisa, prisa, prisa.

Y ese es su error. La prisa.

Porque tal vez si Marosa no hubiera cruzado la calle con tanta prisa, si no hubiera bajado las escaleras con tanta prisa, si no hubiera atravesado la planta con tanta prisa, habría caído en la cuenta de ese otro detalle. El eco incómodo, hueco, de los pasos que, de pronto, han comenzado a sonar a su espalda. Porque Marosa no está sola. Pero no será hasta estar ya muy cerca de su coche cuando lo pueda comprobar. De hecho, lo hará de la manera más dolorosa.

Volando.

Es verdad que en ese momento, cuando apenas está ya a un par de metros de su coche, Marosa cae en la cuenta. Pasos. Hay pasos detrás de ella. De hecho, están muy cerca de ella. Demasiado cerca, más cada vez. Y sí, por una décima de segundo llega a considerar la opción de darse la vuelta. Quizá no de detenerse, pero sí de volver la cabeza, ver quién se le está pegando tanto. Pero no puede. Ya no le da tiempo.

Antes de que Marosa llegue tan siquiera a iniciar el movimiento para descubrir a su sombra, sentirá el impacto. El empujón brutal, descomunal, que la hará salir volando por los aires. Lo malo es la limitación del espacio aéreo… Porque, por desgracia para la periodista, la fuerza descargada sobre su espalda es por completo desproporcionada con respecto al poco espacio que tiene por delante, y sin saber siquiera si sus pies han rozado en algún momento el suelo, su cuerpo impacta con una violencia atroz contra la puerta de su propio coche. De hecho, la frente golpea contra la ventanilla con tanta brutalidad que el cristal estalla al instante, rompiéndose en mil pedazos que salen despedidos en todas direcciones, como el más desagradable de los fuegos artificiales. De ese momento, lo que son las cosas, Marosa tan solo recordará el sonido, la impresión extraña, desconcertante, que le producirá la explosión del cristal. Nunca se habría imaginado que una ventanilla pudiera hacer semejante ruido, tan grave y contundente, al estallar. Por desgracia, el impacto de su cuerpo contra el metal de la puerta tampoco es mucho más amable. Reventado el cristal, la periodista intenta amortiguar el impacto poniendo las manos por delante, allá donde hasta ese momento acababa la puerta y empezaba la ventanilla. Lamentablemente para sus intereses, Marosa tan solo consigue dos cosas. La primera, destrozarse las palmas de las manos, con la piel sembrada de pequeños fragmentos de cristal que ahora cortan, abren y desgarran su piel. Y, la segunda, no lograr aliviar el golpe, de manera que el pecho de la periodista va a doblarse contra el mismo borde de la puerta, provocándole tanto un dolor feroz, preocupantemente parecido al de varias costillas rotas, como la incapacidad inmediata para seguir respirando, por lo menos temporalmente.

Y, por fin, el suelo.

Todavía desconcertada por el impacto salvaje, aturdida y desbordada por la situación, Marosa comienza a percibir otra sensación todavía menos bienvenida. El terror.

Porque si hasta ese momento la situación se había convertido en complicada, de ahí en adelante la cosa no puede ir más que a peor. En el suelo, sin apenas poder respirar, y con la sangre de las cejas cayéndole por delante de los ojos sin dejarle ver nada, Vega ha quedado expuesta por completo a cualquier decisión que considere tomar quienquiera que acaba de asaltarla. Y, casi con toda probabilidad, no se tratará de una buena decisión. Sobre todo para la continuidad de sus constantes vitales.

A la espera de lo que tenga que ser, Marosa escucha. Los pasos, los mismos que hace unos segundos detectó tras ella, se acercan ahora a su cuerpo, ya sin prisa. Y aunque nada más sea por un instante, el instinto periodístico de Marosa le hace girar la cabeza. Quiere saber quién es, de quién se trata. Pero no puede. No puede tan siquiera mover el cuello porque, antes de que logre orientarlo, Marosa ya tiene el pie de su visitante empujando con fuerza su sien contra el cemento del suelo. Empuja, el pie pisa con fuerza el cráneo de Marosa, y la periodista siente el dolor, a tal punto que llega a preguntarse si esa será la forma en la que su asaltante acabará con ella. Reventándole el cráneo contra el suelo.

Pero no es eso lo que sucede. En lugar de seguir pisando la cabeza hasta hacerla estallar, el tipo, un hombre de zapato contundente y pantalón negro, cruza los brazos sobre la rodilla de la pierna que mantiene atrapada la cabeza de Marosa, y se agacha. Lo justo para que Marosa oiga su voz.

—La próxima vez —murmura— será la última vez.

Y ya está.

Sea quien sea el hombre que se ha dirigido a ella, ha dado la vuelta y se ha ido. Sin apenas apurar el paso, con la calma de quien sabe que tiene la situación bajo control. Sin prisa.

20

La avaricia nunca se jubila

Jueves, 16 de noviembre

Es verdad que habían quedado a esta hora, pero Lamas ha preferido venir antes. A fin de cuentas, dejarse caer por el Carballo siempre es un buen plan. Salva lleva ya un buen rato apoyado en la barra, conversando tranquilamente con Alberto y Antonio, uno a cada lado del mostrador, y sin mayor ocupación por parte del periodista que comerse una empanadilla y charlar tranquilamente con los dueños del bar sobre el inminente encendido del alumbrado navideño. Al contrario que la mayoría de los hosteleros locales, la opinión de Lamas no es la más favorable al respecto, y así lo hace saber.

—Que sí, hombre, que sí, que no os digo que no. Claro que ahora se habla de Vigo en toda España... ¡Pero como en los años ochenta se hablaba de Lepe!

Antonio, que en absoluto piensa como Lamas, niega en silencio a la vez que sonríe con la ocurrencia hasta que, de repente, deja de hacerlo. De acuerdo, puede que Lamas no sea tan dado a entusiasmarse con las excentricidades del alcalde como el resto de los vecinos, pero él sabe que lo que ha dicho tampoco es tan terrible como para provocar un cambio tan drástico en la expresión de su amigo, a quien la sonrisa se le ha convertido en un gesto grave, serio. Sea lo que sea lo que acaba de ver tras el periodista, ha sido lo bastante impactante como para que al hostelero se le haya borrado la alegría de la cara. Viendo que a Alberto, al otro lado de la barra, el gesto también se le ha endurecido en algo casi semejante al espanto, Salva se da la vuelta.

—La madre que me...

Es Marosa, que acaba de entrar en el bar, la que ha provocado semejante reacción en los tres.

—Pero...

Salva deja la barra y va hacia ella.

—Por el amor de Dios, hija —murmura, observando las marcas en su cara—, ¿qué te ha pasado?

—Bueno —responde ella—, pues ya ves, que me han dado la primera comunión y, ya puestos, también la confirmación. Y todo de una sola vez...

En efecto, el aspecto de la periodista es de los que no pasan inadvertidos. A pesar de que ha entrado envuelta en el abrigo, con las manos hundidas en los bolsillos y la cabeza baja, las heridas provocadas por el golpe de la cara contra el cristal no son precisamente discretas. Es cierto que al final ha resultado ser menos de lo que en un principio pensaba. Tan solo el corte sobre la ceja derecha es un poco más aparatoso, con varios puntos de sutura. El resto son arañazos en las mejillas y los pómulos algo hinchados, pero poco más. El problema es ese, que las heridas en la cara siempre son muy escandalosas... En las manos le ha pasado tres cuartos de lo mismo, unos cuantos puntos, y un vendaje alrededor de ambas palmas. Otra cosa es el pecho... Tal como había supuesto, el impacto contra el borde de la puerta le ha fracturado una costilla y le ha abierto una fisura en otra. Por suerte, nada más le duele cuando respira. Y, con todo, ahí está.

—Pero... no entiendo —la interpela Salvador—, ¿qué te ha pasado? No me digas que...

Silencio.

—¿Que alguien me ha hecho esto? —Una sonrisa discreta, magullada, asoma al rostro de Vega—. Anda, siéntate conmigo en una mesa y te pongo al día. Sobre mis dotes como *sparring*, y unas cuantas cosas más...

Marosa avanza por el lateral del Carballo, hasta una de las mesas del fondo, junto a la pared, y Salva le hace un gesto a Alberto para que les deje un momento a solas.

—No me jodas, Marosa. Esto… ¿te lo ha hecho Muros?

La periodista ladea la cabeza, en un ademán dubitativo.

—Pues no lo sé, Salva. Diría que sí, al fin y al cabo todavía no he tenido tiempo de tocarle las narices a nadie más. Pero… Yo qué sé. No lo sé —resuelve—, no creo que pueda señalar a nadie con seguridad.

—Pero cuando hablamos por teléfono me dijiste que eran sus negocios los que estabas investigando.

—Sí, eso es cierto. Y de hecho, este masaje que llevo en la cara me lo dieron en un parking justo después de enterarme de unas cuantas cosas sobre nuestro amigo el naviero, eso también es verdad. Pero no lo sé, Salva, no sé si ha sido él…

—¿Por qué?

—Pues por qué va a ser… Si lo dijiste tú mismo, ¿no te acuerdas? En toda esta historia hay mucha más gente metida. Y, por lo que he podido averiguar, no son pocos los que tienen mucho que perder. Bueno, y que ganar, claro… Así que supongo que lo último que le apetece a toda esta tropa es tener a nadie merodeando a su alrededor.

—Y mucho menos haciendo preguntas incómodas…

—Pues eso mismo. Yo qué sé, Lamas. Esto —indica, señalándose la cara— lo mismo puede haberlo ordenado Muros que alguno de sus amigos, o el papa de Roma.

—Santo Dios, Marosa, no sabes cuánto lo siento.

—No, no —lo ataja—, eso es lo de menos.

La respuesta de la periodista coge por sorpresa a Lamas.

—¿Cómo dices?

—Que no importa, Salva. Yo esto me lo he tomado como una señal.

—¿Cómo que una señal? Pero, a ver, hija, ¿qué pasa, que en la cabeza también te han dado fuerte?

—Pues sí, ahí también. Pero esto solo puede significar que estamos en el buen camino.

—Joder, Marosa, el buen camino, dices… —Salvador niega con la cabeza—. Pero si te han dejado la cara hecha un cromo.

—Y las costillas ni te cuento.

Lamas arquea las cejas.

—¿Las cost…? Mierda, Marosa. Oye, esto se ha acabado, vamos a dejarlo ya mismo.

—Sí, hombre. ¿Y que me hayan rehecho las líneas de las manos para nada? No, de ninguna manera. Esto —dice a la vez que le enseña las manos vendadas— es la confirmación de que hemos llamado a las puertas correctas. Estamos en la buena dirección, lo sé. Y más después de lo que acabo de confirmar hoy.

—¿Hoy? Joder, niña, ¿pero es que tú no descansas?

—Eso ya lo hice ayer, que gracias al gorila del parking me pasé toda la tarde en urgencias, intentando convencer a los médicos de que era tan idiota como para resbalar en la calle y estamparme contra el escaparate de un local vacío…

—La madre que te parió, Marosa… ¿Y por qué coño no me avisaste?

—¿Qué pasa, que ahora también querías hacerme las curitas? ¿Sana, sana, culito de rana? —Marosa arquea la ceja que no tiene machacada, en un gesto que pretende ser pícaro—. Viejo verde…

Salva también sonríe.

—Vale, muy bien… ¿Y qué, qué has encontrado hoy, entonces?

—Pues un agujero. Uno que estaba buscando desde ayer, cuando alguien me habló de él.

—Un… ¿agujero?

Marosa echa el mentón hacia delante.

—Uno enorme…

—Vaya… ¿Y de qué diámetro estamos hablando, si se puede saber?

—De unos cuatro millones.

Salva asiente.

—Sí que es grande, sí… ¿Y dónde dices que has encontrado ese agujero?

—En el Registro Mercantil. Me he pasado toda la mañana encerrada en los sótanos de la Rúa Real, revisando las cuentas de Muros y Muros Construcciones Navales. Y, en efecto, entre el ejercicio 2017 y el de 2018 hay un desfase de cuatro millones que, también curiosamente, enseguida aparece corregido en el siguiente balance. Con los números totales que manejaba la empresa tampoco es nada tan llamativo, en realidad, pero lo cierto es que no hay ninguna explicación que justifique ese vacío, aunque nada más sea de manera temporal.

—Vale —asiente Lamas—, cuatro kilos que desaparecen, y cuatro kilos que vuelven a aparecer. Como mi barriga antes y después de las Navidades. Pero... ¿y qué tiene esto que ver con nosotros?

—Pues tiene que ver con que la cantidad es exactamente la misma que mencionó la fuente que me puso al día de los problemas de Fernando Muros.

—¿A qué te refieres?

—Verás. ¿Recuerdas lo que te expliqué por teléfono sobre el contrato para construir los barcos mexicanos?

—Los de los retrasos.

—Esos mismos. Vale, pues por lo que me han estado contando unos cuantos colegas al otro lado del océano, parece ser que una vez que Muros consiguió desatascar definitivamente ese problemilla con los mexicanos, Pablo Nevís puso encima de la mesa otra posibilidad: ya que habían empezado a hacer negocios con un país al otro lado del océano... ¿Por qué no seguir ampliando horizontes?

—Me estás hablando de hacer negocios con otros países... Marosa sonríe.

—No. De lo que te estoy hablando es de ampliar la cartera de clientes entre los gobiernos de esos otros países. Te estoy hablando de entablar relaciones con los que cortan el bacalao en Argentina, Colombia, Venezuela... Te estoy hablando de negocios a las más altas instancias. Y te estoy hablando, Salva, de que esto es muy gordo.

—Ya veo...

—Igual que ellos: por supuesto, a todos les parece bien la idea. De no ser por un pequeño problema, claro.

—¿Cuál?

—¿Pues cuál va a ser, Salva? Que uno no se planta en Caracas, en Bogotá, en Buenos Aires, y pulsa el telefonillo del palacio presidencial de turno como si fuese uno de aquellos vendedores de «Avon llama a su puerta».

—Comprendo…

—Bien, porque ellos también lo hacen. De hecho, lo primero que comprenden es que, para poder realizar semejante maniobra, lo primero que van a necesitar es una buena agenda cargada de nombres. De modo que… ¿Adivinas quién está a punto de entrar en la partida?

Lamas también sonríe.

—No me jodas… ¿El viejo?

—El mismo. En ese momento, todos coinciden en señalar a Álvaro Novoa como la persona ideal para, haciendo valer sus contactos institucionales, servir de puente entre los empresarios gallegos y sus enlaces en los distintos gobiernos americanos. Comenzando por el venezolano, que es con el que por aquel entonces se gozaba de una excelente relación.

—Qué cabrones… Y entre tanto, aquí, vendiéndonos la historia de que el tipo estaba jubilado.

Marosa niega con determinación.

—La avaricia nunca se jubila, Salva… Además, no hay que olvidar que, por si acaso en Caracas tuvieran alguna duda sobre la solvencia de la operación, estos honrados inversores les recuerdan a las autoridades de turno que al frente del principal banco gallego, que figura como avalista de la operación, está un ilustre venezolano.

—Toto Cortés, claro.

—El mismo. De manera que todo parece pintar bien, ¿verdad?

—Eso parece, sí…

—Y probablemente les hubiera salido incluso mejor. De no ser por un pequeño detalle.

—El agujero.

—El mismo. A ver, por lo que he podido componer después de cruzar la información que he recogido entre el juzgado, el registro y unas cuantas conferencias transatlánticas, parece ser que, en los primeros momentos, Novoa, el bueno de don Álvaro, responde con entusiasmo ante la idea de participar en el proyecto, aunque nada más sea colaborando una última vez *para la causa.*

—La madre que lo parió —murmura Lamas—, menudo crac...

—Bueno, es una manera de verlo. Pero ojo, porque esto solo es el principio de la jugada. Por supuesto, la cosa termina con un golazo por toda la escuadra, pero, de momento, Novoa no ha hecho más que empezar a mover el balón.

—Entiendo...

—Y sí —continúa Vega—, por ahora todo parece ir bien. En efecto, Novoa hace valer sus contactos, y el grupo de empresarios incluso llega a reunirse en Caracas con algún ministro que se muestra encantado con la operación. Tanto que hasta les insinúa lo dispuesto que podría llegar a estar su Gobierno de cara a futuras concesiones.

—Ya, claro. Encantado... y supongo que también *receptivo*, ¿no?

—Evidentemente. El problema es que, como ya te habrás imaginado, es precisamente aquí donde la cosa empieza a torcerse. Aunque entonces nadie sospeche nada, claro. Porque, tras esas primeras reuniones, llega el momento de untar al pavo. Y es aquí donde Novoa informa a Muros de la necesidad de desembolsar los famosos cuatro millones de euros, para realizar un primer pago compensatorio, ya me entiendes.

—Vamos, la comisión para el ministro encantado...

—A ver, por lo que me han contado desde Venezuela, ese dinero sería una fianza que se deposita en nombre de Muros y Muros Construcciones Navales para poder acceder a un concurso relacionado con la construcción de una serie de barcos petroleros nacionales, y bla, bla, bla... Pero sí, claro: por supuesto, esos cuatro kilos no son otra cosa que la comisión pertinente. Y por eso precisamente aquí nadie sospecha nada.

—Claro, porque están acostumbrados a hacer las cosas de esta manera.

—Exacto. El problema…

A Marosa se le escapa una sonrisa breve, el gesto entre incrédulo y a la vez resignado de quien se vuelve a encontrar con el mismo error de siempre.

—El problema es que quien hace negocios con ladrones se expone a que le roben la cartera, y eso es justamente lo que pasa.

—Que el dinero nunca llega a Caracas.

—Tal cual. El ministro aquel, que ya se las prometía muy felices, se monta en los cuernos de la luna, el presidente llama a consultas al mismísimo Toto Cortés, afeándole la falta de compromiso de este atajo de gallegos de mierda, y nuestros amigos se quedan compuestos y sin chanchullo.

—Joder… ¿Y Novoa? ¿Qué dice el viejo?

—Pues, por lo que he podido averiguar entre la fuente del juzgado, la del Registro y una brevísima hemeroteca, Novoa dice que a él que lo registren. En público declara que él ya está retirado de todo eso, y en privado, pues… ¿qué va a decir? Que él sí entregó el dinero, que eso han sido los venezolanos, que son todavía más corruptos que nosotros, que si él nada más quiso ayudar, que si la abuela fuma… Vamos, que del dinero ni el olor, y que él no sabe nada.

Lamas también sonríe.

—Que él no sabe nada… Eso sí que era verdad —asiente—, ¡anda que no sabía nada el viejo cabrón!

—Como poco, latín. He intentado seguir el rastro de ese dinero, pero los cuatro millones desaparecen en el pozo sin fondo de siempre. Justificantes poco claros, firmas de paja… Nada. Al final, durante todo ese ejercicio, al dinero le pasa como al general aquel, que ni estaba ni se le esperaba. Hasta el ejercicio siguiente, claro, que es cuando misteriosamente vuelve a aparecer en las cuentas de la empresa.

—Menuda panda de chorizos…

—Ahora, de quienes sí que no he encontrado nada es de Pablo Nevís, que según he podido concretar fue quien propuso la entrada de Novoa en el negocio, ni de Toto Cortés, que, por lo que me han sugerido, es el candidato más probable para acabar liquidando cualquier relación que quedase entre los negocios de Muros, por un lado, y los de Nevís, Climent y Novoa, por el otro.

—Joder, pues como le tocara pagar a él todos esos agujeros...

—Pues mira, algo me dice que no solo fue él, a través del banco, quien resolvió el asunto del concurso de acreedores, sino que también fue quien acabó pagando la decepción del ministro.

—Vamos, que al amigo Toto le sobran los motivos para estar contento tanto con unos como con otros...

—Desde luego. A él, y a sus socios habituales, claro. Aunque...

Marosa se detiene en un silencio incómodo.

—¿Qué ocurre?

—Nada —responde a la vez que encoge los hombros—. De hecho, justamente eso es lo que ocurre, nada. Llevo todo este tiempo buscando más información al respecto, pero... —Marosa chasquea la lengua—. Por ahí no he encontrado nada. Joder, Salva, he buscado, he llamado, he preguntado... Pero es inútil: desde ese momento en adelante no existe nada sobre la continuación de esta historia. No queda ni rastro de más movimientos, es... —La periodista niega con la cabeza—. Es como si alguien lo hubiera borrado todo. O, vamos, yo desde luego no he encontrado nada al respecto...

Lamas también niega, pero él lo hace lentamente, con la expresión resignada de quien sí comprende la situación.

—Ni lo encontrarás. Entre ellos se tapan unos a otros todo el tiempo. De hecho, entre esos socios a los que antes te referías, tienen gente más que suficiente para encargarse de que nada salga más allá de lo que ellos están dispuestos a tolerar.

Marosa mantiene la mirada de Lamas.

—¿Te refieres a Galindo, a los medios de comunicación?

Salva también encoge los hombros, en un ademán descreído.

—Sí. Y a todas las Carla Pérez Guerra de cada lugar, de cada región, de cada país. Pero no solo a ellos. Porque allá donde no interesa que lleguen los medios de comunicación, tienen sus otros medios, los de coerción. Como los que utilizaron con López… Bueno, y contigo, claro.

Marosa vuelve a negar con la cabeza.

—Pero es que no doy crédito, Salva… ¿Cómo ha podido acumular nadie tanto poder?

Lamas vuelve a sonreír, esta vez desde la mayor de las desganas.

—Pues cómo va a ser, chiquilla… Teniéndolo como único objetivo, ese ha sido siempre su negocio. El poder. Hacerse con él, mantenerlo, protegerlo. El poder para seguir teniendo el control de cualquier situación posible.

—Pero… —Marosa no deja de negar, desbordada por lo que escucha—, es que no logro entenderlo, Salva. ¿De quién estamos hablando, quién es toda esta gente?

—¿Y quiénes van a ser? Empresarios, industriales, constructores, farmacéuticos… Y, sobre todo, banqueros, claro.

—Santo Dios…

—Por supuesto —asiente—, ese también se lleva su tanto por ciento. O, desde luego, no falta quien lo cobre en su nombre.

Marosa entorna los ojos.

—Veo que te dejas a alguien atrás…

—¿Ah, sí?

—Por supuesto. ¿Qué pasa con los políticos?

Salva asiente con gesto decidido.

—Es cierto, ellos también forman parte del juego. Al fin y al cabo, a todo el mundo le agrada una mascota… Pero ese es el negocio, querida, el poder. Y, créeme, llevan mucho muchísimo tiempo haciéndolo como para no hacerlo de maravilla. Coño, Marosa, que cuando Dios vino a construir el mundo, ellos fueron los encargados de financiarle la obra. Y por eso ahora está pasando todo esto. Porque bajo ningún concepto están dispuestos a permitir que ningún mindundi muerto de hambre como Climent, Nevís o mucho menos López les llenen de barro la antesala del IBEX 35… Porque estas serán ratas, pero ellos son los de siempre, niña. Los de absolutamente siempre…

Esta vez sí, Salva lanza un gesto hacia la barra y, casi al instante, Antonio se acerca a la mesa con dos cervezas abiertas.

—¿Y qué propones que hagamos ahora?

—Pues no lo sé —responde Lamas con aire dubitativo a la vez que choca el cuello de su cerveza con la de Marosa—. No lo sé…

—¿Qué te parece si insistimos con el hilo de Toto Cortés? El tipo está metido en esto hasta el cuello, eso seguro. Y, desde luego, si algo es evidente es que le sobran los motivos para no estar muy contento con nadie…

Salvador niega en silencio, aún sin dejar de contemplar a Marosa.

—No —responde con determinación—. Mírate, mira lo que te han hecho… Si hay algo evidente aquí, es que tú has llamado la atención de esta gente. Y, créeme, has tenido suerte, porque estos no son de los que se andan con bromas. Que se lo pregunten a López si no… No, vamos a dejar esa vía, de momento.

—¿Y entonces? ¿Hablamos con Climent, tal vez?

—Tampoco. Ahora mismo, tanto él como Nevís deben ir con un buen susto encima. Estarán a la defensiva, y eso también los hace peligrosos. No, esa tampoco es la mejor idea…

Marosa también le da un trago a su cerveza.

—Estamos dejando de lado otra vía, Salva…

—¿Cuál?

—La de los Novoa. De un modo u otro, todo pasa por ellos. Primero por el padre, y ahora también por el hijo.

Lamas vuelve a sonreír, cansado.

—Solo nos falta el Espíritu Santo… Pero sí, tienes razón, ese apellido siempre parece estar ahí, en medio de todas las historias.

—Y Caitán Novoa tampoco es de los que parecen trigo limpio.

—Porque no lo es. Pero por ahí ya lo he intentado yo, y…

Silencio.

—Espera…

Salvador Lamas recuerda aquel otro detalle…

—Qué.

… la insistencia de Novoa…

—¿Sabes? En toda esta historia hay alguien más…

—¿Quién?

Salva guiña un ojo.

—Alguien a quien tal vez no le estemos prestando la atención que debemos.

—Pues tú dirás…

—En principio apenas parece relevante. Pero, sin embargo, de un modo u otro el tipo siempre está ahí. Era muy amigo de Caitán hasta que, por alguna razón, dejó de serlo. Pero, entre tanto, trabajó en el bufete, donde además mantenía algún tipo de relación con Olivia Noalla.

—La mujer asesinada…

—En efecto. Y tarde o temprano el asunto de Blue and Green acabará salpicándole. Al fin y al cabo, en aquel momento mantenía una relación muy estrecha con Álvaro Novoa.

Vega arruga el entrecejo.

—Pero… ¿De quién me estás hablando?

Poco a poco, Lamas comienza a asentir en silencio, convencido de estar dando en el clavo. Y, de nuevo, sonríe a la vez que mantiene la mirada de Marosa.

—¿Conoces a Gael Velarde?

21

Faroles

—¡Señor Velarde! —grita Marosa al reconocer al director del CoFi bajo el paraguas que en ese momento sale del edificio de San Caetano—. ¡Señor Velarde, aquí!

Ya casi al lado de su coche, Gael se vuelve hacia la entrada principal del complejo administrativo, y ve que es una mujer joven quien lo llama por su nombre bajo la lluvia. Pero algo no va bien. Asomada a la barrera del puesto de control, el policía encargado del acceso le impide el paso.

—¡Señor Velarde —insiste al ver que ha captado su atención—, por favor, tan solo será un momento!

Extrañado, Gael se acerca al control.

—¿Qué… qué sucede? —pregunta.

—Esta señorita —explica el agente—. Que pretendía pasar para hablar con usted. Pero no consta en el registro de visitas programadas y ya le he intentado explicar no sé cuántas veces que aquí no se entra sin cita previa.

—Ya sé que aquí no se entra sin cita previa —replica Marosa—, pero yo también le he dicho que solo sería un minuto. Por favor, señor Velarde, creo que deberíamos hablar. De verdad —insiste, ya casi en un ruego—, un minuto…

—Pero… No comprendo. ¿Quién es usted?

—Me llamo Marosa Vega, soy periodista.

—¿Periodista? Ah, ya… —Gael no hace ningún esfuerzo por ocultar su incomodidad—. Escuche, ahora mismo estoy muy ocupado —responde mientras empieza a darse la vuelta—. Hable con mi secretaria, ella le concertará una…

—¡López! —grita Marosa, comprendiendo que está a punto de perder su oportunidad—. Mire, ¿ve esto? —pregunta a la vez que se señala las marcas en la cara, a estas alturas ya empapada por la lluvia—. ¡Creo que López y yo compartimos amistades!

Esta vez sí, el comentario capta la atención del director del CoFi, que ahora vuelve a acercarse para observar con más atención las heridas en el rostro de Marosa. Y comprende.

—Déjela pasar.

—Pero, señor, no tiene…

—No importa —resuelve—, déjela pasar. Yo me hago cargo.

—Lo que usted diga.

El policía abre el paso y se hace a un lado para evitar que Marosa se lo lleve por delante.

—Gracias…

—No hay de qué. Acompáñeme, mi coche es ese de ahí.

Sin dejar de caminar al paso de Gael, que no es lento, Marosa intenta reconocer cuál de todos los coches oficiales es el que ha señalado Gael.

—¿A dónde vamos?

—Usted no lo sé, yo a mi casa. Tan solo se lo digo porque este es el tiempo que tiene, lo que tardemos en llegar al coche.

—Será suficiente.

—Son peligrosas.

—¿Perdón?

—Sus amistades —explica Gael, todavía sin detenerse, de nuevo señalando las marcas en el rostro de la periodista—. Si es cierto eso de que son las mismas que se cruzaron en el camino de López, entonces son verdaderamente peligrosas.

—Sí —admite Marosa a la vez que se lleva la mano a una de las mejillas magulladas—, eso me han hecho saber…

—Pues entonces también sabrá que no son precisamente las más recomendables. Tal vez le convendría algún que otro cambio en su círculo… social.

—Me temo que es un poco tarde para eso.

—Pues es una lástima —responde al tiempo que se detiene junto a uno de los vehículos aparcados—. Este es mi coche —señala, apuntando a un viejo Saab que sin duda ha conocido tiempos mejores.

—Vaya, ¿no usa usted coche oficial?

—No veo por qué habría de hacerlo. Además, este coche es un pedazo de historia. De modo que, si no tiene usted nada más que contarme…

—Estoy investigando las circunstancias que rodean la muerte de Antonio López.

—Eso ya me lo había imaginado. Y sí, por descontado lo del señor López es una desgracia, pero no veo cómo yo…

—Creo que todo esto podría estar relacionado con el señor Novoa.

Gael mantiene la mirada de Marosa.

—¿Trabaja usted para…?

—No —comprende Marosa—. Yo no tengo nada que ver con el periódico que comenzó a airear de nuevo todo ese asunto. O, bueno —se corrige—, ya no tengo nada que ver con ellos. Hace años que trabajo por libre.

—Pues entonces háganos un favor a ambos, a usted misma y a mí, y no nos haga perder más tiempo. Si cree que todo esto es por el asunto de Blue and Green, déjelo estar. Ahí no hay nada, todo eso no es más que…

—Lo sé —se le adelanta—. Yo también creo que todo eso no es más que una maniobra malintencionada por parte de alguien con algún tipo de interés oculto. Pero, señor Velarde, usted sabe que, tarde o temprano, ese asunto acabará llegando a…

Por un segundo, Marosa se lo piensa. ¿Cómo terminar la frase? La lluvia arrecia.

—A más gente.

Vega ha optado por la prudencia. Pero ya da igual. En ese

brevísimo silencio, Gael ha tenido tiempo de leer la duda en el rostro de la periodista.

—Escuche —intenta reconducir la conversación—, creo que no me he explicado bien. Cuando antes le he hablado del señor Novoa, no me refería a Álvaro Novoa…

Gael arruga la frente.

—Vaya —comprende—. ¿Entonces…?

—Sí —contesta Marosa al instante—, era a Caitán Novoa a quien me refería. De un modo u otro, creo que todo lo que está ocurriendo guarda relación con él.

Por supuesto, la respuesta de la periodista tiene mucho de farol. Y, como todos los faroles, conlleva un riesgo, uno que, en determinadas circunstancias, puede acabar convirtiéndose en un problema: el peligro de los faroles es que hay que estar muy seguro de que la persona a la que se lo arrojamos no sepa más que nosotros. Lo cual es, justamente, lo contrario de lo que sucede aquí…

Porque, a diferencia de Marosa, Gael sí sabe de lo mucho de lo que siempre ha sido capaz Caitán Novoa. Tanto como para, en efecto, estar detrás de la reaparición del fantasma de Blue and Green. Y, casi con toda seguridad, ser también el responsable de buena parte de los acontecimientos en los que Gael se ha visto envuelto a lo largo de los últimos días, si bien el director del CoFi no acaba de tener claro hasta dónde llega su importancia en esta historia, tal como la periodista sugiere al asegurar que todo guarda relación con él.

—Escuche —responde Gael—, yo no creo que las cosas sean tan sencillas como usted las plantea, señorita… ¿Cómo ha dicho que se llamaba?

—Vega, Marosa Vega.

—Vega —repite el director—. Mire, como sin duda sabrá, señorita Vega, hay una operación judicial en marcha.

—Ariana.

—La misma. Y no creo que lo más oportuno sea jugar a las especulaciones, y menos aún por parte de la prensa. Puede que usted no haya tenido nada que ver en esto, pero… Ya ve cómo están las cosas gracias a sus compañeros. De modo que ahora, si me disculpa, los dos nos estamos empapando…

Gael abre el coche.

—De acuerdo, de acuerdo —insiste Marosa a la vez que agarra la ventanilla para impedir que Velarde cierre la puerta—. Oye, es verdad, tienes razón —casi sin darse cuenta, Vega ha empezado a tutear a Gael—, dejémonos de rodeos. Es cierto, la cosa es seria. De hecho, los dos sabemos que antes era en ti en quien estaba pensando cuando hablaba de las posibles salpicaduras del asunto de Blue and Green.

La respuesta de la periodista ha cogido por sorpresa a Gael, que se ha quedado a medio camino de poder acomodarse en su coche, con una pierna dentro del habitáculo y la otra todavía sobre el asfalto, con una mano en el volante y la otra en la puerta que Marosa mantiene abierta.

—Perdona, pero no veo qué…

—Sí —lo ataja la periodista—, sí que lo ves, Gael. Tú sabes que, por alguna razón, todo esto de Blue and Green está montado de tal manera que salpica a unos más que a otros. Y, por esa misma razón que yo desconozco, una de esas personas hacia las que parece apuntar eres tú.

Velarde fija su mirada en los ojos de Marosa, y la periodista comprende que, aún sin demasiada convicción, ha dado en el clavo.

—Estoy en lo cierto, ¿verdad?

Gael no responde. Nada más mantiene la mirada de la periodista. ¿Que si está en lo cierto? Joder…

De hecho, hoy mismo lo ha vuelto a comprobar. Todo ese dinero, los cincuenta y pico mil euros… Sí, todo sigue estando ahí, congelado en la misma cuenta.

Una cuenta de NorBanca aparentemente antigua, a nombre de un único titular.

Álvaro Novoa.

El problema está en los beneficiarios.

Dos.

Uno es el propio Novoa, claro.

El otro…

Joder, todavía no se explica cómo es posible.

Pero esa es la verdad: el otro beneficiario es él mismo, Gael Velarde.

—De acuerdo, ¿qué quieres?

Ahí está, el sonido del hielo al romperse.

—¡Que hablemos! —se lanza Marosa—. Nada más, de verdad. Habla conmigo.

—Pero ¿por qué? ¿Por qué yo?

—Porque estás ahí. Álvaro, Caitán, el bufete. La chica a la que mataron a golpes…

De pronto, Gael afila su mirada, y Marosa comprende que ha tocado en un punto sensible.

—Tú sabes que de una manera o de otra, por un motivo o por otro, el tuyo es el único nombre que se repite sin que haya un motivo aparente… Y, la verdad, sí, creo que tarde o temprano aparecerá algo que te involucre. Supongo que, viendo el tipo de contratos y de cantidades que han ido saliendo hasta ahora, no se tratará de nada escandaloso, pero…

Gael deja correr un medio suspiro, en un ademán descreído.

—Yo no estaría tan seguro.

—¿Por qué? ¿Acaso me vas a decir que eres tú quien tiene los cuatro millones de Muros escondidos bajo el colchón?

El director del CoFi arruga la frente.

—¿Los… qué? —Niega, extrañado—. ¿De qué cuatro millones me está hablando?

El desconcierto de Gael parece sincero.

—De nada. Escucha, es evidente que aquí está pasando algo mucho más serio que todo el asunto ese de Blue and Green. Yo creo saber de qué se trata, aunque todavía no lo puedo demostrar. Pero algo me dice que la clave de todo esto pasa por Álvaro Novoa. Y sé que tú lo conocías bien…

Gael tuerce el gesto en un ademán incómodo. Pero escoge guardarse sus dudas para él.

—Oiga, ya le he dicho que yo no…

Pero Marosa no está dispuesta a ceder.

—Se lo debemos a Olivia.

Silencio.

—Perdone, ¿qué ha dicho?

La periodista no responde. De hecho, se ha dado cuenta de su error tan pronto como ha pronunciado el nombre de la mujer asesinada.

—Lo siento, no quería…

—Ya, claro, no quería… Pero, dígame, ¿qué es lo que quería entonces, señorita Vega? ¿Asegurarse una buena historia, tal vez?

—Eso no es cierto. Aquí lo único que importa es conocer la verdad. Que se sepa qué está ocurriendo.

—La verdad, dice…

Velarde niega en silencio.

—Escuche, señorita Vega, algo me dice que esa verdad que usted quiere conocer es demasiado fea, huele mal y no deja dormir. No, yo no quiero tener nada que ver con ella. Y ahora, si no le importa, creo que los dos estamos ya bastante empapados…

—No, espere, tome —Marosa apunta su contacto en un pedazo de papel y lo deja caer en el interior del coche—, si cambias de opinión, yo…

—Lo dudo.

Y se ha acabado. Gael cierra la puerta con fuerza, con rabia. Sin ocultar su malestar.

A veces, hay negativas que suenan como la puerta de un coche que se cierra de golpe.

22

El último vals

La sala de lectura del Club Náutico permanece casi en penumbra, apenas iluminada por un par de lámparas de sobremesa, aquí y allá, y el fuego en la chimenea, cuya luz empapa la estancia en un baile de sombras y reflejos fugaces. En lugar del grupo habitual, esta noche nada más tres personas ocupan la sala y, a pesar de lo aparentemente acogedor del escenario, casi nadie parece relajado con la situación. Toto Cortés está sentado en uno de los sillones de piel, esperando a que la camarera termine de servirles las bebidas que han pedido. Café solo, whisky y té. Frente a él, Caitán Novoa permanece de pie, también en el más envarado de los silencios. Tan solo el tercer hombre, el viejo Román Lobato, el Lobo, parece disfrutar del calor del fuego, sentado junto a él en su silla de ruedas.

—Les dejo aquí la botella —indica la camarera, mientras acomoda y ordena algo en la pequeña barra de bar que hay en uno de los laterales de la sala—. Para no molestarlos si les apeteciera repetir.

—Gracias, Dora.

—No hay de qué. Señores.

La chica echa un último vistazo al grupo, asegurándose de que todo está en orden y, por fin, se va, dejando la sala en unos cuantos segundos de silencio.

—Pues aquí estamos —resuelve por fin Cortés—. Te damos las gracias por venir, Caitán.

—¿Acaso tenía otra opción? Bueno, por lo menos a mí no me ha pasado nada en la carretera.

Cortés le da un trago a su café.

—No veo por qué habría de pasarte nada.

—Oh, no, claro —responde Novoa—. Como López, ¿no? Él tampoco lo vio.

—Caitán, por favor…

—¡Por favor qué! ¡Lo matasteis, hijos de puta, lo matasteis vosotros! ¿O es que ahora me vais a decir que no sabéis de qué os hablo?

—Por supuesto que sí —responde Cortés, afilando un poco más el tono de su voz—. Nos estás hablando de un terrible accidente. Algo que sucedió, supongo, por no querer conducir del modo correcto…

—¿Por no querer…? Joder —se queja Novoa, abriendo los brazos en el aire—, ¡pero qué cojones tenéis! ¿A qué viene esto ahora, eh? Si tú mismo lo dijiste en el despacho de Malena. Que no nos preocupásemos…

—Caitán…

Pero Caitán no escucha.

—Que vosotros os encargabais de liquidar las cuentas pendientes. Porque eso era en lo que López se había convertido para vosotros, ¿no? Una cuenta pendiente…

—Por favor, señores…

Es apenas un hilo de voz lo que llega desde la chimenea.

—Errar es humano —señala Lobato, casi en un murmullo—. Pero obstinarse en el error es necedad… Y sí, eso fue lo que sucedió con el señor López. Que se empeñó en su obstinación. Por desgracia, ya no está entre nosotros para llegar a comprender la gravedad de sus errores… Pero nosotros sí, aquí estamos. Por lo menos de momento.

Es este último matiz el que más llama la atención de Novoa. Porque sabe que ese «de momento» tanto podría referirse al propio Lobato, como a él mismo.

—Caitán, querido. Usted sabe que por mucho tiempo mantuve una excelente relación con su padre, el difunto don Álvaro.

—Según tengo entendido, no tan buena en los últimos años.

—Más errores —como si le quitara hierro, Lobato desprecia el comentario de Caitán con un ademán de su mano trémula—, errores sin mayor importancia. Pero precisamente por eso estamos aquí ahora. Porque, como decía, errar es humano, pero también sabemos que perdonar es tan necesario como obligatorio perseguir nuestras metas, ¿verdad?

Caitán permanece en silencio.

—Verá, señor Novoa. Nosotros somos algo así como… ¿Cómo le diría yo? Una pequeña familia, eso es. Una pequeña familia preocupada por el crecimiento y el desarrollo de nuestra sociedad. Créame, es el bienestar y el enriquecimiento de nuestro mundo lo que nos mueve. Moralmente hablando, por supuesto. Y por eso cuidamos mucho cada movimiento que realizamos. Porque queremos hacer las cosas bien. ¿Me comprende?

Caitán asiente.

—Supongo que sí…

—Bien —celebra el anciano—. Porque es precisamente desde esa preocupación que algunos de nosotros consideran que usted no ha estado haciendo las cosas del mejor modo posible. No dudamos de su buena intención, eso desde luego. Pero sí de los resultados obtenidos hasta el momento. Y es precisamente por eso mismo que algunos de nuestros compañeros han empezado a cuestionarse la idoneidad de seguir contando con sus servicios, señor Novoa.

En silencio, Caitán mira a uno y a otro de sus acompañantes. Con que eso era…

—La madre que os parió… ¿Es que ahora pretendéis dejarme fuera? ¿Con todo lo que he hecho?

—¿Ah, sí? Vaya, ¿y qué es ese «todo»? —le responde Cortés—. Porque, tal como yo lo veo, diría que no has hecho más que cagarla una vez tras otra, muchacho. Y no, esto no era lo que se te había encargado, sino más bien todo lo contrario.

—No podéis hacerme esto… No con todo lo que sé.

La respuesta de Caitán llama la atención de Lobato, que entorna los ojos.

—¿Y qué es lo que sabe, señor Novoa?

Con los dientes apretados, Caitán mantiene la mirada del Lobo.

—López —responde al fin—, sé que habéis sido vosotros.

—Claro —murmura Cortés—, eso… Lo malo es que ahí nos encontramos con algún que otro problema incómodo para ambas partes, Caitán.

—¿Qué problema, de qué hablas?

Cortés se pone de pie.

—Verás, tal como yo lo veo, el asunto de López es un elefante en la habitación, es verdad. Pero, dime, Caitán, ¿a quién crees que podría incomodar más?

La pregunta de Toto Cortés desconcierta a Novoa.

—No comprendo…

—¿Qué es lo que no comprendes? ¿A qué me refiero? De acuerdo, deja que te exponga una situación, aunque nada más sea de manera hipotética.

Toto camina hasta el ventanal de la sala de lectura y observa el enorme pantalán del Náutico. El primero de los barcos amarrados, el Felicity, es el suyo.

—No sé si estás al tanto de esto que te voy a contar —comenta, todavía con la mirada puesta en el puerto—, pero parece ser que desde hace unos días tenemos a una periodista empeñada en revolver el pasado.

—No sé de qué me estás hablando.

—¿Ah, no? —Toto se da la vuelta y observa a Novoa—. Vaya, pues tal vez eso también sea parte del problema, Caitán. Que deberías saberlo. Porque esta chica de la que te hablo ha empezado a hacer preguntas, pero no de la manera que tú habías previsto, sino… ¿Cómo te lo podría explicar? *Preocupantes*. Sí, esa es la palabra. Porque claro, el problema de perder el control de la situación es que nunca sabes qué es lo que otros pueden encontrar. Como lo vuestro con López, sin ir más lejos.

El último comentario tensa la expresión de Caitán.

—¿De qué estás hablando, qué quieres decir con eso de «lo vuestro»?

Toto finge sorpresa.

—¿Qué pasa, Caitán? ¿Acaso ya has olvidado nuestra última conversación?

Cortés habla sin que Lobato, distraído, deje de observar el fuego. Tranquilo, como si la cosa no fuera con él.

—Por lo que he podido averiguar —explica Cortés al tiempo que echa a andar sin prisa por la sala de lectura—, esta chica está intentando identificar algún rastro del que tirar en la historia de López. Por supuesto, en tantos años de trabajo, el bueno de Antonio hizo negocios con mucha gente.

—¿Eso era a lo que te referías? —Caitán sonríe con desprecio—. ¿Y qué? Todo el mundo sabe que muchos de esos negocios los hizo con mi padre. Como lo de Blue and Green, es verdad.

—Y Sorna, no te olvides de ella…

—Sí, vale —admite—, eso también. Pero no entiendo qué importancia tiene ahora…

Toto vuelve a sonreír.

—Bueno —advierte—, es que no es a ese «vuestro» al que me refiero, sino a todos esos otros chiringuitos y tinglados que López tenía montados con vosotros. Contigo… Y, sobre todo, con tu mujer.

«Mierda. Otra vez eso…».

—¿Qué, me comprendes un poco mejor ahora?

No responde. Pero sí, Caitán comprende mucho mejor ahora.

—De modo que, tirando de ese hilo… Dime, Caitán, ¿qué crees que hará esta periodista si da con el rastro de Blue Circus, la concesionaria de todos vuestros actos electorales? A mí me parece que se trataría de algo muy comprometedor. Y la gente… —Toto se detiene delante de Novoa, a muy pocos centímetros de su cara—. La gente es muy mala, Caitán.

Lejos de amedrentarse, Novoa mantiene la mirada de Cortés.

—¿Me estás amenazando?

Toto sonríe con calma.

—Ni mucho menos. Tan solo intento que comprendas cuánto cabe la posibilidad de que alguien piense que la desaparición de López, justo antes de que semejante entramado se descubriese, os habría beneficiado especialmente a vosotros…

—Sí —comprende Novoa—, claro que me estás amenazando. Pero olvidas algo, Cortés.

—Ilumíname.

—¿Qué pasaría si a esa misma periodista le diese por abrir un poco más el foco? No creo que le resultase demasiado difícil entender que a vosotros tampoco os ha venido mal la muerte de Antonio.

—¿Tú crees?

Caitán se desespera.

—Venga, Toto, no me jodas… Que los dos sabemos que ese fantoche se estaba convirtiendo en un problema para todos…

—Puede ser —admite Cortés—. Pero en ese caso tú también olvidas un detalle importante.

—¿Cuál?

—La viabilidad. ¿De qué valdrían esas preguntas sin el apoyo de un medio que las soportara? Dime, ¿de verdad crees que esa periodista, o cualquier otra, encontraría un solo medio serio que apoyara esa línea de investigación?

Toto Cortés aprieta los labios en una mueca cargada de la más falsa condescendencia.

—No, amigo, por ahí no habría nada que hacer… A no ser, claro, que en los últimos días hayas comprado algún periódico o alguna cadena de televisión. Pero ese no es el caso, ¿verdad? Pues mira, ahí juegas en desventaja. Porque nosotros sí disponemos de esos medios… De hecho, bien contada la historia, incluso podríamos enfocarlo de modo que a todo el mundo le pareciera que tu mujer tuviese algo que ver en el asunto. Ya sabes —Toto le guiña un ojo a Caitán—, a nivel personal. No sé, ¿algo pasional, tal vez?

Novoa siente cómo la insinuación vuelve a encenderlo.

—Cabrón…

—Señores, ¡señores!

Desde la silla de ruedas, Román Lobato levanta las manos en

el aire, intentando una llamada a la calma. Por lo menos de manera aparente.

—No haga caso de las formas de Toto, amigo Novoa. No digo que el señor Cortés no esté en lo cierto, pero si le hemos pedido que venga a visitarnos esta noche, desde luego no es para incomodarlo, ni mucho menos para que acabemos insultándonos entre nosotros… Le pido disculpas si se ha sentido molesto u ofendido.

—No… No pasa nada.

—Bien. Porque, como ya le he explicado, nuestra intención no es otra que la de seguir construyendo. Desde luego, es innegable que en los últimos días su continuidad en el proyecto se ha visto comprometida, señor Novoa. Pero no se preocupe. Nosotros siempre hemos cuidado de los nuestros, de manera que, llegado el momento, también estaríamos dispuestos a protegerle a usted. Pero, claro, como sin duda comprenderá…

—¿Sí?

—Nada es gratis en la vida, señor Novoa. Todo, absolutamente todo, tiene un precio.

Perplejo, Caitán no deja de observar a uno y otro lado. Ahora a Lobato, ahora a Cortés.

—No me lo puedo creer… —masculla entre dientes—. ¿Me están chantajeando, es eso?

El Lobo afila en su expresión algo parecido a una sonrisa.

—Ni mucho menos, querido amigo… Nada más le estoy haciendo una pregunta.

—¿Cuál?

—Díganos, muchacho, ahora que su famosa voladura controlada ha resultado ser un completo desastre… ¿tiene algo más que ofrecernos?

23

Reúne a la tripulación

Domingo, 19 de noviembre

Encerrado en la soledad del callejón sin luz en que de un tiempo a esta parte se ha convertido su casa, Gael se ha dejado caer por las noches y las botellas abajo hasta que el tiempo se ha convertido en un despojo derramado a sus pies. Es la última hora del domingo, y ni el viernes ni el sábado ni mucho menos el día de hoy le han supuesto ningún avance. No ha logrado sacar nada en claro y, lo que es peor, tampoco ha conseguido ningún tipo de reparación. Nada con lo que encontrarle un sentido razonable a lo que viene sucediendo. Nada con lo que llenar el vacío dejado por Olivia. Nada que no sea corrupción, miseria y violencia. Y culpa, claro. Su propia culpa. Porque, con toda seguridad, Olivia seguiría viva si él no…

Un trago más.

Le daría más vueltas, lo intentaría otra vez. Pero Gael está cansado. De Álvaro, de Caitán. De todos los Prometeos y las Arianas. O Ariadnas, o como demonios se diga. Gael está cansado de la mirada estúpida del perro Sultán, del hilo, del fuego y de todo. Cansado de intentar comprender. Cansado de lo que ha llegado a él, de las carpetas, de la carta que ahora mismo vuelve a tener en las manos, e incluso… Sonríe con desgana al ver la serie que el otro día logró arrancarle al papel. ¿De verdad era necesario?

Agotado, o tal vez sencillamente borracho, Gael se frota los ojos y vuelve a observar la combinación de letras y números.

Por supuesto, ha intentado comprenderlo. Eso y mucho más. Como todo lo que ha venido sucediendo a su alrededor, por ejemplo. Blue and Green, López, los golpes, el dolor. Todo. Y nada. Con la misma desgana, casi con hastío, arroja la carta al suelo e intenta ponerse de pie. Gael ahora ya está demasiado cansado. Puede incluso que también demasiado borracho. Porque sí, es verdad, ha bebido, pero a quién le importa. Está en su casa, no molesta a nadie, y su soledad no hace preguntas. En todo caso afirmaciones, eso sí. Su soledad afirma con la rotundidad de un puñetazo, con la constancia de un tormento. Como cuando le obliga a asomarse a la ausencia de Olivia. Que, por supuesto, es culpa suya. Y ahora mismo Gael empieza a tomar conciencia de las muchas formas en que está cansado.

Cansado de intentar comprender.

Cansado de romper el aire para seguir avanzando.

Cansado de esforzarse por hacer las cosas bien.

Y, total… ¿Para qué?

Para nada.

Porque si algo percibe con claridad en medio del huracán es que esto no acabará jamás. Puede que pase el tornado, pero ¿qué vendrá después de la tormenta? ¿Acaso la calma? Por favor…

—Una tormenta todavía mayor —balbucea desde una sonrisa borracha.

Lanza un brindis al aire, hacia una de las muchas fotos de Álvaro Novoa que estos días le ha dado por volver a sacar. Las ha vuelto a revisar todas, a contemplar, quizá ahora sí, con la mirada correcta. Porque Gael quiere pensar que no es idiota. No, no lo es, y de sobra sabía en su momento que todo aquello no estaba del todo bien. O, bueno, ¿para qué andarse con eufemismos a estas alturas? Aquello simplemente no estaba bien. Y punto. Pero en aquel momento… No, en aquel momento Gael prefirió mirar hacia otro lado. Como cuando todo un país escoge reírse ante los desmanes de su rey emperador, aun sabiendo que el tipo es un ladrón, un chorizo vulgar y corriente que, encima, va desnudo por la vida. Así, justamente así, es como Gael se comportó con don Álvaro. En el fondo, él lo sabe, siempre fue consciente de la verdad, pero optó por mirar en otra dirección, y prefirió quedarse con aquella otra versión de Novoa, la del mentor campechano.

Pero a estas alturas ya es de toda forma imposible mantener la farsa, que ahí está el fantasma de Álvaro, asomado en esas imágenes antiguas.

De entre todas, Gael vuelve a fijarse en una de ellas.

En esta Álvaro Novoa aparece vestido de esmoquin. Está sentado a una mesa, por la disposición del servicio parecen los instantes previos a una cena, quizá algún acto de gala. Pero no es la vestimenta ni tampoco los platos lo que ha llamado su atención, sino la compañía. El tipo que aparece sentado junto a él es Fernando Muros, el naviero.

¿Y por qué le ha llamado la atención? Ah, ya, por lo que dijo la mujer aquella. Algo sobre los millones de Muros... Una mueca despectiva se asoma a la expresión de Gael.

—¿Qué pasa, Alvarito? ¿Es que tuviste que tocarle los cojones a todo el mundo?

Sí, eso seguro... Pero ¿qué le había dicho exactamente la periodista?

Ah, sí...

«¿Acaso me vas a decir que eres tú quien tiene los cuatro millones de Muros escondidos bajo el colchón?».

¿Cuatro millones? Maldita sea, y él que pensaba que tenía un problema con los cincuenta mil euros de la cuenta fantasma... ¿Es que esto no se va a acabar nunca? ¿No saldrá jamás de este laberinto? Es cierto que de algún modo tiene ahí el hilo ese. Sí, claro, el hilo de Ariana... Pero ¿cómo, cómo lo utiliza? ¿A dónde lo amarra? Cincuenta mil euros, cuatro millones... Mierda. No, Gael siente que no puede. Que ya no puede más. Que no puede con todo este mar de podredumbre. Que no puede.

Es en ese momento cuando percibe el roce. Sí, ahí está, el tacto sutil de la idea deslizándose por la trastienda de su pensamiento. Tal vez...

Se levanta e, intentando mantener el equilibrio, sale de la casa. No va lejos, tan solo hasta el garaje. Abre la puerta del coche, y sí, ahí está. En el suelo, entre los pedales.

El papel que la mujer arrojó en el interior justo antes de que él cerrase la puerta.

Lo coge.

Marosa Vega.

Y, justo debajo del nombre, un número de teléfono.

De acuerdo, tal vez sea el momento de apoyarse en alguien más…

24

El caballo de madera

Esta noche están todos, y, mientras fuera llueve con fuerza, el cónclave lleva ya un buen rato encerrado. A solas. Porque las órdenes que Toto Cortés le ha transmitido a Pablo Prados, el director del Náutico, han sido tan claras como tajantes. Esta noche, ni un solo miembro del servicio en la sala, ni una sola interrupción. «Así arda el mundo». «Pero, señor... ¿Ni siquiera querrán que les llevemos un café?», ha preguntado Prados. «No. Quien quiera un café que se traiga un termo». Es por eso por lo que, como una estatua de sal, Dora, la favorita del grupo, permanece inmóvil en el pasillo, de pie junto a la puerta. Porque así se lo ha indicado el siempre sumiso y rastrero don Pablo. «Tú no te muevas ni un pelo de ahí, ¿me has entendido? No vaya a ser que cambien de opinión, que con esta gente nunca se sabe...».

—Os lo dije —reprocha Goyanes en el interior—, ¡en aquel momento os lo dije! Toda aquella historia de Salta era una cagada, joder... ¿Os lo dije o no os lo dije?

—Sí, Gonzalo, sí —admite Cortés con ademán paciente—, nos lo dijiste. Un millón de veces. Sobre todo cuando te tocó poner tu parte de la deuda.

—¡Es que no lo entiendo, coño! Aquello no tenía nada que ver con nosotros. ¡¿Por qué cojones tuvimos que correr con los gastos de aquella historia?!

—¡Porque es lo que hemos hecho siempre, me cago en la

puta! —Es Muros el que responde—. ¡Cubrirnos entre nosotros! Compartir la información, repartirnos el pastel y pagar cuando toca pagar… ¡¿O acaso protestamos los demás cuando tuvimos que asumir vuestra multa?!

Furioso, Goyanes aprieta los dientes con tanta fuerza como para partir las palabras.

—¡Pero qué cojones estás diciendo ahora, puto borracho!

—¿Que qué cojones estoy…? ¡Tócate los huevos con el soplapollas este! Lo que te estoy diciendo, cabrón, es que cuando los de la Comisión Nacional de Mercado os multaron con más de doscientos millones por repartiros el tinglado de los concursos públicos, todos los aquí presentes pagamos la parte que nos correspondía, ¡fuésemos o no fuésemos constructores!

—¡Eso ya lo sé, marrullero de mierda! Pero precisamente ahí está la diferencia, gilipollas, tú mismo lo has dicho: entre nosotros, ¡entre nosotros! La sociedad funciona cuando hacemos negocios dentro de la familia, ¡no cuando uno de nosotros es tan imbécil como para sentarse a espaldas del grupo a negociar con ratas miserables!

Muros bufa como una bestia enjaulada.

—Pero ¿por qué coño tenemos que volver a esto? Ya os di todas las explicaciones entonces, aquello fue en un momento complicado de mi vida. Tenía el agua al cuello, estaba enfermo… Joder, ¡pensé que podría solucionarlo por mi cuenta!

—¡Pues en vez de solucionarlo, lo que hiciste fue meternos en un problema de cojones! Y por eso ahora nos encontramos con esto, Muros, porque la mierda es como un puto bumerán: siempre acaba volviendo. Y, ¿sabes qué? ¡Encima suele tener una puntería cojonuda para acertar en toda la boca!

—Es cierto —comenta Lucas Marco, el constructor coruñés—, lo de la periodista esa haciendo preguntas… No, a mí tampoco me gusta nada. Anteayer mismo me llegó un aviso: al parecer se ve que también estuvo en el Registro Mercantil. Manolo tiene razón, Muros, nos has metido en un lío.

—Bueno, pues muy bien, ¿y qué coño queréis que haga ahora, eh?

—Pues lo primero, sin duda, dejar de llamar la atención —sentencia Cortés—. No podemos permitirnos ni una cagada más, Fernando. Y lo segundo es pagar, claro.

El naviero arruga el entrecejo.

—¿Cómo dices?

—Te lo advertí en su momento: si asumimos la deuda con los venezolanos fue porque de un modo u otro todos los aquí presentes teníamos líneas de negocio abiertas con ellos, y aquello podía acabar saliéndonos muy caro. Empezando por mí mismo.

—¡Pero, coño, que en ese caso fue el cabrón de Novoa el que nos hizo la cama! Él, y su puto amiguito, el sin sangre ese de Nevís…

—Puede ser —admite Cortés—. Pero lo de Salta fue cosa tuya, y te recuerdo que ya te lo dije en su momento: si entonces el banco liquidó tu préstamo fue para que todo el asunto aquel del concurso de acreedores no hiciera más ruido del que ya empezaba a hacer. Pero…

Con gesto severo, Toto mueve el mentón a uno y otro lado.

—¿Pero qué?

—Somos un banco, Muros, no una abuela que te da un billete de veinte euros para que te lo gastes en chucherías… Si esa mujer insiste en tirar del hilo, a nadie le conviene que descubra cómo se solucionó aquello, ni mucho menos el agujero que dejaste. Te toca pagar, y liquidar para siempre ese asunto.

—No me lo puedes estar diciendo en serio, Cortés…

Pero Toto no altera su expresión.

—¡No me jodas! ¿De verdad tengo que pagar yo todo lo que se llevó el hijo de puta de Climent? Coño, Toto, sabes perfectamente que ahora mismo no…

—¡Pues haces lo que sea, Fernando! ¿Es que no lo entiendes? Tienes a una periodista olfateando tu mierda, y encima no parece dispuesta a detenerse.

—Bueno, eso ya te lo advertí cuando me llamaste, Fernando —es Breixo Galindo, que también ha asistido a la reunión, el que interviene—, esa mujer no es de las que se dan por vencidas con un par de hostias.

—Desde luego que no —confirma el banquero—. Por lo visto, al día siguiente de que le enviases tu recado, Muros, a la mujer le faltó tiempo para reunirse con otro de tus empleados, Breixo. Un tal Salvador Lamas...

—Sí, lo conozco —asiente Galindo—. No es más que un pobre desgraciado, un borracho de la sección de Local.

—¿Y qué pasa con él? ¿Deberíamos preocuparnos?

—Hombre, en principio no —responde el periodista—. Ya os lo he dicho, todo eso lo tenemos controlado, por ahí no debería salir nada. Ni a través del periódico, ni tampoco de ninguno de los otros medios del grupo.

—¿Y qué ocurre con todo lo que no sea del grupo? —pregunta Marco—. O, bueno, de cualquier otro grupo afín. ¿Hasta qué punto tenemos controlada esa cuestión?

—¿Qué es lo que quieres decir? —pregunta Goyanes.

Lucas Marco encoge los hombros.

—Un periodista siempre es un peligro. Nunca sabemos con cuánta gente puede estar hablando. Y, además, está internet...

—¿Y qué propones? —pregunta Rozas, el vicepresidente de NorBanca—. ¿Que la mujer esa tenga... otro accidente?

—No, no —es Cortés quien ataja la cuestión—, eso sí que no. Lo de López ya ha puesto a prueba los límites de la discreción. No podemos arriesgarnos a un posible nuevo escándalo. No —resuelve—, de momento no podemos presionar más. Lo que tenemos que hacer es tenerla entretenida con algo. Lo que sea, con tal de que no mire en otra dirección.

—Ya, claro —comprende Muros—, y ese «algo» tengo que ser yo, ¿no?

—Mira, pues igual resulta que no eres tan idiota como pareces, Fernandito.

Muros lanza una mirada cargada de odio a Goyanes, que le responde con el dedo corazón.

—Pero ¿por qué? ¿Por qué tengo que ser yo?

—¡Porque te has expuesto, imbécil!

Muros se echa al constructor.

—¡¿Pero a ti qué cojones te pasa, gilipollas?! ¡¿Es que te quieres ir a casa con menos dientes en la boca, payaso?!

Entre unos y otros agarran a los dos empresarios.

—¡Basta —advierte de pronto la voz de Román Lobato—, basta ya! Tiene que ser usted, señor Muros, porque, mientras esa mujer siga pensando que la historia va por ahí, no buscará en otros nombres mucho más comprometedores.

—¿Te refieres al asunto de Pilgrim Events, Lobo? —Es Marco el que pregunta.

—Me refiero a cualquier asunto que tenga que ver con el candidato. Porque sí, es cierto que lo de Pilgrim podría exponerlo de una manera comprometedora. No olviden que todo lo que tuviera que ver con el Xacobeo estaba directamente relacionado con Presidencia. Pero, sinceramente, ese asunto en particular no es el que más debería preocuparnos... Todos los aquí presentes, todos, sabemos que lo más grave es el resto.

Marco y Goyanes cruzan una mirada.

—¿A qué resto se refiere, patrón?

Lobato encoge los hombros.

—Bueno, para eso es para lo que decidimos contactar con el hijo de Álvaro Novoa, ¿no? Para averiguar de qué clase de resto estamos hablando... Tenemos que ir sobre seguro, señores, no podemos arriesgarnos a que nada ponga en peligro el proyecto.

—No sé —duda Goyanes—, yo sigo diciendo que ahí estamos jugando con fuego. Creo que deberíamos dejarlo, ahora que aún estamos a tiempo...

Lobato niega sin ocultar su desprecio.

—Valiente por los pies, cualquier cobarde lo es.

—Pero, Lobo...

—¡No! Díganme, caballeros, ¿acaso han olvidado por qué estamos aquí?

El anciano mira en redondo a su alrededor. Observa a todos los hombres que permanecen de pie en la sala, y su dedo, trémulo y huesudo, va barriéndolos a todos. Pero nadie se atreve a contestar. Saben que esa respuesta nada más tiene un dueño, y en la sala nada más se escucha el ruido de la lluvia, que cae con fuerza en el exterior.

—Para comprar un presidente —se responde a sí mismo el viejo—. Para comprar —repite, alzando el dedo en el aire— un presidente.

Y nadie dice nada. Porque, en efecto, eso es. De eso es de lo que se ha tratado siempre. Nada menos que de comprar un presidente…

—Nos ha costado mucho colocar un candidato en Madrid, señores. Uno que no fuera un ególatra, uno que no fuera un imbécil redomado. Uno que cumpliera con todos los requisitos que necesitábamos. Y ahora, por fin, tenemos la oportunidad que tanto tiempo hemos buscado. Tenemos a nuestro propio candidato. ¿La oyen? —pregunta, levantando el dedo en el aire—. Ahí está, ella misma se lo está recordando. El nuestro es el candidato de la lluvia.

Silencio.

—Miren, caballeros… Que el estúpido aquel que la cúpula se había empeñado en poner al frente del partido no era más que un inútil ya lo sabíamos todos. Y que tarde o temprano metería la pata de manera definitiva, también. Como así lo hizo, si bien todo eso ya no importa, señores. Aquel muchacho es historia, y si algo nos ha enseñado la historia de este país es que, en este país, la historia nunca ha importado nada. De modo que ahora, lo único que de verdad importa es que ahí hemos estado nosotros, atentos para promover un nuevo candidato.

Román Lobato, el Lobo, aparta su mirada hacia la oscuridad más allá de los ventanales de la sala de lectura. Hacia el mar, donde la lluvia cae con fuerza.

—Para toda esa gente —murmura—, allá en Madrid, nosotros siempre hemos estado demasiado lejos. Tanto que ni siquiera nos han visto venir. Miren, miren ahí fuera. ¿Ven el mar? —Lobato sonríe—. Mar de monstruos bajo la lluvia… Para toda esa gente, allá, nosotros estamos en el fin del mundo. Pero lo que ellos no saben es que todo depende siempre del punto de vista de cada uno.

Román Lobato sigue hablando con la mirada puesta en la oscuridad de la noche, en la negritud de un mar que, en realidad, nadie más que él ve más allá de los cristales empapados por la lluvia.

—No sé si lo sabrán ustedes, pero, cuando las tropas del general romano Décimo Junio Bruto llegaron a esta parte del mundo, pensaron que ya no podrían ir más allá. Para ellos, este era el fin de la tierra, el *finis terrae*. Y ese fue su error… Porque no comprendieron la importancia de los pequeños movimientos: en aquel momento, bastaba con que girasen sobre sí mismos y volviesen a mirar. Tal vez así hubieran comprendido que, en realidad, estaban en el principio del mundo…

Algunos asienten en silencio, otros sonríen al comprender.

—¿Lo ven? Es ahí, justamente ahí, donde ahora mismo nos encontramos, señores, en el principio del mundo, y eso será lo que haremos: convertir el fin de su mundo en el principio del nuestro.

Todavía con la sala en silencio, Cortés comienza a aplaudir. Goyanes no tarda en sumársele. Y Galindo, y Marco y… Para cuando se dan cuenta, todos los asistentes a la reunión están aplaudiendo, satisfechos, las palabras del patriarca.

—No —responde Lobato, gesticulando para calmar el aplauso—, todavía no es tiempo de celebración, señores, sino de prudencia. Como hicieron los griegos a las puertas de Troya, también nosotros hemos dejado un caballo en Madrid. Un caballo con un candidato dentro. Un gestor excelente…

Alguien murmura algo desde el fondo de la sala.

—… probadamente capaz…

Más murmullos, a los que ahora se les suman algunas risas por lo bajo.

—… y, sobre todo, limpio.

Todos captan la ironía en la voz del anciano, y ahora los murmullos ya se han convertido en expresiones divertidas, incluso en alguna carcajada.

—Pero no podemos bajar la guardia —continúa Lobato—, porque un despiste por nuestra parte podría suponer el completo fracaso de nuestra empresa.

La sala asiente con convicción.

—Ahora bien, si seguimos jugando bien nuestras cartas y logramos lo que queremos, ni siquiera el cielo será el límite: nuestro muñeco se encargará de ponerle precio.

—¡Y ahí estaremos nosotros —jalea Marco—, listos para comprar el portal de san Pedro al precio que sea!

Es en ese momento, justo en ese momento, cuando Lobato clava sus ojos en los del constructor, al que la sonrisa se le congela en la cara. Porque ve que algo ha cambiado en la expresión del viejo. De hecho, el mismo don Román parece haber cambiado. Empezando por su mirada. De pronto, sus ojos, dos pequeñas bolas de fuego encendido, ya no son los de ningún anciano, sino los de un animal. Una bestia sedienta que ha olido sangre. Un depredador de colmillos afilados. Un tiburón.

Un lobo.

—No —responde—, ni mucho menos… Una vez que lleguemos allá arriba, no será para comprar el portal. Si entramos en el cielo, señores, que sea para hacer gritar a la Virgen María. Que los demás santos tengan que llamar a los ángeles y a los arcángeles. —Pausa—. O a sus puñeteras parejas. Así será, señores… Si logramos que el golpe de nuestro candidato salga bien, el cielo será el límite. Sí, lo tomaremos, y lo haremos al asalto. Sin piedad, sin prisioneros.

Un rumor de aprobación recorre la sala de lectura.

—Pero, para eso, debemos estar por completo seguros de que nada ni nadie pone la operación en peligro. ¿Estamos de acuerdo, señor Cortés?

Toto tarda un par de segundo en responder.

—Entonces —contesta al fin—, ¿sigue usted pensando en Caitán?

—Por supuesto.

—De acuerdo. Aunque…

El banquero parece no tenerlas todas consigo.

—¿Sí, Toto?

—No lo sé, señor, pero, si tuviera que apostar… Yo diría que ese pobre desgraciado no tiene nada. Ni el dinero que se llevó su padre, ni tampoco… el resto.

De nuevo con la mirada en el fuego, Lobato también asiente.

—Sí, yo también lo creo. Pero aquí no se trata de apostar nada, Cortés. Bien al contrario, debemos ir sobre seguro. Al fin y al cabo, de eso se ha tratado siempre con este muchacho. De información. Y, ustedes lo saben mejor que nadie, la información es el verdadero poder. ¿Me equivoco, señor Galindo?

—En absoluto, Lobo. Tener la información es poder. No tenerla, un riesgo muy peligroso…

—¿Lo ves, Toto?

—Por supuesto, señor. Pero…

—¿Qué?

—Ya hemos hablado con Caitán, ya lo hemos presionado.

—Debemos dar un último paso.

—¿Cuál es su propuesta, Lobo?

El anciano vuelve a afilar su sonrisa.

—Lo pondremos a prueba una última vez.

—¿Qué propone que le hagamos?

—No —responde Lobato—, a él no. Ni tampoco a su mujer, esa pobre desgraciada no es más que un florero…

—¿Entonces?

Lentamente, el viejo levanta la cabeza, hasta lograr que su mirada se encuentre con la de Cortés.

—Hay otra persona, Toto. Alguien que sí importa a Caitán Novoa.

Una vez más, el banquero tarda en responder. No es que no comprenda, sino más bien todo lo contrario: comprende que las cosas están a punto de ponerse mucho más serias.

—Al fin y al cabo, todos los padres tienen los mismos miedos…

TERCERA PARTE

La miseria de Dios y la verdad de todas las cosas

(Hay una mujer)

Más profunda que cualquier sima conocida en la tierra es la bajeza moral de algunos hombres. El pozo de miseria y podredumbre en el cual viven sus más oscuros instintos, almas negras, pestilentes, trenzadas de puro odio y depravación. Y hay una mujer que, asaltada y humillada, está a punto de conocer qué es lo que hay al otro lado, justo un renglón más allá de ese punto en el que no cabía imaginar más dolor…

No había ninguna reunión programada para hoy. Pero él ha venido. Ha aparecido así, sin avisar. Como lo hacen las desgracias. Y ella se dio cuenta tan pronto como lo vio asomarse por la puerta: ya estaba borracho mucho antes de llegar. En un primer instante pensó que, a pesar de lo imprevisto de la situación, tal vez podría convertirlo en una oportunidad. A fin de cuentas, este nunca ha dado muestras de ser el más cabal del grupo. Y desde luego es cierto que su boca no conoce los límites de la prudencia. Sí, quizá esta fuera una buena oportunidad… Entró en la sala un poco después que él. Como todas las veces anteriores, la mujer lo dejó todo dispuesto y se preparó para capturar el instante. Pero lo que no se imaginó en aquel momento es que las cosas se complicarían de tal manera.

Le pidió que le sirviera su bebida habitual, y, mientras lo hacía, apenas tuvo tiempo de percibir, nada más por un instante, la forma en que la estaba mirando. Esos ojos de borracho, pesados, cargados. Peligrosos. Para cuando quiso darse cuenta, ya lo tenía detrás.

De hecho, lo primero que la descolocó fue la agilidad, la extraña capacidad para moverse tan rápido en un hombre de su edad. Todavía sorprendida, desconcertada, sintió cómo el hombre aplastaba su cuerpo desde atrás, inmovilizándolo contra la mesa con las botellas y las copas. ¿En serio, de verdad es esto lo que va a ocurrir? El hombre le tapó la boca y la cara con una de sus enormes manos mientras, con la otra, le levantaba la falda y le arrancaba las bragas para después agarrarla con fuerza por el antebrazo, inmovilizándola sobre la mesa. Con determinación, con seguridad. Con la solvencia de quien ya ha hecho esto antes. Fue entonces, al comprender lo que estaba sucediendo, cuando la mujer sintió el impulso de gritar, pero la mano sobre la boca es demasiado grande y hace demasiada fuerza como para apenas conseguir respirar. Fue entonces, al comprender lo que sucedería a continuación, cuando la mujer intentó revolverse, pero el cuerpo es demasiado grande y hace demasiada fuerza como para que ella pueda apenas mover las piernas más allá de donde él se las ha abierto.

Hay una mujer que, desbordada, asolada, todavía está intentando asimilar lo que sin duda está a punto de suceder.

—Quieta —gruñe él, con los labios pegados a su oreja—, ahora no te hagas la estrecha, puta.

Todavía con la mano del hombre en la boca, la mujer lanza una mirada a la puerta de la sala. Está cerrada, y sabe que nadie vendrá a abrirla.

Es entonces cuando lo siente. Ahí está, la primera embestida. Atroz, salvaje. Animal.

—Zorra…

Y no, la mujer no dice nada. En el fondo, sabía que no lo haría. Tan solo se limita a ahogar el llanto en silencio. A apretar los dientes con rabia, con furia, y a mantener los ojos clavados en su propio antebrazo. Entre los dedos, gruesos y peludos del hombre, se adivina un tatuaje. El perfil de una mujer con algo entre las manos.

1

Los espejos del cielo

Lunes, 20 de noviembre

Desde la torre da Barenguela, en la plaza de la Quintana, el reloj de la catedral aún da las campanadas de las cuatro cuando Gael Velarde entra en el Paradiso. Es la hora a la que habían quedado, pero Gael descubre que Marosa Vega no solo ya está en una de las mesas sino que, por la taza vacía con la que juega entre las manos, la periodista lleva ya un buen rato esperando. A ver, también puede ser que se haya tomado su café muy rápido. Pero, teniendo en cuenta que en este local llevan casi medio siglo sirviendo el café más caliente que el infierno, la celeridad no es una opción.

—Señorita Vega, espero que no lleve mucho tiempo esperando…

—Nada, cinco minutos —miente la periodista, a la que en realidad le ha faltado tiempo para reunirse con el director del CoFi—. Siéntese, por favor.

—Gracias —responde Gael a la vez que separa la silla que le ha indicado Marosa—. Pero tutéame, por favor. Qué menos, después de lo mal que me comporté la semana pasada. Sé que no fui precisamente amable…

Marosa ladea la cabeza.

—No pasa nada. Entiendo que la situación es complicada.

—Bueno, supongo que «complicada» es una manera amable de verlo.

—Supongo… Pues nada, tú dirás.

El director del CoFi sonríe cuando Pablo, el camarero del Paradiso, se acerca a la mesa. Pide otro café con leche.

—Verás, he estado pensando en lo que me dijiste el viernes. Lo de que querías que te hablase de Caitán Novoa. ¿Todavía te interesa?

—Entre otras cosas, sí. No sé si es solo de él de lo que quieres hablarme, pero, puestos a pedir, me interesa su relación con Blue and Green, López, Muros…

Gael levanta las palmas de las manos.

—De acuerdo, de acuerdo —responde—, vayamos por partes.

—Sí, claro. Disculpa.

—Verás, la semana pasada dijiste algo que es mucho más importante de lo que parece.

—¿El qué?

—Cuando te referiste a las posibles implicaciones de Blue and Green. Fue ahí cuando mencionaste a Caitán.

—Sí, así es. Hay una operación judicial en marcha…

Gael vuelve a hacer un gesto con la mano, un ademán rápido para indicarle a Marosa que espere. Pablo regresa con su café en la bandeja, y ambos guardan silencio mientras el camarero deja el plato con el pocillo sobre la mesa.

—Lo sé —responde Gael cuando vuelven a quedarse solos—. Pero no es a Caitán a quien están investigando.

—Sí, lo sé. La cosa va más con su padre y las antiguas concesiones adjudicadas por él. Empresarios, comisionistas…

—Sí, sí —la apura Velarde—. Todo lo que están revisando es una lista de pequeños arribistas, chanchulleros de tres al cuarto, parásitos de medio pelo… Una nómina tan interminable como, en realidad, irrelevante. De hecho, yo ni siquiera le habría prestado mayor atención, de no ser porque en esa lista no tardará en aparecer un nombre en particular.

Marosa observa a Gael de medio lado.

—¿Cuál?

—Venga —responde desde una sonrisa discreta—, no es necesario que disimules. Tú misma lo dijiste el viernes, «tarde o temprano aparecerá algo que te involucre...». ¿No fue eso lo que dijiste?

La periodista asiente en silencio.

—Entonces era cierto...

El director del CoFi encoge los hombros.

—Mucho me temo que sí.

—Me lo imaginaba... Es verdad que el otro día fue más lanzar una piedra al aire que otra cosa. Pero sabía que no iba muy desencaminada. De hecho alguien me lo dijo —admite, recordando la última conversación con Salva—, en aquella época Álvaro y tú manteníais una relación muy estrecha, de modo que...

—Bueno, tampoco tanto, en realidad. Comprendo que para algunos puede parecer una opción factible. Al fin y al cabo yo ya llevaba unos años trabajando en el bufete cuando López y Novoa empezaron con aquel asunto. Pero nunca tuve nada que ver con todo aquello. Y sin embargo...

Gael aparta la mirada, incómodo.

—Mira, si desde Fiscalía siguen tirando del hilo, que lo harán, no tardarán en descubrir que, en efecto, uno de los nombres que aparecen entre los de los beneficiados por el cobro de comisiones es el mío. Bueno, eso si no lo han encontrado ya. De hecho, cuando lo quieran comprobar, incluso encontrarán una cuenta.

—¿Una cuenta?

—Sí... La misma con la que yo me he encontrado hace ya algo más de un mes. Una cuenta, puestos a decirlo todo, convenientemente puesta ahí.

Marosa sacude la cabeza.

—Perdona, pero creo que no comprendo... ¿A qué te refieres?

Gael vuelve a abrir las manos en el aire, como si la respuesta le pareciese evidente.

—¿Sabes cómo es cuando alguien simula ocultar un regalo con la única intención de que otro lo descubra? Pues...

Marosa asiente al comprender.

—Vamos, que se trata de un montaje.

—Por supuesto. El titular es Álvaro Novoa. Pero es mi nombre el que aparece como beneficiario.

—Entiendo. ¿Y de cuánto dinero estamos hablando?

—De algo más de cincuenta mil euros.

La periodista vuelve a asentir, esta vez intentando comprender las implicaciones de este nuevo movimiento.

—Y supongo que ahora me dirás que tú no tienes nada que ver con ese dinero.

—Por supuesto. Puede que yo no sea el gestor más cualificado, es verdad. Pero nunca me he llevado ni un céntimo de ninguna comisión de nada. De hecho, mi trabajo consiste en garantizar la buena gestión del dinero público.

A Marosa se le escapa una mueca sarcástica.

—Bueno, oye, como si eso significase algo. ¿Cómo quieres que te enumere los cargos públicos en puestos semejantes al tuyo que no han sentido ningún reparo a la hora de reventarse los bolsillos llenándoselos de dinero público? ¿Por apellidos? ¿Por años? ¿Por códigos postales?

Gael sonríe, casi con resignación.

—Lo sé, lo sé. Pero te digo que no es mi caso. ¿O por qué si no te lo estaría contando precisamente a ti?

Esta vez Marosa escoge no responder. Prefiere dejar que sea Gael quien continúe hablando.

—No —asegura el director del CoFi—, yo no tengo nada que ver con todo eso. Ni con los negocios de Blue and Green, ni mucho menos con ese dinero. —Pausa—. Pero no soy tan estúpido como para no ver que hay a quien le vendría muy bien un escándalo de este tipo, en el que justamente yo me viera involucrado. Aunque nada más fuese para sacarme de en medio.

—¿Sacarte de en medio? ¿Por qué?

—Pues, en general, porque ese precisamente es mi trabajo: vigilar la gestión del dinero público. Soy un estorbo, sobre todo para aquellos que saben cómo trabajo. Así que, dime, ¿acaso se te ocurre una manera mejor de acabar conmigo que descubriendo que mientras vigilaba que los demás no hicieran trampas yo me llenaba esos bolsillos de los que tú misma hablabas de manera ilegal?

—Ya veo… Pero has dicho «en general».

—Sí, claro. Hay muchísima gente a la que le vendría muy bien que yo no estuviera ahí.

—Ya, ya, eso lo entiendo perfectamente. Pero ¿y en particular? —Marosa clava su mirada en Gael—. ¿De quién estamos hablando en realidad?

Velarde le da un trago a su café.

—Tú ya lo sabes —responde, casi ocultándose desde el otro lado de su taza.

Lentamente, Marosa asiente.

—Caitán Novoa.

Gael coge una servilleta de papel y se limpia los labios.

—El mismo.

—¿Crees que es él quien está detrás de todo?

Antes de responder, Velarde ya está negando con gesto seguro.

—No, de todo no. Sea lo que sea lo que está pasando, se trata de algo demasiado grande como para que Caitán sea su único responsable. Sé que aquí hay más gente implicada. Y tú también lo sabes —señala, indicando las marcas dejadas por los golpes en el rostro de la periodista—. Pero que Caitán es una parte activa de lo que está sucediendo es algo sobre lo que no tengo ninguna duda.

—¿Y pruebas, las tienes?

Gael coge aire con fuerza.

—Bueno, supongo que ahí es donde empiezan los problemas…

—¿Dónde?

—A ver, comenzando por lo más sencillo, el asunto de Blue and Green y la investigación que hay en marcha, ahí sí, es evidente que es la mano de Caitán la que está detrás de todo. O, desde luego una de ellas.

—¿Por qué estás tan seguro?

—Pues por un millón de razones. Porque lo conozco, porque sé cómo trabaja, porque me consta que él cree tener sus motivos… Y por el nombre de la operación, por ejemplo.

—Ariana.

—El mismo. ¿Sabes por qué le han puesto ese nombre en concreto?

—Pues… —Marosa echa el mentón hacia delante, en un ademán dubitativo—. No sé. ¿Por la del laberinto, tal vez?

Gael sonríe al recordar a la tía Chon. Sí, ella también había respondido algo parecido.

—No —responde—. Eso también lo pensé yo en algún momento, pero no, no es por eso. La operación se llama Ariana porque ese es el nombre que aparece escrito en las carpetas de las que han sacado parte de la documentación para componer el caso. Carpetas que en su momento se guardaban con otros documentos personales de Álvaro Novoa.

—¿Y eso cómo lo sabes?

—Porque alguien me las… —Gael se detiene al recordar a Olivia—. Porque las he visto. Bueno, un par de ellas. Pero eso ahora no es lo importante. Aquí a lo que debemos prestar atención es a que esas carpetas vienen de un sitio muy concreto. ¿Adivinas cuál?

Marosa aprieta los labios.

—A ver, si se trataba de material perteneciente a Álvaro Novoa, me imagino que o bien de su despacho personal, de su casa o…

El director del CoFi hace un gesto con la mano para animar a la periodista.

—O…

—O de Novoa y Asociados, claro.

—Han cantado línea —murmura Gael—. Y dime, ¿quién crees que podía tener acceso a esa fuente de información?

La periodista sonríe.

—Caitán…

—¡Bingo! No, Marosa, en esa operación, Caitán no es el investigado, sino, en todo caso, el informador. Si no algo más, incluso... Y, por supuesto, no está solo.

—¿Piensas en alguien en particular?

—Pues mira, por ejemplo, en el asunto de la cuenta fantasma, esa de la que te hablé antes, la que ha aparecido de entre los muertos...

—Sí, lo recuerdo. ¿Qué pasa con ella? ¿Crees que alguien le ha ayudado a falsificarla?

Gael chasquea la lengua.

—Es que ahí es donde está el problema —responde—. En que no se trata de un montaje. Créeme, lo he comprobado. Al fin y al cabo, eso también es parte de mi trabajo. Y te puedo asegurar que es una cuenta real. Abierta mucho antes del fallecimiento de Álvaro, claro.

La periodista asiente lentamente.

—Pero entonces, si es cierto que tú no tienes nada que ver con eso...

—No lo tengo.

—Vale, pero...

—Pero entonces cómo se explica la aparición de una cuenta a la vez nueva y antigua, ¿verdad?

—Exacto.

—Pues no lo sé. Pero supongo que con la ayuda de alguien del banco.

Es en ese momento cuando a Marosa se le ocurre algo.

—Espera... ¿De qué banco se trata?

Gael vuelve a sonreír.

—NorBanca.

—Joder...

Por supuesto, no podía ser otro.

—¿Me entiendes ahora? Definitivamente, Caitán forma parte de todo esto. Pero está muy lejos de ser el cerebro de nada. Sea lo que sea de lo que estemos hablando, esto le va grande a un desgraciado como Caitán Novoa.

Marosa también asiente en silencio.

—Veo que no le guardas ningún cariño.

Olivia vuelve al pensamiento de Gael.

—Ninguno.

Una vez más, la periodista mantiene la mirada de Velarde. Y sigue comprendiendo. Aquí hay algo más. Algo profundo. Algo personal.

—¿Te importaría decirme qué fue lo que pasó? Quiero decir, Caitán y tú… ¿Cuál es vuestra historia?

Con gesto fatigado, tal vez incluso agotado, Gael aparta la mirada por un instante, y sus ojos van a encontrarse con el reflejo de su propia imagen, devuelta desde uno de los muchísimos espejos que forran las paredes del café. Y, por un segundo o dos, apenas se reconoce. Es lo que tienen los espejos del Paradiso, cristales antiguos, como de otro tiempo. Espejos que, quemados con sal, entre sus sombras parecen no devolver más que imágenes borrosas, reflejos distorsionados, traídos directamente de otras vidas.

2

La ambición es una amante colérica

De acuerdo, resolvamos esto rápido. Al fin y al cabo, me acuerdo perfectamente de todos y cada uno de aquellos años. Y, la verdad, tampoco es que guarde el mejor recuerdo de la mayoría de ellos...

Sí, es cierto, Caitán y yo nos conocimos en la facultad. Como también lo es que esto no importa para nada que no sea constatar que, en efecto, una vez fuimos amigos. Era evidente que ni veníamos de los mismos entornos ni teníamos los mismos medios. Si lo nuestro hubiera sido un wéstern, yo habría sido un granjero cualquiera, y Caitán el hijo del gobernador. Pero, con todo, nada de eso fue un obstáculo para que nos entendiésemos rápido, que a los dos nos unían los mismos principios: ante todo, queríamos pasarlo bien. Ahora, lo que de verdad importa vino después. En Novoa y Asociados.

Porque al terminar la carrera ambos entramos a trabajar en el bufete de don Álvaro. En el caso de Caitán el movimiento no tiene ningún misterio, claro. De hecho, a ver, ¿qué otra cosa cabía esperar? Un niño bien que acaba la carrera de Derecho y un padre con posibles que tiene un bufete, creo que no hay que explicar mucho más. Y yo... Bueno, supongo que en todos aquellos años previos de amistad y correrías, de juergas y resacas curadas en la piscina de la casa de la playa, el señor Novoa tuvo tiempo de cogerme cariño, quizá incluso de ver algo en mí, algún tipo de capacidad, no lo sé. El caso es que, cuando por fin nos licenciamos, un día al final del verano me preguntó si tenía algún plan para el otoño que no fuese ponerme a trabajar de camarero, y ante mi negativa me ofreció la posibilidad de entrar en el bufete. Por supuesto, dije que sí.

No tardé en comprender que Novoa y Asociados no era un bufete corriente. Nuestros clientes eran todos grandes empresarios, grandes cuentas y grandes silencios por un lado y, por el otro, la trastienda de la Administración. En todas sus formas posibles. Ayuntamientos, diputaciones, gobiernos autonómicos. Nadie se presentaba abiertamente de esta manera, pero no había que estar demasiado al día para saber que este que acababa de entrar era el alcalde, el concejal de Urbanismo, el director general de Cultura. El jefe de gabinete de Vicepresidencia, que tenía una reunión con un inversor que también era cliente nuestro. La delegada de la Diputación, que tenía algo que cerrar con el presidente de esta otra constructora. Por supuesto, era nuestro cliente. Él. Y ella también...

Al principio mi trabajo no tenía mayores complicaciones que las de cualquier otro pasante. Ni tampoco implicaciones. Nada comprometedor más allá de la elaboración y revisión de contratos de cesión, de concesión, de subcontratación... No así el de Caitán. Poco a poco, él empezó a desenvolverse especialmente bien tanto con los representantes de pequeñas administraciones locales como con ciertos empresarios que, de manera gradual, empezaron a visitar menos el despacho de Novoa sénior y más el de Novoa júnior. Y, de entre estos últimos, uno destacaba sobre los demás. Antonio López. Y así fue como empezó todo.

En algún negocio anterior, López y don Álvaro habían establecido contacto con un pequeño grupo de empresarios que operaban desde el Mediterráneo. Y el asunto debió de ir bien, porque, cuando la crisis de 2007 y los primeros escándalos de corrupción en el Levante español complicaron la continuidad de esa vía de negocio, López les sugirió a sus amigos valencianos la posibilidad de una mudanza. Al fin y al cabo, Galicia siempre había sido un lugar mucho más tranquilo, más laxo, pero igualmente lleno de oportunidades. El primero en llegar fue Pablo Nevís. Y, al poco tiempo, una vez visto y comprobado que tanto las posibilidades como las disposiciones por parte de quienes decidían eran las adecuadas, Ximo Climent desembarcó en Galicia y convirtió Santiago en su base de operaciones.

Tras varios pequeños negocios iniciales, concursos, contratos, concesiones y demás amaños sensiblemente beneficiosos, de pronto empecé a encontrarme con otro nombre en los contratos. Sorna International. Poco a poco, las firmas a través de Blue and Green empezaron a cederle presencia a los documentos en los que de un modo u otro, bien como contratante, bien como gestor, aparecía Sorna. Sin duda, las cosas estaban cambiando, y el primer gran éxito de la nueva estructura fue la explotación de lo que sería el siguiente año santo. Por una parte, don Álvaro se encargó de colocar a Malena Bastián, desde hacía poco tiempo la mujer de Caitán, al frente de la Oficina del Xacobeo. Por la otra, y bajo la aparente dirección de Antonio López, Pilgrim Events, la empresa creada para la ocasión, fue la encargada de manejar absolutamente todo lo que tuviera que ver con la gestión del Xacobeo 2010. Visitas, viajes, organización de actos, ferias, exposiciones… Bueno, a fin de cuentas tampoco se trataba de nada que los valencianos no hubieran hecho antes. ¿Quién mejor que aquellos hombres para volver a traer al papa, esta vez a Santiago? Por supuesto, aquello fue un éxito. Para muchos, de cara a la galería, desde luego que sí. Pero más para unos pocos y, sobre todo, para sus bolsillos. No te haces una idea de la cantidad de veces que se facturaron los mismos servicios con distintos nombres. Y a qué precios… Como te imaginarás, todo el mundo ganó dinero a espuertas con aquella operación.

Por tu manera de mirarme doy por sentado que no te estoy sorprendiendo, ¿verdad? Claro, por supuesto que no… Total, la nuestra no es más que otra de tantas historias del mismo tipo. Y sí, claro, ya sé lo que dirá todo el mundo, debí haberlo denunciado, ¿verdad? Y una mierda… Todos los que ahora se echan las manos a la cabeza son los mismos que en aquel momento habrían hecho exactamente lo mismo. Al fin y al cabo, este ha sido siempre el país del pícaro que roba el queso del ciego. No lo denuncié, ni hice nada parecido, porque buena parte de aquella gente eran mis compañeros. Pero no, es cierto que las cosas ya no eran lo mismo…

Lo que sí te puedo asegurar, y espero que me creas, es que yo no me sentía cómodo con todo aquello, eso sí es cierto. Y, además, a eso hay que sumarle que por aquel entonces mi relación con Caitán se había deteriorado bastante. Y sí, fue… Bueno, fue por una razón: Olivia.

Es el momento, ¿verdad? Sí, claro… De acuerdo, deja que te cuente algo.

No sé, supongo que tuve la mala suerte de que los dos nos fuimos a fijar en la misma persona. O, yo qué sé… No sé, Marosa, si te soy sincero, me atrevería a asegurar que Caitán nada más se fijó en ella justamente por eso. Porque yo lo había hecho. Caitán… Bueno, Caitán siempre ha sido así. Caprichoso, egoísta. Y despiadado. Y sí, es cierto, por aquel entonces él ya estaba casado con Malena, pero… ¿y qué? Aquella mujer nada más estaba allí para lo que estaba. Para ser un florero, un complemento muy útil. Pero no mucho más. A Caitán, Malena siempre le importó un carajo. Vamos, igual que todo. Y, ahora, lo que quería era a Olivia. Así fue como empezó el acoso por su parte, dejándole claro que era o él o yo. O la calle, claro.

Y, por supuesto, yo me equivoqué. Tomé la peor decisión de mi vida: echarme a un lado. No quería competir, no quería ser un problema para ella… No lo sé, supongo que llegué a un punto en el que sentía que ya no podía más. Y, al final, abandoné. Se lo dije a Novoa, al viejo. Me voy, no puedo más. Diría que Álvaro desconocía la verdadera naturaleza del conflicto, del enfrentamiento. Y yo por supuesto tampoco le expliqué nada. Don Álvaro tan solo volvió a hacerme la misma pregunta, si acaso me iba porque por fin había encontrado una oferta verdaderamente buena para trabajar de camarero. Y, al volver a decirle por segunda vez que no, fue cuando me hizo la otra pregunta. ¿Qué te parecería trabajar para la máquina? Y sonreí, claro.

Porque Novoa se tomaba muy al pie de la letra el nombre de su cargo, secretario de Organización, y desde luego su idea de tenerlo todo bien organizado no solo abarcaba la estructura del partido, sino que iba mucho más allá. Álvaro tenía ese poder, señalar en forma de sugerencia quién sería bueno para este puesto y quién mejor para este otro… A fin de cuentas, era lo que había hecho ya con Malena, lo que en aquel momento ya había decidido hacer con Caitán, a quien estaba a punto de colocar como director de Galsanaria, y ahora… Bueno, lo que ahora me proponía a mí. Por supuesto, dije que sí. El problema fue la torpeza por mi parte. El no verlo venir…

Porque yo lo interpreté como una oportunidad. Después de todo, aquel movimiento suponía dejar el bufete y pasar a ocupar un puesto de control administrativo. En aquel momento no conocía el oficio ni sus entresijos, pero confiaba en mi capacidad para aprender. Ojalá hubiera aprendido antes que yo no era el único que estaba haciendo interpretaciones…

Porque, por su parte, Caitán también interpretó mi salida del bufete como una oportunidad. Al fin y al cabo, aquel movimiento suponía tener a alguien cercano en un puesto de control financiero. Y no, al principio no lo vi. ¿Cómo hacerlo? En realidad, yo no estaba al tanto de los grandes planes del Gobierno autonómico. Pero Álvaro sí. O, dicho de otro modo, Caitán sí estaba al tanto. Caitán, que por aquel entonces ya trabajaba en Sanidad, sabía que la Xunta estaba a punto de iniciar la construcción de un nuevo hospital.

O, dicho aún de otro modo, Caitán ya había empezado a hacer la suma de los enormes beneficios que sacaría de aquel maná de oportunidades que sin duda empezaría a caer del cielo. Tan solo le faltaba un pequeño detalle: alguien en Control Financiero listo para tapar el inmenso campo de agujeros económicos y cuentas disimuladas que él y sus amigos estaban a punto de sembrar…

3

Caín, Abel y sus hermanos

—Pero tú no te prestaste al juego —comprende Marosa.

Gael niega en silencio, la cabeza baja y la mirada perdida en la taza de café vacía.

—No. Se lo dije, se lo dejé muy claro. Le recordé que ya me había apartado, que le había dejado el camino libre. Dejé a Olivia, me fui del bufete, guardé silencio sobre todo lo que sabía. Pero nada más. Se lo dije, nada más. «No te ayudaré con esto. No lo hagas», le dije, «no lo hagas. Pero, si aun así lo haces, hazlo de manera que yo no lo pueda ver».

—Y lo hizo.

Gael vuelve a levantar la cabeza para encontrarse con la mirada de Marosa.

—No creo que lo dudara ni por un instante…

—Pero sin tu ayuda.

Velarde encoge los hombros.

—Desde luego. Y, créeme, no me lo perdonó nunca. Le debió costar, me imagino que no pudo sacar tanto como esperaba. Y no, no me lo perdonó nunca. Para Caitán, mi negativa a ayudarlo fue una traición en toda regla. Algo que no me perdonó jamás.

—Un motivo —comprende Marosa.

—Exacto. El motivo…

—¿Crees que esa es la razón para que ahora te haya involucrado?

Gael asiente en silencio.

—Por supuesto. Todo esto no es más que una cortina de humo. Caitán y sus amigos necesitaban desviar la atención de lo que sea que estén buscando. Y, por el camino, ajustar unas cuantas cuentas pendientes.

Marosa arruga el entrecejo.

—Veo que solo hablas de Caitán. Pero acabas de contarme que en realidad fue su padre quien había maniobrado para ir colocándoos a todos en diferentes puestos de interés a lo largo de todo ese tiempo.

—Sí. Era Álvaro quien tenía ese poder.

—¿Crees que él también tenía algo que ver en todo esto?

Gael vuelve a negar, esta vez con determinación.

—No. En un principio sí, claro. Ten en cuenta que estamos hablando ya no de un único proyecto, de un caso aislado, sino de un verdadero *modus operandi* que ya se venía dando, por lo menos, desde antes de que yo entrara en el bufete. Pero no en este caso en particular. Esto es algo más, Marosa. Aquí está sucediendo algo muy grande. Y sí, claro, Caitán forma parte de ello. Pero no su padre. De hecho, por eso te he pedido que nos viéramos. Porque estoy convencido de que el papel de Álvaro en toda esta historia es otro. Uno muy diferente. Y que, desde luego, todavía no ha sido revelado.

La periodista vuelve a extrañar la mirada.

—¿Un papel que aún no ha sido revelado? Pues… Ya es un poco tarde para eso, ¿no crees?

—No —contesta Gael, de nuevo con gesto seguro—, no lo creo. Hazme caso, cabe la posibilidad de que el viejo se hubiera guardado algo en la manga, quizá una última baza. Para jugarla después de muerto.

Marosa arquea una ceja.

—¿Cómo dices?

—Espera, deja que te enseñe algo.

Velarde echa una mano al bolsillo interior de su chaqueta y saca un papel doblado.

—¿Qué es eso?

—Una carta —explica a la vez que despliega la hoja.

—¿De Novoa? ¿Qué es, una despedida?

—Yo no diría eso exactamente. Más bien… Una especie de desafío.

Vega arruga la frente.

—¿Perdona?

—Bueno, mira, no lo sé. Al principio parece algo así como una confesión. Como si él mismo reconociera que no siempre actuó del modo correcto. Pero de pronto cambia…

—¿Qué quieres decir con que cambia?

—Pues eso, que cambia. De repente empieza a hablar del fuego, de darle el fuego a los hombres y ver qué es lo que hacen.

—Vaya, ¿algo así como un nuevo Prometeo?

Gael sonríe.

—Bueno, mira, a mí me costó un poco más llegar a eso. Pero sí, supongo que sí. De hecho, al principio pensé que se trataba de una especie de metáfora. Pero…

Aparta la taza y, con cuidado, extiende la hoja sobre la mesa.

—Resulta que no —continúa—. De lo que se trataba era de acercar el fuego, sí. Pero no a los hombres —explica a la vez que señala algo sobre el papel—, sino a la propia carta.

Marosa observa la hoja de papel, allá donde el director del CoFi apunta con su dedo índice. Hay algo, pero no alcanza a verlo. Saca del bolso sus gafas de aumento, y acerca la nariz a la hoja. Y sí, ahí hay algo.

Es casi imperceptible, pero desde luego está ahí. Justo donde acaba el texto manuscrito, allí donde cabría esperar una firma, hay algo. Una sombra, un espacio oscurecido, bronceado. El papel quemado por lo que sea que Gael colocó debajo. Y, en el centro, un brevísimo texto, también escrito a mano. Y no, no es una firma.

FN-DC001

—¿Qué… qué se supone que es esto?

—Te lo estoy diciendo. Lo que apareció cuando probé a acercar el fuego a la carta.

Marosa no puede reprimir un gesto de rechazo.

—¿Un mensaje oculto? Pero… A ver, vamos a ver, ¿qué se supone que es esto, tinta invisible?

Gael sonríe.

—No, no. Tampoco es eso… Tan solo se trata de un texto grabado con algo fino. Un plumín sin tinta, o quizá un alfiler, no lo sé.

Marosa niega en silencio, incrédula, y levanta los ojos, buscando la mirada de Gael.

—Venga, hombre, no me…

—Lo sé, lo sé. Al principio yo también pensé que era una tomadura de pelo. Pero… ahí está —concluye, señalando la inscripción con las dos manos abiertas.

—Joder —murmura Marosa, a la vez que vuelve a acercar la cara a la carta, hasta dejar la nariz casi pegada al papel.

—Al fin y al cabo —continúa Gael—, Álvaro también era de otro tiempo. Y supongo que para él esta era una buena manera de ocultar… bueno, lo que sea que signifique esto.

—Entiendo que no sabes de qué se trata.

—En absoluto —admite el director del CoFi—. Desde luego, no es nada que tenga relación conmigo. Y sí, claro, antes de que me digas nada, ya he probado a buscarlo en Google.

—¿Y?

Vuelve a sonreír con desgana.

—Por DC001 me sale un puzle de Batman.

—Perdona, ¿cómo has dicho?

Gael vuelve a sonreír, esta vez de manera sincera.

—Lo que oyes. Un puzle de Batman, un detector de baterías, un expediente de un hospital de Canarias…

—¿Un hospital? Tal vez sea eso. ¿Tiene algo que ver con lo que me comentabas?

—No, no —rechaza—. Lo he comprobado, pero no, por ahí no hay ningún tipo de conexión. Además, solo coincide en la sección DC001. Vamos, como con un millón y medio de páginas más. Pero la clave completa, o lo que sea la serie, no aparece por ninguna parte.

—Entiendo. Pero… ¿Y por qué así? Quiero decir, una carta, una clave oculta… A ver, Gael, ¿por qué tanto misterio?

Velarde niega en silencio.

—Bueno, supongo que porque, como te decía, Novoa era de otro tiempo. Un hombre de la vieja escuela. Yo todavía tengo guardado algún correo suyo escrito a máquina.

—¿A máquina?

—Como lo oyes. Al principio redactaba el correo en una máquina de escribir y se lo entregaba a su secretaria, que lo escaneaba y te lo enviaba convertido en un PDF o en una imagen… No, Álvaro era de los que tomaban nota de todo en su libreta, anotaba los números de teléfono en una pequeña agenda de páginas amarilleadas y decía que no había mejor videoconferencia que verse en persona.

—Ya veo…

—Por eso creo que lo hizo de esta manera. Signifique lo que signifique esta clave, tiene que tratarse de algo verdaderamente importante. Por lo menos para él. Y, sinceramente, la importancia de las cosas que pasaban por las manos de Álvaro Novoa solía ser más que considerable.

—De acuerdo. Pero… —Marosa vuelve a reclinarse en su asiento—. Hay algo que sigo sin comprender.

—¿El qué?

La periodista vuelve a mantener la mirada de Gael. Escrutándolo.

—¿Por qué yo? —pregunta por fin—. Quiero decir, ¿qué pinto yo en todo esto?

Gael deja correr una media sonrisa.

—Bueno, pues supongo que por lo que ya te he dicho, en realidad… Tú quieres saber qué está sucediendo, comenzando por la implicación de Caitán. Y yo también. Necesito saberlo, comprender qué ocurre. Necesito que Olivia… Bueno, necesito que todo esto tenga un sentido.

—Entiendo…

—Pero yo solo no puedo. Te lo he dicho, signifique lo que signifique esta clave, no logro pasar de aquí. Y también sé que por más que lo intentes, hay puertas más allá de las cuales tú tampoco podrás pasar. Pero, tal vez juntos…

—Ya, ya lo veo.

—Trabajemos juntos —resuelve Gael—. Tú ayúdame a resolver esto y, a cambio, yo haré que consigas la mejor historia de tu vida.

Vega también sonríe a la vez que mantiene la mirada de Gael. La mejor historia de su vida, piensa… Y sí, desde luego, esa podría ser.

—Ya, claro —murmura, casi para sí—, la historia. Y, oye, dime una cosa, ¿sabemos qué papel tiene Ariana en esa historia? Quiero decir, ¿por qué ese nombre? Y sí —se adelanta a la posible respuesta—, ya sé que el nombre está anotado en unas carpetas. Pero ¿por qué ese en particular? ¿Acaso conoces a alguien que se llame así? ¿Alguna mujer en el entorno de Álvaro Novoa, tal vez?

Gael ya ha empezado a negar antes de que Marosa acabe de formular la pregunta.

—No —responde con seguridad—. Por ahí ya he pasado yo. De hecho, fue lo primero que se me ocurrió, pensar que se trataba de una mujer en concreto. Pero no. Lo pregunté, hablé con la hermana de Álvaro sobre la existencia de alguna mujer con ese nombre en su vida privada.

—¿Y?

—Me dijo que no. Que aunque daba por sentado que Álvaro habría tenido sus aventuras y relaciones más o menos formales, desde luego ella nunca había conocido a nadie con ese nombre.

—Lo recordaría, claro.

—Exacto. Por eso creo que se trata de alguna otra clave. Un código, una referencia tal vez. Vamos, como lo de Prometeo y toda esa historia del fuego. Sin esa referencia, yo no habría encontrado la inscripción en el papel, que es sobre lo que creo que tenemos que centrarnos. Este —indica Gael, señalando el conjunto de letras y números—, este código es la clave. No sé qué esconde o a dónde lleva. Un archivo, un banco, una caja de seguridad… No lo sé. Pero estoy seguro de que esto es sobre lo que debemos centrarnos. El hilo del que debemos tirar. Al fin y al cabo…

De pronto Gael Velarde se queda en silencio. Como si él mismo estuviese intentando comprender la evidencia de lo que tenía delante.

—¿Qué?

—Bueno, al fin y al cabo Ariana es la mujer que ayudó a Teseo a salir del laberinto, ¿no? Ya sabes, con… el hilo.

Marosa, más extrañada cada vez, vuelve a quedarse mirando al director del CoFi.

—¿Me lo estás diciendo en serio?

Esta vez Gael comienza a encoger los hombros a la vez que levanta las manos en el aire, como si en realidad no supiera ya qué decir.

—Escucha, lo único sobre lo que no tengo dudas es que, en efecto, estamos metidos en un laberinto. Y que necesitamos salir.

Marosa le mantiene la mirada, a la vez que niega con la cabeza.

—Señor… ¿Queda algo que no esté podrido aquí dentro?

4

El hombre impasible

Martes, 21 de noviembre

Vistos desde lejos, no son más que dos señores paseando tranquilamente por el parque a última hora de la tarde. Quizá un par de jubilados que, como tantos otros, se han encontrado en La Alameda pontevedresa, mientras uno sacaba al perro a pasear y el otro regresaba de ninguna parte. Pero no, no son nada de eso. Ni mucho menos…

Vistos desde cerca, el más corpulento de los dos, el que sujeta la correa del perro, resulta ser Gonzalo Goyanes, constructor, empresario, amigo de la infancia de cuatro presidentes de Galicia y dos de España, y uno de los hombres más ricos del país. El otro es Modesto Castellanos, y por más que su gabardina gris y su sombrero impermeable le den ese aire de abuelo inofensivo, lo suyo no es darles de comer a las palomas del parque, sino más bien coleccionar obras de arte, conducir automóviles clásicos y salir a navegar con el rey. Sobre todo, cuando al rey le apetece navegar sin la reina. Y sí, desde hace un par de años está oficialmente jubilado, pero hasta entonces era la mano derecha de Goyanes, su hombre de confianza para todo. Evidentemente, están muy lejos de ser nada parecido al pensionista medio. De hecho, entre ambos suman una fortuna capaz de competir con el producto interior bruto de dos o tres países africanos.

—Gracias por venir tan rápido, Modesto.

—No hay de qué.

—Sabes que no te molestaría si no se tratase de algo importante.

—Lo sé.

—Verás, al parecer tenemos un pequeño problema. El hijo de Novoa…

—¿Caitán?

—Sí, el mismo. Como sabrás, su padre nos ha dejado en una situación… ¿Cómo podría describirla? Recelosamente incómoda, sí, eso es. Y necesitamos asegurar nuestra posición.

El perro, un pequeño caniche negro de movimientos nerviosos, se ha detenido para levantar la pata sobre el reguero dejado por otro perro.

—Comprendo. ¿De qué manera podría ayudar?

—Bueno, se trataría de ejercer una cierta presión. Ya sabes, en algún punto sensible…

—¿Cómo de sensible?

—Como de unos trece años.

Castellanos ni siquiera responde. Sabe que no es necesario. Al fin y al cabo, aunque ahora ya esté retirado, el tipo de encargo no le resulta extraño. Durante más de tres décadas de relación, ha tenido que realizar todo tipo de trabajos para garantizar el éxito en las diferentes empresas de Goyanes. Por más formas que ese éxito tuviera y adoptara. De modo que no, no es necesario decir nada. De hecho, a Castellanos parece no llamarle la atención nada que no sea el caminar nervioso del pequeño perro.

—Por supuesto, si el encargo te supone algún tipo de inconveniente, cabe la posibilidad de contar con la gente de Sabela.

Modesto apenas arquea ligeramente una ceja.

—¿La hermana del presidente?

—Sí. De hecho, su empresa de seguridad ya se encargó de alguno de los trabajos previos…

—Te refieres al asunto de López, claro.

—Exacto.

Castellanos vuelve a mirar al frente, sin que la más mínima expresión asome a su rostro.

—Me imaginé que habría sido cosa suya.

—El Lobo lo decidió así.

Modesto niega en silencio.

—Son unos salvajes.

—Siempre lo han sido. Por eso preferiría que de este particular te encargases tú. Sobre todo porque esta vez debemos asegurarnos de no llamar la atención. Pero, si te supone un problema...

—No —responde, aún sin dejar de observar al perro—, ningún problema. Yo me encargo.

5

El cielo de los ladrones

Miércoles, 22 de noviembre

Desde la galería de su piso, en la Rúa do Vilar, Marosa observa el paso, entre apurado y cansado, de la gente allá abajo, encontrándose y desencontrándose en algo así como una especie de vals torpe bajo los soportales. La ciudad vieja también tiene su hora punta, y la lluvia no hace más que envolver la escena en una suerte de película de irrealidad que, sobre todo, no ayuda a la descongestión. Ni siquiera en esta ciudad, que está hecha de piedra líquida. Fuera llueve con ganas y, aunque lo intenta, Marosa Vega no logra recordar cuántos días lleva lloviendo sin parar. Llueve, y ahora mismo cae con violencia, casi con rabia. Con la misma furia con la que sus pensamientos chocan, pelean y se golpean en su cabeza.

La periodista lleva los dos últimos días intentando encajar lo que Gael le contó en el Paradiso con todo lo que ella había averiguado previamente. Pero, a decir verdad, sin demasiado éxito. A ver, por partes. Por un lado está el asunto de Blue and Green, Álvaro, el bufete, Caitán… Sí, a lo largo de las dos últimas semanas Marosa ya se había hecho una composición de lugar bastante concreta en lo tocante a todos esos elementos de la historia. Pero ahora Gael había introducido esa otra cuestión: Sorna. Y sí, esto ya es otro cantar…

Por lo que Gael le había explicado, era evidente que se trataba de otra empresa fantasma, una tapadera bajo la que ocultar un nuevo entramado de firmas y marcas creadas para cada ocasión, tal como, en efecto, había podido comprobar a lo largo y ancho del día anterior: Marosa se ha pasado todo el martes buceando en los archivos del Registro Mercantil de Santiago.

Es así como ha descubierto que, en efecto, Sorna International había existido, aunque nada más fuera como un moderno laberinto empresarial. Una especie de reencarnación de Blue and Green, pero esta vez con la lección bien aprendida. Con nuevos socios y mejor diseñada y protegida que su predecesora, sus interminables corredores y derivaciones se perdían tanto hacia un cielo que se extendía más allá del espacio Schengen como, sobre todo, a través de un mar de aguas internacionales. Sorna era un complejo entramado de códigos bancarios caribeños, matrículas extranjeras y paraísos en los que no había más ángeles que aquellos que entendieran de bonanzas fiscales.

Agotada, Marosa regresó a casa cuando los funcionarios decidieron que ya no esperaban ni un segundo más. Que, fuese lo que fuese lo que necesitase comprender aquella mujer, lo único que a esas horas estaban dispuestos a explicarle era que ya estaba bien. Que si ella no tenía casa, ellos desde luego sí, y que allí no se podía quedar. La periodista regresó a su apartamento, y desde entonces ha tratado de llegar a algún puerto seguro, más allá de las decenas y decenas de islas en paraísos fiscales. Agotada, el nuevo día se la ha encontrado ahí mismo, en el pequeño salón del piso, asomada a la galería, y todavía intentando comprender. Y ahí sigue ahora, dándole vueltas a esas otras dos cuestiones. Las mismas que ha remarcado, subrayado e incluso rodeado en la misma hoja del cuaderno en la que las anotó tras hablar con Gael.

La primera es la que Gael Velarde había señalado como más importante. El hilo del que tirar, había dicho. El código. O la clave. O tal vez la palabra en arameo, o lo que demonios sea la secuencia de números y letras. FN-DC001. ¿De qué se trata?

Comenzando por la opción más evidente, Marosa ha revisado todas las secuencias numéricas encontradas en el Registro. Por si la combinación apareciese replicada en algún sistema. Alguna clave empresarial, algún código de registro, quizá algún tipo de matrícula empleada por alguno de los bancos en alguno de los paraísos fiscales... Pero no, Vega no lo ha encontrado por ninguna parte.

Obviamente, también ha probado a hacer lo que cualquier otra persona habría hecho en una situación semejante. Pero con el mismo éxito: tal como ya le había advertido Velarde, en Google no aparece nada esclarecedor. Nada por el código completo. Y sí, ha sonreído al encontrarse ella también con el puzle de Batman. Pero no, un superhéroe hecho de ciento cincuenta y seis piezas y apenas nueve centímetros de altura no parece ser la solución al problema que se trae entre manos.

Marosa continúa observando a la gente en la calle. Sigue lloviendo sin parar, como si el cielo hubiera decidido limpiar la ciudad a base de agua a presión, y todo el mundo camina con prisa, unos y otros defendiéndose del diluvio como buenamente pueden. La periodista observa la escena, distraída, y, entre el caos de la lluvia, el frío y la urgencia, se fija en algo: bajo los soportales de enfrente, una pareja de ancianos pasa caminando con calma. Ajenos al ritmo de la lluvia, de los camiones de reparto, de los estudiantes que van o vuelven de las clases en las facultades, los dos viejos caminan despacio. El carrito que arrastra él dice que vienen de hacer la compra, probablemente del supermercado que hay en la plaza del Toural. Pero lo que llama la atención de Marosa, observándolos desde lo alto, es otra cosa. El sosiego. La tranquilidad con la que, a pesar del ajetreo de la calle, los dos ancianos caminan de la mano.

Y entonces a Vega se le ocurre algo.

Se da la vuelta y vuelve a coger el cuaderno, abierto por la hoja con las anotaciones. Y observa una vez más el nombre rodeado en la parte superior, al principio de la conversación. «¿Sabes por qué le han puesto ese nombre en concreto?».

La primera opción de Marosa había sido recordar a la silenciosa heroína del laberinto, y Gael le confirmó que esa también era su apuesta. Pero, así y todo… ¿Por qué Ariana? Sí, es cierto, el referente mitológico no puede ser más apropiado. De hecho, ella misma había vuelto a considerar esa posibilidad el día anterior, al pensar en lo bien que le habría venido su hilo para orientarse a través del laberinto de Sorna. Pero…

No, ahí sigue habiendo algo que a Marosa no le cuadra. Algo que no acaba de encajar. Una china en el zapato. Porque sí, ese tipo de cosas están muy bien para las noveluchas de misterio de tres al cuarto o para las películas baratas de sobremesa. Pero esto es la vida real. Y si algo sabe a estas alturas es que Álvaro Novoa era un hombre ante todo pragmático. Corrupto hasta la médula, eso también. Pero ¿acaso hay algo más pragmático que un corrupto? Aquí, ahora y todo lo que se pueda. No, a Marosa se le hace muy raro imaginarse a Novoa como alguien que va por ahí dejando pistas con personajes mitológicos… Maldita sea, ¡pero si se trata de la gente que dejó a cero las cuentas del país! Bastante ocupados estaban saqueando el erario público como para andar perdiendo el tiempo con chorradas de griegos caprichosos. No…

Así pues, la pregunta que desde unos instantes ha empezado a hacerse Marosa, la duda que ha regresado para martillear con fuerza el pensamiento de la periodista, es otra: ¿y si todo fuese mucho más sencillo? O, mejor aún, ¿y si todo fuese mucho más mundano? Al fin y al cabo, y según se lo había reconocido a Gael la hermana de Novoa, Álvaro tampoco se había quedado para vestir santos. Sí, por qué no…

Aún con el labio inferior mordido, Marosa Vega coge su teléfono móvil y marca un número. Un frecuente.

—¿Salva? Sí, oye, necesito que me eches una mano con un par de cosas. ¿Nos vemos esta tarde?

6

Miedo

En la terraza del complejo, los chavales se arremolinan en grupos aquí y allá. De vez en cuando, como pequeños cometas que salen despedidos de sus órbitas, alguno de los mocosos se aparta de uno de los grupos para ir a mezclarse con otro. Los centros comerciales se han convertido en una especie de modernas ágoras juveniles, sobre todo ahora, a última hora de la tarde, y este en particular, levantado en pleno centro de la ciudad sobre la nueva estación de trenes, es el más celebrado de todos los que hay en Vigo. O, desde luego, el más concurrido. En el aparcamiento superior, dos hombres observan en silencio desde el interior de un BMW, amparados por la oscuridad del habitáculo. Ninguno habla, ninguno dice nada. Nada más observan los distintos corrillos de adolescentes. Pero, por más que ninguno de los dos abra la boca, es evidente que el más joven de ellos, un tipo entre los cuarenta y los cincuenta, está más nervioso que el otro, a juzgar por el modo en que mantiene las manos sobre el salpicadero y repiquetea con los dedos en el plástico. Es una secuencia de golpes aleatoria, por completo arrítmica. Irritante. Ahora un golpe, ahora tres seguidos, ahora ninguno. Ahora lentos, ahora rápidos. Morse neurótico. Pero, con todo, el otro hombre, acomodado en el asiento del conductor, no dice nada. Tan solo se limita a seguir observando. Paciente, silencioso. Impasible.

—Mira —advierte de pronto, sin apenas levantar la voz—. Esa es.

—¿Cuál, cuál? —pregunta el acompañante, casi en un tic nervioso—. ¿Cuál dices?

—Esa, la pequeña —le indica el conductor—. La que va sola.

En efecto, la muchacha a la que por fin ha identificado Modesto Castellanos, en realidad poco más que una niña, ha dejado atrás a su grupo y ahora camina sola hacia la parada del bus urbano. Todos los días regresa a casa a esta hora.

Hoy no lo hará.

7

Si la gente supiera...

Cuando Marosa llega al Carballo, Salva ya la espera con un par de cervezas en el mismo rincón discreto de la semana anterior. Una de las mesas al fondo del bar, junto a la pared. Justo al lado de un cartel enmarcado. Marosa le dedica un vistazo rápido mientras se quita el abrigo. La foto de un idiota sonriente, contento por sabe Dios qué. Santo cielo, ¿qué le hace tanta gracia a todo el mundo? Si la gente supiera en manos de quiénes están en realidad, nadie se reiría tanto.

—¿Cómo te encuentras?

La pregunta de Lamas desata un repaso mental rápido por todas las opciones que Marosa considera para sí. Dolorida, cansada, enojada, asqueada, decepcionada y un millón de cosas más. Cualquiera de estos adjetivos podría servir. Pero la periodista se decanta por la opción breve.

—Bien, supongo —responde a la vez que saca su cuaderno de uno de los bolsillos del abrigo—. Oye, creo que podríamos tener algo.

—Tú dirás.

Aún sin levantar los ojos de la libreta, Marosa Vega avanza hasta las últimas páginas rápido, buscando la hoja en la que ha ido anotando cada una de las palabras clave de estos últimos días.

—Vale, sí, —murmura—, esto era. Escucha, hice lo que me dijiste, fui a por el tal Velarde.

—¿Y?

—Bueno, la verdad es que al principio no parecía muy interesado en colaborar, pero de pronto…

—¿Ha cambiado de idea?

—Pues sí. No sé qué le pasaría por la cabeza, pero este domingo le entraron unas ganas tremendas de hablar.

—¿El domingo?

—Sí, sí —asiente Marosa—. No sé, yo creo que estaba borracho cuando me llamó. De hecho, lo primero que pensé después de hablar con él fue que tan pronto como se le pasara la borrachera cambiaría de opinión. O que tal vez ni siquiera se acordase de nuestra cita. Por eso al día siguiente me fui corriendo al Paradiso, no fuera a ser que se equivocara de hora y apareciese en cualquier otro momento.

—Pero acudió.

—Puntual como un reloj. Y, la verdad, me dio unas cuantas claves —explica, señalando la hoja del cuaderno.

—Como por ejemplo…

—Caitán —responde sin apenas dejar tiempo—. Tenías razón, Salva: esos dos están muy relacionados.

—Te lo dije.

—Sí —admite a la vez que le da un trago a su cerveza—, me lo dijiste. Pero hay más.

—Dime.

—Esos dos no se soportan.

—Bueno —Lamas también apura un trago—, eso es lo que me pareció cuando hablé con Caitán. Estaba claro que lo único que buscaba era que lo de Blue and Green salpicase a Velarde.

—Pues mira qué curioso, porque Velarde opina lo mismo. Pero cuantas más vueltas le doy, más me convenzo de que eso no se sostiene. En todo caso, si aquí hay un apellido alrededor del cual parece girar todo, ese es otro.

Lamas responde con una sonrisa satisfecha.

—Los Novoa —contesta—. Te lo dije, siempre han estado ahí.

—Sí —asiente Vega—, es cierto. Pero ahora sabemos algo más. Mira, mira esto.

Marosa gira el cuaderno sobre la mesa y lo orienta hacia Lamas, señalando con el índice para que el periodista pueda ir siguiendo el viaje de una anotación a otra, el recorrido por cada una de las pistas que ha ido encontrando. El dedo de Marosa va saltando de una empresa fantasma a otra, de un domicilio bancario a otro, de un paraíso fiscal a otro. De un nombre a otro.

—Es evidente, Salva, aquí hay mucho más de lo que nos pretenden contar. Lo de Blue and Green…

—Eso no es nada.

—No, no lo es —niega Marosa—. O por lo menos ahí donde nos están poniendo el foco, para que miremos como idiotas. Todo eso de Blue and Green es un juego de niños al lado de lo que hicieron después, todo lo que levantaron y movieron alrededor de Sorna International.

—Sorna —repite Lamas, todavía con los ojos puestos en el nombre—. La madre que los parió, si es que no disimulaban ni con el nombre.

—Desde luego… Y sí, de un modo u otro, el juego siempre acaba pasando por Álvaro Novoa. Gael está convencido de ello. De hecho, esa es una de las cosas que me dijo, siente que no conocía al viejo tanto como pensaba.

—Vamos, que al final el honorable Álvaro Novoa también tenía un lado oscuro, ¿no?

—Tan grande como para tener su propio código postal, sí.

—Joder con el viejo cabronazo…

—Novoa tenía unas cuantas caras ocultas, Salva, de las que nadie parece saber nada con certeza. Y por eso quería hablar contigo.

—Dispara.

—Oye, tú llevas aquí más tiempo que la ría…

—Bueno, tampoco sé cómo tomarme eso, querida.

—Escucha, ¿a ti te consta que el viejo tuviera algún tipo de relación con alguien? Ya sabes —baja un poco más la voz—, alguna mujer.

Lamas arruga el entrecejo, desconcertado por la pregunta.

—¿Alguna relación?

Salva levanta la cabeza y mira hacia la sala, como si buscara la respuesta escondida en algún rincón del bar.

—Pues… No, que yo sepa no. ¿Por?

—Por esto —responde Marosa, a la vez que señala algo en el papel.

Lamas sigue con la mirada el punto sobre el que el índice de Marosa señala. Y lo ve. El nombre subrayado y rodeado.

—Ariana…

—Exacto —le confirma Vega—, Ariana.

—Pero… Ese es el nombre que le han puesto a la operación.

—Lo sé. Por lo visto, aparece en unas carpetas que pertenecían a Álvaro Novoa, y Gael cree que se trata de algún tipo de marca en alusión al personaje griego, pero yo no lo veo claro. Me cuesta imaginarme a un fulano como Novoa pensando en heroínas mitológicas.

Lamas le da otro trago a su cerveza, aún sin apartar la mirada del papel.

—Sí, desde luego un poco extraño sí que es…

—Por eso he pensado que tal vez sea una persona real. Otro hilo del que tirar. Y, claro, al ser él de Vigo, pensé que tal vez tú…

—Ya, ya veo por dónde vas… Pero no —resuelve Lamas—, lo siento mucho, pero no me suena de nada. Cuando yo lo conocí, el viejo ya era viudo, y en público no parecía tener más compromisos que con su carrera política. Siempre fue un tipo muy discreto, Marosa, celoso de una vida privada que, si te digo la verdad, tampoco es que le interesase demasiado a nadie.

—¿Nada de vida social?

Salva niega despacio.

—Más allá de todo lo que tuviera que ver con el partido, no.

—Vaya…

—Lo siento —se excusa Lamas—. Me encantaría poder decirte algo, no sé, algún cotilleo o lo que fuera que te ayudase a ponerte en la pista de algo. Pero…

Salvador vuelve a negar.

—No —resuelve—, por ahí no hay nada. O vamos, yo desde luego no sé nada. Y, sinceramente, dudo de que ningún compañero pueda contarte algo. Para que te hagas una idea, el tipo era tan soso que, si nada más dependiera de él, Álvaro Novoa habría provocado el despido por inactividad de todos los periodistas encargados de cubrir la vida social de la ciudad. Lo siento, pero…

Lamas vuelve a observar el nombre en el papel.

—No —concluye—, creo que no voy a poder ayudarte con eso.

Lamas y Vega se quedan callados. Ella con gesto incómodo, casi frustrado. Él tampoco dice nada, pero su expresión es un poco diferente. Concentrado, sigue sin apartar los ojos del cuaderno, revisando en silencio todos y cada uno de los nombres, cifras y datos a través de los cuales lo ha ido guiando Marosa. De hecho, muy concentrado… Un ademán en su mirada pone a la periodista sobre aviso. Lamas parece estar considerando algo.

—Lo de Ariana no sé qué es —masculla entre dientes—, pero… ¿Y esto otro? —pregunta, todavía sin levantar la mirada de la libreta—. ¿Qué significa esto?

—¿El qué?

—Esto —repite, señalando algo sobre el papel.

Marosa busca en la dirección indicada y se lo encuentra.

—Ah, eso. —Deja correr un suspiro incómodo—. Pues un quebradero de cabeza, la verdad… FN-DC001 —lee en voz alta—, una especie de clave que Velarde se encontró en una carta que Novoa había dejado para él.

—Vaya, ¿y sabes a qué hace referencia?

Cansada, Marosa coge aire a la vez que levanta las cejas.

—Pues no, la verdad. Le he dado un millón de vueltas, he intentado relacionarla con las empresas de Sorna, con los movimientos, con los códigos bancarios…

—¿Y nada?

La periodista niega, y Salvador Lamas vuelve a clavar su mirada en la serie de letras y números.

—Bueno, la N podría ser de Novoa —sugiere.

Marosa también lo observa.

—Sí —responde—, supongo. O de Nipuñeteraidea…

A punto está de volver a quejarse cuando, una vez más, descubre el gesto. El mismo ademán de antes. Apenas nada, poco más que un tic, una manera de entrecerrar los ojos. Pero ahí está. Lamas ha visto algo, está considerando algún tipo de posibilidad.

—¿Qué piensas?

Salva aprieta los labios.

—No lo sé —responde al cabo, todavía con aire dubitativo—. A ver, no lo sé, igual no es nada, pero… Podría caber una opción.

—¿Cuál?

—Si la N realmente fuese de Novoa —vuelve a sugerir—, quizá podría indicar…

Silencio.

—¿El qué?

Y entonces Lamas, por fin, levanta la cabeza, y sus ojos van a buscar los de Marosa.

—Una signatura.

Lo ha dicho con convicción. Pero, a pesar de ello, Marosa se queda como estaba.

—¿Una qué?

Y Salvador sonríe.

—Desde luego, hay que ver cómo sois los jóvenes… ¿De verdad no sabes de qué te estoy hablando?

La periodista se desespera.

—Sí, claro. De una signatura, o sea, de una especie de matrícula, ¿no?

—Claro.

—Ya, *claro* —repite—. Pero ¿de qué? ¿A qué te refieres?

Lamas vuelve a sonreír, y a Marosa le parece detectar una

cierta condescendencia por parte de su antiguo compañero de redacción que, ahora que lo piensa, no le gusta nada.

—Anda que no habré visto yo de estas antes de que internet se convirtiera en el único territorio conocido…

—Salva, por Dios, te juro que estoy a punto de abofetearte. ¿Me quieres decir de una vez de qué estás hablando?

Lamas coge el cuaderno y lo levanta en el aire, acercándoselo a Marosa con el índice señalando la clave.

—Escucha, querida, no digo que lo sea, no lo puedo asegurar. Pero, si lo fuera…

—¡Qué, Salva! ¡Habla de una vez, joder!

—Si lo fuera —continúa Lamas, ajeno al improperio de Marosa—, esto sería una dirección web. Pero de las de antes —aclara—. De cuando Google todavía era analógico.

Sin dejar de sonreír, Lamas repiquetea con su dedo sobre la anotación al tiempo que, ahora sí, Marosa comprende.

—Crees que se trata de la signatura de una…

—En efecto —se le adelanta él, aún más sonriente—. La signatura de algo catalogado en una biblioteca.

Marosa también sonríe, a la vez que asiente y entreabre la boca con gesto satisfecho.

—La madre que te parió…

—Una santa.

—Sí, seguro. Pero ¿cómo podemos comprobarlo?

—¿Lo de mi madre? Marosa, por favor…

—Vete a la mierda, idiota. Me refiero a lo de la biblioteca. Quiero decir, ¿cómo saber de cuál se trata? ¿Existe alguna forma de reconocer una biblioteca por el código de su signatura?

Lamas vuelve a concentrar su mirada en la clave. Y aprieta los labios en el ademán justo para contener todo el entusiasmo anterior.

—Me temo que eso no te lo puedo decir —responde—. No, eso no lo sé.

Silencio.

—Pero…

El periodista echa una mano al bolsillo de su chaqueta y saca su teléfono móvil.

—A ver… Concha, Consuelo, Covadonga, Cristina… Sí, aquí está: Cristina Rubal. Seguro que mi amiga nos puede echar una mano. Dame un segundo. Si eso, mientras llamo, ¿qué tal si pides un par de cervezas más? Y para mí una empanadilla. ¿Tú no quieres una?

8

Malena tiene razón

Caitán ya está sentado a la mesa. Pero Malena continúa de pie, caminando con paso nervioso por el comedor, el teléfono móvil pegado a la oreja y la expresión tensa.

—¡Apagado! —exclama—. ¡Ahora lo tiene apagado!

Caitán resopla. Pero no porque comparta la inquietud de su esposa. En realidad es ella quien le incomoda.

—Caitán…

Nada.

—¡Caitán!

—Qué, Malena…

—Te estoy diciendo que ahora la niña tiene el teléfono apagado.

—Pues muy bien —responde, hosco—, ya te he oído la primera vez.

La mujer deja de caminar y observa a su marido con gesto incrédulo, como si su falta de interés le pareciese de lo más incomprensible.

—¿Es que no vas a decir nada? ¿Qué pasa, que a ti te da igual?

Caitán coge aire.

—¿Que si me da igual el qué, Malena?

—¡Por Dios, Caitán! ¿Qué va a ser? ¡Que si te da igual que la niña tenga el teléfono apagado!

Cada vez más incómodo, hastiado, Caitán vuelve a resoplar.

—¿Y qué quieres que le haga yo, Malena? ¿Que vaya y se lo encienda? Porque resulta que no puedo hacerlo, Malena, porque «la niña», como tú la llamas, no está aquí. De modo que dime, Malena, ¿qué coño quieres que le haga yo?

Más escandalizada cada vez, la mujer abre los brazos en el aire, incapaz de comprender la reacción por parte de su marido. O, mejor dicho, su falta de reacción.

—Pues no lo sé, Caitán, no sé qué es lo que quiero que hagas… ¿Preocuparte un poco por tu hija, tal vez?

Caitán vuelve a resoplar a la vez que aparta la mirada en dirección al techo.

—Por favor… Déjala en paz, Malena.

Pero Malena no escucha.

—Es que te lo estoy diciendo, Caitán, antes no respondía, y ahora tiene el teléfono apagado. —La mujer vuelve a dar vueltas por la sala, observando su propio teléfono. Como si en realidad estuviera hablándole a él—. ¿Y si le ha pasado algo?

—Por el amor de Dios… ¿Y qué le iba a pasar, Malena? Estará con sus amigas, joder. O con algún amigo…

—¿A estas horas? —responde señalando la mesa, donde la cena lleva ya un buen rato servida.

—Bueno, mira, pues se retrasará un poco, no lo sé. ¿Quieres sentarte tú de una puñetera vez?

Pero no, la mujer no se sienta.

—¿Pero entonces por qué no llama?

—Joder, Malena, pues porque es una adolescente, te lo estoy diciendo. Se habrá despistado o lo que coño sea. Pero déjala en paz de una puta vez. ¿O qué pasa, que ahora me vas a decir que a su edad tú siempre hacías lo que te decían tus padres?

—Pues no lo sé, Caitán, no me acuerdo.

—Ya, claro…

—Pero desde luego, lo que no hacía era tenerlos así, en vilo y con esta angustia. No, señor —gesticula, negando en el aire—, eso ya te digo yo que no lo hacía.

—No —replica Caitán—, si ahora va a resultar que tú eras doña Perfecta, la que todo lo hacía bien.

Malena vuelve a detenerse.

—Yo no he dicho eso. Pero desde luego lo que no hacía era no responderles cuando me llamaban, y mucho menos apagarles el teléfono…

A Caitán se le disparan las cejas.

—¿De verdad me estás diciendo esto? Joder, Malena… ¿En serio?

—Pues sí, ¡claro que te lo estoy diciendo en serio!

—Venga, Malena, no me jodas. ¿Acaso ahora va a resultar que tus padres y tú teníais teléfonos móviles en los años ochenta? Por favor, no me hagas reír…

—¡Bueno, mira, yo qué sé! —contesta la mujer, a la vez que agita las manos alrededor de su cabeza, como queriendo apartar de ella todo lo que contradiga su discurso—. Lo único que sí sé es que esto no pasaría si tú no la consintieras tanto…

—Si yo no la… Pero, bueno, ¿se puede saber qué coño dices?

—¡Lo que oyes!

—¡Bueno, ya está bien! —explota de repente Caitán, a la vez que da un puñetazo sobre la mesa—. ¡Mira, Malena, una cosa es que yo la consienta lo que me salga de los cojones y otra muy distinta que la atosigue llamándola cincuenta veces al día! —Caitán habla con los dientes apretados, y Malena se da cuenta de que todo él es furia—. ¡Si ha apagado el teléfono es porque eres insoportable, Malena!

El problema es que Malena se ha dado cuenta demasiado tarde.

—Caitán, por favor, escucha…

Pero no, Caitán ya no escucha.

—Y, maldita sea, Malena, ¡maldita sea! Porque, ya que lo comentas, ¡si yo pudiera tampoco te contestaría al puto teléfono ni una sola de todas las putas veces que me llamas! ¡Porque me pones de los nervios, Malena! ¡¿Me entiendes?! ¡Me pones de los putos nervios! ¡Joder! —grita—. ¡Joder!

Malena sabe que su marido es un hombre duro, agresivo. Pero desde luego esta reacción por su parte la ha cogido por sorpresa. No se la esperaba. Ni la violencia del gesto ni, sobre todo, la dureza de sus palabras. Asustada, dolida, Malena se ha quedado inmóvil. De pie junto a la mesa, el teléfono en las manos, recogido contra su estómago. Y no sabe qué decir. Observa a su marido, de pronto convertido en un animal enfurecido, y Malena no sabe qué decir.

Siente la tensión, el temblor en los labios. El escalofrío en la columna dorsal.

Malena parpadea y aprieta el teléfono con fuerza. Es sobre él sobre lo que está haciendo toda la fuerza para no llorar.

Porque, ahora mismo, Malena Bastián rompería a llorar.

—Lo siento —murmura Caitán al comprender que acaba de perder el control de la situación—. Lo siento, no quería decir eso.

Malena no contesta. Continúa con la mirada en el suelo.

—Lo siento —repite su marido—. Pero ahora, por favor, siéntate, ¿sí? Candela ya no es ninguna niña, por más que tú te empeñes en tratarla como tal. Siéntate y cenemos de una vez. Ya verás como llega en cualquier momento.

Aún asustada, triste, Malena va a sentarse en el otro extremo de la mesa. Y ya no dirá nada más. La sopa, servida hace ya demasiado tiempo, está fría. Pero ella se la toma igual. Cucharadas lentas, movimientos amargos. En silencio, Malena apenas se atreve a levantar la vista del plato para mirar una o dos veces a su marido. El hombre al otro lado de la mesa. Todo en él denota tensión. La forma de comer, el silencio. El esfuerzo por hacer que las miradas no se crucen. Y entonces Malena vuelve a caer en la cuenta de algo. Algo, una idea que en el fondo siempre ha estado ahí y que, de un modo u otro, ella siempre ha evitado. Sin embargo, esta noche ahí está, inmóvil frente a ella. Silenciosa y evidente: a Malena, Caitán le provoca un miedo atroz.

Y lo diría, diría algo. Pero no se atreve. Porque ella también sabe que pasa algo. Aún no sabe qué es, pero es evidente que a Caitán le ocurre algo. Lo ve en su expresión, en el esfuerzo que hace por evitar cualquier contacto. Visual, verbal… Emocional.

Sea por el motivo que sea, ahora mismo no es en su hija en lo que está pensando Caitán. Ahora mismo, sus problemas parecen ser otros. Y parecen ser mayores...

Y, la verdad, es una lástima. Porque esta vez Malena sí tiene razón: a Candela le ha pasado algo.

9

Haz que se calle

A ver, tampoco es que a Caitán le falten los motivos para estar tan agobiado: es cierto, él tiene sus propios problemas. Y sí, son graves. A decir verdad, mucho más de lo que piensa. Lo curioso es que, puestos a hablar con exactitud, no son los que él cree. O por lo menos no son solo esos problemas. Porque, esta vez sí, Malena tiene razón. A la niña le ha pasado algo.

En realidad no se había retrasado. O no lo habría hecho, vaya. De hecho, ya estaba a punto de llegar a su casa cuando el coche se detuvo junto a ella. Candela no lo sabía, en ningún momento se dio cuenta de nada. Una cría no se da cuenta de esas cosas… Pero lo cierto es que llevaban ya un buen rato acechándola. La encontraron en el centro comercial, la siguieron durante todo el trayecto a casa y la vieron bajarse del bus, al final de la playa de Canido. Y, por fin al comienzo de la urbanización, justo antes de llegar a las primeras casas, vieron la oportunidad. Ese tramo siempre está en penumbra, y al pasar por delante del Bar del Puerto apenas hay visibilidad desde los chalets. El coche se detuvo un poco más allá, el acompañante salió del vehículo y, antes de que ella alcanzase tan siquiera a comprender qué era lo que sucedía, el hombre la agarró por detrás y, con una mano en su boca y el otro brazo alrededor del estómago, la arrastró hasta el asiento posterior. Y sí, claro, una vez que el tipo la dejó en el coche, Candela ya tenía el grito en la garganta cuando, desde el asiento del conductor, fue otro hombre el que habló.

—Si gritas una sola vez, te mato.

No fue más que eso. El tipo ni siquiera se dio la vuelta. Habló sin apartar las manos del volante. Sin dejar de mirar al frente. Sin apenas levantar la voz. Una advertencia grave, serena. Pausada. «Si gritas una sola vez, te mato». Lo pronunció con calma, en poco más que un murmullo. Tal como se dicen las cosas que solo se dicen una vez. Y, a pesar de su juventud, lo poco que Candela sabía de la vida le bastó para comprender que lo mejor sería no tentar a la suerte. Obedeció, no abrió la boca y, en silencio, sintió como la orina se le escapaba entre las piernas.

Y ahora está aquí.

Ella no lo sabe, el fulano que la metió en el asiento de atrás no dejó que se incorporase en ningún momento, pero en realidad no son más que unos pocos kilómetros los que la separan de sus padres. La casa de los Novoa es uno de esos grandes adosados que se levantan al comienzo del muelle de Canido. Y el sótano en el que ella se encuentra ahora está en uno de los antiguos chalets que los árboles ocultan en las faldas del monte de O Castro. Allá, en la memoria de cuando Vigo soñaba con tener su propia ciudad jardín. Un Vigo, por supuesto, mucho más amable que este en el que la chica se encuentra ahora mismo.

Amarrada a la silla metálica, la niña observa con terror el parpadeo de la pequeña luz roja que, intermitente, se enciende y se apaga ante ella. Tiene frío, miedo, no comprende nada de lo que sucede. La orina se ha enfriado en sus pantalones y ahora solo nota una humedad fría y terrible. Algo que no debería estar ahí. No debería estar ahí...

Candela aprieta los ojos con desesperación, siente cómo las lágrimas le empapan las mejillas y van a juntarse con los mocos que sin remedio se le derraman sobre la boca. Y todo es humedad. Su cara está empapada, sus piernas están empapadas, el sótano está empapado. Frío, oscuro, soledad, dolor.

Miedo.

Como era de esperar, al final Candela se descompone. Y rompe a llorar.

—¡Mamá…!

—Haz que se calle.

Entre sus propios sollozos, Candela reconoce la voz que llega del fondo de la estancia: es el hombre de antes, el que le habló desde el asiento delantero. «Si gritas una sola vez, te mato». Pero es demasiado tarde ya y, diga lo que diga Caitán, Candela solo es una niña. Llora, llora desesperadamente. Llora sin consuelo.

—Haz que se calle —vuelve ordenar el mismo hombre.

—¿Y qué quieres que haga, papá?

Es el otro tipo quien pregunta, el mismo que hasta ese momento había permanecido tras la cámara de vídeo.

—Tiene la ropa empapada —responde el primero, a la vez que se dirige hacia las escaleras que hay en uno de los laterales—. Tal vez habría que quitársela, ¿no te parece?

Y se marcha del sótano, dejando a la niña a solas con el hombre de la cámara de vídeo, que ahora no deja de observar los pantalones de Candela. Y sonríe. Ya sabe qué hacer…

10

¿En nombre de quién vienes, bestia?

Jueves, 23 de noviembre

La noche ha sido un monstruo. Una serpiente larga y fría que ambos han tenido que atravesar en silencio. Y por separado, claro. Porque mientras Malena ha recorrido la madrugada intentando hacerle frente a todas sus inseguridades, miedos y terrores, Caitán ha recibido la visita agolpada y feroz de todos y cada uno de sus problemas. Y sí, por supuesto: ha comprendido que los lobos que esta noche han venido a sitiar su sueño eran ya unos cuantos más que en el recuento anterior.

Por una parte, angustiada y con los nervios estrangulados en el estómago, Malena se ha pasado la noche en vela, pulsando el icono de rellanada sobre el contacto de su hija tantas veces que hasta el teléfono ha perdido la cuenta. Pero el resultado siempre ha sido el mismo: Candela no responde porque su móvil no ha vuelto a dar línea. Desesperada, la mujer ha entrado varias veces en el dormitorio, buscando en el silencio el auxilio de su marido. Pero, pese a permanecer despierto en todo momento, él no ha respondido. Cada vez que Malena se le ha acercado, Caitán ha fingido dormir, y ella ha fingido creerlo.

Se lo pidió, se lo rogó incluso, antes de que él se fuera a la cama. «¿Y si le ha pasado algo grave? Por favor, Caitán, llama a la policía…». En realidad, lo que hizo la última vez que se atrevió a abrir la boca fue suplicárselo. «Por el amor de Dios, haz algo… Llama, a quien sea». Pero la respuesta ha sido la misma todo el tiempo.

Silencio.

Porque, por la otra parte, Caitán tiene problemas. Muchos. La voladura descontrolada, las ratas, los lobos… Problemas, muchos problemas. Y, ahora, también este. Y sí, claro, puede que la desaparición de Candela no sea nada. Al fin y al cabo, su hija es ya casi una adolescente. Y las adolescentes… Bueno, ya se sabe. Quién no ha hecho alguna locura alguna vez. Pero, en el fondo…

En el fondo Caitán sabe que su hija todavía es una niña. Y las niñas… No, un padre sabe que las niñas no desaparecen así como así, tanto menos la suya.

Porque Candela no es una niña cualquiera. No, Candela es su hija, y eso complica las cosas un poco más. Porque, desde la profundidad más oscura de esta madrugada, uno de sus miedos le ha estado susurrando al oído que, en el fondo, él ya sabe lo que sucede: la desaparición de su hija no es sino otro de esos problemas anteriores, adoptando ahora una nueva forma. Por eso, por más que Malena llore, ruegue y suplique, él no hará nada, mucho menos llamar (o, mejor dicho, involucrar) a la policía. Porque sabe que, sea lo que sea lo que haya sucedido con Candela, tarde o temprano aparecerá alguien que le indicará lo que debe hacer. Alguien… O algo.

Como, sin ir más lejos, todas esas caras nuevas que esta mañana ha venido a descubrir al pie de las escaleras, en el recibidor de su casa. Sí, comprende, esta es la señal.

Desconcertado, de entrada Caitán prefiere guardar silencio. Desde luego, algo le dice que lo mejor es no ser quien hable primero. Esperar… y escuchar. No por este otro problema, sino por otro bien distinto: por supuesto, Malena desconoce toda esta cadena de razonamientos. Y ahora ya es tarde para compartirlos con ella.

Porque, en lugar de ver las cosas como su marido, hasta este instante en que por fin ha sucedido algo Malena se había limitado a sentarse en la cocina y, tan nerviosa como resignada, esperar. Esa es la razón de que la mujer llevase ya un buen rato escuchando todo cuanto sucedía a su alrededor. Que, para mayor desesperación por su parte, tampoco es que fuera demasiado...

Agotada tras toda una noche en vela, media hora atrás Malena oyó cómo por fin Caitán se levantaba de la cama en el dormitorio del piso superior, justo encima de la cocina. Lo escuchó caminando por el cuarto y siguió sus pasos hasta que se metió en el baño. Su hija no había dado señales de vida en toda la noche, pero a él que no le faltase su ducha. Desgraciado...

Y así continuaba Malena mientras Caitán se duchaba, en la misma posición en la que ya llevaba ni recordaba cuánto. Aferrada a un café frío, con la taza en una mano y el teléfono en la otra. Esperando algo. La vibración del móvil con algún mensaje de Candela, el ruido de su llave en la cerradura de la puerta principal. O... ¿el sonido del timbre? Sí, eso también le valía. En la ducha, a una planta y todo un mundo de distancia, Caitán no había podido oírlo. Pero ella sí. El sonido del timbre tensó a Malena, que se precipitó hacia la puerta.

—¡Candela!

Pero no. Al abrir la puerta no fue con su hija con quien se encontró. Y, la verdad, por un instante el ansia se convirtió en pánico. A fin de cuentas, a nadie le gusta descubrir que es la policía la que ha llamado a la puerta de tu casa. Mucho menos cuando llevas toda la noche preguntándote dónde está tu hija...

—Candela...

La voz de Malena, fina y quebrada, acaba de convertirse en un hilo de voz aterrorizada.

—No se preocupe —ha alcanzado a escuchar—, tenemos la situación bajo control. ¿Me permite?

Es un hombre el que se ha dirigido a ella. Malena no lo conoce, un hombre mayor, fuerte. La gorra de visera no permite adivinarle nada mucho más allá del pelo blanco y corto y las gafas. Pero no hace falta ser muy lista para comprender que, aunque vaya de paisano, tiene que ser un policía. Bien entrado en los sesenta, probablemente ya muy cerca de la jubilación, pero con la autoridad suficiente para que su «¿Me permite?» no sea un ruego, sino una orden disfrazada de amabilidad para que Malena se eche a un lado y le deje pasar de una vez. Por supuesto, a Malena no le importa. Comprende que finalmente Caitán ha debido de llamar, y ahora la policía está aquí. Y, además, «tenemos la situación bajo control». Algo es algo.

—Pero ¿qué…?

Por poco que ese «algo» dure.

—¿Qué ocurre?

En efecto, luego de observar la escena en silencio por unos cuantos segundos, esto es lo primero que a su marido se le ha ocurrido pronunciar. Y, por supuesto, la pregunta de Caitán ha hecho que ese brevísimo instante de alivio desaparezca. Porque el tono empleado no es ni de lejos el que más encaja con el momento. De nuevo angustiada, aún agarrada al pomo de la puerta, Malena se vuelve hacia él, que ahora mismo baja las escaleras. Y, por el desconcierto en su mirada, comprende que las cosas quizá no estén tan controladas como, por otra parte, le acaban de asegurar.

Por su parte, a medida que recorre los últimos escalones Caitán barre el escenario con la mirada, intentando hacerse una composición de lugar. Dos agentes de uniforme entran en la vivienda, pero no pasan de la puerta. Es ese otro hombre, el policía de paisano, el que avanza lentamente por el recibidor. Y el que clava sus ojos en los de Caitán. Tal cual lo haría alguien que nos estuviera lanzando algún tipo de advertencia. Como, por ejemplo: «Ahora tú vas a mantener la boca cerrada y vas a dejar que sea la mía la que hable…».

—La policía está aquí —le contesta Malena.

—Sí —responde Caitán, intentando disimular su desconcierto—, claro.

«Está aquí…», piensa para sí. Mira qué bien… A pesar de que desde esa casa nadie la haya llamado, la policía está aquí, si bien lo que resulta todavía más llamativo para Novoa no es ese detalle, sino otra cuestión más inquietante: ¿por qué esa persona en particular? Porque, desde luego, si Novoa hubiera hecho esa llamada, a quien no habría avisado jamás es a una bestia como Ignacio Colmenar. Habitual de tantos trabajos sucios, pocos conocen las cloacas del gremio como él. Y ahora ahí está, en su casa, manteniéndole la mirada al pie de las escaleras. No, Caitán no ha llamado a nadie, pero esa forma en que Colmenar continúa observándolo, seca y afilada como una navaja, le basta para entender que, en efecto, lo que tiene que hacer ahora es quedarse callado. Y escuchar.

—¿Podemos sentarnos en algún lugar un poco más… tranquilo? —pregunta el inspector.

—Por supuesto —contesta al momento Malena, solícita—. Pase a la cocina. ¿Le puedo ofrecer un café?

—Por favor…

Caitán permanece de pie, pero Colmenar escoge acomodarse en una de las sillas junto a la mesa. Que, maldita sea, la verdad es que ya empieza a sentirse mayor para todas las mierdas en las que no dejan de meterlo… Y sí, sabe para qué está ahí. Por qué lo han enviado, y qué es lo que tiene que decir. Pero, qué coño, estos dos gilipollas también se pueden esperar un poquito, que por un café no se va a morir nadie. O por lo menos todavía no…

—Verán —murmura cuando Malena por fin le sirve la taza humeante—, lo primero de todo es que mantengamos la calma, ¿sí? Como le acabo de explicar a su esposa, señor Novoa, tenemos la situación controlada. ¿Me entiende? Nosotros —remarca— tenemos la situación bajo control.

«Nosotros…». No, por supuesto que el matiz no pasa inadvertido para Caitán. Claro que no…

—Comprendo. Pero… ¿y en qué consiste la situación, exactamente?

—Su hija ha sido secuestrada.

—Dios mío. —Malena se lleva las manos a la boca—. Dios mío.

—No se preocupen —continúa Colmenar, aún sin alterar la expresión—, la gente que la mantiene retenida ya se ha puesto en contacto con nosotros.

—¿Con… ustedes? —A pesar de la angustia, Malena no

puede reprimir la extrañeza que el comentario le provoca—. ¿Antes que con nosotros? Pero, eso... ¿no es un poco raro?

—Para nada —resuelve el policía—. De hecho, se trata de un escenario mucho más habitual de lo que la gente cree. A fin de cuentas, si son profesionales, los secuestradores saben que tarde o temprano acabaremos entrando en el juego. Ya saben, la familia se pone nerviosa, se cometen errores... Y al final las cosas acaban saliendo mal. A veces, incluso mal de cojones. No —concluye a la vez que apura un trago de café—, no se imaginan la cantidad de veces que ese primer contacto se establece ya directamente con nosotros. Ya saben, para evitar problemas...

—Claro, claro —asiente Caitán, haciéndole ver a su esposa que comprende y acepta las explicaciones del inspector.

Y es una lástima, porque si Malena no estuviera tan nerviosa y asustada como para dejar el pánico a un lado, y pudiera observar con atención a su marido, vería en su expresión que Caitán no se ha creído ni una sola palabra. De hecho, en realidad a punto está de dejar correr una sonrisa, fina y amarga, ante el cinismo del policía, que ni siquiera ha hecho el más pequeño esfuerzo por disimular su mentira. ¿Y para qué iba a hacerlo? Al fin y al cabo, él mismo se lo ha dicho: aquí son ellos quienes controlan la situación.

—¿Y les han dicho ya cuáles son sus condiciones? —pregunta Caitán, siguiéndole el juego a Colmenar—. ¿Qué quieren?

—Cuatro millones de euros.

El inspector ha pronunciado la cantidad sin inmutarse en absoluto. Sin sentir ni padecer. Como quien da la hora. Parece que va a llover. Son las nueve menos diez. Cuatro millones de euros. Mientras Malena siente cómo se le desencaja la expresión.

—¿Cuatro millones de...? —Se lleva las manos a la boca, desbordada—. Pero ¡por el amor de Dios! ¿De dónde quieren que saquemos tantísimo dinero?

—Eso no lo sé, señora. Tan solo respondo a la pregunta de su marido. Cuatro millones —repite, ahora sí, clavando sus ojos en los de Caitán—, eso es lo que me han dicho.

—¡Pero nosotros no tenemos ese dinero! —insiste Malena, ajena a la negociación que ha comenzado a establecerse.

—¿No lo tienen? —pregunta el policía, a la vez que vuelve a llevarse la taza a los labios.

Y ahí está. Colmenar bebe tranquilamente, pero sin quitarle los ojos de encima a Caitán. El problema está en que esta vez Malena también lo ha notado. En ese momento no sabría decir qué es exactamente, pero ahí hay algo. Tal vez sea el tono con el que Colmenar ha hecho la pregunta. Casi indiferente, casi grosero. Como «¿De verdad han salido a la calle sin paraguas? ¿Con la que está cayendo?». O, tal vez, haya sido la pregunta en sí. «¿No lo tienen?». Como si en absoluto se lo creyera. ¿A qué ha venido eso?

—No —le responde al fin—, claro que no... ¿Verdad, Caitán?

Pero su marido no contesta. En lugar de hacerlo, Caitán Novoa mantiene la mirada de Colmenar, que desde que ha pronunciado la cifra no ha dejado de observarlo fijamente. Y comprende. Cuatro millones de euros... ¿Acaso era de eso de lo que se trataba? Aquellos cuatro millones...

Hace años, algún tiempo después de que su padre se viese obligado a abandonar el cargo, le había oído decir algo, aunque nada más de una manera muy vaga. «La jubilación», así lo había llamado, algún tipo de compensación por el trabajo realizado a lo largo toda su vida. Y, en algún momento, incluso le había puesto nombre y apellidos: cuatro millones de euros. Pero, en realidad, Caitán nunca llegó ni a ver ni tampoco a tener noticia de un solo céntimo de todo aquel dinero, por lo que siempre pensó que, fuese lo que fuese, al final la cosa no había debido de salir adelante.

Y sin embargo, ahora...

Ahora mismo Caitán no sabe qué pensar. Quién sabe, tal vez el viejo sí estuviera diciendo la verdad y esos cuatro millones sí existieran realmente. Pero él no puede asegurar nada más. No sabe si Álvaro los cobró o si, quizá, los robó, como tampoco sabe qué pasó después con ese dinero. Si se lo llevó, dónde coño lo metió, o qué. De hecho, lo único que ahora mismo comprende

Caitán Novoa es que hay gente muy cabreada por esa historia. Gente con los recursos necesarios para enviar a un perro como Colmenar a preguntar por ese dinero, convencida incluso de que Caitán tiene algo que ver con él. Gente… blanca y en botella.

Con todo, Caitán sigue sin acabar de comprender. No, algo no le encaja. ¿Acaso era esto lo que Cortés y compañía querían de él? ¿Este era todo su papel en esta historia? ¿Pagar una vieja deuda de su padre? No, esto no puede ser…

—No, Malena —contesta por fin—, nosotros no tenemos ese dinero.

Cualquiera pensaría que es a Malena a quien se ha dirigido su marido. Pero en realidad no. Por supuesto, es a Colmenar a quien Caitán Novoa le está dando una respuesta. O, mejor dicho, a quienes sean los que hayan enviado a ese animal sin alma ni piedad a su casa.

—Vaya —murmura el policía a la vez que, lentamente, vuelve a ponerse de pie—. Pues entonces… Puede que tal vez sí tengan un problema, amigos.

11

Cifras y letras

—Bibliotecas, dígame.

—Hola, ¿Cristina Rubal, por favor?

—Yo misma.

—Hola, señora Rubal, soy Marosa Vega, no sé si…

—¡Ah, sí! La periodista, ¿verdad? Salvador me dijo que me llamarías.

—Sí, gracias por atenderme…

—No hay de qué. Tengo entendido que sois buenos amigos, ¿no es así?

—Sí, llevamos ya unos cuantos años trabajando o colaborando juntos.

—Pues aguantar a Salva tanto tiempo tiene mérito. Te lo digo yo, que lo conocí en la facultad, y de eso hace ya… ¡bueno, mucho! —ríe—. Créeme, sé de lo que hablo.

A pesar del comentario, Marosa identifica el cariño en el tono de su interlocutora.

—Sí —le responde—, me puedo hacer una idea.

—Pues venga, va. ¿En qué te puedo ayudar?

—Bueno, no sé si Salva ya le habrá explicado algo sobre el motivo de mi llamada…

—Sí, algo me contó. No sé qué historia sobre una clave o algo así… Pero, dime, ¿qué necesitas exactamente? ¡Y tutéame, por favor!

—Verá, bueno, perdona, verás…

—Eso, mejor así.

Marosa sonríe.

—El asunto es que, revisando cierta documentación para un artículo en el que estamos trabajando, me he encontrado con una combinación que no sé muy bien cómo interpretar.

—Salva me comentó algo sobre una serie de números y letras…

—Sí, eso es. Dos pares de letras separados por un guion, y seguidos de tres números. Sinceramente, yo no he logrado averiguar a qué pueden hacer referencia, pero Salva ha pensado que, tal vez…

—Sí, me lo dijo, cree que podría tratarse de una signatura bibliotecaria.

—Bueno, eso es lo que se le ha ocurrido a él, sí.

—Por supuesto. Y ha sido entonces cuando ha salido mi nombre, ¿me equivoco?

—En absoluto.

Marosa siente la sonrisa de la mujer al otro lado de la línea.

—Sinvergüenza… Solo se acuerda de mí cuando le interesa. Y porque soy la subdirectora general de Bibliotecas de la Xunta, que si no…

De pronto, la periodista tiene la sensación de encontrarse en medio de una situación incómoda. ¿Algo a medio resolver, tal vez? Maldito Lamas…

—Vaya, yo…

—No te preocupes —la ataja la mujer, recuperando de nuevo el tono desenfadado—, es broma. Ya ajustaré cuentas con el bribón ese…

Marosa vuelve a sonreír. Desde luego, no cabe duda de que ambas mujeres conocen a la misma persona.

—Entonces qué me dices, ¿crees que podría estar en lo cierto? Salva, digo.

—A ver, creer tanto tal vez sea creer demasiado… Por lo que me cuentas, esa secuencia vuestra podría ser muchas cosas. Pero…

La subdirectora de Bibliotecas se lo piensa por un instante, considerando las opciones.

—¿Pero?

—Bueno, por la estructura de la combinación de letras y números... Sí, supongo que también podría ser una signatura.

«Bien», piensa Marosa.

—¿Y podríamos localizarla de alguna manera? Quiero decir, ¿podríamos averiguar a qué biblioteca pertenece?

—Sí, podríamos...

«Muy bien».

—Pero, claro, antes tendríamos que saber en qué catálogo buscar.

«¿Cómo?»

—¿Cómo?

—O, mejor dicho, en cuál de los numerosos catálogos que existen.

—Ah...

—Y, aun así —continúa la subdirectora—, seguiríamos sin tener ninguna garantía de que fuésemos a encontrar nada.

—Perdona, pero creo que no te estoy entendiendo. Si lo localizamos...

—No, no —la interrumpe—, no es tan sencillo. Mira, el problema con las signaturas es que las bibliotecas no funcionan como una oficina de tráfico. Me refiero a que los libros no son como coches, que responden todos a un mismo y único sistema de matriculación en función del país en el que hayan sido inscritos.

—Ah, vale. Pero, entonces, esto...

—Esto nos dificulta un poco las cosas, claro. Porque el problema aquí es que cada biblioteca utiliza su propio código de matriculación, por así decirlo.

—Ya veo... Pero ¿y no hay ninguna forma de identificar cada uno de esos códigos? Quiero decir, del mismo modo que, por más que haya diferentes países, siempre podremos ver si esta matrícula es de tal o cual lugar...

—Podríamos intentarlo, sí. De hecho, si vuestro documento

está registrado en alguna de nuestras bibliotecas, tarde o temprano acabaríamos encontrándolo. Siempre y cuando…

«Más problemas».

—¿Siempre y cuando?

—Siempre y cuando —continúa Cristina— el documento sea de consulta pública.

—Perdona, pero creo que he vuelto a perderme… ¿Qué me estás diciendo, que existen documentos… privados?

—Bueno, más o menos. Verás… La cuestión es que cualquier biblioteca que se precie de contar con la recepción y depósito de material bibliográfico tiene un proceso que seguir con toda esa documentación, sea del tipo que sea.

—Ajá…

—Antes de que cualquier documento pase a disposición pública, todo el material nuevo que se reciba tiene que pasar por un primer proceso de catalogación. Ya sabes, para ver de qué se trata exactamente, qué piezas o volúmenes contiene, qué clase de valor puede tener…

—Comprendo.

—Y ahí, el bibliotecario que se encargue de la catalogación siempre tiene que cubrir todos los datos necesarios para su descripción. Como, por ejemplo, su signatura topográfica, que es como se le llama a esto que parece que habéis encontrado.

—Vale, entonces ¿dónde está el problema?

—En que una de las cosas que puede decidir la persona que esté catalogando el material es que alguno de esos datos quede configurado de manera privada, de tal modo que solo resulten visibles para determinado personal de la biblioteca.

—Vaya…

—O peor aún.

«¿Peor?». Marosa no puede evitar resoplar contra el teléfono.

—A ver, tampoco es lo más habitual, pero a veces el catalogador también puede decidir dejar todo un registro sin acceso público.

—¿Y eso por qué?

—Bueno, pues por las razones que esa persona considere. Como, por ejemplo, que todavía no tiene toda la información necesaria para una correcta exposición.

—Pero entonces, eso...

—Podría ser como buscar una aguja en un pajar.

Marosa maldice para sí.

—O incluso una aguja invisible —matiza.

—Bueno —admite la subdirectora—, para según qué personas sí, podría serlo. Y eso siempre que tu aguja tenga un código que permita hacerla coincidir con alguna signatura de las que existen en el pajar, claro.

—Vamos, que por lo que me dices podría ser poco menos que imposible encontrar las referencias que estamos buscando.

—Bueno... Difícil sí, pero no necesariamente imposible. Para averiguar si tu combinación es la signatura de alguna biblioteca, tendríamos que consultar todos los catálogos bibliográficos a los que tenemos acceso, y ver si en alguno de ellos existe algún registro bibliográfico que tenga esa signatura topográfica. Eso ya nos indicaría la biblioteca en la que el material estaría depositado.

—Claro...

Esta vez, Marosa no ha sido capaz de disimular su desánimo.

—Venga, mujer —la anima la subdirectora—, no desesperes.

—¿Ah, no?

Cristina sonríe.

—No. Por increíble que parezca, ¡ya hemos dejado atrás la época de las fichas de cartulina en cajas archivadoras! —ríe—. En la actualidad la mayoría de las bibliotecas trabajan en red, de modo que tenemos una base de datos única a través de la cual podemos acceder a miles de descripciones bibliográficas de cientos de bibliotecas.

—Bueno, algo es algo...

—Claro que sí, mujer. Escucha, ¿por qué no hacemos una cosa?

—Lo que tú me digas.

—¿Dónde estás?

—¿Ahora mismo? En Santiago, ¿por?

—Estupendo. Pues déjame que haga una llamada, que sé quién es la persona indicada para que te eche una mano con esto.

La posibilidad de obtener un poco de luz hace que la periodista recupere algo de esperanza. Y sonríe, aliviada.

—Te lo agradezco mucho. ¿De quién se trata?

—De Noelia Bascuas. Es la jefa de Servicio en la Biblioteca de Galicia. Y, además de ser un encanto, te aseguro que se trata de la persona que mejor conoce los catálogos bibliográficos más importantes y cómo acceder a sus datos.

—Vaya, no te imaginas cuánto me alegra escuchar esto, Cristina…

—Claro que sí —le responde con seguridad la subdirectora de Bibliotecas de la Xunta—. Créeme, si eso que ese sinvergüenza de Salva y tú os traéis entre manos tiene algo que ver con el catálogo de alguna de nuestras bibliotecas, Noelia y su equipo son vuestra gente.

12

Esto va a doler

Caitán Novoa no es idiota. De sobra sabe que a Candela no la ha secuestrado nadie que de verdad le esté pidiendo ningún rescate millonario. No... Caitán Novoa entiende perfectamente en manos de quién está su niña. Pero, claro, también es consciente de que, por mucho que lo quiera, ahora mismo no puede hacer más. Y, desde luego, lo que tampoco puede ni debe hacer es decirle nada a Malena. No, eso ni siquiera es una opción. Caitán no tiene a su mujer por una persona especialmente inteligente, mucho menos capaz de gestionar sus emociones. Ya bastante le costó mantenerla bajo control tras la visita de Toto Cortés a su despacho, de modo que, si finalmente llegase a descubrir el verdadero calado de toda la trama, no sería descabellado imaginar un escenario en el que su esposa acabase abriendo la boca, entrando en pánico o haciendo cualquier otra estupidez que complicase aún más la situación. Como, por ejemplo, irse. Por supuesto, esa tampoco es una opción. Caitán necesita a Malena a su lado. Por lo menos, de momento. Joder, que ahora mismo lo último que le conviene a su carrera es un escándalo más... De manera que lo que toca es esperar. Sea lo que sea lo que tenga que hacer, alguien se lo hará saber. Alguien, o algo. Como, por ejemplo, el timbre de la puerta.

Colmenar ya se ha ido hace un par de horas. Por supuesto, el policía no era más que un perro con un mandado entre los dientes, sin más función que transmitir el recado y, por el mismo precio, intimidar un poco. Enseñar el colmillo, sí. Pero nada más. Tan pronto como el mensaje fue entregado, se levantó y, como vino, se fue. No así los dos agentes que llegaron con él. Estos siguen fuera, montando guardia en la entrada a la casa. «No queremos que nadie nos dé ningún susto, ¿verdad?», murmuró Colmenar antes de irse. Lo cual, por lo que fuera, no sonó especialmente tranquilizador. Más bien todo lo contrario.

Y sí, ahí se habían quedado los dos policías de uniforme, de modo que si ahora alguien llama a la puerta es porque ellos lo han permitido.

O, dicho sin rodeos, porque Toto Cortés así lo quiere.

—Buenos días, señor Novoa.

Caitán observa con aire extrañado. Bajo el porche, un hombre mayor, con toda seguridad bien entrado en los setenta, le mantiene la mirada con gesto… ¿pasivo? Bueno, tal vez neutro sea la palabra más adecuada… En todo caso, la expresión más inexpresiva con la que alguien se pueda encontrar al otro lado de una puerta.

—¿Puedo pasar?

—Supongo que sí —responde Caitán a la vez que se echa a un lado.

Pasos cortos, tranquilos. Como los del animal que, sumiso, entra en el redil. Novoa lo observa al pasar ante él. Pelo gris, unas gafas de pasta cuadradas, enormes, muchos años atrás pasadas de moda. Y eso que los uruguayos llaman «perfil bajo».

Una vez en el recibidor, el hombre se vuelve, y Caitán lo mira de arriba abajo. Una chaqueta de espiguilla gris, quizá una talla más grande de lo correspondiente, y los pantalones subidos casi hasta el estómago hacen parecer al fulano aún más menudo de lo que ya es, y le confieren al conjunto un aire de… ¿jubilación? Sí, eso es. El tipo parece uno de esos jubilados que, aburridos, deambulan por el pueblo yendo de la misa al bar, de un sol a una sombra y sin más emociones fuertes que un buen mus y la suerte del pito doble a tiempo. Sí, eso parece.

Por supuesto, no lo es.

De hecho, por un segundo Caitán clava sus ojos en los del hombre, todavía tan inexpresivos como cuando los descubrió al otro lado de la puerta, y arruga ligeramente el entrecejo, intentando concentrarse. Porque, en realidad, Caitán conoce a este tipo. Ahora mismo no sabe de qué, no cae en la cuenta. Pero está seguro de haberlo visto antes. En alguna reunión, en algún despacho. En alguna foto… No, en este momento no cae. Pero lo que sí tiene claro es que no se trata de un jubilado cualquiera. De serlo, no estaría ahora mismo en su casa.

—Pues usted dirá.

—¿Quién es, Caitán? —pregunta Malena, a la vez que se asoma al recibidor.

El hombre le devuelve la misma mirada. Serena, pausada. Inexpresiva.

—Buenos días, señora Bastián.

—Buenos… —Malena está demasiado desconcertada como para completar el saludo—. Caitán, ¿quién es este señor?

—Pues mira, no tengo ni puta idea —responde, volviendo a fijar su mirada sobre el anciano—. ¿Se puede saber quién coño es usted, caballero?

Por descontado, el tipo ni se inmuta.

—Soy un amigo, señor Novoa. ¿No se acuerda usted de mí?

Caitán niega con un ademán desconcertado. Sí, sabe que debería recordarlo.

—Me va usted a disculpar, pero ahora mismo, no…

—Soy Modesto Castellanos.

Eso era… Castellanos. Ahora sí, Caitán lo identifica. Modesto Castellanos, la mano derecha de Gonzalo Goyanes. El hombre discreto, el número dos siempre a la sombra del gran empresario.

El maestro de los fontaneros.

—Ah, sí, claro —remeda Caitán—, mi padre hizo muchos negocios con su jefe.

—Muchos —asiente Castellanos—. Algunos incluso muy grandes, ¿verdad?

—Bueno, eso yo… No lo sé, señor Castellanos. Ahora mismo, nosotros…

—Lo sé —le ataja el hombre, aún sin alterar en absoluto ni el tono ni el gesto—, ahora mismo ustedes tienen otras preocupaciones en las que pensar. Créanme, lo sé.

—¿Lo sabe?

—Claro —responde—. Señora Bastián —explica, volviéndose hacia Malena—, a su hija la tengo yo.

La respuesta de Modesto coge por sorpresa a la mujer.

—¿Cómo… cómo ha dicho?

—He dicho —contesta aún con el mismo tono, tan paciente como plano— que su niña está conmigo. Bueno —matiza, como si quisiera corregirse a sí mismo—, en este momento no, claro. Pero no se preocupe, que está en buenas manos. La he dejado con mi hijo.

—Perdone, pero no…

—Mi hijo es un buen muchacho, señora. Un hombre con inquietudes. De hecho, ¿saben qué? Ahora le ha dado por el cine… Miren, permítanme que les enseñe algo.

Con el mismo aire impertérrito, pasivo, Modesto echa una mano al bolsillo de su americana y saca un teléfono móvil. Apenas desliza el dedo por la pantalla un par de veces, y gira el aparato para que sean los padres de Candela los que puedan ver con claridad.

Y, sí, allí está.

Lo que Modesto Castellanos muestra con la misma indiferencia que la de quien estuviera presentando la solicitud para el bonobús es un vídeo en el que se ve a Candela Novoa sentada en alguna especie de estancia oscura. Apenas hay luz, la justa para identificar el espacio como un garaje, tal vez un sótano. De todos modos, el sitio es lo de menos. Lo que de verdad importa aquí es que la niña no lo está pasando bien… Apenas hay luz, pero sí hay sonido. Y se puede escuchar con toda claridad que Candela está llorando. Con las manos atadas a la espalda, la niña aprieta los ojos con fuerza a la vez que solloza. Y murmura algo. Algo que Malena identifica al instante.

«Mamá…».

De pronto, la cámara se mueve. Es casi nada, apenas un pequeño ajuste en el ángulo. El paso del plano general al enfoque. Y, poco a poco, el zoom. Lentamente, el objetivo comienza a cerrar el plano.

Al cuerpo de la niña.

A sus pantalones.

A sus muslos.

A una mancha enorme.

Los pantalones están mojados. Candela se ha hecho pis. Y Malena ya no puede retener las lágrimas.

—Mi niña…

Pero nadie responde a su lamento. Caitán mantiene los dientes apretados, y todo lo que hace es cerrar los puños con fuerza.

—Hijos de puta —masculla entre dientes.

Pero Modesto tampoco altera su expresión esta vez. En lugar de ello, se limita a mantener la pantalla del teléfono a la vista de los padres.

«Mírate… Te has hecho pis, cochina», se le escucha decir a alguien en el vídeo. «Anda —sigue—, déjame que te quite esos pantalones mojados…».

Y entonces se corta.

Sin más, la grabación se acaba y, por un segundo, la imagen congela el horror en los ojos de la niña. Y, de pronto, la pantalla queda en negro.

—Hijos de puta —repite Caitán a la vez que Malena rompe a llorar abiertamente—, ¡hijos de puta!

Pero Modesto continúa sin alterarse. Vuelve a girar el teléfono y, de nuevo con la mirada en la pantalla, ahora apagada, arquea una ceja, en un gesto tan lacónico como escéptico.

—La verdad, si he de serles sincero —murmura, todavía sin el más breve atisbo de intención—, no se crean que yo le veo mucho talento a esto. Ya saben, por más que sea mi hijo. Pero, yo qué sé, él insiste en que esto es lo suyo. Que tiene un don, dice, para este tipo de… ¿Cómo lo llama? Ah, sí: películas inquietantes.

Sinceramente, a Caitán le encantaría estrangular ahí mismo al viejo. Cerrar las manos alrededor de su cuello y apretar con fuerza hasta que algo haga crac. Pero no lo hace. Porque sabe que eso no haría más que empeorar las cosas. Porque sabe que tan solo sería matar al mensajero. Porque sabe que todo esto no es más que una medida de presión. Y porque sabe que, ahora, lo que toca es aguantar. Tragar, y aguantar.

—¿Por qué nos hacen esto?

El viejo se le queda mirando con gesto curioso. Como quien observase a un animal extraño haciendo algo sorprendente.

—No sé qué quiere que le diga, señor Novoa…

—¡Pues algo, joder! Ya les he dicho a sus amigos, o a sus jefes o a lo que coño sean ustedes, que estoy haciendo todo lo que puedo. Pero no es tan fácil librarse de sus putas ratas. ¡No es tan fácil!

—Bueno —ajeno a la ira de Caitán, Modesto se limita a ladear ligeramente la cabeza, en un nuevo alarde de inexpresividad por su parte—, por lo que tengo entendido, diría que es un poco tarde para eso, ¿no le parece?

—¡Pues entonces qué coño quieren de mí!

Castellanos entorna los ojos, como si realmente estuviese considerando la duda.

—¿De verdad no lo sabe?

—¡No, maldita sea! ¡No lo sé! ¿O qué pasa, que lo del dinero va en serio, es eso? ¿De verdad me están pidiendo cuatro millones de euros? Porque, si es eso, ya les digo que lo siento mucho, ¡pero yo no tengo su puto dinero!

Lentamente, Castellanos niega en silencio.

—Veo que no ha entendido usted nada, señor Novoa.

Caitán arruga la frente.

—¿Entender? —Sacude la cabeza—. ¿Pero qué coño es lo que debería entender, eh? ¡¿Acaso me lo va a explicar alguien en algún momento?! Porque, sinceramente, señor Castellanos, ¡empiezo a estar hasta los cojones de todos ustedes!

Para mayor desconcierto de Caitán, que todavía siente la tensión en todos y cada uno de los músculos de su cuerpo, por toda respuesta Modesto perfila esta vez algo parecido a una brevísima sonrisa. En realidad el gesto no es mucho más que una ligera flexión apenas perceptible en las mejillas, pero, teniendo en cuenta su absoluta falta de expresividad, de pronto Castellanos parece todo condescendencia.

—Verá, señor Novoa. A mis amigos, como usted les llama, lo único que siempre les ha interesado es el activo más valioso de todos. El que de verdad mueve el mundo...

El hombrecillo habla desde el mismo perfil neutro con el que observa a Caitán, quizá esperando una respuesta por su parte. Pero, sinceramente, en este momento el hijo de Álvaro Novoa está demasiado desorientado como para contestar nada. Y Modesto se da cuenta.

—Sigue sin saber de qué le estoy hablando, ¿verdad? —Castellanos intenta esta vez un gesto parecido a una mueca resignada—. Información, señor Novoa, de eso se trata.

Caitán arruga el entrecejo.

—¿Información?

—Por supuesto —asiente Castellanos—. Quien tiene la información, tiene el poder, señor. Esa es la verdadera riqueza de las personas, aquello que saben.

—Pero, a ver, yo... Sigo sin comprender. —Caitán abre las manos en el aire—. ¿Qué quieren ustedes de mí? Yo no tengo ese tipo de información tan valiosa.

—¿Ah, no?

Novoa encoge los hombros, en absoluto seguro de nada. Y no, tampoco esta vez responde.

—Vaya. ¿Y... qué me dice de su padre, Caitán?

Silencio.

—¿Mi padre?

—Por supuesto. A nuestros amigos en común les encantaría conocer algo más a ese respecto: el verdadero patrimonio de Álvaro Novoa. Su... valor, por así llamarlo. ¿O qué me va a decir, Caitán? ¿Que todavía no sabe de qué le estoy hablando? —Pausa—. Porque, de ser así, entonces quizá tendríamos malas noticias para su hija.

—Eso no…

Angustiada, Malena, que todo este tiempo ha permanecido en silencio, escuchando, intentando comprender, se echa las manos a la cara.

—No —repite entre sollozos—, por favor, no. No le hagan daño a mi niña…

Como si de pronto hubiera vuelto a caer en su presencia, Modesto, de nuevo expectante, casi con aire perplejo incluso, observa ahora a Malena.

—Vaya —comenta, aún desde esa especie de asombro constante—, veo que ha debido de impresionarle lo que he dicho sobre mi hijo… Bueno, no se preocupe usted. Al fin y al cabo, mi muchacho es como tantos hoy en día. Ya sabe, señora, gente con las ideas poco claras… Y, en confianza, deje que le diga que el muy bobo también es de los que cambian de gustos cada dos por tres.

Modesto se inclina ligeramente hacia delante, como si estuviera a punto de compartir alguna confidencia.

—De hecho, y ahora que lo pienso, últimamente me ha parecido oírle algo acerca de lo mucho que le gustaría rodar otro tipo de películas…

Castellanos deja la frase en el aire y entorna los ojos, haciendo ver que intenta recordar algo.

—¿Cómo se ha referido a ellas? —murmura, con la mirada en el techo—. Ah, sí, ya lo recuerdo: sexualmente ilimitadas. Ya saben —sonríe con gesto afable—, la juventud, siempre pensando en lo mismo, ¿verdad?

—Por Dios… —solloza la mujer.

—Aunque, quién sabe —continúa Castellanos—, quizá esta vez sí tenga una buena oportunidad, ¿no les parece? A fin de cuentas, a ver, qué sabré yo, pero…

—Pero ¿qué? —interpela Malena.

Silencio.

—No sé —responde al fin el viejo—. Me ha parecido ver que su hija ya es toda una mujercita, ¿no es así?

El último comentario crispa aún más la expresión de Malena, hasta retorcerla en una mueca de dolor.

—¿Una… una mujer? —titubea—. ¡Por el amor de Dios, si mi hija no es más que una niña!

Modesto finge sorpresa.

—¿Usted cree?

—¡Trece años, señor, mi niña no tiene más que trece años! —se desespera la madre—. Por favor —llora—, tengan piedad de ella…

Pero, por supuesto, nada de esto altera la expresión de Modesto Castellanos.

—¿Trece años, dice? Vaya, la verdad es que aparenta mucho más… Bueno —resuelve—, eso tampoco sería un problema. Al fin y al cabo, ya saben cómo es el mundo: con esas edades, hay muchos hombres para los que una niña como Candela ya es toda una mujer. ¿Verdad? En fin… Que tengan un buen día, señores.

13

Café

El de la Biblioteca de Galicia es un edificio impresionante. Obra del arquitecto Peter Eisenman, en realidad toda la estructura son dos grandes edificios abrazados en una especie de diálogo permanente. Uno transparente, de aluminio y cristal; el otro, la gran mole de piedra rosa; y, ambos, todo el tiempo conteniéndose el uno al otro. A Marosa la construcción siempre le ha llamado la atención desde fuera. Pero el interior no es menos impresionante. Tan pronto como traspasa el acceso de madera y cristal, la inmensidad sale a su encuentro. El espacio abierto, un descomunal distribuidor desde donde dirigirse al auditorio, a las salas multiusos, a las oficinas o, sobre todo, a los inmensos espacios de lectura y trabajo abiertos. Columnas cónicas y estructuras de blanco inmaculado, elevadas a varios pisos de altura. Y, en el centro, el recibidor.

La periodista camina hacia el mostrador central. Pero, cuando llega, descubre que allí no hay nadie.

—¿Hola?

En sintonía con el espacio, toda la estructura, una pieza de aluminio, madera y plástico, es del blanco más impoluto. Marosa Vega apoya las manos sobre el mostrador y se echa hacia delante, mirando a uno y otro lado.

—¡Hola! —repite.

Es en ese momento cuando una puerta se abre al fondo de la

recepción y, desde una estancia posterior que Marosa no alcanza a identificar con claridad a qué tipo de espacio da, aparece alguien. Se trata de una mujer, aunque en un principio la periodista no puede reconocer más que una blusa holgada con un estampado de flores, una especie de chaleco de lana abierto y una falda amplia, porque, sea quien sea esta persona, ha entrado de costado, aún con la mirada orientada hacia el espacio que deja tras de sí. Al verla sonreír, Marosa comprende que en el interior queda alguien más, seguramente algún otro compañero o compañera de trabajo, por el modo desenfadado y confiado en que la mujer parece dirigirse a quien quiera que permanezca dentro.

A medida que avanza hacia Vega, la puerta se cierra lentamente a sus espaldas, y la periodista puede observarla con más detalle. Se trata de una mujer corpulenta, de gesto afable —aún no ha abandonado la sonrisa con la que ha aparecido—, y algo mayor ya, probablemente muy cerca de la edad de jubilación.

—Disculpe —sigue sonriendo cuando por fin llega frente a ella, todavía inmóvil al otro lado del mostrador—, ¿en qué le puedo ayudar?

Por un segundo, Marosa también le mantiene la mirada, compartiendo ella también su sonrisa. Y está a punto de responderle, de decirle que tiene una cita con Noelia Bascuas, la jefa de Servicio de la biblioteca, cuando algo la detiene. Detrás de la mujer, la puerta del fondo ha vuelto a abrirse.

—¡Cabecita!

Es otra mujer la que aparece esta vez. Bastante más joven que la primera, trae una taza humeante en las manos. Y también sonríe.

—Toma, despistada —dice a la vez que le ofrece el recipiente a la mayor—, tu taza. ¡Que te la has vuelto a olvidar en la cafetera!

—¡Anda! Muchas gracias, cariño. Ay —lamenta a la vez que le devuelve la mirada a la periodista—, desde luego, ¡qué desgracia es esto de hacerse mayor!

Las dos mujeres sonríen, y Marosa está a punto de responder, de decirle lo de su cita con Bascuas. Pero aún no lo hace.

Por lo que sea, el movimiento de la taza ha llamado su atención, y la periodista continúa con la mirada puesta en ella. Al fin y al cabo, es cierto que el café debe de estar recién hecho, porque no para de salir humo, y Marosa no puede evitar preguntarse, casi sin darse cuenta, si la mujer no se estará quemando, de tan caliente como parece estar eso. Tanto humo… Desde luego, eso tiene que estar ardiendo. Pero no, esta mujer no parece sentir ningún tipo de incomodidad, a juzgar por la manera en que sujeta la taza. Entre las manos, a la altura del estómago. Marosa levanta la vista, y se encuentra con la sonrisa de la bibliotecaria, probablemente ya esperando que ella le diga algo. Quién es, qué quiere, a qué ha venido… Algo. Pero, por alguna razón que la propia Vega no alcanza a comprender, no le responde. No… no puede hacerlo. Algo sigue reclamando su atención, y no es la conversación con la mujer. Todavía sin dejar de sonreír ella también, la periodista vuelve a desviar la mirada. De nuevo hacia las manos de la mujer. Por alguna razón que aún no comprende, contempla cómo sus dedos se entrelazan para sujetar la pieza de loza. «Toma —acaba de decir su compañera—, tu taza». Los dedos entrelazados y, detrás, la loza. «Cabecita…». La loza, blanca, con algo más. «Toma…». La loza, con algo escrito. «… Tu taza». Algo, que dice…

Y entonces lo ve.

«Tu taza…».

Marosa Vega levanta la mirada, y, cuando sus ojos se cruzan nuevamente con los de la mujer al otro lado del mostrador, que todavía la observa sin comprender qué es lo que sucede, la periodista toma conciencia de cómo se le entreabre la boca.

«No puede ser…», piensa.

En la taza, Marosa ha visto un nombre escrito.

14

Dejadme pasar

—¡Apartaos, me cago en la puta! Apartaos, joder…

El coche de Caitán vuela sobre asfalto. Tan pronto como Castellanos ha salido por la puerta, Caitán ha intentado comprender. Ignorar el llanto de Malena, su enésima crisis nerviosa, e intentar sacar algo en claro. De acuerdo, ¿qué coño es lo que ha dicho el sin sangre ese? «A nuestros amigos en común les encantaría conocer algo más a ese respecto: el verdadero patrimonio de Álvaro Novoa». ¿El patrimonio de su padre? Pero ¿qué patrimonio? Y toda esa otra historia: «El activo más valioso de todos»… Sí, claro, lo de la información. Lo que de verdad mueve el mundo, había dicho. Pero ¿a qué se refería? ¿Acaso el viejo sabía algo que estos cabrones necesitan? Sí, pues mira qué bien, qué de puta madre. Una buena mano de hostias, eso es lo que necesitabais, hijos de puta…

—¡Hijos de puta! —grita a la vez que golpea el volante con los puños apretados—. ¡Hijos de puta!

Pero no, espera, Caitán. Tranquilízate. Céntrate. «El verdadero patrimonio de su padre. Su… valor».

Su valor…

¿Su valor? Por supuesto, Caitán comprende. Hijo de puta… Modesto no se refería al valor, a la valentía de su padre, sino a otra cosa. A su valor… de mercado. Claro que sí, cabrón de mierda, el viejo valía por lo que sabía. Pues muy bien, pero ¡¿qué coño era lo que sabía?!

El primer impulso de Caitán ha sido salir a buscarlo en el lugar más evidente, allí donde siempre había estado, y donde se lo encontró la última vez que lo necesitó. Y es allí a donde ha ido. Pero no.

Lo ha revisado de arriba abajo, ha buscado en todos los archivadores, carpetas y papeles que ha encontrado, los mismos que apenas un mes atrás había empleado para componer el dosier de Blue and Green. La maldita voladura controlada. Pero ahí no hay nada… Todo lo que se guarda en el archivo de Novoa y Asociados no son más que documentos de casos antiguos sin mayor importancia. Todo material del bufete, aparte de ese puñado de carpetas diferentes, aquellas de las que sacó los datos más valiosos para implicar a todos aquellos desgraciados. Pero apenas eran unas cuantas. Y desde luego nada tan relevante como para que nadie se lleve a su niña por ellas… No, es imposible que eso sea lo que Castellanos o, dicho de otro modo, Cortés y sus amigos estén buscando. ¡¿Pero entonces qué?! Qué es, ¡qué coño es! Y, sobre todo, dónde está…

Ha sido entonces cuando a Caitán se le ha ocurrido otra idea. Bueno, a ver, *otra idea* igual es mucho decir… Más bien es que no quedaba otra opción. Y por eso ahora vuela sobre el asfalto de la carretera de la costa, con su coche comiéndose a cualquier otro vehículo que no le permita seguir acelerando.

—¡Apartaos —advierte, con los dientes apretados—, apartaos! Dejadme pasar. Dejadme pasar…

Hay desesperación, casi ruego, en la voz última de Caitán Novoa. Por suerte para él, al fondo, por fin, se ven las casas de Playa América.

15

Roswell

Álvaro Novoa siempre tuvo muy claro que su compañera de viaje debía ser la discreción. En el trabajo, por supuesto. Pero también en todos los demás aspectos de su vida. Como en el de las relaciones. En efecto, tras la muerte de su esposa, y durante mucho tiempo, la política, esa forma tan altruista de llamar a los negocios, pasó por ser su única relación conocida. Pero, como era de esperar, con el tiempo vinieron otras. Muchas otras… Nada serio en realidad. O, por decirlo de una manera menos frívola, nada con lo que se sintiera verdaderamente comprometido. Vamos, que Álvaro mantenía con sus amantes el mismo tipo de relación que tantos otros políticos con la verdadera política. Esto continuó así por muchos años hasta que, en enero de 2010, Álvaro conoció a Ariana.

Porque, en efecto, de eso se trataba… Ariana no era la alusión a ningún mito clásico. No era ningún símbolo, ningún hilo del que tirar en sentido figurado. O, desde luego, no era nada de eso para Álvaro Novoa: contra todo pronóstico, Ariana era una mujer. Una de verdad, hecha de carne y hueso. Y de confianza.

Como tantos encuentros determinantes en la vida, el de Álvaro y Ariana también fue por completo casual. O, bueno, quizá «casual» no sea la palabra correcta. Tal vez, en el fondo, sí estuvieran abocados a encontrarse… A comienzos del año 2010, la Biblioteca de Galicia ya era una realidad. Aún habría de pasar un año para su inauguración oficial, pero desde luego semejante proyecto, la creación de la mayor biblioteca del país, no se preparaba en dos días, y era mucho lo que allí había en juego. Mucha organización, mucha logística, incluso mucho prestigio, o, por lo menos, mucha imagen de cara a la galería. Y, por extensión, mucho dinero, claro...

Fuese por el motivo que fuese, el desfile de altos cargos, contratistas, empresarios gestores, constructores, administradores, funcionarios y políticos se iba haciendo cada vez más intenso a medida que las obras se iban convirtiendo en zonas habitables, y las zonas habitables en espacios de trabajo. Y, en alguno de esos cruces de cargos, plazas e intereses, Álvaro y Ariana comenzaron a encontrarse.

Al principio no se trataba más que de cuestiones burocráticas. La Xunta necesitaba ubicar ciertas colecciones documentales, «fondos bibliográficos de gran valor», les llamaban, aunque en realidad no fuesen más que montañas de papeles viejos que ya no sabían dónde demonios meter. Documentación antigua, colecciones particulares, archivos personales, actas, mapas y un millón de hojas que a nadie interesaban en absoluto. Y ahí fue donde apareció Ariana. Cristina Rubal, la subdirectora de Bibliotecas de la Xunta, consideró que, después de toda una vida dedicada a la biblioteconomía y la gestión de archivos bibliográficos, Ariana sería la persona indicada para la catalogación de todo ese material tan variopinto. Cuando la antigüedad de algunos de esos documentos comenzó a acercarse en el tiempo fue cuando Álvaro Novoa empezó a aparecer más por la biblioteca, para asegurarse de que esos papeles no se perdían. O, por lo menos, para que él supiera donde se guardaban. Y así fue como, poco a poco, el secretario de Organización del partido comenzó a interesarse por todo. Por los sistemas de catalogación y archivo. Por el laberinto sin fin que era el propio edificio. Y, sobre todo, por Ariana. Álvaro vio en ella a una mujer culta, metódica, inteligente, pero también abierta y generosa. Y Ariana vio en Álvaro a un hombre interesante, de ideas, y cargado con el peso de toda una vida. Un peso del que necesitaba deshacerse. Se reconocieron desde el primer momento y no tardaron en confiar el uno en el otro.

La suya era una relación tranquila. Madura, serena, y alejada de cualquier mirada o comentario. Nadie más que ellos lo sabía, y a ellos les bastaba así.

De modo que, también así, con la confianza probada y ganada, fue como Álvaro tomó la decisión. Desde antes incluso de que la biblioteca estuviera oficialmente inaugurada, Novoa empezó, con la ayuda de Ariana, a «catalogar» su propio fondo. La documentación más irrelevante la seguía guardando en el bufete. Carpetas y carpetas de papeles que, probablemente, nadie volvería a consultar jamás. Pero no así la otra…

Aquella documentación que Álvaro consideraba más valiosa, por sensible, por comprometedora o por lo que fuera, seguía otro proceso.

Esos papeles se guardaban en carpetas semejantes a las anteriores. Pero estas se señalaban de una forma distinta. Álvaro las marcaba anotando el nombre de la bibliotecaria en la parte posterior y así las identificaba como las que había que apartar para, una vez reconocida esa información, entregárselas a Ariana y que ella las catalogase y archivase.

—Pero… No lo entiendo —la interrumpe Marosa—. ¿Qué es lo que me está diciendo? ¿Que toda esa información está… aquí? —pregunta a la vez que abre los brazos, señalando a su alrededor.

—¿Y por qué no? —responde la bibliotecaria—. ¿Tan extraño le parece?

La periodista encoge los hombros.

—Es que… A ver, esto es un lugar público. Quiero decir, cualquiera podría…

—¿Encontrarlo?

—Sí, supongo —responde, recordando lo que Rubal le ha explicado hace apenas un par de horas.

Ariana sonríe, condescendiente.

—Señorita Vega, no hay mejor sitio para proteger cualquier secreto que allí donde nadie vaya a buscarlo. Y, por desgracia, en este país ese lugar es demasiadas veces una biblioteca. Y si es la más grande de todas… Bueno —sonríe—, mejor que mejor.

Marosa también sonríe al comprender. Recuerda que, de hecho, en los años noventa, durante el proceso de construcción de la Cidade da Cultura, el complejo dentro del cual se encuentra integrada la Biblioteca de Galicia, no era poca la gente que despreciaba la magnitud de la obra bromeando con que aquello era el sueño megalómano de Manuel Fraga, por entonces presidente de la Xunta, que se estaba construyendo su propio mausoleo. «Es una tumba», decían con desprecio. «Y era una tumba», piensa la periodista, «pero solo para algunos de los mayores secretos del país».

Aún asombrada, y sin dejar de contemplar el espacio levantado a su alrededor, sobre ella y, con toda seguridad, también bajo ella, Vega comprende. Álvaro Novoa sabía muy bien dónde ocultar las cosas.

—A nadie se le habría pasado por la cabeza… —murmura casi para sí.

—A nadie —le confirma Ariana, todavía sin borrar la sonrisa serena de su expresión—. Por eso las órdenes de Álvaro siempre fueron claras…

Marosa no disimula su extrañeza.

—¿Se refiere a…?

—Sí, a usted. Bueno —encoge los hombros—, a usted, o a quien venga con una clave como la que usted me ha enseñado. Mi clave —le confirma, señalando el cuaderno que Marosa todavía sujeta entre sus manos.

—Entonces ¿es una signatura?

Ariana vuelve a sonreír.

—Sí. Pero con una referencia que solo Álvaro y yo conocíamos.

—Quiere decir que no está en ninguna base de datos.

Ariana niega con la cabeza.

—No —le confirma—, estas signaturas no aparecen en ningún catálogo. De modo que eso fue lo que me dejó indicado: si alguna vez aparecía por aquí alguien con una de nuestras signaturas, sería porque de una forma u otra él se la habría hecho llegar. Y yo tendría que enseñarle el archivo a esa persona, claro.

Desconcertada, Marosa la mira extrañada.

—Un momento. Quiere usted decir... ¿Todo? ¿El archivo completo?

La bibliotecaria encoge los hombros y observa a Marosa desde una expresión divertida, como si no hubiera más respuesta posible.

—Bueno, esas son las directrices que tengo —responde—. Enseñárselo todo, sí.

—Santo Dios... Pero ¿de cuánto material estamos hablando?

Ariana arquea una ceja y balancea suavemente la cabeza en un ademán dubitativo.

—Bueno, es cierto que hay una copia digitalizada. Pero... —Nueva sonrisa—. De mucha documentación, señorita Vega. Cajas y cajas de carpetas. Años y años de trabajo...

Es justo en ese momento cuando Gael, a quien Marosa ha llamado tan pronto como Ariana le confirmó que, en efecto, el nombre en la taza era el suyo, entra en el hall de la biblioteca.

—Eh —saluda, aún sofocado—, ya estoy aquí. Bueno, ¿qué era eso tan importante que querías que viera?

Marosa se vuelve hacia él, todavía sin dejar de sonreír.

—¿Te acuerdas de todas esas historias sobre el Área 51?

Gael no comprende.

—¿El qué?

—Pues, amigo, esto es mucho mejor...

16

El cuarto mandamiento

De milagro no se ha llevado al jardinero por delante. De hecho, el coche ha entrado en la finca a tanta velocidad, que el pobre tipo ha tenido que apartarse como ha podido para que el Audi no atropellara su carretilla. Pero Caitán ni siquiera se ha dado cuenta de nada. Ofuscado, ha detenido el vehículo al pie de las escaleras y se ha bajado para entrar corriendo en la casa. Como diablo que busca el corazón del infierno, ha atravesado el recibidor a grandes zancadas y, ahora, toma al asalto el antiguo despacho de su padre.

El escritorio primero, la superficie, un cajón, otro, otro más. Y este último que no se abre. ¡Joder, joder! ¿Por qué coño no se abre? Caitán tira con más fuerza, con más rabia. Con los dientes más apretados. Y sí, joder, el cajón acaba por rendirse a su furia. Pero ahí tampoco hay nada. Carpetas, cajas de puros, útiles de escritura, recortes de prensa… Nada. ¡Nada, mierda, nada! Me cago en la puta, ¡dónde coño están los putos papeles! Los que de verdad importan. Esos por los que golpear a una mujer hasta dejarla seca, por los que te cargas a un gilipollas en el puente de la autopista. ¡Esos, joder, por los que encierras a una niña en el sótano de una casa con un tarado de mierda dispuesto a hacerle sabe Dios qué! Joder, joder, joder… ¡Joder, me cago en su puta madre, joder!

Desesperado, Caitán vuelve a levantarse y deja el escritorio atrás. Quizá en alguna de las estanterías que cubren las paredes del despacho. Frenético, busca aquí, allá, en una, en otra. Pero lo que encuentra es siempre lo mismo: nada. O, en su defecto, todo tipo de mierdas que lo único que hacen es estorbar para llegar a lo que sea que hay detrás. Fotografías, marcos, figuritas, adornos… ¡Mierda! Harto de tanto estorbo, Caitán opta por apartarlo todo ya sin miramientos. Su mano barre cada pieza sobre los estantes abarrotados, arrasa con todo lo que encuentre en su camino, y marcos, figuras y adornos vuelan en toda una exhibición de saltos mortales en caída libre para estrellarse contra el suelo sin remedio.

—¡Pero por el amor de Dios, Caitán! ¡¿Se puede saber qué demonios estás haciendo?!

Es la tía Chon, que, alertada por el estruendo de porcelana y cristales rotos, ha venido a ver qué está sucediendo. Pero Caitán ni siquiera se vuelve para mirarla, estupefacta e inmóvil, incapaz de pasar más allá de la puerta del despacho de su hermano.

—¡Dónde están! —brama su sobrino por toda respuesta—. ¡Dónde coño están!

—¡¿Dónde está el qué?! Por Dios, Caitán, ¿quieres tranquilizarte? ¡Me estás asustando!

—¡No tengo tiempo para tranquilizarme! ¡¿Dónde están los putos papeles?!

—Pero ¿de qué papeles me hablas? Caitán, por favor, si no me lo explicas, yo no…

—¡Las alcantarillas del viejo! —clama a la vez que se vuelve, desatado, hacia la anciana—. ¡Su mierda! —muerde más que responde—. ¡¿Dónde la escondía el cabrón de tu hermano?!

Todo en Caitán Novoa es ya ira y desesperación. Pura agresividad. Pero, a pesar de ello, Chon no se amedrenta. Bien al contrario, se limita a mantener la mirada de su sobrino.

—Míralo… —murmura a la vez que asiente con la cabeza, en un gesto cargado de decepción—. ¿Cuánto hace que no venías por aquí, Caitán? Años, ¿me equivoco?

—Tía, de verdad, ahora no me vengas con eso, ¿sí?

Pero Chon no le hace caso.

—Ni siquiera después de que enterrásemos a tu padre tuviste un minuto para ver cómo me encontraba. Y, desde luego, menos aún para ayudarme con todo esto. Y de repente, ahora…

La mujer mira a su alrededor, observando el caos provocado por el paso del huracán en el que su sobrino se ha convertido.

—Mira lo que has hecho, Caitán. Lo has destrozado todo… ¿Dónde queda tu respeto?

Pero no, Caitán no está para sermones.

—Por favor, tía, ¿de verdad pretendes hablar de respeto? ¿En esta casa? No me hagas reír…

—¡Sí, por Dios, sí! Eso es lo que te pido, ¡un poco de respeto! ¿Tanto te cuesta? ¡Era tu padre, maldita sea! Era mi hermano…

—¡Sí, y también era un cabrón! —responde Caitán, a la vez que pasa a buscar en otra estantería—. Era un cabrón, tía, y al parecer eso lo sabía todo el mundo. Menos nosotros, claro…

Chon da un paso al frente.

—Ni mucho menos —repone—. No todos pensaban así.

—¿Ah, no? ¿Y quién no lo veía así, eh?

—Gael —responde la mujer sin dudarlo.

Y es entonces, al escuchar ese nombre, cuando Caitán se detiene. Y aprieta los labios, en un ademán incómodo, una mueca cargada de desprecio y resentimiento.

—¿Quién… has dicho?

—Me has oído perfectamente, muchacho. Gael. De hecho —continúa la mujer—, él también estuvo aquí el otro día, en este mismo despacho, y créeme, su comportamiento fue muy diferente al tuyo.

Silencio.

—Gael… ¿estuvo aquí?

—Sí.

—¿Y a santo de qué, si se puede saber?

—Pues porque yo lo invité a cenar —responde la anciana con seguridad, casi con orgullo. Como si quisiera dejar claro que esa también es su casa, y a su casa invita a quien le da la gana.

—Porque tú le invitaste a cenar… —repite Caitán, pronunciando lentamente cada una de las palabras—. ¿Y eso por qué? ¿Acaso teníais algo importante que celebrar, tal vez?

—¿Celebrar, dices? Por favor, Caitán... Me ofendes.

—¿Pues entonces a qué tuvo que venir aquí ese... individuo?

Chon niega con la cabeza.

—Parece mentira que hables así de él... Por los clavos de Cristo, es tu amigo. Erais... ¡Erais como hermanos, Caitán!

Novoa vuelve a apretar los dientes.

—Lo que fuéramos o dejásemos de ser no es de tu incumbencia. Y te he hecho una pregunta. ¿A qué coño tuvo que venir ese desgraciado aquí?

—A recoger unos papeles.

«A recoger unos...». La voz de Chon resuena en la cabeza de Caitán como un tren en un túnel, y el hijo de Álvaro Novoa siente cómo la electricidad sacude su pensamiento. Unos papeles... Y la furia tensa una vez más todo su cuerpo.

—¿Has dicho... que Gael se llevó de aquí unos papeles? ¿De mi padre? —Caitán aprieta los dientes con tanta fuerza como para partírselos—. ¿Qué clase de papeles, mujer?

Pero Chon no se amedrenta.

—No lo sé. Era un sobre, no sé lo que contenía...

Y ya está. Chon apenas tiene tiempo para echarse un lado antes de que su sobrino se la lleve puesta. Un sobre con unos papeles, eso es lo que ha dicho, y Caitán Novoa no necesita oír nada más. Sale del despacho ya con el móvil en la mano.

—Puto Gael —masculla con rabia, mordiendo cada palabra—. ¡Coge el teléfono, cabrón de mierda! ¡Coge el puto teléfono!

17

Mil congojas de un sueño que me traspasaba el alma

El ascensor es enorme, mucho más amplio de lo que cabría esperar, y, en silencio, un paso por detrás de Ariana y Gael, Marosa no puede evitar preguntarse por qué. ¿Acaso de verdad alguien esperó alguna vez semejante afluencia de público? ¿A una biblioteca? La periodista sonríe para sí.

—Aquí es —anuncia la bibliotecaria.

En realidad, ni Gael ni Marosa tienen idea de donde es «aquí». Por el movimiento saben que han subido. Pero, teniendo en cuenta la suavidad del elevador, ninguno de los dos podría asegurar si lo que han subido han sido tres o trescientos pisos. Tal vez la vista desde alguna de las cristaleras les dé una pista… Pero no. A diferencia de la planta baja, donde todo es espacio abierto, cristales y luz, sobre todo luz, del ascensor salen a una especie de rellano y, de ahí, a un pasillo con forma de pasarela, sin apenas ventanas, bañado por una iluminación artificial, más tenue y amarillenta.

—Si se fijan —comenta la bibliotecaria, señalando algo en el techo—, aquí se ve cómo los dos edificios se encuentran, pero sin que sus estructuras lleguen a tocarse en ningún momento.

Marosa y Gael miran hacia arriba, intentando reconocer el juego señalado a la vez que siguen a Ariana por la pasarela hasta una puerta al fondo del corredor. Una vez abierta por la bibliotecaria, la atraviesan para volver a salir a un mar de luz intensa, de nuevo blanca, pero también artificial. Halógenos primero, neones después, luz fría, aséptica, para iluminar la extensión que se abre ante ellos. Ocupado casi en su totalidad por mesas de trabajo y, sobre todo, estructuras de almacenaje, el espacio resulta ser una inmensa sala repleta de estanterías a ambos lados del camino. Pero, al contrario que el pasillo, esta vez no la recorren hasta el fondo. En lugar de hacerlo, a medio camino Ariana gira a su izquierda, y se detiene ante una puerta de metal granate, con una especie de teclado numérico en uno de los laterales. Mientras Gael intenta, sin demasiado éxito, hacer memoria de cómo han llegado hasta allí desde el mostrador de recepción, Ariana introduce un código en el teclado, y la puerta se desbloquea al instante, con un clac apenas perceptible. Y ahí están.

La bibliotecaria es la primera en entrar, pero enseguida se echa a un lado, sujetando la puerta para que Gael y Marosa también puedan pasar.

—¿Dónde estamos? —pregunta la periodista.

—En una de las cámaras seguridad. Aunque parezca una caja fuerte —explica Ariana, señalando a la enorme estructura metálica que se levanta ante ellos—, no son más que estanterías móviles, correderas. Vamos —gesticula, acercando y alejando las manos en el aire—, como una especie de acordeón gigante.

Una vez que los tres están dentro, la bibliotecaria suelta la hoja y la puerta se cierra tras ellos con otro sonido que, esta vez, al oírlo desde el interior de la cámara, a Gael no le parece ni tan suave ni, ya puestos, tampoco tranquilizador.

—Síganme.

La bibliotecaria vuelve a situarse al frente de la expedición, esta vez avanzando por el espacio abierto junto a las estanterías, hasta detenerse ante el costado de una de ellas.

—Bueno —murmura con aire sereno—, pues aquí es…

Esta vez no hay códigos. Tan solo un par de botones. Dos flechas, una apuntando hacia la derecha y otra, a la izquierda. La bibliotecaria pulsa uno de ellos y, de pronto, un sonido grave, pesado, anuncia la activación del mecanismo. Toda la estructura empieza a moverse, con los estantes desplazándose al unísono hacia uno de los laterales hasta que, por fin, el acceso a la estantería ante la cual se había detenido Ariana queda despejado.

—FN —pronuncia la mujer, señalando un pequeño indicador de plástico en el lateral abierto de la estructura—, Fondo Novoa.

Cuando Marosa y Gael se asoman al corredor que acaba de abrirse ante ellos, ambos tienen que hacer un esfuerzo para no abrir la boca como dos bobos.

—Pero, esto…

—Es enorme.

En efecto. Si alguien esperaba encontrarse tres o cuatro cajas llenas de carpetas viejas, se equivocaba. El Fondo Novoa acaba de descubrirse ante ellos como varias filas de estantes llenos, abarrotados por decenas, centenares de archivadores de clasificación. Marosa, perpleja, mira a uno y otro lado. Y termina de comprender. DC001 solo era la primera entrada de una serie compuesta, sin duda, por centenares de referencias. Si no millares.

—Esto es…

—Toda una vida —se le adelanta Ariana.

—Y desde luego necesitaremos otra para revisar todo este material —comprende Gael.

Ariana da un par de pasos al frente, entrando en el corredor, y se detiene ante uno de los primeros estantes, a su derecha.

—Bueno —sonríe al tiempo que abre una de las cajas que descansan sobre el estante—, tal vez esto ayude…

Abre la caja y saca un par de *pen drives*, dejando ver que en el interior hay más.

—Aquí está todo —explica—. Lo fui digitalizando a medida que lo iba archivando. Pero sí, supongo que sí. Esto —resuelve— es la vida de Álvaro…

La mujer señala a su alrededor y, por un instante, los tres permanecen en silencio, contemplando el volumen de la documentación guardada en el archivo. Nadie dice nada y tan solo el sonido de un teléfono móvil, obstinado en vibrar con insistencia en el bolsillo de Gael, rompe el silencio del momento.

18

La furia y el miedo

Caitán salió de la casa de su padre ya con el teléfono en la mano, y desde entonces no ha dejado de buscar a Gael. Hijo de puta, cabrón de mierda, ¿quién coño le mandó meter las narices en esto? No era lo que tenía que hacer, maldita sea, ¡esto no era lo que tenía que hacer! Lo que tenía que hacer no era más que quedarse quietecito, no tocar nada, y dejar que la mierda le salpicara hasta llevárselo por delante también a él. ¡E irse a tomar por culo, coño! Pero no, claro. Al puto Gael Velarde no le bastaba con eso… El puto Gael tenía que moverse. Buscar, averiguar qué era lo que pasaba… ¡Él y su puta manía de hacer lo correcto! Hijo de puta…

Y ahora había tenido que regresar, claro. Volver a la casa del padre. El puto hijo pródigo… El favorito del viejo. Caitán aprieta los dientes con rabia. Cabrón.

Lo ha buscado, ha llamado, ha preguntado por él en todas partes, y en todas partes le ha dejado recado. «Que me llame, ¡ya!». En la oficina, en San Caetano, en el Dezaséis… Y en el móvil. Caitán no sabe ya cuántas veces ha llamado a su puto móvil, ni cuántos mensajes le ha dejado.

«Gael, soy Caitán, necesito hablar contigo. Llámame».

«Gael, esto es serio. Contesta».

«Contesta, cabrón, me cago en tu puta madre».

«Oye, escucha, tenemos que hablar…».

«Gael, por favor, necesito lo que sea que te hayas llevado de la casa de mi padre».

«Gael, en serio, hablemos…».

«¡Coge el puto teléfono, cabrón de mierda!».

Pero no. A Gael parece habérselo tragado la tierra.

Y, lo que es peor, Gael no contesta el teléfono.

19

El fin del mundo

—Santo Dios —murmura Marosa, cada vez más asombrada ante cada nuevo documento—. Santo Dios…

Cada estante al que se asoman, cada caja que abren, cada papel que revisan no hace más que confirmarles la gravedad de la situación. Y Vega no podría decir cuántas cajas ha abierto ya. Porque, de hecho, ninguno de los dos, ni ella ni Gael, podrían asegurar cuánto tiempo llevan en la cámara. Ellos dos, Marosa y Gael, solos. Porque Ariana se fue tan pronto como les facilitó el acceso.

—Bueno —dijo entonces—, yo les dejo.

—¿Cómo —le preguntó Marosa—, no se queda con nosotros?

Por toda respuesta, la bibliotecaria se limitó a encoger los hombros.

—Mi encargo siempre fue guiar a quien llegase hasta aquí —respondió desde una sonrisa amable—, abrir las puertas.

—¿Quiere decir… que podemos acceder a todo?

Ariana volvió a sonreír.

—Mi encargo —repitió— era guiarlos hasta aquí. Ahora, entrar o no entrar, abrir las cajas o no abrirlas… Bueno, supongo que eso ya es su decisión. Y su responsabilidad, claro.

Y, sin más, dio media vuelta y comenzó a desandar el camino, dejando a Marosa y Gael en el interior del Fondo Novoa.

De modo que no, ninguno de los dos podría asegurar cuánto tiempo llevan aquí dentro. Pero lo cierto es que Ariana se fue hace ya más de cuatro horas, y, desde entonces, cada caja abierta, cada carpeta, cada documento consultado no ha hecho sino aumentar el asombro, la perplejidad abrumadora en la que ambos se han ido sumergiendo ante cada nueva evidencia.

Porque, en efecto, de eso se trataba: la mayor sala de pruebas del mundo...

El Fondo Novoa es una biografía, la travesía, minuciosa y detallada, de toda la vida política de Álvaro Novoa. O, mejor dicho, su currículum. El extenso recorrido a lo largo y ancho de todo su historial de negocios. A través de los años, Novoa había ido guardando la cuenta y catálogo de todos, absolutamente todos los tratos, pactos y acuerdos que, bien en el nombre del partido, bien en el de la Administración autonómica, había ido estableciendo. Allí estaba todo, absolutamente todo. Y, sobre todo, todo lo que no podía estar. Lo que no podía existir. Lo que no se podía contar. Nombres, cantidades, condiciones. Comisiones, porcentajes, contraprestaciones. Adjudicatarios, beneficiarios... E incluso víctimas. Y victimarios, claro.

No es que la periodista y el director del CoFi se hubieran encontrado con cajas repletas de libretas en las que se recogiese con detalle milimétrico la contabilidad en B del partido. No es que Álvaro Novoa hubiera archivado todo tipo de documentos que demostrasen más allá de cualquier duda posible la financiación irregular de varios gobiernos al completo. No era eso.

O, mejor dicho, no era *solo* eso.

Era absolutamente todo.

Perfectamente archivado, catalogado y documentado, el Fondo Novoa era con toda probabilidad el mayor depósito de miseria política jamás recopilado. El paraíso de la corrupción. Y, como Adán y Eva, Gael y Marosa eran sus únicos exploradores.

—Santo Dios —murmura la periodista al abrir una nueva caja—. Mira, esto son cintas de casete.

—Grabaciones —comprende Gael.

—Sin duda. Fíjate, incluso se tomaron la molestia de etiquetarlas con los nombres, me imagino que de las personas a las que Novoa fue cazando en cada momento...

Vega echa un vistazo rápido al lomo de las cintas. Nombres de políticos, empresarios, financieros...

—Joder, este de aquí es... ¿un obispo?

—¿Qué? —pregunta Gael asombrado.

—Ah, no, espera —se corrige Marosa—, ¡dos obispos!

—No me jodas... Mira bien, a ver si va a tener también al puñetero Jesucristo.

—Joder, Gael, esto es la foto de familia del poder al completo en los últimos cuarenta años del país.

—¿De qué país? —pregunta Gael, no sin intención.

Marosa resopla.

—Igual deberíamos empezar a preguntarnos de cuál no.

—Qué cabrón...

—¿Con qué estás tú?

—Registros de cuentas.

—¿Bancos internacionales?

—Sí —le confirma Gael—. Y nacionales también. Y hay de todo...

—¿Mucho dinero?

—Bueno, digamos que el viejo era algo más que una hormiguita ahorradora. Un hormiguero al completo, más bien... Está todo aquí.

Marosa levanta la cabeza, buscando la mirada de Gael.

—¿El dinero de Salta —pregunta—, los cuatro millones?

Gael no reprime una mueca de hastío.

—Bueno —responde—, y unos cuantos más también... Aquí hay mucho movimiento. Infinidad de entradas, pero también de salidas. Y muchos beneficiarios. Joder... —niega con la cabeza, a la vez que golpea las hojas con desprecio.

—¿Qué ocurre?

Gael se siente desbordado.

—Pues... ¿Qué va a ser? Que se lo llevaron crudo, joder. Estos sinvergüenzas se lo estuvieron llevando crudo...

—¿Puedes ver desde cuándo?

—Desde… —Gael encoge los hombros—. ¡Desde siempre!

Levanta la cabeza sin dejar de negar en silencio, la mirada perdida al fondo del corredor.

—Ese era el negocio —comprende—, de esto se trataba. De mantenerse en el poder, aunque nada más fuese para seguir saqueándolo todo… Nos tomaron al asalto, Marosa. ¿Lo ves? Para todos estos nunca se trató de otra cosa —murmura, ya sin ocultar su sensación de asco y derrota—. Esta era su idea del servicio público…

—Bueno —murmura Marosa—, supongo que para esta gente la política era eso, el poder. Tenerlo, mantenerlo, y seguir desangrándonos…

Esta vez Gael no responde. Nada más niega en silencio. Hunde la mirada en los documentos al tiempo que se pasa la mano por la cabeza, llevándose el pelo hacia atrás. Y niega en silencio. Derrotado, levanta la cabeza, pero solo para volver a apartar la mirada a la vez que se muerde el labio. Y es entonces cuando, como una revelación, otra idea comienza a tomar forma en el fondo de su pensamiento. Es una certeza en realidad, una que llega ligada al recuerdo de algo que leyó no hace mucho tiempo en una hoja de papel escrita a mano.

—Poder absoluto —murmura para sí.

—¿Cómo dices?

—Que supongo que tienes razón, que de eso es de lo que se trataba. Esto —señala, abriendo los brazos a su alrededor— es el poder absoluto al que se refería Álvaro en su carta.

Marosa también asiente.

—Desde luego. Y también es muchísimo más que la historia de la que habíamos hablado.

Gael arruga el entrecejo.

—¿A qué historia te refieres?

—A la que me prometiste en el Paradiso, cuando me propusiste que trabajásemos juntos. Esto —explica, señalando a su alrededor— es mucho más. Esto… es la crónica del país.

Gael vuelve a permanecer en silencio. Pero esta vez es distinto. Esta vez, Gael se ha quedado observando a la periodista.

—La crónica… —repite—. O tal vez su necrológica.

Aunque nada más haya sido en el fondo de lo perceptible, algo en el comentario de Gael ha incomodado a Marosa.

—Tenemos que contarlo —repone, como si no hubiera caído en la cuenta de las implicaciones de lo que Gael acaba de decir—. Tenemos que contarlo todo.

Hay convicción, determinación, rotundidad en la afirmación de Vega. Pero, extrañamente, el director del CoFi continúa en silencio, de nuevo con la mirada perdida en los papeles extendidos ante él.

—Gael.

Pero no, Gael no le responde. En lugar de hacerlo, vuelve a bajar la cabeza, otra vez las manos tirando de su pelo hacia atrás.

—Gael, ¿me has oído?

Más silencio.

—Gael…

Y entonces llega la respuesta.

—No —contesta, aun sin levantar la mirada de los papeles.

Y sí, claro, silencio. Solo que esta vez ese silencio suena mucho peor que los anteriores. Es preocupante, es frío. Es de los que, aunque nada más sea por un instante, te secan la boca. Es de esos que te hacen temblar las piernas.

—Perdona… ¿Qué has dicho?

—Que no —repite el director del CoFi al tiempo que, despacio, vuelve a levantar la cabeza—. No podemos hacerlo —insiste, clavando ahora su mirada sobre Marosa—. No podemos contar esto.

Lentamente, Marosa cierra los ojos. Sabe que lo que acaba de escuchar no es una opinión, sino una sentencia.

«Maldita sea…».

Molesta, la periodista vuelve a abrir los ojos y busca en la mirada de Gael algo que le ayude a comprender. A descubrir que se ha equivocado, que, en efecto, ha sido ella, que no lo ha entendido bien. Que, tal vez, lo que Gael le está diciendo es que «no podemos contar esto» de cualquier manera. O, quizá, que «no podemos contar esto» sin hacerlo bien. O que…

Pero no.

Para su mayor inquietud, lo que el director del CoFi le está diciendo es que no van a contar esto. Que no habrá historia. Que nadie contará la verdad.

Que nadie contará nada.

Y lo que la inquieta más: por alguna razón que la periodista no acierta a identificar, Gael parece extrañamente seguro de lo que está diciendo. Convencido…, ¿sereno incluso? Sí, eso es… De pronto Marosa se siente como si Gael hubiera identificado algo que ella no ha visto, quizá incluso alguna otra salida. De hecho, su mirada parece llena de determinación. Definitivamente, no quiere decir no.

—A ver, vamos a ver si nos entendemos, Gael…

Pero Gael ya no dice nada. Todo lo que hace es negar en silencio, con gesto decidido.

—Me lo prometiste —insiste Marosa—, me llamaste tú a mí y me lo prometiste. Tú a mí —remarca—. «Tú ayúdame a resolver esto», dijiste, «y, a cambio, yo te ayudaré a conseguir la mejor historia de tu vida».

Silencio.

—¿Qué pasa, que me vas a decir que ya no lo recuerdas? ¡Porque yo sí! —La periodista tensa su expresión—. ¡Gael, teníamos un acuerdo, maldita sea!

Pero el director del CoFi no hace otra cosa que negar en silencio.

—Esto es diferente —responde al fin—. Mira a tu alrededor —señala—, mira. ¿En serio pensaste en algún momento que se trataría de esto? ¿De todo esto?

Crispada, es ahora ella quien no deja de sacudir la cabeza.

—¿Y qué importa eso?

—¡Cómo que qué importa! Esto lo cambia todo. Esto… Joder, Marosa, ¡esto es el fin del puto mundo!

—¡Y qué! —explota la periodista—. ¡Si es la verdad, es la verdad! ¿O qué coño es lo que me estás diciendo ahora, Gael? ¿Que es demasiado para ti? ¿Que tienes miedo de que la cosa sea seria de verdad? O, espera…

Marosa da un paso hacia Gael, de pronto con expresión desconfiada, dubitativa.

—¿Acaso es algo más?

—No sé a qué te refieres.

—¿Ah, no? Dime, Gael, ¿qué es lo que pasa aquí? Es que tienes miedo de que el negocio se acabe… también para ti?

El último comentario enoja al director del CoFi.

—¡Vete a la mierda, Marosa! ¡Claro que tengo miedo, joder, claro que sí! ¡Pero no de lo que tú y tu mala baba insinuáis!

—¡Pues entonces de qué! ¡Qué coño te pasa ahora, Gael, de qué tienes tanto miedo!

—¡De qué coño va a ser! —se crispa también Gael—. ¡Mírate la cara! ¡Mírate las heridas, Marosa! ¡¿Qué crees que va a pasar, eh?! ¡Si pretendes contar esto, si tan solo abres la boca, apenas tendrás tiempo para volver a coger aire!

Impertérrita, Marosa Vega asiente en silencio.

—No me jodas… ¿De verdad pretendes que me lo crea?

—¡Que te creas el qué!

—De acuerdo —asiente ella, ajena a la voz levantada del director del CoFi—, de acuerdo. Te lo preguntaré de otra manera, entonces… Dime, Gael, ¿de verdad me vas a traicionar?

Pero no. Maldita sea, no… Esta vez, Gael opta por no contestar. Y la periodista asume lo que ese silencio implica.

—No… —se responde a sí misma—. No es que me vayas a traicionar —comprende—. Es que ya lo has hecho.

Ni siquiera entonces recibe ninguna respuesta. El director del CoFi nada más se limita a mantener la mirada de Marosa. Y ella lo ve. Por alguna razón en los ojos de Gael no hay remordimiento. No hay decepción, ni siquiera hay… ¿miedo? No, no hay nada de eso. De hecho, ¿dónde están las emociones? No… Por alguna razón que Marosa no alcanza a comprender, los ojos de Gael se han vuelto fríos, negros. Impenetrables. Como los del tiburón un segundo antes de arrojarse sobre su presa.

20

Ahora tienes miedo. Y haces bien…

Este es el momento, ahora sí. Gael ha salido de la biblioteca dejando atrás a Marosa. En todos los sentidos posibles. Ha visto la sorpresa en sus ojos. El desconcierto, la incredulidad, el enfado, la rabia. Y, al final, la frustración. Pero, sobre todo, la decepción. Porque ella ha interpretado su movimiento como una traición. «Entre tantas, al final tú también has resultado ser una serpiente…», oyó que le decía justo antes de que los dos salieran del archivo. Y Gael pensó en decirle algo. En responderle, en explicarle tal vez… Pero no, no lo ha hecho. Esto, todo esto, es mucho más grande que ella, que ellos dos. Que todo. Ahora lo que hay que hacer es otra cosa. Ya.

Por fin en el exterior, Velarde ha vuelto a sacar el móvil del bolsillo al que lo había desterrado en silencio, y ha buscado en el registro. Treinta y siete llamadas perdidas, todas de un mismo número. Sin aligerar el paso en ningún momento, Gael ha asentido al pensar en la persona al otro lado. E incluso, aunque nada más haya sido por un instante, ha dejado correr algo parecido a una sonrisa al pensar en lo mal que lo debía de estar pasando. Y, entonces sí, ha pulsado el icono verde.

Apenas ha tenido que esperar por la respuesta al otro lado.

—¡¿Los tienes tú, hijo de puta?!

Gael se ha limitado a entrecerrar los ojos.

—¿Que si tengo yo el qué, Caitán?

—¡No me toques los huevos, Gael! ¡Los papeles de mi padre! ¡Lo que fuera que te llevaste de su casa, cabrón!

Velarde sonríe. Pobre desgraciado… Porque, en el fondo, Gael siempre había tenido la sensación de que, en realidad, Caitán Novoa nunca se enteraba plenamente de nada. La sensación de que, en realidad, jamás existió aquel control por su parte, aquel poderío. La sensación de que, en realidad, Caitán nunca había sido más que otra marioneta en manos de su padre. Ahora, y sin remedio, aquella sensación es una certeza. Y ya no hay vuelta atrás.

—Escucha, creo que será mejor que te tranquilices, ¿sí? Aunque nada más sea por una vez en tu vida…

—¿Que me tranquilice? ¡¿Que me tranquilice?! ¡Vete a tomar por culo, cabrón! ¡No tienes ni puta idea de lo mucho que está en juego!

—¿Y tú sí?

—¡Sí, hijo de puta! ¡No sabes con quién te las estás jugando, Gael! ¡No tienes ni zorra idea de qué coño es lo que estás haciendo!

Todo al otro lado de la línea es furia. Cólera, ira, exasperación. Pero es tarde para eso. Toda la rabia que pueda desplegar Caitán ya no provocará ningún cambio en la situación. Porque ahora, y muy al contrario de lo que Novoa pueda pensar, es Gael quien tiene el control. Todo el control.

—Escúchame, Caitán, y escúchame bien. Este no es el camino —le advierte—. En todo caso, debería ser yo quien te preguntase a ti qué es lo que has estado haciendo, ¿no te parece? De no ser porque, en realidad, ya lo sé.

—¿Lo que he…? No sé de qué me hablas.

—Por supuesto que sí, claro que lo sabes: te hablo de que has estado haciendo trampas, ¿verdad, tigre? Has querido montar esta farsa, supongo que para deshacerte de unas cuantas piezas incómodas para quien sea que hayas estado trabajando y, ya puestos, ajustar sabe dios qué cuentas que creías tener conmigo.

—Sigo sin saber a qué…

Pero Gael no está para perder ni un segundo más.

—No, no —lo ataja—, ni lo intentes. Eres tú quien me ha estado llamando todo este tiempo, y sin apenas espacio entre una llamada y otra. Y los dos sabemos que eso es porque tienes miedo, ¿verdad? Pues déjame decirte que haces muy bien… Eres tú el que ha estado jugando con la gente equivocada, cabrón, y te ha salido mal.

Esta vez, Caitán no responde.

—Dime para quién has estado trabajando —insiste Gael—. ¿A quién le estás haciendo el trabajo sucio?

Al otro lado de la línea, Caitán recuerda el vídeo, a su hija, amarrada a una silla en el sótano de Castellanos, y comprende. Es absurdo obstinarse en el silencio.

—No lo sé —responde, por fin algo más calmado—. Toto Cortés fue el primero que se puso en contacto conmigo.

—¿El primero, dices? ¿Con quién más has hablado?

—Con Román Lobato.

—Joder, Caitán. Eso sí que es meterse en la boca del lobo… ¿Y qué querían?

Novoa aprieta los labios.

—Bueno, ya lo has dicho tú, ¿no? En un principio se trataba de que alguien les sacase la basura.

Y Gael comprende.

—«En un principio» —repite—. Claro, porque después resultó que había algo más, ¿verdad?

Novoa resopla contra el aparato.

—Podría ser.

Gael niega en silencio.

—Por Dios, Caitán, cómo puedes ser tan estúpido…

—Vete a tomar por culo, Gael.

—Dime qué quieren realmente de ti.

Caitán Novoa niega en silencio.

—El activo más valioso de todos —responde—, el único que de verdad importa.

Y Gael comprende.

—La información —contesta sin dudarlo, para mayor sorpresa de Novoa.

—En efecto… ¿Cómo lo sabes?

En efecto, Gael lo sabe. Pero no responde al momento. En lugar de hacerlo, se limita a sonreír con desgana a la vez que, ya casi a la altura de su coche, niega con la cabeza.

Porque de eso se ha tratado todo el tiempo, joder. De información. Dónde está, quién la tiene. Y, sobre todo, cómo se puede utilizar. Al fin y al cabo, ¿acaso existe un poder mayor? «Poder absoluto», vuelve a recordar Gael…

Por descontado, Velarde sigue comprendiendo. Ahí está, esa es la razón por la que Caitán entró en la historia. Y el motivo por el que, de su mano, también acabó arrastrado él mismo.

Y, por supuesto, la causa de que, por su culpa, Olivia esté muerta.

Ella, que no tenía nada que ver…

Como siempre, Caitán es el responsable de todo lo que sale mal. De lo que se tuerce, de lo que se pudre, de lo que duele. Y Gael vuelve a sentirlo. El golpe, la presión de la rabia, encendiéndose en su interior.

—Tú nunca les importaste lo más mínimo, Caitán. No te querían por ser tú, sino por ser el hijo de tu padre. Lo único que les preocupaba era averiguar si realmente eras tan peligroso como Álvaro. Y, ¿sabes qué? Es una lástima que ellos no te conozcan tan bien como yo…

—¿A qué te refieres?

Gael aprieta los dientes.

—A que no eres más que un imbécil con un apellido, Caitán.

—No te consiento que me hables así.

—Por desgracia para ti, me importa un carajo lo que tú me consientas o no. Ahora mismo lo único que importa es que lo que esa gente anda buscando lo tengo yo.

—¡Pues entonces tienes que dármelo! —reacciona Caitán—. ¡Lo necesito!

Algo en la respuesta llama la atención de Gael. Hay algo más en el tono de Caitán, en su exigencia. No es la soberbia habitual, sino otra cosa. Es… ¿desesperación?

—¿Por qué? —pregunta—. ¿Qué ocurre?

Novoa respira con fuerza contra el teléfono.

—Tienen a mi hija —responde al fin—, tienen a Candela…

—¿Cómo dices?

—Ayer no regresó a casa. Al principio no le di importancia. Pero hoy ha estado aquí Colmenar. Antes de que nosotros avisásemos a nadie, ya me entiendes…

—Vaya…

—Y un poco después ha aparecido este otro tipo, el que nos ha dicho que la tiene él.

—¿Quién?

—Modesto Castellanos.

Velarde arruga el entrecejo.

—¿Castellanos? ¿El socio de Gonzalo Goyanes?

—El mismo. Nos ha dado a entender que si no le entregamos lo que piden, dejará que su hijo le haga sabe Dios qué barbaridades a Candela. Y es una niña, Gael, Candela es una niña, joder…

El director del CoFi sacude la cabeza, desconcertado. Espera, hay algo aquí que no…

—¿Has dicho su hijo?

—Sí —le confirma Caitán, ahora desde un tono ya casi por completo cargado de derrota.

Y es justo aquí, al mismo tiempo que Caitán muestra su lado más indefenso, cuando Gael toma conciencia de la verdadera magnitud de su propia posición. Y sonríe.

Porque, ahora sí, ya no hay lugar a dudas. En esta historia, tan solo hay una persona que tenga todo el poder. Y no es Toto Cortés.

No es Román Lobato ni tampoco Modesto Castellanos.

Y, desde luego, mucho menos Caitán Novoa. No…

Esa persona es Gael Velarde.

Él mismo.

—De acuerdo, no te preocupes —responde—, yo me encargo.

—Pero…

—No —lo corta—, tú ya no tienes nada que decir en este asunto. ¿Dónde puedo encontrar a esta gente?

Caitán, por primera vez perplejo, no sabe qué contestar.

—Pues… No lo sé —duda—. Mi reunión con Lobato y Cortés fue en el Náutico de Sanxenxo.

—Muy bien. Llama a quien tengas que llamar y diles que tengo lo que quieren. Que convoquen una reunión allí mismo esta noche. Haz lo que te digo, y a tu hija no le pasará nada.

—De… De acuerdo.

—Ah, y una cosa más.

—Dime.

—Cuando hayas acabado con eso, asegúrate de limpiar lo que has hecho. Ya sabes, todo ese dinero que pusiste en una cuenta a mi nombre.

—Claro, por supuesto —responde Novoa, casi incluso sumiso—. No te preocupes.

«No te preocupes», ha dicho Caitán. Pero al otro lado nadie lo ha escuchado. Antes de que Novoa acabara de decir «por supuesto», Gael ya ha colgado el teléfono. Se ha metido en su coche, y ahora las ruedas derrapan con fuerza al salir del aparcamiento de la Biblioteca de Galicia.

21

El futuro fue

La noche que se ha derramado sobre Gael es fría y oscura. Envuelto en su abrigo, con las manos hundidas en los bolsillos y el cuello levantado, desde el fondo del espigón observa el rosario de coches que, como en un goteo de malos pensamientos, han ido llegando hasta la puerta principal del Club Náutico. En silencio, se ha dedicado a contemplar cómo, uno tras otro, todos esos hombres vestidos de traje han ido entrando en el edificio. Gael no sabe con quién ha hablado Caitán, no sabe cuál habrá sido su aviso, pero lo que está claro es que sí ha hecho lo que se le ha ordenado. «Que convoquen una reunión», le dijo, y aquí están. Los ocupantes se bajan de los asientos posteriores, y los coches van a acumularse más allá de la entrada principal al mismo ritmo al que las siluetas se incrementan al otro lado de las cristaleras, en la única estancia iluminada en todo el edificio, una sala en un lateral del primer piso, abocada a los pantalanes y, más allá, al mar abierto. Gael ha preferido venir antes. Observar la situación. Verlos antes de que ellos lo vean a él. Y ahora ya está, el último asistente se ha bajado del último coche y, por fin, el cónclave ya está formado. Bien, pues… que esperen. Que, por una vez, sean ellos los que esperen.

Gael se vuelve sobre sí mismo y, de espaldas al edificio, a tierra, a todo, observa el mar. Una capa oscura de gris profundo, metal líquido, la piel curtida de un animal que, colosal, se tiende ante él. Y, de pronto, ahí está: Gael vuelve a sentirlo, todo ese peso sobre sus espaldas…

Este cansancio que siempre me acompaña. La carga de la responsabilidad, de lo que se debe. Del querer. Del pensar que siempre debemos hacer las cosas bien. De seguir el camino correcto, la línea de puntos. Pero… ¿y a dónde nos ha llevado todo esto? A estar aquí, inmóviles frente a este mar, frío e inmenso. No, esto no era lo que se esperaba de nosotros, ¿verdad? No, esto no era lo que se esperaba de mí…

En silencio, Gael observa el mar, y se pregunta si tal vez ese frío que le envuelve no será el fantasma de Olivia, que ha venido a abrazarlo.

—¿Qué es lo que hicimos mal, amor? —le pregunta a la oscuridad, aún sin apartar la vista del océano.

Pero no hay respuesta. Al fin y al cabo, ¿quién podría darla? No hicimos nada mal, mi vida… Resistir, en todo caso, luchar por sacar adelante las cosas del mejor modo posible y navegar a través de este mar de marinerías corruptas y piratas despiadados. Y todo, a poder ser, sin naufragar. Pero es tan cierto eso de que no se puede luchar contra los elementos… Y, ¿para qué seguir negando lo evidente? Toda esa gente ahí dentro… Ellos, ellos son la tormenta.

—De acuerdo —murmura Gael, apartando por fin la mirada del mar—, entremos. Seamos el huracán, amor.

22

La miseria feroz

Inmóvil en la penumbra del corredor, observa el baile de siluetas al otro lado de la puerta de cristal traslúcido.

«Este es el momento», piensa.

Y, por fin, abre la puerta. De este paso en adelante, ya no hay vuelta atrás.

En el interior de la sala de lectura, Gael descubre varios corrillos de hombres, agrupados aquí y allá. Todos hablan entre ellos sin reparar en él. O, quizá, tan solo haciendo ver que no se han percatado de su llegada. Aparentemente ajenos a su presencia, continúan con sus conversaciones, a la vez que una camarera, la única mujer en la sala, va y viene desde una pequeña barra al fondo de la estancia, atendiendo y ofreciendo bebidas a unos y a otros hasta que, por fin, todos los asistentes están servidos. Gael se hace a un lado para que pueda pasar y, después de cruzar una mirada rapidísima con ella, la mujer sale de la habitación, cerrando la puerta a sus espaldas.

Tan solo una persona lo observa fijamente. De hecho, es el único que no ha dejado de hacerlo desde el mismo instante en que ha entrado en la sala. Un hombre mayor, anciano, sentado en una silla de ruedas, al contraluz del fuego encendido en la chimenea. Gael también lo ha identificado, claro. Román Lobato. El Lobo...

Ahora que los dos se han reconocido, ambos se observan en

silencio. Velarde mantiene la mirada del Lobo, y no deja de llamarle la atención algo en su expresión. Esa sonrisa. Plácida, serena. Pero también... ¿desafiante?

—Buenas noches, señor Velarde. Le estábamos esperando.

Es entonces, como si el hilo de voz del patriarca fuese la señal, cuando los demás asistentes comienzan a callarse y, poco a poco y en silencio, también ellos van volviendo su atención hacia Gael. Como si acabaran de descubrirlo. Panda de sinvergüenzas...

—Buenas noches.

—Nos han dicho que tal vez tenga algo que ofrecernos.

—Bueno —responde—, podría ser una manera de verlo.

Lobato acentúa su sonrisa.

—Disculpe, pero creo que no le comprendo.

—Verán, señores... Seamos realistas.

Gael avanza hasta el centro de la sala y se detiene para mirar a su alrededor. Con calma, buscando las miradas de los demás, reconoce a varios de los asistentes. Toto Cortés, Breixo Galindo, Fernando Muros, Lucas Marco...

—Puede que hayan engañado a unos cuantos —explica—. De hecho, confieso que por un instante yo también llegué a creérmelo. Gente muy poderosa —abre los brazos, señalando a su alrededor— deshaciéndose de aquello que les estorbaba. Halcones devorando ratas...

Pausa.

—Pero luego empecé a darle vueltas. Porque... ¿y a ustedes qué más les daba?

Gael esboza un gesto cargado de incertidumbre.

—No... Por más que ahora se esfuercen por aparentar todo lo contrario, en el fondo saben que ustedes también son ratas. Más gordas, más poderosas, es verdad. Ratas que han crecido, que han evolucionado, a las que les han salido alas para volar más alto. Pero ratas al fin y al cabo... De hecho, si uno se fija bien, a algunos de ustedes aún se les puede ver el rabo. Como al señor Muros, aquí presente. ¿Verdad, amigo Fernando? Por cierto, Marosa Vega le manda recuerdos.

Por toda respuesta, Muros se limita a devolver una mirada cargada de desprecio.

—No —continúa Gael—, a ustedes las ratas no les importan nada, porque, en realidad, no les suponen ningún problema. En todo caso, es al pueblo, a la chusma esa de la que ustedes ni siquiera tienen noticia, a quien le deberían preocupar. Porque es a ellos a quienes los López, los Nevís o los Climent del mundo han estado saqueando hasta casi dejarlos secos. Pero no a ustedes.

Como si por fin hubiera comprendido algo que siempre tuvo delante, Gael vuelve a sonreír.

—A ustedes lo que les preocupaba era otra cosa.

—Ilumínenos pues, señor Velarde. ¿Qué es lo que tanto nos preocupaba a nosotros, entonces?

Gael mantiene la mirada de Lobato, que en ningún momento ha dejado de observarlo fijamente.

—Caitán Novoa —responde—. Eso es lo que siempre les ha preocupado. O, mejor dicho, lo que él pudiera significar. Y por eso le encargaron el trabajo.

Aparta la mirada hacia la oscuridad, al otro lado de los ventanales de la sala.

—Reconozco que cuando supe que era él quien estaba detrás de toda esa operación, ya saben, lo de resucitar Blue and Green, las filtraciones, el dinero en mi cuenta y todo eso, no lograba entenderlo. Le di vueltas y más vueltas, pero no conseguía comprender…

—¿Por qué?

Gael encoge los hombros.

—¿Pues por qué iba a ser? En toda su vida, si Caitán Novoa ha llegado a alguna parte es porque alguien lo ha puesto ahí. El del mérito propio es para él un concepto tan exótico como los dientes para una gallina. O como la honestidad para un político…

—Comprendo —asiente Lobato.

—Así que esta vez tampoco podía ser diferente. Pero… ¿Por qué? Quiero decir, ¿Caitán? —Gael abre los brazos, mostrando su desconcierto—. Cualquiera que haya tratado con él sabe que el hijo de Álvaro Novoa deja mucho que desear como estratega, como todos han podido comprobar. De modo que, ¿por qué él? ¿A qué venía esto ahora?

Vuelve a sonreír, esta vez con aire resignado.

—Y entonces lo comprendí. Precisamente por eso mismo: por ser el hijo de Álvaro Novoa.

Aún en silencio, Lobato observa con expresión complacida, como si acabara de escuchar algo de su mayor agrado.

—Era por la información —continúa Gael—. Por todo lo que pudiera haber heredado de su padre. ¿Verdad?

Lobato asiente.

—Así es —le confirma el anciano—, así es... Verá, señor Velarde, en este negocio la información lo es todo. Del mismo modo que de una escopeta lo único que importa es en qué posición está uno, si delante o detrás del gatillo, con la información ocurre lo mismo. Tenerla es poder. No tenerla es debilidad.

Gael también asiente, pero él sin ningún entusiasmo, al comprender por fin lo sencillo, lo extremada y salvajemente sencillo que era todo. Lo sencilla que es la razón por la que alguien atropella a una persona en una autopista. Lo sencilla que es la razón por la que alguien le da una paliza a una periodista en un aparcamiento.

Lo sencilla que es, en definitiva, la razón por la que Olivia está muerta.

—Claro... Y por eso han continuado presionándolo hasta el límite, ¿me equivoco? Para asegurarse no solo de que no tenía lo que estaban buscando, sino incluso de que realmente no supone ningún peligro para ustedes. No, claro que no me equivoco...

Esta vez es el Lobo quien encoge los hombros, perfilando una expresión de algo parecido a una especie de inocencia divertida.

—Comprenderá usted que no podemos correr riesgos... Es mucho lo que hemos invertido en nuestro candidato como para no jugar sobre seguro. ¿Sabe usted cuánto cuesta comprar un presidente del Gobierno, señor Velarde?

—Muchísimo más que secuestrar a una pobre cría, supongo. Sobre todo si en realidad su secuestro no es más que un grandísimo farol, claro.

Lobato arruga la frente.

—¿Usted cree?

Gael ladea la cabeza, como si no fuese necesario responder.

—Por supuesto.

—¿Y qué le hace estar tan seguro?

—Pues la profesionalidad del secuestrador, por ejemplo.

—¿A qué se refiere?

Gael vuelve a sonreír.

—Caitán me ha dicho que a su niña la retiene el hijo de Modesto Castellanos. Y puede que Caitán no conozca a Luisito, pero yo sí. Lo conocí en los primeros años de carrera, antes de que él abandonara sin haber aprobado ni una sola asignatura, y por eso sé que no es más que un pobre imbécil que a sus cuarenta y tantos todavía vive con sus padres, engordando y matándose a pajas. No, hombre, no, ese tipo es incapaz de hacerle daño a una mosca. ¿Un peligroso depredador sexual, como les han dado a entender a los padres de la niña? Por favor… Déjenlo ya —propone—, déjenlo. ¿Qué querían? ¿Darle el susto definitivo? ¿Deshacerse de él, tal vez? Pues ya está, eso ya lo han conseguido. Es evidente que Caitán ya está más que acabado, déjenlo en paz. Háganme caso: devuélvanle a su hija y déjenlo marchar. Y, a cambio, yo…

Deja la frase en el aire, y el anciano le mantiene la mirada. El Lobo sabe que Gael está esperando una respuesta. Pero él se toma su tiempo. Y en ningún momento deja de observarlo. De escrutarlo… No, desde luego, la determinación de Gael resulta innegable. Lobato asiente y, por fin, toma una decisión. El Lobo se vuelve hacia su derecha y le hace una señal a Toto Cortés, que al momento se aparta a un rincón de la sala y, con discreción, saca su teléfono móvil.

—Muy bien —responde al fin el viejo—, como ve le hemos hecho caso. La niña estará de regreso en su casa en menos de media hora. Y, a cambio, usted…

Velarde también asiente en silencio, comprendiendo que, ahora sí, ha llegado su turno.

—Yo sé qué es lo que ustedes quieren —responde—. Asegurarse de que nadie les arruina el plan, ¿verdad? Bien, pues, caballeros, cojan sus gafas para ver de cerca…

Gael echa la mano al bolsillo interior de su chaqueta. Saca un teléfono móvil y, después de deslizar el dedo un par de veces sobre la pantalla, se lo entrega a la persona que tiene más cerca, que resulta ser Lucas Marco, el constructor.

—Le sugiero que no tarde mucho en pasar de una foto a otra —le advierte—, o de lo contrario la pantalla volverá a bloquearse. Y, como comprenderán —guiña un ojo—, no estoy dispuesto a revelarles mi contraseña.

Observando la imagen, Marco no tarda en ensombrecer el gesto. Desliza el dedo por la pantalla, tal como Gael le acaba de indicar, y la nueva imagen que aparece no hace sino acrecentar la gravedad en su expresión.

—¿Qué… qué es esto?

—Lo que estaban buscando —le responde Gael—. Pero no sea avaricioso, hombre. Pase el teléfono —le indica con un gesto de la mano—, compártalo con sus compañeros.

Perplejo, Marco hace caso y le entrega el móvil a la persona que permanece junto a él. Y, a medida que el teléfono va pasando de unos a otros, el rumor, inquieto y grave, se extiende por la sala de lectura. Murmullos, miradas cruzadas, y el móvil que va de mano en mano. Hasta llegar a Román Lobato. Pero el anciano apenas le presta atención al aparato. En lugar de observar siquiera su pantalla, lo apoya sobre su regazo, y nada más le dedica una sonrisa rápida a Gael.

—Soy un hombre mayor, y mis ojos ya no son lo que eran, señor Velarde. Hágame un favor, y dígamelo usted: esto que tanto asombro ha provocado entre mis amigos y compañeros ¿es lo que creo que es?

Gael también sonríe.

—Por supuesto —admite—. Eso, señor, es una pequeña muestra de todo lo que han estado buscando. Y mucho más. Ahí

—advierte, volviendo a señalar el teléfono que ahora descansa sobre la pequeña manta que cubre las piernas del Lobo— está toda la información. Y, créanme, cuando digo «toda», quiero decir toda…

El rumor se hace más notable.

—En efecto, Álvaro era un hombre muy capaz. Pero también muy metódico. No se imaginan hasta qué punto guardaba copia de todo…

Las caras de desconcierto se mezclan con las de preocupación. Y Gael lo ve.

—Parecen asustados… Pues permítanme que les diga una cosa: hacen muy bien en preocuparse. Porque estoy seguro de que ustedes sabían que había algo. Pero me apuesto lo que quieran a que ninguno se imaginaba en qué consistía ese «algo». O, lo que es más preocupante, hasta dónde llegaba.

Gael niega.

—No —continúa—, no podían saberlo porque, de haberlo hecho, no lo habrían permitido.

Vuelve a mirar a su alrededor.

—Díganme, ¿qué creen que guardaba Álvaro? ¿Tal vez unas libretas de cuentas como aquellas que vimos hace unos años en Madrid? —Sonríe y baja la cabeza—. No… Esto es más, caballeros, mucho más. Son libros de cuentas, sí. Pero también son las agendas personales de Álvaro, en las que, de su puño y letra, iba organizando su día a día. Su agenda pública, sí, pero también la otra, la «no-tan-pública». Esa de la que era mejor que nadie tuviera noticia. Al fin y al cabo, no a todo el mundo le gusta saber con quién se reúne el diablo, ¿verdad, señores?

Gael no deja de mirar a su alrededor. Y tampoco esta vez puede evitar la sonrisa al identificar el nerviosismo. No en vano muchos de los nombres que ha visto en esas agendas son los de algunos de los presentes en la sala. Pero, por supuesto, nadie dice nada. Porque no todo el mundo quiere que se sepa cómo, cuándo o, sobre todo, cuánto se ha reunido con el diablo.

—No, claro que no… Pero no se vayan todavía —bromea—, ¡que aún hay más! Porque, además de las agendas, también están los diarios, los cuadernos en los que cada noche anotaba con todo lujo de detalles cómo y en qué condiciones habían ido todas y cada una de esas reuniones, los acuerdos, el negocio de turno... ¿Saben? Ese archivo es el verdadero álbum familiar de la corrupción en los últimos cuarenta años de este país.

Silencio. Gael vuelve a señalar el teléfono.

—Está todo ahí, caballeros. Reuniones, motivos, intereses... Cantidades, porcentajes, comisiones... Y, por si a alguno de ustedes se le está pasando por la cabeza, ya les adelanto que no: en este caso no hay ni una sola anotación que a alguien le pueda resultar confusa. Novoa era puro pragmatismo, de modo que aquí no hay nada que pueda resultar indeterminado. En todas esas páginas, papeles, documentos, no encontrarán ni una sola inicial ambigua. Nada de L. Lobato, F. Muros o E. Armengol. No... Lo que hay ahí son nombres y, como poco, dos apellidos, el del padre y el de la madre. Ya saben, como los buenos cristianos viejos...

Más silencio, más miradas cruzadas, más rumores inquietos. Es el momento de rematar la cuestión.

—Todos, caballeros, todos los que alguna vez engañamos a Dios estamos en los papeles de Álvaro Novoa. Créanme, ese archivo es el fin del mundo. Y el viejo lo sabía muy bien. Se preocupó de anotarlo todo. Quién sabe, tal vez por si alguien, algún día, tenía que pararles los pies a personas como ustedes. Y, ¿saben qué les digo?

—Que tal vez tuviera razón, ¿verdad, hijo?

Es el Lobo quien ha respondido. Y Gael asiente en silencio.

—Sí —admite, esta vez no sin cierto cansancio en su tono—. Sí...

Aún sin dejar de asentir, Gael echa la mano a un bolsillo diferente, esta vez uno del pantalón, y saca algo. Un objeto pequeño que levanta en el aire. Un *pen drive*.

—Es el fin del mundo —repite—, y está todo aquí.

Murmullo.

—Bueno, aquí —puntualiza—, y en unos cuantos más como este. Ya saben, en varias copias que me he encargado de hacer y guardar. Como comprenderán, no tengo ningún interés en que mi cuerpo también acabe incrustado en el asfalto de ninguna autopista.

El Lobo arquea una ceja.

—Comprendo que lo dice usted por Antonio…

—Vaya, veo que son ustedes todo sagacidad.

Lobato rechaza el comentario de Gael con un ademán de su mano, flaca y temblorosa.

—Bueno, yo diría que las situaciones no son comparables, amigo Velarde. Para empezar, el señor López no estaba dispuesto a entrar en razón. Como comprenderá, no nos dejó más remedio que resolver el conflicto.

—Una curiosa manera de decir que lo mataron.

—Por favor, señor Velarde, no es necesario ser grosero… En todo caso, yo prefiero verlo como la liquidación de una antigua relación comercial que, por diferentes motivos, ya no resultaba satisfactoria para ninguna de las partes. Algo que, como por supuesto sabrá, es la base de cualquier acuerdo mercantil. Como el que, sin duda, creo que estamos a punto de establecer. ¿Me equivoco?

Gael sonríe, sorprendido por la capacidad de Lobato para pasar de una cuestión a otra. Con la misma frialdad y determinación con la que un cirujano experimentado extirparía un tumor cualquiera.

—Bueno —responde—, supongo que ahora eso depende de ustedes… Es tanto lo que hay aquí —advierte, volviendo a observar el *pen drive* en su mano— que si algo de esto sale a la luz, aunque nada más sea una pequeña parte, será el final. De sus negocios, de sus manejos… De todo lo que hayan tocado y contaminado con sus manos y con su aliento. De todo. De modo que sí —concluye, ahora con la mirada puesta en el pequeño disco duro que descansa sobre la palma de su mano—, tal vez Álvaro lo guardó precisamente para esto…

Silencio. Largo, incómodo.

—O tal vez no —añade—. En efecto, señor Lobato, lo que suceda con esto depende de nuestra capacidad para llegar a un acuerdo.

Esta vez el silencio se llena de tensión y miradas incómodas.

—Les ruego que me disculpen, pero... ¿No cree usted, señor Velarde, que antes de empezar a hablar de eso debería usted aclararnos otra cuestión?

Es Toto Cortés, de regreso junto al patriarca, el que ha intervenido.

—¿A qué se refiere?

Toto sonríe, como si nada más se tratase de un detalle sin importancia.

—¿Qué ocurre con la señorita Vega? Porque, tal como usted mismo le ha recordado al señor Muros, sabemos que no estaba solo en esto. Díganos, ¿no deberíamos preocuparnos también por ella? ¿Acaso esa periodista no ha visto también las pruebas?

—Ah, eso...

Gael baja la cabeza, aún sin dejar de sonreír.

—Sí —admite—, ella también las ha visto. De hecho, es Marosa quien ha encontrado el archivo. Y sí, por supuesto, ella también comprende la gravedad de la situación.

—¿Y entonces? ¿Debemos entender, pues, que la señorita Vega comparte su misma voluntad de diálogo?

Gael hace aún más grande su sonrisa.

—Oh, no, no —rechaza con un gesto de las manos—, ¡en absoluto! De hecho, y ya que lo preguntan, Marosa no concibe otra opción que no sea publicarlo, todo.

El murmullo, preocupado, vuelve a extenderse por toda la estancia.

—Pero no por ello es un peligro —resuelve Gael.

—¿Ah, no? —pregunta Cortés—. ¿Y eso?

Velarde aprieta los labios en un ademán de no entender, de no ver dónde está el problema.

—A ver, díganme una cosa: ¿en qué cambia la situación el hecho de que ella también lo sepa? —Gael vuelve a mirar a su alrededor, como si realmente esperase una respuesta—. Marosa lo sabe, sí. Pero como también lo sabe todo el país, en realidad. O, por lo menos, lo intuye. La única diferencia está en que Marosa ha tenido las pruebas en la mano. Pero eso no cambia nada.

Aun sin haber estado en el archivo de Novoa, habría que estar muy ciego para no ver todo esto, si no al completo, por lo menos en parte. Muy ciego… O ser muy devoto, claro. Pero la cuestión no es esa —continúa—. Aquí lo que de verdad importa no es lo que sabemos o dejamos de saber, sino algo mucho más determinante: sea lo que sea lo que Marosa Vega sabe, díganme, señores, ¿lo puede demostrar?

Silencio. De pronto, nadie se atreve tan siquiera a murmurar nada.

—No —se responde a sí mismo Gael—, no puede. Allí no había nadie más. Papeles, *pen drives* y discos duros. Lo último me lo he llevado yo, Marosa ha salido conmigo. Y antes de irme he dado la orden de que no se vuelva a abrir el archivo. A nadie. ¿A quién creen que obedecerá la funcionaria? ¿A una periodista por cuenta propia o a un alto cargo de la Administración para la que esa misma persona trabaja? No, Marosa no podrá volver a acceder al archivo. O, cuando menos, tardará bastante en hacerlo. Y, para cuando lo consiga, si es que lo hace, allí ya no habrá nada, porque yo me habré encargado de que así sea. Y sí —continúa—, podrá decir que lo ha visto, como también ustedes lo han visto en mi teléfono. Pero, insisto, ¿puede demostrar algo?

Comprendiendo al fin, Lobato vuelve a asentir satisfecho, de nuevo dejando que la sonrisa tome su expresión.

—No…

—Por supuesto que no —le confirma Gael—. Y, aunque intentara difundir algo, un reportaje sobre la existencia del archivo, un artículo sobre lo que una vez vio, díganme, ¿cuánto valdrá su palabra una vez que ustedes hayan puesto en marcha su maquinaria informativa? Dejen que se lo diga yo: nada… Seguro que encuentran algo con lo que desprestigiarla. Y, si no lo encuentran, se fabrica. ¿Acaso no es así como funcionan las cosas, señor Galindo?

El periodista, acomodado en uno de los sofás de la sala, no dice nada, tan solo se limita a asentir con la cabeza.

—Pues claro que es así… No —resuelve Gael—, Marosa nunca será un problema.

Román Lobato también asiente en silencio, satisfecho.

—Pues entonces ya solo nos queda una cuestión que zanjar, señor Velarde…

Gael se vuelve hacia el Lobo. Y, de nuevo, ambos hombres vuelven a mantenerse la mirada. Este, este y no otro, es el momento.

—Yo.

—Exacto. Díganos, amigo. ¿Cómo encaja usted al cierre de esta historia?

Gael no responde al momento. En lugar de hacerlo, aparta la vista y, poco a poco, comienza a mirar a su alrededor.

Despacio, sin prisa, contempla las caras de todos y cada uno de los hombres que esta noche, como animales amenazados, han acudido a la llamada del fuego.

—¿Saben? Hace unos días recibí una carta que Álvaro había dejado para mí. En ella me hablaba de algo. Poder absoluto, lo llamaba. Reconozco que entonces no lo comprendí, no supe ver a qué se refería. Pero ahora…

Sonríe con aire cansado.

—Ahora ya no tengo ninguna duda al respecto. Lo comprendo, lo comprendo todo. De esto se ha tratado siempre. De información —dice a la vez que aprieta el *pen drive*, ya de vuelta en el interior de su bolsillo—. Información —repite—, el verdadero dios… Y sí, claro, sé que si se la entrego se acabó el problema. Porque también sé que ustedes tienen gente en los lugares indicados. En las fiscalías, en las judicaturas, en la justicia. En los medios de comunicación, en los informativos, en los programas de opinión y hasta en los concursos… Y en los partidos políticos, claro. De hecho, me consta que controlan ambos lados del hemiciclo. Porque ustedes no son de derechas ni de izquierdas, ustedes son del poder. O, mejor dicho, ustedes son el poder. Y, como tal, pueden hacer lo que sea. ¿Me equivoco, Lobo?

—Bueno, digamos que la situación se asemeja bastante al escenario que usted describe, es verdad.

—¿Que se asemeja, dice? Por favor… ¿Acaso me he equivocado en algo? No, señor, ambos sabemos que ustedes, lo que ustedes representan, pueden lograr cualquier cosa. Lo que sea, desde pintar el puente de Rande con la sangre de López hasta comprar un presidente del Gobierno... O, ya que hemos llegado hasta aquí, hacer que mi nombre quede por completo limpio.

Lobato entorna los ojos y deja correr una sonrisa desconfiada.

—¿De verdad pretende que me crea que nada más es eso lo que pide? No, muchacho, ambos sabemos que esa es poca demanda para tanta oferta...

Gael también sonríe.

—Necios y gatos son desconfiados.

—Por descontado, señor Velarde. Por descontado... De modo que sea bueno y díganos qué es lo que quiere realmente.

Despacio, cansado, Velarde comienza a asentir en silencio.

—Como usted mismo ha advertido —responde—, comprar un presidente cuesta mucho. Dinero, esfuerzo, dedicación... Pero la casa del presidente es muy grande. Tanto como para que en ella quepa algo con lo que en un principio tal vez no hubieran contado, ¿verdad? De hecho, no se ofendan, pero les estoy hablando de algo que, sinceramente, han pasado por alto todo este tiempo. Y no deberían...

—¿Usted cree?

—Por supuesto.

—De acuerdo, señor Velarde, tiene usted toda mi atención...

—Verá, está usted en lo cierto cuando asegura que quien tiene la información tiene el poder. Pero, una vez en ese punto, ¿realmente saben cómo gestionar ese poder? O, dicho de otra manera, ¿de qué les sirven todos sus recursos si luego no saben cómo manejarlos?

Lobato arruga el entrecejo.

—¿Cree que no sabemos cómo manejar nuestros recursos?

—Es evidente que no. O, desde luego, no al cien por cien. De no ser así, ahora no estarían aquí, no les parece?

—Comprendo... Pero usted sí sabe cómo hacerlo, claro.

Gael vuelve a sonreír, esta vez asegurándose de transmitir una gran seguridad en sí mismo.

—Sí —admite—. Y, siendo por completo sincero, en el fondo usted también lo sabe, aunque nada más sea en parte.

—¿Ah, sí?

—Por supuesto, don Román. ¿O por qué otra razón si no estaría yo aquí, hablando con usted?

Sutilmente, el Lobo también sonríe.

—Señor Lobato, usted lo sabe mejor que yo: el primer objetivo de la información es localizar la inteligencia. Identificar a los más capaces, aunque solo sea para asegurar la forma de seguir generando más oportunidades, más riqueza. En definitiva, más poder. Y, como le decía, la casa del presidente es muy grande, ¿verdad?

El anciano asiente...

—Desde luego que lo es, hijo.

... Y Gael también lo hace.

—Pues entonces, Lobo, estoy seguro de que en ella habrá algún despacho para alguien que sepa negociar con la mano izquierda, ¿verdad? Alguien capaz de adaptarse, de convertir las dificultades en oportunidades y los problemas en soluciones. Alguien joven, con intuición, con capacidad de reacción, con sagacidad. Un conjunto de habilidades específicas que, si se me permite decirlo, no acierto a identificar juntas en ninguno de los aquí presentes. A no ser...

Lentamente, Gael clava sus ojos en los del anciano. Y hace más grande su sonrisa.

—En usted —comprende Lobato, que también responde con algo parecido a una especie de sonrisa mordida—. Por supuesto...

Por un instante el rumor quiere regresar. Pero es un gesto rápido en la mano del Lobo el que ataja el murmullo y la estancia vuelve a quedar en silencio. Y así permanece, con Gael y el Lobo manteniéndose las miradas. En silencio ahora. Tal como empezaron.

Y así continúan hasta que, de pronto, un reloj en una de las estanterías comienza a dar las campanadas.

Gael le dedica una mirada rápida.

—Vaya —murmura a la vez que acomoda su sonrisa—, medianoche. Acaba de empezar oficialmente la campaña electoral. Desde luego, un mal momento para que todo se eche a perder... ¿Qué me dicen, caballeros? ¿Estamos juntos en esto?

Pero nadie responde nada, y el silencio permite que el sonido de la última campanada resuene en la sala. Desconcertados, algunos comienzan a buscar las miradas de los otros, las respuestas, la reacción. Pero nadie hace nada. Hasta que, de pronto, alguien cae en la cuenta del gesto: despacio, muy lentamente, Román Lobato, el Lobo, ha comenzado a asentir en silencio, a la vez que una sonrisa, fina y satisfecha, se va dibujando en sus labios. El aplauso del patriarca tan solo será el primero de los muchos que, en apenas unos segundos, convertirán el silencio de la sala de lectura en el mayor de los estruendos. En el centro de todas las miradas, Gael asiente satisfecho y, para sí mismo, recuerda la escena al final de la película. Aquella en la que, desolada, Diane Keaton observa cómo el bueno de Michael Corleone se convierte ante sus ojos en el nuevo padrino. Y sonríe al pensar que, en realidad, esto tan solo es el comienzo.

Al mismo tiempo, en la calle, y rodeado de fotógrafos y cámaras de televisión, Ernesto Vázquez Armengol moja la escoba en una mezcla de agua y pegamento y, sin demasiada habilidad, estampa un cartel con su cara sobre una valla de propaganda electoral. Desde luego, esto nunca se le ha dado especialmente bien. El cartel siempre queda arrugado, torcido, y el pegamento, sucio y grumoso, salpica en todas direcciones. A los compañeros de partido, a los periodistas, a la calle... Y a él mismo, claro. Esa sustancia, incómoda y pegajosa, que resbala, se escurre por el mango y acaba impregnándolo todo. Pero es parte del juego. Algo por lo que hay que pasar. Algo con lo que hay que posar.

De pie junto al cartel torcido, aún con la escoba sucia en alto, el candidato muestra una sonrisa forzada ante las cámaras mientras, con disimulo, intenta comprender cómo ha podido acabar manchándose tanto las manos.

Epílogo

Hay una mujer

Inmóvil en la penumbra del corredor, observa el baile de siluetas al otro lado de la puerta de cristal traslúcido.

—Como usted mismo ha advertido —se escucha en el interior—, comprar un presidente cuesta mucho. Dinero, esfuerzo, dedicación…

Es la misma voz que ha estado hablando casi todo el tiempo. La de la persona por la que han estado esperando. La que los ha puesto tan nerviosos. A todos… Se ha dado cuenta al instante. En esos movimientos, en la manera de buscarse unos a otros a medida que han ido llegando. En las preguntas sin respuesta, en los murmullos. En la forma en que han fingido no verlo al entrar. Y, ahora, en la quietud, tensa e incómoda, con la que todos escuchan.

La sala vuelve a quedar en silencio hasta que, de pronto, el reloj de la estantería comienza a dar las campanadas. Busca el otro reloj, el de su muñeca. Las doce.

—Vaya —escucha, como en un murmullo—, medianoche. Acaba de empezar oficialmente la campaña electoral. Desde luego, un mal momento para que todo se eche a perder… ¿Qué me dicen, caballeros? ¿Estamos juntos en esto?

Y de nuevo el silencio, tirante, desconcertado. Dubitativo. Hasta que, de pronto, casi como sin querer, vuelve a oírse algo. Un aplauso, tímido, débil. Pero enseguida otro, y luego otro más. Y otro, y otro. Y ya está. Comprende que el viejo ha dado su bendición, y ahora ya toda la sala de lectura es el estruendo del aplauso.

Júbilo, los lobos están satisfechos.

«Este es el momento», piensa.

Y, por fin, abre la puerta. De este paso en adelante, ya no hay vuelta atrás.

Sin esperar por ninguna llamada, abre la puerta de cristal traslúcido y entra en la sala de lectura. No ha pedido permiso, tampoco ha avisado. Pero es que no es necesario. Las fieras están satisfechas, nadie repara en su entrada. ¿Y por qué habrían de hacerlo? Total, solo es la camarera.

Lentamente, sin prisa ni llamar la atención, la mujer comienza a recoger los restos que los asistentes a la reunión han ido dejando por todas partes. Tazas, vasos, copas vacías. Botellas aquí y allá… Y nadie repara en ella. Total, ¿por qué habrían de hacerlo? Todos tienen cosas más importantes que hacer. Como felicitarse los unos a los otros. Como congratularse.

Poco a poco, resuelto el problema, todos, uno tras otro, van abandonando la sala de lectura, tan satisfechos como aliviados, sin que nadie le dedique una mirada. Ni siquiera Muros. Los últimos son el viejo, con Cortés empujando como siempre su silla de ruedas, y esta otra persona a la que nunca antes había visto. El tipo que, al llegar, se hizo a un lado para dejarla pasar. El mismo que, ahora, le vuelve a dedicar la misma mirada rápida, casi furtiva. Gael, dicen que se llama. Gael Velarde. Interesante…

Y ya está, ya se han ido todos. Pensaba que no se irían nunca, que este día no acabaría jamás. Pero ahora, por fin, la camarera se ha quedado sola en la sala de lectura.

Con calma, sin prisa, vuelve a ordenar las botellas en la barra al fondo de la habitación. Con calma, sin prisa. Por si todavía regresara alguien… Visto que no, saca una escoba de un rincón y comienza a barrer. En realidad lo hace demasiado rápido, casi de cualquier manera. Sin apenas tocar el suelo. Sin recogedor siquiera… Hasta llegar a la chimenea. Y, ahí sí, se detiene. Con suavidad, desliza la escoba bajo uno de los sofás, uno cercano al fuego, y, casi al instante, siente el contacto. La escoba ha dado con algo. Inclina un poco más el mango para poder introducir mejor el cepillo, y al momento trae consigo lo que fuera que había bajo el sofá. En silencio, la camarera se queda observándolo.

Un teléfono móvil.

Quieta, lo contempla por un par de segundos. Pero no hace nada. Tan solo mira sobre su hombro. Despacio, hacia la puerta. Y escucha con cautela. Nada. Definitivamente no parece que venga nadie. Y entonces sí. Se agacha y, ahora sí, recoge el teléfono y se lo guarda bajo la camisa, sujeto entre la cintura de la falda y su piel. Y, con la misma diligencia con la que ha llegado hasta el fuego, desanda el camino.

Regresa al rincón de antes, vuelve a dejar la escoba en su sitio y se dirige hacia la salida. A su paso, va apagando una tras otra todas las luces encendidas en la sala. Las lámparas de pie, las de sobremesa y, tras ella, la habitación se va quedando a oscuras.

Abajo, en la entrada, la camarera gira hacia uno los accesos al fondo del recibidor, el que lleva a las zonas de servicio. Atraviesa las cocinas, vacías y en silencio, y entra en el pequeño vestuario del personal. Abre la puerta de una pequeña taquilla con un nombre escrito en la pestaña de plástico: DORA. Deja el teléfono que trae bajo la cintura de la falda sobre uno de los estantes y comienza a desnudarse. Primero se quita la camisa blanca, que va a parar al suelo. Después la falda, que cae junto a la camisa. De la taquilla saca un pequeño frasco de desodorante y se lo aplica bajo las axilas. Cuando acaba, lo devuelve al armario, junto al teléfono, y, mientras comienza a vestirse con su ropa, la que guarda dentro de la taquilla, no deja de observar la falda, caída, arrugada a sus pies.

Recuerda que la tuvo que arreglar.

Después de que Muros se la rompiera.

Bastante ha aguantado…

Y la falda también.

La mujer se viste con una camiseta oscura primero. Un pantalón vaquero después, negro y ceñido, y una sudadera con capucha. Negra, claro. Ya solo queda el abrigo, una especie de parka militar de color verde oscuro. Una vez que se la ha puesto, recoge el móvil del estante, se lo guarda en uno de los bolsillos del pantalón y, con el pie, empuja sin ningún miramiento la ropa de trabajo hacia el interior de la taquilla. Y se va. Sin cerrar la puerta. Total, ahí dentro no hay nada suyo. En realidad, nunca lo ha habido.

Desanda el camino hasta el recibidor y, a medida que se acerca a la puerta principal, la mujer a la que hasta ese momento todos han llamado Dora se cubre la cabeza con la capucha, hunde las manos en los bolsillos de la parka y sale del edificio del Club Náutico, sabiendo que no regresará jamás.

Fuera, el puerto deportivo de Sanxenxo está nada más lleno de silencio, de frío y de toda la humedad que llega desde el océano. La mujer lo atraviesa en silencio, como un fantasma, sin que sus pasos se crucen con los de nadie más hasta que, por fin, entra en el pueblo.

En las calles de la parte vieja, más allá de la playa de los Barcos, los pocos bares que todavía quedan abiertos apuran los últimos minutos del servicio antes de echar el cierre. Los camareros recogen, los clientes regresan a sus casas, o a dónde sea que tengan su vida, y nadie se fija en la mujer. De todos modos, eso ahora tampoco sería un problema. En todo caso, si alguien la viera, todos reconocerían a Dora, esa camarera nueva de la que en su momento tanto presumió Pablo Prados. Una muy guapa, pero también muy discreta. Una con la que nadie se ha tomado la molestia de comprobar su currículum, o sus referencias, o tan siquiera su historia. Bueno, ¿y para qué hacerlo? Total, la única cuestión importante acerca de Dora es aquella en la que todos se fijaron desde el primer instante, aunque nada más Muros lo dijese en voz alta: «Un culo de puta madre…».

Por fin fuera de la parte vieja, la mujer apura el paso hacia el paseo sobre la playa de Silgar, por completo desierto a estas horas. Y, entonces sí, sola y en silencio, decide que ha llegado el momento. Dora, o como quiera que se llame en realidad, saca la mano del bolsillo del abrigo y busca en uno de los del pantalón. Y ahí está, el teléfono móvil que hace apenas unos minutos ha sacado de debajo del sofá junto al fuego. Justo donde ella misma lo había dejado un par de horas antes. Lo desbloquea, cierra la aplicación que todavía permanecía abierta y, a continuación, desactiva el modo avión y, con movimientos rápidos y seguros, marca un número. Uno que guardó hace unos días, después de haber oído algo en una de las conversaciones. Algo acerca de una mujer...

Tono de llamada.

No hay respuesta.

Vuelve a consultar su reloj. Casi la una de la madrugada. Claro, no hay prisa.

Tono de llam...

—¿Sí?

—Hola. ¿Eres Marosa?

Al otro lado del teléfono, la voz suena dubitativa.

—Sí...

—¿Marosa Vega, la periodista?

—Sí, sí —contesta, desconcertada—, soy yo. ¿Quién llama?

—Alguien con una historia. Espera.

La mujer aparta el móvil de la oreja y vuelve a manipular algo sobre la pantalla. De nuevo la misma aplicación de antes. MIS ARCHIVOS. TARJETA SD. RECORDINGS. VOICE RECORDER. 202311232235. M4A. REPRODUCIR. AVANCE.

«Comprenderá usted que no podemos correr riesgos... Es mucho lo que hemos invertido en nuestro candidato como para no jugar sobre seguro. ¿Sabe usted cuánto cuesta comprar un presidente del Gobierno, señor Velarde?».

—Oye, perdona, pero ¿qué...?

—No sé si lo habrás reconocido, pero era Román Lobato —explica la mujer, volviendo a dirigirse a Marosa, que escucha desde el otro lado de la línea.

—Pero, a ver, ¿de qué va esto?

—¿Todavía no lo sabes? Espera, quizá este otro fragmento...

MIS ARCHIVOS. TARJETA SD...

«—¡Por favor qué! ¡Lo matasteis, hijos de puta, lo matasteis vosotros! ¿O es que ahora me vais a decir que no sabéis de qué os hablo?

»—Por supuesto que sí. Nos estás hablando de un terrible accidente. Algo que sucedió, supongo, por no querer conducir del modo correcto...

»—¿Por no querer...? Joder, ¡pero qué cojones tenéis! ¿A qué viene esto ahora, eh? Si tú mismo lo dijiste en el despacho de Malena. Que no nos preocupásemos...

»—Caitán...

»—Que vosotros os encargabais de liquidar las cuentas pendientes. Porque eso era en lo que López se había convertido para vosotros, ¿no? Una cuenta pendiente...

»—Por favor, señores...».

—Esto es de otro día. Aquí vuelve a aparecer Lobato, pero esta vez los que discuten son Caitán Novoa y Toto Cortés. Y sí, por si no te ha quedado claro, es sobre el asesinato de Antonio López sobre lo que están discutiendo. ¿Qué me dices, ya te vas haciendo una idea mejor de qué va esto?

—Santo Dios...

—No —le responde la mujer—, aquí Dios no está para nadie. Es más, creo que conoces a Fernando Muros, ¿verdad?

—Sí —admite Marosa—, hemos tenido nuestros más y nuestros menos...

—¿Vuestros más y vuestros menos, dices? Deja que te enseñe algo.

La mujer vuelve a manipular el navegador de su teléfono móvil. Y esta vez es un vídeo lo que reproduce...

«Quieta, ahora no te hagas la estrecha, puta».

Ruidos de golpes, empujones. Algo parecido a algún tipo de pelea o forcejeo. Y, de pronto, gruñidos.

«Zorra...».

—Esto es de cuando me violó. Te lo acabo de enviar, para que lo veas.

Perpleja, asombrada, al otro lado de la línea Marosa no sabe qué decir.

—Por si aún necesitas algo más, aunque solo sea para hacerte una composición de lugar, aquí hay otro fragmento bastante interesante. A ver, dame un segundo…

«Todos, caballeros, todos los que alguna vez engañamos a Dios estamos en los papeles de Álvaro Novoa. Créanme, ese archivo es el fin del mundo. Y el viejo lo sabía muy bien. Se preocupó de anotarlo todo. Quién sabe, tal vez por si alguien, algún día, tenía que pararles los pies a personas como ustedes».

Esta vez, Marosa no necesita que la mujer al otro lado, quien quiera que sea, le aclare nada. Ha reconocido la voz al instante.

—Gael…

—El mismo. Bueno, ¿qué me dices?

—¿Qué te digo? —pregunta la periodista, aún perpleja—. ¿Qué te digo de qué?

—¿Y de que va a ser? De lo que acaba de decir Gael. Dime, Marosa Vega, ¿quieres ser tú esa persona?

Desconcertada, Marosa todavía tarda un par de segundos en responder.

—Pero… ¿Cómo?

—A ver, esto que te estoy enseñando tan solo es una pequeña muestra. Tengo horas y horas de grabaciones en las que los mismos protagonistas, a los que se reconoce con toda claridad, explican de viva voz lo que está sucediendo. Y, créeme, ahí hay de todo: amenazas, extorsiones, conspiración.

—Pero, esto es…

—Bueno —se le adelanta la mujer—, yo diría que es un golpe de Estado. Por decirlo de una manera amable…

—No me jodas…

—Un poco tarde para eso, ¿no? Por lo que tengo entendido, a ti ya te lo han hecho. Hoy mismo, creo. ¿Me equivoco?

No, no se equivoca. Confusa, desbordada, Marosa suspira al otro lado de la línea. ¿Cómo puede saber tanto esta mujer? Es más, ¿quién es esta mujer?

—No —responde al fin—, no te equivocas.

—Pues entonces qué me dices, ¿cuento contigo?

Marosa duda. Joder, ¿con quién coño está hablando?

—Pero, oye, espera... ¿Quién eres?

Silencio.

—No creo que eso importe demasiado.

—A mí sí. Necesito saber quién es la persona con la que hablo.

—Tú ya me conoces.

—¿Que yo ya...? Perdona, pero te estoy diciendo que no sé quién eres.

—Sí, sí lo sabes. Yo soy tú, y soy muchas personas más. Soy alguien a quien, como a ti, también dejaron fuera. Soy un viejo al que el banco se le llevó todos los ahorros, soy una mujer que trabaja sin estar asegurada, soy un paciente que muere en la lista de espera. Soy un hombre que se ha quedado en la calle. Y soy una anciana que agonizó abandonada en la sala desatendida de un hospital saturado. —Silencio—. De hecho...

Dora, o como se llame, aprieta los labios al recordar.

—¿Sabes? Le quitaron su casa... Y era suya —murmura—, su casa de siempre. De toda la vida. Nació allí... Y, de pronto...

Marosa intuye algo.

—Me estás hablando... ¿de un desahucio?

—Sí —murmura la mujer desde el paseo—. Un desahucio, que luego se convirtió en un desalojo. Y... Bueno, para cuando quisimos darnos cuenta, ya todo era violencia.

—Te refieres a la policía —comprende la periodista.

—Me refiero a todo —responde la mujer—. La sacaron a golpes, ¿sabes? A golpes... Antes incluso de que llegara la policía. Golpes desde el Ayuntamiento, golpes desde el banco... ¿Y qué necesidad había, Marosa? Dime, qué necesidad había de hacerle eso...

—Pero, espera, ¿de quién estamos hablando?

—De una buena mujer. De una mujer trabajadora, valiente. Buena. De una mujer que crio sola a sus hijos. Y, después, también a su nieta. Y de pronto, al final, cuando ya le tocaba descansar...

Silencio.

—Era su casa, Marosa. Era su casa...

—Comprendo…

Las dos mujeres permanecen en silencio, hasta que, por fin, es la voz de Vega la que reanuda la conversación.

—De acuerdo, ¿qué quieres de mí?

A este lado de la llamada, la mujer aparta la vista hacia la playa, buscando el mar, más allá de la oscuridad.

—Tu compromiso —responde al cabo—. Tu compromiso y tu valentía.

—Mi… ¿valentía?

—Sí. Escucha, Marosa, juntas podemos hacer que caigan todos. Yo te los voy a poner en bandeja. Pero a cambio quiero que me asegures que no te echarás atrás. Que no tendrás miedo.

—Miedo —repite la periodista.

—Miedo —repite la mujer—. Miedo a contar la verdad, a exponerte, a preguntar. Miedo a saber. Y, sobre todo, que no tendrás miedo a que se haga justicia. Conmigo. Con una mujer mayor que murió sin nada, golpeada en una sala de urgencias. Con todos los hombres y mujeres a los que estos miserables han saqueado. Con todos. Quiero que todos sepan lo que nos están haciendo, cómo nos están tomando al asalto. Quiero que se conozca la verdad. Y quiero pensar que aún nos queda espacio para algún tipo de reacción. Eso es lo que quiero de ti.

Una vez más, silencio.

Marosa no deja de pensar en todo.

En el día que ha vivido.

En lo cerca que ha estado.

En todo lo que la mujer le ha dicho.

En todo lo que está sucediendo.

En todo lo que está sucediendo…

Y Marosa toma una decisión.

—De acuerdo, hagámoslo —responde—. Adelante.

Sola en la madrugada, una mujer sonríe frente al mar.

—Tan solo hay una cosa…

—Lo sé —la ataja—. Todavía no te he dicho mi nombre.

—Exacto. ¿Cómo te llamas?

Con la mano que le queda libre, la mujer se sube la manga

del abrigo y observa el tatuaje escondido en el interior de su antebrazo. Las líneas de otra mujer, una con un cofre abierto en las manos.

—¿Sabes? Cuando empezamos a hablar, estaba convencida de que, llegados a este punto, te diría que mi nombre era Pandora.

—Pandora —repite la periodista—. Claro…

—Sí, «claro»… Bueno, al fin y al cabo, supongo que todos necesitamos agarrarnos a algo, ¿verdad? Una idea, una intención, un plan… O, al menos, un nombre.

—Sí —comprende Marosa—, supongo que sí…

La mujer sonríe, cansada.

—Pero ¿sabes qué? Creo que no sería lo correcto. No, porque cuando todo suceda, nosotras no seremos las responsables de todo cuanto caiga. Fueron ellos, Marosa, ellos nos arrasaron a nosotros.

—Es cierto…

—Así que prefiero pensar que todo esto que estamos a punto de hacer será para construir algo. Algo nuevo, algo mejor. De modo que por eso se me ha ocurrido otro nombre, a ver qué te parece.

—Dime.

La mujer cruza la calle y baja a la playa. Siente el frío en la cara, y la arena, húmeda por la madrugada, cruje a su paso, como si todo el mundo no fuese más que una capa de hielo a punto de romperse. Pero ella continúa avanzando, acercándose a la orilla. Hasta llegar al agua.

—Mi nombre será el de ella.

—¿Cuál?

Sin apartar los ojos del mar, la mujer asiente en silencio.

—Esperanza.

Pronuncia el nombre y, al tiempo, contempla cómo, mansas, las olas de la bajamar vienen a romper a sus pies. Como en un paso de baile, el agua viene, se detiene y, casi sumisa, desaparece perdiéndose de nuevo mar adentro. En silencio, observa el movimiento una y otra vez. Una y otra vez… Como si el mismísimo océano se rindiese ante ella. En silencio, observa el ir y venir de las olas, y deja por fin que una sonrisa le asome al rostro. Esta vez, una cargada de confianza, de seguridad. Porque sabe que el mar no se rinde jamás... No es mansedumbre, no es sumisión. El mar no se rinde, jamás. Tan solo es la suavidad con la que el océano baila consigo mismo justo antes de que vuelva a subir a la marea. Tan solo es la calma antes de la tormenta que, sin duda, ha empezado a desatarse ya. Aún sin abandonar la sonrisa, segura de sí misma, la mujer alza la vista hacia el horizonte, y contempla cómo a lo lejos, al otro lado de las tinieblas que envuelven la noche, el fulgor de los primeros rayos ha empezado a quebrar ya la oscuridad de la madrugada. Es el huracán que, liberado al fin, se acerca. Antes de que nadie sepa tan siquiera cómo ha llegado, su fuerza ya se habrá derramado sobre nosotros. Y así, sin dejar de sonreír, la mujer cierra los ojos y levanta el rostro al cielo. Aguardando ya por las primeras gotas del agua que vendrá, por fin, para limpiarlo todo. O, por lo menos, para arrasar con toda esta podredumbre alrededor...